# À PROPOS DE L'AUTRICE

Elle Kennedy est une autrice habituée aux pages des meilleures ventes du *New York Times*, de *USA Today* et du *Wall Street Journal*. Elle aime les héroïnes fortes et indépendantes, et les hommes sexy et juste assez dangereux pour que ses histoires soient toujours haletantes.

En dépit des remords

*

En dépit du danger

*

En dépit du risque

ELLE KENNEDY

# En dépit des remords

INTÉGRALE

AU CŒUR DU DANGER

*Traduction française de*
CHRISTINE BOYER

SAGAS

HARLEQUIN

*Collection :* SAGAS

*Titre original :*
SOLDIER UNDER SIEGE

*Ce roman a déjà été publié en 2017*



**HARPERCOLLINS FRANCE**
83-85, boulevard Vincent-Auriol, 75646 PARIS CEDEX 13
Service Lectrices — Tél. : 01 45 82 47 47 - www.harlequin.fr
ISBN 978-2-2804-5041-6 — ISSN 2426-993X

Composé et édité par HarperCollins France. Achevé d'imprimer en août 2021.
par CPI Black Print - Barcelone - Espagne
Dépôt légal : septembre 2021.

FSC
www.fsc.org
MIXTE
Papier issu de sources responsables
FSC® C159065

Pour limiter l'empreinte environnementale de ses livres, HarperCollins France s'engage à n'utiliser que du papier fabriqué à partir de bois provenant de forêts gérées durablement et de manière responsable.

# Prologue

*Huit mois plus tôt.*
*Corazón, San Marquez au Pérou*

Les échanges de coups de feu cessèrent, laissant place à un silence assourdissant.

Le capitaine Robert Tate promena les yeux autour de lui. L'épaisse fumée qui emplissait l'atmosphère lui ôtait toute visibilité. L'odeur de chair brûlée qui empestait l'air lui soulevait le cœur. L'incendie qui avait ravagé le village achevait son œuvre de destruction. Les flammes s'attaquaient à présent à la petite église, le seul édifice encore debout. Tout le reste — les maisons délabrées, l'école, le dispensaire… — avait été réduit en cendres.

Il fit rapidement le compte de ses hommes. Le sergent Stone examinait le cadavre criblé de balles d'un rebelle. Le lieutenant Prescott essuyait d'un revers de manche son visage couvert de suie. Il repéra aussi Lafayette, Rhodes, Diaz et Berkowski. Et Timmins ? Où était Timmins ? Il l'aperçut enfin, se frayant un chemin au milieu des monceaux de corps carbonisés.

Tate poussa un soupir de soulagement. Par miracle, toute son unité s'en était tirée. En dépit de la violence de la fusillade avec les rebelles, ils avaient réussi à…

Et Will ? Où diable était passé Will ? se demanda-t-il soudain.

Il se raidit.

— Stone ! cria-t-il. Où est Will ?

Le jeune sergent se tourna vers lui d'un air perplexe.

— Je ne l'ai pas vu, capitaine. Je pense qu'il…

D'un geste, Tate intima le silence à ses hommes et prêta l'oreille. Les oiseaux s'étaient tus mais, derrière le crépitement du feu et le bruissement des feuillages sous le vent, il entendit des bruits de pas.

Tout près, dans les fourrés.

Armé de son fusil-mitrailleur, il s'élança vers les buissons, trébuchant au passage sur le cadavre noirci d'une des villageoises.

*Plus tard. Il penserait à ces malheureux plus tard.*

Il ralentit sa course en approchant des arbres et tendit l'oreille. Un mouvement dans le sous-bois lui fit tourner la tête. Il s'immobilisa à la vue d'un homme aux cheveux châtains qui lui tournait le dos. Le type tenait un poignard à la main et plaquait Will contre lui.

— Ne bougez pas, ordonna Tate.

Le doigt sur la détente, il avança avec prudence.

Le rebelle se retourna et il le reconnut aussitôt.

— Lâche ton arme, *amigo*.

Hector Cruz s'exprimait d'une voix douce, presque apaisante.

En proie à une terreur inconnue, Tate ne pouvait détacher les yeux de l'expression résignée de Will.

Resserrant son emprise, Cruz appuya plus profondément son couteau sur la gorge de son prisonnier.

— Lâche ton arme, répéta-t-il. Et je le laisserai partir.

— Ne fais pas ça ! hurla Will.

— Ferme-la, lui cria Cruz.

Tate déglutit avec peine. Dans le regard sombre du chef des rebelles ne brillait qu'une détermination farouche. Quand il accentua la pression de sa lame sur le cou de Will, Tate baissa son fusil.

Cruz hocha la tête.

— Très bien, jette-le maintenant !

— Non ! répéta Will. Il me tuera de toute façon. Pour

l'amour du ciel, tire sur ce salopard, supplia-t-il à l'agonie. Oublie-moi, Robbie. Ne pense pas à…

Tate lança son arme sur le sol.

Une lueur de triomphe éclaira le visage de Cruz. Un mauvais sourire passa sur ses lèvres.

— Grosse erreur, dit-il dans un murmure.

Et il trancha la gorge de Will.

# 1

*Paraíso, Mexique*

Eva promena un regard circulaire dans le bar enfumé, tenaillée par l'envie de s'enfuir en courant. Elle dut faire appel à toute sa volonté pour s'obliger à rester. Ce n'était pas le moment de flancher, pas après avoir parcouru des milliers de kilomètres, traversé deux continents et surmonté de nombreuses difficultés pour arriver jusqu'ici.

Il n'était pas question de faire marche arrière.

Redressant les épaules, elle prit une profonde inspiration, s'efforçant de ne pas se laisser intimider par les regards méfiants rivés sur elle. Les consommateurs avaient tous des mines patibulaires. Le lieu semblait fréquenté par des tueurs à gages et des repris de justice. À la vue de la façade délabrée et de l'enseigne à moitié arrachée, elle avait deviné qu'elle s'aventurait dans un endroit mal famé.

L'intérieur n'avait fait que confirmer cette impression. Le comptoir était crasseux. La salle, sombre et exiguë, était meublée de petites tables branlantes. Au fond, un rideau de perles multicolores dissimulait l'entrée d'un couloir. La clientèle était exclusivement composée d'hommes. Certains étaient coiffés de sombreros, la plupart ne portaient pas de chaussures et tous fixaient Eva comme une bête curieuse.

Mal à l'aise, elle s'approcha du zinc. Sa robe d'été jaune

lui collait à la peau. Malgré l'heure tardive, il régnait encore une chaleur écrasante sur la ville.

Le barman, un immense Mexicain à la barbe fournie, fronça les sourcils.

— Que puis-je pour vous, *señorita* ? demanda-t-il en espagnol.

— Je cherche quelqu'un, répondit-elle dans la même langue.

Il lui adressa un clin d'œil.

— Je vois.

— J'ai entendu dire qu'il était un habitué de votre établissement, se hâta-t-elle d'ajouter avant qu'il ne se méprenne sur ses intentions. Je dois discuter affaires avec lui.

À ces mots, le visage de son interlocuteur s'assombrit davantage. Paraíso n'était pas une ville où les gens se rendaient pour affaires.

En effectuant des recherches sur ce village montagnard, Eva avait découvert qu'il abritait beaucoup de trafiquants de drogue ou d'armes et de nombreux criminels en cavale. Perdu dans les montagnes avec la forêt tropicale toute proche, l'endroit était idéal pour se cacher, pour disparaître de la circulation. Paraíso signifiait « Paradis » en espagnol mais il semblait être surtout celui des contrebandiers et des bandits de tout poil.

— Il faut vous montrer plus précise, répliqua sèchement le barman. Comme vous pouvez le constater, il y a beaucoup d'hommes ici et la plupart sont des habitués.

Elle déglutit avec difficulté.

— Celui que je cherche s'appelle Tate.

Un lourd silence s'abattit sur la salle. Les rires et le brouhaha des conversations des consommateurs s'éteignirent. Du coin de l'œil, Eva remarqua qu'un vieillard accoudé à l'autre bout du comptoir avait blêmi, sa peau basanée devenant presque blanche.

Elle avait poussé la bonne porte, comprit-elle. Tous connaissaient Tate. Et ils le craignaient. Leur peur était palpable dans l'atmosphère moite du tripot.

— Je suppose que vous voyez de qui je parle, dit-elle au barman.

Il secoua la tête.

— En fait, je ne crois pas avoir déjà entendu ce nom.

Avec un soupir, elle ouvrit son sac à main. S'emparant d'une liasse de billets emprisonnés dans un élastique, elle tira quatre coupures de cent dollars qu'elle posa sur le comptoir.

L'homme serra les mâchoires. La somme équivalait à plus de cinq mille pesos, une fortune pour lui.

— Et maintenant ? demanda-t-elle doucement. La mémoire vous revient-elle ?

— À vrai dire, non. Ce nom ne me dit toujours rien.

Elle rajouta deux autres billets.

Un sourire narquois sur les lèvres, il empocha l'argent et lui désigna du pouce le couloir à l'arrière de la salle.

— Vous trouverez sans doute M. Tate à sa table habituelle, en train de voler le salaire durement gagné par de pauvres travailleurs.

Elle le remercia et se dirigea vers l'endroit indiqué, écartant le rideau de perles.

Éclairé par une ampoule nue qui dansait au plafond, le couloir menait à une porte. Elle était fermée mais Eva entendit derrière la cloison des éclats de voix viriles, un rire gras, quelques jurons en espagnol et… de l'anglais. Quelqu'un s'exprimait en anglais. Elle identifia immédiatement les intonations de Boston. Ayant passé toute son enfance et son adolescence à New York, elle savait reconnaître les accents des villes de la côte Est.

Tate se trouvait bien à Paraíso.

Les jambes tremblantes, elle hésita. D'instinct, elle eut envie de chercher son téléphone portable pour joindre la baby-sitter et s'assurer que tout allait bien pour Rafe mais elle parvint à résister à la tentation. Plus tôt, elle en aurait fini ici, plus tôt elle pourrait aller rejoindre son fils.

Elle détestait s'éloigner de son petit garçon, même pour

quelques instants et encore moins pour plusieurs heures. En le laissant, elle craignait toujours de ne jamais le revoir.

Le père de l'enfant faisait tout pour le lui enlever.

L'estomac serré, elle se reprocha pour la énième fois sa bêtise, sa folie. À la fin de ses études, elle avait décidé de quitter New York pour s'engager comme bénévole dans une association caritative de San Marquez. Avec la fougue et l'idéalisme de sa jeunesse, elle avait adhéré corps et âme à la cause des rebelles qui menaient la révolution dans l'espoir de renverser le dictateur qui dirigeait leur pays. Et comme si cela ne suffisait, elle avait fini par tomber amoureuse de leur chef, Hector Cruz.

Quand elle avait ouvert les yeux et pris conscience de la véritable personnalité de cet homme qui lui avait paru au départ si charismatique, il était trop tard. Et depuis trois ans, elle cherchait à lui échapper. Elle avait fui à l'autre bout du monde, vivant dans la clandestinité, déménageant sans cesse. Mais chaque fois qu'elle s'était crue sauvée, il avait réussi à la retrouver.

À présent, elle avait la possibilité de se libérer de son emprise.

À condition, bien sûr, que Tate accepte de l'aider.

Repoussant ses cheveux en arrière, elle frappa et ouvrit la porte sans attendre d'être invitée à entrer.

— Qui diable êtes-vous ? rugit une voix virile en espagnol.

Elle s'efforça de dissimuler sa stupéfaction en découvrant quatre hommes autour d'une table jonchée de cartes à jouer et de billets de banque froissés. Des volutes de fumée s'échappaient d'un gros cigare posé sur un cendrier. Trois des joueurs de poker avaient la peau basanée, le crâne rasé et le torse tatoué.

Mais ce fut le quatrième qui retint son attention. Vêtu d'un pantalon kaki, d'un T-shirt blanc qui mettait en valeur ses larges épaules, ses bras musclés et son ventre plat, il ressemblait à un militaire en permission avec ses cheveux bruns coupés ras. Son visage avait une indéniable beauté sauvage. Ses yeux, d'un superbe vert émeraude, la fixèrent avec curiosité.

Il s'agissait sans aucun doute de Tate.

— Dites à Juan que nous n'avons pas besoin de prostituée, dit-il d'un ton bourru.

— Je n'en suis pas une, rétorqua-t-elle avec véhémence.

Elle s'était exprimée en anglais et il l'observa avec attention. Son regard se promena sur sa robe d'été, sur ses jambes nues, sur ses sandales avant de remonter sur ses seins et de s'y arrêter plus longtemps que nécessaire. Sans doute ne devait-elle pas lui en vouloir de l'avoir prise pour une femme de petite vertu, songea-t-elle. Avec cette chaleur, elle avait été obligée de s'habiller de façon très légère.

— Alors qui êtes-vous ? répondit-il en anglais. Et que voulez-vous ?

Elle prit une profonde inspiration dans l'espoir de calmer les battements de son cœur.

— Etes-vous Tate ?

Comme dans le bar, un profond silence tomba quand elle prononça ce nom. Les trois hommes aux crânes rasés échangèrent un regard méfiant, évitant de se tourner vers le quatrième joueur.

— Qui le demande ? s'enquit finalement ce dernier.

— Moi, balbutia-t-elle. J'ai quelque chose d'extrêmement urgent à lui dire.

Il pencha la tête, ses incroyables prunelles s'éclairant d'une lueur pensive.

Elle se rendit compte, non sans effroi, que, loin de se calmer, son cœur s'accélérait. Elle n'avait pas imaginé que Tate serait si séduisant. Son oncle lui avait dit qu'il avait la réputation d'être un impitoyable soldat, et il en avait l'air, mais elle ne s'attendait pas à ce qu'il soit aussi charismatique.

— Écoutez, dit-elle. Je m'appelle…

Il leva la main pour la faire taire.

— Laissez-nous finir cette partie. Je passe, *amigo*, ajouta-t-il en se tournant vers l'un de ses compagnons.

L'homme pour lequel elle avait voyagé des jours et des jours dans l'espoir de lui parler la congédiait d'un simple geste de la main.

Comme les joueurs s'apprêtaient à dévoiler leurs jeux, elle sentit une certaine tension planer. Tate montra le sien en premier, une paire d'as.

Avec un juron retentissant, un des Mexicains jeta ses cartes sur la table.

— Demain soir, même lieu, même heure, dit-il en se levant.

— Bien sûr, Diego, répondit Tate en riant.

Eva le regarda ramasser tranquillement ses gains, défroisser les billets avec soin avant de les plier. Il devait deviner son impatience et faisait exprès de prendre tout son temps, se dit-elle.

Au moment où elle allait exprimer à voix haute son agacement, il glissa l'argent dans ses poches et d'un mouvement de menton invita ses compagnons à s'en aller. Sans un mot, les trois autres se ruèrent pratiquement hors de la pièce.

Incapable de dissimuler son amusement, elle lui lança :

— Ils ont peur de vous, vous savez.

Il esquissa un sourire.

— Cela vaut mieux pour eux.

Sans ambiguïté possible, cet homme était exactement celui qu'il lui fallait, songea-t-elle. Son oncle Miguel avait eu raison. D'ailleurs, elle avait eu tort de mettre ses paroles en doute. Lorsqu'un colonel de l'armée mexicaine vous prévient que vous aurez affaire à un guerrier impitoyable, il ne raconte pas d'histoires.

— Vous êtes donc bien Tate, dit-elle.

Il hocha la tête et l'invita à prendre place sur une des chaises autour de la table.

— Oui. Et si vous me racontiez ce que vous attendez de moi, à présent ?

Déstabilisée par la sécheresse du ton, elle s'assit, croisa les jambes et le regarda en face.

— J'ai une proposition à vous faire.

Il l'interrompit avec un gros rire.

— Une proposition, vraiment ? Comme je vous l'ai dit, je

ne fréquente pas les prostituées mais… peut-être ferais-je une exception pour vous. Combien demandez-vous, ma chère ?

Elle frissonna sous l'insulte.

— Je ne suis pas à vendre ! Je m'appelle Eva, Eva Dolce, et j'ai parcouru beaucoup de chemin pour vous rencontrer.

Une lueur brilla un instant dans ses yeux émeraude puis son regard se fit tranchant comme une lame.

— Et comment m'avez-vous trouvé, d'ailleurs, Eva ? Je ne suis pas dans l'annuaire.

— J'ai entendu parler de vous. Quelqu'un m'a dit que vous pourriez m'aider alors j'ai tout fait pour remonter votre piste. Je suis… disons que je suis assez douée en informatique. J'ai été formée à l'université de Colombie et je…

— Vous venez de New York ?

— Oui. Enfin, je ne suis pas née aux États-Unis mais mes parents s'y sont installés lorsque j'étais bébé et … Écoutez, tout cela n'a aucune importance, dit-elle consciente qu'elle s'était lancée dans un babil hors de propos. L'essentiel est que je vous aie retrouvé.

— Grâce à votre ordinateur, répliqua-t-il d'un ton moqueur.

— Oui, je sais y faire. J'ai commencé mes recherches en m'intéressant à la base militaire de Caroline du Sud où vous étiez chef de régiment.

Il serra les mâchoires.

— J'ai alors compris que vous étiez doué pour disparaître des écrans radars. Vous avez semé tant de fausses pistes que j'en avais le tournis. Mais j'ai fini par repérer votre présence en Costa Rica. Vous aviez utilisé deux fois la même identité et j'ai ainsi pu vous suivre jusqu'ici.

Tate émit un long sifflement.

— Je suis impressionné, très impressionné. Vous avez surmonté beaucoup de difficultés pour me dénicher. Peut-être est-il temps de me dire pourquoi.

— Je vous l'ai dit : j'ai besoin de votre aide.

Il se gratta le menton.

Un étrange frisson la parcourut devant ce geste. Elle se

surprit à imaginer ses mains viriles sur sa propre peau mais elle se ressaisit aussitôt. Pourquoi cet homme la troublait-il à ce point ?

Secouant la tête dans l'espoir de recouvrer ses esprits, elle répéta.

— J'aimerais que vous m'aidiez.

— Vraiment ? Mais à quoi ?

Elle déglutit avec peine.

Il recula sa chaise.

— Dites-le, crachez le morceau. Je n'ai pas de temps à perdre avec …

— Je veux que vous tuiez Hector Cruz, finit-elle par lâcher.

# 2

En général, Tate était plutôt doué pour percevoir les gens et deviner leurs motivations. Mais la femme assise en face de lui le déstabilisait et il ne parvenait pas à la cerner. Surtout, il avait perdu toute capacité de réflexion dès qu'elle avait prononcé le nom de celui qui le hantait depuis des mois, le nom du type dont il s'était juré d'avoir la peau.

Hector Cruz.

Un flot de souvenirs macabres envahit son esprit. Il revit le village en flammes, les cadavres calcinés des habitants, les corps des rebelles qu'ils avaient abattus, le regard mauvais de Cruz, la lame de son poignard sur la gorge de Will.

Submergé par une indicible rage, Tate serra les poings. Voilà huit mois qu'il se repassait en boucle les images de cette opération ratée. Il n'en dormait plus. La seule chose qui le maintenait en vie était son désir impérieux d'égorger Hector Cruz et de voir ce salopard se vider de son sang.

Et voilà que cette inconnue débarquait sans crier gare pour lui demander de réaliser ce qu'il rêvait de faire.

Même si sa proposition était plus que tentante, il prit le temps d'observer Eva Dolce — était-ce seulement son véritable nom ? — avec attention. Il pouvait tout aussi bien s'agir d' un piège.

— Vous avez été mal renseignée, répondit-il en croisant les bras. Je ne suis pas un tueur à gages.

— Je le sais, rétorqua-t-elle d'une voix mal assurée. Mais je sais aussi que vous voulez la peau de Cruz.

— Qui vous l'a dit ?

— Voilà huit mois que vous interrogez les uns et les autres à propos de Cruz, que vous cherchez à retrouver sa trace, que vous essayez de soudoyer les rebelles qui se battent à ses côtés pour qu'ils vous indiquent où il se terre. Votre désir de tuer Cruz n'est un secret pour personne. Le nierez-vous ?

Agacé par son ton sarcastique, Tate se mit à réfléchir à vive allure. Qui diable était cette femme ? Et avait-elle réellement retrouvé sa trace à l'aide de son ordinateur ? Elle n'avait pas la tête d'un pirate informatique. Avec ses longs cheveux noirs, ses yeux bleu saphir et sa peau dorée, ses seins rebondis, sa taille fine et ses longues jambes fuselées, il l'aurait plutôt imaginée mannequin ou actrice.

*Qui était réellement Eva Dolce ?*

— Je ne nie ni ne confirme rien, répondit-il avec un haussement d'épaules.

Elle en parut ennuyée, songea-t-il.

— Vous avez envie d'éliminer Hector Cruz, Tate. Et moi aussi.

Oui, il croyait au moins *cette partie* de son histoire. La colère et le dégoût qu'il percevait dans sa voix n'étaient pas feints. Mais quels liens avait-elle avec Cruz ? En avait-elle seulement ?

Peut-être avait-elle été chargée de le faire sortir de sa cachette. Les gens qui le poursuivaient avaient peut-être eu l'idée de se servir de cette Eva comme appât pour le séduire et le jeter dans la gueule du loup. Il n'en serait pas étonné.

Mais si ses ennemis avaient vraiment découvert sa retraite, pourquoi envoyer qui que ce soit ? Et une femme, de surcroît ? Pourquoi ne pas ordonner à un peloton d'exécution de prendre d'assaut ce bar et de le cribler de balles ?

Si ceux qui avaient mis sa tête à prix savaient où il se trouvait, ils l'auraient déjà fait abattre.

Ce qui signifiait que la belle brune aux yeux bleus lui disait peut-être la vérité.

— Pourquoi souhaitez-vous sa mort ? demanda-t-il brusquement.

Il vit passer sur son ravissant visage une violente colère mêlée à … une réelle terreur ?

— De quoi avez-vous peur, Eva ?

— D'Hector, murmura-t-elle. Il me traque depuis trois ans, Tate. Et je n'en peux plus. J'en ai assez de me cacher, de tenter de lui échapper.

Le mot qu'elle avait employé, « traque », raviva la fureur de Tate. Lui aussi se sentait traqué. Essayait-elle ainsi de lui faire comprendre qu'ils étaient du même bord ? De trouver un terrain d'entente dans l'espoir de… de quoi ? De le tuer ?

S'efforçant de maîtriser sa méfiance, il la regarda avec sévérité.

— Pourquoi ne pas me raconter toute l'histoire depuis le début ?

Elle hocha la tête.

— Comme je vous l'ai dit, j'ai grandi à New York mais en fait je suis née à San Marquez.

Tate dissimula sa surprise. Ainsi elle était originaire du même pays que Cruz. Intéressant.

— Après avoir décroché mon diplôme à l'université, j'ai décidé de retourner dans mon pays d'origine dans l'espoir de m'y rendre utile.

Comme Tate éclatait de rire, elle hocha la tête.

— Mes parents ont eu la même réaction que vous. Ils se sont moqués de ma générosité qu'ils considéraient comme de la sensiblerie mal placée. Mais ils n'ont rien pu faire pour me retenir. Suivre les informations à la télévision me rendait malade. Regarder tous ces pauvres gens souffrir, mourir de faim et savoir que leur gouvernement ne levait pas le petit doigt pour leur venir en aide m'était insupportable. J'ai donc contacté une association humanitaire et je me suis engagée pour travailler bénévolement dans un hôpital de montagne.

C'est là que j'ai fait la connaissance d'Hector, ajouta-t-elle avec un soupir. J'étais si bête, si naïve, que j'ai cru à sa cause dans un premier temps.

Tate réprima un soupir. Il n'était pas vraiment surpris par son histoire. Il avait entendu dire que beaucoup de gens avaient été dupés par les beaux discours d'Hector Cruz. Les CPL, les Combattants Pour la Liberté, avaient été constitués pour lutter contre l'oppression du gouvernement dictatorial de San Marquez mais, au fil des ans, leur combat pour la liberté avait dégénéré en terrorisme aveugle. Ils avaient fait sauter des bâtiments, provoquant la mort de nombreux hommes politiques, et commençaient même à racketter le peuple qu'ils prétendaient pourtant défendre, afin de financer leurs activités.

— Nous nous sommes liés d'amitié pendant quelque temps, reprit Eva. Mais par la suite, il est devenu obsédé par moi. Or, je sortais avec un autre bénévole de l'hôpital, John. Nous… nous avons eu un enfant ensemble, Rafe. Il a trois ans, maintenant. Mais Hector tenait à ce que je devienne sa compagne et il… il a tué John.

Tate la dévisageait pensivement sans souffler mot et elle poursuivit.

— Je me suis enfuie. Je ne voulais pas avoir affaire à ce salopard, cracha-t-elle. J'ai donc pris Rafe sous le bras et j'ai quitté l'île. Mais Hector est toujours à mes trousses. Lorsque j'ai appris qu'il avait été jeté en prison, il y a deux mois, j'ai cru que j'étais enfin débarrassée de lui. Mais ses hommes l'ont fait évader et…

Elle poussa un soupir de frustration.

Tate opina. Deux mois plus tôt, Cruz avait fait sauter la maison d'un homme politique connu de San Marquez. Il avait ensuite été arrêté et incarcéré. Mais ses amis rebelles avaient organisé son évasion.

Depuis lors, Cruz avait pris le maquis. Personne ne l'avait vu depuis des semaines et voilà pourquoi Tate ne parvenait pas à le localiser.

— Pour des raisons que je n'ai jamais comprises, reprit

Eva, Hector me considère comme sa propriété personnelle. Chaque fois que je me crois en sécurité, chaque fois que je m'installe quelque part, il arrive à me retrouver.

Quelque chose dans sa triste histoire ne collait pas, ne sonnait pas vrai, songeait Tate. Il ne parvenait pas à mettre le doigt dessus, mais d'instinct il sentait qu'elle ne lui disait pas toute la vérité.

— J'en ai assez de fuir. J'ai envie que ce malade cesse de me harceler. Comprenez-vous ?

Comme le doute s'insinuait dans l'esprit de Tate, il croisa son regard et se rendit compte que la peur y était revenue. Même si elle lui avait en partie menti, elle était sincère à propos de ce qu'elle éprouvait pour Cruz. Elle le détestait. Il la terrifiait.

Parce qu'il avait tué son amant ? Parce qu'il avait jeté son dévolu sur elle et l'obligeait à se cacher, à vivre dans la clandestinité avec son enfant ?

Passant la main dans ses cheveux, il se mit à rire.

— C'était une belle histoire, Eva. Et je suis sûr qu'elle est partiellement vraie. Le problème est que je ne vous fais pas confiance. Je ne fais plus confiance à personne, d'ailleurs. Je suis donc au regret de devoir repousser votre proposition.

Le désespoir passa dans les yeux de la jeune femme.

— Non, ce n'est pas possible ! explosa-t-elle. Je sais que vous êtes à sa recherche. Mais vous ignorez où il se terre, n'est-ce pas ? Depuis son évasion, il a disparu des écrans radars, et comme vous essayez vous-même d'échapper aux autorités, il ne vous est pas facile de sillonner le monde pour le retrouver.

Comme il s'apprêtait à répondre, elle secoua la tête.

— Je ne sais pas pourquoi vous êtes vous-même recherché et franchement je m'en moque. Je veux juste que vous m'aidiez à me débarrasser d'Hector.

— Mais pour ça il faudrait que je sorte de ma cachette et que je m'expose, répliqua-t-il avec un soupir. N'y avez-vous pas pensé ? J'ai moi aussi des ennuis, ma chère. Comme vous l'avez très justement remarqué, je ne peux m'offrir le luxe de parcourir le monde et, même si je le pouvais, je ne me lancerais pas aveuglément à la poursuite d'un homme que je souhaite peut-être ou peut-être pas abattre.

— Mais vous voulez sa peau, rétorqua-t-elle, une note de triomphe dans la voix. Et il ne s'agirait pas de courir après lui au hasard. Je sais où il se cache.

Incapable de lutter contre la bouffée d'espoir qui lui soulevait la poitrine, Tate se sentit faiblir. Elle savait donc où se terrait Cruz ? Voilà des mois qu'il essayait de localiser cette ordure. Mais il n'était parvenu à rien.

Si vraiment cette femme connaissait le repaire de Cruz…

*Il me tuera de toute façon… Oublie-moi, Robbie.*

Non, il n'avait rien oublié.

— Et si vous ne souhaitez pas vous rendre dans sa cache, enchaîna-t-elle, il nous suffira de trouver le moyen de le contacter. Faites-moi confiance, Hector viendra à moi si je le lui demande.

Il n'en doutait pas. Elle était belle comme le péché, aucun homme ne lui ferait faux bond. Le simple fait de se trouver dans la même pièce qu'elle le troublait. Mais le bon sens et l'instinct lui soufflaient de ne pas se fier au désir qu'elle provoquait chez lui.

*Faites-moi confiance.*

Eh non, il n'avait pas l'intention de faire confiance à une totale inconnue. Et encore moins à une inconnue aussi ravissante qu'Eva Dolce.

*Même si elle lui permettait de débusquer Cruz ?*

Il ne pouvait pas la congédier comme il l'aurait voulu. Elle avait raison sur un point. Il voulait la peau de Cruz. Il n'avait qu'un rêve, qu'un objectif, qu'une ambition. L'anéantir, le tuer, le rayer de la carte.

Venger Will était devenu sa seule raison de vivre.

Alors, comparé à ce désir impérieux, faire confiance ou non à cette femme était un détail mineur.

Les yeux dans les siens, il se leva.

— Où êtes-vous descendue ? demanda-t-il.

Elle battit des paupières.

— Au petit motel situé à l'entrée de la ville, El Paraíson. Chambre 12.

— Je reprendrai contact avec vous quand j'aurai pris une décision.

Elle se leva à son tour, semblant au désespoir.

— Je vous en prie. Donnez-moi une réponse maintenant. J'ai besoin de votre aide, Tate.

Avec un haussement d'épaules, il lui décocha un sourire sardonique.

— Si vous avez besoin de moi à ce point-là, mon cœur, il vous faudra patienter. D'ailleurs, l'attente fait partie du plaisir, non ?

Il vit ses yeux bleus briller d'indignation mais il sortit de la pièce sans se retourner.

— Cette histoire ne me plaît pas, déclara Sebastian Stone. Etes-vous sûr que cette femme ne cherchait pas à vous manipuler ?

Tate vida sa chope de bière et la reposa sur la table.

— Je ne suis sûr de rien. Voilà pourquoi je vous en parle, les gars.

— À mon avis, c'est un piège. Ils ont dû retrouver notre trace.

— Peut-être pas, rétorqua Nicolas Prescott. Et cette Eva Dolce a peut-être réellement envie de se débarrasser de Cruz.

Tate réprima un gémissement. Stone et Prescott n'étaient jamais d'accord sur rien. Quel que soit le sujet, il suffisait que l'un ait une opinion pour que l'autre pense le contraire. De tous les hommes qu'il avait eus sous ses ordres, ces deux-là étaient les plus exaspérants.

Mais ils étaient également d'une loyauté à toute épreuve, intelligents et sans merci quand les circonstances l'imposaient.

Il les dévisagea tour à tour, accablé. Pour effectuer cette mission à San Marquez, il avait été envoyé avec huit hommes sous ses ordres. Deux seuls avaient survécu.

— Non, rétorqua Sebastian. Les salopards qui ont mis nos

têtes à prix doivent se douter que Cruz est notre point faible. Ils ont élaboré cette histoire pour nous piéger, c'est évident.

— Le capitaine n'est pas un imbécile. S'il s'agit d'un piège, il ne va pas tomber dedans. Mais s'il y a une chance de coincer Cruz…

Avec un soupir, Tate leva la main.

— Le capitaine est devant vous, alors cessez de parler de moi comme si je n'étais pas là.

Ils se turent aussitôt, s'absorbant dans la contemplation du paysage. Tate se frotta les tempes, en proie à une frustration croissante. La vue était à couper le souffle mais lui rappelait en permanence la précarité de leur situation.

Cette vieille forteresse, nichée à flanc de montagne, avait été abandonnée depuis des décennies. Apparemment, le gouvernement mexicain ne voyait pas l'utilité de cet édifice à moitié en ruine datant de la guerre qui avait opposé les Mexicains aux Américains en 1846. Mais, avec sa haute tour de guet et ses souterrains qui permettaient de s'enfuir sans être repérés en cas de besoin, l'endroit était parfait pour se cacher. Lorsque la maison de Costa Rica où ils avaient élu domicile avait été localisée et qu'ils s'étaient mis en quête d'une nouvelle planque, ils avaient eu de la chance de tomber sur cette bâtisse. Ils s'y terraient depuis trois semaines, vivant dans la montagne comme des ermites.

Tate avait cru que dans ce lieu reculé et oublié de tous, ils seraient en sécurité. Mais manifestement il s'était trompé. Si Eva Dolce les y avait retrouvés, cela signifiait que tous ceux qui étaient à leur poursuite étaient susceptibles de les y dénicher.

— Je vais collaborer avec elle, conclut-il à contrecœur.

— Etes-vous devenu fou ? s'exclama Sebastian.

— Non, seulement pragmatique, répliqua-t-il avec un haussement d'épaules. Je ne pense pas qu'elle ait été envoyée ici par un des membres de notre gouvernement, mais si c'est pourtant le cas, il n'est pas question de la perdre de vue. Nous devons découvrir qui elle est et pourquoi elle est venue jusqu'à nous.

Sebastian émit un grognement frustré.

— Sans vouloir vous manquer de respect, je crois que vous vous moquez bien de savoir qui est cette femme. La seule chose qui vous intéresse est de venger Will.

— Et alors ? glapit Nick. Will était son *frère*. Et mon meilleur ami. Il mérite d'obtenir justice.

— Il est mort, rétorqua son camarade. Et où qu'il soit, je ne pense pas qu'il ait envie d'être vengé et encore moins que nous risquions notre vie dans ce but.

Tate ferma brièvement les paupières, luttant contre la douleur qui se réveillait au simple fait d'entendre prononcer le nom de Will. Huit mois s'étaient-ils donc écoulés depuis que son petit frère était mort sous ses yeux ? Il avait l'impression que c'était hier.

Sebastian avait raison. Will n'aurait pas voulu être vengé. Il avait toujours fait preuve d'une mansuétude dangereuse, il prêchait le pardon, même quand le coupable ne méritait pas la moindre magnanimité.

Leur père, par exemple, avait toujours eu la main lourde et les battait comme plâtre. Mais alors qu'ils avaient le visage en sang, Will s'efforçait toujours de lui trouver des excuses.

« Ne lui en veux pas, Robbie. Maman lui manque, voilà tout. »

À ce souvenir, il serra les dents. Will avait peut-être pardonné à leur père sa brutalité mais pas lui. Et de même, il n'était pas question pour lui de laisser l'assassin de Will en liberté, pas s'il avait la possibilité de le tuer.

— Tu as raison, dit-il, interrompant la discussion. Il ne s'agit pas de cette Eva. Mais de Cruz. Je veux qu'il paie pour ses crimes, je veux sa peau, Seb.

— Et tous les autres qui sont morts, eux aussi ? lança Seb avec colère. Qu'en faites-vous ? Et Lafayette et Diaz ? Et Rhodes et Timmins et Berk ?

Une flèche perça le cœur de Tate. Entendre leurs noms lui donnait envie de frapper le mur.

— Eux aussi ont été assassinés, poursuivit Sebastian.

Diaz dans un accident de la route provoqué soi-disant par son état d'ivresse — il n'a jamais bu une goutte d'alcool de sa vie ! Rhodes emporté par un cancer, Berk au cours d'une bagarre, Lafayette …

— Ça suffit, gronda Tate. Je sais comment ils sont morts. Parler d'eux en permanence ne leur rendra pas la vie.

— Non, mais nous ignorons toujours pourquoi ils ont été supprimés, répondit Sebastian en serrant les poings. Et voilà pourquoi nous devons rester focalisés sur le sujet.

— La mission, reprit Nick avec lassitude. Nous savons que tout est lié à la mission qu'on nous avait confiée.

Ils en revenaient toujours au même point. Tate et son équipe avaient reçu l'ordre de porter secours à un médecin pris en otage par les rebelles au Pérou. Mais lorsqu'ils avaient débarqué à Corazón, le Dr Harrison était déjà mort comme la centaine de villageois qui vivaient là, et avant que Tate n'ait pu comprendre ce qui se passait, leur unité avait été rappelée aux États-Unis.

Et apparemment, depuis lors, tous ses hommes étaient éliminés les uns après les autres, systématiquement.

Lui-même avait échappé de peu à la mort. Un beau matin, alors qu'il sortait de son immeuble de Richmond, comme d'habitude, une fusillade avait soudain éclaté dans sa rue. Comme par hasard. Par miracle, il s'en était tiré avec une égratignure à l'épaule et il avait réussi à se cacher dans une cage d'escalier. Les tueurs à gages avaient dû repartir sans pouvoir l'abattre.

La police avait conclu à une attaque d'un gang sévissant dans le quartier mais Tate n'en avait pas cru un mot. Ceux qui avaient tenté de le descendre n'étaient pas des adolescents ni des dealers. Il savait que le gouvernement était derrière cette fusillade. Et il n'en avait pas été surpris, étant donné qu'il avait assisté aux obsèques de cinq des hommes de son unité en quelques semaines.

Il ne restait de l'équipe envoyée en mission à Corazón que Sebastian, Nick et lui. En comprenant qu'ils étaient dans la ligne de mire du gouvernement, ils avaient décidé de disparaître dans la nature avant d'être tués à leur tour. Depuis six mois, ils ne cessaient de s'interroger, de se demander qui cherchait à les éliminer et pourquoi mais ils n'avaient trouvé aucune réponse satisfaisante. Ils avaient beau creuser, ils ne comprenaient pas ce qui se tramait.

Mais il y avait au moins une chose que Tate savait.

Hector Cruz avait tué son frère.

Et il le paierait de sa vie.

— Nous découvrirons pourquoi ils veulent nous supprimer, dit-il. Will et moi sommes frères par le sang, mais n'en doutez pas, je considère tous mes hommes comme mes frères. Et tant que je ne saurai pas pourquoi ils sont morts, je ne pourrai trouver de repos.

— Mais…

Tate poussa un soupir.

— Mais je ne peux pas laisser échapper l'opportunité qui s'offre à moi. Si cette Eva Dolce peut me conduire à Cruz, je vais la suivre.

# 3

Tate n'allait pas l'aider. Eva s'obligea à accepter la dure réalité. Vingt-quatre heures s'étaient écoulées depuis qu'elle l'avait rencontré au bar. Et elle n'avait reçu aucun coup de fil, aucune visite. Il ne viendrait plus. Elle avait échoué.

Et elle se retrouvait à la case départ.

Avec un soupir, elle regarda son fils endormi. Elle enviait souvent la facilité de son petit garçon à s'assoupir en un clin d'œil. Dès qu'il posait la tête sur l'oreiller, Rafe rejoignait le pays des songes et même un ouragan n'aurait pu alors le tirer des bras de Morphée.

Pour sa part, en revanche… Depuis qu'elle avait fait la connaissance d'Hector, elle avait beaucoup de mal à trouver le sommeil et ses nuits étaient courtes.

Avec un soupir, elle s'allongea près de son fils et s'absorba dans la contemplation de son petit visage. Quand elle l'avait mis au monde, elle s'était demandé comment elle réagirait s'il ressemblait à son père, s'il avait hérité des yeux noirs et durs d'Hector, de ses traits coupés au couteau. Mais Rafe avait tout pris de son côté à elle. Il avait ses yeux bleus, ses cheveux noirs et les fossettes de son grand-père maternel.

De toute façon, elle l'aurait aimé, même s'il avait été le portrait craché de son géniteur, elle le savait. Depuis le jour de sa naissance, Rafe lui montrait qu'il avait sa propre personnalité. Rieur, incroyablement tendre, il était aussi volontaire.

— Tu es à moi, murmura-t-elle en passant la main dans ses cheveux fins. Je ne le laisserai pas t'arracher à moi.

Elle se demanda soudain si c'était pour cette raison que Tate avait refusé sa proposition. Avait-il deviné qu'elle lui avait menti sur les liens véritables qui l'unissaient à Hector ?

Lorsqu'elle s'était rendue au bar, elle pensait lui dire toute la vérité. Qu'elle était tombée amoureuse du chef des rebelles, qu'elle avait eu un enfant de lui et qu'Hector exigeait d'élever lui-même leur fils.

Mais à la vue de la lueur féroce qui avait brillé dans les yeux de Tate quand elle avait prononcé le nom d'Hector, elle avait hésité à tout lui raconter. Elle avait senti sa haine meurtrière et la fureur qu'il éprouvait contre Hector.

Elle avait deviné alors que, si elle lui avouait qu'elle était la mère du fils d'Hector Cruz, il pourrait être tenté de l'étrangler à mains nues.

Elle avait donc préféré lui mentir, passer certains faits sous silence, s'inventer un amant. Elle avait espéré que son histoire suffirait à le convaincre, qu'il se rendrait compte de la terreur qui l'habitait, de la gravité de sa situation et qu'il accepterait de l'aider.

Manifestement, elle s'était trompée.

Avec un gros soupir, elle se releva et traversa la chambre d'hôtel miteuse. À la vue d'un gros cafard sur le lino, elle blêmit. Il disparut derrière la commode, lui retirant toute possibilité de l'écraser du pied, et elle comprit qu'elle ne fermerait pas l'œil de la nuit. Elle avait ce genre d'insectes en horreur.

Elle alluma son ordinateur portable. L'hôtel où elle était descendue était le seul du coin à avoir un accès à internet. Elle se connecta sur la page Web d'une compagnie aérienne. Elle avait la possibilité de réserver deux places sur un vol pour Rafe et elle sous leurs identités actuelles, mais une fois parvenue à destination elle devrait s'occuper de faire faire de nouveaux papiers.

Mais où aller ? Devait-elle retourner en Europe ? Ou peut-être en Australie, cette fois. Il y a des centaines d'endroits où se cacher à travers le monde, mais les petites bestioles qu'elle détestait peuplaient nombre d'entre eux.

Elle se souvint avoir entendu dire que plus de deux cent mille espèces d'insectes différents avaient été répertoriées dans l'outback australien...

Merci bien. Elle préférait rester à distance de cette partie du monde. Le Canada serait peut-être une meilleure destination.

Elle s'apprêtait à chercher un vol quand un coup sec à la porte la fit sursauter.

Elle sentit le sang se retirer de son visage. Elle craignit d'abord qu'Hector n'eût retrouvé sa trace puis se souvint de la façon dont ses hommes avaient défoncé sa porte à Istanbul. Hector n'était pas du genre à frapper avant d'entrer.

Inspirant profondément, elle s'empara du revolver qu'elle avait laissé près de son ordinateur. Elle s'assura que la chaîne de sécurité était posée et tira le verrou.

Un intense soulagement la submergea. Tate !

— Vous êtes venu, balbutia-t-elle.

Elle lui ouvrit et l'invita d'un geste à entrer.

Il s'avança d'un air méfiant. Les fragrances musquées de son eau de toilette lui chatouillèrent les narines, et, à son grand agacement, Eva sentit son cœur s'accélérer dans sa poitrine.

Remarquant l'arme qu'elle tenait à la main, Tate esquissa un sourire.

— Savez-vous au moins vous en servir ?

Elle haussa les épaules.

— Il suffit d'appuyer sur la détente, non ?

— Oui, à peu près.

Incapable de s'en empêcher, elle contempla sa haute stature, ses épaules puissantes, son torse musclé, ses yeux étonnants et sa bouche sensuelle.

Son manège n'échappa pas à Tate.

— Avez-vous fini de me reluquer ? lança-t-il.

Sa voix moqueuse la fit rougir. Il l'avait surprise en train de le détailler ouvertement mais un gentleman aurait fait mine de ne pas s'en apercevoir.,

*Il n'a rien d'un gentleman, idiote*, se dit-elle in petto.

Elle redressa la tête.

— Je suppose donc que vous êtes d'accord pour m'aider ?

Au lieu de répondre, il désigna d'un mouvement de menton les deux valises posées près de la fenêtre.

— Vos affaires ?

— À qui d'autre pourraient-elles appartenir ?

Ignorant son sarcasme, Tate sortit de sa poche un appareil de la taille d'un BlackBerry. Il l'alluma et traversa la pièce pour le passer sur ses bagages. Eva comprit qu'il cherchait des dispositifs de pistage électronique ou des micros espions.

Quand il eut fini d'inspecter les valises, il se tourna vers le lit et fronça les sourcils en y voyant le garçonnet endormi.

— Vous êtes venue avec votre fils, dit-il, contrarié.

— Bien sûr, rétorqua Eva, irritée par sa remarque.

— Il ne peut pas nous accompagner.

— Il le faudra bien. Je n'ai personne à qui le confier.

— Vos parents ne pourraient-ils pas se charger de lui ?

— Je ne les ai pas vus depuis trois ans.

Tate grommela quelque chose d'incompréhensible avant de s'approcher d'elle.

— Écartez les jambes et les bras.

— Pardon ? demanda-t-elle d'un ton indigné.

— Je m'assure que vous ne portez pas de tracker. Je ferai de même avec le petit.

— Vous pensez vraiment que j'aurais posé un tel dispositif sur mon enfant ? Qui ferait une chose pareille ?

— Vous seriez surprise. Je n'irai nulle part avec vous sans avoir vérifié au préalable que vous ne dissimulez rien sur vous, alors laissez-moi vous palper le corps ou je m'en vais.

De nouveau, elle sentit ses joues s'enflammer. La « palper » ? Elle n'avait aucune envie qu'il la touche !

Mais avait-elle le choix ?

Refoulant son humiliation, elle le laissa faire.

Les mains de Tate la parcoururent comme si elle lui appartenait. Il les promena d'abord sur ses jambes, la faisant frissonner, puis comme il remontait vers ses cuisses, son cœur s'accéléra dans sa poitrine.

Pourquoi ce type lui faisait-il tant d'effet ?

Depuis quatre ans, elle vivait comme une nonne, voilà tout ! Elle n'avait pas approché d'homme depuis si longtemps qu'il suffisait de pas grand-chose pour être troublée.

Quand Tate effleura ses seins, Eva faillit crier. Gênée, elle en sentit la pointe se dresser.

Il la regarda.

— Vous ne portez pas de soutien-gorge, dit-il, une lueur d'approbation dans les yeux. C'est plus pratique.

Mortifiée, elle rétorqua.

— Je n'en porte jamais pour dormir et je ne pensais pas que vous viendriez à cette heure-ci et encore moins que vous me feriez subir une fouille en règle.

— Je ne trouvais pas cela pratique dans ce sens-là, ma chère, mais parce qu'il est très courant de cacher un micro dans une bretelle de soutien-gorge. En ne portant pas de sous-vêtements, vous me faites gagner du temps.

Lorsqu'il eut terminé, il se redressa.

— Réunissez vos affaires. Nous les mettrons dans la voiture.

Il ne fallut à Eva qu'un instant pour se préparer. Elle n'avait même pas défait ses valises. Depuis trois ans, où qu'elle soit, elle se tenait toujours prête à partir sur-le-champ. Elle ramassa quelques petites voitures de Rafe qui traînaient par terre et son livre de contes pour les mettre dans un sac.

Puis elle se dirigea vers le lit, lançant à Tate au passage :

— Comptez-vous toujours fouiller mon fils ?

— Désolé, mais oui. J'y suis obligé.

Eva se pencha vers Rafe et le prit dans ses bras. Tandis que Tate palpait son petit corps frêle, l'enfant se blottit plus étroitement contre sa mère mais ne se réveilla pas.

— Bien, nous partons, dit Tate, après avoir rangé son appareil.

Il s'empara des valises comme si elles ne pesaient rien et Eva le suivit, portant le garçonnet.

Le parking du motel était sombre et désert lorsqu'ils sortirent. Tate s'approcha d'une Jeep poussiéreuse. Il s'installa au volant tandis qu'Eva attachait son fils à l'arrière avant de s'asseoir à l'avant.

Tate démarra. Alors qu'il gagnait la route, il sentit le regard d'Eva peser sur lui et se tourna vers elle.

— Le gosse ne viendra pas avec nous. Nous le laisserons à mes hommes, dit-il.

Une vague de panique submergea Eva.

— Je n'irai nulle part sans lui, rétorqua-t-elle.

— Il n'est pas question d'emmener un enfant pour une opération potentiellement dangereuse.

Au comble de l'angoisse, elle se mit à se ronger les ongles. Le point de vue de Tate était compréhensible. Lorsqu'elle avait fui Istanbul et pris la décision de partir à sa recherche, elle n'avait pas pensé à tous les détails pratiques. L'important pour elle avait été de se débarrasser d'Hector une bonne fois pour toutes, mais maintenant elle se rendait compte qu'ils avaient en effet un problème. Il n'était pas possible de se rendre à San Marquez avec Rafe.

Mais elle ne pouvait pas non plus laisser son fils aux mains d'inconnus.

— Vous allez rencontrer mes hommes et vous prendrez votre décision ensuite, dit Tate, devinant ses réticences.

— Et si je ne leur fais pas confiance ?

— Nous chercherons une garderie dans le coin, répondit-il d'un ton sarcastique.

— Je suppose que vous n'avez pas d'enfant ?

— Pas que je sache, rétorqua-t-il avec un sourire en coin.

— Si vous en aviez, vous comprendriez mieux mes appréhensions.

— Écoutez, je me moque complètement de ce que vous faites avec votre gosse mais il ne viendra pas avec nous.

Il s'exprimait d'un ton sans réplique et Eva se tut. Elle aviserait après avoir fait la connaissance des hommes de Tate.

En attendant, sans doute devait-elle lui être reconnaissante de chercher à l'aider.

Un quart d'heure plus tard, la Jeep s'engagea sur un chemin de terre qui serpentait dans la montagne. Il faisait nuit noire et elle ne voyait rien alentour. Mais manifestement Tate savait où il allait. Il fonçait dans l'obscurité.

Lorsqu'ils arrivèrent à destination, elle découvrit, les yeux écarquillés, une ancienne forteresse. L'édifice en pierre ne manquait pas de majesté mais il était en ruine. La tour de guet, en particulier, semblait sur le point de s'effondrer.

— Quel endroit pittoresque ! dit-elle.

— C'est surtout un endroit sûr, rectifia-t-il.

Il s'arrêta dans une cour pavée et coupa le moteur.

— Une partie des souterrains permet de s'enfuir discrètement en cas de besoin. Cela peut s'avérer utile.

— Hector aussi se cache dans la montagne, se surprit-elle à dire. Dans un bunker. L'entrée est creusée dans la paroi rocheuse et est presque complètement invisible.

Il plissa les yeux.

— Je vois.

Il fallut un instant à Eva pour décrypter l'expression peinte sur son visage dur.

— Vous ne m'avez pas crue quand je vous ai dit que je savais où il était ! lança-t-elle d'un ton accusateur.

Il haussa les épaules.

— Je vous ai crue à moitié.

— Et maintenant ?

— Aux trois quarts.

Eva faillit éclater de rire. Elle ne parvenait pas à cerner cet homme. Tantôt, il se montrait aussi froid que la glace, aussi impitoyable qu'un tueur, et un instant plus tard, il se métamorphosait en charmeur, prêt à plaisanter, à sourire de façon sensuelle, à émettre une remarque sarcastique. Il la déstabilisait et en même temps, près de lui, elle se sentait curieusement en sécurité.

— Je me charge des valises, vous vous occupez du petit, dit-il, revenant à la situation.

— Il s'appelle Rafe.

— Comme je le disais, détachez le petit.

Tout en descendant de la Jeep, elle s'ordonna de ne pas prendre ombrage du fait que Tate considérait Rafe comme une gêne. Qu'avait-elle espéré ? Qu'il se réjouirait d'être encombré d'un gamin de trois ans ? Qu'il le hisserait sur ses épaules ? Tate n'était pas le père de Rafe, bon sang.

Son géniteur était un monstre.

Serrant son fils contre elle, elle suivit Tate vers la forteresse. Ils s'arrêtèrent devant une lourde porte de bois que Tate tapota d'une façon qui semblait codée.

Une silhouette surgit sur le seuil.

D'instinct, Eva recula en voyant un inconnu sortir de l'ombre mais, dès qu'elle parvint à distinguer ses traits, elle se détendit. Âgé d'une vingtaine d'années, il était beau garçon avec ses cheveux châtains et ses yeux ambre.

— Vous avez été rapide, remarqua ce dernier.

Tate haussa les épaules, un geste qui semblait être un automatisme chez lui, et se tourna vers elle.

— Nick, Eva, Eva, Nick.

Avant qu'elle ne puisse saluer le dénommé Nick, Tate les entraîna à l'intérieur jusqu'à une grande salle éclairée par des dizaines de bougies posées sur le sol.

Promenant les yeux autour d'elle, elle considéra la table de fortune dressée dans un coin, les chaises dépareillées, le canapé défoncé, les sacs de couchage, un tas de boîtes de conserve. Sur une planche posée sur des tréteaux trônaient plusieurs ordinateurs portables. Un grand blond pianotait sur l'un d'eux et tourna la tête en les entendant arriver.

— C'est elle ? demanda-t-il en examinant Eva d'un air méfiant.

Sous son regard pénétrant, elle se raidit. Il n'était pas

beau à proprement parler mais il émanait de lui une sorte de magnétisme. Ses traits étaient durs, son nez semblait avoir été cassé mais il était très séduisant dans son genre.

— Eva, je vous présente Sebastian, dit Tate.

— Ravie de faire votre connaissance.

— Alors comme ça, vous avez envie de tuer Hector Cruz ? lança-t-il en guise de salutation.

Elle releva le menton d'un air déterminé.

— Oui.

Il grommela quelque chose d'incompréhensible puis poussa un juron en découvrant Rafe dans ses bras.

— Vous avez un gosse ?

D'où sortaient ces types ? se demanda-t-elle. N'avaient-ils donc jamais vu d'enfant ?

— Rafe, le fils d'Eva, expliqua Tate d'un ton dégoûté.

Nick s'approcha d'elle, un sourire chaleureux aux lèvres.

— Puis-je le prendre ? Je vais l'installer sur le canapé où il pourra dormir pendant que nous discutons.

Réconfortée, Eva lui confia son fils. Enfin quelqu'un qui ne considérait pas Rafe comme porteur d'une maladie contagieuse.

— Merci, dit-elle. Il devient lourd.

Avec douceur, Nick lui prit l'enfant des bras et le déposa sur le canapé avant de le recouvrir d'un sac de couchage. Emerveillée, Eva le vit lui caresser les cheveux tendrement.

— J'adore les gosses, déclara Nick.

— En avez-vous, vous-même ?

— Non mais ma grande sœur en a trois. Des jumelles de deux ans et un gaillard de cinq ans. Je ne les ai pas vus depuis six mois mais ils doivent avoir grandi.

Il était impossible de ne pas sentir sa tristesse et elle se demanda pourquoi ces trois hommes vivaient dans la clandestinité. Quand elle s'était mise à la recherche de Tate, elle ne s'était pas interrogée sur la question. Elle avait estimé que le sujet ne la concernait pas. Elle tenait à le retrouver pour le convaincre de l'aider, le reste ne l'intéressait pas. Mais à présent elle ne pouvait réprimer sa curiosité.

Elle les regarda tour à tour. Tous trois étaient d'anciens militaires, cela crevait les yeux, et ils semblaient mal à l'aise comme si sa présence les rendait méfiants.

— Si nous partons débusquer Cruz, nous laisserons votre fils à Nick et à Sebastian, dit Tate, la dévisageant comme s'il cherchait son approbation.

Après un instant d'hésitation, elle hocha la tête.

— D'accord. Je pense que ça pourra marcher.

Sebastian était loin d'être le baby-sitter idéal, mais Nick avait conquis son cœur. Un homme qui regardait Rafe avec une telle tendresse ne pouvait pas lui faire du mal.

Pourtant, sa gorge se serrait à l'idée de confier son enfant à des inconnus.

— Je prendrai soin de lui, certifia Nick, devinant qu'elle avait besoin d'être rassurée.

Elle hocha la tête, trop émue pour être capable d'émettre un son.

— Alors maintenant, il va nous falloir jouer les nounous ! lança Sebastian avec grossièreté. Pouvons-nous nous intéresser à des sujets plus importants, à présent ? Il est peut-être temps de se demander pourquoi vous faites confiance à cette femme, pourquoi vous êtes prêt à la suivre et si elle ne va pas vous mener dans un piège et nous faire tous tuer ?

Eva sursauta comme s'il l'avait giflée. Indignée par l'hostilité manifeste de Sebastian, elle se tourna vers Tate, lui demandant du regard de la soutenir.

Mais, au lieu d'obtempérer, il lui lança d'un air dur :

— Oui, Eva, expliquez-nous donc pourquoi nous pouvons vous faire confiance. Dites-nous pourquoi je n'aurais pas intérêt à vous tuer tout de suite, sans autre forme de procès.

# 4

Cette femme n'avait pas froid aux yeux, Tate dut le reconnaître. Au lieu de se pétrifier sous leurs regards accusateurs, elle croisa les bras, les sourcils froncés.

— Vous n'avez pas intérêt à me tuer parce que si vous le faites vous ne retrouverez jamais Hector, rétorqua-t-elle froidement. Et me descendre alors que mon fils dort à deux pas ferait de vous les pires salauds de la planète.

— Et qui vous dit que je n'en suis pas un ? rétorqua Tate en levant la tête d'un air de défi.

— Vous bluffez. Voulez-vous que je le prouve ? Alors, allez-y, tuez-moi.

Tate soutint son regard un long moment puis éclata de rire. Il ne lui faisait pas confiance mais il appréciait son tempérament.

— Asseyez-vous, dit-il. Et mettons au point les détails.

Avec raideur, elle prit place sur une chaise. Ses cheveux longs étaient ramassés en chignon dont s'échappaient des mèches folles. Elle avait le visage d'une madone.

Tate sentit sa bouche devenir sèche en se remémorant la douceur de son corps quand il l'avait fouillée.

Il devait se calmer, s'ordonna-t-il.

Pour un homme qui n'avait plus de libido depuis des mois, Eva Dolce incarnait la tentation ultime. Mélange parfait de fragilité et de courage, sans parler de sa beauté, elle avait tout pour l'attirer. Sa sensualité suintait par tous les pores de sa peau et pourtant elle ne semblait pas consciente de l'effet qu'elle produisait sur la gent masculine. Même Stone, qui ne cherchait pas à cacher son hostilité à la décision de Tate de se lancer avec elle aux trousses de Cruz, semblait subjugué.

S'interdisant de la regarder plus longtemps, Tate croisa les bras.

— Je vous paierai ce que vous voulez, lança-t-elle avec force. Enfin, dans des limites raisonnables, ajouta-t-elle aussitôt.

Il secoua la tête.

— Je me moque de votre argent, mais si nous décidons d'y aller, je veux partir le plus tôt possible.

Il prit une chaise, la retourna et s'y assit à califourchon.

— Avez-vous un passeport en règle ou avons-nous besoin de vous en faire faire un ?

— J'en ai un. Mais, reprit-elle en considérant son fils, si vous préférez, vous pouvez y aller seul. Je resterai ici avec Rafe. Je vous indiquerai l'emplacement exact du bunker où se cache Hector et je…

— Non, la coupa-t-il. Vous m'accompagnez.

Elle le fusilla du regard.

— Inutile de me parler sur ce ton. Je vous le proposais pour des raisons pratiques, pour ne pas vous retarder.

— J'ai tout le temps devant moi, ma chère. Vous m'accompagnez à San Marquez, ce n'est pas négociable.

— Pourquoi ? Oh ! je comprends, vous pensez toujours que je veux vous piéger, n'est-ce pas ? Vous ne me faites pas confiance…

— Me le reprochez-vous ?

— Non, répondit-elle en se mordillant les lèvres. Mais je n'essaie pas de vous attirer dans un traquenard. J'ai vraiment envie qu'il meure, Tate. Je ne vais pas fuir jusqu'à la fin de mes jours.

Sebastian, qui avait suivi l'échange adossé au mur, s'approcha, les sourcils froncés.

— Et pourquoi fuyez-vous ? demanda-t-il d'une voix dure. Pensez-vous vraiment nous faire croire que Cruz fait une fixette sur vous et met sa révolution en péril pour un joli petit cul ?

Au lieu de commencer à trembler, Eva planta son regard dans celui de Sebastian.

— Etes-vous ami avec Hector ?

— Quoi ? Sûrement pas !

— À-t-il partagé ses rêves et ses espoirs avec vous pendant une année entière ? Vous a-t-il poursuivi de ses assiduités ? Vous a-t-il appelé « mon cœur » ? Je pense que non. Alors dites-moi en quoi vous êtes qualifié pour savoir à quoi Hector a envie de consacrer son temps et son argent ?

En voyant Sebastian resté bouche bée, Tate dissimula un sourire mais Eva n'en avait pas fini.

— Je ne suis peut-être qu'un « joli petit cul », comme vous dites, pour Hector, mais il faut croire qu'il l'apprécie vraiment beaucoup parce qu'il lui court après depuis trois ans. Il a engagé des détectives privés, envoyé des hommes à mes trousses, fait surveiller mes parents et, chaque fois que je réussis à disparaître, il me retrouve. J'en ai assez de vivre dans la peur, d'être obligée de me cacher. Je veux qu'il meure, bon sang !

— Maman ?

Le visage d'Eva se figea. Ses cris avaient réveillé son fils et Tate réprima un grognement en voyant le petit garçon serrer son éléphant en peluche avec angoisse.

Comme Eva s'approchait du canapé pour le prendre dans ses bras, Rafe écarquilla les yeux en découvrant les trois hommes.

— C'est qui, maman ?

— Des amis, répondit-elle d'un ton empreint de douceur. Le plus grand assis sur la chaise s'appelle Tate. Et là-bas, il y a Sebastian et Nick.

— Salut, vieux, lui lança Nick en souriant. C'est l'heure de faire dodo, non ?

— J'ai fait un cauchemar horrible.

Assis sur les genoux de sa mère, l'enfant se blottit étroitement contre elle.

Elle lui caressa le dos d'un geste apaisant et l'embrassa.

— Veux-tu le raconter à maman ?

Tate réprima un juron. Les gosses n'avaient jamais été sa tasse de thé.

D'accord, Sebastian et Nick se chargeraient du gamin pendant qu'ils seraient à San Marquez, mais Tate se demandait si la mère ne serait pas pire que le fils.

Il ne lui faisait pas confiance. Quelle que soit la manière dont il examinait l'affaire, il en revenait toujours au même point. Il ne lui faisait pas confiance.

*Mais elle allait le mener à Cruz.*

Tout en regardant Eva câliner son gamin, il s'accrocha à cette certitude.

— Raconte-moi ton rêve, insista-t-elle.

— Les hommes méchants étaient là et tu criais et puis ils tiraient partout et j'avais peur.

Tate fronça les sourcils. Pourquoi avait-il le sentiment qu'il ne s'agissait pas seulement d'un cauchemar ?

Par-dessus la tête de son fils, Eva croisa le regard de Tate.

— Cruz, articula-t-elle dans un murmure. Ses hommes ont débarqué chez nous, à Istanbul, le mois dernier.

Elle se leva pour réinstaller le garçonnet sur le canapé.

— Donnez-moi un instant, dit-elle aux trois hommes.

Pour la laisser tranquille, Tate, Stone et Prescott s'éloignèrent vers les ordinateurs.

— Je n'ai pas confiance en elle, grommela Sebastian à mi-voix.

— Tu prêches un converti, répliqua Tate sur le même ton.

Nick prit la parole.

— Son histoire se tient. Orlando vient de m'envoyer les renseignements que nous lui avions demandés et ils corroborent ce qu'elle nous a raconté.

Tate se pencha vers l'écran pour étudier les documents, le certificat de naissance, les relevés de notes de la jeune femme, son dossier d'inscription pour devenir bénévole à l'hôpital de San Marquez.

Tous attestaient de la sincérité de ce que leur avait dit Eva, mais en réalité ils ne prouvaient rien. N'importe quel agent digne de ce nom était capable de produire de quoi étayer une couverture.

— Vous êtes fort, murmura une voix dans leurs dos.

Tate se retourna. Eva fixait l'écran derrière lui. Il se rendit compte que l'enfant s'était rendormi sur le canapé.

— Vous n'avez entendu parler de mon existence que depuis deux jours et vous avez déjà obtenu mes relevés de notes.

— Nous n'y sommes pas pour grand-chose, avoua Nick, un peu honteux. Notre informateur a réuni ces documents.

— Votre informateur n'est pas très doué pour un professionnel. Je n'ai pas eu besoin de deux jours pour me procurer l'équivalent sur vous.

Il fallut un instant à Tate pour comprendre qu'elle s'adressait à lui.

— Vous collectionniez les D en anglais en terminale, Tate. Quel était le problème ? Vous n'aimiez pas travailler ?

Tate ne répondit pas. C'est vrai, au lycée, il n'avait eu que de mauvaises notes. Cette année-là, il avait manqué l'école pendant trois mois pour s'occuper de Will. Leur père lui avait cassé les jambes. Il ne pouvait pas le laisser seul.

Mais il n'allait pas raconter sa vie à Eva. Mieux valait lui laisser penser qu'il était nul. Passer pour un imbécile était souvent une bonne stratégie.

Le regard de la jeune femme s'assombrit.

— Vérifier mes antécédents ne vous a en rien convaincu de ma bonne foi, n'est-ce pas ? Vous continuez à vous méfier de moi, à croire que je ne vous ai pas dit la vérité.

Avec un haussement d'épaules, il s'écarta de l'ordinateur.

— Je suis comme saint Thomas. J'ai besoin de voir pour croire.

— Vous ne croirez donc que je peux vous mener dans le repaire d'Hector que lorsque vous verrez son bunker de vos propres yeux ? Très bien, alors allons-y. Quand partons-nous, Tate ?

— Demain à l'aube.

— Nous y rendrons-nous par un vol direct ?

En se grattant le menton, Tate secoua la tête.

— Le trafic aérien est très surveillé par l'armée de San Marquez depuis que les Combattants Pour la Liberté ont commencé à transporter de la drogue en utilisant les avions réservés aux hôpitaux. Et si vous n'avez pas d'autorisation officielle pour atterrir, ils abattent l'appareil avant l'atterrissage.

— Nous pourrions voyager à bord d'un avion de ligne, remarqua Eva.

Tate leva les yeux au ciel.

— Bien sûr, chérie. De cette façon, le gouvernement sera au courant de notre arrivée et pourra nous arrêter à la douane.

— Bon, inutile d'être sarcastique.

— Nous passerons par la Colombie, décida-t-il. Là, nous embarquerons sur un bateau à Tumaco en soudoyant quelqu'un du port pour qu'il regarde ailleurs.

— Mais le port se trouve sur la côte est de l'île, répondit-elle, consternée. Il serait plus facile d'arriver par l'ouest, par les montagnes. C'est là qu'Hector se cache. Avec votre itinéraire, nous serons obligés de traverser la jungle, de marcher pendant des jours et des jours.

Tate ignora ses remarques.

— Prends contact avec Hastings, dit-il à Sebastian. Explique-lui que nous ferons sans doute halte dans son chalet. Tout dépendra de la route que nous emprunterons pour gagner l'ouest du pays.

— Qui est Hastings ? demanda Eva.

— Un allié, répondit Tate d'un ton vague.

Il refusait de se montrer plus explicite. Ben Hastings avait trop de valeur à ses yeux pour prendre le moindre risque. Expatrié à San Marquez, Hastings était un ancien militaire qui connaissait un nombre impressionnant de gens sur l'île. Tate l'avait rencontré au cours de sa formation militaire et, depuis quinze ans, ils étaient restés en contact. Mis à part

Stone et Prescott, Ben était la seule personne au monde à qui il vouait une confiance aveugle.

Il continua à donner ses ordres.

— Prescott, va chercher les valises d'Eva dans la Jeep. Elle dormira avec le petit dans une des cellules, cette nuit.

— De quelles cellules parlez-vous ? s'enquit Eva.

— Ce sont le nom que nous donnons aux chambres ici, expliqua Nick avec un clin d'œil. Elles sont minuscules, de vrais placards. Nous vivons plutôt dans cette salle, ajouta-t-il avant de sortir faire ce que Tate lui avait demandé.

Sebastian s'en alla aussi, un téléphone collé à l'oreille. Une fois les deux hommes partis, Eva se tourna vers Tate.

Il ne put s'empêcher de remarquer qu'elle était ravissante à la lueur des bougies et il dut s'obliger à détourner les yeux de sa peau cuivrée, de ses prunelles incroyables, de ses lèvres sensuelles.

Troublé, il sentit naître une érection et réprima un juron. Il avait vraiment un besoin urgent de se calmer. Le désir avait tendance à plonger le cerveau d'un homme dans le brouillard et le poussait souvent à commettre de graves erreurs. Or, dans cette histoire, il ne pouvait s'en permettre aucune.

— Cette forteresse est-elle vraiment habitable ? demanda-t-elle. Je ne sais pas s'il est prudent de laisser Rafe ici. Si l'escalier s'effondre…

— Nous avons sondé la solidité de l'édifice avant de nous y installer. Ne vous inquiétez pas.

Elle se mordilla les lèvres.

— Et pour les repas ? Et les toilettes ? Et…

— Nous avons des réserves pour tenir un siège, les torrents de la montagne nous donnent de l'eau en abondance et le village est proche, en cas de besoin.

— Il va passer quelques jours merveilleux pour un gamin, renchérit Nick, qui revenait, d'un ton rassurant. Il vivra une aventure dont rêvent tous les petits garçons.

— Et comment assurerez-vous sa sécurité ? demanda-t-elle

d'une voix étranglée par l'angoisse. Nous sommes entrés très facilement. N'importe qui pourrait…

— Il y a des caméras de surveillance dans la cour et des détecteurs de mouvement partout, répondit Tate avec un haussement d'épaules.

— Vraiment ? dit-elle, étonnée.

— Et les souterrains permettent de s'échapper si besoin. Et au pire du pire nous avons installé des explosifs partout dans la montagne. En cas d'attaque, nous faisons tout sauter.

— Rafe ne risquera rien, assura Nick.

Au grand agacement de Tate, des larmes montèrent aux yeux d'Eva tandis qu'elle considérait son petit garçon.

— Je ne me suis jamais éloignée de lui plus de quelques heures.

Tate avait horreur de voir une femme pleurer. Mais au moment où il allait s'éloigner Eva recouvra son sang-froid.

— Bon, je crois qu'il vaut mieux pour moi que j'aille dormir. Réveillez-moi quand il sera temps de partir.

Il faisait encore nuit lorsqu'une voix bourrue la tira du sommeil. Battant des paupières, elle découvrit Tate près de sa couchette.

— Nous devons y aller, dit-il.

Veillant à ne pas déranger son fils assoupi près d'elle, elle se glissa hors du lit et recouvrit le petit de la couverture.

— Maintenant ? dit-elle en se frottant les yeux.

Tate hocha la tête. Son visage était plongé dans l'ombre mais le clair de lune faisait briller ses prunelles émeraude.

Le cœur d'Eva s'accéléra dans sa poitrine malgré elle. Elle ne se souvenait pas avoir été à ce point sensible à la sensualité d'un homme, mais la virilité et le charisme de Tate ne la laissaient pas indifférente.

— Dites au revoir au petit, reprit-il.

Elle se tourna vers Rafe, le cœur serré. En proie à un regain de panique, elle ferma les paupières. Pour se donner du courage, elle se répéta qu'elle ne pouvait pas emmener un enfant si jeune marcher des jours dans la jungle, et encore moins, le forcer à voir son propre père se faire tuer. Rafe serait plus en sécurité ici, avec les hommes de Tate.

Elle ne les connaissait même pas.

— Je ne vous fais pas confiance, murmura-t-elle. Ni à vos hommes. Je ne peux pas le laisser à des inconnus.

Tate serra les mâchoires.

— Suivez-moi dans le couloir, dit-il.

Elle le rejoignit dans le corridor de pierre, éclairé par un chandelier accroché au mur.

— Nous avons apparemment tous les deux du mal à faire confiance. Je refuse de m'excuser de me méfier de vous et je ne vous reproche pas vos doutes non plus. Mais votre fils est innocent. Comprenez-vous ce que cela signifie ?

Elle fronça les sourcils et il poursuivit.

— Ni moi ni mes hommes n'utiliserions des enfants comme moyens de pression, comme pions pour parvenir à nos buts. Ce monde est pourri, rempli de salopards. Il est indispensable de préserver le peu d'innocence qu'il y reste. Voilà pourquoi vous devez me croire quand je vous certifie que Prescott et Stone sont prêts à donner leur vie pour protéger ce gamin.

Elle ne s'attendait pas à cette déclaration de la part de Tate et elle esquissa un sourire.

— Je peux donc vous faire confiance dès lors qu'il s'agit de mon fils mais uniquement à son sujet ?

— Exactement, répondit-il, une lueur amusée dans le regard. Et de même, je ne vous fais pas confiance sur toute la ligne. Je n'ai pas cru à l'histoire que vous nous avez racontée. Mais je suis certain de la sincérité de votre désir de vous débarrasser de Cruz.

Elle s'efforça de rester impassible. Il avait tout à fait raison, elle lui avait menti à propos de ses véritables liens avec Hector et à propos de Rafe. Mais elle ne regrettait pas de lui avoir caché la vérité. Elle était sûre qu'il aurait refusé de l'aider s'il avait su qu'elle avait été la maîtresse d'Hector.

— Vous ne me faites pas confiance mais vous êtes pourtant d'accord pour m'accompagner à San Marquez, dit-elle.

— Absolument.

— Vous prenez donc un risque. Mais vous êtes décidé à vous lancer dans cette aventure pour tuer Hector. Pourquoi, Tate ? Que vous a-t-il fait ?

Un rire sans joie s'échappa de ses lèvres viriles.

— Si on vous le demande, vous direz que vous n'en savez rien. Maintenant, allez embrasser votre fils et rejoignez-moi ensuite dans la pièce commune.

Eva le suivit des yeux tandis qu'il s'enfonçait dans l'obscurité. Elle regretta de ne pouvoir mieux le cerner. Il était à la fois dur, cynique, charmant, drôle, sensuel. Il avait tant de facettes qu'elle était incapable de deviner qui il était vraiment.

Mais il était l'homme qui allait la libérer d'Hector, le reste n'avait aucune importance.

Elle retourna dans la cellule et s'agenouilla près de Rafe. En le regardant dormir, elle sentit sa gorge se serrer tandis qu'une myriade d'émotions la submergeait. Les larmes aux yeux, elle l'embrassa, désespérée à l'idée de le laisser.

Elle se rappela à quel point elle avait eu peur de le mettre au monde. Elle n'avait alors que vingt-deux ans et cherchait le moyen d'échapper au tyran dont elle avait fait la bêtise de tomber amoureuse. Quand elle avait découvert sa grossesse, elle avait été catastrophée. Elle avait toujours rêvé d'avoir des enfants un jour mais certainement pas avec Hector.

Mais à la naissance du bébé, lorsqu'elle l'avait tenu dans ses bras pour la première fois, elle avait éprouvé pour son fils un amour absolu, inconditionnel, total, et elle s'était juré de le protéger par tous les moyens. Ils n'avaient pas eu la vie facile jusqu'ici. Ils avaient dû déménager, s'expatrier six fois de suite. Mais Rafe avait une incroyable capacité d'adaptation. Il était intelligent, facile et adorable.

— Maman doit partir quelques jours, murmura-t-elle.

Sans doute valait-il mieux le laisser dormir. Mais comment

réagirait-il quand il se rendrait compte que sa mère n'était plus là ?

En proie à une sourde culpabilité, elle se félicita de l'avoir présenté à Sebastian et à Nick avant qu'il ne s'endorme. L'enfant aurait été terrifié de se réveiller au milieu d'inconnus.

— Je te promets que je reviendrai dès que possible. Je dois m'assurer que le monstre ne viendra plus nous ennuyer, qu'il ne nous fera plus jamais de mal, mon chéri.

Refoulant son chagrin, elle posa un baiser sur le front de Rafe, s'enivrant de son odeur de petit garçon. Puis elle fit appel à toute sa volonté pour réussir à se lever et à quitter la pièce.

Dans le corridor, elle entendit des éclats de voix et elle s'immobilisa. Elle n'éprouvait aucun remords à écouter aux portes. Plus elle en apprendrait sur ces types, mieux elle serait préparée à la suite.

— Je ne reste pas ici, criait Sebastian.

— C'est un ordre, répliquait Tate d'un ton irrité. J'ai besoin que tu montes la garde ici avec Nick.

— Non, vous avez besoin de quelqu'un pour assurer vos arrières.

— Ne recommence pas. Tu ne m'accompagnes pas. Je sais que vous êtes là, Eva, ajouta-t-il. Alors entrez.

Les joues en feu, elle poussa la porte.

— Vous êtes médium ?

— Non, je vous avais entendue. Mettez ces vêtements.

Elle regarda le jean, le T-shirt, les bottes et les sous-vêtements et fronça les sourcils.

— Vous avez ouvert mes bagages ? demanda-t-elle.

Sans se laisser démonter par son expression outragée, il haussa les épaules.

— Oui et j'ai également pris la liberté de préparer votre sac. Nous n'emportons que ce que nous pouvons porter sur le dos.

Furieuse de son sans-gêne, elle réprima sa colère et recula dans le couloir pour se changer. Quand elle revint, elle s'approcha de la table, s'empara d'un papier et écrivit quelque chose avant de le tendre à Nick.

— Voilà les coordonnées de mes parents à New York, dit-elle d'une voix étranglée. Si quelque chose m'arrivait… si pour une raison quelconque, je ne revenais pas, je vous charge de conduire Rafe chez eux. D'accord ?

— D'accord.

— Et si vous le pouvez, lisez-lui une histoire au moment de le coucher. Son livre de contes est dans ma valise. Et ne lui donnez pas trop de sucreries. Euh … quoi d'autre ? Il déteste prendre un bain. En revanche, il est capable de dormir n'importe où. Et il a peur des cris. S'il fait une bêtise, expliquez-le-lui calmement. Ce sera plus efficace que des hurlements. Et…

— Souffre-t-il d'allergies ? Suit-il un traitement médical ? la coupa Nick.

Elle secoua la tête.

Il lui sourit.

— Pour le reste, ne vous inquiétez pas. Votre fils sera entre de bonnes mains.

Avec un soupir impatient, Tate traversa la pièce et jeta son sac à dos sur son épaule.

— Nous prenons la Jeep, dit-il. Il vous reste la Rover et les vélos. Ça ira ?

Sebastian semblait toujours en colère et se contenta de hocher la tête.

Tate se tourna vers Eva.

— Etes-vous prête ?

— Plus que jamais répondit-elle.

Lorsqu'ils quittèrent la pièce, Sebastian passa à l'action.

Il retira son jean et son T-shirt, enfila un pantalon et une veste kaki, chaussa des bottes de combat. Il glissa un revolver à sa ceinture et en mit d'autres dans son sac avec des grenades, des munitions, des barres énergétiques, un sac de couchage, un poncho, tout ce dont il aurait besoin pour un périple dans la jungle ou la montagne.

Nick le regardait faire, les bras croisés.

— Pourquoi ne suis-je pas surpris que tu ne respectes pas les ordres du capitaine ?

Sans répondre, Sebastian promena les yeux autour de lui, s'assurant qu'il n'oubliait rien.

— Tu crois vraiment pouvoir les suivre sans que Tate ne s'en rende compte ? insista Nick.

— J'ai appris à me rendre invisible.

— Tate a un sixième sens. Il sentira ta présence.

— Je prends le risque.

Nick passa la main dans ses cheveux d'un air las.

— Peut-être Eva est-elle digne de confiance et le conduira-t-elle bien à Cruz.

— Ou droit dans une embuscade, répliqua-t-il en refermant son sac. En tout cas, je préfère être là pour être certain que le capitaine en sortira vivant.

Jetant son sac sur son épaule, il tendit la main à Nick. Ils se chamaillaient souvent mais ils étaient devenus des frères d'armes après des années de combats côte à côte.

— Contacte-moi sur mon téléphone portable si besoin.

Après un moment, une ombre résignée passa dans les yeux de Nick.

— D'accord, prends soin de toi et ne te fais pas descendre bêtement.

— Toi aussi. Reste ici et défends la forteresse.

— Compte sur moi. Fais attention à toi, Seb. Je ne suis pas d'humeur à me rendre à un nouvel enterrement.

— Ne t'inquiète pas, vieux. Personne ne mourra.

Sauf Eva Dolce si elle tentait quoi que ce soit contre Tate.

Mais Sebastian garda cette réflexion pour lui.

# 5

— Pourquoi n'avez-vous pas voulu que Sebastian nous accompagne ? demanda Eva tandis que la Jeep descendait la montagne.

*Parce que je n'ai pas envie qu'il meure lui aussi dans cette aventure.*

Plutôt que de s'exprimer à voix haute, Tate haussa les épaules et reporta son attention sur la route.

Le soleil n'était pas encore levé mais une faible lumière à l'horizon annonçait l'aurore. Gomez devait déjà les attendre sur le terrain d'aviation. Tate avait hâte de monter dans l'avion et d'en finir avec cette histoire.

Dans le meilleur des cas, Eva avait dit la vérité, ils allaient réussir à infiltrer le repaire de Cruz et il obtiendrait enfin sa vengeance.

Et dans le pire ?

Il y en avait tant de scénarios catastrophe qu'il ne savait même pas par où commencer. Même si Eva connaissait vraiment l'endroit où se cachait Cruz, rien ne garantissait qu'ils parviendraient à y entrer et à en ressortir en vie. Tate ne pourrait mettre un plan d'action au point qu'après avoir vu le bunker, et qui sait ce qu'il découvrirait à San Marquez ? Les hommes de Cruz continuaient à se battre pour leur cause tandis que leur chef se terrait dans la montagne mais, d'après ses informations, la plupart le protégeaient encore. Il était probable qu'une armée entière l'attendrait là-bas.

Et si Eva avait menti, si elle avait monté toute cette histoire pour l'attirer dans un guet-apens, Tate n'aurait peut-être même pas la possibilité d'approcher les rebelles. Il serait assassiné avant.

Voilà pourquoi il avait décidé que Stone resterait à l'écart. Tuer Cruz était son objectif, son destin, le but de sa vie. S'il devait y laisser sa peau, il préférait que Stone et Prescott soient épargnés, au moins pour avoir une chance de découvrir pourquoi ils étaient devenus la cible des services secrets de leur propre pays.

Une demi-heure plus tard, ils parvinrent devant l'aérodrome qui se réduisait à un hangar en tôle menaçant de s'écrouler et à deux pistes de terre. Deux gardes armés se tenaient devant la grille d'entrée.

D'un geste, ils saluèrent Tate au passage. Il était connu à Paraíso et pas pour être un honnête citoyen.

La première nuit qu'il avait passée à Paraíso, Tate avait eu une altercation avec un trafiquant de drogue. Il l'avait rossé et depuis lors les habitants de la ville le considéraient avec respect et crainte. La plupart étaient des criminels ou, comme Tate, vivaient dans la clandestinité pour une raison ou une autre.

— Est-ce vraiment une piste de décollage ? demanda Eva avec inquiétude. Et êtes-vous certain que votre homme est capable de piloter ?

— Ne vous en faites pas. Nous arriverons en Colombie sains et saufs.

Dans le hangar, il trouva Manuel Gomez en train de bricoler l'hélice d'un vieux coucou.

— Parfait, vous êtes là, dit-il en espagnol. Qui est cette dame ? ajouta-t-il en glissant un regard vers Eva.

— Eva, répondit sobrement Tate.

Le Mexicain n'insista pas mais salua la jeune femme d'un air entendu.

— Tout est prêt ? Pouvons-nous décoller ? reprit Tate.

— Quand vous voulez, répondit Gomez en rangeant sa boîte à outils. Mettez vos bagages dans la soute.

Laissant le Mexicain effectuer les dernières vérifications d'usage, Tate aida Eva à prendre place dans le petit avion.

Elle hésita avant d'accepter la main qu'il lui tendait mais, quand ses doigts touchèrent les siens, il sentit aussitôt un début d'érection. Ses longs cheveux noirs, son corps de déesse, la grâce de chacun de ses gestes et son parfum l'enivraient.

Voilà trop longtemps qu'il n'avait pas touché une femme, se dit-il.

Eva était la première qu'il approchait depuis qu'il avait fui la Virginie. Les prostituées qui fréquentaient le bar de Juan ne l'intéressaient pas. Pourtant, elles étaient sans doute plus dignes de confiance qu'Eva Dolce. Au moins, elles, affichaient-elles clairement leurs attentes.

Un instant plus tard, Gomez s'installa dans le cockpit et mit en route l'appareil. Comme ils roulaient vers la piste de décollage, le Mexicain se retourna pour lancer à Tate :

— Le voyage devrait se dérouler sans encombre. Nous arriverons à destination dans moins de quatre heures.

— Avez-vous déposé un plan de vol ?

L'homme lui décocha un sourire édenté.

— Bien sûr, monsieur Tate. Officiellement, nous allons faire une excursion d'une journée au Panama, comme prévu.

L'avion prit de la vitesse et, un instant plus tard, ils se retrouvèrent dans les airs. Eva sursauta quand les roues se replièrent en grinçant mais elle finit par se détendre et contempla la vue par le hublot. Elle regarda les nuages un long moment avant de se tourner vers Tate.

— Comment se fait-il que vous ayez un tel réseau, que tant de personnes soient prêtes à vous aider ? demanda-t-elle. Quand j'ai cherché à remonter votre piste, j'ai eu l'impression que le gouvernement américain n'était pas vraiment avec vous.

Il haussa les épaules.

— Oncle Sam nous a peut-être reniés mais nous avons de nombreux cousins qui veillent sur nous. Des mercenaires, des expatriés, des agents en retraite. La communauté des agents spéciaux est très unie. Et quand vous avez travaillé longtemps pour les Forces Spéciales, vous avez fatalement de nombreux contacts avec toutes sortes de gens.

— Vous avez donc fait partie des Forces Spéciales ?

— Ne le saviez-vous pas ? répliqua-t-il d'un ton sarcastique.

— Non, je n'ai pas eu accès à votre dossier militaire. Il était classé Secret Défense. Mais d'après ce que j'ai vu, vous étiez bien noté.

Il se tendit.

— Etes-vous en train de me dire que vous avez réussi à infiltrer les bases de données de l'armée ?

Elle sourit.

— Comme je vous l'avais dit, je suis bonne en informatique, et puis, j'ai profité des compétences d'un ami. Il est capable de forcer n'importe quel système, de pirater n'importe quel site. Mais bon, ce n'est pas le sujet. Comment payez-vous tous ceux qui vous viennent en aide ?

— Ne vous a-t-on jamais appris qu'il était grossier de parler argent ?

Elle leva les yeux au ciel.

— Sérieusement, comment trouvez-vous les moyens de vivre dans la clandestinité ? J'ai consulté vos relevés bancaires et je ne pense pas que la pension que l'armée vous verse suffise à couvrir vos dépenses, les frais de vols, les armes que j'ai remarquées dans la forteresse. J'ai vu que vous aviez vidé vos comptes d'épargne mais cela ne suffit pas à financer vos frais.

Il aurait voulu être furieux qu'elle ait réussi à accéder à ses comptes, mais en réalité il était impressionné par ses talents. Mais aussi un peu vexé qu'elle sache à quel point il avait peu de ressources.

— Il y a quelques années, j'ai acheté une petite maison et cet investissement a englouti mes économies, répondit-il. Je n'ai pas eu le temps de la vendre et de récupérer les fonds avant de quitter les États-Unis. Il nous fallait déguerpir en vitesse. Heureusement, Nick est riche et nous vivons sur cet argent depuis plusieurs mois. Et vous ? reprit-il d'un ton soupçonneux. Vous m'avez dit que depuis trois ans vous parcouriez le monde pour tenter d'échapper à Cruz. Comment faites-vous pour changer d'identité chaque fois que vous débarquez quelque part avec votre fils ? J'ai vu les faux papiers que vous avez fait faire. Ils sont parfaits. Ils ont dû vous coûter cher.

— La première fois que je me suis enfuie, mes parents m'ont donné de quoi faire face. Rafe était encore bébé, je venais de quitter San Marquez et je revenais à New York. Hector a débarqué et m'a demandé de repartir avec lui. Quand j'ai refusé, il est devenu violent. Il m'a laissé vingt-quatre heures pour changer d'avis, m'assurant qu'ensuite il prendrait les mesures qui s'imposaient pour m'y obliger. Alors, mon père m'a offert cinq mille dollars. J'ai pris Rafe sous le bras et je me suis évanouie dans la nature. Cette somme m'a servi à faire de faux papiers et à louer une maison en Thaïlande.

— Et quand vous avez eu tout dépensé, comment avez-vous fait pour survivre ?

— J'ai fait appel à mon intelligence…

Il l'observa un moment.

— Vous avez volé pour subvenir à vos besoins, dit-il lentement tandis qu'une alarme se déclenchait dans sa tête. Vous avez volé Cruz. Et voilà pourquoi il vous court après, ajouta-t-il d'un air triomphant.

— Non. Je vous ai dit pourquoi il me pourchassait. Il est obsédé. Il ne sait pas que je lui ai volé de l'argent. Il n'a aucune raison de me soupçonner de l'avoir fait.

— Vous semblez bien sûre de vous.

— Je le suis, dit-elle en passant la main dans ses cheveux. Les rebelles, les Combattants pour la Liberté, déposent leurs fonds dans des douzaines de banques à travers le monde, aux îles Caïmans, en Suisse, à Dubaï, et tant d'autres…

— Et vous avez réussi à pirater tous ces comptes ?

— Pas tous mais, avec l'aide de mon ami, j'ai pu accéder à certains d'entre eux.

Elle commença à lui expliquer comment elle était parvenue à transférer d'importantes sommes d'argent sous couvert de commissions, de frais bancaires ou de taxes administratives.

De plus, elle s'était arrangée pour que, au cas où les rebelles devineraient une entourloupe, les soupçons se portent sur la personne qui avait supervisé ces fonds.

Tate émit un petit sifflement admiratif.

— Mais étiez-vous consciente que, si les Combattants pour la Liberté avaient cru avoir été volés par cet individu, ce dernier l'aurait payé de sa vie ?

Aucun remords n'assombrit le ravissant visage d'Eva.

— Les banquiers qui gèrent les avoirs de Cruz et de son mouvement ne sont pas des innocents. Qu'ils soient directeurs, gestionnaires, simples employés, tous sont complices du sang que les rebelles ont sur les mains. Ils savent très bien à quoi sert l'argent qui transite par leurs comptes. Bien assis dans leurs fauteuils de cuir, ils placent ces fonds, engrangent des bénéfices et font semblant d'ignorer qu'ils financent des tueurs. Je n'ai aucune sympathie pour ce genre de types. Aucune.

Il pencha la tête.

— Intéressant.

— En quoi ? dit-elle sur la défensive.

— Vous êtes beaucoup plus dure que je ne l'avais imaginé.

— Dure ? Je ne supporte plus cette corruption, voilà tout. Il y a quatre ans, je suis venue à San Marquez pour épouser la cause des rebelles. Je pensais naïvement qu'ils voulaient améliorer le sort des populations. Mais très vite j'ai perdu mes illusions. Les Combattants Pour la Liberté se moquent complètement des gens, plus encore que le gouvernement. La seule chose qui les intéresse est l'argent facile et, pour s'enrichir, ils n'hésitent pas à s'en prendre à des innocents.

— Un peu comme une femme de ma connaissance qui a consacré beaucoup de temps et d'énergie à retrouver ma trace… afin que je tue un homme pour elle.

— Vous n'allez pas tuer Hector pour moi. Mais pour *vous*. Je vous donne seulement le moyen d'y parvenir.

— Gagnant-gagnant, donc ?

— Bien sûr, Tate, ce sera du gagnant-gagnant.

Puis, détournant la tête, elle lui fit comprendre que le sujet était clos.

Lorsqu'ils atterrirent dans la petite ville portuaire de Tumaco, Eva était une boule de nerfs. À bord du vieux coucou, ils avaient traversé la Colombie. Ils y avaient fait escale avant d'embarquer à bord d'un autre appareil, piloté par un autre homme qui faisait, lui aussi, partie du réseau de Tate.

À présent, Tate discutait avec le capitaine d'un petit cargo pour qu'il les prenne à bord.

Ils n'avaient quitté Paraíso que depuis six heures mais Eva se sentait déjà épuisée. La chaleur expliquait sans doute sa fatigue, songea-t-elle. Au mois de mars, les températures étaient souvent caniculaires en Amérique du Sud. Il n'était que 11 heures du matin, et déjà elle avait l'impression d'être dans une fournaise. Son grand chapeau ne la protégeait pas des rayons brûlants du soleil et l'atmosphère humide était celle d'un hammam.

Elle espérait qu'il ferait plus frais sur l'eau mais, vu l'absence de vent, il était probable que cette balade en mer serait un autre calvaire.

Elle glissa un regard en biais à Tate. Son T-shirt, trempé de sueur, collait à son large torse. La casquette qu'il avait enfoncée sur sa tête l'empêchait de voir son expression mais elle devinait aux tensions de son corps qu'il était énervé. Manifestement, la discussion sur le prix de la traversée était âpre et le capitaine du cargo exigeait une forte somme d'argent. Tate finit par céder et par lui tendre une liasse de billets.

Un instant plus tard, il revint vers elle.

— Il est d'accord pour nous embarquer. Ils lèvent l'ancre dans une demi-heure.

— Que lui avez-vous raconté ?

— Que nous étions Américains et que nous avions décidé de nous engager comme bénévoles dans une association humanitaire. Je lui ai dit que nous avions raté l'avion et préféré nous rendre à San Marquez par la mer plutôt que d'attendre le prochain vol.

— Combien d'heures prendra la traversée ?

— Quatre, cinq. Nous y arriverons en fin d'après-midi.

Eva regarda les échoppes installées le long du quai et son estomac lui rappela qu'elle n'avait rien mangé depuis la veille au soir.

— Avons-nous le temps d'acheter des fruits ?

Tate hocha la tête et prit son bras. Elle ne savait pas s'il s'agissait d'un réflexe protecteur ou s'il voulait s'assurer qu'elle n'allait pas s'enfuir en courant, mais le contact de ses doigts sur sa peau nue la fit frissonner.

Seigneur, il fallait absolument qu'elle cesse de réagir ainsi. Il n'était pas question de tomber sous le charme de cet homme. Ni d'aucun autre, d'ailleurs. Après sa mésaventure avec Hector, elle n'avait plus aucune envie de revivre d'histoire amoureuse. Son fils était le seul membre de la gent masculine avec qui elle partagerait désormais son existence.

S'obligeant à se calmer, elle s'approcha d'un étal et acheta des mangues et des bananes à une belle Colombienne puis elle rejoignit Tate. Comme ils approchaient du cargo, le capitaine leur ordonna d'un geste impatient de monter à bord, leur annonçant en espagnol qu'ils allaient lever l'ancre.

Son sac sur l'épaule, Tate sauta sur la passerelle, ses bottes de cuir frappant la surface métallique. Il tendit la main à Eva pour l'aider à le suivre.

Peu de temps après, ils se retrouvèrent en pleine mer. La brise salée caressait leurs visages. Grâce à Dieu, il faisait plus frais sur l'eau. À la proue du cargo, Tate s'accrocha à la balustrade tandis qu'Eva s'asseyait sur des cordages pour se nourrir des fruits dont elle avait fait l'emplette sur la jetée. Elle mourait de faim.

— Aimeriez-vous une mangue ? lui proposa-t-elle entre deux bouchées.

Il se tourna vers elle.

— Oui, merci.

Elle la lui jeta et il l'attrapa au vol avant de sortir un couteau de sa poche pour en découper un morceau.

Elle le regarda, fascinée. Il maniait la lame avec une précision militaire. Même la façon dont il mâchait la chair semblait étudiée.

— Puis-je vous demander quelque chose ? s'enquit-elle en ouvrant une bouteille d'eau.

— Vous pouvez toujours me poser toutes les questions que vous voulez mais rien ne m'oblige à vous répondre.

— Pourquoi vous faites-vous appeler par votre nom ? Pourquoi avez-vous laissé tomber le Robert ? Au départ, j'ai cru qu'il s'agissait d'une habitude de l'armée mais Nick et Sebastian se sont tous les deux présentés par leurs prénoms. Il y a donc une autre raison.

Son visage viril s'assombrit.

— Je préfère Tate.

— Oui, manifestement. Mais pourquoi ?

— Robert était le prénom de mon père et je ne voulais rien avoir en commun avec lui. Porter le même patronyme est déjà trop.

— Votre enfance a-t-elle été douloureuse ? demanda-t-elle, gagnée par un vague de sympathie.

— Si vous estimez que se faire battre comme plâtre pendant dix ans est douloureux, alors oui.

Elle l'observa avec attention mais ne vit rien sur son visage qui puisse lui laisser penser qu'il plaisantait ou exagérait. Le cœur serré, elle comprit qu'il avait dû beaucoup souffrir.

— Je suis désolée, dit-elle. Ça a dû être dur.

— J'ai survécu.

Elle poussa un soupir de frustration.

— Écartez-vous toujours tous les sujets comme s'ils n'avaient jamais d'importance ?

— Non, seulement quand ils n'ont réellement aucune importance, répliqua-t-il avec un haussement d'épaules. Ne me regardez pas avec ces yeux de cocker, ma chère. J'ai tourné la page depuis longtemps.

Elle aurait aimé pouvoir réagir comme lui. Mais pour elle le passé était toujours présent, tant qu'il menaçait l'avenir — le sien ou celui de son fils. Il y a quatre ans, elle avait commis une erreur en tombant amoureuse d'Hector mais Rafe ne méritait pas d'en payer le prix.

Le vent plaquait ses cheveux sur son visage et elle les repoussa en arrière avant de regarder Tate en face, cherchant toujours à le cerner.

— Et votre père est-il toujours en vie ?

Tate fixait l'horizon.

— Il est mort il y a onze ans. Il conduisait en état d'ivresse.

— Je suppose que vous ne l'avez pas beaucoup pleuré.

— J'ai failli organiser une fête pour l'occasion.

— C'est triste.

— Que je n'aie pas porté le deuil pour ce salopard ?

— Non, que vous n'ayez pas eu un père digne de ce nom, répondit-elle avec douceur.

Il coupa un autre morceau de mangue et le mâcha lentement.

— C'était le destin. Certains enfants doivent se coltiner des parents minables, sans doute.

De cela, elle était persuadée plus que quiconque. Son propre fils en était l'illustration criante avec pour géniteur un type comme Hector Cruz. Non seulement Hector était violent, un tueur sans pitié, mais il ne respectait rien, même pas l'innocence. Les rebelles avaient l'habitude d'enrôler des gamins dans leurs troupes et de les envoyer au front se faire tuer. Elle l'avait compris trop tard quand Hector lui avait raconté qu'il avait lui-même enseigné le maniement des armes à des enfants qu'il destinait à la cause.

Il n'était pas question pour elle de le laisser embrigader Rafe. Combattre la violence par la violence n'avait jamais été sa philosophie mais, dans ce cas précis, elle ferait une exception. Hector devait mourir. C'était la seule façon de préserver la sécurité de son fils, de protéger son innocence, pour reprendre l'expression de Tate.

S'approchant de la balustrade, elle se perdit dans la

contemplation de la mer. L'île de San Marquez se profilait à l'horizon. Elle y était née, son fils aussi. Dans quelques heures, elle foulerait de nouveau une terre où elle s'était juré de ne jamais revenir.

— Vous n'étiez pas retournée sur l'île d'où votre famille est originaire depuis trois ans ? demanda Tate comme s'il lisait dans ses pensées.

Elle secoua la tête.

— D'où vient le nom Dolce ? reprit-il. Comme vous êtes originaire de San Marquez, vous devriez avoir un patronyme d'Amérique latine.

— Mon père était italien, expliqua-t-elle. Il a rencontré ma mère alors qu'elle passait des vacances à Rome. Elle venait de San Marquez et mon père était trop épris pour la laisser repartir ainsi. Alors il l'a suivie et ils ont vécu ici plusieurs années, mais quand, peu après ma naissance, son entreprise a été délocalisée aux États-Unis, ils s'y sont installés.

Une odeur de fumée chatouilla ses narines et, tournant la tête, elle remarqua un homme d'équipage un peu plus loin, une cigarette à la main. Elle reconnut les fragrances particulières du tabac de San Marquez.

Ce parfum la plongea dans une certaine nostalgie et raviva ses angoisses qui s'accrurent au fur et à mesure qu'ils se rapprochaient de l'île. Comme il était curieux qu'un endroit si beau puisse abriter tant de laideur, tant d'horreurs.

San Marquez était plus petit que les autres pays de l'Amérique latine mais plus grand que la plupart des îles qui bordaient le continent. À l'ouest, la chaîne de montagnes longeait toute la côte. De hautes falaises tombaient à pic sur des plages de sable blanc. Merido, la capitale, était située au centre et toujours peuplée de touristes. À l'est, une poignée de villages étaient disséminés le long du rivage. Le port accueillait de nombreux bateaux de pêche et permettait les échanges commerciaux avec le continent.

— Bon sang, grommela Tate tandis qu'ils approchaient de la jetée.

Elle comprit aussitôt l'origine de son inquiétude. Des hommes en uniforme bleu et or se tenaient sur le quai, au milieu des badauds.

— Je ne me souviens pas que l'armée était aussi présente sur le port, dit-elle, soucieuse.

Le matelot qu'elle avait vu tirer sur sa cigarette entendit sa remarque.

— Il y a de plus en plus de contrebande, dit-il. Des drogues, des armes circulent et les soldats fouillent les bateaux pour s'en saisir et les confisquer.

— Les Combattants Pour la Liberté sont derrière ces trafics, je suppose ? demanda Tate.

L'homme hocha la tête.

— Ils n'ont plus de limites, maintenant que Cruz a disparu de la circulation.

Eva fronça les sourcils. Hector devait être furieux de voir sa cause si mal défendue. Sortirait-il de sa cachette pour tenter de résoudre les problèmes ? Elle espérait que non, en tout cas, pas avant que Tate et elle n'aient atteint son repaire.

Comme ils entraient dans le port, elle sentit s'accroître son malaise. Les militaires n'étaient pas si nombreux mais ils étaient postés à des points stratégiques, suivant des yeux les gens qui allaient et venaient sur le quai.

Quand le cargo accosta, son cœur battait à tout rompre. Elle ne voulait pas attirer l'attention mais, lorsqu'ils auraient débarqué, elle n'était pas certaine de réussir à adopter une posture complètement naturelle.

Partageant ses craintes, Tate lui murmura à l'oreille :

— Quand nous descendrons du bateau, baissez la tête. Je préfère que personne ne voie nos visages.

Elle faillit lui répondre qu'il était surtout important que personne ne remarque le sien. Si quelqu'un était susceptible d'être reconnu, ce serait évidemment elle, l'ancienne compagne du chef des rebelles. Paniquée, elle se rendit compte que si quelqu'un l'identifiait tout ce qu'ils avaient mis au point serait réduit à néant. Si Tate découvrait qu'elle avait frayé avec l'ennemi, il la laisserait tomber, la tuerait peut-être.

Comme Tate s'emparait de son sac pour le hisser sur son épaule, elle fut reprise par l'angoisse. Sans aucun doute, le paquetage contenait des armes, songea-t-elle.

— Que ferons-nous s'ils nous cherchent ? dit-elle.

— Je m'en occupe.

Elle n'eut pas le temps de lui demander d'être plus explicite mais elle comprit bientôt ce qu'il voulait dire. Les soldats leur jetèrent à peine un coup d'œil quand ils passèrent devant eux et ne réagirent pas davantage à la vue de leurs passeports.

— Comment avez-vous réussi ce tour de force ? demanda-t-elle dès qu'ils purent s'éloigner.

— Vous souvenez-vous de l'argent que j'ai donné au capitaine à Tumaco ? Une partie de cette somme était destinée à son cadet, chargé des formalités douanières sur le port.

Elle sourit.

— Une chance que les deux hommes soient frères.

Après avoir salué le capitaine, ils traversèrent le port bondé pour quitter la ville. Une odeur de poisson flottait dans l'air, mêlée à celle des cigarettes que tous les hommes de l'île semblaient fumer.

Tout en marchant, Eva enfonça son chapeau sur sa tête, s'efforçant de ne croiser le regard de personne. Les gens se pressaient autour d'eux. Un docker faillit la renverser en la heurtant tel un bulldozer.

— Ça va, chérie ?

Eva sursauta. Chérie ? Il l'avait appelée chérie ?

— Ça va, merci.

Elle sursauta quand Tate lui enlaça les épaules et plongea sa tête dans son cou. Malgré la chaleur, elle sentit un frisson lui parcourir l'échine.

Que diable…

D'une voix rauque, il interrompit ses pensées.

— J'avais hâte d'être seul avec toi, dit-il. Nous deux, dans un lit, pour une longue nuit.

# 6

À la fois choquée et excitée par les mots de Tate, Eva eut l'impression d'être traversée par un courant électrique. Son cœur s'accéléra dans sa poitrine.

En revanche, Tate paraissait froid comme le marbre. Sans même prendre la peine de ralentir le pas, il la serra contre lui et l'embrassa dans le cou.

Un peu perdue, elle balbutia :

— Que faites-vous ?

— Ta peau est d'une saveur incroyable, dit-il en la dévorant d'une bouche gourmande.

Comme elle cherchait à comprendre quelle mouche l'avait piqué, il plaqua la main sur le bas de son dos d'un air possessif.

Que diable lui arrivait-il ? Jusqu'alors, Tate n'avait pas montré le moindre intérêt pour elle mais il semblait avoir radicalement changé. Ses yeux émeraude brillaient d'un éclat particulier, ses lèvres sensuelles lui souriaient, son corps viril irradiait d'une incroyable séduction.

— Détendez-vous, murmura-t-il en lui caressant la taille. Et jouez le jeu, ma chère.

Elle comprit brutalement qu'il s'agissait d'une comédie en remarquant des hommes en uniforme qui se dirigeaient vers eux. Heureusement, ils changèrent leur trajectoire pour s'approcher d'un groupe de gamins qui se battaient dans un coin et qui se dispersèrent comme une volée de moineaux à la vue des soldats.

Eva et Tate en profitèrent pour s'éloigner à grandes enjambées. Ce n'est que lorsqu'ils furent hors d'atteinte qu'Eva s'autorisa à s'interroger sur sa réaction quand Tate l'avait enlacée.

Elle avait éprouvé du désir pour lui.

Lorsque ses lèvres s'étaient promenées dans son cou, que ses mains s'étaient glissées sur sa peau, elle l'avait désiré comme elle n'avait jamais désiré un homme.

Elle avait eu envie de l'embrasser, de le caresser, de sentir son corps collé au sien. Pire, elle avait eu envie de faire l'amour avec lui.

Rien que d'y penser, elle se mit à trembler.

Mon Dieu ! Perdait-elle la tête ? Coucher avec Tate serait une erreur, une grave erreur.

De toute façon, il était inutile de l'imaginer. Il avait fait mine de la trouver à son goût, de flirter avec elle. Comme une idiote, elle y avait cru mais cette petite comédie n'avait été que destinée aux soldats.

— Désolé, dit-il. Ils nous fixaient avec insistance. J'ai préféré les rassurer sur notre cas.

Gênée, elle déglutit avec peine.

— Comment saviez-vous qu'ils nous regardaient ? Ils étaient derrière nous. Avez-vous des yeux derrière la tête ?

— Après avoir passé quinze ans dans l'armée, j'ai développé un sixième sens. Je suis capable de deviner un coup fourré à des kilomètres à la ronde, ajouta-t-il avec un haussement d'épaules.

— Vraiment ? Et quelles menaces planent autour de nous, à votre avis ?

— Mis à part les militaires de l'île qui surveillent le port ? Eh bien, les rebelles qui essaient de récupérer une partie du chargement des bateaux. Il y a également les pickpockets. J'en ai repéré un d'une dizaine d'années qui a réussi à subtiliser les portefeuilles de deux touristes. Ou encore cette femme, près de l'échoppe de fruits, qui est en train d'empaqueter une arme, une kalachnikov à en juger par sa forme mais il pourrait s'agir d'un…

— J'ai compris, dit-elle, réprimant un sourire. Vous savez évaluer les menaces.

Il hocha la tête avec un sourire ironique.

— Absolument, Eva. Et il se trouve que la plus importante est à mes côtés.

Elle frémit sous l'insulte mais elle ne pouvait lui reprocher de douter de sa sincérité. Il prenait beaucoup de risques en venant ici. Elle l'avait obligé à sortir de sa cachette, à s'exposer et rien ne lui garantissait qu'elle n'allait pas le livrer à Cruz. Pourtant, elle avait bien l'intention de le mener à Hector.

Pour le regarder tuer le père de son enfant.

Un frisson lui parcourut le dos. Était-elle à ce point lâche pour ne pas se charger elle-même des sales besognes ? Ou monstrueuse ? Peut-être les deux, peut-être rien de tout cela. Elle savait seulement que son fils ne connaîtrait jamais une existence digne de ce nom, tant qu'Hector serait en vie.

— Vous comprendrez vite que je ne suis pas une menace, dit-elle avec douceur. En attendant, essayez de ne pas me tuer pendant mon sommeil, d'accord ?

Il esquissa une moue comme s'il réprimait un éclat de rire.

— Marché conclu.

Le conducteur du vieux camion qui les avait pris à bord se tourna vers eux.

— Je ne vais pas plus loin.

Tate fut heureux de sauter du véhicule. Voilà trois heures qu'ils roulaient dans cette guimbarde, comprimés entre le chauffeur et la portière à l'avant, et il avait besoin d'un peu de répit. Rester collé au corps de rêve d'Eva pendant si longtemps avait été une véritable torture.

Il s'était efforcé de penser à autre chose, de s'intéresser au paysage, mais les collines verdoyantes et les champs ne parvenaient pas à lui faire oublier la présence trop proche d'Eva Dolce. Elle était belle comme le péché, mélange subtil d'épice et de douceur et elle avait le parfum du paradis.

Maintenant qu'il avait goûté sa peau, il devinait que sa saveur le hanterait longtemps.

Cette attirance pour une femme en qui il n'avait absolument pas confiance risquait de le rendre fou.

— Merci pour le bout de conduite.

La voix mélodieuse d'Eva le tira de ses pensées. Elle posa la main sur le bras du conducteur pour lui témoigner sa gratitude. Tate n'aurait pas touché ce type pour tout l'or du monde. Avec ses cheveux filasse et sa barbe sale, il lui semblait répugnant.

Mais à sa décharge ce type s'était montré très serviable. Il s'était arrêté dès qu'il les avait vus sur le bord de la route. Tate le remercia également de son obligeance.

Contournant le véhicule, il s'empara des sacs qu'ils avaient jetés à l'arrière au milieu des cageots d'oranges et de citrons.

Quand le camion disparut dans un nuage de poussière, Tate essuya son visage d'un revers de manche et se tourna vers Eva. Ses yeux bleus étaient assombris par l'angoisse tandis qu'elle regardait le paysage.

À présent, ils devaient cheminer dans une forêt luxuriante qu'aucune route ne traversait. L'odeur de la terre, des fleurs sauvages, de la pourriture chatouillait déjà les narines de Tate. En reconnaissant les bruits familiers des animaux sauvages, le bourdonnement des insectes, le bruissement des feuilles des arbres, il éprouva un certain réconfort. Il se sentait dans son élément au cœur de la nature, tel un chasseur traquant sa proie. Il avait été formé pour pister l'ennemi et l'abattre, pas pour se cacher dans une forteresse comme un lâche.

— Je déteste la jungle, déclara Eva.

— Eh bien, vous avez pourtant intérêt à vous y faire parce qu'une longue marche nous attend. Il faut compter trois jours pour la traverser, si tout se passe bien, en sachant que nous ne pourrons dormir que quatre heures par nuit.

— Ne vous en faites pas. Je ne dormirai pas du tout.

Il se mit à rire.

— Pourquoi ? Par crainte d'être piquée par des moustiques ?

— J'ai surtout peur des bestioles qui rampent. Mais de façon générale je hais les insectes. Tous.

— Alors vous n'allez sans doute pas apprécier cette petite promenade bucolique, ma chère, répliqua-t-il en riant.

Sous l'épais feuillage des arbres, l'atmosphère était plus humide, plus moite. La forêt était si dense que les rayons du soleil ne pouvaient y pénétrer, mais ici et là des puits de lumière donnaient un éclat particulier à la flore.

La jungle était extrêmement bruyante. Le glapissement des singes dans les branches, les cris des centaines d'oiseaux qui peuplaient les sous-bois leur prouvaient qu'ils pénétraient un univers regorgeant de vie et d'activités.

Un sentiment de paix envahit Tate. Pourtant, le danger pouvait surgir à tout moment de n'importe où.

Il ouvrit son sac et en tira une machette à la lame aiguisée, un revolver, un couteau et son fusil.

— Avez-vous prévu de donner l'assaut ? s'enquit Eva.

— Je me prépare toujours à tout.

Après un instant d'hésitation, il sortit un pistolet et le lui tendit.

— Tenez. Vous aussi devez être parée à tout.

Elle parut étonnée mais accepta l'arme et la glissa à sa ceinture. Il remarqua qu'elle la maniait avec facilité. Manifestement, elle en avait l'habitude.

— Dommage, dit-il, je n'ai pas de moustiquaire. Prescott a dû oublier de la mettre dans le sac. Heureusement, il a pensé à y glisser un répulsif.

La machette à la main, il regarda Eva d'un air approbateur. Son jean la protégerait des piqûres d'insectes et elle pourrait enfiler la veste de toile qu'elle avait nouée à sa taille si les moustiques devenaient trop pénibles. Ses bottes semblaient solides et son chapeau l'abriterait du soleil.

— Prête ?

Elle hocha la tête.

— Bon, dit-il, mettons-nous en route. Nous longerons la rivière.

À ces mots, le visage d'Eva s'éclaira, plein d'espoir.

— Puisque nous devons suivre la rivière, pourquoi ne pas naviguer dessus ?

— Ce serait trop risqué. Des patrouilles surveillent de plus en plus les cours d'eau depuis que Cruz s'est volatilisé dans la nature. Tous les militaires sont à ses trousses.

Elle soupira.

— D'accord. Alors allons-y. J'ai hâte d'en finir.

Comme pour donner plus de poids à ses paroles, elle écrasa d'une claque un moustique qui avait eu la mauvaise idée de se poser dans son cou.

— Restez derrière moi, ordonna-t-il.

— J'en avais bien l'intention. En fait, si nous sommes attaqués par un singe fou ou autre chose, je compte bien me servir de vous comme bouclier humain.

Tate éclata de rire mais se le reprocha aussitôt. Eva était ravissante, il ne pouvait le nier. Elle était aussi plus intelligente qu'il ne l'avait tout d'abord pensé et dotée d'un solide sens de l'humour.

Mais elle était peut-être également une ennemie.

Il devait garder ce fait à l'esprit avant de faire quelque chose de stupide, comme reconnaître que cette femme lui plaisait beaucoup, par exemple.

Ils marchèrent à un rythme soutenu pendant plusieurs heures. Tate se servait de sa machette pour ouvrir le chemin au milieu de la végétation. Eva le suivait. À sa décharge, elle ne se plaignait pas sauf des moustiques lorsque ceux-ci devenaient trop agressifs.

Tate entendait la rivière couler non loin d'eux mais il veilla à ne pas s'en approcher. Il préférait progresser à l'abri des feuillages, au cas où des patrouilles passeraient par là. Ils ne s'arrêtèrent que pour remplir leurs gourdes d'eau. Chaque fois, ils prirent soin de la purifier avant de la boire.

Quand le soleil commença à décroître à l'horizon, ils avaient bien avancé et Tate fut satisfait d'être dans les temps. Eva ne semblait pas fatiguée et il en fut impressionné.

— Vous avez de l'énergie, remarqua-t-il.

— Je travaille la nuit, dit-elle. Je n'ai pas l'habitude de dormir beaucoup. Surtout depuis mon séjour à Istanbul.

Il se remit à couper des branches à l'aide de sa machette. Il savait qu'il ne fallait jamais les écarter à mains nues parce qu'il était impossible de prévoir ce qui se cachait derrière les feuillages.

— Que s'est-il passé à Istanbul ? demanda-t-il avec précaution.

— Deux hommes d'Hector…

La jungle étouffa la fin de sa phrase. Des singes hurlaient, des oiseaux piaillaient au-dessus de leurs têtes.

— L'endroit est plutôt bruyant, non ? Je m'entends à peine, s'exclama-t-elle en riant. En tout cas, je disais que deux des hommes d'Hector ont retrouvé ma trace et ont débarqué chez moi, dans la maison que je louais à Istanbul. Ils ont forcé la porte alors que je faisais dîner Rafe. Ils étaient armés. J'ai attrapé mon fils et j'ai couru me réfugier à l'arrière. J'ai pris mon revolver et lorsqu'ils ont surgi dans ma chambre j'ai tiré. J'ai vidé mon chargeur sur eux.

Tate s'arrêta, baissa sa machette pour se tourner vers elle. Elle avait le regard chargé de culpabilité et ses mains tremblaient.

— J'ai tué deux hommes, dit-elle.

— Vous vous défendiez et protégiez votre enfant.

— Mais ils ne cherchaient pas à nous tuer, répliqua-t-elle, au désespoir. Ils avaient été chargés de me ramener à Hector. Ils ne m'auraient pas fait de mal.

— Vouloir vous emmener contre votre gré quelque part, c'est vous faire du mal. Vous avez dû tirer pour survivre.

— Est-ce ainsi que je devrais justifier mon crime ?

Il haussa les épaules.

— Vous n'avez pas à vous justifier. Vous n'avez aucun reproche à vous faire, vous étiez en état de légitime défense.

— J'essaie de me le dire, reprit-elle en se mordillant les

lèvres. Heureusement, Rafe n'a pas été témoin de la tuerie. Je l'avais poussé sous le lit avant qu'ils n'entrent dans la chambre. Mais il a entendu les coups de feu et sans doute aussi leurs cris.

— Il a trois ans. Je ne pense pas qu'il ait compris ce qui s'était passé.

— Mais depuis lors il a des cauchemars…

— Cela lui passera.

— Le croyez-vous vraiment ?

— Bien sûr, assura-t-il. Allons, remettons-nous en marche.

Ils reprirent leur progression.

— Comment se fait-il que vous n'ayez pas fondé de famille ? demanda-t-elle après un moment.

— Je ne le souhaitais pas.

— Pourquoi ?

— Cela ne m'intéresse pas.

— Vous n'aviez pas envie de prendre la responsabilité d'un enfant, je suppose, dit-elle.

— Je prends beaucoup de responsabilités, elles ne m'ont jamais fait peur, ma chère. Mais je ne crois pas pouvoir être un modèle pour un gosse.

Elle parut étonnée.

— Vous êtes gradé de l'armée américaine, vous avez mené des opérations secrètes, spéciales, vous êtes un super soldat, un héros, non ? Les gamins rêvent tous de devenir quelqu'un comme vous. Les garçons, en tout cas.

Mal à l'aise, Tate se félicita qu'Eva soit derrière lui et ne puisse voir son visage. Ses traits devaient trahir ce qu'il éprouvait. Maintenant que Will n'était plus, il n'avait plus aucune raison de continuer à faire semblant. À faire semblant de posséder encore une once d'humanité.

En vérité, il n'en avait plus depuis longtemps mais il avait joué un rôle pour son petit frère chéri. À présent, plus rien ne l'empêchait d'exprimer la colère qui le consumait contre un monde qui n'avait jamais cessé de le décevoir et de lui tourner le dos.

— Je n'ai rien d'un héros et je ne souhaiterais à aucun môme d'avoir un père comme moi.

Elle sourit.

— Vous savez, je n'étais pas sûre non plus d'être capable d'élever un enfant. Mais à la naissance de Rafe j'ai été submergée par un instinct maternel venu de je ne sais où. Il a fait de moi quelqu'un de meilleur. Il est toute ma vie, maintenant.

Tate continuait de couper des branchages.

— Cela ne me semble pas très sain. N'y a-t-il donc pas d'homme dans votre vie ?

— Non.

— Ni dans votre lit ?

— Non plus.

— Et vous ne vous sentez pas seule, parfois, Eva ? Tard dans la nuit quand vous êtes sous votre couette ?

— Non. Pourquoi cette question ? Vous sentez-vous seul, vous ? Ou me proposez-vous de combler ma solitude ?

Un désir impérieux le traversa à la simple idée de se glisser sous des draps avec cette femme.

— En tout cas, s'il s'agissait d'une proposition, reprit-elle, je suis désolée de devoir la repousser. Je préfère partager mon lit avec un homme à qui je plais et qui a confiance en moi. Sinon, je me sens…

Un cri aigu fendit l'air.

— Qu'est-ce que c'est ? cria-t-elle, paniquée. Que signifie ce hurlement ?

La poussant de côté avec rudesse, Tate l'obligea à reculer. Il promena rapidement les mains sur elle avant d'examiner son épaule, soulevant la manche de son T-shirt.

— Heureusement, elle ne vous a pas mordue.

— De qui parlez-vous ? Qui m'aurait mordue ? Et qui a poussé ce cri ?

— Une fourmi.

— Quoi ? Les fourmis crient et mordent, à présent ?

— Oui, ici, elles sont énormes et agressives. Et pour une raison que j'ignore elles poussent ce hurlement avant d'attaquer.

Satisfait qu'elle s'en soit bien tirée, il la lâcha et recula.

— Vous avez eu de la chance. Leurs morsures sont très douloureuses.

Un frisson de répulsion la parcourut.

— Mon Dieu, que je déteste les insectes ! À quoi servent ces bestioles ? Je vous le demande. Et ne me parlez pas de la chaîne alimentaire, du cycle de la vie ou d'autres fadaises du même genre. Je comprends bien que tous les êtres aient besoin de se nourrir, mais vraiment ces fourmis sont écœurantes.

Cette fois, il ne put s'empêcher d'éclater de rire.

— En effet, en me prévenant que vous aviez la phobie des insectes, vous ne plaisantiez pas.

— Je ne plaisante jamais à ce sujet. Jamais.

Avec un soupir, elle repoussa ses cheveux en arrière.

En la regardant, Tate eut envie soudain de passer les doigts dans sa longue chevelure, d'y plonger le visage avant de capturer sa bouche. Il réprima un gémissement en imaginant leurs langues entamer une danse sensuelle. Il rêvait de l'embrasser langoureusement, lentement, jusqu'à ce qu'elle le supplie de la prendre.

— Pourquoi me regardez-vous comme ça ?

Il planta les yeux dans les siens et y vit briller une petite lueur mêlée avec une certaine gêne.

— Vous savez très bien pourquoi, répondit-il d'une voix rauque.

Elle écarta les lèvres dans une moue de surprise.

Le silence tomba entre eux mais leurs regards restaient rivés l'un à l'autre. Il s'insulta in petto. À quoi rimait cette scène ? Pourquoi restait-il planté comme un imbécile à faire l'amour du regard à cette femme ?

Écœuré de lui-même, il se détourna et serra plus fort sa machette.

— La nuit va tomber, dit-il. Il est temps de trouver un coin où bivouaquer.

Elle hocha la tête comme pour s'éclaircir les idées.

— Bien sûr.

Ils reprirent leur marche en silence et ce n'est qu'après une dizaine de kilomètres que Tate trouva un lieu possible pour dresser un campement. Non loin de la rivière mais assez éloigné d'elle pour ne pas risquer d'être inondé par ses flots. Il abattit quelques branches pour dégager un espace, balaya le sol pour s'assurer qu'aucun serpent n'y avait élu domicile. Pendant qu'il s'activait, il sentait le regard d'Eva sur lui et finit par froncer les sourcils.

— Qu'y a-t-il ?

— Vous n'avez apporté qu'un hamac ?

— Cela vous pose-t-il un problème ?

— Nous allons donc devoir le partager…

— Oui, sauf si vous préférez dormir par terre au milieu des serpents, des termites, des scorpions et d'un certain nombre d'autres animaux.

— Dans ces conditions, je vais être très contente de partager le hamac avec vous, Tate.

Il réprima un nouvel éclat de rire. Cette femme mettait ses nerfs à rude épreuve. Chaque fois qu'il tentait de prendre des distances, de rester sur ses gardes, elle lui lançait une réflexion, un sourire, qui le déstabilisaient. Elle ne ressemblait en rien à ce qu'il avait imaginé et, depuis qu'il l'avait vue entrer dans la salle du bar, elle le plongeait dans un état second. Les femmes aussi belles qu'elle avaient tendance à se montrer arrogantes, à jouer les coquettes ou les allumeuses. Mais pas Eva et il lui devenait de plus en plus difficile de ne pas tomber sous son charme.

— Nous pourrons dormir quatre heures, dit-il après avoir installé le hamac.

S'il n'en avait tenu qu'à lui, il se serait autorisé une nuit plus courte encore mais il devinait l'épuisement d'Eva même si elle ne disait rien. Il voyait les cernes sous ses yeux, la poussière sur ses joues et, quand elle fit glisser son sac à terre et se massa les épaules, il sut qu'elle n'en pouvait plus.

— Je vais faire un brin de toilette dans la rivière, déclara-t-elle en retirant son chapeau. Je ne peux pas dormir en étant sale.

Elle sortit de son sac un savon et des vêtements propres.

— Pourquoi n'avez-vous pas pris des mouchoirs ou quelque chose comme ça ? demanda-t-elle. J'ai besoin de faire pipi et utiliser des feuilles me fait horreur.

Il leva les yeux au ciel.

— Pourquoi ? Elles sont trop rudes pour votre peau délicate ?

— Non mais je perds du temps à m'assurer qu'il n'y a aucun insecte dessus.

Avec un rire tonitruant, il tira de sa poche un paquet de Kleenex. Quand il les lui tendit, elle le regarda d'un air émerveillé.

Mais elle se rembrunit aussitôt.

— Vous les aviez depuis le départ et vous les gardiez pour vous ? Je reviens tout de suite, ajouta-t-elle en s'éloignant.

Elle n'avait parcouru que quelques mètres quand Tate remarqua un éclat brun au milieu de la verdure.

— Eva, ne bougez plus !

Il s'exprimait d'un ton sans réplique et elle s'immobilisa, retenant son souffle.

Horrifiée, elle aperçut alors une vipère à l'endroit exact où elle s'apprêtait à poser le pied.

# 7

Eva se sentit plutôt fière d'elle-même. Elle ne se mit pas à hurler comme une hystérique, ne prit pas ses jambes à son cou, ne s'évanouit pas.

Parce qu'elle était totalement paralysée par la peur.

Hypnotisée, elle fixa les pupilles de la vipère. Elle reconnut l'espèce la plus dangereuse. Avec ses écailles brunes tachetées de noir, sa tête triangulaire et son long corps fin, ce reptile était incontestablement un prédateur de toute beauté. Mais son venin était mortel.

Le cœur d'Eva battait la chamade. Elle fut tentée de laisser tomber ce qu'elle tenait à la main pour s'enfuir en courant mais elle avait lu quelque part que les vipères étaient très rapides. L'affolement pouvait lui coûter la vie.

— Ne bougez pas, ma chère.

Du bout des lèvres, elle murmura.

— Devrais-je essayer de l'attraper avec un bâton pour l'envoyer valser au loin ?

— Non, non, surtout pas, Eva. Ne bougez pas, n'esquissez pas le moindre geste. Si je rate mon coup…

— Comment ça ? Que comptez-vous…

Quelque chose passa près de son oreille avec un sifflement aigu. Encore terrifiée, elle craignit un instant de s'effondrer. Elle battit des paupières et comprit que Tate avait lancé son poignard sur la vipère pour la clouer au sol.

— Allez à la rivière, reprit-il avec calme. Je me charge du serpent.

Mais, dans un état second, elle était incapable de bouger et restait plantée à regarder fixement le cadavre de l'animal qui gisait à ses pieds. Après un instant, Tate poussa un soupir et prit son visage entre ses mains pour l'obliger à détourner les yeux. D'un ton ferme, il l'encouragea à s'éloigner.

— Allez faire un brin de toilette comme vous en aviez l'intention, Eva. Tout va bien.

Sa voix autoritaire la fit sortir de sa transe et brutalement elle prit conscience des doigts de Tate sur sa peau. Son cœur s'accéléra de nouveau dans sa poitrine, mais cette fois ni la peur ni l'adrénaline n'en étaient la cause. Cet homme charismatique la jetait dans un trouble étrange. Avec sa barbe de trois jours et ses yeux émeraude, le courage et le sang-froid dont il avait fait preuve, il lui renvoyait une image de virilité magnifique.

Elle prit une profonde inspiration pour tenter de recouvrer ses esprits alors que les fragrances épicées de Tate l'enivraient.

— Oui, oui, balbutia-t-elle. Je reviens tout de suite.

Évitant de le regarder, elle s'enfonça dans la forêt. Parvenue à la rivière, elle retira ses bottes, son pull, et elle s'agenouilla près de l'eau. Elle s'aspergea le visage, se lava les mains, les bras, les pieds avant d'enfiler avec délice des vêtements propres. Puis elle remplit sa gourde et y glissa une pastille pour stériliser le breuvage.

Lorsqu'elle repartit vers la clairière, elle se sentait plus calme et plus détendue. Sa mésaventure avec la vipère n'était plus qu'un mauvais souvenir. En arrivant au campement, elle s'aperçut que l'animal avait disparu.

Tate était étendu dans le hamac, les bras repliés sous la tête.

— Qu'avez-vous fait du serpent ? demanda-t-elle.

— Je lui ai coupé la tête et je l'ai enterré.

Elle blêmit, comprenant qu'il l'avait éloignée pour lui épargner le triste spectacle.

Tate contemplait le haut des arbres. Le soleil était couché et aucune lumière ne filtrait plus à travers le feuillage.

— Vous n'allumez pas de feu ? s'enquit-elle.

— Inutile. Nous serons repartis dans quelques heures. Venez vous allonger. Bientôt, il fera noir comme dans un four. La nuit tombe vite dans la jungle.

Elle s'approcha mais hésita en regardant son grand corps dans le hamac.

Avec un sourire moqueur, il se redressa et lui tendit une main secourable. Non sans mal, elle se hissa à côté de lui. Quand elle y parvint, le hamac tangua et elle s'écroula sur sa poitrine. Tate la remit d'aplomb. Le simple fait de sentir ses mains sur elle la troublait.

Il lui fallut un moment pour trouver une position confortable et elle finit par se blottir contre Tate.

Lorsqu'ils furent enfin installés, il faisait nuit noire. Elle ne voyait plus rien alentour et, quand Tate les recouvrit d'un plaid, elle se félicita d'être loin du sol, de ses dangers, et bien à l'abri entre les bras de Tate.

Quand elle posa la main sur son torse, heureuse de sentir son corps chaud et réconfortant, ses doigts touchèrent quelque chose de froid et de métallique.

Elle releva le nez.

— Portez-vous une arme ?

— Je ne dors jamais sans elle.

Cette révélation la déconcerta mais, curieusement, la rassura en même temps.

— En tout cas, vous avez été à la hauteur aujourd'hui, reprit-il.

— Comment cela ?

— Vous avez marché d'un bon pas, affronté les ronces, la chaleur, les moustiques, sans vous plaindre. Vous m'avez impressionné. Je ne vous imaginais pas comme une fille de la campagne.

Sa réflexion la plongea dans une douce euphorie. Elle n'aurait pas dû se soucier de ce qu'il pensait d'elle, songea-t-elle, et pourtant ses mots la touchèrent. Pour une raison qu'elle ne comprenait pas, son approbation et l'admiration qu'il ressentait pour elle avaient beaucoup d'importance à ses yeux.

— J'aime être dehors, en plein air, avoua-t-elle. Quand j'étais jeune, mes parents louaient un chalet perdu dans le Vermont en été et nous passions nos journées à pêcher, à marcher et à nager. Et chaque année nous partions à l'aventure aux quatre coins du monde. Nous avons fait un safari en Afrique, des traversées en bateau, de l'escalade, bref tout ce qui nous permettait d'être dehors.

La gorge serrée, elle mesura à quel point ses parents lui manquaient. Elle leur téléphonait ou leur écrivait régulièrement. Mais elle ne les avait pas revus depuis trois ans.

— Que font-ils ? demanda Tate.

— Mon père est avocat fiscaliste, ma mère était organisatrice dans l'événementiel mais elle a cessé de travailler et se consacre désormais à des galas de charité, qu'elle supervise bénévolement. Lorsque j'ai décidé de partir à San Marquez pour me rendre utile dans un hôpital, ils n'étaient pas contents, ajouta-t-elle en souriant. Je suis leur fille unique alors ils ont tendance à se montrer surprotecteurs.

— Cela doit être agréable, grommela-t-il. D'avoir quelqu'un qui se soucie de vous.

Eva comprit à la tristesse de sa voix qu'il songeait à sa propre enfance.

Après un instant d'hésitation, elle reprit.

— Vous m'avez parlé de votre père, mais qu'en est-il de votre mère ? Pourquoi n'était-elle pas là pour vous protéger ?

D'un ton teinté de colère, il répondit.

— Ma mère est partie quand j'avais sept ans. Mais à l'époque nous étions tous contents qu'elle s'en aille. Elle se droguait. Elle se shootait à l'héroïne. Deux fois, elle a été victime d'overdose. Elle s'en était tirée mais je suis sûr qu'elle est morte, à présent.

Le cœur d'Eva se serra. Elle se souvint soudain d'un détail qu'elle avait découvert lorsqu'elle avait mené sa petite enquête sur Tate, mais elle n'était pas sûre qu'il soit judicieux de l'évoquer. Après tout, Tate n'était pas celui qui lui avait révélé l'information.

D'ailleurs, il ne lui avait donné aucun élément personnel depuis qu'elle avait fait sa connaissance.

— Dans votre dossier militaire, j'ai vu que vous aviez un petit frère, dit-elle avec précaution.

Elle le sentit se raidir.

Comme il ne répondait rien, elle se dressa à demi pour le regarder. À cause de la pénombre, elle ne pouvait voir son expression mais, à la raideur de son corps, elle devina qu'il serrait les mâchoires.

— Le dossier précisait qu'il était mort, ajouta-t-elle.

— Indiquait-il les circonstances de sa mort ?

— « Dans l'exercice de ses fonctions. »

Un rire rauque s'échappa de la gorge de Tate et elle frissonna.

— Ce n'est pas vrai ?

— Si, c'est vrai. Techniquement.

— Il est donc mort en faisant son devoir, sur le champ d'honneur ?

— Il a été assassiné, répondit-il d'un ton dur.

— Oh !

Et soudain elle comprit.

— Hector ! Hector a tué votre frère, n'est-ce pas ?

Il ne répondit pas.

— Voilà pourquoi vous voulez sa peau, poursuivit-elle lentement. Je me doutais que les raisons qui vous animaient étaient d'ordre personnel mais j'ignorais les liens qui vous unissaient à lui. J'ai raison, non ? Il est responsable de la mort de votre frère.

Il prit un air évasif.

— Si vous le dites…

— Le gouvernement américain a proposé son aide à San Marquez pour lutter contre les CPL. Votre unité a été envoyée sur l'île, non ? C'est ainsi que vous avez rencontré Hector. Je comprends tout maintenant. Sauf un point, ajouta-t-elle en fronçant les sourcils. Pourquoi vivez-vous dans la clandestinité, à présent ? Que s'est-il passé quand vous avez quitté l'armée ? Ou plutôt, pourquoi l'avez-vous quittée ?

— Vous a-t-on déjà dit que vous posiez beaucoup de questions ?

Elle commençait à s'habituer à la pénombre et elle vit la lueur amusée passer dans ses yeux verts.

— Vous a-t-on déjà dit que vous ne donniez pas beaucoup de réponses aux questions qu'on vous posait ? répliqua-t-elle.

— Je n'ai pas l'habitude de me confier à des inconnus.

— À mon avis, vous ne vous confiez à personne.

— C'est vrai, reconnut-il.

Un petit sourire passa sur les lèvres d'Eva.

— Je ne vois pas en quoi cela vous nuirait de m'en parler, puisque vous êtes déjà convaincu que j'ai été envoyée ici par Dieu sait qui pour vous perdre, pour vous obliger à sortir de votre cachette.

— Qui vous a dit que je le pensais ?

— Allons, vous en êtes persuadé, ça crève les yeux ! C'est la raison pour laquelle vous ne me faites pas confiance. Vous êtes certain que le gouvernement m'a payée pour vous piéger. Ce qui est absurde, permettez-moi de le dire, parce que si j'avais pour mission de vous arrêter ou de vous tuer, j'aurais déjà eu dix occasions de le faire. Et pourquoi aurais-je entraîné mon fils de trois ans dans cette aventure ? Réfléchissez-y, Tate. Votre théorie ne tient pas la route. Vous n'avez aucune raison de vous méfier de moi.

*Menteuse*, songea-t-elle…

D'accord, ce n'était pas entièrement vrai. Elle lui avait menti sur un point lorsqu'elle était venue solliciter son aide mais elle refusait de culpabiliser à ce sujet. De plus, le fait qu'Hector soit le père de son enfant n'avait rien à voir avec la mission. Tate et elle avaient tous deux de bonnes raisons de vouloir se débarrasser d'Hector. Alors pourquoi était-elle allée raconter à Tate qu'Hector avait tué son amant, le père de son fils ? Mais au fond cela n'avait pas tant d'importance.

Elle n'avait jamais adhéré à la philosophie qui estimait que la fin justifiait les moyens et pourtant, dans le cas présent, elle la comprenait. Et même si elle s'en voulait un peu de mentir à un homme qui avait accepté de l'aider, elle avait préféré ne pas prendre le risque de le faire changer d'avis en lui révélant la vérité.

Maintenant qu'elle avait compris qu'Hector avait tué le frère de Tate, elle regrettait encore moins son mensonge. Autrefois, elle était tombée amoureuse de l'homme qui avait assassiné le frère de Tate, elle avait donné le jour au fils de ce monstre.

Tate la tuerait s'il s'en doutait.

— Vos arguments sont fondés, dit-il, la tirant de ses pensées.

— Vous ne croyez donc plus que je travaille pour les services secrets américains ?

— Je n'ai pas dit ça. Mais si vous étiez envoyée par le gouvernement, vous connaîtriez les raisons pour lesquelles je me cache. Voilà pourquoi je ne vois pas pourquoi je vous les tairais.

Avec un sourire satisfait, elle se rallongea et attendit. Mais Tate ne répondit pas tout de suite et elle devina qu'elle ne devait pas insister, lui mettre la pression.

Au lieu de quoi, elle écouta les bruits de la jungle. Le bruissement des insectes, les chants des cigales, les battements d'ailes des chauves-souris lui rappelaient que, même la nuit, la vie fourmillait autour d'eux.

— Des gens veulent ma mort.

— Vraiment ? Je pensais que vous viviez dans la clandestinité pour le fun.

— Votre sarcasme ne me donne pas très envie de me confier, vous savez.

— Excusez-moi. Continuez.

Il eut un rire étranglé.

— Pour des raisons que je ne parviens toujours pas à comprendre, mon propre gouvernement cherche à m'éliminer.

Elle fronça les sourcils.

— Et vous ne savez vraiment pas pourquoi ?

— Non, je n'en ai aucune idée. La seule chose que je sais est que tout est lié à la dernière opération que mon unité a menée.

— Et de quoi s'agissait-il ?

Il hésita un long moment puis jura dans sa barbe.

— Après tout, pourquoi vous le cacher ? Nous avions été envoyés à San Marquez pour sauver un otage. Richard Harrison, un médecin américain qui faisait des recherches dans un petit hôpital de montagne. Les Combattants Pour la Liberté avaient tendu une embuscade, envahi le village de Corazón et fait prisonnier ce docteur. Ils n'acceptaient de le relâcher qu'à la condition que le gouvernement américain cesse d'aider celui de San Marquez à les combattre.

Eva n'en fut pas étonnée. Les rebelles ne faisaient pas mystère du fait qu'ils n'acceptaient pas l'ingérence des Américains dans leurs affaires intérieures.

— Mais, plutôt que de négocier, les Américains vous ont envoyés sur place pour libérer l'otage.

— Nous avions reçu l'ordre d'exfiltrer le médecin mais il était déjà mort quand nous sommes parvenus au village. Comme tous les villageois.

Elle serra les lèvres.

— L'œuvre d'Hector ?

— Oui. Nous sommes donc retournés aux États-Unis pour faire le point de la situation et, quelque temps plus tard, presque tous les hommes qui composaient mon unité sont morts dans des circonstances bizarres. Quand quelqu'un a tenté de me tirer dessus alors que je sortais tranquillement de chez moi, dans la rue, en plein jour, j'ai repris contact avec Stone et Prescott et nous avons décidé de disparaître dans la nature.

Il se tut et, tout en se mordillant les lèvres, Eva tenta de trouver un sens à ce qu'il venait de lui révéler. Un singe hurlait non loin d'eux dans les arbres.

— Je ne comprends pas, dit-elle enfin.

— Bienvenue au club.

— Vous ne savez pas pourquoi ils veulent tous vous tuer ? Avez-vous vu quelque chose que vous n'étiez pas censé voir ?

— Je n'ai pas la moindre idée de ce qui se passe, Eva. Je n'ai vu que ce village dévasté, tous ses habitants massacrés, carbonisés.

Elle frissonna en imaginant la scène.

— Peut-être que …

— Peut-être est-il temps de dormir, dit-il.

Elle ferma la bouche puis la rouvrit pour répondre :

— Très bien.

Elle devina qu'elle ne devait pas insister. Tate lui avait déjà confié beaucoup de ses secrets. Mais elle se promit de revenir plus tard sur le sujet.

Pourquoi tenait-elle tant à mieux connaître Tate ? s'interrogea-t-elle soudain. Pourquoi s'intéressait-elle autant à son passé, à ses motivations ou aux raisons qui l'obligeaient à vivre dans la clandestinité ?

Tout ce qu'elle avait besoin de savoir était qu'il était d'accord pour l'aider à se débarrasser de Cruz.

Elle s'efforça de retrouver une position assez confortable pour dormir mais, quelle que soit la façon dont elle s'y prenait, elle se retrouvait toujours collée à Tate. Son odeur l'enivrait et la chaleur de son corps la troublait. Résistant à la tentation, elle serra les poings pour s'interdire de le toucher. Mais elle comprit qu'elle aurait du mal à trouver le sommeil.

D'autant que la faune de la jungle continuait son tintamarre nocturne.

Quand elle se rendit compte que Tate avait une érection, elle sentit son visage s'enflammer.

La voix moqueuse de Tate s'éleva.

— Avez-vous bientôt fini de me tripoter ?

— Je ne vous tripotais pas, rétorqua-t-elle, écarlate. J'essayais juste de trouver une bonne position pour dormir.

— C'est cela, oui.

Irritée, elle reprit.

— C'est la vérité. Et puis, excusez-moi de vous dire que c'est vous qui semblez réagir à ma présence.

Son éclat de rire ne fit rien pour calmer sa colère.

— Ma chère, je suis un homme. Un homme étendu dans un hamac avec une jolie femme. À quoi vous attendiez-vous ?

Elle déglutit avec peine.

— Vous me trouvez jolie ?

Il poussa un soupir.

— Oui, je vous trouve très belle, Eva. Bon, reprit-il, alors sauf si vous avez envie d'aller plus loin, il faut dormir maintenant.

Un désir puissant torturait Eva. Tate la provoquait, la mettait au défi d'aller plus loin et, pendant un moment, elle eut envie de céder à la tentation, de faire ce qu'il lui suggérait.

Mais elle réprima ces pensées importunes et s'interdit le moindre geste déplacé.

— Bonne nuit, alors, dit-il.

Eva ferma les yeux et tenta de se persuader qu'elle était seule, qu'elle ne partageait pas un hamac avec un homme sexy en diable, qu'il ne l'intriguait pas, qu'elle ne se sentait pas femme comme jamais.

Elle ne voulait pas d'un homme dans sa vie. Peut-être qu'un jour, quand elle aurait oublié le goût amer que lui avait laissé Hector, et seulement si elle rencontrait quelqu'un de valable, quelqu'un de gentil, quelqu'un qui ne ferait pas de mal à son fils, quelqu'un qui aimerait Rafe, peut-être alors reviendrait-elle sur sa décision. Mais Tate n'avait pas le profil. Il n'était pas très gentil et il n'éprouvait rien de positif pour Rafe.

Comme cette prise de conscience l'envahissait, les pulsions de désir qui l'avaient embrasée s'éteignirent, à son grand soulagement. Elle finit alors par s'endormir.

Le lendemain, Tate luttait toujours contre des pensées contradictoires.

Il désirait Eva Dolce comme un fou.

Mais il mesurait le danger de la situation et savait qu'il ne devait sous aucun prétexte céder à la tentation.

Passer quatre heures allongé près d'une femme aussi belle

avait été une véritable torture et il se demandait comment il avait réussi à dormir un peu.

Lorsqu'ils s'étaient réveillés avant l'aube et avaient plié bagage pour reprendre leur route, il avait espéré que le feu qui incendiait ses reins allait se calmer. Malheureusement, il n'en était rien.

Dieu, qu'il la désirait !

Avec un soupir, il s'attaqua aux branches qui leur bloquaient le passage, se frayant un passage dans l'épaisse forêt. Comme il levait sa machette, un grondement de tonnerre les fit soudain sursauter.

— Oh ! non ! gémit Eva. Ça ne va pas être drôle.

En quelques instants, le ciel devint noir comme de l'encre, zébré par des éclairs, et bientôt la pluie s'abattit avec violence.

Tout se passa si vite qu'ils n'eurent que le temps d'échanger un sourire complice.

Cette simple réaction suffit à hisser Eva de plusieurs crans dans son estime. Au lieu de se lamenter à l'idée d'être trempée comme une soupe, la jeune femme semblait prendre les événements avec philosophie. En quelques instants, pourtant, elle se retrouva douchée par le déluge.

Il prit sa main et s'élança avec elle vers un arbre plus gros que les autres pour se mettre à l'abri. Là, il posa son fusil, lâcha sa machette et se mit en devoir de lui essuyer le visage ruisselant de pluie.

— La prochaine fois que nous déciderons de tuer un homme, nous programmerons l'affaire pendant la saison sèche, dit-elle.

Il se mit à rire.

— D'accord.

Rassemblant ses cheveux dans ses mains, elle les tordit pour les essorer avant de les repousser en arrière.

Il ne put s'empêcher d'admirer la pureté de ses traits, la perfection de sa peau. Ses yeux bleus, superbes, semblaient éclairés de l'intérieur.

— Vous recommencez ? dit-elle.

— À faire quoi ?

— À me regarder. Chaque fois que nous nous octroyons une pause, vous me regardez.

— Vraiment ? Nous savons que je vous trouve belle. Il est donc logique que je vous regarde.

Elle parut surprise.

— Je ne vous comprends pas.

— Comment cela ?

— Depuis notre première rencontre, vous m'avez expliqué que vous ne me faisiez pas confiance. Et pourtant…

Elle rougit mais il se demanda si c'était la gêne ou l'humidité qui lui enflammait les joues.

— Et pourtant quoi ? insista-t-il.

— Et pourtant, vous vous comportez comme si vous aviez envie de coucher avec moi, murmura-t-elle. Cette nuit, vous étiez prêt à le faire, non ? Si je vous avais donné le feu vert ?

— Oui, reconnut-il.

— Et je ne comprends pas pourquoi.

Sa naïveté le surprit et le ravit à la fois.

— Vous pensez que le désir et la confiance marchent de pair ? Ma chère, si vous saviez à quel point vous vous trompez.

Elle fronça les sourcils.

— Vous n'avez donc pas besoin de me faire confiance pour avoir envie de coucher avec moi ?

— Absolument pas.

Elle resta silencieuse, regardant la pluie mitrailler le sol tout en se mordillant les lèvres.

— Moi, j'en serais incapable, dit-elle enfin. Je ne pourrais pas coucher avec un homme en qui je n'aurais pas confiance.

Il s'avança vers elle.

— Donc, si je vous donnais le feu vert, vous me repousseriez ?

Elle retint son souffle.

Il se rapprocha encore. Il n'était plus qu'à un pas d'elle. Sa longue chemise n'était pas boutonnée et il voyait son T-shirt trempé plaqué sur ses seins qui se dressaient.

— Vous en avez envie aussi, remarqua-t-il sans chercher à cacher qu'il la guignait.

— Pas du tout ! C'est le froid. La pluie.

— Il fait chaud, ma chère, dit-il en lui caressant la joue.

Il ne lui faisait pas confiance, non, mais il la désirait comme un fou.

Lorsqu'il la prit par les épaules, elle écarquilla ses grands yeux bleus.

— Tate, balbutia-t-elle d'une voix où se mêlaient la peur et le désir.

Sentir qu'elle partageait sa faim vint à bout de ses dernières résistances.

Avec un gémissement, il captura ses lèvres. Lui enlaçant la taille, il la pressa contre lui en promenant la main dans son dos.

Quand il releva la tête, il vit briller le feu de la passion dans ses prunelles. Il reprit alors sa bouche pour l'embrasser avec plus de fougue encore.

Eva gémit et s'accrocha à lui. Leurs langues se mêlèrent en une lente danse sensuelle, et, emportée par la violence du désir, elle glissa les mains sous son T-shirt pour sentir son ventre ferme et musclé.

Tate s'empara alors de l'un de ses seins ronds et fermes.

Il ne se souvenait pas avoir désiré une femme à ce point. Plaquant les mains sur ses fesses, il l'attira contre son sexe.

Elle se hissa sur lui, nouant ses jambes autour de sa taille. Adossé au tronc de l'arbre, Tate approfondit leur baiser, caressant son corps avec fièvre.

Il avait atteint le point de non-retour. Il devinait qu'il serait incapable de la lâcher, de s'écarter. La faim qu'il avait d'elle était puissante, primitive, bestiale et seule la mort l'aurait empêché d'aller jusqu'au bout.

Mais soudain un instinct se réveilla en lui et il se raidit.

— Qu'est-ce qui ne va pas ? Pourquoi…, commença-t-elle.

Il posa un doigt sur ses lèvres pour lui intimer le silence.

Consumé par la passion, il n'avait même pas remarqué que

la pluie avait cessé, mais le silence abrupt n'expliquait pas sa soudaine inquiétude.

Lentement, il reposa Eva à terre et scruta les feuillages. Il ne voyait rien mais il tendit l'oreille, aux aguets.

Il reconnut les bruits familiers de la jungle. Le craquement des branches, les feuilles, le vent qui soufflait.

Mais il entendit aussi… des bruits de pas.

— Nous avons de la visite, dit-il en s'emparant de son fusil.

Avec un sourire féroce, il chargea son arme.

— Reste ici.

— Tate…

Quittant le couvert, il se retrouva face à six hommes armés qui le soumirent aussitôt à un feu nourri.

# 8

Une balle lui frôla la tête, et il se jeta au sol, roulant sur lui-même pour se mettre à l'abri derrière un tronc d'arbre.

Ses assaillants étaient des militaires, ils appartenaient à l'armée de San Marquez comme en témoignaient leurs uniformes. Mais ils ne faisaient certainement pas partie de la troupe d'élite à en juger par l'improvisation avec laquelle ils menaient l'attaque et leur manque d'organisation. Ils arrosaient le secteur de projectiles sans user d'une stratégie précise.

Les mâchoires serrées, Tate riposta. Brandissant son fusil-mitrailleur, il abattit deux hommes mais, dès que leurs corps tombèrent sur le sol tapissé de feuilles mortes, leurs quatre camarades prirent le relais.

Il se remit à tirer jusqu'au moment où son chargeur fut vide. Il se rendit compte alors que ses munitions étaient restées dans son sac à dos, sous l'arbre où il avait laissé Eva.

Laissant choir son fusil, il s'empara de son pistolet accroché à sa ceinture. Lors de ses derniers tirs, il avait mortellement blessé deux autres soldats. Il en restait donc deux à abattre, en espérant qu'une autre unité n'était pas dans les parages, prête à assurer la relève.

À ce stade, Tate ne se demandait pas pourquoi l'armée de San Marquez avait envoyé ces militaires ni comment leurs supérieurs avaient eu vent de sa présence dans la jungle ou même sur l'île. Pour l'heure, ces types représentaient une menace, voilà tout ce qui lui importait. Pour lui et pour Eva. Et il n'était pas question qu'une bande de bidasses mal entraînés le tue avant qu'il ne soit parvenu à égorger Cruz.

Les coups de feu cessèrent aussi brusquement qu'ils avaient commencé. Seuls les bruits de la forêt restaient perceptibles. Aux oreilles d'un civil, en tout cas.

Mais Tate sentait la présence de l'ennemi. Aux aguets, il identifia des respirations étouffées, le crissement des pantalons des soldats qui avançaient à pas de loup, attendant sans doute le moment favorable pour repasser à l'attaque.

Ils se trouvaient derrière le bosquet d'arbres.

Une décharge d'adrénaline le parcourut et il serra plus fort son pistolet avant de formuler une rapide prière. Puis il s'élança hors de son abri.

Une déflagration retentit, fendant l'air. Il sentit quelque chose de chaud couler à son oreille. Il n'entendait soudain plus rien, mais il resta debout. Avec un cri de rage, il fit feu sur le tireur.

L'homme tomba en arrière avec un gémissement et Tate le rattrapa pour se servir de lui comme d'un bouclier.

Le seul militaire survivant fit feu mais ses balles n'atteignirent que le cadavre de son camarade.

— *Se va a morir !* cria-t-il. Tu vas mourir !

Sans relâcher son emprise sur le mort, Tate secoua la tête.

— Ça m'étonnerait, répliqua-t-il froidement avant de le mettre en joue.

Blessé à l'épaule, l'homme recula.

Tate se précipita sur lui. D'un coup de poing, il l'obligea à lâcher sa kalachnikov et le fit tomber à terre. Là, il l'immobilisa d'un genou sur la poitrine et lui serra la gorge.

— Qui vous a envoyés ? demanda-t-il en espagnol.

— Va te faire voir !

— Si tu veux garder la vie sauve, tu as intérêt à me répondre.

L'homme lui cracha au visage et Tate l'abattit d'une balle en pleine tête.

Un instant, la jungle plongea dans un profond silence comme

si toute la faune qui peuplait le sous-bois restait pétrifiée, se demandant comment réagir.

Mais très vite le tintamarre habituel reprit.

Lorsqu'il perçut des bruits de pas sur le tapis de feuilles mortes, Tate brandit son arme, mais il ne s'agissait que d'Eva qui sortait des branchages.

Elle promena les yeux autour d'elle, sur les six cadavres qui gisaient sur le sol.

— Tu es… efficace.

Il considéra les corps des soldats. Les abattre n'avait en rien constitué un exploit. La formation des militaires de San Marquez n'était pas comparable à l'entraînement auquel devaient s'astreindre les hommes de l'armée américaine. Voilà d'ailleurs pourquoi les rebelles pouvaient faire tant de ravages dans le pays et aussi pourquoi le gouvernement de San Marquez avait fait appel à ses alliés pour tenter de juguler la révolution.

Ces types étaient loin d'être des tireurs d'élite, c'était certain, mais ils savaient traquer un homme, songea Tate. La jungle étant leur terre natale, ils en connaissaient le moindre recoin.

— Nous suivaient-ils depuis le départ ? demanda Eva qui avait pâli.

— Sans doute, mais ils ont attendu que nous levions le camp et que nous nous enfoncions dans la forêt pour passer à l'attaque. J'aurais senti leur présence s'ils s'étaient rapprochés de trop près et ils ont préféré donner l'assaut au moment opportun.

— Au moment où l'orage s'est abattu sur nous.

La suspicion assombrit soudain le visage de Tate et il planta les yeux dans les siens.

— Comment nous ont-ils trouvés ? demanda-t-il.

Elle battit des paupières.

— Comment ? Mais tu viens de dire que…

— Oui mais comment savaient-ils que nous étions sur l'île ?

Elle fronça les sourcils.

— Je l'ignore. Peut-être quelqu'un a-t-il repéré notre présence au port.

— Cela voudrait dire que ce quelqu'un nous guettait, s'attendait à nous voir débarquer. Qui, ma chère ?

La lassitude envahit Eva. Elle avait attendu, terrifiée, la fin de la fusillade, cachée sous l'arbre et elle tremblait encore de tous ses membres.

Il la considéra d'un œil meurtrier.

— Qui guettait notre arrivée ? répéta-t-il.

Elle déglutit avec peine.

— Je n'en sais rien, dit-elle de plus en plus mal à l'aise.

Il se rapprocha.

— Quel est le problème, Eva ? Pourquoi sembles-tu si mal, tout à coup ? Tu es livide. Aurais-tu quelque chose à …

— Je… Je ne me sens pas…

Elle pâlit encore. Et soudain elle laissa tomber ses bras qu'elle avait repliés sur sa poitrine et il vit du sang sur son T-shirt. Elle avait été touchée.

Incapable de finir sa phrase, elle tituba et se serait effondrée si Tate ne l'avait pas rattrapée.

Une douleur atroce cisaillait son bras et, à l'agonie, Eva eut l'impression d'une lame fouaillant sa chair.

Quand elle battit des paupières, elle comprit que c'était exactement le cas.

Tate retirait la balle qui l'avait atteinte à l'épaule à l'aide de son poignard.

Une vague de nausée la souleva et elle retomba dans l'inconscience. Lorsqu'elle recouvra un peu ses esprits, elle vit qu'il brandissait une aiguille.

Des taches noires brouillèrent sa vue et elle s'évanouit de nouveau.

Un peu plus tard, comme elle rouvrait péniblement les yeux, elle découvrit le visage de Tate.

— Serre les dents. Je vais te faire mal.

Il ne mentait pas. La douleur fut telle qu'elle regretta de ne pas avoir la capacité de défaillir sur commande. Se faire recoudre une plaie à vif n'avait rien d'enviable. Chaque fois que l'aiguille mordait sa chair, l'envie de hurler la tenaillait. Les larmes coulaient sur ses joues mais elle se mordit la lèvre pour s'interdire de crier.

Elle demanda à Tate d'une voix éteinte.

— Vais-je survivre ?

— Oui. La balle n'a touché aucune artère. J'ai réussi à l'extraire et je t'ai fait une injection d'antibiotiques. Il faudra recommencer toutes les six heures pour éviter une infection.

Tate nettoya la plaie et lui banda le bras.

— Voilà, dit-il enfin. J'ai terminé.

Elle essaya de s'asseoir mais fut prise d'un vertige et elle se mit à transpirer à grosses gouttes.

— Reste allongée, ordonna Tate.

Elle inspira lentement, luttant pour ne pas vomir.

— Non. Nous devons continuer, dit-elle. Nous ne savons pas si des renforts ne vont pas surgir d'un moment à l'autre.

Elle s'interrompit en remarquant que les cadavres avaient disparu. Un bref instant, elle se demanda si elle n'avait pas tout imaginé. Peut-être que personne ne les avait attaqués, peut-être que la balle qui l'avait atteinte avait été tirée par...

Puis elle comprit que Tate les avait simplement enterrés.

— Merci, balbutia-t-elle. Je sais que si tu ne m'as pas laissée mourir c'est uniquement parce que tu as besoin de mon aide pour retrouver Hector, mais j'apprécie, malgré tout.

— Ce n'est pas la seule raison pour laquelle je ne t'ai pas abandonnée à ton triste sort.

Un instant, elle pensa qu'il faisait allusion à leur baiser, à ce baiser passionné qui lui avait fait perdre la raison.

Mais sa voix dure comme le soupçon qui assombrissait toujours ses yeux lui fit comprendre qu'il n'en était rien.

— Alors pourquoi ? demanda-t-elle, un peu perdue.

Il enfonça les mains dans la ceinture de son pantalon.

— Il est temps de finir notre conversation.

— De quoi parles-tu ?

— Tu devais m'expliquer pourquoi quelqu'un guettait notre arrivée, pourquoi quelqu'un s'attendait à ce que nous débarquions à San Marquez. Avec qui as-tu été en contact ? ajouta-t-il, les mâchoires serrées.

Un frisson parcourut le dos d'Eva.

— Avec personne.

— Épargne-moi ces grands yeux innocents. Je viens de tuer six hommes et de te recoudre alors que j'aurais pu te laisser te vider de ton sang au milieu de la jungle.

— Alors pourquoi ne l'as-tu pas fait ? Manifestement, tu me tiens pour responsable de cet assaut.

— Ne l'es-tu pas ?

La colère la souleva.

— Non, pas du tout. Il est clair que quelqu'un nous a repérés au port et a prévenu l'armée. Ce qui n'a aucun sens parce que je ne vois pas pourquoi l'armée chercherait à nous neutraliser. Tu es peut-être traqué par le gouvernement américain qui est désormais l'allié de San Marquez mais pas moi. Qui en aurait après moi ? Je n'ai rien fait contre San Marquez. De plus, mon oncle n'aurait jamais…

— Ton oncle ? l'interrompit-il brutalement. Qui est-ce ?

— Mon oncle Miguel. C'est lui qui m'a suggéré de retrouver ta trace.

L'expression de Tate la pétrifia. Les poings serrés, l'arme à la main, il semblait prêt à lui faire exploser la tête, et la façon dont ses yeux brillaient de fureur n'avait rien de rassurant.

— Tu ne m'as jamais parlé de cet oncle, dit-il agressivement.

— Cela ne me semblait pas très important, répliqua-t-elle sur la défensive. Miguel est le frère aîné de ma mère. Il vit à Merido. Il a entendu des rumeurs sur un homme qui voulait la peau d'Hector et c'est lui qui m'a conseillé d'aller te trouver.

— Comment serait-il au courant de mon existence ? demanda Tate d'une voix glaciale.

Elle le sentait si menaçant qu'un frisson la parcourut.

— Parce qu'il est très au courant de tout ce qui se passe dans ce pays. Il est général dans l'armée de San Marquez.

Tate accueillit sa déclaration par un silence assourdissant. Une lueur guerrière brilla dans ses yeux, mêlée à une puissante colère. Il éprouvait un sentiment de trahison, songea-t-elle. Mais, avant qu'elle ne puisse esquisser un geste ou prononcer une parole, il brandit son arme et la pointa sur sa poitrine.

# 9

— Que vas-tu faire, Tate ? Tirer sur moi ?

Le regard bleu d'Eva était teinté de résignation.

Tate serrait si fort les mâchoires qu'il en avait mal. Bon sang, bon sang de bonsoir ! Toute cette histoire partait en vrille. L'embuscade, la balle qui avait touché Eva, apprendre que son oncle était général dans l'armée de San Marquez et le connaissait, lui…

Il était certain que l'oncle d'Eva s'était servi d'elle pour l'obliger à sortir de sa cachette. La seule question à rester sans réponse était « pourquoi ? »

Il n'avait aucun lien avec le gouvernement de San Marquez, aucun lien avec ce trou paumé, mis à part une mission ratée, qui avait eu lieu huit mois plus tôt. Depuis lors, il était revenu plusieurs fois à San Marquez pour interroger les gens sur Cruz et tenter de le débusquer, mais les militaires n'avaient aucune raison de le prendre pour cible. Au contraire. Le gouvernement de San Marquez voulait autant que lui la mort du chef des rebelles.

Alors pourquoi chercherait-il à le tuer ?

— Alors, tu tires ou quoi ? demanda Eva.

Il baissa son arme avec un juron. La frustration l'envahissait. Rien n'avait de sens. Absolument rien.

Devant lui, Eva cessa de froncer les sourcils et son expression s'allégea.

— Parle-moi, Tate, reprit-elle avec douceur. Dis-moi à quoi tu penses.

Incapable de formuler un mot, il finit par sortir sa gourde de son sac pour boire à longs traits.

Eva soupira.

— Mon oncle ne nous a sûrement pas envoyé l'armée.

— Et pourquoi pas ?

— Parce que j'aurais pu être tuée dans cette embuscade. Il savait que si tu débarquais à San Marquez je serais avec toi. Miguel ne m'aurait jamais mise en danger.

— Aucun de ces soldats ne pointait son arme sur toi ni vers l'arbre sous lequel tu t'étais réfugiée.

— Non ? Dois-je te rappeler que j'ai été touchée par une balle ? Que j'ai été blessée.

— Accidentellement, répliqua-t-il. Il s'agissait d'une balle perdue.

Elle poussa un soupir.

— Qu'insinues-tu ? Que mon oncle a lancé ces hommes à nos trousses et leur a ordonné de me blesser mais de te tuer, toi ?

— C'est exactement ce que je dis, oui.

Il avala une gorgée d'eau, en proie à un début de migraine. Rien de tout cela n'avait de sens. Si l'oncle d'Eva, le général, avait envoyé cette unité d'assaut, cela signifiait soit que quelqu'un à San Marquez voulait sa peau, soit que les États-Unis avaient obtenu l'aide de San Marquez pour le retrouver et le faire tuer.

— Le gouvernement de San Marquez lutte contre les rebelles, dit-il d'un ton pensif.

Eva parut perdue.

— Oui, en effet. La tête d'Hector est d'ailleurs mise à prix depuis plusieurs années. Où veux-tu en venir ? ajouta-t-elle.

— Ton oncle est-il au courant du sort qui a été réservé au père de ton fils ?

Un instant, elle sembla plus perplexe encore, mais elle finit par hocher la tête.

— Absolument. Miguel sait tout à propos du père de Rafe.

— Et de ton désir de tuer Cruz ?

De nouveau, elle opina mais, cette fois, une expression triomphante éclaira ses traits.

— Encore une autre raison pour laquelle Miguel n'aurait jamais ordonné cette embuscade. Il savait que je t'avais retrouvé et que tu allais m'aider à me débarrasser d'Hector. Or, Miguel déteste les CPL plus que quiconque. Il n'aurait jamais essayé de t'empêcher de descendre Hector. S'il voulait t'éliminer, il le ferait de toute façon après que tu aurais tué Cruz.

Tate ne partageait pas cette opinion.

— Es-tu sûre que ton oncle Miguel ne se sert pas de toi ? Qu'il n'est pas dans le camp des rebelles ?

Les yeux d'Eva brillèrent d'indignation.

— Certaine.

Pour sa part, Tate était loin d'en être convaincu.

Mais il laissa tomber le sujet. En vérité, il se moquait que l'oncle d'Eva soit ou non acoquiné avec Cruz. Il se souciait bien davantage d'une possible collaboration entre le gouvernement de San Marquez et les États-Unis pour l'abattre.

Frustré, il se passa la main dans les cheveux.

— Je me demande toujours ce qui s'est passé au cours de cette mission.

Il regretta soudain que Nick et Sebastian ne soient pas là. Il aurait voulu en discuter avec eux. D'ailleurs, il devenait urgent de les contacter pour s'assurer que de leur côté ils n'avaient pas été victimes d'une embuscade.

Il fouilla son sac pour en extirper son téléphone portable.

Aussitôt, Eva se rapprocha.

— Vas-tu appeler Nick ? demanda-t-elle.

Il hocha la tête.

— J'aimerais parler à mon fils.

Ignorant sa demande, il écouta l'appareil de Nick sonner à des milliers de kilomètres, inquiet du temps qu'il fallut à ses hommes pour répondre.

Quand Nick prit enfin l'appel, il poussa un soupir de soulagement.

— C'est moi, dit-il. Je voulais savoir comment cela se passait pour vous deux.

Nick parut également soulagé.

— Ça y est ? Vous avez tué Cruz ? C'est fait ?

— Nous en sommes loin. Nous sommes encore dans la jungle. Nous venons d'essuyer une attaque. Rien de terrible mais je voulais m'assurer que tout allait bien de votre côté.

— Tout va bien, capitaine. Ne vous inquiétez pas. Rafe s'amuse bien.

— Et je suis sûr que Stone te laisse te charger du petit et refuse de jouer les baby-sitters ?

— Oui, on peut dire ça.

Tate se mit à rire avant de reprendre avec gravité.

— Restez sur vos gardes. Si vous sentez l'ombre d'un problème, n'hésitez pas à vous enfuir avec le gosse pour aller vous cacher dans la montagne.

— Bien, capitaine.

— Maintenant, donne l'appareil au gamin, Eva voudrait lui parler.

Tate tendit son téléphone à Eva qui s'en empara comme s'il s'agissait d'un billet de tombola gagnant. Dès qu'elle eut son fil en ligne, la joie irradia son visage.

— Comment vas-tu, mon bonhomme ? dit-elle d'une voix douce et chaleureuse. Tu t'amuses bien ?

Tout en écoutant d'une oreille la conversation, Tate se mit à réunir les affaires.

— Tu me manques aussi… Je sais, chéri. Vraiment ? reprit-elle d'un ton amusé. Peut-être que si tu lui demandes très gentiment Nick acceptera d'y retourner demain.

Tate ferma les sacs et se redressa. Il lui fit signe d'abréger. Il était temps de repartir.

— Je dois te laisser, mon chéri. Je reviendrai bientôt, d'accord ? Et je t'emmènerai alors acheter une glace et… et nous retournerons à New York voir tes grands-parents. Oui, promis… Je t'aime, mon lapin.

Un instant plus tard, elle raccrocha et rendit son téléphone à Tate. Il s'aperçut qu'elle avait les larmes aux yeux.

— Tout se passe-t-il bien pour le petit ? demanda-t-il.

— Il a l'air de s'amuser, oui. Nick l'a emmené faire une grande balade dans la montagne, ce matin, et hier soir ils ont mangé des hot-dogs. Il me manque, ajouta-t-elle d'une petite voix.

Mal à l'aise, il prit son sac à dos puis s'assura que ses armes étaient bien chargées.

— Il faut y aller, dit-il.

La surprise se peignit sur le visage d'Eva.

— Tu veux continuer ?

— Ai-je le choix ? Me proposes-tu de repartir en arrière, de tout annuler ?

Sans attendre sa réponse, il posa son fusil sur l'épaule et s'empara de sa machette. Puis il s'avança vers les arbres.

— Tu peux me faire confiance, tu sais, dit-elle avec douceur.

Lentement, il se tourna vers elle.

— Si tu le dis…

— Tu le peux, insista-t-elle.

Les mains accrochées aux sangles de son sac, elle lui faisait face. Elle avait noué sa chemise autour de sa taille et, lorsqu'il vit le sang sur son T-shirt, il ravala les mots durs qui lui brûlaient la langue.

Il n'avait pas la moindre idée de ce qu'il devait faire avec cette femme. Une heure plus tôt, il lui avait retiré une balle du bras puis l'avait recousue à vif, et maintenant elle se tenait devant lui, l'air déterminé. Il ne doutait pas qu'elle souffrait, il le voyait dans ses yeux, dans la façon dont elle hissait son sac sur ses épaules. Mais elle refusait d'abandonner et, malgré lui, il en fut impressionné.

— Quand j'ai remonté ta piste, je savais que tu te cachais, dit-elle. Mais, je te le promets, je n'avais pas la moindre idée des raisons qui te poussaient à le faire. J'ignore également pourquoi des gens veulent te tuer, je ne crois pas que mon oncle se soit servi de moi pour t'obliger à te mettre à découvert et je ne sais pas qui est avec qui.

Il leva les yeux au ciel.

— Manifestement, tu ne sais pas grand-chose.

— Pour le moment, non. Mais je le découvrirai, ajouta-t-elle, le regard dur.

— Vraiment ?

— Je t'en fais la promesse, Tate. Tue Hector pour moi, et en échange je ferai tout ce qui est en mon pouvoir pour découvrir pourquoi tu es pourchassé.

— Tu crois pouvoir pirater le site de la section des Forces Spéciales et y trouver un dossier intitulé « Pourquoi nous voulons tuer Tate » ? demanda-t-il d'un ton dubitatif.

Elle le fusilla du regard.

— Ce ne sera certainement pas aussi simple, mais si je ne peux te jurer de découvrir la vérité, je m'engage en tout cas à tout mettre en œuvre pour y parvenir.

Eva avait peut-être réussi à retrouver sa trace jusqu'au Mexique, mais Tate était loin d'être sûr qu'elle soit capable de faire des miracles.

— Alors qu'en dis-tu ? reprit-elle. Es-tu d'accord pour me faire confiance ? Pour ne plus me menacer de ton arme ?

Un petit sourire passa sur les lèvres de Tate.

— Je verrai ce que je peux faire.

Il continua d'avancer mais de nouveau la voix d'Eva l'immobilisa.

— Tate ?

— Quand tu m'as… Je ne sais pas très bien pourquoi tu m'as embrassée mais je n'ai pas envie de jouer.

De jouer ? Il préféra ne pas lui dire que ce baiser avait été tout sauf un jeu pour lui. En l'embrassant, il n'avait pas cherché à la déstabiliser, à la piéger, mais uniquement à assouvir le désir qui le torturait.

Mais elle poursuivait.

— Voilà pourquoi je préfère ne pas réitérer l'expérience. D'accord ?

Il promena les yeux sur ses cheveux en bataille, sur ses vêtements chiffonnés, sur sa blessure, et pensa qu'il n'avait jamais vu une femme plus sexy.

Mais elle avait raison.

L'embrasser avait été une erreur, et à cause de ce baiser une bande de militaires avait failli lui exploser la tête. Même s'il la désirait comme un fou, il était temps de se calmer. De se focaliser sur sa vengeance et non sur le sexe.

Et de s'interdire de déraper.

Vingt-quatre heures plus tard, Eva poussa un soupir de soulagement quand ils sortirent enfin de la jungle.

Ils arrivèrent dans un petit village. Partout, des gens bavardaient, souriaient, allaient et venaient. C'était le jour du marché et des odeurs de fruits et de café flottaient dans l'air.

Un groupe de femmes proposaient des tissus colorés. Elles tenaient des bébés joufflus dans leurs bras. Les voir avec leurs enfants raviva la tristesse d'Eva. Entendre Rafe au téléphone avait été une véritable torture. Elle mourait d'envie de retourner à la forteresse pour le retrouver.

Mais Rafe ne serait pas en sécurité tant qu'Hector serait en vie. Chaque fois qu'elle était tentée de tout laisser tomber pour courir le rejoindre, il lui suffisait d'y penser pour recouvrer ses esprits.

Eva s'empara de la tasse que lui tendait Tate et savoura le breuvage brûlant avec plaisir. Le café représentait l'essentiel des exportations de San Marquez. Il était délicieux.

Elle aurait aimé passer un peu de temps au village pour se reposer, pour se laver, pour rappeler son fils. Mais Tate avait hâte de poursuivre sa route. Dès leur arrivée, il avait repéré une vieille camionnette, et à présent il était en grande conversation avec le propriétaire pour le convaincre de lui céder son véhicule.

Un quart d'heure plus tard, quand il revint avec une clé à la main, elle ne fut pas étonnée qu'il ait eu gain de cause.

Tate avait un tel charisme qu'il finissait toujours par obtenir ce qu'il voulait.

*Tout ?*

Un frisson la parcourut.

Non, elle devait s'obliger à oublier le trouble dans lequel il l'avait jetée avec ce baiser passionné. Ce n'était vraiment pas le moment de désirer un homme comme Robert Tate.

— Allons-y, dit-il. J'aimerais atteindre Valero avant la nuit.

— Pourquoi Valero ? demanda-t-elle en le suivant.

Elle y était souvent allée lorsqu'elle était bénévole pour l'hôpital et elle se souvenait que l'endroit était très isolé.

— L'ami dont je t'ai parlé, Hastings, y vit, dans un chalet perdu en pleine montagne. Nous allons nous y cacher, le temps de mettre au point le meilleur moyen d'infiltrer le camp de Cruz. Son repaire est certainement protégé par plusieurs hommes armés. Je ne l'attaquerai pas sans m'y être soigneusement préparé.

Tout en s'installant sur le siège passager, elle se résigna à l'éventualité qu'il leur faudrait encore plusieurs jours avant d'avoir la possibilité d'approcher Hector. Tate voudrait planifier l'assaut dans ses moindres détails avant de passer à l'action.

Il démarra. La route était défoncée et Eva s'accrocha du mieux qu'elle put tandis qu'ils roulaient vers la montagne. Toutes les vitres étaient ouvertes et l'air qui s'engouffrait dans l'habitacle était rafraîchissant.

Tate conduisait avec dextérité, s'efforçant d'éviter les bosses et les nids-de-poule.

— Comment va ton bras ? demanda-t-il en lui jetant un regard de biais.

— Très bien, dit-elle. C'est la première fois que je suis touchée par une balle. J'aurai une histoire palpitante à raconter à Rafe… quand il sera majeur, peut-être, ajouta-t-elle après un instant de réflexion.

Tate se mit à rire et elle reprit.

— Je suppose que toi, en revanche, tu as souvent été blessé.

Il haussa les épaules.

— Cela m'est arrivé quelques fois, oui.

— Pourquoi as-tu eu envie de t'engager dans l'armée ?

— C'était ma seule possibilité de quitter la maison familiale à ma majorité.

— Et ton frère ? Il avait, quoi, cinq ans de moins que toi ?

À la façon dont Tate serra les mâchoires, elle comprit qu'il n'appréciait pas qu'elle fasse allusion à son cadet.

— Oui, répondit-il avec raideur.

— Il n'avait donc que treize ans quand tu t'es engagé. L'as-tu laissé derrière toi ?

Il la fusilla du regard.

— Crois-tu vraiment que je l'aurais abandonné aux mains de notre salopard de père ?

— Je n'en sais rien. Je n'ai pas la moindre idée de ce dont tu es capable, Tate.

Et pourtant, en effet, elle ne l'imaginait pas laisser son frère vivre près d'un parent maltraitant.

— Il est venu avec moi quand j'ai quitté Boston, grommela-t-il. Nous avions une tante en Caroline du Nord et je lui ai demandé de s'occuper de Will pendant ma formation militaire. Lorsqu'il a eu dix-huit ans, il s'est engagé, lui aussi. Et quand j'ai été affecté à l'unité chargée des missions spéciales, mes supérieurs ont accepté que Will l'intègre avec moi.

— Vous êtes donc restés très proches, tous les deux ?

— Il est, il était, la seule personne au monde dont je sois resté proche.

— Je suis navrée qu'il soit mort, Tate.

Il haussa les épaules.

— C'est la vie. J'en ai fait mon deuil.

— Non, je ne le pense pas. Tu es prêt à risquer ta peau pour descendre l'homme qui l'a tué.

— Toi aussi, tu veux te venger.

— Peut-être, reconnut-elle, mais je ne prétends pas avoir fait le deuil de quoi que ce soit.

— Mon frère est mort, Eva. Je suis en paix avec ça.

— D'accord. Et que feras-tu, une fois Hector passé de vie à trépas ? Retourneras-tu dans la clandestinité ?

— Oui, en tout cas, tant que ma tête sera mise à prix.

— Je ne comprends toujours pas ce qui se passe, murmura-t-elle. Tes hommes et toi, vous avez forcément vu quelque chose au cours de votre dernière mission. Sinon, pourquoi les Américains voudraient-ils vous éliminer ? Cela n'aurait aucun sens.

— Cela n'a aucun sens. Je n'ai rien vu d'extraordinaire.

— Raconte-moi une nouvelle fois ce qui s'est passé.

Avec un soupir, il reporta son attention sur la route. Au loin, les sommets se détachaient dans le bleu du ciel. Le paysage était magnifique. Mais ce qui les attendait dans ces montagnes serait moche, très moche.

Comme il ne répondait pas, elle insista.

— Tate ?

— Je t'ai déjà tout dit, répondit-il, une nuance de frustration dans la voix. Quand nous sommes arrivés au village, le médecin était mort et…

— Comment était-il mort ?

— D'une balle entre les deux yeux. Cruz l'avait tué.

— Très bien. Et les villageois ?

— Les rebelles avaient mis le feu aux cadavres. Mais tous avaient été fusillés. Heureusement que ce salopard ne les a pas brûlés vifs.

Une nausée souleva Eva. Repoussant les images horribles que le récit de Tate faisait naître dans son esprit, elle demanda.

— Pourquoi ?

— Pourquoi quoi ?

— Pourquoi Hector a-t-il abattu le médecin et brûlé les villageois ?

— Dieu seul le sait. Peut-être se doutait-il que les Américains ne négocieraient jamais avec lui et a-t-il décidé de se venger. Ou peut-être a-t-il été averti que des militaires se rapprochaient de lui et… Ne t'en fais pas. J'ai bien l'intention d'interroger Cruz avant de lui trancher la gorge.

Un frisson lui parcourut l'échine. Malgré elle, elle ne put s'empêcher de comparer Tate à Hector. Tous deux avaient finalement beaucoup en commun.

Cette triste vérité la plongea dans une profonde lassitude. Les hommes étaient des êtres durs. Ils parlaient tous d'honneur, de loyauté, de vengeance, de justice, mais elle se demandait s'ils ne se servaient pas de ces prétextes pour justifier leur violence, leur désir primitif de tuer et de détruire.

— Et ensuite ? demanda-t-elle doucement. Quand tu auras liquidé Hector, que feras-tu ?

— Je disparaîtrai dans la nature.

— Et tu comptes passer seul le reste de ta vie ?

— Oui.

— C'est triste.

Il attendit un moment avant d'éclater de rire.

— Ne t'inquiète pas pour moi, Eva. J'ai envie d'être seul. Je préfère l'être. Sans Will, j'aurais laissé le monde à ses problèmes depuis longtemps et j'aurais tiré ma révérence sans regret.

— Veux-tu dire que tu te serais suicidé ?

— Bien sûr que non ! lança-t-il en riant. J'aurais quitté la civilisation. Je me serais installé dans les bois ou sur une île déserte et j'aurais passé au calme le reste de ma vie. Je pense qu'après avoir vengé Will je le ferai.

— C'est triste, répéta-t-elle.

— Ce qui est l'enfer pour certains peut être le paradis pour d'autres, tu sais.

Le chalet se révéla plus confortable qu'Eva ne l'avait craint. Bâti en rondins, au cœur d'une pinède, presque hors de vue de la ville où Tate avait abandonné le camion, l'endroit ne manquait pas de charme. Ils y parvinrent à pied alors que le soleil se couchait dans la montagne.

Eva soupira de soulagement. Les quatre derniers jours avaient été épuisants. Elle avait marché sans arrêt et, même si elle avait beaucoup d'énergie, elle était contente de pouvoir souffler un peu. De plus, Tate lui avait dit qu'il y avait tout le confort sanitaire et elle avait hâte de prendre une douche.

— Attends, dit-il en chargeant son fusil pour inspecter l'intérieur avant de la laisser y pénétrer.

Elle attendit patiemment qu'il lui fasse signe de le rejoindre.

— Tout va bien. Tu peux venir, chérie.

Chérie ? Elle ne savait pas pourquoi, mais son cœur bondit dans sa poitrine en l'entendant l'appeler ainsi. Il plaisantait, bien sûr. Ce mot n'avait aucune signification pour lui, mais pourtant il lui fit du bien.

Eva laissa tomber son sac sur le sol et promena les yeux autour d'elle. Le chalet était meublé de façon spartiate et semblait abandonné. Pourtant, Tate lui avait dit que son ami y vivait depuis des années.

— Où est Hastings ? demanda-t-elle tout en continuant son inspection.

Dans un coin de la salle principale, une kitchenette avait été aménagée. De l'autre côté un couloir menait aux chambres.

— Sans doute au ravitaillement.

Elle se souvint d'une discussion sur le sujet qu'elle avait surprise quand Tate avait parlé au téléphone avec son ami. Néanmoins, elle ne faisait qu'à moitié confiance à cet inconnu. Tate lui avait expliqué qu'il avait fait partie des casques bleus, et que par la suite il avait pris sa retraite dans ce chalet perdu dans la montagne. Elle n'était pas certaine d'être très à l'aise avec lui.

Tate devina sa méfiance.

— Détends-toi. Ben est un type bien.

— J'en jugerai par moi-même si cela ne t'ennuie pas.

— De toute façon, nous ne nous faisons pas mutuellement confiance, alors quelle importance ?

— Je commence vraiment à détester ce mot, « confiance ».

— Ce n'est pas le pire du dictionnaire, rétorqua-t-il.

Il posa son fusil contre le mur et glissa son revolver dans sa ceinture. Eva ne put s'empêcher de penser qu'il était très sexy avec sa barbe de trois jours, ses vêtements poussiéreux, son pantalon kaki, ses bottes militaires et la facilité avec laquelle il maniait les armes.

Quand il surprit son regard sur lui, il ne put s'empêcher de sourire.

— Cesse de me fixer comme ça si tu ne veux pas que je t'embrasse encore, mon cœur…

Une douce chaleur envahit les joues d'Eva.

— Nous avons déjà décidé de ne plus nous embrasser, lui rappela-t-elle.

— Je n'ai jamais donné mon accord sur ce point.

Le cœur d'Eva s'accéléra.

— Je t'ai dit que je ne le voulais plus.

— Mais tu mentais.

Elle déglutit avec peine.

Il continuait à la dévorer des yeux.

— Je ne sais pas quoi faire de toi, Eva, reprit-il après un moment.

— Que veux-tu dire ? demanda-t-elle, étonnée par la lueur inquiète qu'elle voyait briller dans ses yeux émeraude.

— Eh bien, je ne sais pas non plus ce que je veux dire. Tout ce que je sais est que je rêve de t'embrasser encore.

— Pas moi.

— Menteuse, dit-il en capturant ses lèvres.

Oui, elle avait menti. Elle avait envie de ce baiser. Elle mourait d'envie de sentir sa bouche sensuelle prendre possession de la sienne et elle réalisa qu'elle n'avait jamais eu ce désir avec quelqu'un comme elle en avait envie avec Tate.

Son odeur virile l'enivrait, et le plaisir qu'il lui donnait était tel que dans ses bras elle avait l'impression de quitter la terre.

D'un geste, il détacha l'élastique qui retenait ses cheveux et enfouit ses mains dans son épaisse chevelure d'un air possessif.

— Ton cœur bat la chamade, remarqua-t-il. Et tes seins se dressent.

Il se mit à les caresser et elle faillit crier.

Un plaisir sauvage s'emparait d'elle.

— Alors ? Qui joue avec l'autre maintenant ? demanda-t-il. Tu en as autant envie que moi. J'ai au moins le cran de le reconnaître.

Il avait raison.

Elle le désirait.

Elle avait très faim de lui. Telle une drogue, elle rêvait qu'il l'embrasse encore et encore, qu'il aille plus loin encore, jusqu'au bout.

— D'accord, je le reconnais. J'ai envie de toi, Tate. Et maintenant ?

*Clic.*

Elle se pétrifia en entendant le bruit caractéristique d'une arme que quelqu'un rechargeait.

Livide, elle se tourna vers la porte et découvrit le canon d'un fusil.

# 10

Tate ne se sentit pas le moins du monde menacé par l'arme pointée sur lui. Il fut juste ennuyé d'être interrompu.

— Bonjour, Ben, grommela-t-il. Tu débarques à un bien mauvais moment.

— Désolé de te déranger, Robert. La prochaine fois, j'attendrai à l'extérieur que tu me donnes le feu vert pour entrer chez moi.

En riant, Tate s'écarta d'Eva et se dirigea vers son vieil ami. Il avait séjourné chez Ben quelques mois plus tôt lorsqu'il était venu à San Marquez pour tenter de localiser Cruz. Comme à présent, Ben l'avait accueilli sans lui poser de questions.

— Je suis content de te retrouver, dit Tate en lui tendant la main.

Ignorant la main tendue, l'énorme Afro-Américain le prit dans ses bras pour une chaleureuse accolade.

— Toujours en vie à ce que je vois, poursuivit Ben d'un air heureux. Comment vont les garçons ?

Tate dissimula un sourire. Stone et Prescott détestaient être surnommés « les garçons », mais aucun d'eux ne s'était plaint quand Ben les avait appelés ainsi lors de sa dernière visite. Avec son crâne luisant comme un œuf, sa peau noire comme de l'ébène, ses bras musclés et son torse en forme d'armoire à glace, Ben Hastings était vraiment une personnalité.

— En pleine forme, répondit Tate.

Ben se tourna vers Eva.

— C'est elle ?

Tate opina.

— Ben, Eva, Eva, Ben.

Manifestement sur ses gardes, Eva tendit la main à Ben. Elle semblait toute petite à côté de ce colosse et, pour une raison inexplicable, l'envie de la protéger traversa Tate.

Repoussant cette étrange pensée, il se tourna vers son vieil ami.

— Cela t'ennuie-t-il qu'Eva prenne une douche ?

— Pas du tout. La salle de bains est au bout du couloir. Il y a des serviettes propres sous le lavabo et des affaires de toilette dans le placard.

Eva hocha la tête, mais n'esquissa pour autant aucun mouvement. Elle considéra tour à tour les deux hommes.

— Ne seriez-vous pas en train de vous débarrasser de moi ?

— C'est exactement ça, reconnut Tate.

— Bon, alors je vous laisse discuter dans mon dos. Et je vais en profiter pour me détendre.

Quand elle disparut dans le couloir, Ben se mit à rire.

— Voilà une femme de caractère.

Tate ne put le contredire.

— Mais, mon vieux, poursuivit son ami en se dirigeant vers le réfrigérateur, est-ce vraiment une bonne idée de la traîner avec toi ? Es-tu certain qu'elle est digne de confiance ?

— Non, je n'en suis pas sûr du tout.

— Une bière ?

Avant qu'il ne puisse répondre, Tate rattrapa au vol la bouteille que Ben lui lançait. Il s'agissait d'une marque locale qui n'était pas sa préférée. Mais, après trois jours à marcher dans la jungle avec Eva qui le tentait comme le péché, il méritait un peu de réconfort et, quelle qu'en soit la provenance, une mousse lui ferait du bien.

— Merci, dit-il en la décapsulant des doigts. Qu'as-tu prévu pour le dîner ?

— Si tu imagines que je vais faire la cuisine pour toi, tu te fais des illusions.

Tate regarda son ami qui éclata de rire.

— Bon, il y a des côtelettes d'agneau et un gratin de courgettes, reprit Ben.

Il était peut-être bâti comme une armoire à glace et ferait peur à un enfant, mais il adorait concocter de bons petits plats. Et il était doué aux fourneaux.

Des bruits d'eau se firent entendre au bout du couloir et Tate imagina Eva nue sous le jet de la douche. Sa gorge devint sèche. Dans le plus simple appareil elle devait être à tomber. Il en était certain.

Repoussant ces images, il avala une gorgée de bière.

— Alors, raconte un peu ce qui se passe dans le coin. Les rebelles semblent plus actifs encore depuis que Cruz a disparu dans la nature.

Le visage de Ben s'assombrit.

— Allons en parler dehors.

Tate le suivit sur la terrasse. La vue sur la montagne était à couper le souffle.

— Il y a de plus en plus d'émeutes, commença Ben. Ainsi que des tentatives d'assassinats d'hommes politiques, de hauts fonctionnaires, de gradés militaires. Luego, le second de Cruz, a pris la tête du mouvement. Il sème la terreur, pose des bombes partout dans l'espoir d'obtenir gain de cause.

— C'est souvent une stratégie efficace.

— En l'occurrence, elle est contre-productive. L'armée s'est déployée un peu partout dans le pays. La présence des militaires s'est intensifiée.

— Je l'ai remarqué au port. J'y ai vu beaucoup plus de soldats qu'il y a quelques mois. En tout cas, si je comprends bien, Cruz ne montre plus le bout de son nez.

— Non, depuis qu'il est parti se terrer dans la montagne, personne ne l'a croisé.

Tate poussa un juron. Il n'avait donc pas le choix. Il lui fallait aller plus loin dans cette mission quasi suicidaire. Cruz n'allait pas venir à lui. Il devait donc le débusquer et le faire sortir de son trou.

— Cette fille sait-elle vraiment où se cache Cruz ? demanda Ben comme s'il lisait dans son esprit.

Tate poussa un soupir frustré.

— Elle le prétend, mais je n'en mettrais pas ma main au feu. Rien ne me dit qu'elle est sincère.

— Moi, je vous le dis, déclara Eva dans leurs dos.

Les deux hommes se retournèrent. Vêtue d'un jean et d'une chemise propres, pieds nus et le visage rosi par sa douche, elle était ravissante et, comme d'habitude, Tate fut troublé par l'image qu'elle lui offrait.

Luttant contre le désir qui s'emparait de lui, il planta son regard dans celui d'Eva.

— Oui, tu le dis.

Elle poussa un soupir.

— Je pensais que nous nous étions mis d'accord pour nous faire mutuellement confiance.

Puis sans attendre sa réponse elle se tourna vers Ben.

— Avez-vous un ordinateur dont je pourrais me servir ?

Ben fronça les sourcils.

— Qu'aimeriez-vous faire avec ?

— J'ai fait une promesse à notre ami Robert, répondit-elle. Tu as toujours envie de savoir pourquoi tu es pourchassé par les autorités de ton pays, non ?

En réalité, Tate renâclait à l'impliquer dans cette histoire. Mais si elle pouvait vraiment découvrir la vérité sur les événements des huit derniers mois, il serait bien bête de l'en empêcher.

Avec un soupir résigné, il se tourna vers son ami.

— Donne-le-lui.

D'un air intrigué, Ben hocha la tête et retourna à l'intérieur pour sortir un vieux Mac du placard. Il le posa sur la table.

En voyant le visage d'Eva s'éclairer, Tate éprouva une certaine colère, une réaction ridicule, au demeurant. Jaloux d'un ordinateur ? Il devenait pathétique.

Eva ouvrit l'appareil.

— Quel est le mot de passe ? demanda-t-elle.

— Je n'en ai pas. Je ne l'utilise que très rarement.

Elle fronça les sourcils.

— Vraiment ? Où stockez-vous vos dossiers personnels ?

Ben tapota son crâne.

— Tout ce dont j'ai besoin est là.

— Vous êtes de la vieille école, si je comprends bien, dit-elle en riant.

— Exactement, ma puce.

Ma puce ?

Tate eut envie de se pincer tant cet échange lui semblait surréaliste. Dix minutes plus tôt, Ben regardait Eva comme si elle représentait une menace pour la sécurité nationale et, maintenant, ils semblaient des amis de toujours.

Cela dit, il n'en était pas vraiment surpris. Eva Dolce avait la faculté de mettre les gens à l'aise.

— Je ne peux pas croire que vous ayez le wi-fi ici, dit-elle en tapotant sur le clavier.

— San Marquez n'est pas totalement ignorante en matière de technologies modernes, répliqua Ben.

Le visage concentré, Eva fixait l'écran tandis que ses doigts longs et fins volaient sur le clavier.

— Cela vous ennuie-t-il que je jette un œil sur votre disque dur ? reprit-elle. J'ai besoin de savoir ce que votre appareil a dans le ventre.

— Allez-y.

Très vite, elle se mit à grommeler et Tate et Ben échangèrent des regards inquiets.

— Cet ordinateur est une véritable antiquité déclara-t-elle enfin, d'un ton écœuré. Je ne peux rien tirer d'un appareil aussi poussif. La mémoire est insuffisante pour mes logiciels.

D'ailleurs, la connexion à internet était si lente qu'elle n'espérait même pas atteindre sa messagerie.

— Je suis désolé, dit Ben. Je ne me sers jamais de cet engin. Parfois, je l'ouvre pour consulter mes e-mails.

— Et je ne serai d'aucune utilité dans ce domaine, dit Tate. Je n'y connais rien.

Il n'ajouta pas qu'il n'avait jamais cru en la capacité d'Eva de découvrir quoi que ce soit.

— Ça ne va pas. Je t'avais promis de découvrir pourquoi ta tête a été mise à prix, Tate, et je veux absolument tenir parole. Écoute, il y a une solution. Laisse-moi reprendre contact avec mon ami.

— Pas question, répondit-il aussitôt.

— Je te promets d'être discrète. C'est lui qui m'a aidée à entrer sur le site de l'armée, et jusqu'ici personne ne s'en est aperçu.

— Et comment avez-vous réussi à pirater leurs fichiers ? s'enquit Ben, intrigué.

— Cela dépendait de ce que nous cherchions à y faire.

Elle passa la main dans ses cheveux et Tate sentit de nouveau un trouble s'emparer de lui. Il mourait d'envie de l'embrasser.

Secouant la tête, il s'efforça de se concentrer sur les paroles d'Eva au lieu de se focaliser sur sa bouche adorable.

— La plupart des gens pensent que les pirates informatiques sont diaboliques, infectent le monde de virus ou volent les secrets industriels des entreprises. Mais la culture des geeks est très loin de ces comportements.

Tate et Ben parurent amusés.

— En quoi consiste-t-elle, alors ?

— Nous sommes des visionnaires, des pionniers. Nous relevons le défi d'entrer dans un système quand personne d'autre n'en est capable.

— Cela n'en est pas moins illégal, remarqua Ben.

— C'est vrai, reconnut-elle, mais nous venons en aide aux gens en violant leur vie privée. Comme mon ami, par exemple. Il parvient à forcer des systèmes, mais ensuite il en crée d'autres, infiniment plus sûrs, pour les vendre à des sociétés qui utilisaient des logiciels dangereux sans mesurer à quel point elles s'exposaient ainsi.

— Mais il ne le leur dit pas comment il les a mis au point, répliqua Ben en riant.

— Non, en général pas, admit-elle. Si j'avais mon ordinateur avec moi, reprit-elle avec gravité, je pourrais travailler mais tu m'as obligée à le laisser à la forteresse, Tate. Voilà pourquoi, si tu me laissais demander à mon ami de nous aider, il pourrait effectuer ces recherches pour nous.

C'était avec cet ami qu'elle avait volé les Combattants Pour la Liberté, se souvint Tate. Il commençait à la connaître et se doutait qu'elle lui renvoyait l'ascenseur. Il devinait qu'elle n'aimait pas devoir quelque chose à quelqu'un. Lui aussi détestait les dettes.

— C'est quelqu'un de confiance, Tate. Donne-moi le feu vert et je le contacterai. Et tu sauras alors à quoi t'en tenir.

L'indécision l'envahit mais il ne parvint pas à repousser son offre. Nick et Sebastian étaient doués en informatique mais ils n'étaient pas capables de pirater un système, de s'introduire dans des bases de données confidentielles. Le spécialiste en technologie de l'unité avait été Berkowski.

Avec amertume, il se souvint que Berk était mort et que, s'il ne se faisait pas aider, il ne saurait jamais pourquoi.

— D'accord, dit-il enfin.

Quand il vit le visage de la jeune femme s'éclairer, il leva la main et la fixa d'un œil mauvais.

— Mais je te préviens, si cet ami me trahit, je t'en tiendrai pour responsable, ma chère.

Elle soupira.

— Je ne suis plus à une responsabilité près. Résumons-nous, tu me soupçonnes d'être un agent du gouvernement, une menteuse, de mèche avec mon oncle pour te perdre... Il y a autre chose que j'oublie ?

Pour toute réponse, Tate fronça les sourcils.

À côté de lui, Ben se mit à rire.

— Elle me plaît.

Les côtelettes d'agneau préparées par Ben étaient succulentes et, après trois jours dans la jungle à se nourrir de barres énergétiques, Eva les dévora avec appétit. Ils dînaient autour de la table dans la minuscule cuisine, et elle en profita pour observer discrètement les deux hommes, tentant de comprendre leur amitié.

Aucun d'eux ne correspondait à ce que son apparence aurait pu indiquer. Tate était beau, séduisant, sexy, mais sa personnalité était sombre et sarcastique. Ben était physiquement énorme et sombre, mais d'une grande finesse d'esprit, charmant et doté d'un humour ravageur. Ben lui avait expliqué que tous deux s'étaient liés pendant leur formation militaire. Mais si Tate était resté dans l'armée, Ben s'était retiré en Amérique du Sud pour prendre sa retraite. Eva le soupçonnait de travailler pour des entreprises louches, mais en réalité elle ignorait encore comment il gagnait sa vie.

Après le dîner, elle les aida à débarrasser puis accepta de partager une bière avec eux. De nouveau, les deux hommes s'installèrent dehors, sur la terrasse. Cette fois, elle se joignit à eux, refusant de les laisser continuer à discuter en aparté. Elle se doutait qu'ils allaient mettre au point un plan pour coincer Hector et il n'était pas question pour elle d'en être exclue.

Tate fronça les sourcils mais ne lui donna pas l'ordre de s'en aller et elle lui en fut reconnaissante.

— Je ne vois pas comment vous pourriez vous en tirer vivants.

Affolée par la remarque de Ben, Eva se tourna vers Tate.

— Partages-tu son avis ?

— Oui, répondit-il avec un haussement d'épaules. Mais depuis le départ je sais que j'ai une chance sur deux d'y laisser ma peau.

Elle ne s'attendait pas à cette déclaration.

— Dans ces conditions, pourquoi avoir accepté de te lancer dans cette aventure avec moi ?

Son silence fut plus éloquent qu'une réponse.

Il avait accepté cette mission parce qu'il se moquait de perdre la vie, songea-t-elle. L'important pour lui était de réussir à tuer Hector Cruz, le reste ne comptait pas.

En prendre conscience accrut l'angoisse d'Eva. Elle ne voulait pas d'une opération suicide, elle n'avait rien d'un kamikaze.

— Si je comprends bien, dit-elle, ton objectif est d'abattre Hector et tu te fiches de mourir du moment que tu es parvenu à l'éliminer. Mais moi, je tiens à la vie. J'ai un fils que je compte aller retrouver ensuite. En mettant au point un plan d'attaque, il n'est donc pas question de considérer notre sécurité comme un point négligeable, comme un détail sans importance.

Ben lui sourit.

— Bien dit.

Sans se fendre d'un sourire, elle avala une gorgée de bière. Une fois un peu calmée, elle lança à Tate :

— Alors comment comptes-tu t'y prendre ?

— À toi de le dire. Après tout, c'est toi qui connais bien le camp dans lequel Hector s'est retranché.

— Aimerais-tu que je dessine un plan détaillé des lieux ?

— Plus tard. Dans l'immédiat, je veux une vue générale de la situation. Tu m'as dit qu'il s'était réfugié dans la montagne ?

Elle hocha la tête.

— Dans un bunker souterrain. L'entrée est directement creusée dans la roche.

— N'y a-t-il qu'un accès ?

— Non. Une sortie de secours permet de rejoindre discrètement le versant ouest. Elle donne dans les collines.

Elle s'arrêta en remarquant que les deux hommes la regardaient fixement.

— Qu'y a-t-il ? demanda-t-elle, sur la défensive.

— Comment êtes-vous au courant de tous ces détails ? interrogea Ben avant d'échanger un coup d'œil inquiet avec Tate.

— Tu ne m'avais pas dit que tu avais pénétré à l'intérieur du bunker, reprit Tate d'un air soupçonneux.

— J'ai adhéré à la cause des rebelles, à une époque. Ils me considéraient comme l'une des leurs.

— Et ils avaient assez confiance en toi pour te laisser entrer dans leur repaire secret ?

— J'étais... euh... Le père de Rafe et moi étions très

proches d'Hector. Nous cherchions alors un moyen de ravitailler les régions les plus pauvres, d'acheminer des vivres venus d'associations humanitaires jusqu'aux villages isolés. Pendant un moment, les rebelles ont accepté que nous les stockions dans ce bunker.

Les mensonges montaient à ses lèvres avec facilité, mais elle ne pouvait se permettre de culpabiliser à ce sujet. De plus, cette fiction semblait plus belle que la réalité. Elle aurait aimé qu'Hector n'ait que le bien des populations à cœur.

— Bref, pour revenir au bunker, l'entrée principale est gardée mais pas la sortie dans les montagnes.

— En es-tu sûre et certaine ? demanda Tate.

— C'est la voie d'évasion secrète d'Hector. Il préfère ne pas attirer l'attention sur cette trappe. En revanche, à l'intérieur de la grotte, tout est plus compliqué, il y a des gardiens postés un peu partout.

Tate se tourna vers Ben.

— Qu'en penses-tu ?

L'Afro-Américain prit un air songeur.

— Visiblement, il faudra s'introduire dans le bunker par les collines. Entrer sera facile, Robert. C'est en sortir qui sera compliqué.

— Je sais, dit Tate. Et si nous créions une diversion ? Il faudrait attirer tous les gardes vers l'entrée principale pour me permettre, pendant qu'ils sont occupés ailleurs, de me glisser par la sortie de secours, de chercher Hector, et de le descendre avant de ressortir par où je suis entré.

— Comment ça ? Tu comptes y aller seul ? s'enquit Eva, les sourcils froncés.

— Bien sûr. Une fois que nous serons arrivés au camp, tu resteras à l'écart, ma chère. Je me rendrai seul dans le bunker.

— Mais pourquoi ?

— À cause de ce que tu as dit, Eva. Tu as un fils, pas moi.

Il planta les yeux dans les siens.

— Dès que je serai convaincu qu'il ne s'agit pas d'un guet-apens, je me débrouillerai avec Ben.

Elle se tourna vers Ben.

— Ah bon ? Vous, vous serez de la partie ?

— Bien sûr. Qui d'autre pourrait faire diversion ? À ce propos, je dois vous laisser maintenant. Pour mener à bien cette opération, j'ai besoin de me procurer deux ou trois petites choses. Cela me prendra peut-être la nuit, alors ne m'attendez pas.

Comme il se levait, Eva le fixa droit dans les yeux.

— Que faites-vous exactement dans la vie ? demanda-t-elle. Quelles sont les « petites choses » dont vous parlez ?

Tate se mit à rire.

— Ben est un homme plein de ressources. S'il te faut quoi que ce soit, il sait toujours à qui s'adresser pour te le trouver.

— De quoi s'agit-il ? D'armes ? De drogues ?

— Il est capable de fournir tout ou presque, mais les armes et les renseignements sont sa spécialité.

Elle se promit de creuser la question quand toute cette histoire serait terminée, mais dans l'immédiat elle devait se concentrer sur la tâche à venir.

Quand Ben eut quitté la maison, elle se tourna vers Tate.

— Pourquoi ne pas te faire un plan maintenant ? Si tu as une idée de l'intérieur du bunker, il te sera plus simple de mettre au point une stratégie pour y entrer, non ?

Tate hocha la tête. Il avala une gorgée de bière et la suivit dans le living pour y chercher des feuilles et un crayon.

Plutôt que la rejoindre devant la table, il lui lança :

— Je vais prendre une douche pendant ce temps-là.

— D'accord, dit-elle d'un air absent, absorbée par son croquis.

Une fois Tate parti, elle s'efforça de dessiner un plan détaillé, mais très vite les bruits d'eau la perturbèrent.

Se sentant rougir, elle posa son crayon. Elle ne pouvait s'empêcher d'imaginer Tate nu sous le jet, savonnant son corps musclé.

*Je sais depuis le départ que j'ai une chance sur deux d'y laisser la peau.*

Ses mots continuaient à la hanter. Se moquait-il vraiment de mourir ? Dans ce cas, pourquoi se cachait-il ? Pourquoi ne laissait-il pas ceux qui avaient mis sa tête à prix le tuer ?

*À cause de ses hommes...*

Cette réponse s'imposa à son esprit comme une évidence. Bien sûr, Tate n'essayait pas de découvrir la vérité sur la mission de son unité à Corazón pour lui. Il le faisait pour Nick et Sebastian.

Tout en se mordillant les lèvres, Eva se leva, incapable soudain de s'intéresser au plan. Elle savait que Tate et Ben ne se lanceraient pas à l'assaut du bunker avoir d'en avoir un plan précis, d'avoir mis au point une stratégie, mais elle aurait préféré qu'ils aillent tuer Hector cette nuit-même. Son fils lui manquait et elle commençait à en avoir assez de cette histoire.

Tate la mettait dans tous ses états. Le désir qu'il faisait naître au plus profond d'elle-même la perturbait. De plus, il ne cessait de l'embrasser ce qui n'arrangeait rien.

Bon d'accord, il ne l'avait embrassée que deux fois. Mais ces baisers la rendaient folle.

Il avait coupé l'eau.

Sans avoir le sentiment de l'avoir décidé elle-même, elle se dirigea vers le couloir. Elle entendait des bruits derrière la porte, des bruits tranquilles, de pas. Quand elle vit la poignée tourner, elle s'ordonna de retourner dans le salon mais elle fut incapable de bouger.

En la découvrant, Tate fronça les sourcils.

— Où vas-tu ?

Eva ne put répondre, ses cordes vocales ne fonctionnaient plus. Elle fixa son torse nu, ses bras musclés, ses larges épaules. Il avait noué une serviette autour de sa taille et elle sentit son cœur s'accélérer dans sa poitrine.

— Que veux-tu, Eva ?

Dans ses yeux émeraude, elle vit briller le désir. Elle n'avait qu'une chose à faire, battre en retraite, mais elle resta plantée devant lui.

Il poussa un soupir.

— J'ai besoin de m'habiller, à présent, dit-il.

Elle lui bloqua le passage.

— Non, tu sais bien que c'est inutile.

Tate respira plus vite.

— Tu joues avec le feu, ma chère.

— Cela fait un moment que nous jouons tous les deux avec le feu, répliqua-t-elle.

S'humectant les lèvres, elle tendit la main. Après un instant d'hésitation, il noua ses doigts aux siens. Son regard brûlait de passion.

— Es-tu sûre d'en avoir envie ?

— Profitons de la nuit pendant que nous le pouvons. Nous ignorons de quoi demain sera fait…

# 11

La chambre était sombre. Sur le seuil, Eva s'immobilisa, étonnée du peu de meubles qui s'y trouvaient. Il n'y avait qu'un lit, une table encombrée de livres mais ni placard, ni bureau, pas même une commode.

Cela dit, ils n'avaient besoin que du lit.

Son cœur s'accéléra dans sa poitrine. Malgré le désir qui la dévorait, elle se sentait la proie d'une certaine appréhension. Allait-elle vraiment franchir le pas ? Coucher avec un homme qu'elle connaissait à peine ?

La serviette que Tate avait nouée sur ses reins tomba sur le sol, balayant ses doutes. Elle découvrit le corps d'un guerrier, resplendissant de force. Contemplant ses muscles et les cicatrices qui zébraient sa peau, elle s'avoua qu'il l'attirait comme un aimant.

À la vue de son érection, elle retint son souffle. Incapable de s'en empêcher, elle s'approcha et posa la main sur son sexe.

Un grognement s'échappa des lèvres de Tate.

— Es-tu sûre d'en avoir envie ? répéta-t-il.

Elle hocha la tête.

— J'en ai assez de lutter.

— Nous ne nous faisons toujours pas confiance, lui rappela-t-il.

Pour toute réponse, elle retira son T-shirt, son soutien-gorge, et les laissa choir.

Les yeux de Tate se rivèrent aussitôt à ses seins et elle en sentit la pointe se dresser.

Mais il se ressaisit.

— Tu es blessée, dit-il. Tu n'es pas en état de…

Elle lui sourit.

— Ne t'inquiète pas.

Sous son regard brûlant, elle acheva de se déshabiller. Une fois entièrement nue, elle se redressa pour lui faire face.

Ils étaient tout près l'un de l'autre mais elle refusa de s'approcher davantage. Elle avait fait le premier pas et maintenant elle estimait que c'était à lui de venir vers elle.

Elle n'eut pas à attendre longtemps. Tate la contempla un instant encore puis se jeta sur elle pour la porter sur le lit.

Il l'y allongea et captura sa bouche pour un baiser passionné. Comme leurs langues entamaient une danse sensuelle, il se pressa contre elle avec un gémissement de plaisir.

— Tu es si belle, balbutia-t-il.

Quand les mains de Tate se mirent à explorer son corps, elle s'abandonna aux délicieuses sensations qu'il faisait naître en elle. Ses doigts rugueux la caressaient, l'affolaient.

Enivrée, elle se laissa emporter.

— Je t'en prie, viens, murmura-t-elle, à l'agonie.

— Je viendrai, chérie, n'en doute pas.

Et il continua à torturer délicieusement ses seins avant de descendre plus bas, vers son intimité moite, pour la faire crier de plaisir.

Elle eut l'impression que tout son corps s'embrasait.

— Encore, murmura-t-elle, ondulant pour se coller contre son sexe en érection.

Battant des paupières, elle vit le visage de Tate dans la pénombre. Il semblait tendu à l'extrême et ses yeux brillaient d'un désir sauvage qui lui aurait fait peur si elle ne l'avait pas partagé.

D'une voix rauque, il répondit.

— J'essaie de faire durer le plaisir, ma chérie. Cela fait si longtemps…

— Pour moi aussi, cela fait longtemps. Voilà pourquoi je n'en peux plus. J'ai envie…

Elle posa la main sur son sexe dressé.

— Je te veux en moi, Tate… Maintenant. Viens !

Il s'écarta et elle poussa un gémissement de frustration, mais elle se rendit compte qu'il cherchait seulement un préservatif.

Anticipant la jouissance, elle sentit son corps se transformer en brasier. Elle n'avait jamais éprouvé de désir aussi fort, aussi bestial. S'il ne la prenait pas très vite, elle allait en mourir.

Et lorsqu'il lui donna ce qu'elle attendait et la pénétra, elle se mit à crier.

Des vagues de plaisir déferlaient dans son corps brûlant. Elle n'avait pas mesuré à quel point elle avait faim de lui et, enroulant ses jambes autour de lui, elle le supplia de continuer, de s'enfoncer plus loin en elle.

Elle regarda le visage de Tate terrassé par la passion et y découvrit une douceur, une tendresse, qu'elle n'y avait jamais vue auparavant et ne reverrait sans doute jamais — en tout cas, pas à l'extérieur de la chambre. Il y avait quelque chose de grisant à contempler cet homme si grand, si fort, ravagé par le désir.

— Eva, chuchota-t-il en s'enfonçant plus profondément en elle.

Elle promena les mains le long de son dos, lui sourit dans le noir. Elle sentait son cœur battre à grands coups contre sa poitrine, et son sourire s'élargit en prenant conscience qu'elle était à l'origine de son émoi.

Lorsqu'il s'abattit sur elle avec un cri rauque, elle fut presque déçue mais, à sa grande surprise, il ne se leva pas, ne s'éloigna pas d'elle. Il l'étreignit tendrement contre lui.

— Ton bras te fait-il mal ? demanda-t-il, essoufflé.

— Non, pas du tout.

Elle posa la joue contre son torse musclé, s'enivrant de son odeur, laissant les poils de sa poitrine la chatouiller.

Alanguie, elle se sentait dans un état second et ferma les paupières.

Tate se mit à lui caresser le dos, les fesses. Manifestement, il n'avait pas l'habitude de bercer une femme songea-t-elle, et elle éprouva une joie étrange à voir qu'il restait là, à la câliner. Elle avait eu besoin du plaisir sexuel qu'ils avaient partagé, mais cette douceur, la chaleur de ses bras rassurants, la plongeaient dans un bien-être pur.

Un long moment s'écoula. Elle avait l'impression de flotter sur un petit nuage. Mais soudain elle demanda :

— Comment était ton frère ?

Il se raidit.

— Pourquoi cette question ?

— Par curiosité. Il est évident que tu l'aimais beaucoup. D'ailleurs, tu es prêt à donner ta vie pour le venger.

Il lui fallut un moment avant de répondre et, quand il le fit, sa voix était teintée de chagrin.

— Will voyait toujours le meilleur chez les autres, il leur accordait le bénéfice du doute, même lorsque les gens ne le méritaient pas, le décevaient. C'était un soldat hors pair mais il n'avait rien d'un tueur. Bien entendu, il savait se montrer inflexible quand la situation l'exigeait mais il n'avait pas la dureté qui anime la plupart des hommes des Forces Spéciales. Et surtout, il était heureux, il avait vraiment le sens du bonheur. Parfois, à le voir se réjouir profondément de choses qui sembleraient futiles à beaucoup, je me demandais s'il ne jouait pas la comédie. Mais non, mon frère aimait la vie et chaque jour était pour lui un enchantement.

Eva sourit dans le noir.

— J'aimerais que Rafe soit ainsi, avoua-t-elle. J'aimerais qu'il devienne un homme heureux, positif, constructif. Et qu'il ne soit jamais animé par la dureté dont tu parles.

Elle sentit son cœur se serrer en songeant qu'il était peut-être déjà trop tard. Rafe n'avait que trois ans, mais il menait une existence qui n'avait rien de normal. Il ne cessait de changer de lieu de vie, n'avait pas de vraie famille, pas d'amis, pas de foyer, pas de chien à qui envoyer un bâton. Et avoir été attaqué par les hommes d'Hector à Istanbul l'avait terrifié.

Depuis lors, il avait des cauchemars. Comment pouvait-elle espérer qu'il serait heureux et positif alors qu'elle ne lui avait fait connaître que la tristesse et la peur ?

— Hector doit mourir, dit-elle, refoulant les larmes qui brûlaient ses paupières. Rafe n'aura pas une vie normale tant que ce malade sera dans les parages.

Tate posa la main sur son épaule avec une étrange douceur.

— Cruz ne viendra plus t'embêter ni menacer ton fils. Sois en certaine, Eva.

Deux larmes coulèrent sur les joues de la jeune femme. Avant qu'elle n'ait pu se maîtriser, une vague de honte la submergea. Elle sanglota de plus belle.

— C'est moi qui suis responsable du malheur de mon enfant. C'est à cause de moi qu'il est obligé de vivre dans la clandestinité avec la peur au ventre, Tate.

— Eva…

— Si je n'avais pas été assez folle pour vouloir sauver le monde, je n'aurais jamais soutenu la cause des CPL. Je n'aurais jamais fait la connaissance d'Hector. Et Rafe n'aurait pas un père qui…

Elle s'interrompit brutalement.

— Un père qui quoi ?

— Un père mort.

Pour la première fois depuis qu'elle connaissait Tate, lui mentir devint difficile. Peut-être parce qu'ils étaient tous les deux nus dans un lit. Les mensonges n'avaient soudain plus leur place entre eux.

— Tu l'aimais ? Le père de Rafe ?

Il était bizarrement ennuyé de poser la question mais la curiosité fut la plus forte.

D'un revers de main, elle essuya ses yeux et hocha la tête.

— Oui, je l'aimais beaucoup.

Elle n'ajouta rien, elle s'en sentait incapable. Oui, elle avait aimé Hector. Il lui avait paru plus grand que la vie. Un véritable rebelle qui croyait à une belle cause, une cause à laquelle elle-même avait adhéré, corps et âme. Libérer la population de San Marquez de l'oppression d'un dictateur, sortir les gens de la misère, leur permettre de vivre en paix. Mais elle avait fini par comprendre que la cause n'avait jamais eu pour but de sauver qui que ce soit mais de l'enrichir, lui.

Malheureusement, elle n'osait pas en parler à Tate pour ne pas risquer de lui révéler une vérité qui les aurait irrémédiablement séparés.

— Rafe ne connaîtra jamais son père, dit-elle tristement. Hector en est responsable.

— Les pères ne sont pas indispensables, répondit-il.

Elle se tourna vers lui.

— N'as-tu vraiment pas l'intention d'avoir des enfants, un jour ?

— Non.

— Par peur d'être un père comme le tien ?

Il se mit à rire.

— Je ne battrai jamais un gamin, fais-moi confiance, ça n'arrivera jamais. Mais je n'ai pas envie d'être responsable de quelqu'un d'autre, d'un autre être humain.

— Ça doit être agréable d'être libre, oui.

Mais en vérité elle n'aurait échangé Rafe pour rien au monde. Elle préférait mille fois avoir la responsabilité de cet enfant, même si l'élever seule lui pesait parfois, que d'être libre sans lui.

— Tu sais ce qui serait encore plus agréable ? dit-il en la reprenant dans ses bras.

Il l'embrassa, tendrement tout d'abord puis de plus en plus passionnément jusqu'à ce qu'elle l'écarte, cherchant à respirer.

— Tate…

— Ne parle plus. Nous savons déjà que nous allons peut-être mourir demain. Ne vaut-il pas mieux passer la nuit à nous faire du bien au lieu de discuter ?

Il avait raison.

Avec un soupir heureux, elle ferma les paupières et s'abandonna aux mains magiques de Tate, se perdant dans le plaisir qu'il lui donnait.

Plus tard, quand ils réussirent enfin à apaiser leur faim, Tate la prit dans ses bras. Eva s'endormit comme une masse ce qui ne lui était pas arrivé depuis des années. Mais dans les bras de Tate elle se sentait en sécurité.

Le lendemain, Tate sirotait son café dans la cuisine quand la voix d'Eva l'appela.

— Tate, viens ! Mon ami m'a répondu.

Sa tasse à la main, il regagna la chambre mais, plutôt que de rejoindre Eva dans le lit, il resta à distance.

— Qu'a-t-il découvert ?

Eva fixait l'écran de son ordinateur d'un air concentré à l'extrême. Tandis qu'elle lisait, l'impatience de Tate grimpa d'un cran et il finit par s'emparer de l'ordinateur.

— Ce n'est pas grand-chose, dit-elle. Il n'a rien pu trouver sur ta dernière mission. Tous les dossiers te concernant, toi ou tes hommes ont été sécurisés. Seuls les hauts gradés de l'armée américaine peuvent y accéder et il préférait ne pas attirer l'attention en tentant de les forcer.

Tate fut déçu. Heureusement, il n'avait jamais cru qu'un pirate informatique parviendrait à percer en vingt-quatre heures un mystère sur lequel lui-même butait depuis huit mois. Mais l'assurance d'Eva lui avait donné de l'espoir, il ne pouvait le nier.

— Bon, tu auras au moins essayé, dit-il en lui rendant son ordinateur.

Les yeux rivés à l'écran, elle se mordilla les lèvres.

— En revanche, il a réuni pas mal de renseignements sur les antécédents de ce médecin. Il s'appelait bien Richard Harrison, non ? Est-ce bien lui ? demanda-t-elle en lui montrant la photo.

Il jeta un coup d'œil au portrait et hocha brièvement la tête. Les cheveux poivre et sel, les traits taillés à la serpe, les rides près de la bouche, appartenaient bien au Dr Harrison.

Eva continuait à lire le document.

— C'est étrange, murmura-t-elle.

— Quoi ? Qu'est-ce qui est étrange ?

— Que sais-tu du Dr Harrison ?

Il fouilla sa mémoire, s'efforçant de se rappeler des détails que ses supérieurs lui avaient donnés, huit mois plus tôt.

— Harrison travaillait pour un laboratoire de recherche, chargé de développer de nouveaux vaccins, et il s'était installé dans ce village pour analyser l'eau. La région a été fortement touchée par le choléra, il y a quelques années.

Eva opina d'un air absent.

— Oui, je m'en souviens. L'ouragan Isabella avait eu des effets dévastateurs sur le réseau de distribution d'eau. Plus de cent mille personnes sont mortes au cours de cette épidémie.

— Apparemment, Harrison faisait des prélèvements. Sans doute essayait-il de mettre au point des vaccins plus efficaces pour combattre le choléra. Il s'était installé dans le petit dispensaire de Corazón pour y mener ses recherches. Je crois me souvenir qu'il bénéficiait de l'aide de deux ou trois assistants.

— D'accord mais…

— Mais quoi ?

Elle fronça les sourcils.

— Harrison n'a mis aucun vaccin au point. D'après le document que j'ai sous les yeux, il était à la tête d'une unité de développement d'un laboratoire biologique.

Tate se raidit.

— Quoi ?

— C'est écrit dans le rapport. Harrison travaillait pour D&M Initiative, un des plus gros laboratoires biologiques du pays. Du monde, en fait. Ils effectuent leurs travaux en étroite collaboration avec le gouvernement et avec les principaux acteurs du secteur de la santé. Comme je le disais, la spécialité de Harrison était le développement biologique.

Un signal d'alarme se déclencha dans la tête de Tate.

— Qu'est-ce que cela signifie ?

— Je pense qu'il s'agit d'armes biologiques. Officiellement, les États-Unis ont interrompu leurs programmes en matière d'armes biologiques depuis longtemps, mais le gouvernement consacre toujours des fonds pour la défense médicale. Des laboratoires privés et des agences gouvernementales mènent en permanence des recherches pour être en mesure de préserver la population d'éventuelles attaques biologiques extérieures. Je suis peut-être cynique mais je suis persuadée que leurs programmes ne sont pas uniquement défensifs, qu'ils s'intéressent toujours aux moyens d'attaquer en utilisant des virus.

— Je n'en serais pas surpris.

— En revanche, j'ai du mal à croire que la Maison Blanche cautionne ces pratiques.

Eva reporta son attention sur l'écran.

— En tout cas, il n'y a absolument rien là-dessus pour confirmer que Harrison ait été envoyé à San Marquez pour étudier l'épidémie de choléra. Attends ! Je vois écrit qu'il s'y trouvait pour assurer la coordination avec les chercheurs dans le cadre d'un projet appelé Bélier.

— Le projet Bélier ? De quoi s'agit-il ?

— Aucune idée. Mon ami n'a pas pu accéder au dossier. Il a noté « Classé Défense ». Apparemment, aucune des bases de données n'est accessible. Cela signifie que quelqu'un tient vraiment à ce qu'aucune personne non autorisée ne puisse regarder son contenu.

— Donc, Harrison était à Corazón pour y mener un projet secret qui n'avait rien à voir avec la vaccination.

— Apparemment…

— Cela n'éclaire en rien le mystère, Eva, reprit-il d'un ton frustré. À la fin, Harrison a été pris en otage par Cruz et ses hommes. Ils l'ont tué avant que nous n'ayons la possibilité de l'exfiltrer. Rien de cette histoire n'explique pourquoi mon unité s'est retrouvée dans le collimateur des services secrets américains.

— Je maintiens mon hypothèse de départ. Vous avez sans doute été témoins de quelque chose dans ce village.

Furieux de ne pas comprendre, Tate eut envie d'envoyer son poing dans le mur. Il avait réfléchi à cette mission un millier de fois et rien, rien, ne lui avait paru anormal. Il avait vu le cadavre du médecin, ceux des villageois et les rebelles qui avaient envahi la zone. Il avait été témoin de la mise à mort de Will. Mais il n'avait rien remarqué d'autre.

À côté de quoi passait-il ?

Devinant son malaise, Eva se leva pour s'approcher de lui. Son parfum chatouilla les narines de Tate qui sentit aussitôt le désir se réveiller.

Quand ses yeux bleus croisèrent les siens, il se souvint de son visage sous l'empire de la passion.

Faire l'amour avec elle avait été un délice, vraiment paradisiaque. En fait, il avait eu du mal à ne pas y repenser depuis lors. Et plus tôt, lorsqu'il s'était réveillé et avait vu son corps blotti contre lui, il avait été tenté de la reprendre dans ses bras pour la mener une nouvelle fois au ciel.

Au lieu de quoi, il était sorti du lit, sachant que ce qui s'était passé la veille au soir resterait unique. Le sexe n'avait pas sa place dans cette mission. De plus, Ben les accompagnerait jusqu'au bunker de Cruz et ils n'auraient donc plus la possibilité de partager la moindre intimité.

Et il s'en félicitait parce qu'il regrettait déjà la tendresse qu'il avait éprouvée pour cette femme après lui avoir fait l'amour. Il ne voulait pas qu'Eva imagine Dieu sait quoi à propos d'eux deux. Ils ne pouvaient envisager d'avenir commun, cette éventualité était totalement exclue.

— Où se trouvait le cadavre de Harrison ? demanda-t-elle d'un ton professionnel.

Tate s'obligea à se focaliser sur l'essentiel.

— Dans le dispensaire du village. Le bâtiment était la proie des flammes mais le feu n'avait pas encore atteint le bureau. Harrison était assis à sa table de travail, une balle entre les deux yeux.

Elle grimaça.

— D'accord. Y avait-il quelque chose d'inhabituel autour de lui ? Des papiers partout ? Des flacons en désordre, n'importe quoi qui t'ait frappé ?

— Il y avait surtout beaucoup de fumée, donc je n'ai pas vu grand-chose, mais en tout cas rien qui m'ait paru bizarre. J'ai bien sûr été surpris de découvrir Harrison mort mais…

— Et dehors ? Qu'as-tu vu à l'extérieur ?

— Rien de particulier, non plus. L'odeur était insoutenable.

Elle s'efforça de changer de sujet.

— Hector a donc tué les villageois et brûlé leurs cadavres ainsi que les maisons. As-tu remarqué quelque chose d'étrange, de suspect, sur les corps ?

— Non. Ils avaient été carbonisés, il n'y avait plus rien à remarquer.

— D'accord. Et… et le meurtre de ton frère ? Comment s'est-il déroulé ?

Une vive douleur étreignit Tate.

— Cruz ne s'attendait pas à nous voir débarquer, à être attaqué. Les échanges de coups de feu ont été violents, brefs mais intenses. Les rebelles étaient partout, les flammes dévoraient le village. Profitant du chaos, Cruz a réussi à s'enfuir dans la brousse mais Will l'a poursuivi.

— Et c'est plus tard que tu as découvert le cadavre de Will ?

Le cœur de Tate se contracta.

— Non, il était vivant lorsque je l'ai retrouvé. Cruz l'avait pris en otage. Il m'a demandé de laisser tomber mes armes, m'assurant qu'il relâcherait Will si j'obtempérais.

— Et tu l'as cru ?

— J'ai été stupide, non ? répliqua-t-il d'un ton amer.

— Tate…

— Oui, Eva. Comme un imbécile, j'ai obéi. Et Cruz l'a égorgé.

Elle faillit se trouver mal.

Mais d'une voix rauque de colère Tate poursuivit.

— Et au lieu de me lancer à la poursuite de Cruz, j'ai tenté de venir en aide à Will. Je pensais qu'il y avait une chance de le sauver, mais évidemment je n'ai rien pu faire. Cruz en a profité pour s'enfuir. Encore une erreur de ma part.

— Essayer de sauver ton frère n'était pas une erreur. Tu as eu raison de le faire.

— Si tu le dis…

Eva prit son visage entre ses mains.

— Je l'affirme. Tu as tout fait pour aider ton frère au lieu de chercher à tuer Cruz. C'était la bonne décision et si tu ne l'avais pas prise, alors qu'il y avait une chance de sauver Will, tu n'aurais pas pu vivre avec cette culpabilité. Tu ne te le serais jamais pardonné.

— Je ne me pardonne pas de l'avoir laissé mourir, répliqua-t-il.

Qu'était-il en train de faire ? Il n'était pas question de lui ouvrir son cœur.

Comme il fallait s'y attendre, songea-t-il, le regard d'Eva s'adoucit à cet aveu. Elle le caressa d'un geste tendre, réconfortant, et malgré lui il sentit son sexe réagir.

Serrant les mâchoires, il s'écarta, essayant de revenir sur un terrain plus sûr. Mais il n'y avait rien de sûr dans cette histoire.

Et tout à coup Ben surgit dans le chalet comme s'il avait le diable à ses trousses.

— Ils arrivent ! cria-t-il. Il vous faut partir. Tout de suite.

# 12

Tout se passa si vite qu'Eva fut d'abord incapable de réagir. Pétrifiée, elle fixait Ben qui semblait tendu comme un arc.

La voyant sidérée, Tate lui ordonna.

— Va chercher tes affaires. Vite !

Elle sortit enfin de sa stupeur et courut dans la chambre prendre son sac à dos. En passant, elle s'empara du revolver qu'elle avait laissé sur la table et le glissa à sa ceinture. Puis elle revint à la hâte dans le salon.

— Qui arrive ? demanda-t-elle à Tate qui chargeait son fusil.

— Des militaires. Ils interrogent les gens du coin pour savoir si quelqu'un nous a vus.

— Comment ont-ils appris que nous nous trouvions par ici ?

Jetant son sac sur son épaule, Tate la regarda d'un air dur.

— Quelqu'un a dû le leur dire.

Sa réflexion lui fit l'effet d'une gifle.

— Tu penses que c'est moi ?

— Tu as passé la matinée sur ton ordinateur…

— Je l'ai fait pour t'aider ! s'écria-t-elle, indignée. Je n'ai indiqué à personne où nous étions, Tate !

Même s'ils étaient tombés d'accord pour affirmer que le sexe et la confiance étaient deux domaines bien distincts, les doutes qu'il nourrissait manifestement toujours à son égard la rendaient folle.

Mais à sa grande surprise il ajouta :

— Je te crois.

— Vraiment ?

Il haussa les épaules.

— Tu n'aurais rien à gagner à prévenir l'armée de notre position. D'autant que nous sommes sur le point de parvenir jusqu'à Cruz.

Ce n'était pas une déclaration de foi mais elle s'en contenta.

— Alors comment ont-ils retrouvé notre trace ? répéta-t-elle.

— Il n'est pas exclu qu'ils nous aient pistés. Les hommes qui nous ont attaqués dans la jungle nous suivaient sans doute depuis un moment quand ils sont passés à l'action. Ils ont probablement eu le temps de mettre leurs supérieurs au courant de notre présence et de leur demander des renforts. De plus, notre destination était assez évidente. Valero est la première ville sur laquelle on tombe en quittant la rivière.

— Et je suis le seul Américain à habiter par ici, ajouta Ben. Si Tate voulait rendre visite à un compatriote, cela ne pouvait être que moi et ces hommes le savent.

À ces mots, une sourde panique submergea Eva. Il leur fallait déguerpir en vitesse.

Ben confia des clés à Tate avant de lui donner l'accolade.

— La moto est derrière ce rideau d'arbres. À plus tard.

Tate hocha la tête.

— À dans deux heures.

— Vous ne nous accompagnez pas ? s'enquit Eva, surprise.

— Je dois m'occuper des soldats. Je vous retrouverai ensuite.

Le malaise d'Eva s'accentua.

— Qu'allez-vous faire ?

Le grand Afro-Américain sourit.

— Je ne compte pas les tuer si c'est ce qui vous inquiète. Je vais les lancer dans une mauvaise direction, loin de Robert et de vous.

Soulagée, elle hocha la tête. Puis, sur une impulsion, elle sauta au cou de Ben et l'embrassa.

— Faites attention à vous, d'accord ?

Il resta un instant interdit avant de la serrer contre lui.

— Vous aussi, Eva.

Quelques instants plus tard, Tate et Eva enfourchèrent la moto et foncèrent dans la montagne pour s'éloigner le plus possible du chalet de Ben.

La forêt était moins dense et le terrain moins accidenté que celui de la jungle, mais les racines des arbres sur le chemin compliquaient la conduite de Tate. Il slalomait du mieux possible entre les bosses et les nids-de-poule.

La route était si mauvaise qu'à chaque soubresaut de l'engin Eva sentait la douleur de sa blessure se raviver. Les moustiques, toujours aussi virulents, achevaient de la tourmenter. Elle étreignit plus fort la taille de Tate, pressant son visage contre son dos. Il lui avait confié le sac que Ben leur avait apporté et elle s'interrogeait sur son contenu. Sans doute s'agissait-il d'un matériel important puisque Ben avait eu besoin de la nuit entière pour se le procurer.

Songeant à l'Afro-Américain, un profond malaise la saisit.

— Penses-tu que tout ira bien pour Ben ? demanda-t-elle.

Tate ne répondit pas mais elle le sentit se raidir. Elle devina qu'il se reprochait d'avoir dû laisser son ami gérer seul l'arrivée imminente des soldats.

Bien sûr, bâti comme il l'était, Ben Hastings savait sans doute se défendre, mais elle avait gardé à la mémoire la violence avec laquelle les militaires les avaient attaqués dans la jungle. Ils avaient tiré sans sommation. Ils étaient déterminés à les tuer. Ceux qui allaient débarquer chez Ben seraient peut-être animés de la même agressivité.

Elle fit une rapide prière pour lui, sachant qu'il ne servait à rien de s'inquiéter avant d'atteindre le point de ralliement dont ils étaient convenus.

Plus d'une heure plus tard, Tate ralentit. Ils se trouvaient toujours au milieu de la forêt mais, au fur et à mesure qu'ils grimpaient dans la montagne, le chemin devenait de plus en plus impraticable. Au milieu des rochers, leur engin ne passait plus. Ils furent obligés de descendre.

— Occupe-toi du GPS pendant que je cache la moto, dit Tate en poussant la machine dans le sous-bois.

Fouillant dans le sac de Tate, Eva en extirpa l'appareil. Quand leur localisation apparut sur l'écran, elle découvrit avec bonheur qu'ils n'étaient pas très loin de leur destination.

Il leur faudrait deux bonnes heures pour l'atteindre, calcula-t-elle.

Ils se mirent en route. Au milieu des rochers et des ronces, la marche était pénible, mais elle ne s'en plaignit pas. La chaleur devenait infernale mais, là encore, elle refusa d'y accorder de l'importance. Ils étaient à présent si près d'Hector qu'elle sentait presque le goût de la liberté.

Le terrain était si difficile qu'il leur fallut plus longtemps que prévu pour parcourir la distance qui les séparait du point de rendez-vous. Lorsqu'ils y parvinrent enfin, elle promena les yeux autour d'elle, étonnée. À première vue, il n'y avait rien de particulier à cet endroit, mis à part des rochers plus plats que les autres et des arbustes.

Ce n'est que quand Tate la lui montra du doigt qu'elle remarqua, à quelque distance, l'entrée d'une grotte dissimulée dans la paroi rocheuse, derrière un rideau de sapins.

Sortant son arme, Tate s'avança.

— Attends-moi ici. Je vais jeter un coup d'œil en reconnaissance.

Heureuse de pouvoir se reposer un peu, elle s'assit sous un érable et but à longs traits l'eau tiède de sa gourde. Un quart d'heure plus tard, un long sifflement la prévint qu'elle pouvait rejoindre Tate.

Le tapis de brindilles de pin qui menait à la grotte rendit l'ascension hasardeuse. Tate lui tendit la main pour l'aider à parvenir jusqu'à lui et, au moment où leurs doigts se touchèrent, un frisson la parcourut.

Elle s'aperçut qu'il fixait sa bouche et elle comprit qu'il avait envie de l'embrasser. La même envie la tenaillait, mais elle se reprit très vite et détourna les yeux. Aussitôt Tate la lâcha et se détourna à son tour.

*Message reçu cinq sur cinq.*

Refusant de l'avouer, elle éprouva néanmoins une sourde

déception devant son désintérêt manifeste. D'ailleurs, depuis le début de la matinée, elle avait été la proie d'un certain malaise. Lorsqu'elle s'était réveillée, Tate n'avait pas pris la peine de l'embrasser pour lui dire bonjour.

Mais qu'avait-elle espéré ? Une nuit de sexe ne signifiait pas le grand amour et ne laissait en rien présager une véritable complicité. Ils avaient partagé un bon moment, tous les deux, mais s'ils avaient en commun la même envie de tuer Hector, ils ne se faisaient toujours pas confiance et n'avaient aucun avenir à espérer l'un avec l'autre.

L'entrée de la grotte était étroite, et Tate dut se courber pour y pénétrer. Eva le suivit. Quelques rayons de soleil éclairaient l'intérieur de la cavité.

Par chance, aucun animal, chauve-souris ou rat, ne semblait y avoir élu domicile. Seules des crottes laissaient penser que l'endroit avait abrité un puma mais elles étaient anciennes.

Eva se souvint alors du rendez-vous qu'ils avaient donné à Ben et consulta sa montre. Voilà plus de trois heures qu'ils avaient quitté le chalet. Ben ne devrait plus tarder à arriver.

Tate ouvrit son sac.

— As-tu faim ? demanda-t-il.

— Pas vraiment.

Ils avaient partagé du pain et du fromage pour leur petit déjeuner et, même si plusieurs heures s'étaient écoulées depuis lors, les tensions avaient coupé l'appétit d'Eva.

Tate s'assit par terre, en tailleur, et commença à se restaurer.

Après un moment, elle s'installa en face de lui.

— Tu crois que tout va bien pour Ben ? demanda-t-elle s'efforçant de réprimer l'angoisse dont elle était la proie.

Le visage de Tate était impénétrable mais il répondit d'une voix confiante.

— Ben est un grand garçon qui sait très bien se défendre.

— Mais à ton avis, qu'est-ce que les soldats vont faire de lui ?

— Lui poser une tonne de questions, peut-être le menacer un peu. Mais c'est moi qu'ils veulent, pas Ben, et une fois qu'ils verront que je ne suis pas au chalet, ils s'en iront.

Un nuage de frustration assombrit les traits d'Eva.

— Cela ne te rend-il pas fou d'ignorer pourquoi l'armée est après toi ?

— J'en suis malade.

— Ne peux-tu pas… je ne sais pas… appeler ton ancien supérieur et lui demander des explications ?

— Crois-tu que je n'ai pas déjà essayé de le faire ? Quand le troisième homme de mon unité a été tué dans des circonstances plus que bizarres, j'ai réfléchi et j'ai contacté mon ancien commandant pour lui faire part de mes interrogations. Il les a écartées aussitôt.

— Penses-tu qu'il fait partie du complot ?

— Forcément, oui. Après la mort de Berk, je l'ai rappelé. Mais il m'a accusé de devenir parano. Quelques jours plus tard, quelqu'un a essayé de me tirer dessus dans ma propre rue. Alors, oui, je suis sûr que le commandant Hahn est au courant de ce qui se passe.

— As-tu envisagé la possibilité de l'enlever et de le torturer jusqu'à ce qu'il t'explique pourquoi ta tête est mise à prix ?

Tate se mit à rire.

— J'y ai pensé, oui, mais Nick et Seb m'ont dissuadé d'en venir à ce genre d'extrémités.

À cette allusion à ses hommes, elle songea à son fils et son cœur se serra.

— Quand vas-tu rappeler Nick ? dit-elle. Voilà deux jours que je n'ai pas parlé à Rafe.

— Nick nous aurait téléphoné s'il y avait un problème.

— Je sais mais je voudrais entendre Rafe et lui dire que sa maman l'aime. Est-ce trop demander ?

Il fronça les sourcils.

— Je ne t'ai pas obligée à te lancer dans cette aventure, Eva. Débusquer Cruz était ton idée, ne l'oublie pas.

Elle baissa la tête.

— Je sais, je suis désolée. Mais mon fils me manque. Il est tout ce que j'ai, Tate. Depuis trois ans, il est ma seule raison de vivre. Je ne peux plus voir mes parents, ma famille, mes amis. J'ai vingt-cinq ans et la seule personne de ma vie est mon fils de trois ans. N'est-ce pas pathétique ?

— Tu es encore jeune. Une fois débarrassée de Cruz, tu pourras prendre un nouveau départ, te faire de nouveaux amis, tomber amoureuse et vivre comme tous les gens normaux.

Elle sourit.

— Laisse-moi deviner. Tu ne te considères pas comme une personne normale, si ?

— J'ai trente-quatre ans, je suis en cavale, je vis dans une forteresse mexicaine et là, je traverse le pays pour aller tuer un homme. Qu'y a-t-il de normal là-dedans ?

— Pas grand-chose, c'est vrai, reconnut-elle.

Le silence tomba et Eva en profita pour réfléchir à ce que Tate venait de lui dire. Elle parvint à la conclusion qu'ils ne recoucheraient sans doute plus jamais ensemble. Cela valait mieux. La vie de cet homme était beaucoup trop compliquée, alors qu'elle avait des chances de renouer avec la normalité .

Une fois Hector mort, elle serait en sécurité, Rafe aussi.

Le silence se prolongeait et, l'obscurité de la grotte aidant, elle finit par s'assoupir.

Quelque temps plus tard, Tate la secoua par les épaules pour la réveiller, une expression grave peinte sur son visage.

Un peu désorientée, elle s'assit.

— Quelque chose ne va pas ? demanda-t-elle.

— Oui, mais je ne sais pas quoi. Je vais retourner au chalet.

À ces mots, elle sentit la panique la gagner.

— Quoi ? Mais pourquoi ?

— Parce que Ben ne s'est toujours pas montré. Nous étions censés nous retrouver ici il y a plus de deux heures.

— Peut-être a-t-il été retardé.

— Peut-être en effet, mais je préfère en avoir le cœur net. Tu vas m'attendre.

Elle se leva, affolée.

— Tu me laisses seule ici ?

— Je ne serai absent que deux ou trois heures. Je vais jeter un coup d'œil chez lui et je reviens.

— Je préfère t'accompagner.

— Non, répondit-il d'un ton sans réplique. Tu restes ici. Tu ne ferais que me retarder.

— T'ai-je beaucoup retardé jusqu'ici ?

— Tu ne viens pas. Je laisse mon sac, et si tu as faim, il contient des réserves de nourriture. Mais n'allume pas de feu.

Eva comprit qu'il ne servait à rien de protester, qu'il ne changerait pas d'avis. À la manière dont il carrait les épaules et dont ses yeux brillaient, elle devina que rien ne l'empêcherait d'aller au bout de sa mission. Pourtant, derrière cette détermination, elle sentit autre chose. Du désespoir ? De la peur ? En tout cas, il n'était pas aussi confiant qu'il en donnait l'air.

Il s'inquiétait pour son ami et elle aussi se faisait du souci pour Ben. Elle ne le connaissait pas depuis longtemps, mais elle l'aimait bien et elle était consciente que, s'il lui était arrivé quelque chose, elle en serait en grande partie responsable.

Tout en regardant Tate se préparer, elle pria pour que tout aille bien pour Ben.

La mort planait autour d'eux.

Tate ne parvenait pas à s'expliquer pourquoi mais, en s'approchant du chalet, son cœur s'accéléra dans sa poitrine et il sut qu'il arrivait trop tard. Peut-être était-ce le silence. La forêt était beaucoup trop silencieuse.

Il ne percevait pas encore l'odeur du sang mais il était certain qu'il n'allait pas tarder à en voir.

La main sur son fusil, il se positionna derrière un rocher. Il ne repéra aucun soldat dans les parages. L'endroit était désert. Tout avait l'air tranquille mais un sixième sens lui soufflait qu'un drame s'était produit.

Ben n'était en vue nulle part.

Sans bruit, Tate se rapprocha. Il respirait avec calme. Mais soudain son cœur cessa de battre.

Le corps de Ben gisait sous le porche, dans une mare de

sang, ses doigts serraient encore le revolver qu'il n'avait sans doute pas eu la possibilité d'utiliser pour se défendre.

Il ne fut pourtant pas surpris. Une seule raison pouvait expliquer que Ben ne soit pas venu au rendez-vous. Ces soldats ne lui avaient pas donné la moindre chance de s'en tirer.

Une bouffée de rage le submergea tandis qu'il fixait le corps de son ami. Il le connaissait depuis leurs dix-huit ans. Mis à part Will, Ben avait été la seule personne en qui il avait eu entièrement confiance. Et maintenant, il était mort. Tout cela parce que Tate lui avait demandé de s'impliquer dans cette folle aventure qui devait lui permettre d'éliminer Cruz.

D'instinct, il savait que les hommes qui avaient tué Ben n'étaient pas loin. Peut-être l'attendaient-ils dans les fourrés, prêts à lui tirer dessus. Il lui fallait quitter les lieux au plus vite, il n'avait pas le choix. Ben comprendrait.

Non, décida-t-il soudain. Il ne pouvait pas abandonner le cadavre de son ami au soleil, pour que des animaux sauvages le dévorent. Si des soldats étaient en embuscade et s'apprêtaient à le mettre en joue, tant pis.

Il se dirigea vers le sous-bois, conscient d'être à découvert. Un sniper pouvait l'abattre à tout moment.

Il avait parcouru quelques mètres quand il remarqua des flaques de sang sur le sol. Il éprouva une certaine satisfaction en comprenant que Ben s'était défendu et avait sans doute chèrement vendu sa peau. Tant mieux.

Des traces de pneus sur le sol lui apprirent que les soldats étaient venus et repartis à bord d'une Jeep.

Quand il fut près de son ami, il fut incapable de réprimer plus longtemps les sanglots qui soulevaient sa poitrine. Il éclata en larmes et le prit dans ses bras.

Les yeux de Ben le fixaient. Tate avait l'impression qu'ils brillaient d'une lueur accusatrice.

Il creusa une tombe dans le sous-bois et l'y enterra.

Il lui fallut plus d'une heure pour parvenir au bout de sa tâche. À la fin, il planta une croix et y accrocha la chaîne militaire que Ben avait toujours portée autour du cou. Puis, il s'agenouilla pour se recueillir.

Il pria un long moment puis finit par se détourner.

L'armée de San Marquez était manifestement de mèche avec les services secrets américains pour retrouver Tate et pour l'éliminer.

Que quelqu'un ait ordonné à des militaires de tirer à vue sur lui dans la jungle sans sommation était étrange. Et manifestement le mode opératoire avait été le même avec Ben.

Tate avait la ferme intention de démasquer ces assassins et de les descendre à son tour.

Il se comporterait comme eux.

Il les tuerait.

Sans poser de questions.

# 13

Quand Tate regagna la grotte, plusieurs heures plus tard, Eva l'attendait à l'extérieur. Il avait pris son temps pour rentrer parce qu'il voulait éviter les questions qu'elle ne manquerait pas de lui poser. Et surtout, il avait tenu à dire au revoir correctement à son ami.

Le temps s'était dégradé, s'harmonisant avec son humeur. Il n'était que 6 heures du soir mais le ciel avait viré au noir. De gros nuages assombrissaient l'horizon. Il faisait plus frais, le vent s'était levé.

— Salut, dit Eva tandis qu'il escaladait la colline pour la rejoindre.

— Salut, répondit-il.

Depuis qu'il la connaissait, il avait compris qu'Eva se faisait beaucoup de souci pour les autres. Il était certain qu'elle allait pleurer en apprenant la mort de Ben, même s'il était un quasi-inconnu pour elle. Au fond de lui, il avait envie de lui cacher la tragédie. Mais il savait qu'il ne le pouvait pas. De toute façon, elle devinerait certainement un drame, rien qu'en le regardant.

Et comme il fallait s'y attendre, songea-t-il, elle se décomposa.

— Mon Dieu, il est mort, n'est-ce pas ?

— Ils l'ont tué. D'une balle en plein cœur. Je l'ai enterré.

Il fut incapable de lui révéler les faits d'un ton neutre et entendre sa propre voix prête à se briser de chagrin l'embarrassa. Il ne voulait pas qu'Eva mesure à quel point la mort de Ben l'avait bouleversé. Depuis son plus jeune âge, il avait appris à dissimuler ses émotions. Pour résister à la cruauté de son père, il avait dû cacher ses souffrances comme ses colères. À présent, il ne supportait plus de paraître fragile, vulnérable.

Il refusait de laisser Eva soupçonner le chagrin qui le ravageait. Il avait l'habitude de porter un masque et, quand elle le regarda de ses grands yeux bleus, il se sentit percé à jour et en éprouva une certaine irritation.

— Pourquoi pleures-tu ? demanda-t-il avec brusquerie. Tu ne le connaissais presque pas.

Eva essuya ses larmes d'un revers de main avant de lui lancer :

— Es-tu en train de me dire que je n'ai pas le droit de le pleurer ? J'aimais beaucoup Ben et sa mort m'attriste profondément. Et si tu veux le savoir, j'ai de la peine pour toi aussi. Tu as perdu un ami, Tate. Et tu dois en être malade.

— Je n'ai pas besoin que qui que ce soit pleure sur mon sort.

À peine avait-il prononcé ces mots qu'un grondement de tonnerre terrifiant fendit le ciel. La pluie se mit à tomber avec violence.

Avec un juron, Tate la prit par le bras et l'entraîna vers la grotte. L'intérieur était plongé dans le noir, mais il sentit Eva se presser contre lui et plaquer ses lèvres sur les siennes.

Même s'il s'était juré de ne plus la toucher, il ne put résister, la repousser. Là dans le noir, il ne voyait pas la compassion briller dans ses yeux, ne craignait pas qu'elle ne voie l'agonie dans les siens, et il savait que ce baiser était sa façon à elle de le réconforter.

— Refais-moi l'amour, murmura-t-elle.

Avec un gémissement, il passa les mains sur les vêtements trempés d'Eva avant de les lui retirer à la hâte. Il avait envie de se perdre dans sa douceur.

Nouant les bras autour de son cou, elle l'embrassa encore et encore avec passion.

Il y avait quelque chose de désespéré dans chacun de leurs gestes. Tate tremblait en caressant ses seins parfaits, ses fesses rebondies. Il ne pouvait chasser de son esprit le souvenir des yeux morts de Ben, de son corps sans vie.

Il se reprochait d'avoir entraîné son ami de toujours dans cette histoire et d'avoir ainsi causé sa mort.

Combien de gens devraient-ils mourir avant qu'il ne retienne la leçon ?

— N'y pense plus.

La voix douce d'Eva le tira de ses sombres pensées. Ses mains prirent son visage pour le forcer à la regarder. Ses traits étaient plongés dans l'obscurité mais il vit briller ses yeux, ses lèvres adorables.

— Oublie ton chagrin, chuchota-t-elle. Laisse-moi t'aider à l'oublier au moins pour un petit moment.

Les épaules affaissées comme sous le poids de la défaite, Tate la laissa l'entraîner au fond de la grotte. Il y faisait froid mais son corps était brûlant et, quand Eva s'agenouilla devant lui pour prendre son sexe en érection entre ses mains, il s'embrasa.

Effaçant de son esprit les images terribles de son ami, il ferma les paupières et enfouit les mains dans les cheveux de la jeune femme.

Lorsqu'elle le prit entre ses lèvres, un gémissement s'échappa de sa gorge. Sans hésiter, elle le happa et le suça si délicatement que de longs frissons lui parcoururent le dos. Le plaisir qu'elle lui donnait était si fort qu'il en devenait presque insupportable.

Sans un mot, elle se redressa et l'enlaça avec force. Alors il captura ses lèvres en un baiser passionné.

Il plongea en elle pour lui faire l'amour. Il avait faim de sa chaleur de femme, soif de se noyer dans l'océan de douceur qu'elle lui offrait.

Lorsque l'orgasme le foudroya, il s'abattit sur elle.

Et soudain, comme si cette étreinte avait ouvert les vannes, il éclata en sanglots.

Eva le serra contre elle, lui caressant les cheveux, et le laissa pleurer, consciente qu'il soulageait ainsi sa peine.

Trois heures plus tard, la pluie tombait toujours. La situation avait même empiré. Ils avaient l'impression d'être en plein déluge. Le vent s'engouffrait dans la grotte et Eva se blottit plus étroitement contre Tate. Il avait fabriqué un lit de fortune dans un coin et il la serra contre lui tendrement.

Ils étaient pelotonnés sous une couverture de survie, mais de toute façon le corps chaud de Tate aurait suffi à la préserver du froid.

— Je ne savais pas que des orages tropicaux éclataient au-dessus de cette île, dit-elle dans le noir, écoutant les hurlements de la tempête.

— Moi non plus. Mais j'espère que la pluie va vite se calmer pour que nous puissions reprendre la route.

Mal à l'aise, elle se redressa à demi.

— Ce soir ? Tu veux repartir dans la nuit ?

— Pourquoi traîner ? répondit-il. Plus vite j'aurai tranché la gorge de ce fumier, plus vite je rejoindrai mes hommes et plus vite tu pourras récupérer ton fils.

Ses mots étaient violents mais Eva ne s'en offusqua pas. Après tout, Hector n'avait fait preuve d'aucune pitié en tuant Will. Et plus elle connaissait Tate, plus elle devinait qu'il n'avait rien du guerrier insensible dont il donnait l'image. Il se souciait des autres. Le regard ravagé qu'il avait eu après avoir enterré Ben comme la façon dont il avait sangloté dans le noir après lui avoir fait l'amour lui avaient révélé la profondeur de son désespoir.

Ce soir, il avait perdu un ami. Son frère et la plupart des hommes de son unité avaient également été tués. Elle comprenait sa colère.

Tous ces drames le rongeaient de l'intérieur même s'il faisait mine de les ignorer.

— Tu as vraiment envie de vivre seul ? demanda-t-elle malgré elle, un peu plus tard. Sans personne ?

Il resta un long moment silencieux puis répondit :

— Pourquoi ce choix de vie te préoccupe-t-il à ce point ? Il y a des choses pires que la solitude, Eva.

— Je sais. Mais n'es-tu pas fatigué parfois de ta propre compagnie ? N'éprouves-tu pas le besoin d'être proche de quelqu'un ?

— Être proche de quelqu'un mène toujours au malheur. Un jour, tu apprendras que la seule personne en qui tu peux avoir entièrement confiance, c'est toi-même, Eva.

— N'avais-tu donc pas confiance en ton frère ?

— Je faisais confiance à Will mais pas totalement non plus. Je ne peux avoir une confiance aveugle en personne.

— C'est triste.

Il se mit à rire.

— Tu veux une histoire plus triste encore ? J'avais confiance en la femme qui m'a donné le jour. Je pensais qu'elle allait me protéger, s'occuper de moi, mais elle a préféré s'empoisonner avec des drogues dures. Je faisais aussi confiance à mon père pour m'aider à grandir mais il n'a jamais été capable que de se servir de moi comme d'un punching-ball. J'avais confiance en mon gouvernement et maintenant je m'aperçois que les hommes qui en font partie veulent m'abattre comme un chien.

Le cœur d'Eva se serra en prenant conscience de tout ce qu'il avait enduré au cours de sa vie.

— Tate…

— Je n'ai pas besoin de ta pitié, Eva, ni de ta sympathie, ni de mots gentils et réconfortants. J'ai accepté la dure réalité. Si tu deviens proche de quelqu'un, tôt ou tard, il te trahira. C'est ainsi que fonctionne l'humanité et voilà pourquoi je préfère être seul.

— Je peux comprendre. Mais moi ? Je ne crois pas que j'aimerais rester seule jusqu'à la fin de mes jours.

Il se mit à rire.

— J'ai découvert il y a longtemps que peu de gens supportent leur propre compagnie. En réalité, ils sont si mal à l'aise avec eux-mêmes qu'ils s'entourent de nombreuses personnes pour tenter de donner un sens à leur vie.

— Ce n'est pas mon cas. Je m'apprécie telle que je suis mais je n'aimerais pas passer mon existence entière toute seule. J'adore échanger avec les autres, partager des idées, des sentiments. Depuis trois ans, je me suis sentie souvent très seule, ajouta-t-elle la gorge serrée. Et toi, Tate ?

À sa grande surprise, il lui caressa les épaules.

— Ou, répondit-il. Ça m'arrive parfois.

— Que fais-tu alors ? Comment supportes-tu cet isolement ?

— Je me souviens des horreurs que j'ai connues dans ma vie, des raisons qui m'ont fait préférer être seul.

— C'est déprimant.

— Et toi, que fais-tu ?

— Je pense à mon fils. Tout ce que j'ai fait depuis trois ans — l'éloignement, ma séparation avec ma famille, mes amis, mes changements permanents de lieux et d'identités —, tout était destiné à protéger Rafe. Alors que je me sente seule et malheureuse n'a pas d'importance tant que lui ne l'est pas. Mon petit garçon est toute ma vie. Il est la seule chose qui compte à mes yeux.

Tate se tut de nouveau. Elle entendait son cœur palpiter contre son oreille. Et ce battement régulier et fort la sécurisait. Tate était peut-être rude en apparence, froid parfois, arrogant à d'autres moments, mais avec lui elle se sentait protégée. Depuis qu'elle faisait équipe avec lui, elle parvenait à dormir. Elle pouvait laisser tomber la garde et s'abandonner aux bras de Morphée parce que Tate veillait sur elle. En prendre conscience la réconforta.

Elle lui faisait confiance. Sans savoir très bien comment, elle avait appris à lui faire confiance, ces derniers jours.

— Reposons-nous un peu, dit-il. Je veux que nous soyons en état de reprendre la route dès que la pluie cessera.

— D'accord, murmura-t-elle en se blottissant contre lui.

Mais elle pensait toujours à ce que cela signifiait — faire confiance à Tate — quand elle s'assoupit.

Deux jours plus tard, la tempête ne montrait aucun signe d'apaisement et Tate commença à se demander s'ils pourraient se remettre en marche. Les flancs de la montagne étaient devenus un océan de boue et il était difficile de s'aventurer à l'extérieur de la grotte sans glisser. De plus, le vent et la pluie rendaient chaque tentative de sortie plus dangereuse encore.

Heureusement, ils avaient de quoi se nourrir dans le sac que Ben leur avait apporté au chalet. Ils ne pouvaient allumer de feu mais ils bénéficiaient d'une couverture de survie, et leur chaleur animale faisait le reste. Comme ils n'avaient pas grand-chose à faire, ils passaient l'essentiel de leur temps à faire l'amour.

Et même s'il ne l'aurait pour rien au monde reconnu à voix haute, Tate fut très heureux de passer deux jours en fusion totale avec Eva.

— Pourquoi ne me crois-tu pas ? demanda-t-elle.

Son ton ennuyé le fit rire. Comme la façon dont elle fronçait les sourcils comme s'il l'avait accusée d'avoir commis un crime majeur alors qu'il n'avait fait qu'exprimer un petit doute. Ils avaient abordé la question de la vie idéale chacun selon ses préceptes, et la description qu'Eva lui avait donnée de la sienne avait fait naître chez lui un certain scepticisme.

— Parce que ce n'est pas quelque chose qui me semble cohérent pour toi, répondit-il en levant les yeux au ciel. Tu aimerais vivre à l'extérieur, dans la brousse, avoir une bande de chiens, laisser ton gosse se balader en liberté et vivre en marge de la société.

— Et en quoi est-ce répréhensible ?

— En rien. En fait, c'est exactement…

Exactement ce dont il rêvait pour lui-même, l'enfant en moins, évidemment.

Mais il ne le dit pas, préférant chercher dans ses yeux bleus un signe lui indiquant qu'elle plaisantait.

Mais l'expression d'Eva était grave.

— Je déteste vivre en ville, reprit-elle avec franchise. J'ai grandi à Manhattan et j'ai très mal supporté cette existence. La foule, les embouteillages, la pollution, le bruit… Chaque été, comme je te l'ai dit, mes parents louaient un chalet dans le Vermont. J'attendais avec impatience ces vacances. Et j'ai fini par comprendre que j'étais faite pour gambader en pleine nature.

— Et comment feras-tu alors pour brancher ton satané ordinateur ? Quand on aime les technologies modernes, la vie à la montagne n'est pas l'idéal.

Elle haussa les épaules et repoussa ses longs cheveux en arrière. La seule lumière venait d'une lampe torche qui nimbait sa peau d'une belle teinte cuivrée.

Elle était assise en tailleur, lui allongé sur le dos, et il lui caressait les cheveux. Sans pouvoir expliquer pourquoi il n'avait cessé de la toucher pendant ces deux jours et pas uniquement pour le sexe. Il adorait passer la main dans ses cheveux, sur son dos. Il ne pouvait s'en empêcher. La toucher lui procurait un profond plaisir. Elle était si douce, si chaude.

— J'ai besoin d'une connexion internet, c'est vrai, répondit-elle. Comme je te l'ai dit, je veux concevoir des logiciels informatiques, peut-être proposer à des entreprises qui se soucient de la sécurité de leurs sites et de leurs bases de données des logiciels qui leur permettront de mieux se protéger. Mais je peux effectuer ce travail de n'importe où.

— D'accord, reconnut-il. Mais je n'arrive toujours pas à t'imaginer vivre au milieu de nulle part.

— Je suis une fille simple, Tate. J'aime les grands espaces. Et je n'ai pas envie que mon fils mène une existence superficielle, ajouta-t-elle avec un sourire. Je voudrais qu'il vive des aventures au grand air, qu'il découvre le monde, au lieu de rester des heures devant des jeux vidéo. Il est important pour lui de maîtriser la technologie moderne mais je lui souhaite bien autre chose. Tu comprends ?

Tate devait lui dissimuler en permanence à quel point il approuvait ses choix. Eva continuait à le surprendre. Elle était beaucoup plus intelligente qu'il ne l'avait subodoré, elle avait la tête sur les épaules, elle riait souvent, montrait une grande sensibilité et il se sentait à l'aise avec elle.

Il n'avait jamais éprouvé tant d'admiration et de respect

pour une femme. Il se rendait compte, non sans inquiétude, qu'avec elle il finissait par baisser la garde. Il n'était pas censé lui faire confiance et encore moins prendre soin d'elle et pourtant, plus la tempête se prolongeait, plus il se surprenait à s'imaginer passer le restant de ses jours avec elle. Il n'en revenait pas de tout ce qu'il lui avait confié sur lui-même, sur sa famille, sur son frère, sur son besoin de solitude. En général, il essayait toujours de marquer ses distances avec les gens, mais avec Eva tout semblait couler de source. Il se sentait de plus en plus proche d'elle.

— J'ai besoin de faire pipi, dit-elle soudain.

— Ne te crois pas obligée d'aller loin. Reste près de la grotte, je ne te regarderai pas, promis.

Elle parut horrifiée.

— Il n'en est pas question. Je préfère me faire tremper.

Il se mit à rire en la regardant se lever. Elle ne portait qu'une petite culotte noire et sa chemise. Avec ses longues jambes fuselées, ses cheveux qui tombaient sur ses épaules comme un voile, elle lui offrait une image ravissante. Un regain de désir se réveilla au creux de ses reins.

— Je reviens tout de suite, dit-elle en s'emparant de l'autre lampe de poche.

Elle l'alluma et orienta le faisceau lumineux vers l'entrée de la grotte. La pluie tombait toujours.

Quand Eva fut sortie, Tate enfila son T-shirt et son pantalon. Une fois habillé, il fit un rapide inventaire du contenu de son sac. Il se rendit compte qu'il ne restait plus beaucoup de préservatifs. Cela n'avait rien d'étonnant. Depuis deux jours, ils faisaient l'amour en permanence.

Réprimant un soupir de frustration, il se leva et se rendit à l'entrée de la grotte. La pluie continuait à mitrailler la montagne. Voilà deux jours qu'ils étaient coincés là et le temps n'avait pas l'air de vouloir s'arranger. Seule consolation, les soldats qui avaient tendu une embuscade à Ben étaient sans doute contraints eux aussi de se terrer quelque part. La région était connue pour devenir impraticable pendant les orages tropicaux et personne ne s'y aventurerait par un temps pareil. Néanmoins, il se sentirait mieux quand ils pourraient se remettre en mouvement.

— Ah !

Le cri que poussa Eva lui noua soudain le ventre.

— Eva ?

N'obtenant aucune réponse, il passa à l'action, traversé par une décharge d'adrénaline.

Sans prendre la peine d'enfiler ses bottes, il sortit de la grotte pieds nus, les laissant s'enfoncer dans la boue. Il était 10 heures du matin mais le ciel était encore noir, déchiré par des éclairs. Il n'était pas possible de courir sans risquer de se briser le cou mais il avança le plus vite possible.

— Eva ?

Toujours pas de réponse.

Sa panique s'intensifia. Pourquoi ne répondait-elle pas ?

Incapable de calmer son angoisse, il descendit la pente, s'accrochant aux arbustes pour ne pas glisser.

Et si les soldats l'avaient capturée ? Et si un animal sauvage l'avait attaquée ? Et si…

Tout à coup, il l'aperçut et s'immobilisa, intensément soulagé.

Puis il remarqua son embarras et éclata de rire.

— Ne te moque pas de moi ! lança-t-elle.

Mortifiée, Eva était allongée dans la boue. Ses cheveux couverts de glaise étaient plaqués sur son visage, lui donnant l'apparence d'un personnage de film d'horreur.

— J'ai trébuché, expliqua-t-elle. Et quand j'ai essayé de me relever, je n'ai réussi qu'à m'embourber davantage.

— Je vois, dit-il, réprimant un sourire. As-tu l'intention de passer la journée dans la boue ou veux-tu un coup de main ?

— J'ai besoin d'aide, reconnut-elle.

Il s'approcha et lui tendit une main secourable. Quand leurs doigts se touchèrent, il comprit l'idée diabolique qu'elle avait en tête mais trop tard. Elle tira sur son bras pour le faire basculer sur elle et il s'étala à son tour dans la boue.

— Petite peste !

Il tenta de se redresser mais ne fit qu'aggraver son cas.

— C'est pour t'apprendre à te moquer de moi, dit-elle. Un gentleman ne rit pas d'une dame en fâcheuse posture.

— Je n'ai rien d'un gentleman, mon cœur.

Et il le prouva en la caressant de ses mains boueuses.

Elle poussa un cri de surprise puis gémit de plaisir avant de l'enlacer. Son enthousiasme le ravit secrètement. Elle avait toujours faim de lui, même dehors, sous l'orage.

Il aurait été furieux de le reconnaître mais il ne maîtrisait plus rien. Depuis deux jours, il avait perdu le contrôle et son désir impérieux pour elle le plongeait dans une forme de dépendance qui l'excitait et le rendait honteux en même temps.

— J'adore quand tu me touches comme ça, dit-elle avec un soupir heureux.

— Mais moi aussi, j'adore ça !

Des doigts, il lui excitait le bout des seins. Il avait oublié qu'ils se trouvaient au milieu d'une gigantesque mare de boue et il l'embrassa avec passion.

Quand elle ouvrit son pantalon pour s'emparer de son sexe, il fut incapable de l'en empêcher. Ils roulèrent ensemble sur le sol marécageux. La pluie pilonnait leurs corps mais ils n'en avaient cure.

Tate ne sentait plus que la douce chaleur du corps d'Eva, que la caresse de sa bouche sensuelle sur son sexe.

— Chérie, je n'en peux plus.

Un orgasme le foudroya avec une telle force qu'il eut l'impression de toucher le ciel.

Lorsqu'il recouvra ses esprits, il vit qu'Eva l'observait, une lueur satisfaite dans les yeux.

— Me pardonnes-tu de t'avoir fait tomber dans la boue ? demanda-t-elle d'un ton moqueur.

— Je te pardonne.

— Tant mieux.

Elle l'embrassa et se mit debout.

Il la regarda lever le visage vers le ciel et se laisser inonder par la pluie. Très vite, les trombes d'eau eurent raison de la boue qui maculait ses joues et ses jambes nues, mais sa chemise était hors d'usage. Elle la retira et lui apparut en tenue d'Eve, plus belle que jamais.

Mais, à la vue du bandage à son bras, il se souvint de sa blessure et fronça les sourcils.

— Il faut changer ton pansement, dit-il. Et t'injecter une nouvelle dose d'antibiotique.

— Plus tard, répondit-elle, continuant à se rincer sous la pluie.

Il l'imita et tous deux se retrouvèrent nus sous cette douche naturelle. Il comprit que, dès qu'ils seraient propres, ils pourraient retourner dans la grotte et faire bon usage du dernier préservatif.

Lisant ses pensées, elle lui décocha un grand sourire.

— Tu vas me faire l'amour, non ?

— Le regrettes-tu ?

— Non, mais j'aimerais que tu fasses d'abord quelque chose pour moi.

— Et quoi ?

— Que tu reconnaisses que je te plais.

Il se tendit mais, à la lueur moqueuse qui brillait dans ses yeux, il devina qu'elle plaisantait et n'exigeait en réalité rien de lui.

Elle savait certainement qu'elle lui plaisait, qu'elle l'attirait — il ne pouvait le lui cacher — mais la question concernait-elle son sexe, sa tête, son cœur ?

Il comprenait qu'elle ait envie de le savoir. Il avait appris depuis longtemps que les femmes avaient besoin d'être rassurées.

Aussi lui dit-il ce qu'elle avait envie d'entendre.

— Tu me plais. Tu me plais beaucoup, Eva.

Mais quelque chose se produisit alors, là, sous cette pluie diluvienne au milieu de ce champ de boue.

Il se rendit compte qu'il le pensait vraiment.

# 14

— D'accord, alors qu'as-tu en tête ? demanda Eva, le lendemain matin.

Tate étudiait la carte qu'il avait étalée sur un rocher plat à l'entrée de la grotte. La pluie avait cessé à l'aube, presque aussi vite qu'elle avait commencé, et Eva était éblouie par le retour inattendu du soleil. La montagne était encore très boueuse, mais la terre sécherait vite avec la chaleur ambiante.

Ils avaient pris leur petit déjeuner dehors, ressentant tous deux un besoin d'air frais, et maintenant Tate regardait le plan du bunker d'Hector qu'elle avait dessiné. Elle y avait mis le maximum de détails dont elle se souvenait. Mais elle se demandait comment ils parviendraient à se glisser à l'intérieur sans se faire remarquer.

— Ben et moi avions pensé à quelque chose. Mais…

Sachant à quel point il lui était difficile d'évoquer son ami, elle mêla ses doigts aux siens.

— À quoi ? Qu'aviez-vous prévu ?

— Il devait créer une diversion devant l'entrée principale pour me permettre de pénétrer dans le bunker par les collines.

— D'accord, quel genre de diversion ?

— Un assaut avec des explosifs et un lance-roquettes.

— Un lance-roquettes ? Tu as un lance-roquettes ?

— Cela fait partie du matériel que Ben avait acheté pendant la nuit.

— D'accord. Et que devait-il se passer ensuite ?

— Une partie des hommes de Cruz auraient été tués, les autres auraient sans doute été pris de panique, ils auraient cherché à comprendre ce qui se passait ou à fuir. Ben aurait profité du chaos pour déclencher les explosifs et aggraver l'affolement général. Pendant ce temps-là, j'aurais eu la possibilité d'entrer, de fouiller le bunker, de trouver Cruz et de le tuer.

— D'accord. Pourquoi ne me chargerais-je pas de l'opération de diversion ? Se servir d'un lance-roquettes ne doit pas être très sorcier. Il suffit de viser et de tirer, non ?

— Pas question.

— Je peux le faire, insista-t-elle. Je me cacherai sous les arbres ici, dit-elle en lui montrant l'endroit sur la carte. Et dès que tu me donneras le feu vert, je ferai sauter les explosifs à distance.

— Non, pas question, répéta-t-il.

Il s'exprimait d'un ton sans réplique et elle sentit grandir son irritation.

— Pourquoi refuses-tu mon aide ? Tu ne me crois pas capable d'y arriver ? Tu ne me fais pas confiance et tu penses que je vais tout gâcher, c'est ça ?

Pourquoi s'étonnait-elle de sa réaction ? se demanda-t-elle, accablée. Tate ne lui faisait pas confiance depuis le début et le fait qu'ils aient couché ensemble n'y avait rien changé.

Les doutes qu'il nourrissait à son égard la blessaient profondément. Elle lui avait peut-être menti à propos des relations qu'elle avait entretenues avec Hector, mais pour le reste elle avait été entièrement sincère. Elle ne lui avait rien caché de sa vie, de ses pensées, de ses espoirs, de ses rêves, de ses craintes.

D'ailleurs, elle n'en revenait pas de la facilité avec laquelle elle avait tout raconté à Tate. Après sa mésaventure désastreuse avec Hector, elle s'était promis de tenir désormais les hommes à distance.

— Laisse tomber, dit-elle en détournant les yeux. Puisque tu ne me fais pas confiance, je resterai en arrière et tu te débrouilleras tout seul.

Elle sursauta quand il prit son visage entre ses mains. Son geste était curieusement tendre comme son regard.

— Ce n'est pas ça… Je ne veux pas que tu joues les Rambo. Pas parce que je pense que tu vas tout faire rater. Mais parce que tu t'exposerais, tu mettrais ta vie en danger et je n'ai pas envie que tu sois blessée, ou pire, dans cette histoire.

L'étonnement la submergea.

— Quoi ?

— Quand tout explosera, les rebelles quitteront le bunker pour tenter de comprendre l'origine du chaos. Ils seront énervés et ils tireront sur celui ou celle qui les attaque. Je refuse de te laisser mourir ainsi, Eva.

— Pourquoi ne veux-tu pas me laisser mourir, Tate ? Hier, tu m'as dit que je te plaisais mais c'était surtout pour me faire plaisir. Depuis le départ, tu m'as bien fait comprendre que tu ne te souciais pas de moi, alors qu'est-ce qui a changé ? Pourquoi te soucies-tu que je vive ou que je meure ?

Le silence de Tate se prolongea et, à un moment, elle crut qu'il ne lui répondrait pas, mais il finit par s'éclaircir la gorge et, avec un haussement d'épaules embarrassé, il reprit la parole.

— À cause de ton fils. Pour qu'il grandisse près de sa mère.

Avant qu'elle ne puisse l'interroger davantage, il se leva.

— Je vais chercher de l'eau.

Elle le regarda s'éloigner, se sentant profondément perturbée.

Pour que ton fils grandisse auprès de sa mère.

Elle ne pouvait s'empêcher de se demander s'il était sincère, s'il lui avait donné la véritable raison de son refus.

Ou s'il était possible que Tate se soit mis à l'aimer.

Il leur fallut une dizaine d'heures pour atteindre leur destination, mais à l'arrivée Tate n'éprouvait aucune fatigue.

Tendu à l'extrême, il rongeait son frein. Hector Cruz se trouvait à moins de deux kilomètres de lui. Tout près. Pour la première fois depuis huit mois, l'assassin de son frère était à portée de main.

Même s'il préférait voyager la nuit, l'impatience le rendait moins précautionneux. Ils avaient donc traversé la montagne en plein jour. Ils avaient chaud, étaient en sueur. Ils avaient profité d'une pause pour discuter d'une possible stratégie, mais Tate n'avait pas encore de plan d'action bien défini.

Eva ne cessait de lui demander de lui confier la responsabilité de faire diversion mais il renâclait à l'exposer. Ben aurait eu la capacité de se cacher dans les bois après son forfait et de semer les hommes qui l'auraient évidemment poursuivi. Mais Eva ? Elle n'avait pas suivi de formation militaire et il ne voulait plus qu'elle meure dans cette histoire.

Et pourquoi s'en souciait-il ?

Toute la matinée, des questions analogues l'avaient tourmenté. D'étranges émotions lui comprimaient la poitrine. Il ne voulait pas qu'elle meure, d'accord. Mais pourquoi ?

Parce qu'ils avaient couché ensemble ?

Parce que le petit Rafe deviendrait orphelin ?

Parce qu'il n'avait pas envie de la perdre ?

Ridicule. Toutes ses hypothèses étaient ridicules. Le sexe n'avait pas tant d'importance. Il se moquait bien de son gosse. Et il n'avait pas besoin d'elle dans sa vie.

— Le soleil va bientôt se coucher, remarqua-t-elle. Qu'allons-nous faire, Tate ? Quel plan as-tu en tête ?

La plupart des femmes auraient été épuisées après tant d'heures de marche, mais Eva semblait en forme, songea-t-il. Ses yeux brillaient de détermination et elle relevait les épaules, même si elle avait porté un sac à dos toute la journée.

— Quand il fera sombre, j'irai jeter un coup d'œil en reconnaissance, dit-il.

— Tout seul ?

— Oui. Cela te pose-t-il un problème ?

— Non mais… Mais s'il t'arrivait quelque chose, Tate ? Si les gardes repéraient ta présence, par exemple ?

— Ne t'inquiète pas, répliqua-t-il d'un ton confiant. Je sais me rendre invisible, chérie.

— Cela ne me rassure pas vraiment.

Avec un soupir, il posa une main sur son épaule.

— Tout ira bien. J'ai fait partie des Forces Spéciales, j'ai été entraîné. Et je travaille mieux seul. Laisse-moi opérer comme je le sens, d'accord ?

— D'accord, grommela-t-elle.

Il l'embrassa et il s'interdit d'aller plus loin dans l'espoir de la rassurer. Les deux jours qu'ils avaient passés dans la grotte avaient créé une intimité entre eux qui à la fois le rendait mal à l'aise et qu'il regrettait.

Il était vraiment en fâcheuse posture.

Il recula et vérifia le matériel. Il y avait tout un arsenal, des grenades, des explosifs, un lance-roquettes et des munitions. Il fut content de constater que Ben avait fait tout le travail préparatoire.

Il rassembla le nécessaire et l'enfouit dans son sac. Le soleil se couchait à l'horizon, la nuit tombait.

— Reste hors de vue, ordonna-t-il à Eva en lui désignant la cabane qu'il avait hâtivement construite pour elle au milieu des branchages.

— Oui, oui, soupira-t-elle d'un air résigné.

Luttant contre l'envie stupide de la prendre dans ses bras et de l'embrasser, Tate s'empara de son sac, mit sa carabine en bandoulière et s'en alla.

C'était la première fois depuis plusieurs jours qu'il se retrouvait seul et il fut heureux de ce répit, de ce silence. Il avançait dans la forêt sans faire de bruit et, cette fois, il prit soin d'effacer les traces de son passage. Il ne s'en était pas soucié dans la jungle parce qu'il se moquait que quelqu'un se doute ou non de sa présence. Tant qu'il pourrait au bout du compte tuer Hector, il se moquait du reste. Une fois Will vengé, il pourrait mourir sans regret.

Pourtant, à présent, il se moquait moins de perdre ou non la vie, ou plutôt il lui importait de protéger celle d'Eva. Pour une raison qu'il ne comprenait pas, la protéger était devenu une priorité pour lui. Et s'il lui fallait effacer ses traces pour que personne ne puisse remonter jusqu'à elle, il le faisait.

Comme il parvenait au pied de la montagne qui abritait la grotte de Cruz et des rebelles, tous ses instincts se réveillèrent. À présent, toute la région était plongée dans l'obscurité. Sachant qu'il ne pouvait se permettre la moindre erreur, il s'arrêta pour sortir de son sac ses lunettes de vision nocturne.

Il poursuivit sa progression. Les arbres étaient plus rares et il devenait plus délicat de demeurer invisible. L'ennemi était tout près. Il le sentait et cette intuition se confirma lorsqu'il posa enfin les yeux sur ce qu'il cherchait depuis des mois.

*Le repaire de Cruz.*

Eva n'avait pas menti. Au premier regard, n'importe quel promeneur n'aurait vu que la paroi rocheuse entourée d'arbustes. À la lumière du jour, l'entrée du bunker serait passée inaperçue tant elle se fondait dans le décor, mais ses lunettes de vision nocturne lui permirent de distinguer la porte métallique qui en fermait l'accès.

Comme Eva l'avait dit, l'entrée était gardée, mais il y avait moins d'hommes alentour que Tate ne l'avait craint. Il en compta dix. Deux à la porte, quatre postés plus haut dans la colline, armés de fusils et de jumelles. Quatre autres sillonnant la zone.

Tous étaient des rebelles. Il reconnut leurs accoutrements et leurs armes. Des carabines, des kalachnikovs, des fusils-mitrailleurs. Les Combattants Pour La Liberté se défendaient avec les moyens qu'ils trouvaient ou prenaient à leurs ennemis. D'après les rumeurs, Cruz négociait avec des trafiquants d'armes mais il n'était pas rare que ses hommes attaquent des camps militaires pour les voler. Leur arsenal était donc hétéroclite.

Tate se dissimula derrière des rochers et passa deux heures à observer et à comprendre l'organisation des rondes, leurs fréquences, les circuits empruntés.

Il comprit rapidement que les gardes ne s'éloignaient pas beaucoup de l'entrée de la grotte. Ils faisaient le tour du bunker toutes les dix minutes par équipe de deux et effectuaient chaque fois la même ronde. De temps à autre, l'un d'eux allumait une cigarette et s'arrêtait pour bavarder près des Jeeps et des camions garés en contrebas. Il compta six véhicules de chaque sorte.

La cachette de Cruz n'était pas bien sécurisée. Ce qui était logique. Cruz ne cherchait pas à attirer l'attention sur son bunker et il avait préféré donner la priorité à la discrétion. Personne ne devait soupçonner qu'il s'agissait du repaire du chef des rebelles.

Rien ne paraissait inhabituel. Il entendait les bruits de la nuit, des animaux de la montagne qui continuaient à mener leurs activités.

Il ne lui fallut pas longtemps pour décider où il placerait les explosifs. Puis il repartit par où il était venu, s'éloignant des CPL qui ne s'étaient pas doutés de sa présence.

Il avait parcouru plusieurs kilomètres quand son instinct le poussa à s'immobiliser et à tendre l'oreille. S'emparant de son fusil, il se dissimula derrière un arbre pour rester hors de vue. Il attendit, tendant l'oreille.

Il ne perçut rien d'inhabituel mais il eut la certitude que quelqu'un l'observait.

Il resta un moment sans bouger. Puis, au bout d'un quart d'heure, il finit par se demander s'il ne se faisait pas des idées, si le danger qu'il avait senti ne s'était pas éloigné. Ou s'il ne l'avait pas rêvé.

À contrecœur, il sortit de sa cachette et reprit sa marche mais les poils de sa nuque se hérissaient.

À son retour, il exposa à Eva les détails de son plan et elle secoua la tête, catastrophée.

— Ce n'est pas une bonne idée ! s'exclama-t-elle.

— Je n'en ai pas de meilleure à proposer, répliqua-t-il à voix basse.

Incapable de comprendre comment il pouvait discuter

calmement d'un plan d'attaque qui lui semblait suicidaire, elle se passa la main dans les cheveux, déroutée.

Tous deux étaient dissimulés derrière des arbustes à une vingtaine de mètres de l'entrée de la grotte, à peine visible, qui menait au bunker d'Hector. En l'y entraînant, Tate lui avait fait croire qu'il aurait besoin d'elle pour mener à bien cette opération. Mais ce n'était pas du tout le cas.

Il l'avait induite en erreur et il avait l'intention de se débrouiller tout seul, ce qui aggravait encore la dangerosité de l'entreprise.

— Tu restes à l'arrière, cachée dans la montagne, répéta-t-il d'un ton inflexible. Il en a toujours été convenu ainsi.

— Quand tu l'avais prévu, tu comptais sur Ben pour t'épauler et assurer tes arrières. Maintenant qu'il n'est plus là, qui attaquera l'entrée principale au lance-roquettes ? Qui fera diversion ?

— Si Ben avait été là, il aurait surveillé l'entrée principale pendant que je me serais glissé par l'autre. Ainsi, Cruz n'aurait eu aucune possibilité de prendre la poudre d'escampette. Mais maintenant il pourrait s'enfuir par la montagne si j'essaie de passer en force par la porte principale.

— Je pourrais faire le guet devant la trappe dans les collines.

— Non.

— Bon, alors laisse-moi faire sauter l'entrée du bunker.

— Non.

Une vague de frustration la submergea.

— Cesse de dire « non » à tout ! Ton plan est de la folie pure. Crois-tu vraiment parvenir à t'introduire dans le repaire d'Hector sans attirer l'attention de l'un des gardes ? Et qu'une fois à l'intérieur tu vas tomber sur Hector et pouvoir l'abattre avant de repartir tranquillement sans jamais être inquiété ? Tu plaisantes, non ?

Il haussa les épaules.

— Et moi, quel est mon rôle là-dedans? reprit-elle. J'attendrai à l'extérieur que tu te fasses tuer, c'est bien ça ?

Tate ignora son ton sarcastique.

— Rien n'a changé. Tu auras le téléphone portable et, si je ne suis pas revenu à l'heure dite, tu contacteras Gomez qui viendra te chercher.

— Bien sûr ! Tout est simple comme bonjour. Mais je te rappelle que des avions de patrouille de l'armée de San Marquez ont reçu ordre d'abattre les appareils non autorisés…

— Gomez ne te fera pas quitter l'île. Il te déposera quelque part sur la côte. De là, tu pourras rejoindre Tumaco d'où tu gagneras Cali et Mexico. Tu retrouveras ton fils.

Le cœur d'Eva se gonfla de bonheur à la pensée de revoir Rafe, mais la peur reprenait déjà le dessus. Même si elle mourait d'envie de serrer son petit garçon dans ses bras, elle ne pouvait laisser Tate se jeter seul dans une aventure pareille. Elle savait qu'il y laisserait sa peau. Comment pouvait-il s'imaginer entrer dans le repaire d'Hector sans renfort pour assurer ses arrières, sans savoir comment s'extraire ensuite de cette souricière ?

Il allait se faire tuer, c'était certain.

Elle regarda les gardes qui menaient leur ronde. Tate lui avait dit qu'une douzaine de rebelles surveillaient l'autre côté, mais les collines étaient plongées dans le noir et désertes. Il n'était pas 4 heures du matin.

Elle comprenait qu'il voulait éviter à tout prix qu'Hector puisse lui échapper, s'enfuir dans la montagne, ce qui constituait un vrai risque si Tate était forcé d'entrer par l'entrée principale et qu'il lui fallait le poursuivre dans le bunker. Quand il aurait traversé tout le souterrain, Hector serait sans doute déjà loin et ils ne retrouveraient jamais sa trace.

— Je viens avec toi, dit-elle.

— Non.

— Tu peux le répéter encore et encore, cela ne changera rien.

Elle tira le revolver qu'elle portait à la ceinture pour s'assurer qu'il était bien chargé, ignorant le regard menaçant de Tate. Dans la pénombre, sa barbe de trois jours et son expression courroucée lui donnaient l'air d'un tueur, mais Eva refusait de se laisser intimider. Il ne la laisserait pas à l'écart.

Depuis une semaine qu'elle voyageait avec lui, elle s'était mise à l'apprécier et elle refusait de le laisser mourir, d'autant plus que c'était elle qui l'avait poussé à se rendre à San Marquez, à se lancer dans cette folle aventure.

— Eva, dit-il, les lèvres serrées.

— Tate, répliqua-t-elle calmement.

— Tu ne viens pas.

— C'est ce qu'on verra.

— Eva.

Elle leva les yeux au ciel.

— Je t'accompagnerai dans le souterrain que cela te plaise ou non.

Il poussa un soupir exaspéré.

— Je ne te laisserai pas venir avec moi.

— Tu n'as pas le choix. Je viens.

— Mais pourquoi, bon sang ?

*Parce que je t'aime et que je ne veux pas que tu meures !*

Cette pensée fut si fulgurante qu'elle n'eut pas le temps de la bloquer. Choquée, elle resta un instant interdite.

Non, ce n'était pas vrai. Elle n'était pas amoureuse de Tate. Impossible !

La gorge serrée, elle chercha frénétiquement une bonne raison, une raison que Tate pourrait accepter. Parce qu'il était exclu de lui dire la vérité. Il serait mal à l'aise si elle lui avouait qu'elle tenait à l'aider parce qu'elle l'aimait. Mieux valait lui donner une réponse aussi cynique que lui.

— Parce que je veux voir le cadavre d'Hector de mes propres yeux.

Il fronça les sourcils.

— Je comprends.

— Tout est toujours une histoire de confiance. Tu n'as pas confiance en moi et je n'ai pas confiance en toi. Comment pourrais-je alors être certaine qu'Hector est bien mort ?

— Je le tuerai, n'en doute pas.

— Désolée, mais ta parole ne me suffit pas. Je t'accompagne, Tate.

Il pencha la tête.

— Pour t'assurer que je l'ai bien abattu ?

— Oui.

Pendant un moment, elle craignit qu'il ne continue à discuter, mais apparemment elle l'avait convaincu. Le cynisme avait payé.

Comme il était triste, songea-t-elle, qu'elle doive prétexter une crainte d'être trahie pour pouvoir le seconder. Elle aurait tellement préféré qu'il accepte d'entendre son inquiétude ou l'affection qu'elle éprouvait pour lui. Encore plus triste ? Elle aimait un homme qui préférait qu'elle le trahisse plutôt qu'elle tombe amoureuse de lui.

Tate était très conscient de la présence d'Eva à ses côtés tandis qu'ils cheminaient dans l'ombre vers le bunker. Il avait envie de la mettre à l'abri quelque part, de force s'il le fallait, mais il commençait à la connaître et savait qu'elle ne le laisserait pas l'écarter. Elle était déterminée à l'accompagner et rien de ce qu'il pourrait dire ou faire ne la ferait changer d'avis.

*Je veux voir le cadavre d'Hector de mes propres yeux.*

Ses mots continuaient à trotter dans sa tête et, avec eux, pléthore d'émotions qu'il ne parvenait pas à gérer. D'un côté, il comprenait très bien son besoin de s'assurer par elle-même que l'homme qui lui pourrissait la vie depuis des années était bien mort.

D'un autre côté, qu'Eva mette sa parole en doute, qu'elle ait si peu confiance en sa capacité et en sa parole de tuer Hector le contrariait, le contrariait beaucoup.

Bien sûr, lui non plus ne lui faisait pas confiance.

Si, si, il lui faisait confiance.

Il faillit s'arrêter net et dut se forcer pour continuer à marcher, alors que cette prise de conscience l'ébranlait comme un coup de tonnerre. Était-ce possible ? Faisait-il vraiment confiance à cette femme ?

*L'aimait-il ?*

Bouleversé, il s'ordonna aussitôt de repousser cette idée dérangeante. Ce n'était vraiment pas le moment d'y penser. Peut-être, une fois qu'il aurait tué Cruz, s'il parvenait à sortir de cette histoire en vie avec Eva, chercherait-il des réponses à ces questions terrifiantes.

— Reste derrière moi, chuchota-t-il comme ils approchaient de l'entrée de la grotte.

Levant son fusil, il empoigna l'une des poignées accrochées sur la paroi métallique.

— Prête ? demanda-t-il à Eva dans un murmure.

Comme elle hochait la tête, il fit une courte prière et poussa la porte. Malgré l'épaisse couche de rouille, elle ne fit pas le moindre bruit, ne grinça pas, ne protesta pas. Quelqu'un devait régulièrement huiler les gonds, pensa-t-il.

Aucun homme ne montait la garde derrière la porte et le soulagement de Tate se mua vite en suspicion. Il considéra les marches de pierre qui permettaient d'accéder au souterrain avant de jeter un regard de biais à Eva.

— Tu m'avais dit qu'il devait y avoir un ou deux hommes en faction ici.

Elle parut troublée.

— Il y en avait la dernière fois que je suis venue.

Les sourcils froncés, il pénétra dans le boyau de pierre, éclairé par des lampes torches. Une odeur de moisi flottait dans l'air.

Il se tourna vers Eva et posa un doigt sur ses lèvres pour lui intimer le silence. Un peu plus loin, ils parvinrent à une petite pièce creusée dans la roche. Une grande échelle contre la paroi menait à une trappe. Là encore, Eva lui avait indiqué auparavant que des gardes surveillaient ce passage. Comme aucun n'était en vue, il commença à se demander si tout ce qu'elle lui avait raconté était fiable. Il en doutait de plus en plus.

Rien ne semblait normal.

Luttant contre une sourde appréhension, il poussa une porte et découvrit un autre souterrain. Lui aussi était désert. Pourquoi n'en était-il pas surpris ?

Comme Tate s'y attendait, ils poursuivirent leur progression sans encombre. Il avait mémorisé le plan dessiné par Eva et il savait très bien où il allait.

Le bunker était très grand, beaucoup plus grand que l'extérieur ne pouvait le laisser penser, et Tate avait l'impression qu'au fur et à mesure qu'ils s'y enfonçaient ils s'exposaient de plus en plus. À présent, ils se trouvaient sur le terrain de l'ennemi. Il était très étonné du manque de mesures de sécurité. Non seulement aucun homme ne semblait garder les lieux, mais il ne repéra aucune caméra de surveillance. Peut-être Cruz jugeait-il inutile de prendre de telles mesures, peut-être était-il si arrogant qu'il se croyait invincible.

Tate avait été témoin de cette assurance quand, huit mois plus tôt, Cruz avait assassiné Will d'un air nonchalant. Cet homme n'avait peur de rien ni de personne.

D'un autre côté, cette absence de précaution n'avait peut-être rien à voir avec de l'orgueil, songeait Tate en remarquant le peu de lumière et de ventilation, les fissures dans les murs de parpaing et la saleté des lieux. Les Combattants Pour la Liberté ne bénéficiaient pas de fonds importants. Contrairement à d'autres groupes qui défendaient « la liberté », ils avaient peu de ressources et Tate devinait que Cruz n'avait pas fait construire ce bunker dans le seul but d'avoir un repaire où se cacher. Le chef des rebelles avait sans doute découvert par hasard cette grotte aménagée et en avait fait son lieu de retraite.

— Les appartements d'Hector se trouvent par là, murmura Eva.

Tate regretta qu'elle ne soit pas restée au-dehors comme il l'en avait exhortée, mais il était trop tard pour faire marche arrière. Il espérait que toute cette histoire n'allait pas se terminer dans un bain de sang.

Après avoir longé un autre boyau, ils descendirent des marches de pierre et tombèrent sur un autre souterrain, plus étroit que les précédents. Ils tournèrent à droite puis à gauche et se retrouvèrent soudain nez à nez avec un garde à la peau basanée.

Curieusement, constater qu'ils n'étaient pas seuls rassura un peu Tate. Il finissait par se demander si le bunker n'avait pas été abandonné et il fut soulagé de voir qu'il n'en était rien.

Tuer cet homme ne lui procura aucune joie.

Mais il n'avait pas le choix. Il l'abattit d'une balle entre les deux yeux et retint son corps avant qu'il ne heurte le sol. Son revolver était équipé d'un silencieux et il avait pu l'éliminer sans bruit, sans que personne ne surgisse pour s'inquiéter de ce qui se passait.

Comme il se relevait, il vit le visage blême d'Eva et murmura sèchement.

— Cela te pose-t-il un problème ?

Elle secoua lentement la tête mais elle se sentait intérieurement glacée.

Tate inspecta la porte que l'homme gardait puis se tourna vers Eva pour l'interroger du regard.

Elle hocha la tête et il lui ordonna d'un geste de rester derrière lui. Elle obtempéra, l'arme au poing.

De son côté, il remit son revolver à la ceinture et prit son fusil.

*M'attends-tu, Cruz ?*

L'éventualité que le meurtrier de son frère soit derrière la porte lui mit l'eau à la bouche. Une décharge d'adrénaline le traversa, lui donnant un regain d'énergie et il s'élança à l'intérieur.

Déconcerté par la pièce dans laquelle ils surgirent, il se figea un quart de seconde. Il ne s'attendait pas à voir des étagères remplies de livres à cet endroit-là. Ni un ordinateur portable ni ces bouteilles de vin sur le sol.

Mais ce qui le stupéfia fut de découvrir Hector Cruz, affalé sur un canapé, un fusil-mitrailleur sur les genoux, comme s'il ne semblait pas inquiet le moins du monde.

Quand leurs regards se croisèrent, Cruz lui sourit.

— Bonjour, capitaine.

Une rage folle traversa Tate. Ce salopard n'avait pas changé depuis qu'il avait tué son frère. Il avait les mêmes cheveux sombres, les mêmes yeux moqueurs, les mêmes joues mal rasées. Seuls ses vêtements étaient différents. Il ne portait pas l'uniforme des rebelles mais une tenue kaki. Sa veste ouverte montrait les tatouages qui ornaient son torse.

*Grosse erreur.*

Tate ne parvenait pas à chasser de sa tête les mots que Cruz avait prononcés avant de trancher la gorge de Will…

Avec un profond soupir, Tate battit des paupières une fois, deux fois, puis d'un air déterminé il pointa le canon de son arme sur la poitrine de Cruz et lui lança :

— Quelque chose à dire avant de mourir ?

Le sourire de Cruz s'élargit.

— Je suppose que « Merci » s'impose.

— Quoi ?

— Merci de m'avoir ramené ma femme. Où est-elle ? Est-elle restée dans le souterrain ? Eva ?

Comme Tate s'apprêtait à ordonner à Cruz de se taire, ce dernier fit signe à Eva de s'avancer.

Les mots qu'il prononça alors glacèrent Tate.

— Eva, *mi amor*, as-tu amené notre fils ?

# 15

*Notre fils.*

Ces deux mots pétrifièrent Tate un instant. Un bref instant, mais ce fut suffisant pour que tout dérape.

Avant qu'il puisse réagir, un coup de massue derrière le crâne le fit s'écrouler. Il sentit qu'on lui ligotait les mains derrière le dos tandis que des hommes s'emparaient de ses armes.

Tout se passa si vite qu'il n'eut pas le temps de comprendre qui l'avait frappé et il s'insulta in petto de s'être laissé surprendre aussi bêtement.

Evaluant la situation d'un coup d'œil, il se rendit compte qu'il n'avait aucune chance de s'en tirer. Plusieurs rebelles avaient surgi dans la pièce. Ils étaient armés de fusils-mitrailleurs et bâtis comme des armoires à glace.

Il n'avait aucune possibilité de s'échapper.

Et où était passée Eva ? Il promena le regard autour de lui et se raidit en la découvrant à la porte. Elle fixait Cruz, le visage plus pâle que la mort, et elle tremblait comme une feuille.

Mais personne ne la menaçait d'une arme, remarqua-t-il.

*Notre fils.*

— Ne t'inquiète pas, *mi amor*, dit Cruz d'un ton curieusement sombre. Je comprends pourquoi tu as préféré ne pas emmener notre *hijo*. Mieux vaut régler les affaires entre nous avant d'y impliquer notre petit garçon.

Tate serra les mâchoires, ce qui n'échappa pas à Cruz.

— À votre réaction, je devine qu'elle ne vous a rien dit de notre histoire, *amigo*..., lança-t-il.

— Tate, balbutia Eva.

Cruz l'interrompit.

— Tais-toi, Eva, je vais lui expliquer moi-même.

Avec un sourire jovial, Cruz se leva et s'approcha.

Il fallut à Tate toute sa volonté pour ne pas se jeter sur lui, mais il se doutait qu'il serait abattu comme un chien s'il s'y risquait. Il ne pouvait se permettre une bêtise pareille. Il avait déjà commis une grave erreur en laissant la révélation de Cruz le distraire. S'il voulait sortir de ce bunker en vie, il devait se montrer extrêmement prudent.

— Je ne sais pas ce qu'elle vous a raconté, commença Cruz. Pourtant je suppose qu'elle vous en a dit assez pour vous décider à venir jusqu'ici, mais qu'elle a gardé pour elle certains aspects de la situation afin de ne pas vous inquiéter. C'est parfait, ajouta-t-il à l'adresse d'Eva. Je ne t'en veux pas. Je t'ai plutôt mal traitée, n'est-ce pas ?

Elle ne répondit pas mais, du coin de l'œil, Tate vit ses lèvres se serrer de colère. Pour autant, sa rage ne pouvait égaler celle qu'il ressentait. Il ne savait pas ce qui s'était passé mais il avait en tout cas une certitude. Eva lui avait menti.

Cruz était le père de son gosse.

En proie à une indicible fureur mêlée à une jalousie inattendue, il ferma les paupières. Le simple fait d'imaginer Eva faire l'amour avec Hector Cruz le rendait malade. Puis, il songea au petit garçon. Dire qu'il avait confié ce gamin à ses hommes ! Qu'il leur avait demandé de veiller sur lui ! Nick et Sebastian étaient prêts à donner leur vie pour le fils de Cruz !

Qu'elle soit maudite !

— J'ai bien peur de ne pas avoir été très gentil avec notre Eva, reprit Cruz. Mais vous savez comment ça se passe, capitaine, non ? L'amour rend les gens fous. Les tensions ont le même effet dévastateur. Et je le reconnais, à l'époque j'étais plus stressé que maintenant.

Son regard s'adoucit en se posant de nouveau sur Eva.

— Je ne te reproche pas de t'être enfuie. Je me suis très mal comporté à ton égard, *mi amor*, et je le regrette sincèrement.

Tate ne put s'empêcher de se tourner vers Eva pour observer sa réaction. Elle semblait stupéfaite.

— Tu t'es mal comporté ? répéta-t-elle, abasourdie. J'étais ta prisonnière !

Cruz considéra ses hommes comme si cela l'ennuyait d'avoir cette explication en leur présence avant de reporter son attention sur Eva.

— N'ennuyons pas nos amis avec ces détails, ma douce. Nous poursuivrons cette conversation en privé. Emmenez-la dans la chambre que nous lui avons préparée, ordonna-t-il à ses soldats. Je t'y retrouverai très vite, Eva.

Sans écouter ses cris, ils l'empoignèrent.

— Tate ! balbutia-t-elle d'une voix angoissée. Ne crois pas un mot de…

Il n'entendit pas le reste de sa phrase et ne s'en soucia pas. Il ne savait pas si le mot « croire » qu'elle avait employé lui donnait envie de rire, de vomir ou de hurler.

Comment osait-elle lui demander de lui faire confiance ? Elle lui mentait depuis le premier jour. D'ailleurs, il n'en était pas vraiment surpris. Il avait toujours su qu'elle ne lui disait pas toute la vérité mais, pas un instant, il n'avait imaginé ce qu'il venait d'apprendre. Comment avait-elle pu lui cacher que son fils était également celui de Cruz ?

La colère et le dégoût se disputaient au creux de son ventre, lui donnant la nausée. Il avait fait l'amour avec une femme qui avait couché avec Cruz.

Qui avait couché avec l'assassin de son frère.

Tout en s'efforçant de réprimer sa révulsion, il fut tenté de faire une folie, de se jeter sur les hommes armés pour qu'ils l'abattent. Se souciait-il vraiment de mourir d'une balle en pleine tête ? De toute façon, il ne sortirait pas de cette histoire vivant, alors autant essayer de tuer le maximum de ces salopards avant d'en finir.

— Ne faites pas ça, lui dit Cruz d'un air entendu. Ils tireraient. Et ce serait dommage, non ?

— Parce que vous avez sans doute l'intention de me laisser partir d'ici en vie ? répliqua Tate d'un ton ironique.

— Absolument. Je n'ai aucune envie de vous tuer, capitaine Tate.

Le ton comme l'expression de Cruz semblaient sincères mais Tate n'en crut pas un mot. Pas un traître mot.

— Vraiment ?

— Vraiment. Vous m'avez beaucoup impressionné. Je n'en reviens pas que vous soyez parvenu jusqu'ici. J'ai entendu parler de l'attaque dont vous avez été victime dans la jungle et je sais que vous avez dû affronter beaucoup d'épreuves pour arriver jusqu'à mon repaire. Les Américains sont aux abois, non ?

Tate plissa les yeux.

— Pourquoi dites-vous ça ?

— Ils en sont réduits à faire équipe avec l'armée de mon pays dans l'espoir de vous retrouver et de vous éliminer. Mais vous savez aussi bien que moi que les soldats de San Marquez ne valent rien. D'ailleurs, vous avez déjà eu l'occasion de vous en rendre compte par vous-même. La preuve ? Vous êtes parvenu jusqu'ici en un seul morceau.

— Et je suis censé croire que je vais rester entier ?

— Mais oui, lui assura Cruz.

— Et pourquoi feriez-vous preuve de tant de grandeur d'âme ?

— Parce que je compte bien me servir de vous.

Le rire qu'il avait retenu plus tôt s'échappa des lèvres de Tate.

— Désolé de vous décevoir mais je refuse de collaborer avec vous. Je préfère encore que vos hommes m'abattent.

Cruz se tourna vers ses gardes.

— Laissez-nous, mais ne vous éloignez pas.

Une fois les rebelles sortis, Cruz lui désigna le canapé.

— Asseyez-vous.

Tate ne bougea pas. Il regarda le chef des CPL, évaluant ses chances. Même avec les mains attachées dans le dos, il pouvait désarmer Cruz et briser le cou de ce salopard avec ses jambes s'il parvenait à le déséquilibrer.

— Que vous êtes prévisible, grommela Cruz avec un soupir. Vous pourriez au moins essayer de cacher votre désir de me tuer.

— Pourquoi le cacherais-je ? Vous avez égorgé mon frère, espèce de fumier.

La surprise traversa les yeux de Cruz.

— Vous considérez tous les hommes de votre unité comme des frères ?

— Non, il s'agissait vraiment de mon petit frère. Alors vous pouvez aussi bien m'assassiner, moi aussi, Cruz. Nous ne parviendrons à aucun accord. Je veux vous anéantir, le reste ne m'intéresse pas, *amigo*.

— Je suis désolé pour votre frère, capitaine. J'ignorais vos liens. Je l'ai tué pour sauver ma peau, pour rester en vie et pouvoir continuer le combat.

— Le combat ? Vous ne savez que voler, trahir, tromper et tuer. Vous prétendez vous battre pour libérer le peuple de l'oppression d'un dictateur, mais en réalité votre seul objectif est de vous enrichir. L'argent que vous amassez ne sert pas à acheter des médicaments, des vivres ou des vêtements pour les populations. Il va dans votre poche. Inutile de me faire croire le contraire. Vous le savez aussi bien que moi.

— Je préfère ne pas discuter de sujets dont vous ignorez tout. Je protège le peuple…

— Vous le protégez ? À Corazón lorsque vous avez tué des centaines d'innocents, vous cherchiez sans doute à les protéger ?

— Ni mes hommes ni moi n'avons fait de mal à ces villageois.

— Vous les avez brûlés vifs.

La colère et la frustration soulevaient Tate et il faillit sauter à la gorge de Cruz. Il ne parvenait pas à croire qu'ils étaient en train de discuter de cette journée comme s'il s'agissait d'un sujet de conversation anodin.

Brûler des cadavres, égorger quelqu'un faisait partie du quotidien de Cruz. Pour lui, c'était normal.

Tate tira sur ses liens. L'envie de meurtre le rendait fou. Il se demandait s'il ne pouvait se jeter sur Cruz et si, même avec les poings attachés, il n'aurait pas la possibilité de le…

— Je suis navré de vous faire perdre vos illusions, mais tous ces gens étaient morts quand nous sommes arrivés au village, reprit Cruz.

Tate eut un haussement de sourcil.

— Et le médecin ? Il était sans doute mort, lui aussi ?

Un sourire sombre passa sur les lèvres de Cruz.

— Non, lui était tout à fait vivant. Et j'ai ainsi eu la satisfaction de lui loger une balle entre les deux yeux.

— Et pourquoi l'avez-vous fait ? demanda Tate d'un ton sarcastique.

— Parce que ce salaud avait tué les villageois innocents dont la mort vous révolte tant.

Eva avait honte d'elle-même. Elle avait échoué sur toute la ligne. Elle n'avait même pas réussi à tirer un coup de feu. Les hommes d'Hector l'avaient désarmée. Et elle n'avait pas été capable de donner la moindre explication à Tate quand Hector lui avait appris qu'il était le père de Rafe.

À sa décharge, elle avait été trop secouée pour réagir. Elle n'avait pas vu Hector depuis trois ans, depuis le jour où il avait débarqué chez ses parents à Manhattan pour lui demander de revenir avec leur fils à San Marquez. Se retrouver en face de lui après tout ce temps l'avait déstabilisée.

Et lorsqu'elle avait enfin recouvré ses esprits, Tate avait déjà été neutralisé par les rebelles et la fixait comme si elle avait commis la trahison ultime.

*Tu l'as trahi. Tu as donné le jour au fils de l'assassin de son frère.*

Rationnellement, elle savait qu'elle avait eu cet enfant bien avant la mort de Will, mais elle savait aussi que pour Tate cela ne ferait aucune différence. À ses yeux, elle était devenue une femme qui avait partagé la couche d'un assassin et rien de ce qu'elle pourrait dire ou faire n'y changerait rien.

Pourquoi avait-elle insisté pour l'accompagner ? Elle aurait dû deviner que la confrontation avec Hector conduirait à faire éclater la vérité. Si elle avait laissé Tate se rendre seul dans le bunker, son nom n'aurait sans doute même pas été prononcé. Tate aurait tué Hector et son secret aurait été enterré avec lui. Mais elle n'avait pas eu le cran de laisser Tate se charger seul de cette histoire. Elle avait craint qu'il ne le paie de sa vie.

Maintenant, il allait sans doute mourir, de toute façon. Qui savait ce dont Hector était capable ? Et tout était sa faute à elle.

À l'agonie, elle se leva du lit à baldaquin qui n'avait pas sa place dans un bunker.

Hector avait été sincère en évoquant la chambre qu'il avait préparée pour elle. Ce n'était pas celle qu'elle occupait la dernière fois qu'elle avait séjourné ici. L'autre ressemblait à une nurserie avec un berceau, une table à langer et des affaires de bébé. Hector avait insisté pour qu'elle passe sa grossesse dans un endroit sûr, sous bonne garde, évidemment, et chaque nuit il l'y enfermait.

Les sourcils froncés, elle promena les yeux autour d'elle. Le lit était recouvert de coussins et d'une couette, mais la pièce était également meublée d'une bibliothèque remplie de ses romans préférés et d'une armoire contenant des vêtements à sa taille. En revanche, il n'y avait pas d'ordinateur. Hector n'était pas idiot et avait bonne mémoire. Il savait qu'avec ce genre d'appareil elle trouvait le moyen de rester en contact avec le monde extérieur.

Elle se mit à arpenter la pièce, se demandant ce qu'Hector avait en tête, à présent. Sa réaction quand il l'avait aperçue n'avait pas été celle à laquelle elle s'attendait. Il avait paru heureux de la voir. Et plein de regrets.

— Il joue avec toi, murmura-t-elle.

Oui, c'était certainement le cas. Ses excuses, sa prise de conscience qu'il n'avait pas été à la hauteur, n'étaient qu'une ruse, songea-t-elle. Elle était peut-être enfermée, mais elle maîtrisait la situation parce qu'elle avait Rafe. Hector ne lui ferait pas de mal tant que leur fils serait loin, dans un endroit inconnu de lui.

Quelqu'un frappa à la porte et elle s'immobilisa.

— Es-tu visible, *mi amor* ? demanda Hector.

Depuis quand avait-il la délicatesse de s'assurer qu'elle était habillée avant d'entrer dans sa chambre ?

Comme elle ne répondait pas, il fit jouer la clé dans la serrure et entra. Il fronça les sourcils.

— Tu es encore vêtue de ces vêtements crasseux ? N'as-tu pas vu ceux que j'ai achetés pour toi ?

— Je les ai vus mais ils ne m'intéressent pas.

D'instinct, elle recula, sachant qu'Hector pouvait devenir violent quand quelqu'un le contrariait.

En tout cas, dans le passé, il n'hésitait pas à la frapper, mais là il maîtrisa sa colère et répondit d'un ton résigné.

— Je ne te ferai pas de mal. Je sais que je t'en ai fait beaucoup il y a trois ans et je le regrette.

Eva serra les mâchoires.

— Arrête. Tu ne regrettes rien. J'ignore à quoi tu joues mais…

— Je ne joue pas.

Il n'essaya pas de s'approcher d'elle. Il ne portait pas d'arme, remarqua-t-elle.

— Je parle sérieusement, Eva. Il y a trois ans, je ne maîtrisais rien, je ne me contrôlais pas. Je voulais changer le monde, faire la révolution, mais je n'arrivais à rien. J'étais au désespoir. Je me battais pour une cause qui me semblait juste mais le gouvernement refusait de nous écouter. Les habitants de ce pays mouraient de faim et de maladie ou succombaient sous les balles des soldats. La situation me révoltait.

Elle poussa un grognement frustré. Elle avait entendu ce discours des dizaines de fois. Il y a quatre ans, son dévouement à la cause la touchait mais plus maintenant. Hector était un tyran, qui usait de violence pour parvenir à ses fins, qui envoyait des enfants se battre. Elle ne croyait plus à ses bons sentiments. Il n'y avait rien de bon en lui.

— Je reportais ma frustration sur toi, poursuivit-il en la regardant avec sincérité. Je t'en faisais payer le prix. Et quand tu es tombée enceinte, j'étais en colère. Je n'avais pas envie qu'un autre enfant naisse dans ce pays misérable, qu'il vive lui aussi sous le joug d'un dictateur. Je ne cessais de m'interroger, je me demandais comment nous pourrions avoir un gosse dans un endroit où ils sont si nombreux à mourir.

— Je t'en prie, épargne-moi tes jolis discours. Je me moque de la colère et de la frustration qui t'animaient. Tu n'avais pas le droit de me frapper, ni de m'enfermer, ni de vouloir contrôler ma vie. J'avais besoin de ta permission pour emmener notre fils à New York, pour qu'il fasse connaissance avec ses grands-parents.

— J'avais raison de vouloir t'empêcher d'y aller ! rugit-il. Tu as profité de ce voyage pour t'enfuir, pour t'échapper.

— Tu faisais de ma vie un enfer. J'étais en prison dans ce bunker horrible.

— Je voulais que tu sois en sécurité.

— Tu voulais surtout que je sois à ta disposition.

Avec un grognement, il s'approcha d'elle et la prit par la taille, la serrant comme dans un étau.

— Je suis désolé. C'est ce que tu veux entendre, Eva ?

— Je ne veux rien entendre de toi, sauf ce que tu as fait de Tate.

Son regard devint dur.

— Tu couches avec lui.

Elle serra les lèvres.

— Qu'as-tu fait de lui ? répéta-t-elle.

— Réponds-moi.

— Tu ne m'as pas posé de question, mais oui, j'ai couché avec lui. Qu'as-tu fait de lui ?

Ils se dévisagèrent un long moment puis Hector se détendit. Elle ignorait comment se comporter avec cet homme qu'elle ne reconnaissait plus. Elle avait gardé le souvenir d'un malade qui explosait à la moindre contrariété, qui réglait les problèmes avec ses poings et ne s'intéressait qu'à lui. Le nouvel Hector semblait plus réservé, plus mature.

— Il est au calme pour réfléchir à ce que je lui ai dit, lui répondit-il finalement.

— Que veux-tu dire ?

— Lui et moi, nous partageons un même objectif. Je lui ai fait une proposition et maintenant il doit l'étudier.

À la fois perplexe et soulagée, elle ne put s'empêcher de se demander pourquoi il avait épargné Tate. Mais il était sain et sauf. Pour le moment, en tout cas. Le reste était secondaire.

À présent, elle devait trouver le moyen de les tirer de ce bourbier.

— Pourquoi ne l'as-tu pas tué ?

— Parce qu'il m'est plus utile vivant que mort. Pourquoi crois-tu qu'il vous a été si facile de pénétrer dans ce bunker, Eva ? Je vous attendais et j'avais ordonné à mes hommes de vous laisser entrer.

Elle ne put dissimuler son étonnement.

— Pourquoi nous attendais-tu ?

— En vérité, je t'attendais, toi. Je pensais que ton oncle s'occuperait du capitaine Tate. Nous en étions convenus ainsi, après tout.

— Mon oncle ? De quoi parles-tu ? Miguel t'avait dit que j'étais à ta recherche ?

— Évidemment. Miguel soutient la cause des rebelles depuis des années, *mi amor*.

Elle blêmit d'horreur.

— Tu mens.

Mais, en le regardant en face, elle comprit qu'il lui disait la vérité. Son oncle, général de l'armée de San Marquez, était à la solde des rebelles.

Elle était allée le trouver pour obtenir son aide. Miguel avait été celui qui lui avait parlé de Tate, qui lui avait dit que Rafe ne pourrait mener une existence normale tant qu'Hector serait en vie. Il l'avait encouragée à engager Tate pour tuer Hector ! Tout n'avait été que ruse !

Mais Hector poursuivait.

— Miguel m'a appelé pour me prévenir que tu arrivais et que tu serais en compagnie de Tate.

— Et le compromis consistait en quoi ?

— Les Américains tiennent vraiment à avoir la peau de Tate, alors Miguel a été obligé d'envoyer des soldats pour l'abattre dans la jungle. Il devait faire semblant de se comporter comme un haut gradé de l'armée, respectueux des ordres. Et tant que tu me revenais, je me moquais que Tate le paie de sa vie. Mais il a survécu. Miguel ne m'avait pas dit que tu couchais avec ce type, ajouta Hector avec tristesse. Mais ça va, Eva, je te pardonne. J'accepte tout ce que tu as fait pendant notre séparation, j'en porte la responsabilité.

L'incrédulité la laissa un instant sans voix et il reprit :

— Mais, bien sûr, je n'accepterai jamais que ma femme me trompe. Comme je te l'ai dit, j'ai besoin de l'assistance du capitaine Tate mais je ne veux plus que tu l'approches, Eva. Mon fils ne sera pas élevé par lui. Mais par moi. Maintenant que tu es revenue, j'espère que tu…

— Revenue ? Non, Hector, je ne suis pas revenue. Je ne t'aime plus, je n'ai plus la moindre envie de vivre avec toi et je ne te laisserai pas t'occuper de Rafe !

Un instant, Eva entrevit ce qu'Hector avait été autrefois. L'Hector froid, cruel qui tuait tous ceux qui se mettaient en travers de son chemin, qui apprenait aux enfants à voler et à tuer.

Ses yeux noirs brillèrent de fureur.

— Mon fils m'appartient, cria-t-il.

— *Mon* fils ne retournera jamais vers toi.

Hector croisa les bras. Elle voyait les tatouages qui les ornaient. Elle reconnut en particulier le serpent noir enroulé autour d'une machette, le symbole des CPL.

Mais, en se rapprochant, elle découvrit sur son torse quelque chose qui n'y était pas trois ans plus tôt.

RAFAEL.

Il avait gravé sur sa peau le nom de leur enfant et sa date de naissance.

— Mon fils est à moi, répéta-t-il. Il a besoin d'être élevé par mes soins pour reprendre le flambeau après moi, quand je ne serai plus capable de me battre.

La terreur s'empara d'Eva tandis qu'il poursuivait :

— Par chance, il n'y aura sans doute pas besoin de mener la révolution. Bientôt, ce pays décidera démocratiquement de son sort. Mais dans le cas contraire mon fils devra avoir été formé pour continuer le combat. Dans l'idéal, j'aimerais que nous trois nous formions une vraie famille comme nous l'avions décidé autrefois. Si tu préfères te retirer, tu en as la possibilité. Mais Rafael…

— Je t'interdis de prononcer son nom !

— Rafael grandira avec son père. Où est mon fils, Eva ?

Elle eut un rire hystérique.

— Tu ne le retrouveras jamais !

Il haussa les épaules.

— Tu te trompes. Je suis sûr qu'il est en sécurité quelque part mais, quand je t'aurai tuée, il ne me sera pas difficile de découvrir où il est.

Elle le dévisagea avec horreur.

— Tu as désigné tes parents comme tuteurs, non ? S'il t'arrivait un malheur, ils en auraient la garde. Alors il me suffira de t'éliminer et d'envoyer quelqu'un à New York pour récupérer mon fils. J'ai rencontré tes parents, Eva. Je sais où ils vivent. Ils ne sont pas équipés pour protéger Rafael de quelqu'un comme moi.

En proie à une folle colère, elle redressa fièrement le menton.

— Je ne te laisserai pas l'approcher, Hector. Je ne te laisserai pas le corrompre.

— Le corrompre ? Tu dramatises un peu, non ?

— Tu es un poison, tu tues tout ce qui se met en travers de ton chemin. Rafe est un petit garçon innocent, je refuse de te laisser le…

Il la gifla pour la faire taire.

— Tu refuses ? Tu refuses ? Tu n'as pas le doit de refuser, Eva. Ce garçon est mon fils. Pas le tien. Et je ferai de lui ce que je veux !

Elle sentit le goût du sang dans sa bouche et se rendit compte qu'elle avait la lèvre fendue. Elle l'essuya de la main, tout en le regardant d'un air écœuré.

— Tu voulais me faire croire que tu avais changé, que tu n'avais plus rien à voir avec l'homme que tu étais ? C'est faux. Tu te sers toujours de tes poings pour imposer ton point de vue, tu es toujours incapable de te maîtriser et tu es persuadé que le monde entier doit se plier à tes desiderata.

Il serra les mâchoires et d'instinct elle recula, certaine qu'il allait l'agresser.

À sa grande surprise, il ne bougea pas.

— Je crois que nous avons tous les deux besoin de nous calmer.

Il fit alors volte-face et parvenu à la porte se retourna.

— Tu m'as manqué, Eva, dit-il. Ta fougue, ta force et ta détermination m'ont manqué. J'espère n'être jamais obligé de te tuer.

Elle eut un ricanement ironique.

— Merci.

— Réfléchis à ma proposition. Toi, moi, notre fils. Une vraie famille.

Cette fois, elle éclata d'un rire incrédule.

— Quand tu n'es pas en train de t'évader d'une prison, tu restes terré dans ce bunker. Est-ce une vie pour un enfant ?

— Je parle sérieusement, Eva. J'aimerais que tout recommence entre nous. D'ailleurs, pour te prouver ma bonne foi, je vais te faire un cadeau. Suis-moi.

Elle n'esquissa pas un mouvement.

— Viens.

Craignant une autre gifle, elle finit par obtempérer mais refusa de prendre la main qu'il lui tendait.

Furieux, il parvint néanmoins à maîtriser sa colère.

— Montre-toi plus gentille avec moi, Eva. Si tu continues

à être odieuse, je changerai peut-être d'avis et te reconduirai dans ta chambre.

— Où allons-nous ? demanda-t-elle, ignorant la menace.

— Tu le découvriras bientôt.

Elle le suivit le long d'un souterrain jusqu'à une porte close.

— Essaie de le convaincre d'adhérer à mon point de vue, dit-il en tournant la clé dans la serrure.

— Quoi ? De qui…

Hector la poussa à l'intérieur et elle se retrouva face à Tate.

# 16

Tate leva la tête quand la porte s'ouvrit en grinçant. Le visage moqueur d'Hector Cruz entra dans son champ de vision, mais ce fut la présence d'Eva à son côté qui fit accélérer les battements de son cœur. Il ne voulait pas la regarder mais il fut incapable de s'en empêcher. Lorsqu'il vit sa bouche en sang, il dut faire appel à toute sa volonté pour ne pas se lever et la prendre dans ses bras.

Qu'il puisse s'inquiéter pour elle raviva sa colère et il se ferma pour qu'Eva ne se doute pas qu'il se souciait d'elle.

Assis par terre, les mains attachées dans le dos, il reporta son attention sur Cruz qui entrait dans la pièce, un semi-automatique à la main.

— J'ai pensé que vous deux seriez contents de bavarder un peu, dit-il d'un ton à la fois amusé et ennuyé. Avez-vous réfléchi à ma proposition, capitaine ?

Tate ne répondit pas.

Cruz soupira.

— Je vois que vous avez besoin de davantage de temps pour y penser. Très bien. Eva vous aidera peut-être à en mesurer l'intérêt. Eva, frappe à la porte quand tu seras prête à retourner dans ta chambre. Javier est de l'autre côté.

Avant de s'en aller, Cruz leur montra la caméra de surveillance installée dans un coin.

— Tu peux le détacher, mais ne fais rien d'idiot, *mi amor*. Je te regarderai.

Puis il leur sourit et s'en alla.

Une fois la porte refermée et verrouillée, Eva se tourna vers Tate, une expression soucieuse sur le visage.

— Ça va ? demanda-t-elle.

Il haussa les épaules.

Elle s'agenouilla pour le libérer de ses liens. Ses cheveux tombaient devant elle pendant qu'elle s'activait, chatouillant le nez de Tate et lui donnant envie de frapper quelque chose. Pourquoi sentait-elle si bon ? Et pourquoi réagissait-il à sa présence ? Cette femme n'était qu'une menteuse ! Elle ne méritait que son mépris.

Elle respirait avec difficulté. Quand elle réussit à dénouer la corde qui le retenait prisonnier, il se frotta les poignets.

Puis il la considéra d'un œil dur.

— Merci. Tu peux t'éloigner, maintenant.

Sans un mot, elle s'écarta pour s'asseoir plus loin sur le sol bétonné.

Il refusait de se laisser attendrir, mais tout dans son attitude disait le désespoir dont elle était la proie, songea-t-il.

— Tate, regarde-moi.

Il lui lança un coup d'œil inexpressif.

— Je suis désolée de t'avoir menti. J'aurais dû te dire qu'Hector était le père de Rafe, mais je savais que, si je te l'avais avoué, tu aurais refusé de m'aider.

Il poussa un grognement. Il aurait voulu se boucher les oreilles pour ne pas l'entendre, mais il était sans doute masochiste, pensa-t-il, quand il se surprit à l'écouter avec attention. Heureusement, il parvint à garder un visage impassible, même s'il luttait in petto contre l'envie de la prendre dans ses bras et de la serrer contre lui.

Qu'est-ce qui ne tournait pas rond chez lui ?

Elle avait couché avec Cruz, avait eu un enfant avec ce monstre. Elle ne méritait pas sa sympathie et encore moins son pardon.

— Tout ce que je t'ai dit sur mon passé était vrai, poursuivit-elle. Les raisons qui m'ont poussée à revenir à San

Marquez, mon soutien aux CPL. La seule chose sur laquelle je t'ai menti était le nom du père de Rafe. J'ai aimé Hector. J'étais bêtement tombée amoureuse de lui.

La morsure de la jalousie le surprit par son intensité. Il s'ordonna de rester silencieux, devinant que s'il disait quelque chose Eva comprendrait ce qui le rongeait. Mais bon sang, pourquoi s'intéressait-il à ce qu'elle lui racontait ? Il n'avait aucune envie de connaître les détails de cette union diabolique, et pourtant il avait besoin d'entendre ce qui s'était passé, de donner un sens à ce qui n'en avait pas, de se torturer avec cette histoire.

— Il a mis six mois à me montrer son vrai visage, reprit-elle d'un air honteux. Il était froid, violent, coléreux. Rien ne se passait comme il le voulait, beaucoup de ses hommes avaient été arrêtés, l'argent manquait, tout allait mal. Et Hector me faisait payer sa frustration, il s'en prenait à moi.

— Et pourtant, tu es restée avec lui, ne put-il s'empêcher de lui lancer, se reprochant aussitôt de lui laisser entrevoir ses émotions.

Elle le dévisagea avec une immense tristesse.

— Quand il m'a frappée pour la première fois, j'avais décidé de le quitter, mais je me suis aperçue alors que j'étais enceinte. J'ai commis l'erreur de le lui dire et il a alors refusé de me laisser partir. Je suis devenue sa prisonnière. Des gardes étaient chargés de me surveiller jour et nuit, je ne pouvais aller seule nulle part, ni même appeler mes parents sans la présence d'Hector. Pendant toute ma grossesse, il a rôdé autour de moi. J'ai préféré mentir, lui faire croire que j'avais changé, que je m'étais calmée, que je n'avais pas l'intention de m'enfuir après la naissance du bébé.

— Et il a marché ?

— J'ai su me montrer convaincante.

Oh ! il n'en doutait pas ! Une nouvelle vague de jalousie le submergea à l'idée qu'Eva se soit servie de la sexualité pour convaincre Cruz de sa sincérité.

— Je lui ai raconté que j'étais toujours amoureuse et que je voulais former une vraie famille avec lui. Il l'a cru et a cessé de me suivre comme une ombre. Après la naissance de Rafe — il est né ici, dans le bunker —, j'ai persuadé Hector de me laisser retourner à New York pour que mes parents puissent faire la connaissance de leur petit-fils. Il a donné son accord à la condition que deux de ses hommes m'accompagnent.

Elle étendit ses longues jambes fuselées devant elle, et il ne put s'empêcher de se remémorer son corps quand il lui faisait l'amour.

Ce souvenir le fit jurer. Que lui arrivait-il ?

— Quand l'avion a atterri sur le sol américain, j'ai compris que j'étais libre. Hector a essayé de me faire rentrer, mais mes parents m'ont aidée et tu connais le reste. Trois ans de cavale, et puis j'ai entendu parler de toi.

— Et tu m'as persuadé d'aider la mère du fils d'Hector.

Elle répondit d'une voix glaciale.

— Rafe est mon fils. Ce n'est pas sa faute si son père est un monstre. Depuis trois ans, je fais tout pour le maintenir à distance de ce malade. Tout ce que j'ai fait n'avait qu'un but : protéger mon enfant.

Tate fronça les sourcils.

— Tu aurais dû me dire la vérité.

— M'aurais-tu aidée, aurais-tu accepté de faire équipe avec moi, si tu l'avais sue ?

— Non.

— Alors j'ai bien fait de te le cacher. Parce que la seule façon d'assurer la sécurité de Rafe est de sortir Hector de sa vie et j'avais besoin de toi pour y parvenir.

— Et voilà où cela nous a menés, Eva. Il aurait mieux valu que tu restes à l'écart comme je t'avais demandé de le faire au lieu de m'accompagner jusqu'ici. Je l'aurais tué aussitôt. Là, j'ai perdu un instant à digérer la nouvelle que ton fils était également celui de Cruz, que Cruz était ton amant. Et c'est ce qui nous a perdus.

— Il *a été* mon amant, corrigea-t-elle. Il ne l'est *plus*. Je n'éprouve plus pour lui que du dégoût et de la haine.

— Je comprends, j'éprouve la même chose vis-à-vis de toi, à présent.

Elle baissa la tête comme s'il l'avait giflée.

— Tu n'es pas juste.

— Qu'est-ce qui est juste ? Nous sommes enfermés dans cette pièce par le père de ton fils. Est-ce juste ?

Le silence tomba entre eux. Tate fixait ses pieds, mais il sentait le regard d'Eva sur lui. Et quand il leva la tête, il se rendit compte qu'elle le dévisageait avec intensité.

— Quoi ? demanda-t-il.

— Avant de me conduire ici, Hector m'a appris qu'il n'avait pas l'intention de te tuer, que vous aviez un objectif commun, tous les deux. Que voulait-il dire ?

Même s'il n'avait pas envie de s'abaisser à lui répondre, Tate ne put lutter contre le besoin de discuter avec elle de l'affaire et de la tournure déconcertante des événements. Il ne parvenait toujours pas à croire ce que Cruz lui avait révélé mais, maintenant qu'il se rappelait les propos du chef des rebelles, il se sentait de plus en plus perplexe.

Déchiré entre le désir de trouver un sens à cette histoire et la certitude qu'il ne pouvait faire confiance à Eva, il hésita, sentant ses yeux curieux sur lui.

— Tate ?

Il poussa un long soupir.

— Cruz prétend que les villageois de Corazón étaient morts quand les rebelles sont arrivés sur place.

Elle parut dubitative.

— Vraiment ? Et comment seraient morts tous ces gens ?

— À cause d'un virus que Richard Harrison leur aurait inoculé.

— Quoi ?

— Cruz affirme que le laboratoire de Harrison mettait au point une arme biologique qu'il testait dans les villages reculés du pays. Voilà en quoi consistait le projet Bélier.

— Et comment Hector serait-il au courant ? reprit-elle, sceptique.

— Harrison le lui aurait dit avant d'être tué. Cruz ignore qui aux États-Unis aurait donné le feu vert au projet de Harrison et il n'est même pas certain que nos gouvernements respectifs étaient au courant. Tout ce qu'il sait, c'est que lorsqu'il est arrivé avec ses hommes dans le village tous les gens étaient morts.

— Alors pourquoi a-t-il brûlé leurs cadavres ?

— Pour maîtriser le risque sanitaire, pour juguler la propagation du virus. Il craignait la contagion.

— Hector n'est pas médecin. Comment peut-il affirmer que ces personnes ont été infectées par quelque chose ?

— D'après lui, les seuls symptômes étaient la maigreur anormale et l'état général de certains des habitants du village. Mais il a été convaincu que leur maladie ne résultait pas d'une banale épidémie lorsqu'il a surpris Harrison et ses assistants examinant les corps en prenant des notes.

— Comment ? Harrison était encore dans le village et recensait les cadavres ?

— Oui, et Cruz est persuadé que Corazón était un site pour tester cette maladie.

Eva resta un moment silencieuse.

— Alors, Harrison avait certainement l'aval du laboratoire pour lequel il travaillait. Et maintenant, les responsables qui, aux États-Unis, étaient au courant, essaient de dissimuler aux yeux de l'opinion publique ce qui s'est passé dans ce village. Voilà pourquoi ils tentent de te tuer, Tate.

— Mais alors, pourquoi m'avoir envoyé là-bas avec mes hommes ?

Elle haussa les épaules.

— Ils avaient besoin de récupérer Harrison. Hector l'avait pris en otage, non ?

— Il le nie. Il affirme que les rebelles et lui l'ont interrogé pendant plus de six heures avant que je ne débarque avec mon unité. Cela n'a aucun sens, ajouta Tate avec un soupir de frustration. Parce que mes supérieurs m'avaient dit que Harrison avait été capturé par les CPL bien plus tôt.

— À mon avis, tout ce que tes supérieurs t'ont raconté

était faux. Peut-être qu'Hector retenait le docteur en otage pour tenter de négocier avec les Américains ou peut-être que Harrison avait réussi à envoyer un SOS avant que les rebelles n'envahissent le village. Peut-être a-t-il demandé à être exfiltré. Au fond, cela n'a pas d'importance.

— Et pourquoi ?

— Parce que d'une manière ou d'une autre Harrison était à la tête de ce projet et le gouvernement américain ne pouvait se permettre de le perdre. Sans doute ont-ils eu envie d'envoyer des hommes des Forces Spéciales pour ramener le médecin aux États-Unis s'il était toujours en vie. Ils t'ont dit qu'il s'agissait d'une exfiltration. Mais de toute façon il leur fallait ensuite s'arranger pour qu'aucun d'entre vous ne parle à votre retour de ce que vous aviez vu à Corazón. Au moment même où vous débarquiez sur place, ils étaient sans doute déjà en train de s'assurer de votre silence. Ils se moquaient que vous ayez ou non compris ce dont vous aviez été témoins. Ils ne voulaient pas prendre le moindre risque.

Tout cela avait un sens, oui, songea Tate. Il fut surpris de la facilité avec laquelle Eva avait tout compris.

— Qu'espère Hector de toi ? reprit-elle, mal à l'aise.

— Il veut que je l'aide à faire tomber son gouvernement et que je retourne aux États-Unis pour raconter ce qui s'est passé à Corazón. Il m'a proposé de l'argent et la protection de gardes du corps si cela me semble nécessaire. Il m'a demandé d'aller en parler à la Maison Blanche.

Cette fois, elle éclata de rire.

— Carrément ! Mais dans quel but ? Qu'aurait-il à y gagner ?

— Il est certain que notre président ignore tout de cette histoire et il espère qu'une fois mis au courant il mettra un terme à l'alliance entre San Marquez et les États-Unis. Cruz pense que notre pays cessera alors de soutenir le gouvernement de San Marquez. Et que nos troupes, comme les associations, soi-disant humanitaires, américaines quitteront l'île.

— Hector n'a peur de rien !

Tate leva les yeux au ciel.

— Apparemment, il est l'homme de la situation. Il est persuadé que, si nous menaçons de divulguer le fait que le gouvernement américain développe des armes biologiques tout en prétendant le contraire, il y a fort à parier que nos responsables politiques vont se dépêcher de rompre les ponts avec San Marquez pour étouffer l'affaire.

— Cruz ignore-t-il que les Américains ne négocient jamais avec les terroristes ?

— Je n'ai pas dit que son raisonnement se tenait.

Ce qui ne tenait pas debout était qu'il soit là à discuter avec Eva comme si rien n'avait changé entre eux, se dit-il soudain.

L'absurdité de son comportement le contrariait, mais il fut plus furieux encore de se rendre compte que demander l'avis d'Eva lui devenait naturel. Il n'avait pas mesuré à quel point il aimait parler avec elle, confronter leurs idées, et il ne comprenait toujours pas pourquoi, ni comment, cette femme était parvenue à abattre ses défenses.

— Ne te ferme pas, Tate.

— De quoi parles-tu ? demanda-t-il, surpris.

— Pendant un moment, tu as oublié que je t'avais menti et tu t'es comporté avec moi comme si tout allait bien, mais de nouveau tu fais mine de ne pas t'intéresser à moi.

— Pour info, tu ne m'intéresses plus, ma chère.

Il vit la douleur assombrir ses traits. Mais très vite elle la refoula et redressa les épaules.

— Tu mens, tu t'intéresses à moi. Sinon, tu n'aurais pas essayé de me dissuader de t'accompagner dans le bunker.

— Je ne voulais pas t'avoir dans mes jambes.

— Tu te soucies de moi, répéta-t-elle. Je te plais, tu me respectes et tu ne serais pas si en colère contre moi si je ne comptais pas pour toi.

*Tu comptes beaucoup pour moi.*

Mais il n'était pas question de le lui dire.

— Tu ne comptes pas. Ne te méprends pas, Eva. Nous avons couché ensemble. Mais nous n'avons pas de véritable relation ni d'avenir commun à espérer. C'était seulement du sexe. Seul ton corps m'intéressait, je ne t'ai jamais rien promis et surtout pas des lendemains qui chantent.

Mais à un moment il s'était pourtant demandé si c'était possible.

Cette terrible vérité le fit blêmir. Oui, il y avait songé. Plusieurs fois, d'ailleurs, quand ils étaient bloqués dans la grotte. Serrer Eva dans ses bras, lui parler, rire avec elle l'avait troublé et il s'était demandé si, une fois Cruz mort, ils ne pourraient pas rester ensemble, tous les deux.

Mais c'était stupide, il le savait bien. Faire confiance aux êtres humains était toujours une erreur. Et Eva était la dernière femme qu'il lui fallait, la pire de toutes. Elle avait dix ans de moins que lui, elle avait un enfant, le fils de Cruz, en plus.

— Tu ne m'as rien promis, reconnut-elle. Et moi non plus. Mais maintenant je te promets quelque chose. Je ne t'ai pas menti parce que je complotais contre toi. Je n'ai jamais essayé de te sortir de ta cachette pour te livrer aux services secrets américains, à Hector ou à Dieu sait qui. Aucune des hypothèses folles que tu avais imaginées n'était vraie. Je t'ai menti parce que j'avais peur. J'avais besoin de toi et je craignais que tu refuses de m'aider si tu savais la vérité à propos de mes relations avec Hector.

Elle s'agenouilla près de lui et lui prit les mains pour le supplier de la croire.

— Je ne compte peut-être pas pour toi, mais toi, tu comptes pour moi, Tate. Tu sais pourquoi j'ai insisté pour entrer avec toi dans le bunker ? Ce n'était pas pour le voir mort de mes propres yeux. Mais parce que je craignais que tu sois blessé ou pire. Je voulais assurer tes arrières. Parce que je t'aime et que je ne pouvais supporter l'idée de te perdre. J'ai confiance en toi, Tate. Depuis que je voyage avec toi, j'ai appris à te connaître et j'ai appris que tous les hommes ne sont pas comme Hector. C'est vrai, tu es rude et parfois froid, mais tu peux aussi te montrer attentif, tendre et drôle et… je suis tombée amoureuse de toi.

Il fallut un moment à Tate pour enregistrer ces paroles. Sa

réaction le surprit alors. Il sentit son cœur s'accélérer dans sa poitrine et il éprouva une immense… joie ?

Mais très vite cette allégresse fut balayée par la colère. Contre Eva et contre lui-même.

Contre lui-même, surtout, parce qu'il ne devait pas se réjouir que cette femme soit amoureuse de lui. Il ne voulait pas de son amour, n'en avait pas besoin.

Soudain, il ne pouvait plus la regarder en face. Il était la proie d'une myriade d'émotions, et sa colère se mua rapidement en fureur.

Coupé de tout ce qui n'était pas sa rancœur, ce n'est qu'en voyant la peur sur le visage d'Eva qu'il comprit qu'il se passait quelque chose dans le bunker.

Le repaire de Cruz subissait une attaque.

Alos qu' une énorme déflagration explosait à leurs oreilles, les murs s'écroulèrent et le plafond s'effondra sur eux.

Tate bondit et se jeta sur Eva pour la protéger de son propre corps.

Mais il n'y eut pas d'autre explosion.

En revanche, une fusillade éclata aussitôt. Ils entendirent des échanges de coups de feu, des cris, des bruits de pas précipités.

La porte s'ouvrit à toute volée et Tate releva la tête.

— Sebastian ? s'exclama-t-il éberlué. Que fais-tu ici ?

— Bonjour, capitaine. Heureux de vous retrouver.

Eva eut envie de se pincer. Mais c'était bien Sebastian qui se tenait devant eux.

Elle n'avait pas la moindre idée de ce qui se passait au-dehors mais la situation semblait grave. Tout le bunker avait tremblé, les hommes d'Hector n'étaient plus nulle part en vue comme s'ils avaient fui. Y avait-il une guerre ?

— Que fais-tu ici ? répéta Tate.

Avec son treillis poussiéreux, ses bottes de soldat, son fusil d'assaut à la main, Sebastian avait tout du guerrier qu'il était. Seul son sourire semblait déplacé.

— Je suis venu vous tirer de là, capitaine. Venez, ne perdons pas de temps. La bande de guignols censés défendre

Cruz n'a pas réagi quand je suis arrivé avec l'artillerie, mais ils vont sans doute recouvrer leurs esprits et devenir agressifs.

— Qu'as-tu fait exactement ?

Sebastian lui lança un pistolet.

— J'ai fait sauter l'entrée et la plupart de leurs véhicules.

— Comment as-tu réussi cet exploit ?

— Vous aviez abandonné votre lance-roquettes dans les fourrés, ça m'a bien aidé. Les explosifs que vous aviez installés m'ont également facilité la tâche. Je me suis dit que cela ne vous ennuierait pas que je les déclenche.

— Pas du tout. Allons-y maintenant.

— Elle vient avec nous ? demanda Sebastian en regardant Eva.

Tate hésita et le cœur d'Eva se serra.

Il avait hésité.

*Hésité.*

— Oui, répondit-il enfin. Elle vient avec nous.

Ils se précipitèrent vers la sortie.

Assommée, Eva les suivit dans un état second. À travers une sorte de brouillard, elle entraperçut des cadavres de rebelles mais ne comprit pas pourquoi les survivants ne ripostaient pas, n'essayaient pas de se défendre. Pourquoi ne tiraient-ils pas ? Et où était Hector ? Il avait installé des caméras de surveillance, il savait certainement qu'ils s'étaient échappés.

Au pas de course, ils parcoururent les souterrains vers la sortie du bunker.

Lorsqu'ils se retrouvèrent à l'extérieur, Eva cligna les yeux, éblouie par le soleil. Ils étaient entrés dans le bunker en pleine nuit, mais à présent il faisait grand jour.

Une odeur de fumée flottait dans l'air. Sebastian actionna un appareil, et soudain la terre se mit à trembler. Il faisait sauter le repaire des rebelles.

— Par ici, dit Sebastian en leur montrant la direction.

Tate le suivit, les sourcils froncés. Des cadavres gisaient, un peu partout.

— Tu n'as pas perdu de temps, grommela-t-il.

Sebastian haussa les épaules.

— Je ne suis pas venu faire du tourisme. Venez, j'ai une surprise pour vous.

Comme il les entraînait vers la Jeep, Eva se sentit gagnée par un profond malaise. Elle resta en retrait, préférant les laisser aller. Ils contournèrent le véhicule.

Quand elle entendit Tate jurer avec force, elle sut ce qu'il venait de découvrir.

À pas lents, elle les rejoignit.

Etendu à terre, ligoté et bâillonné se trouvait le père de son fils.

# 17

Emplie d'une satisfaction amère, Eva fixa Hector entravé par des liens de la tête aux pieds. Il la regarda s'approcher de lui, les yeux brillant de rage.

— Je l'ai vu qui tentait de s'enfuir quand j'ai fait sauter l'entrée du bunker, expliqua Sebastain, l'air satisfait. Je me suis dit que vous seriez heureux d'avoir l'honneur de débarrasser la terre de ce salopard.

Un instant, Eva crut qu'il s'adressait à elle, mais Tate émit un grognement d'approbation et elle comprit que l'invitation ne lui était pas destinée.

— Nous n'avons pas beaucoup de temps, poursuivit Sebastian. Je vous laisse régler cette affaire en privé.

Eva remarqua à peine qu'il s'éloignait. Elle était trop focalisée sur Hector et Tate.

Parcourue de tremblements, elle attendit que Tate fasse quelque chose. N'importe quoi. Et pourtant, quand lentement il leva son fusil et le pointa sur Hector, elle faillit crier « Non ! »

Pouvait-elle vraiment rester là, les bras ballants, à le regarder tuer un homme de sang-froid ?

*Il s'agit d'une vermine qui te battait, qui t'enfermait, qui te terrorisait, qui t'écrasait !* se remémora-t-elle.

Mais ces souvenirs n'apaisèrent pas sa mauvaise conscience.

— Tate, peut-être que…

— Peut-être que quoi ? l'interrompit-il. Que je devrais épargner la vie de ce fumier ?

La gorge serrée, elle balbutia.

— Je… je ne sais pas.

— J'aurais dû me douter que tu n'aurais pas le cran d'aller jusqu'au bout. Va rejoindre Sebastian, Eva. Tu n'as rien à faire ici.

Il avait raison. Elle ne devait pas rester là à regarder un homme désarmé se faire abattre comme un chien, et pourtant elle n'esquissa pas un mouvement. Elle restait pétrifiée, incapable de réfléchir.

— J'aimerais d'abord lui demander quelque chose, dit-elle.

Agacé par sa requête, Tate demanda :

— Et quoi ? À quoi bon, de toute façon ? Il te répondra par un mensonge.

— Je voudrais quand même lui poser la question.

Elle n'ajouta pas que ce qu'elle ferait ensuite dépendrait de la réponse d'Hector.

S'il le fallait, elle se sentait capable de s'opposer à Tate, de le supplier de laisser la vie sauve à Hector. Pour ne pas avoir à porter jusqu'à la fin de ses jours la culpabilité d'avoir été complice d'un assassinat.

L'ironie de la situation ne lui échappait pas. Au départ, elle était allée trouver Tate pour lui demander de tuer Hector et maintenant, au pied du mur, elle ne pouvait se résoudre à le laisser faire.

— Enlève-lui son bâillon, dit-elle.

Avec un soupir, Tate attrapa Cruz par le col et le fit s'asseoir, l'adossant contre la roue de la Jeep. Puis il arracha le foulard qui couvrait sa bouche.

Aussitôt, Hector lui cracha à la figure. Imperturbable, Tate s'essuya le visage, se redressa et se tourna vers Eva.

Lorsqu'elle s'approcha, une lueur rusée passa dans les yeux d'Hector.

— Si tu le laisses me tuer, tu porteras ce crime ta vie entière, dit-il.

Elle poussa un profond soupir.

— J'aimerais te poser une question et obtenir une réponse sincère.

Il la dévisagea avec une douceur qui lui rappela les premiers temps qui avaient suivi leur rencontre. Ils avaient alors passé des heures à discuter avec passion de ce qu'ils voulaient faire pour le pays.

— Demande-moi ce que tu veux, *mi amor*.

— Que représente Rafe pour toi ?

Il fronça les sourcils.

— Je ne comprends pas.

— Que signifie-t-il pour toi ? répéta-t-elle. Pourquoi as-tu envie qu'il vive près de toi ? Que veux-tu qu'il fasse plus tard ? Pourquoi l'aimes-tu, Hector ?

— Parce qu'il est mon fils ! De mon sang ! Il est à moi ! Je lui apprendrai à se battre pour qu'il assure ma relève quand je ne serai plus en état de poursuivre la lutte ! Il sera un symbole d'espoir pour cette révolution ! Son avenir est ici, à San Marquez ! Un jour, il prendra le pouvoir par les armes et fera plier…

Elle ne voulait plus l'entendre.

*Mon fils, mon sang.*

Hector n'aimait pas Rafael. Pour lui, l'enfant n'était qu'un pion sur un échiquier et il n'hésiterait pas à le détruire pour parvenir à ses fins. Il tenait à se charger lui-même de son éducation pour le soumettre à sa volonté, pour s'assurer qu'il reprendrait le flambeau et mènerait la révolution. Pour faire de lui un tueur, comme son père.

Hector se moquait du bonheur de Rafe. Seule la Cause lui importait alors qu'elle donnerait sa vie pour que son fils soit heureux.

Mais, tandis qu'accablée elle réfléchissait à ce dilemme, deux mains puissantes lui enserrèrent le cou et la tirèrent en arrière. Hector avait réussi à se détacher.

La gorge comprimée comme dans un étau, Eva secoua la tête, ouvrit la bouche, cherchant de l'air.

Mais sans sourciller Hector lança à Tate :

— Posez ce fusil ou je lui brise la nuque.

Eva regarda Tate dont les yeux émeraude brillaient de fureur. Comment allait-il réagir ? se demanda-t-elle à l'agonie.

— Si tu me laisses partir, *amigo*, Eva vivra, poursuivit Hector. Si tu ne lâches pas ton arme, elle mourra.

Paniquée, Eva tremblait de tous ses membres. Hector était déterminé à la tuer, elle le sentait. Il ne faisait plus semblant d'avoir changé, d'être devenu un homme normal. Il était redevenu le tueur impitoyable dont elle avait gardé le souvenir.

Alors qu'elle pensait que sa dernière heure avait sonné, une voix s'éleva derrière elle. Sebastian était revenu et il pointait son fusil-mitrailleur sur le chef des rebelles.

— Vous lui avez déjà servi ce mensonge, Cruz, lui rappela-t-il. Pensiez-vous vraiment nous faire tomber deux fois dans le même piège ?

Et il pressa la détente.

La déflagration fut assourdissante et explosa aux oreilles d'Eva. Elle put respirer de nouveau.

En sentant le sang d'Hector sur son visage, elle fut prise d'une brusque nausée et vomit, horrifiée. Puis elle s'étendit sur le sol, anéantie.

Une main sur son épaule. Sebastian l'aida à recouvrer ses esprits.

— Ça va ?

Dans un état second, elle se mit sur pied. Elle frissonnait. *Il t'aurait tuée*, se répétait-elle. *Et il aurait détruit ton fils.*

Elle savait au plus profond d'elle-même que, sans la mort d'Hector, Rafe n'aurait jamais été en sécurité.

— Partons, dit Tate.

Comme ils prenaient place dans la Jeep, un souvenir remonta brutalement à la mémoire d'Eva.

— Tu as hésité, non ? demanda-t-elle à Tate. Tu as hésité à me laisser dans le bunker.

Il demeura silencieux un moment puis haussa les épaules.

— Oui.

Ravagée, elle se ferma, luttant contre les sanglots qui soulevaient sa poitrine.

*Paraíso, Mexique*

Tate n'avait jamais rien vu de plus beau que la forteresse. Ils n'avaient rencontré aucun problème sur le trajet du retour, ni dans la jungle, ni au port. Et finalement, ils avaient embarqué à bord d'un petit avion à Ecuador qui les avait emmenés jusqu'à Tijuana. Tout s'était bien passé.

Pendant toute la durée du voyage, Eva ne lui avait pas dit un mot. Sebastian n'avait pas beaucoup parlé non plus.

Tate ne le reconnaîtrait jamais à voix haute mais il était très fier de son sergent. Non seulement, il avait abattu Cruz, vengé Will, mais il avait réussi à les suivre sans qu'il s'en doute, pendant tout leur périple. À aucun moment, il n'avait deviné sa présence alors qu'il était derrière eux depuis le départ jusqu'au repaire d'Hector.

Bien sûr, il n'était pas content que Sebastian n'ait pas respecté ses ordres. Il le lui avait dit, ce qui expliquait sans doute l'humeur sombre de son sergent, songeait-il.

— Maman !

Lorsque la Jeep déboucha dans la cour pavée, le fils d'Eva se précipita vers eux, Nick sur les talons. Ce dernier le rattrapa avant que le garçonnet, inconscient du danger, ne se jette devant les roues du véhicule. Il le prit dans ses bras, mais Rafael se mit à se tortiller, appelant sa mère qui n'attendit pas que la voiture soit arrêtée pour en bondir.

Tate les observa à la dérobée tandis qu'elle le prenait dans ses bras et l'embrassait à l'étouffer. Une étrange émotion s'empara de lui. Il s'efforça de la réprimer. Bien sûr qu'elle couvrait ce gosse de baisers, les yeux brillants de joie, bien sûr qu'elle irradiait de tout l'amour du monde.

*Le fils de Cruz.*

Quelle importance puisque Cruz était mort ?

Se souvenir de la mort de ce salopard remplit Tate d'une profonde satisfaction. Il en avait rêvé pendant des mois et, enfin, l'assassin de Will avait été tué. Son frère avait été vengé.

— Heureux de vous revoir, capitaine.

Tate détourna les yeux d'Eva et donna à Nick une chaude accolade.

— C'est bon d'être de retour. Mais tu as eu tort de ne pas me dire que Sebastian était parti pour nous suivre à la trace.

— Je pensais que vous repéreriez très vite sa présence, répliqua Nick, gêné.

Tate poussa un soupir.

— J'étais distrait.

Prescott eut le tact de ne pas l'interroger sur les distractions auxquelles il faisait allusion.

Eva embrassa Nick avec chaleur.

— Merci infiniment d'avoir pris soin de mon fils, dit-elle, d'une voix vibrante de gratitude.

— C'était un plaisir, assura Nick. Il est génial.

Tate se sentit mal à l'aise. Il ne savait pas s'y prendre avec les enfants et il n'aimait pas la façon dont ce petit garçon le dévisageait. Comme s'il était une bête curieuse.

Le gosse continuant son manège, il finit par lui lancer.

— Quoi ?

— Tu es drôlement poilu !

Malgré lui, Tate se mit à rire.

— Oui, c'est vrai.

Il avait besoin de se raser, songea-t-il.

Eva se tourna vers Nick.

— Cela vous ennuie-t-il de nous laisser un instant ?

— Pas de problème.

Comme Nick rejoignait Sebastian, Eva réajusta Rafe sur sa hanche.

— Que fait-on maintenant ?

— Je veux aller avec Nick ! lança le petit.

Avec un sourire indulgent, elle le reposa à terre et il s'élança vers Nick en riant.

Eva regarda Tate en face.

— Tu ne l'aimes pas.

— Je ne le connais pas, répliqua-t-il.

— Et tu n'as pas l'intention de le connaître, n'est-ce pas ?

— Que me demandes-tu, en réalité, Eva ?

Avec un sourire triste, elle reprit.

— As-tu envie que je reste, Tate ?

Ne sachant quoi répondre, il la laissa poursuivre.

— Parce que si tu le souhaites je resterai. Je ne te mentais pas dans le bunker. Je suis amoureuse de toi.

Le cœur douloureux, il balbutia :

— Eva…

— Je ne sais pas quel avenir nous est réservé. Mais j'ai envie de le découvrir. Je peux rester. Nous pouvons rester, Rafe et moi, rectifia-t-elle d'une voix vibrante d'espoir. Je sais que tu es en colère parce que je ne t'avais pas dit qu'Hector était le père de Rafe, mais ce n'est pas pour te nuire que je t'avais menti. Et maintenant, Hector n'est plus une menace, j'aimerais pour moi et pour Rafe rester ici. Avec toi. Le veux-tu ?

Indécis, il hésita. Était-ce si simple ?

Quel genre de relations pourraient-ils avoir ? Il vivait dans la clandestinité, il devait se cacher, sa tête était mise à prix. Et espérait-elle vraiment qu'il élèverait le fils de Cruz ?

Il n'était pas de l'étoffe dont on faisait les pères. L'amour ne l'intéressait pas. Pour lui, ce n'était qu'une idée abstraite.

Alors pourquoi son cœur se serrait-il à l'idée qu'elle s'en aille ? Et pourquoi regardait-il ce petit garçon qui jouait gaiement avec Nick à quelques pas ?

Il continua à garder le silence. Il ne pouvait pas articuler un mot, il ne parvenait pas à se décider.

Et plus il restait silencieux, plus le visage d'Eva devenait triste.

Finalement, elle s'éclaircit la gorge.

— D'accord, je comprends. Je vais empaqueter mes affaires et je… euh… je demanderai à Nick de nous emmener en ville. Nous dormirons à l'hôtel en attendant de nous envoler pour les États-Unis.

Un poids si lourd pesait sur sa poitrine que Tate avait l'impression qu'il ne pourrait bientôt plus respirer. Mais il n'arrivait toujours pas à prononcer un mot.

— Bon, dit-elle. Je crois qu'il ne nous reste plus qu'à nous dire au revoir. Alors, au revoir, Tate.

# 18

Une fois installée dans une chambre d'hôtel, Eva appela ses parents pour leur annoncer son prochain retour.

— Que je suis heureux de pouvoir bientôt embrasser mon petit-fils ! dit son père, fou de joie. Les photos que tu nous as envoyées par e-mail ne me suffisent pas.

Eva sourit à travers ses larmes.

— Tu le verras bientôt, papa.

En fait, elle aurait préféré être déjà en route pour l'aéroport, mais tous les vols avaient été annulés à cause d'un ouragan qui sévissait dans le golfe du Mexique. Ils étaient contraints d'attendre la fin de cette tempête. Elle espérait que la situation serait revenue à la normale au matin.

— Miguel te conduira-t-il à l'aéroport ? reprit son père.

À l'évocation de Miguel, elle se raidit. L'accusation d'Hector lui revint à la mémoire et elle se rappela qu'elle s'était promis d'en discuter avec son oncle. Quelqu'un avait prévenu Hector qu'Eva et Tate allaient se confronter au chef des rebelles. Son oncle était la seule personne à avoir été au courant de leur périple.

Pourtant, à présent, elle se moquait de savoir s'il l'avait trahie ou si Hector avait menti. Elle en avait assez de San Marquez. Maintenant qu'Hector était mort, elle n'avait plus de raison de rester dans ce pays.

— Miguel ne nous a pas accompagnés à Mexico, dit-elle.

« Parce que je ne voulais pas prendre le risque de lui dire où nous nous trouvions », faillit-elle ajouter.

— Nous prendrons un taxi pour nous rendre à l'aéroport, se contenta-t-elle de dire.

— Très bien. En attendant, dors bien, chérie.

Eva réprima les larmes de joie qui brûlaient ses paupières à l'idée de retrouver bientôt ses parents.

— Je vous rappellerai pour vous donner mon heure d'arrivée, d'accord ?

Après avoir raccroché, elle considéra son téléphone portable, hésitant à composer un autre numéro.

Mais elle résista à la tentation. Cela ne servait à rien.

Tate ne lui avait pas demandé de rester.

Il ne voulait pas d'elle.

Elle avait tort d'en éprouver tant de tristesse. Même s'il avait été odieux avec elle dans le bunker, elle comprenait sa colère. Elle lui avait menti. Mais elle se doutait que ce mensonge n'expliquait pas tout. Tate lui avait parlé pendant les deux jours qu'ils avaient passés dans la grotte, il s'était confié.

L'enfance qu'il avait connue l'avait rendu méfiant et l'avait convaincu qu'il valait mieux pour lui être seul. Ce qu'ils avaient partagé dans la jungle l'avait mis en danger.

Mieux valait tourner la page.

Tate était un homme difficile. Impitoyable, dominateur, épineux. Et s'ils étaient restés ensemble, elle aurait dû sacrifier sa liberté et celle de Rafe. Tate devait toujours se cacher, vivre dans la clandestinité.

D'un autre côté, qui pouvait vivre sans amour ?

Elle ne l'avait pas prévu, elle aurait préféré que cela n'arrive pas, mais elle était tombée amoureuse de Tate. Elle avait su voir derrière ce masque irascible un homme bon et tendre qui l'avait protégée et qui avait embrasé son corps et son esprit.

Non, elle ne se sentait pas mieux loin de lui.

Pas du tout.

— Un virus ? s'exclama Nick en secouant la tête. C'est ce que Cruz vous a raconté ?

— Oui, répondit Tate.

Le trio s'était réinstallé dans la forteresse. Tate leur avait raconté tout ce que lui avait dit Cruz, mais Nick et Sebastian avaient toujours du mal à le croire.

— Ainsi le médecin aurait inoculé une maladie mortelle aux villageois, reprit Sebastian, incrédule.

— C'est ce qu'Hector affirmait, en tout cas, répondit Tate. Mais je suis enclin à penser que c'est vrai, surtout qu'Eva est tombée sur le mystérieux projet Belier sur lequel travaillait Harrison.

Il fut content de constater qu'il était capable de prononcer son prénom sans émotion. Et son cœur ne s'était pas brisé comme lorsqu'il avait vu la jeune femme et son fils s'éloigner à bord de la Jeep conduite par Nick.

— Ils essaient de nous réduire au silence, conclut Sebastian. Un grand laboratoire a visiblement entrepris des recherches sur des armes biologiques et s'est servi d'êtres humains innocents comme cobayes. Certains membres du gouvernement sont au courant et veulent nous tuer pour être certains que nous ne parlerons jamais de ce que nous avons vu à Corazón.

— C'est ce que pense Eva, dit Tate.

— Ils ne savent pas ce que nous avons vu au village, ni ce qu'a dit le médecin avant de mourir. Dans le doute, ils préfèrent nous éliminer.

— Alors, que faisons-nous maintenant ? demanda Nick. Nous faut-il découvrir qui a autorisé les travaux de Harrison ? En parler à la Maison Blanche ? Alerter les médias ?

Tate se frotta le menton.

— Je ne sais pas encore. Laissons passer un peu de temps avant de mettre au point un plan d'action.

Nick hocha la tête.

— D'accord, dit Sebastian.

Un éclair déchira le ciel. Le vent soufflait avec force, le ciel était noir, et bientôt la pluie se mit à tomber.

Aucun avion ne décollera avec cette tempête, songea Tate. Il se demanda pourquoi cette pensée traversait son esprit.

*Menteur. Tu sais très bien pourquoi.*

— Je vais voir s'il est possible de se connecter sur internet, dit Nick. J'aimerais en apprendre un peu plus sur le laboratoire de Harrison et ses travaux.

Une fois Nick sorti, Sebastian lança à Tate.

— Pourquoi l'avez-vous laissée partir ?

— Pardon ?

— Ne faites pas l'imbécile, capitaine. Pourquoi avez-vous laissé Eva s'en aller ?

— Parce qu'elle n'avait aucune raison de rester. Nous voulions tous les deux éliminer Cruz, nous y sommes parvenus. Maintenant, elle repart aux États-Unis avec son fils.

Les yeux de Sebastian brillèrent d'agacement.

— Elle n'avait pas envie de retourner aux États-Unis, elle avait envie de rester ici avec vous.

— Qu'en sais-tu ?

— Elle est amoureuse de vous. Cela crevait les yeux.

Tate regarda la pluie tomber. Ignorant la franchise de Sebastian, il haussa les épaules.

— Nous avions raison, en tout cas. Elle mentait depuis le début. Cruz était le père de son gosse.

— C'est ce que j'ai cru comprendre, oui. Est-ce pour cette raison que vous lui avez dit de partir ? Vous ne supportez pas l'idée de vous occuper du fils de Cruz ? Si c'est ça, c'est minable, capitaine. Faire payer à un gamin les crimes de son père !

— Je ne lui reproche rien.

— Alors pourquoi refusez-vous de l'élever ?

— Je suis incapable d'élever un enfant, quel qu'il soit.

— C'est débile. Vous feriez un très bon père. Parce que vous êtes un homme bon, capitaine.

Tate le considéra avec étonnement.

— Merci du compliment.

Sebastian parut embarrassé.

— Écoutez, je vous ai suivis pendant des jours. Je veillais

à ne pas vous approcher de trop près pour ne pas être repéré mais les voix portent dans la jungle. Et ce que j'ai entendu me trotte toujours dans la tête.

— Comme quoi ?

— Elle vous faisait rire. Beaucoup. C'est là que j'ai compris qu'elle vous ferait du bien. Elle vous rend plus vivant.

— Où veux-tu en venir ?

— Will est mort, Tate.

— Je sais, répondit-il, la gorge serrée de chagrin.

— Vous ne pouvez pas continuer à vivre loin des gens, en solitaire.

— Peut-être est-ce pourtant la vie qui me convient.

— Non, elle n'en serait pas une, ni pour vous ni pour personne. Écoutez, imaginons, par hypothèse, que vous laissiez Eva partager votre vie. Que risqueriez-vous au pire du pire ?

— Où veux-tu en venir ? répéta Tate.

— Je crois que vous devriez aller chercher Eva et son gosse. Je crois que vous aimez cette femme, et dans ce cas ce serait dommage de la laisser s'envoler.

Et sur ces mots Sebastian quitta la pièce, laissant Tate avec ses pensées.

« Que risqueriez-vous au pire du pire ? »

Les paroles de Sebastian le travaillaient et les réponses à ses questions se présentèrent sous forme d'images. Il se souvint du visage livide de sa mère lorsqu'elle avait fait une overdose, il se rappela la violence des coups de son père. Les gens étaient capables d'être cruels, de vous abandonner, de vous trahir, d'être égoïstes. Ils faisaient semblant de se soucier de vous, de vous aimer, mais en réalité ils n'aimaient qu'eux.

*Sauf Will*, lui murmura une petite voix. *Et sauf Ben.*

Et sauf Eva.

Eva n'avait rien d'une égoïste. Elle lui avait menti, oui. Elle l'avait persuadé de l'aider à tuer Cruz. Mais ce n'était pas pour elle, mais pour protéger son fils. Depuis sa naissance, cet enfant était sa priorité, elle sacrifiait tout pour lui.

Eva n'était pas égoïste mais intelligente, drôle, déterminée, courageuse.

Et en plus elle était amoureuse de lui. Pour une raison incompréhensible, elle l'aimait.

Et il voulait la laisser sortir de sa vie ?

*Quel idiot !*

Eva caressa le visage de son fils endormi et sourit. Il lui avait raconté sa semaine avec Nick et, manifestement, il avait passé les plus beaux jours de sa vie, même s'il lui avait avoué avoir eu aussi des cauchemars. Elle s'en voulut de ne pas avoir été là pour le consoler.

La gorge serrée, elle se leva. Elle ne parviendrait sans doute pas à dormir cette nuit. Le vent hurlait dehors, la pluie tambourinait contre les vitres. Mais peut-être un café lui ferait-il du bien.

Elle remplissait la cafetière électrique quand quelqu'un frappa à sa porte.

Son cœur s'accéléra et, d'instinct, elle s'empara de son revolver. Mais elle le reposa aussitôt. Hector était mort.

Une seule personne pouvait se trouver derrière cette porte et elle se précipita pour lui ouvrir.

Les vêtements trempés, le visage ruisselant, Tate apparut. Il s'était rasé et il irradiait de charme.

— Que fais-tu ici ? lança-t-elle.

— Je suis venu te demander de rester.

Elle le regarda avec stupéfaction.

— Quoi ?

— Puis-je entrer ?

Elle s'écarta pour le laisser passer. Il retira sa veste et la posa dans la cuisine.

— Je n'aurais pas dû te laisser partir comme ça… sans te dire que… Tu comptes beaucoup pour moi, Eva.

— Vraiment ?

— Toute ma vie, je me suis efforcé de maintenir les gens à

distance. C'était ma seule façon de me protéger. Il y a eu des exceptions. Will, Ben, Sebastian et Nick. Et toi. Et maintenant, je t'ai dans la peau. Je ne peux plus me passer de toi. Je ne veux pas que tu me quittes, que tu t'en ailles. J'ai toujours été entouré par la violence, par la mort, par le noir, et cela ne m'ennuyait pas jusqu'à ce que je fasse ta connaissance. Tu as éclairé ma vie et maintenant je n'ai pas envie de retomber dans la nuit. Je t'aime, Eva, et j'ai envie que tu restes avec moi.

Emue aux larmes, elle fut tentée de se jeter à son cou et de l'embrasser avec fougue, mais elle se tourna vers le petit garçon qui dormait dans le lit. Son fils. Il comptait plus que tout, plus que Tate. Plus que sa propre vie.

Tate suivit son regard et ses yeux s'adoucirent.

— Je sais que tu n'es pas seule et je prends le tout, chérie. Si tu en es d'accord, je serai un père pour ton fils.

— Parles-tu sérieusement ?

— Je ne suis pas sûr d'être un modèle pour un gosse mais j'essaierai d'être un homme bon pour toi et pour lui.

Avant qu'elle ne puisse répondre, Rafe se réveilla. Avec un bâillement, il se frotta les yeux.

— J'ai soif, maman.

Puis il remarqua la présence de Tate.

— Tout va bien, lui dit Eva. C'est Tate, tu te souviens, non ? J'ai fait un voyage avec lui.

L'enfant s'assombrit. Tate avait éloigné sa mère de lui.

Celui-ci s'approcha.

— Bon, je suis venu m'excuser d'avoir pris ta maman pour moi tout seul. Ce n'était pas très gentil de ma part… Je te promets de ne plus le faire. Si j'ai envie de voyager encore, je vous emmènerai tous les deux. Ta mère m'a dit que tu aimais l'aventure. Cela te plairait-il de naviguer sur la rivière, d'escalader les montagnes, de traverser la jungle ?

— Oui ! Et j'aimerais aussi voir des girafes et un grand château et un dragon et la neige, répondit Rafe, conquis.

— Très bien, intervint Eva. Nous en reparlerons demain. Pour le moment, il faut dormir. Dis bonne nuit à Tate.

— Bonne nuit.

Rafe ne lui réclama pas une histoire. Il s'endormit dès qu'il posa la tête sur l'oreiller.

Étonné, Tate s'approcha.

— Il ne fait pas tout un cirque pour se coucher ?

— Jamais. Il est très sage. N'ai-je pas de la chance ?

— C'est moi qui ai de la chance, répondit Tate en souriant.

Ils se dévisagèrent un long moment en silence.

Puis Tate reprit la parole.

— Me pardonnes-tu la manière dont je me suis comporté avec toi dans le bunker ? D'avoir hésité à t'emmener avec nous ? Je me sentais…

— Trahi, je sais. Je te pardonne. Et toi, me pardonnes-tu de ne pas t'avoir dit la vérité à propos d'Hector ?

— Oui.

De nouveau, ils se regardèrent.

— Alors que faisons-nous, maintenant ?

Avec tristesse, il soupira.

— J'aimerais te faire toutes les promesses du monde, Eva, mais je ne le peux pas. Je suis toujours obligé de vivre dans la clandestinité, ma tête est toujours mise à prix. Je dois trouver le moyen de découvrir la vérité, de comprendre pourquoi quelqu'un cherche à me supprimer ainsi que mes hommes.

— Je peux t'y aider.

— J'apprécierais. Mais je comprendrais aussi que tu aies besoin de t'en aller. Tu te caches depuis trois ans. Tu peux aller voir ta famille à New York, faire ta vie avec Rafe là-bas. Il ne serait pas juste de ma part de te demander de vivre en cavale avec moi et de te mettre en danger.

Elle lui sourit.

— Comme tu l'as dit, je vis dans la clandestinité depuis des années. Je peux continuer quelques mois supplémentaires.

Il s'approcha et lui caressa les joues.

— Es-tu sûre d'en avoir envie ?

Elle hocha la tête.

— Je reste avec toi, Tate. Tu m'as aidée à me débarrasser de mon démon. Il n'est que justice que je t'aide à te libérer du tien.

Elle noua les bras autour de son cou et ils s'embrassèrent avec passion.

— Es-tu sûre de toi ? répéta Tate.

— Certaine. Je t'aime et je veux rester avec toi. J'ai juste une chose à te demander.

— Et quoi ?

— De nous trouver une meilleure cachette. J'apprécie de vivre au grand air mais aussi le confort et un vrai lit. J'ai encore de l'argent. Profitons-en.

— De l'argent volé…

Elle haussa les épaules.

— Je l'ai gagné, c'est le salaire que j'ai reçu pour vivre un cauchemar avec Hector. Et je ne vois pas de meilleure utilisation que m'en servir pour trouver un lieu pour nous cinq jusqu'à ce que nous sortions de ce bourbier.

— Nous cinq ?

— Rafe fait partie du lot. Mais Nick et Sebastian aussi. Nous n'allons pas les abandonner.

Les yeux teintés d'émotion, il hocha la tête.

— Tu es vraiment une femme surprenante, Eva. Et je te promets que je donnerai ma vie pour toi et pour Rafe.

— Je n'ai pas besoin de ta protection. Uniquement de ton amour. Et de ta confiance.

— Te souviens-tu quand je t'ai dit que le sexe et la confiance étaient deux choses bien différentes ? Je le pensais mais il en est tout autrement avec l'amour. L'amour et la confiance vont de pair. Et je te donne les deux, Eva.

# Épilogue

*Deux mois plus tard*

— Seb, viens voir.

Sebastian, qui s'apprêtait à sortir de la maison près de la plage où ils vivaient, revint sur ses pas.

— Qu'y a-t-il ?

Nick avait les yeux rivés sur l'écran de son ordinateur portable.

— Lis ça.

Les sourcils froncés, Sebastian se pencha derrière l'épaule de Nick et découvrit l'article tiré d'un journal médical.

Des mots lui sautèrent au visage. *Malaria, épidémie possible, six morts, mise en quarantaine, Valero, San Marquez.*

Sebastian en resta bouche bée. Grâce à Eva et à ses logiciels, ils surveillaient les urgences médicales inhabituelles à San Marquez, suivaient de près ce qui se passait dans les hôpitaux et les cliniques de l'île. Ils tenaient à savoir si Cruz leur avait dit la vérité à propos des armes biologiques, du virus inoculé aux habitants de Corazón. Ils ne pouvaient se permettre d'ignorer la moindre piste, même si elle émanait d'un chef de rebelles.

— Devons-nous vérifier cette info ? demanda Nick qui ne semblait pas enthousiaste.

— Je ne crois pas que nous ayons le choix, mais allons en parler à Tate.

Par la baie vitrée qui donnait sur l'océan bleu turquoise, sur l'immense plage de sable blanc, il repéra Tate. Allongé près de Rafe, il lui montrait les vagues du doigt et lui expliquait visiblement quelque chose. Eva se tenait un peu plus loin. Le vent soufflait dans ses longs cheveux et elle souriait aux deux hommes de sa vie.

Sebastian détourna les yeux de cette petite famille heureuse et redressa les épaules. Il n'allait pas « demander » à Tate son avis. Il allait lui « dire » que quelqu'un devait aller voir ce qui se passait à San Marquez, s'informer de l'étendue de cette épidémie et de son origine, surtout.

Et ce quelqu'un ne serait pas Tate. Son capitaine n'était plus seul dans la vie. Il avait une femme qu'il aimait, un enfant qu'il adorait, alors que lui, Sebastian, n'avait absolument rien à perdre.

— Appelle l'aéroport, dit-il à Nick. Je veux me rendre à San Marquez. Dès ce soir.

ELLE KENNEDY

# En dépit du danger

INTÉGRALE

AU CŒUR DU DANGER

*Traduction française de*
ISABEL ROVAREY

SAGAS

HARLEQUIN

*Titre original :*
SPECIAL FORCES RENDEZVOUS

*Ce roman a déjà été publié en 2017*

# 1

— Alors, beau blond ? On est perdu ?

Peu habitué à s'entendre interpeller de façon aussi cavalière, Sebastian Stone coupa le contact de la Jeep et jeta un coup d'œil par-dessus son épaule, bien décidé à faire usage de tout son charme pour amadouer la jeune femme qui l'avait apostrophé d'un ton plus narquois qu'accueillant. Mais la riposte enjôleuse qu'il avait sur le bout de la langue mourut sur ses lèvres lorsque ladite jeune personne s'approcha de sa portière. La fille n'avait pas plus de quatorze ou quinze ans, ce qui rendait tout échange sur le mode du flirt et de la frivolité totalement inapproprié.

Cependant, il ne résista pas à la tentation de se venger en lui décochant à son tour une petite pique.

— Bonjour, *petite*. Pour répondre à ta question… Non, je ne suis pas du tout perdu. Je suis exactement là où je suis censé être.

Aucune adolescente digne de ce nom n'appréciait de s'entendre désigner par le terme « petite », il le savait très bien. La réaction ne se fit d'ailleurs pas attendre. Une étincelle d'indignation flamba dans les yeux bruns de la jeune fille, tandis que ses joues couleur moka s'empourpraient de colère.

Elle lui jeta un regard noir et croisa les bras.

— Sérieusement, mec, qu'est-ce que vous êtes venu faire ici ?

Sebastian sauta à bas de la Jeep et désigna d'un signe de

tête la bâtisse de brique quelque peu délabrée qui se dressait à une dizaine de mètres de là.

— J'ai rendez-vous avec le Dr Davenport.

Les yeux sombres se rétrécirent.

— Vous êtes un patient ?

Il arqua un sourcil.

— Non. Et vous ?

— Non.

Elle exhala un soupir agacé.

— Bon, venez. Je vais vous emmener voir Julia.

— C'est très gentil à vous, mademoiselle… ?

Il laissa sa phrase en suspens, l'air interrogateur.

— Simone, répondit-elle, mais à contrecœur, manifestement.

— Ravi de faire votre connaissance, Simone. Moi, c'est Sebastian.

Il se retourna sur son siège pour attraper sa sacoche de toile sur la banquette arrière, puis s'empressa de rejoindre l'adolescente qui s'avançait déjà d'un pas étonnamment énergique vers le porche couvert de la petite clinique, en dépit de la chaleur accablante.

C'était une journée caniculaire, et le soleil avait tapé droit sur la tête de Sebastian pendant tout le trajet qui l'avait conduit jusqu'ici, faisant ruisseler la sueur sur son front et coller son mince T-shirt à sa peau. N'y tenant plus, il avait fini par retirer le T-shirt et achevé le trajet torse nu, s'attirant des regards embarrassés de la part des femmes autochtones qu'il croisait, marchant le long de la route.

Les gens d'ici n'étaient pas habitués à voir des étrangers se déplacer en voiture dans le secteur — encore moins des étrangers à moitié dévêtus. Valero était l'une des localités les plus pauvres de San Marquez, une simple petite bourgade nichée au pied de la montagne, en pleine forêt tropicale.

Surplombé par des pentes rocailleuses, le paysage alentour n'était qu'un foisonnement inextricable de sous-bois touffus surmontés par les hautes frondaisons des arbres, le tout sillonné par des pistes de terre semées d'ornières ou des chemins gravillonnés qui, tels des intrus indésirables, se frayaient tant bien que mal un passage au cœur de la dense végétation.

Avec une population atteignant à peine le millier d'habitants, Valero n'était rien de plus qu'un assemblage hétéroclite de fermes isolées, de maisons de brique vétustes disséminées çà et là, d'une place de marché étonnamment animée et, enfin, de cette clinique tenue par Doctors International, située en lisière de la ville.

— Julia est à l'arrière du bâtiment, l'informa Simone comme ils franchissaient les doubles portes d'entrée à la peinture écaillée.

Elle marchait d'un pas vif, mais Sebastian eut tout de même le temps de jeter un coup d'œil autour de lui, tandis qu'ils s'avançaient dans l'établissement médical. Bien que Doctors International se soit fait une spécialité de se rendre dans des zones où l'assistance médicale et l'aide humanitaire faisaient cruellement défaut pour y monter des hôpitaux de fortune avant de plier bagage et de se porter au secours d'autres parties déshéritées du monde, l'organisation implantait également des cliniques permanentes en divers points du globe. Celle dans laquelle ils se trouvaient en faisait partie, et Sebastian nota que la structure semblait fonctionner de façon efficace et très professionnelle.

Les couloirs étaient chichement éclairés mais propres. La salle d'attente devant laquelle Simone et lui passèrent était petite et encombrée, mais dotée de rangées de chaises en plastique et d'un choix de jouets pour faire patienter les enfants que les parents amenaient en consultation.

Le bâtiment étant construit en L, ils durent tourner à gauche et emprunter de nouveau un long couloir. Celui-ci était ponctué de part et d'autre de portes fermées sur toute sa longueur, probablement des salles d'examen. Par les hublots percés sur deux portes battantes, Sebastian aperçut une grande salle contenant une douzaine de lits d'hôpital, dont la majeure partie était occupée.

— Vous arrive-t-il souvent d'avoir autant de patients hospitalisés à la fois ? demanda-t-il à l'adolescente.

Elle daigna lui jeter un coup d'œil par-dessus son épaule.

— Quelquefois. Il y a toujours des patients dans l'aile réservée au SIDA, mais pour ce qui est du service général, il n'est habituellement pas aussi rempli.

— Mais il l'est en ce moment à cause des cas de malaria qui se sont présentés, c'est ça ?

Simone lui lança un nouveau regard, teinté cette fois d'une légère suspicion.

— Comment êtes-vous au courant, pour les cas de paludisme ?

— Je suis journaliste, répondit-il. C'est mon travail de tout savoir.

Elle s'arrêta et se tourna vers lui pour le toiser, les poings plantés sur ses hanches fines.

— Vous êtes *journaliste* ? Impossible. Je ne vous crois pas.

En dépit du fait qu'il mentait comme un arracheur de dents, il plongea dans les yeux de la jeune fille un regard d'une absolue sincérité.

— Oh ! Que si, c'est possible.

— Pour qui travaillez-vous ?

Il haussa les épaules.

— Un peu tout le monde. Je suis indépendant, alors je parcours le monde à la recherche d'histoires intéressantes.

*Du moins depuis trois jours.*

Précision qu'il se garda bien de formuler à haute voix. Il se voyait mal débarquer et annoncer tout de go :

— Hé ! devinez un peu ! Je faisais partie des Forces Spéciales, mais il se trouve que mon gouvernement cherche aujourd'hui à m'éliminer.

Même s'il l'avait fait, Simone ne l'aurait probablement pas cru. Cela semblait tellement invraisemblable !

Seulement voilà, c'était la vérité. Depuis huit mois, ils étaient trois membres survivants de son ancienne unité à se cacher. L'équipe, autrefois composée de neuf personnes, se trouvait désormais réduite à la minuscule entité de trois agents. Six morts dans leurs rangs… L'un de ses ex-équipiers avait péri pendant cette maudite mission à San Marquez. Mais les cinq autres ? Ces morts-là n'avaient pas été accidentelles. Après que leur unité avait été rappelée aux États-Unis, ses ex-partenaires étaient tombés comme des mouches, les uns après les autres, sans doute parce qu'ils en avaient trop vu au cours de cette dernière opération.

Lui-même avait bien failli y passer, raison pour laquelle il s'était rapidement mis en relation avec Nick Prescott et avec leur chef de groupe, le capitaine Robert Tate. Tous trois avaient alors décidé de lever le camp et de disparaître dans la nature.

Deux mois plus tôt encore, il aurait juré ses grands dieux que cette opération qui les avait conduits à San Marquez pour sauver Richard Harrison, le médecin américain qui avait été fait prisonnier par des combattants rebelles, était une mission comme tant d'autres. Mais il s'était avéré depuis que tout, apparemment, n'était que faux-semblants dans cette affaire. Le médecin n'était pas retenu en otage, ainsi qu'on le leur avait fait croire ; quant aux corps que son équipe avait trouvés, jonchant les ruelles de terre battue du village… Ces villageois n'avaient pas été tués par les rebelles mais par un virus que leur avait inoculé le Dr Harrison. Le bon docteur, qui testait un virus mortel sur des innocents !

Malheureusement, c'étaient à peu près les seuls renseignements dont il disposait. Pour savoir qui avait donné l'ordre de décimer son unité, il fallait remonter à la source, c'est-à-dire trouver qui avait autorisé la fabrication d'un virus dont, à ce jour, il ne savait toujours rien.

Avec un peu de chance, les choses allaient changer aujourd'hui. Au cours de ces deux derniers mois, ses deux compagnons et lui avaient ouvert grands leurs yeux et leurs oreilles, suivi avec attention les nouvelles en provenance de San Marquez, guettant particulièrement toute information médicale présentant un caractère inhabituel. Et, la veille au soir, ils avaient décroché la timbale.

Pour l'instant, Sebastian ne savait pas si les cas de malaria signalés à Valero avaient un quelconque rapport avec le virus de Richard Harrison, mais il avait la ferme intention de le découvrir. Tate et Nick étaient tombés d'accord avec lui : cela valait la peine qu'il quitte la cachette dans laquelle ils s'étaient réfugiés, en Équateur, pour aller enquêter sur place. Et, bien que l'idée de se retrouver à découvert ne l'enchantait nullement, il était déterminé à mettre à profit la moindre seconde de son temps.

— Vous ne m'avez pas dit ce que vous faites ici, petite, dit-il sur le ton de la conversation. De toute évidence, vous êtes trop jeune pour être bénévole.

— Mon père travaille ici, répondit Simone en relevant fièrement le menton. Il est chirurgien.

— Oh… Très impressionnant, souligna Sebastian avant de faire la moue. Et… Il vous déscolarise pour vous traîner à ses basques partout où le conduisent ses missions humanitaires ? Il trouve que l'assiduité à l'école n'est pas indispensable ?

Simone le fusilla du regard.

— Qu'est-ce que vous croyez ? Je suis les cours à distance. Mais, juste pour info, je vous signale qu'il existe des choses plus importantes que l'école ! Sauver des vies, par exemple.

Il pouvait difficilement en disconvenir. Sauver des vies était effectivement primordial… Tout comme *rester* en vie, d'ailleurs, ce qui était présentement son seul et unique objectif.

Lui tournant le dos, Simone se remit en marche et se dirigea vers l'extrémité du couloir, jusqu'à une porte, tout au fond, qui s'ouvrit en grand à la seconde où ils s'arrêtaient devant.

La jeune femme brune et mince qui en émergea sursauta de surprise en se retrouvant nez à nez avec eux, puis elle éclata de rire comme leurs regards se croisaient.

— Monsieur Stone, je présume ? Je m'apprêtais justement à venir vous accueillir.

— Eh bien, ce ne sera pas nécessaire. Simone a été assez aimable pour m'escorter jusqu'à vous, répondit-il en la gratifiant du sourire charmeur qu'il avait perfectionné au fil des années.

La jeune femme laissa échapper un petit rire de dérision.

— Simone ? Aimable ? Je voudrais bien voir ça !

Plutôt qu'objecter, l'intéressée se contenta de hausser les épaules.

— Vous me connaissez trop bien, doc.

Puis elle renversa la tête en arrière et le considéra en fronçant les sourcils.

— À plus tard, mon vieux.

Comme elle s'éloignait à grands pas, Sebastian tourna un regard railleur vers la jeune femme brune.

— Charmante, cette gamine.

Son interlocutrice lui décocha un large sourire.

— Ça, elle a son caractère, je ne le nie pas mais, aussi étonnant que cela puisse paraître, son comportement vis-à-vis des malades est exemplaire. Elle est vraiment merveilleuse avec eux.

Elle lui tendit la main.

— Je suis Julia Davenport.

— Sebastian Stone.

Il s'inclina en avant pour lui serrer la main et la fermeté de sa poigne le surprit, d'autant plus qu'elle avait des mains menues et délicates.

Tout, d'ailleurs, en elle, était délicat. Elle était de taille moyenne, mais plus mince qu'elle ne l'aurait dû. Il n'avait rien contre la sveltesse chez une femme, bien au contraire, mais Julia Davenport aurait pu s'accommoder de quelques kilos de plus. Elle portait un débardeur bleu qui épousait une paire de petits seins et soulignait chacune des côtes de sa cage thoracique. Ses jambes n'étaient pas franchement maigres mais, là encore, quelques courbes supplémentaires ne les auraient en rien déparées.

Encore qu'elle ait un postérieur joliment rebondi, dut-il reconnaître en arrêtant son regard dessus, comme Julia Davenport se tournait pour entrer dans son bureau.

Les fesses des demoiselles ayant toujours été la partie de leur anatomie pour laquelle il avait une prédilection, l'attrayant spectacle excita aussitôt son imagination, lui rappelant qu'il venait de connaître huit longs mois de célibat. Mais s'envoyer en l'air n'avait pas fait partie de ses préoccupations premières depuis qu'il était contraint de se cacher. Même si, bien entendu, il était singulièrement facile de ne pas penser au sexe quand vous aviez pour toute compagnie deux militaires mal embouchés et une caisse de bière sud-américaine qu'on aurait pu croire coupée à l'eau tant elle était insipide.

— Comment s'est passé votre vol ? demanda Julia.

— Sans histoire.

Au sens littéral du terme… Il était arrivé sur l'île par bateau après avoir graissé la patte d'un capitaine de cargo pour qu'il accepte de le faire monter à bord de son navire et de le débarquer en dehors des structures portuaires, afin qu'il évite toute rencontre avec les douaniers.

— Asseyez-vous, dit-elle en lui indiquant une petite chaise en plastique d'apparence très inconfortable.

Tandis qu'elle contournait l'étroit bureau métallique pour s'asseoir derrière, Sebastian casa tant bien que mal son mètre quatre-vingt-huit sur le siège minuscule, s'efforçant de s'installer au mieux.

Julia Davenport le regarda s'agiter et remuer sur la chaise, le sourire aux lèvres, ce qui lui permit de se rendre compte, maintenant qu'il se concentrait sur son visage et non plus sur l'extrême minceur de sa silhouette, qu'elle était vraiment jolie. Ce n'était pas ce qu'on appelait une beauté classique, mais ses traits étaient réellement intéressants. Une bouche large, généreuse, qui semblait contredire la ligne légèrement anguleuse de la mâchoire, un nez droit, aristocratique, et une paire de grands yeux noisette qui lui donnaient l'air perpétuellement fragile d'une biche aux abois.

Mais quelque chose lui soufflait qu'il ne fallait pas se fier à cette impression et qu'il n'y avait probablement rien de fragile en elle, ce qui se trouva confirmé l'instant suivant, lorsque son expression s'aiguisa soudain.

— Bien... Que voulez-vous savoir, exactement ? demanda-t-elle, allant droit au but, sans s'embarrasser de préambule.

— Vous êtes pressée de vous débarrasser de moi ? ne put-il s'empêcher de demander pour la taquiner.

— Non, ce n'est pas ça. Pour être tout à fait franche, je n'aimerais rien tant que passer les deux prochaines semaines assise dans ce bureau avec vous, à bavarder. Je meurs de faim, je suis épuisée, sur les nerfs, et je ne me rappelle même pas la dernière fois que j'ai eu une conversation avec un être humain qui ne soit pas malade ou mourant.

Elle laissa échapper un profond soupir.

— Mais que pouvons-nous y faire ? C'est comme ça. De toute façon, je savais exactement dans quoi je m'engageais en signant mon contrat.

Son intonation directe et la franchise de ses propos l'intriguèrent. En sollicitant cet entretien bidon, il s'était attendu à l'entendre lui chanter les louanges de l'organisation humanitaire Doctors International et se lancer dans un discours enflammé sur l'importance de leur action sur le terrain, l'importance de sauver le monde et tout le tintouin.

— On dirait que diriger cette clinique n'est pas un travail de tout repos, remarqua-t-il.

— Vous êtes très en dessous de la vérité !

Elle marqua une pause.

— Vous ne prenez pas de notes ?

Ah oui. Les notes. Les journalistes prenaient toujours des notes.

Il se pencha et sortit un calepin, un stylo à bille et un mini-enregistreur de sa sacoche. Tenant le magnétophone en suspens devant lui, il croisa le regard noisette de Julia et demanda :

— Ça ne vous ennuie pas que j'enregistre ?

— Non, pas du tout.

Tandis qu'il préparait l'appareil et ouvrait son carnet, Julia darda sur lui un regard perçant.

— J'ai lu certains de vos articles en ligne, ce matin. Vous écrivez bien.

*Merci, Eva.*

Il prit mentalement note de se montrer plus aimable avec la fiancée de Tate la prochaine fois qu'il la verrait. Le moins qu'on puisse dire, c'était qu'il n'avait pas été le plus ardent défenseur d'Eva Dolce, quand celle-ci avait fait irruption dans leurs vies. Mais quoi d'étonnant à cela ? On ne pouvait pas s'attendre à ce que l'entrée en scène inopinée d'une mystérieuse jeune femme venant solliciter du commandant de votre groupe qu'il risque sa vie et tue un homme pour ses beaux yeux suscite d'emblée un vote de confiance unanime, non ?

Finalement, Eva s'était révélée quelqu'un de parfaitement fiable et elle avait permis qu'Hector Cruz, le chef des rebelles qui faisaient régner la terreur à San Marquez, soit mis hors d'état de nuire.

C'était également grâce à elle que lui-même jouissait aujourd'hui, sur Internet, d'une fausse carrière de journaliste tout à fait crédible, étayée par de nombreux liens renvoyant à des articles de journaux dont elle avait modifié la signature. Il n'avait pas fallu plus d'une journée à Eva, par ailleurs brillante pirate informatique, pour établir Sebastian Stone comme un indépendant de bonne foi.

L'histoire n'aurait pas résisté à un examen approfondi, mais ils s'étaient dit que Julia Davenport et ses collègues n'auraient probablement pas le temps de procéder à une vérification exhaustive du parcours professionnel de l'homme qui se proposait de rédiger un article mettant en lumière l'action de leur organisation.

— Merci, dit-il, espérant qu'elle ne lui poserait pas de questions trop précises sur son « travail ». Mais j'avoue que je suis surpris d'apprendre que vous avez accès à Internet ici.

— Nous avons Internet à la clinique, mais les connexions nous coûtent cher, si bien que nous ne l'utilisons que pour des raisons professionnelles. Pour communiquer, nous disposons aussi d'une radio qui nous permet de joindre les autres cliniques de l'île et d'un téléphone satellitaire pour les cas d'urgence.

— Qu'en est-il des téléphones portables ? En venant, j'ai

remarqué que plus j'approchais des montagnes, plus le mien avait du mal à capter du réseau.

— Il y a une antenne relais quelque part, non loin d'ici, mais mon mobile parvient rarement à capter un signal. Hier soir, il y a eu du réseau pendant près d'une heure et la sage-femme qui fait partie de notre personnel a pu parler à son petit-fils pendant plus de cinq minutes.

Elle lui décocha un sourire professionnel.

— Chaque fois que quelqu'un voit une barre s'afficher sur l'écran de son appareil, nous célébrons l'événement… Comme si la comète de Halley venait juste de passer au-dessus de nos têtes.

Il se mit à rire et, l'espace d'un moment, en oublia complètement qu'il était censé l'interviewer. Il appréciait simplement l'échange qu'il était en train d'avoir avec elle. Il y avait si longtemps qu'il n'avait pas eu une conversation avec quelqu'un d'autre que Tate ou Nick, portant sur autre chose que les fichues cibles à la peinture fluorescente qu'ils avaient accrochées dans le dos…

— Enfin, bref… Nous nous écartons du sujet, reprit-elle en partant à son tour d'un petit rire. Allez-y, monsieur Stone, je suis tout ouïe.

— Sebastian.

— Sebastian, rectifia-t-elle, lui faisant écho.

— OK. Vous pourriez commencer par m'expliquer la façon dont vous fonctionnez, tous, ici.

Hochant la tête, elle se renfonça contre le dossier de sa chaise et lui brossa un portrait rapide de Doctors International et de leur action. Elle décrivit leurs objectifs, la structure de l'organisation, le matériel et les moyens techniques dont ils disposaient. De temps à autre, il l'interrompait pour poser une question, histoire de donner un accent d'authenticité au scénario de l'interview mais, intérieurement, il essayait d'imaginer le meilleur moyen d'aborder la question des malades mourants qui se trouvaient dans la salle adjacente.

— Je suis impressionné d'apprendre que vous avez un

appareil d'IRM, vraiment, intervint-il, feignant d'être captivé par la nouvelle.

Elle hocha la tête, ses doigts effilés jouant avec l'extrémité de la longue tresse châtain foncé qui cascadait le long de son épaule.

— Oui, nous en possédons un, mais nous n'avons pas sur place de spécialiste capable d'interpréter les résultats. Nous envoyons les clichés au laboratoire central de Merido et les diagnostics ainsi que les résultats nous sont communiqués par e-mail.

Il posa encore quelques questions sans véritablement attacher d'importance aux réponses qu'elle lui fournissait, à ceci près qu'il était de plus en plus fasciné au fur et à mesure qu'il l'écoutait parler. Elle ne ressemblait en rien aux praticiens qu'il avait connus.

D'une part, elle s'exprimait en un anglais compréhensible, et non dans le jargon médical abscons que se plaisaient à employer les médecins et qui vous faisait tourner la tête comme un manège.

D'autre part, il aimait le son de sa voix — une voix douce mais contrôlée, juste assez voilée pour être sexy, tout en restant professionnelle. Une bouffée de chaleur monta le long de son épine dorsale comme son regard s'arrêtait sur sa bouche, ses lèvres à la moue boudeuse qui se pressaient l'une contre l'autre chaque fois qu'elle marquait une pause pour organiser sa prochaine pensée.

Bon sang, voilà qu'il était dans tous ses états ! Il fallait vraiment qu'il se reprenne et qu'il étouffe dans l'œuf l'étrange attirance qu'elle exerçait sur lui. Tout de suite.

— Donc, ce que vous me dites, enchaîna-t-il avec un nouveau petit rire, c'est que vous avez trop de patients, pas assez de personnel, que vous manquez d'équipements médicaux et que vous faites du mieux que vous pouvez avec les moyens du bord.

Le rire que provoqua en retour son résumé suscita en lui une nouvelle bouffée de chaleur.

— C'est concis, mais c'est à peu près ça, confirma-t-elle.

Il étudia les questions qu'il avait griffonnées sur son carnet, feignant de réfléchir à sa prochaine piste d'investigation.

— Et en ce qui concerne les rebelles ? demanda-t-il. Est-ce que vous êtes confrontés à une nette résistance de la part des Combattants Pour la Liberté dans le secteur ?

— À vrai dire, non.

Cette réponse le surprit. Il était de notoriété publique que les CPL, les Combattants Pour la Liberté, voyaient d'un mauvais œil l'alliance existant entre San Marquez et les États-Unis. Depuis dix ans, San Marquez n'avait connu que luttes intestines et chaos à cause de ce groupe. Ce qui avait initialement été un mouvement admirable visant à lutter contre un gouvernement véritablement oppressif s'était transformé en violence, désordre et terrorisme larvé.

— Je suis ici depuis six mois et, jusqu'à présent, les rebelles nous ont laissés tranquilles, continua-t-elle. Ils n'apprécient peut-être pas l'ingérence américaine dans les affaires politiques du pays, mais je crois que beaucoup de ces combattants se soucient réellement du sort de leurs concitoyens. Chercher des noises aux travailleurs humanitaires qui s'efforcent de venir en aide au peuple qu'ils affirment vouloir défendre ne les avancerait à rien. Ce serait contre-productif.

— C'est juste.

Remuant sur sa chaise extraordinairement inconfortable, il croisa négligemment les chevilles.

— Permettez-moi de dévier un peu de ce sujet pendant un instant. Parlez-moi des soins hospitaliers que vous êtes en mesure de proposer aux patients. Simone m'a dit que plusieurs patients atteints du SIDA étaient hospitalisés à la clinique en ce moment…

Il prit son air le plus innocent.

— Qu'en est-il de la malaria ? Est-ce que vous avez également des cas, dans le secteur ?

Elle hocha la tête.

— Nous traitons effectivement une poignée de malades

du SIDA et de patients séropositifs mais, comme vous l'avez probablement découvert en effectuant des recherches en vue de la rédaction de votre article, cette zone n'est pas largement touchée. En revanche, les foyers de choléra et de malaria semblent se multiplier.

— Je vois. Donc, vous vous trouvez actuellement confrontés à une épidémie de malaria ? souligna-t-il, l'air de rien.

À son grand dam, il la vit sourire et secouer la tête.

— Non. Nous gardons une douzaine de patients en observation, mais seulement dans l'attente des résultats de leurs analyses sanguines. C'est une simple mesure de précaution. Nous faisons subir des tests de dépistage de la malaria à tous les patients dès lors qu'ils présentent l'un ou l'autre des symptômes de la maladie, mais je suis à peu près certaine qu'aucune de ces personnes hospitalisées n'est porteuse du parasite.

— Cependant, vous avez eu récemment quelques patients atteints de la maladie, non ?

— Oui, mais il s'agissait de cas isolés, non significatifs.

— Pouvez-vous m'en dire un peu plus sur ces cas ? Sans révéler le nom des patients ni aucun détail d'ordre privé, bien entendu.

Elle entortilla l'extrémité de sa natte autour de son doigt.

— Ils étaient tous issus de la même famille, raison pour laquelle je ne crois pas que nous ayons à redouter une épidémie. Ici, dans le nord, il a fait plus frais, si bien que les moustiques n'ont pas été trop agressifs. La famille en question avait négligé de suivre les conseils de prévention que nous incitons les autochtones à respecter.

— C'est-à-dire ? Des moustiquaires ? Des produits répulsifs ?

— Exactement.

Son intonation se fit plus douce, chargée de regret.

— Ils ne se sont pas protégés et, malheureusement, ne se sont pas fait traiter aussitôt après avoir été contaminés. Quand ils sont venus ici, il était trop tard.

À l'expression douloureuse qui emplit son regard noisette,

Sebastian comprit qu'elle faisait partie de ces médecins qui se souciaient réellement de leurs patients. Ce qui n'avait rien de surprenant, au fond. Si elle avait choisi la médecine pour des motivations financières, elle serait restée aux États-Unis et aurait ouvert un cabinet privé en se contentant de compter ses piles de billets. Mais elle avait opté pour une tout autre voie. Au lieu de garnir son compte en banque, elle avait préféré travailler pour des clopinettes dans des régions isolées et pauvres d'Amérique du Sud et d'Afrique.

Sa curiosité piquée, il dut lutter contre l'envie de lui demander ce qui, à l'origine, l'avait poussée à s'engager dans l'aide humanitaire internationale. Mais il ne pouvait pas changer de sujet au moment précis où ils abordaient la question même pour laquelle il était venu.

— Combien de morts ? demanda-t-il d'un ton bourru.

— La mère, les cinq enfants et les grands-parents qui vivaient avec la famille. Le père n'a pas contracté la maladie.

Le chagrin assombrit de nouveau ses grands yeux de biche.

— Il est complètement dévasté, c'est le moins qu'on puisse en dire. Il a perdu la totalité de ses proches en moins d'une semaine.

Une sensation d'oppression enserra la poitrine de Sebastian. Le sentiment de perte, il connaissait bien. Il avait émaillé toute sa vie.

Mais ce n'était pas le moment de s'appesantir sur des souvenirs douloureux. Il était venu à Valero pour déterminer si ces cas de malaria étaient en lien avec le virus que Harrison avait testé à Corazón, mais ce qu'il venait d'apprendre semblait plaider en faveur d'une fausse alerte.

À moins que…

Julia Davenport était-elle de mèche avec les gens qui le pourchassaient ? Poursuivait-elle le projet secret de Harrison en tuant ses propres patients ?

Il soupesa cette éventualité pendant un moment avant de la rejeter. Non, il en doutait sérieusement. Il se targuait d'être plutôt bon psychologue et il lui avait suffi de quelques minutes passées avec cette femme pour parvenir à la conclusion qu'elle n'avait pas une once de malveillance en elle.

— Je voudrais bien pouvoir faire plus pour tous ces gens, reprit-elle, une note désenchantée dans la voix. Mais c'est difficile. L'organisation est en majeure partie financée par des fonds privés et, avec la récession, nous ne recevons plus autant de dons qu'auparavant. L'équation est simple : moins d'argent égale moins d'équipements, moins de personnel… Moins de tout.

— Mais c'est mieux que rien, observa-t-il. Vous faites ce que vous pouvez, docteur, et c'est plus que ne font la plupart des gens.

— Vous aussi, vous apportez votre pierre à l'édifice, souligna-t-elle avec un chaleureux sourire. Vous mettez un coup de projecteur sur les problèmes que nous rencontrons, vous obligez les lecteurs à ouvrir les yeux et à prendre conscience des conflits, des inégalités et de l'indigence des soins dont pâtissent beaucoup de populations dans le monde.

Une pointe de culpabilité le transperça et, l'espace d'un moment, il regretta de ne pas écrire réellement un article sur les questions qui lui tenaient tant à cœur, rien que pour le plaisir de voir l'un de ses lumineux sourires éclairer son visage.

Ce qui était vraiment curieux. S'agissant des femmes, il n'avait pas à proprement parler de type préféré, sauf à considérer que le qualificatif « temporaire » en constitue un en soi. Il n'était pas fait pour les relations sérieuses ou durables… Tout l'inverse de Julia Davenport, en somme. Car, à l'évidence, les relations de passage ne devaient pas être sa tasse de thé. Elle était *médecin* ! Et il n'y avait pas plus cartésien et plus sérieux que les médecins, c'était bien connu.

Pourquoi diable ses pensées avaient-elles pris cette tournure ? Il était là pour l'interviewer, pas pour coucher avec elle !

Mais son corps, manifestement, n'avait pas bien reçu l'information… Sous la fermeture Éclair de son pantalon de treillis, il sentait son sexe durcir. L'envie de dénouer la tresse de Julia pour enfouir ses doigts dans ses longues mèches soyeuses le démangeait.

— Sebastian ?

L'inflexion amusée de sa voix le tira brutalement de ses pensées malvenues et il faillit laisser tomber son calepin sur le sol recouvert de linoléum. D'un geste prompt, son bras se détendit pour le rattraper et… Il trouva le moyen de se couper le doigt sur la tranche d'un feuillet.

— Aïe, marmonna-t-il en portant son pouce à la bouche pour faire disparaître la mince ligne de sang qui se formait.

Les yeux noisette de Julia pétillèrent de malice.

— Vous vous êtes coupé ?

Quelque chose, dans son ton gentiment moqueur, l'incita à repasser en mode flirt et séduction.

— Oui. Pourquoi ? Vous voulez me soigner, docteur ?

Elle rit, mais il nota que ses joues avaient légèrement rosi. Finalement, elle secoua la tête d'un air désabusé.

— Je ne le crois pas… Un grand gaillard comme vous, inquiet pour une petite coupure de rien du tout ?

— *Affreusement* inquiet !

Il inclina la tête sur le côté et prit son air enjôleur.

— Alors, docteur ? Vous voulez bien faire disparaître ce bobo d'un baiser ?

# 2

Le cœur de Julia bondit littéralement dans sa poitrine. Elle qui croyait que ce genre de réaction puérile n'arrivait plus, une fois atteint l'âge raisonnable de trente ans… C'était tout juste digne d'une lycéenne ! Et pourtant, en ce moment même, son cœur tressautait dans sa cage thoracique comme un dauphin surexcité.

En même temps, comment son cœur aurait-il pu ne pas cabrioler comme un dauphin, alors que l'homme le plus sexy qu'elle ait jamais rencontré la contemplait avec ce sourire ravageur ?

Sebastian Stone n'était pas du tout tel qu'elle se l'était imaginé. Tout d'abord, il était en bien meilleure condition physique qu'elle ne l'aurait cru, son corps long et musclé vêtu d'un pantalon de treillis vert et d'un T-shirt gris qui laissait deviner des abdominaux en béton armé. Quant à son visage… Il était séduisant en diable, mais pas dans le genre « joli garçon ». Non, sa beauté avait quelque chose de sauvage, tout en angulosités et lignes abruptes qui composaient des traits masculins dont la rudesse évoquait plus le cow-boy Marlboro qu'une star de cinéma.

Tout, chez cet homme, excitait ses sens. Ses yeux gris rieurs, la barbe d'un jour qui ombrait sa mâchoire carrée d'un duvet blond foncé, son parfum boisé.

— Docteur ? Vous avez perdu votre langue ?

Seigneur, même sa voix était sexy ! Grave, profonde, légèrement râpeuse.

Battant rapidement des paupières, elle émergea de sa rêverie éveillée et regarda le pouce qu'il lui présentait.

— Désolée, mais embrasser les petits bobos ne figure pas sur le descriptif de mon poste, répondit-elle, s'efforçant de conserver un ton neutre. En revanche, vous avez raison, il vaut mieux nettoyer la plaie, si petite soit-elle.

Un rire roula dans la gorge de Sebastian.

— Mais non, ce n'est pas la peine ! Je plaisantais. C'est trois fois rien.

Mais elle se dirigeait déjà vers une petite armoire, à côté de la porte.

— Vous oubliez que nous sommes à Valero. Même une coupure superficielle sur une feuille de papier peut s'infecter et, dans un coin aussi reculé que celui-ci, toute infection peut devenir source de problèmes.

Elle apprécia le fait qu'il s'abstienne de discuter lorsqu'elle revint vers lui avec de la gaze, un pansement et un flacon d'antiseptique.

S'asseyant sur le bureau, elle lui fit signe de lui montrer son pouce. Ses sourcils blond foncé remuèrent, mais il finit par tendre le bras.

— Je sais que ça vous paraît très exagéré, concéda-t-elle en versant une petite quantité d'antiseptique sur un carré de gaze et en tamponnant copieusement la fine blessure. Mais gardez votre opinion pour vous et contentez-vous de dire « merci ».

Les yeux gris étincelèrent.

— Merci.

Julia ne put retenir un sourire.

— Oh ? ! Très bien. Je ne pensais pas que ce serait aussi facile.

— Quoi donc ?

— De vous faire abandonner la posture macho et de vous voir vous soumettre sans histoire à mon autorité.

Le sourire dont il la gratifia lui fit de nouveau palpiter le cœur.

— Je sais discerner quand il faut se battre et quand il vaut mieux renoncer.

— Ce qui signifie ?

— Ce qui signifie que vous m'avez l'air d'une femme de tête qui ne s'en laisse pas conter et qui n'aime pas qu'on lui oppose une résistance.

— C'est vrai, confessa-t-elle avec un petit rire penaud.

— Vous aimez contrôler la situation, pas vrai ?

— Évidemment…

Elle plissa le front.

— Comme tout le monde. Qui aimerait voir les choses lui échapper ?

Une lueur séductrice brilla dans les yeux gris.

— Beaucoup de gens. Bien des personnes aiment lâcher prise de temps à autre.

Il arqua un sourcil.

— Notamment dans une chambre à coucher…

Une bouffée de chaleur lui monta d'un coup au visage. Seigneur… Avait-elle bien entendu ? Venait-il vraiment de dire ça ?

Détournant le regard, elle passa une dernière fois la gaze imbibée d'antiseptique sur son pouce avant d'appliquer le pansement. D'une voix aiguë qui ne sonnait pas le moins du monde naturelle, elle déclara, le ton un peu trop jovial :

— Et voilà !

Puis elle s'éjecta du bureau aussi promptement que si elle prenait le départ d'une compétition olympique.

Le petit rire de Sebastian résonna dans son dos, qu'elle garda prudemment tourné tandis qu'elle rangeait le flacon de désinfectant et les pansements. Son cœur s'était remis à battre la breloque et elle avait besoin de quelques instants pour reprendre contenance.

D'où venait cette tension sexuelle qu'elle avait sentie poindre en elle et qui, maintenant, ne la lâchait plus ? Tension qu'elle sentait réciproque, d'ailleurs.

Tout ça n'avait pas de sens.

Sebastian Stone était terriblement sexy et un homme à la sensualité aussi ouvertement exacerbée ne pouvait en aucun cas être attiré par quelqu'un comme elle. Elle ne se sous-estimait pas — elle était parfaitement satisfaite de son apparence —, mais elle ne se berçait pas non plus d'illusions : elle n'avait rien d'un top model. Des traits réguliers, des cheveux frisés, de petits seins. Sans compter les quelque cinq kilos qu'elle avait perdus, après six mois passés à travailler comme un forçat à Valero. Difficile de trouver le temps de se nourrir correctement quand vous étiez sur le pied de guerre vingt-quatre heures sur vingt-quatre, sept jours sur sept !

En toute objectivité, elle n'était donc pas d'une beauté à couper le souffle. Elle n'était pas non plus ultra-féminine. Elle ne prenait pas la peine de se maquiller, se coiffait la plupart du temps d'une tresse pour dompter ses frisottis et enfilait une blouse blanche pour aller voir ses patients. Le reste du temps, elle portait un jean, un T-shirt et de vieilles baskets.

Alors, pourquoi Sebastian la regardait-il comme s'il avait envie de la dévorer toute crue ?

— Désolé, docteur. Je ne voulais pas vous mettre mal à l'aise.

Son intonation contrite apaisa quelque peu sa nervosité.

— Vous ne m'avez pas mise mal à l'aise, lui assura-t-elle, trouvant enfin le courage de lui faire face à nouveau.

À la seconde où leurs regards se croisèrent, l'attirance qui s'était fait jour entre eux renaquit instantanément.

Bonté divine ! Que se passait-il ? Elle n'avait jamais connu ce genre d'alchimie immédiate, viscérale, avec un homme. Et pourtant, alors qu'elle n'était pas le genre de femme à coucher avec un parfait inconnu, elle aurait été incapable de protester s'il lui avait fait des avances, elle en était certaine.

Si, en cet instant, il avait comblé la distance qui les séparait et l'avait embrassée…

Eh bien, elle l'aurait probablement laissé faire !

Elle avala sa salive, détourna les yeux et porta la main à l'extrémité de sa tresse, qu'elle entortilla autour de son doigt.

— Avez-vous d'autres questions ? Parce que… Vous

m'excuserez, mais il va falloir que j'aille m'occuper de mes patients.

Avec un sourire entendu, Sebastian se leva. Il roula des épaules pendant quelques secondes, comme si le fait d'avoir été parqué sur cette chaise minuscule lui avait broyé le dos. Ce qui était vraisemblablement le cas, car il était bâti comme un arrière de ligne de football américain.

— Je crois que j'ai ce qu'il me faut.

Il tendit le bras pour récupérer le magnétophone qu'il avait laissé sur le bureau. Il appuya sur un bouton, puis le rangea dans sa sacoche, avec le carnet sur lequel il avait griffonné pendant leur entretien.

— Vous ne m'avez pas dit quand l'article sera publié, souligna-t-elle, se raccrochant à la première idée qui lui passait par la tête pour ne pas laisser le silence s'installer.

— Je ne sais pas encore exactement. Comme je vous l'ai indiqué, je ne travaille pas pour une publication en particulier. Il va d'abord falloir que je trouve un journal intéressé par l'achat de mon papier. Mais j'ai votre adresse e-mail, je vous tiendrai informée.

— D'accord. Je vous remercie.

Ils sortirent de la pièce et remontèrent côte à côte le couloir. Comme ils croisaient deux des bénévoles venues grossir les rangs du personnel permanent, Julia s'arrêta un instant pour leur présenter Sebastian, notant au passage que les deux femmes se mettaient à flirter comme des midinettes en sa présence. Apparemment, elle n'était pas la seule que son incroyable magnétisme et son physique d'athlète affectaient. Et il débordait de confiance en lui, se déplaçant d'une démarche mesurée, roulant presque des mécaniques, gratifiant de son sourire dévastateur tous ceux qu'ils rencontraient, tandis qu'ils se dirigeaient vers la sortie.

Lorsqu'ils atteignirent le porche couvert soutenu par des colonnes, Julia étouffa un soupir de soulagement. La clinique avait beau ne pas être petite, Sebastian en imposait tellement qu'elle avait eu l'impression de manquer d'air en marchant à côté de lui le long des couloirs étroits.

Elle huma l'air moite de la fin d'après-midi, parcourant du regard la cour poussiéreuse dans laquelle étaient garées quelques camionnettes à moitié rouillées, les deux fourgonnettes qui leur servaient à transporter du matériel et le vieux cyclomoteur qu'elle utilisait pour atteindre les villages les plus reculés, afin de visiter les patients qui étaient trop âgés ou trop malades pour se déplacer, ou qui se refusaient à venir jusqu'à Valero.

Depuis six mois, tout cela était son quotidien. Dormir sous la tente de toile qu'elle partageait avec trois autres femmes du personnel. Traiter les patients qui se présentaient à la clinique, rendre visite à domicile à ceux qui ne pouvaient ou ne voulaient pas se déplacer. Passer les soirées en compagnie de ses collègues sous la tente moustiquaire qui leur servait de salle commune à écouter le père de Simone gratter sa guitare ou Kevin Carlisle, le médecin britannique, raconter des blagues salaces.

À la pensée de Kevin, sa bouche se pinça en un pli soucieux. Ce dernier n'était toujours pas rentré de sa tournée de visites dans le Nord. Parti pour plusieurs jours, il était censé revenir dans la matinée, mais il n'avait pas encore reparu.

— Tout va bien ? demanda Sebastian, qui avait dû remarquer sa moue.

— Oui, oui, ça va, répondit-elle d'un ton absent. J'étais juste en train de me dire que je devais joindre par radio l'un de mes collègues médecins. Il est allé examiner des patients dans les villages avoisinants, et devrait déjà être de retour.

— Y a-t-il une raison de s'inquiéter ?

— Non, nous n'en sommes pas là. Il arrive souvent à Kev de perdre la notion du temps, et nous sommes habitués à ses retards. On se base sur l'heure à laquelle il dit devoir se trouver quelque part, on y ajoute cinq heures et, s'il dépasse ce délai, alors on considère qu'il y a lieu de s'inquiéter.

Sebastian éclata de rire.

— Je vois ! Eh bien… On dirait que vous êtes vraiment très proches les uns des autres, vous tous, membres de Doctors International.

— C'est vrai. Et c'est un peu normal quand un groupe de gens se retrouve, comme c'est le cas ici, à vivre plus ou moins en vase clos. Nous formons une sorte de famille, maintenant.

— Je vois exactement ce que vous voulez dire.

Il marqua une pause.

— Dans mon travail, c'est un peu la même chose. On retrouve toujours plus ou moins les mêmes journalistes et les mêmes photographes sur le terrain… Alors, forcément, des liens de camaraderie se développent.

Un bref silence s'ensuivit, pendant lequel Julia s'efforça de trouver une façon de savoir s'il restait quelque temps dans le secteur sans donner l'impression que la réponse, positive ou négative, lui importait. Au bout d'un moment, elle renonça. Tant pis pour la subtilité. Elle détestait jouer la comédie ou ne pas dire exactement ce qu'elle pensait.

Elle demanda donc tout de go :

— Vous restez à San Marquez pendant quelque temps ?

Une expression chargée de regret passa dans les yeux de Sebastian.

— Je crains que non. Je dois prendre un vol à 9 heures pour rentrer en Équateur.

La déception s'insinua en elle, mais elle espéra qu'elle ne transparaissait pas sur son visage. Elle le suivit comme il se dirigeait vers une Jeep, d'un modèle ancien, garée à quelque distance de là. Tout en marchant, elle ne put s'empêcher de laisser glisser son regard jusqu'à son postérieur ferme et musclé, scandaleusement mis en valeur par le pantalon de treillis qui n'était pourtant pas moulant.

Oh ! Seigneur ! Elle avait envie de cet homme à un point…

Et il repartait. C'était bien sa chance.

Il ouvrit la portière côté conducteur, mais, au lieu de se mettre au volant, il se retourna et haussa les épaules d'un air un peu indécis. Quelque chose soufflait à Julia qu'il ne devait pas arriver souvent à cet homme de se sentir embarrassé ou nerveux, et elle réprima un sourire en le voyant danser d'un pied sur l'autre, comme s'il hésitait sur la conduite à tenir.

— Merci d'avoir pris le temps de me recevoir, docteur.

— Mais je vous en prie. Ça a été un plaisir.

Il s'éclaircit la voix.

— Si, euh... J'étais amené à revenir sur l'île, peut-être pourrais-je pousser jusqu'ici pour venir vous voir...

À la façon dont il avait laissé sa phrase en suspens, il était impossible de déterminer s'il s'agissait d'une interrogation ou d'une déclaration.

Elle opta pour la considérer comme une question.

— Bien sûr. Très volontiers.

Leurs regards se croisèrent — s'arrimèrent l'un à l'autre — et, de nouveau, l'étrange phénomène se produisit : la température parut soudain grimper en flèche en même temps que l'air, entre eux, se raréfiait subitement. Les pointes de ses seins se dressèrent contre le tissu de son soutien-gorge blanc, une palpitation sourde naquit dans ses entrailles. Nom d'un chien, ce n'était pas possible ! Sa réaction n'aurait pas été plus intense si elle n'avait pas fait l'amour depuis deux ans !

*Oh ! Mais...* Elle n'avait effectivement pas fait l'amour depuis deux ans.

Mettant de côté ces pensées sarcastiques, elle se concentra sur Sebastian qui semblait sur le point de dire quelque chose. Elle retint son souffle, attendant qu'il parle, tandis qu'une expression indéfinissable se peignait sur son visage. Elle crut y discerner de la réticence, du regret, peut-être même une once de tristesse, mais, avant qu'elle ait eu le temps d'en tirer une quelconque conclusion, il s'était glissé derrière le volant et avait tourné la clé de contact.

— Bonne continuation à la clinique, docteur, dit-il, haussant le ton pour se faire entendre par-dessus le grondement du moteur.

Elle ravala tant bien que mal son désappointement.

— Bon retour en Équateur, répondit-elle, élevant elle aussi la voix, avant de reculer et d'agiter la main en signe d'adieu.

La Jeep souleva un nuage de poussière ocre comme Sebastian exécutait une marche arrière pour faire demi-tour, puis s'éloignait en direction de la route gravillonnée qui allait le ramener à la civilisation.

— Waouh ! C'était qui, ce type ?

Julia se retourna. Lissa Purdue descendit les marches du porche et s'avança rapidement vers elle. De tout le personnel de la clinique, c'était Lissa, l'infirmière australienne bonne vivante avec laquelle elle partageait sa tente depuis six mois, dont elle était le plus proche.

— Le journaliste dont je t'ai parlé, répondit-elle, les yeux encore fixés sur la Jeep qui disparaissait dans le lointain.

— Non ? Sans blague ? Mais c'est un vrai canon !

Julia soupira.

— Bravo pour ta perspicacité. On ne peut rien te cacher.

Lissa la contempla, bouche bée.

— Oh ! Mais dis-moi… Est-ce que je rêve ? Le toujours très professionnel Dr Julia Davenport montrerait-il un intérêt — pas si professionnel que ça — pour un homme ? Qu'est-ce qui se passe ? Tu ne te sens pas bien, ma belle ?

Julia leva les yeux au ciel, mais ne répliqua pas. Qu'aurait-elle pu dire ? C'était vrai. Elle ne s'était pas intéressée au sexe opposé depuis qu'elle était arrivée sur l'île. Alors que d'autres femmes — Lissa incluse — ne voyaient aucun inconvénient à flirter avec les mâles célibataires de leur entourage, elle-même s'appliquait à maintenir avec la gent masculine des relations strictement professionnelles.

Plusieurs hommes attirants travaillaient à la clinique, parmi lesquels Kevin Carlisle et Marcus, le père célibataire de Simone, mais elle préférait éviter toute liaison avec un confrère. Au cours de sa dernière mission en Éthiopie, elle avait vu deux collègues tomber amoureux — avant d'assister à la dégradation de leur liaison puis à l'explosion du couple, ce qui avait rendu la vie impossible à tous ceux qui avaient eu la malchance de se trouver là.

Malheureusement, une fois écartés ses collègues de travail, le choix, en termes de vie amoureuse ou sexuelle, se voyait réduit à peau de chagrin. Exception faite du pilote plutôt beau garçon qui leur livrait leurs fournitures tous les deux mois, il n'y avait pas un seul célibataire susceptible d'exciter les convoitises féminines.

— Tu aurais dû lui proposer de rester dîner, ajouta Lissa en passant un bras autour de ses épaules.

Du haut de son mètre quatre-vingt-un, Lissa la dépassait de quinze centimètres. Certains hommes du personnel prenaient un malin plaisir à la taquiner à propos de sa taille hors norme pour une femme mais, en réalité, chacun l'admirait. Elle, pour le coup, aurait tout à fait été le type de femme de Sebastian Stone. Une belle rousse plantureuse, avec une crinière flamboyante, une chute de reins à faire se pâmer n'importe quel membre de la gent masculine et d'interminables jambes fuselées.

C'était peut-être horriblement égoïste, mais Julia était presque contente que Sebastian soit parti avant que Lissa ne fasse son apparition. Parce qu'il ne faisait aucun doute que son intérêt se serait aussitôt centré sur elle.

— Il avait un avion à prendre, répondit-elle, tandis que toutes deux rentraient dans le bâtiment.

— Dommage ! Un petit tour entre les draps t'aurait fait le plus grand bien.

Julia éclata de rire.

— Pourquoi t'inquiètes-tu autant de ma vie sexuelle ? Sérieusement, tu n'arrêtes pas de faire des allusions aussi grosses que des montagnes.

— C'est juste que je n'aime pas voir mes collègues se tuer au travail du matin au soir sans s'accorder le moindre répit. J'aimerais bien que tu t'autorises un peu de détente et de distraction.

— Je me rattraperai dans trois mois.

Elle se garda de préciser à quel point la perspective de

rentrer chez elle la rebutait mais, comme Doctors International imposait des périodes de repos à intervalles réguliers, elle n'aurait d'autre choix que de retourner à Boston, une fois son cycle de travail terminé.

L'alternance neuf mois de mission trois longs mois de vacances lui pesait terriblement. Elle avait rejoint Doctors International dès son internat terminé, et cela faisait maintenant trois ans qu'elle travaillait pour l'organisation. Elle redoutait déjà le retour à Boston et l'idée de se tourner les pouces pendant douze longues semaines en attendant le début du cycle de travail suivant. C'est pourquoi elle mettait en général à profit ses trois mois de congé pour effectuer des remplacements dans le cabinet privé d'un confrère et comptait les jours qui lui restaient avant de repartir sur le terrain, à l'autre bout du monde.

— Quoi qu'il en soit, tu te distrais pour deux, répliqua-t-elle, tandis qu'elles entraient dans le petit bureau des infirmières, non loin de la salle d'attente.

Elle décocha un large sourire à son amie.

— Du moins… Si tu as toujours l'intention de séduire Kev ?

— Absolument, confirma Lissa, ses yeux verts scintillant de malice. À la seconde où Marcus et toi m'accorderez généreusement une nuit de liberté, tu peux être sûre que je me faufilerai dans la tente du Dr Carlisle et que je mettrai fin au malheur qui nous frappe tous les deux.

— Il serait temps ! Vous vous tournez autour depuis six mois.

— Précisément, renchérit joyeusement Lissa en enlevant l'élastique qui maintenait ses cheveux, avant de refaire la queue-de-cheval qui emprisonnait ses mèches rousses et bouclées. Nous nous verrons plus tard, ma belle. Il faut que j'aille aider Sally à effectuer ces vaccinations.

Julia la regarda s'éloigner de son pas énergique. Quand elle avait dit à Sebastian que ses collègues constituaient sa famille, elle n'avait pas menti. La pétillante Lissa était réellement devenue comme une sœur pour elle. Kevin, lui, était le frère aîné qui se plaisait à la taquiner. Marcus, la figure paternelle qui lui avait manqué tout au long de sa vie. Quant à Helga, la sage-femme du groupe, elle était la douce grand-mère qui avait toujours de sages conseils à délivrer.

Son père et sa sœur ayant disparu, elle était seule au monde. Bien sûr, elle avait encore sa mère, mais toutes deux n'avaient jamais été proches et, après le déménagement de Darlene pour la côte Ouest, quelques années plus tôt, elles s'étaient complètement perdues de vue. Non qu'elle en soit particulièrement affligée — sa mère était une femme froide, centrée sur elle-même, sans une once d'instinct maternel, et elle se passait très bien d'une mère comme elle.

— Jules ! J'ai besoin de toi.

Tournant la tête, elle aperçut Nadir Patel qui passait la tête par la porte entrebâillée d'une salle d'examen. Nadir était le quatrième médecin de l'équipe. Dans son Inde natale, il avait dirigé un cabinet de pédiatrie, si bien que c'était lui qui se chargeait des jeunes patients à Valero.

— Tout va bien ? lança-t-elle.

— J'essaie de faire une prise de sang, mais notre petit patient est un peu nerveux. Tu pourrais peut-être me donner un coup de main ?

Un hurlement de protestation s'éleva depuis la salle d'examen, confirmant à Julia que le petit patient en question était plus qu'*un peu* tendu.

— Bien sûr, j'arrive.

Dix minutes plus tard, grâce à son aide, l'enfant de deux ans, angoissé et récalcitrant, s'était laissé amadouer et le prélèvement sanguin était fait.

Elle alla ensuite voir ses propres patients et eut la satisfaction de constater que beaucoup de ceux qui étaient venus consulter en se plaignant de symptômes ressemblant à ceux de la malaria ne montraient plus de signes de présence du parasite. Pour autant, elle ne pouvait pas les autoriser à repartir tant qu'elle n'avait pas en main les résultats d'analyses sanguines, mais elle avait bon espoir… Le spectre d'une grave épidémie semblait en passe d'être écarté.

Pendant les trois heures suivantes, elle s'affaira à droite et à gauche dans la clinique, se chargeant d'un peu tout, de la pose de points de suture au vidage des bassins des patients hospitalisés. Sa blouse blanche avait beau souligner son statut de médecin, la clinique manquait tellement de personnel que les frontières entre les responsabilités des uns et des autres avaient tendance à se brouiller. En fonction des besoins, il lui arrivait donc fréquemment d'accomplir des tâches relevant des attributions d'une infirmière, d'une chirurgienne, d'une intendante ou même d'une cuisinière ou d'une garde d'enfants.

Sans surprise, lorsque 9 heures sonnèrent, elle n'était pas loin de s'écrouler de fatigue. Comme elle était de garde de nuit, elle n'avait pas dîné avec ses collègues. Elle s'était contentée d'avaler une boîte de haricots froids entre deux visites à des patients, si bien que son estomac criait famine quand elle retira sa blouse et quitta la clinique par la porte de derrière.

Les tentes du personnel de Doctors International étaient dressées à l'arrière du bâtiment. Il y en avait quatre grandes, deux pour les hommes, deux pour les femmes, chacune contenant six lits, et quelques autres, plus petites, pour les cas particuliers ; l'une était occupée par Simone, les autres réservées aux membres du personnel mariés.

Elle se dirigea vers la tente qu'elle partageait avec Lissa et deux autres infirmières — Kendra, une adorable Afro-Américaine de Detroit, et Marie-Thérèse, une jeune Française blonde, fraîche émoulue de l'école d'infirmières.

Kendra était allongée sur l'un des matelas, immobile, les yeux fermés, aussi Julia s'efforça-t-elle de ne pas faire de bruit en s'asseyant sur le bord de son lit. Elle alluma la lampe de chevet fonctionnant à piles en prenant soin de tamiser la lumière pour ne pas réveiller l'infirmière endormie, puis ouvrit doucement l'un des deux tiroirs et en sortit sa trousse de toilette.

Si épuisée qu'elle soit, elle avait envie d'une bonne douche fraîche avant de se coucher pour évacuer la chaleur et la saleté accumulée pendant la journée. Il y avait une zone de toilette, au-delà des tentes, commune au personnel masculin et féminin. Sans que cela constitue un point primordial lorsque l'on vivait dans des conditions aussi primitives, des horaires avaient tout de même été définis afin de préserver la pudeur de ceux qui se souciaient encore de ce genre de considération. En ce qui la concernait, elle était la plupart du temps bien trop exténuée, lorsqu'elle avait fini son travail, pour s'inquiéter que l'un ou l'autre puisse la voir nue.

Elle se levait pour quitter la tente, sa trousse sous le bras, lorsque le récepteur radio posé sur sa table de chevet se mit à grésiller. Jetant un bref coup d'œil en direction de Kendra, elle attrapa la radio et sortit rapidement en courbant la tête pour passer sous la porte de toile.

Dehors, l'aire de détente était déserte. Elle se dirigea vers l'une des longues tables de style table de pique-nique, autour desquelles le personnel se réunissait habituellement pour les repas.

— J-J-Julia… T-tu… m-m-m'entends ?

Ce fut à peine si elle réussit à reconnaître le faible filet de voix qui émanait du haut-parleur. *Kevin ?* Elle fronça les sourcils, se souvenant tout à coup qu'il n'était toujours pas revenu.

Comme des bruits parasites grésillaient sur la ligne, elle s'empressa d'appuyer sur le bouton et répondit :

— Kevin ? C'est toi ?

— J-Julia…

Elle reconnut clairement le timbre de sa voix, cette fois. Le soulagement l'envahit. OK. Au moins était-il encore en un seul morceau. Sans doute avait-il décidé de passer la nuit dans l'un des villages où il s'était rendu, plutôt que de faire le trajet de retour jusqu'à la clinique de nuit.

— Kev, tu me reçois ? Où es-tu ?

— Je… Vil-lage… Esp-peranza…

Un pli soucieux lui barra soudain le front.

— Esperanza ? Mais c'est tout au nord. Pourquoi es-tu allé aussi loin ?

De nouveaux crachotements parasites perturbèrent la communication, puis elle entendit ce qui ressemblait à une violente quinte de toux.

— Ça… va… tr-très… mal… ici.

Pour la première fois depuis qu'elle avait reconnu la voix de son confrère, l'inquiétude se fit réellement jour en elle.

— Kev ? Qu'est-ce qui se passe ?

— Je… T-traitement… Ne sais pas… Jamais v-vu ça.

Lentement, un sentiment de malaise s'insinua en elle. Ses paumes se mirent à la picoter, tandis qu'une onde de panique montait en elle.

— L'eau… Peut-être… Je ne sais pas.

Avec l'angoisse que trahissait l'intonation de Kevin, son accent britannique était plus prononcé, comme toujours lorsqu'il était énervé ou inquiet.

— C'est… gr-grave, J-Jules. Je… pas… Que j-j'ai… Ne v-viens pas.

Ces derniers mots lui glacèrent le sang.

— T-tu m'ent-tends, Julia ? N-Ne viens s-surtout pas… ici.

D'une voix plus pressante, désespérée presque, il répéta :

— Ne… viens surtout pas.

Puis la communication radio fut coupée.

# 3

— Tu es dans une *église* ? C'est une plaisanterie, je suppose ? tonna la voix incrédule du sous-lieutenant Nick Prescott dans le téléphone satellitaire.

Riant sous cape, Sebastian parcourut du regard le bâtiment de brique de plain-pied qui se dressait à une centaine de mètres. Seules deux croix de bois toutes simples indiquaient qu'il s'agissait d'un lieu de culte, l'une ornant la porte d'entrée, l'autre fixée sur le toit. Une lueur jaune filtrait par la fenêtre, sur le côté de l'édifice, lui indiquant que le vieux prêtre qui lui avait offert l'hospitalité était encore éveillé, dans son petit presbytère.

— Ce n'est pas une blague, je t'assure. Encore que, techniquement, je sois plutôt hébergé dans une écurie.

Il jeta un coup d'œil, par-dessus son épaule, à l'entrée sombre de la petite dépendance où il allait passer la nuit. Il avait déjà inspecté les environs pour s'assurer que l'endroit était sûr et, maintenant, il n'avait plus envie que d'une chose : s'allonger sur le foin dans cette stalle vide et s'abandonner aux bras de Morphée en écoutant les bruits de sabots et les hennissements des deux juments Appaloosa du prêtre.

— Si je comprends bien, tu es tombé en panne d'essence et, au lieu de marcher jusqu'à la station-service la plus proche, tu as décidé de rester sur place et de passer la nuit en rase campagne, à San Marquez ?

L'étonnement de Nick ne faisait qu'augmenter.

— Et depuis quand te déplaces-tu sans avoir au moins un jerrycan de carburant de secours ? Il n'y a pas plus prévoyant que toi, habituellement.

— J'en avais un, grommela Sebastian, ravalant un accès de frustration. Mais on me l'a volé. C'est probablement l'un des patients de la clinique, parce que j'imagine mal un membre du personnel dérobant quoi que ce soit au journaliste venu faire un reportage sur leur action.

Et peut-être aurait-il remarqué l'absence du jerrycan en quittant la clinique, songea-t-il, s'il n'avait pas été aussi captivé par les grands yeux noisette de Julia Davenport.

Heureusement, la Jeep avait eu le bon goût de tomber en panne sèche à proximité de cette église.

— D'accord. Mais ça n'explique pas pourquoi tu n'es pas en ce moment même en train de te rendre à pied à une station-service, insista Nick.

Sebastian réprima un soupir. Il n'était pas en mesure d'expliquer pourquoi il avait eu besoin de ce répit. Ça n'avait pas de sens — il n'était pas en situation de s'octroyer un moment de paresse. Sauf à vouloir passer le restant de ses jours en cavale, il lui fallait découvrir qui voulait le voir mort et, pour ce faire, il devait apprendre le plus de choses possible sur le projet Bélier et le mystérieux virus que Richard Harrison avait testé sur les villageois.

Mais c'était la première fois depuis bien longtemps qu'il se retrouvait seul. Sans Tate ni Nick dans les parages, sans ce sentiment d'urgence suspendu comme une épée de Damoclès au-dessus de sa tête. Non que l'urgence ne soit plus de mise. La situation était toujours aussi critique. Mais elle lui semblait tout à coup moins… oppressante.

Et puis, quelque part, tout au fond de lui, il regrettait de ne pas être resté plus longtemps à Valero. Il aurait peut-être pu inviter Julia Davenport à aller boire un café en sa compagnie ou…

Oh ! Bon sang… À quoi bon se leurrer ? Il aurait peut-être pu la convaincre de coucher avec lui !

Il n'avait cessé de penser à elle et ne comprenait toujours pas comment cette femme médecin maigre et surchargée de travail pouvait exciter ses sens à ce point. Enfin, quoi, il n'avait pas eu un seul battement de cils lorsqu'il avait rencontré la splendide Eva Dolce le mois précédent, et Eva incarnait le sex-appeal ! Julia Davenport était jolie, certes, mais elle n'était pas la séduction incarnée, ni rien de ce genre.

Alors, pourquoi des pensées classées X la mettant en scène tournaient-elles en boucle dans son esprit depuis qu'il avait quitté la clinique ?

Un soupir se bloqua dans sa gorge. Mieux valait qu'il ne se soit pas attardé. Le sexe avait le pouvoir de vous faire perdre le sens des priorités, et il ne pouvait pas se permettre de se laisser distraire par quoi que ce soit en ce moment.

— J'embarquerai sur un bateau dès demain matin, dit-il à Nick. Rien ne presse, de toute façon. Cette histoire de malaria était une fausse alerte.

— Ce serait bien de connaître exactement les symptômes à rechercher. Nous ne savons strictement rien de ce virus qui a tué tous ces gens à Corazón, maugréa Nick d'un ton ennuyé. Tu es sûr que Cruz n'a fourni aucun détail quant à l'état des corps ?

— Tu pourras me poser la question encore cent fois, Prescott, la réponse sera toujours la même. Cruz a dit que les seuls signes visibles de la maladie étaient des saignements de nez et l'apparition d'écume à la bouche. C'est tout.

L'ironie de la situation ne lui échappait pas. Le peu d'informations qu'ils avaient réussi à collecter sur le virus leur venait d'une source qui ne pouvait pas être considérée comme fiable — Hector Cruz, l'ancien chef des CPL, qui, grâce à Tate, était mort et bien mort. Mais si Cruz avait tué le frère de Tate pendant cette désastreuse mission à Corazón, il avait formellement nié avoir touché à un cheveu de ses compatriotes, tous ces hommes et ces femmes dont on avait retrouvé les cadavres éparpillés un peu partout dans le village.

Cruz et ses hommes avaient brûlé les corps pour le cas

où ceux-ci seraient contagieux, mais Sebastian regrettait aujourd'hui de n'avoir vu de ses yeux les preuves tangibles de la maladie et de devoir s'en remettre à la parole d'un témoin qui n'était plus de ce monde.

— Ce n'est sûrement pas quelque chose qui se trouve dans la nature, disait Nick, l'air toujours extrêmement irrité. Harrison dirigeait le département des armes biologiques chez D&M Initiative ; nous devons donc partir du principe que le virus qu'il testait a été fabriqué en laboratoire.

Sebastian laissa échapper un soupir soucieux.

— Oui. Et il s'agit probablement d'une souche mutante d'un virus quelconque, ce qui signifie qu'il y a peu de chances qu'il existe un vaccin.

Le soupir que Nick exhala à son tour n'était pas moins préoccupé.

— Une telle chose ne peut être cautionnée par le gouvernement. Le président Howard s'est clairement positionné quant à l'élaboration d'armes biologiques.

Contrairement à ce que pouvait laisser penser cette remarque du type « verre à moitié plein », Sebastian voyait les choses de manière nettement plus cynique.

— Oh ! C'est bel et bien du côté du gouvernement qu'il faut chercher. Mais, à mon avis, le président n'est pas au courant. Je pense qu'il y a une pomme pourrie à localiser avant qu'elle ne contamine la totalité de l'arbre.

— Peut-être, grommela Nick avant de proférer un juron, ce qui n'était pas dans ses habitudes. Écoute, dépêche-toi de rentrer ici, Seb. Eva et son ami pirate informatique se concentrent sur le projet Bélier ; ils essaient de trouver qui a travaillé dessus. Une fois que nous aurons des noms, Tate veut que toi et moi nous rentrions au pays pour effectuer des recherches.

Les sourcils de Sebastian s'arquèrent.

— Ah bon ? Vraiment ? Il ne pense plus que c'est trop risqué ?

— Il en a assez d'être en cavale et voudrait bien pouvoir épouser l'amour de sa vie, répondit sèchement Nick.

— Par conséquent, il est tout disposé à risquer nos têtes pour que ses vœux soient exaucés.

Pour sarcastique qu'elle paraisse, sa remarque n'était rien d'autre qu'une plaisanterie. Il savait bien que le capitaine Robert Tate aurait sans hésiter sacrifié sa vie pour ses hommes ; lui-même en aurait fait tout autant. Tate et Nick étaient les seuls amis qu'il avait en ce bas monde.

— OK. Bon, laisse-moi le temps de rentrer et nous discuterons de ce qu'il convient de faire lorsque je serai là, dit-il.

— D'accord. Sois prudent, Seb.

— Comme toujours, Nicky.

Il coupa la communication, rangea le téléphone satellitaire dans son sac imperméable, remit celui-ci en bandoulière et se dirigea vers la porte ouverte de l'écurie plongée dans l'obscurité.

Il en franchissait le seuil lorsque le bourdonnement des pales d'un hélicoptère retentit dans l'air. Plissant les yeux, il leva la tête pour fouiller du regard le ciel d'encre et, de fait, aperçut des lumières bleutées qui clignotaient dans le noir. Une seconde plus tard, un appareil de l'armée survolait le bâtiment, suivi d'un deuxième, puis d'un troisième.

Trois hélicos ? Oh ! ça, ce n'était pas bon signe !

Cette pensée avait à peine traversé son esprit qu'un bruit de moteurs se fit entendre dans la nuit.

Il ne prit même pas la peine de se mettre à couvert ; il se fondait dans l'ombre, personne ne pouvait le repérer de la route. Se mordant la lèvre, il regarda passer une demi-douzaine de Jeeps sur l'étroite piste de terre. De là où il se trouvait, il ne pouvait distinguer les visages des passagers, mais la marée d'uniformes bleu et or de l'armée de San Marquez parlait d'elle-même.

— Mais où allez-vous donc tous, si vite, les gars ? murmura-t-il, observant le défilé de véhicules avec un intérêt croissant.

Sans doute y avait-il eu une escarmouche avec les rebelles des CPL… Du moins le pensa-t-il jusqu'à ce qu'il voie passer trois camionnettes sanitaires noires intercalées entre les Jeeps — l'équivalent des ambulances nord-américaines, à ceci près qu'elles étaient silencieuses et leurs gyrophares éteints.

Il fronça les sourcils. Si les militaires répondaient à une urgence, pourquoi se donnaient-ils tant de peine pour rendre les ambulances quasiment invisibles ? Elles auraient dû au contraire foncer, gyrophares allumés et sirènes hurlantes…

Sauf si l'armée ne voulait pas que quiconque sache qu'il y avait quelque part une situation d'urgence sanitaire.

Sentant ses épaules se raidir, il s'éloigna rapidement en direction de sa Jeep, avant de se souvenir qu'elle était en panne d'essence.

— Bon sang ! grommela-t-il.

Il savait que le prêtre qui avait accepté de l'héberger ne possédait pas de véhicule. Impossible donc de suivre le convoi militaire jusqu'à sa destination. À moins de tenter sa chance à pied… Mais c'était d'avance voué l'échec. Quand il retrouverait la trace des soldats, la mystérieuse urgence sur laquelle ils avaient été dépêchés ne serait sans doute plus d'actualité.

Zut ! Il lui fallait absolument trouver un véhicule. Il réfléchit à toute vitesse, essayant de se rappeler s'il y avait des voitures dans la ferme qu'il avait repérée à huit ou neuf kilomètres à l'est de l'église. À moins qu'il ne retourne en courant jusqu'à la clinique de Doctors International pour « emprunter » l'une des camionnettes garées dans la cour, devant le bâtiment. Mais la clinique était à deux bonnes heures d'ici, alors le temps de…

Un hennissement soudain interrompit le cours de ses pensées.

Il tourna vivement la tête en direction de l'écurie. Il était là, à chercher une solution à son problème, alors qu'elle se trouvait juste sous son nez !

Mais… N'allait-il pas signer sa condamnation à un aller simple pour l'enfer, s'il volait le cheval d'un homme d'Église ?

Il exhala un long soupir. Probablement que si.

Sans compter qu'il n'était pas monté à cheval depuis… Oh ! Bon sang ! Au moins depuis le collège, l'année où ses camarades de classe et lui s'étaient rendus en voyage scolaire dans un ranch éducatif du Wyoming.

Mais le cheval, c'était comme le vélo, non ?

Ça ne s'oubliait pas.

Sa décision prise, il marcha d'un pas résolu vers l'écurie et se dirigea droit vers la première des deux stalles occupées. Vingt-minutes plus tard, celle des deux juments qui semblait la plus alerte était sellée.

Prenant les rênes, Sebastian guida l'Appaloosa hors de son box, non sans avoir pris soin de laisser au vieux prêtre cinq cents dollars en dédommagement, posés bien en vue sur une botte de foin.

— Je vais avec toi ! déclara Lissa, ses yeux verts exprimant toute sa résolution.

— Non, tu restes ici, répondit Julia.

Elle rangea une lampe de poche et un paquet de piles neuves dans son sac à dos.

— Jules…

— Inutile de discuter, Lis. Tous les autres viennent de travailler quarante-huit heures d'affilée, et Kevin n'est pas là. Moi partie, il ne restera que Nadir et Marie-Thérèse pour s'occuper de toute la clinique, ce soir. Ils ont besoin de ta présence.

Lissa poussa un soupir de frustration.

— Bon, d'accord. Mais appelle-moi par radio à la seconde où tu seras arrivée, OK ?

— Promis, lui assura Julia.

Elle tira la fermeture Éclair de son sac à dos et sortit du local de fournitures, Lissa sur les talons.

— Est-ce que Kev a dit de quel genre d'urgence il s'agissait ? demanda encore Lissa.

— Non. Il n'a pas dit grand-chose, en fait.

Elle fit semblant de se concentrer sur le réglage des bretelles de son sac pour ne pas avoir à regarder Lissa dans les yeux.

« Ne viens surtout pas ici. »

L'inquiétante mise en garde de Kevin continuait à résonner en elle, telle une petite guêpe bourdonnant obstinément dans sa tête, sans qu'elle parvienne à la chasser. Elle avait envie de confier à Lissa ce que Kev avait dit, mais elle ne voulait pas provoquer la panique. De plus, la communication radio avait été si mauvaise qu'elle avait peut-être mal compris.

« Ne viens surtout pas ici. » Tu parles ! Pensait-il réellement, après avoir dit ça, qu'elle allait l'écouter ? Si son ami et confrère avait des ennuis, elle n'allait pas rester bras ballants, à ne rien faire.

— Je vais prendre l'une des camionnettes, annonça-t-elle, attrapant un trousseau de clés sur le tableau qui se trouvait dans l'entrée. Ça ira plus vite qu'avec mon deux-roues.

Lissa faisait toujours grise mine lorsqu'elles sortirent du bâtiment.

— Sois prudente sur la route. Et préviens la clinique dès que tu seras à Esperanza.

— D'accord. Ne t'inquiète pas.

Elle prit place dans la cabine de la camionnette et inséra la clé dans le contact. Il lui fallut plusieurs tentatives avant que le moteur du vieux véhicule ne finisse par démarrer en toussotant.

Passant la tête par la vitre baissée, elle salua son amie de la main et réussit à produire un sourire empreint d'une vaillance qu'elle était loin d'éprouver.

— Je t'appelle dès que je serai arrivée.

Il faisait nuit noire lorsqu'elle s'engagea sur la route. Le pinceau lumineux des phares ne lui était pas d'une grande aide pour éclairer la voie mais, heureusement, elle connaissait comme sa poche toutes les petites routes du coin. Depuis six mois qu'elle était là, elle avait entièrement sillonné la région sur son deux-roues, mais elle s'obligea quand même à ne pas rouler trop vite tandis qu'elle prenait la direction du nord. Peu de gens, par ici, possédaient des voitures, mais il n'était pas rare qu'un troupeau de chèvres, un chien ou un chat errant surgisse tout à coup au beau milieu de la chaussée.

Esperanza se trouvait à quatre-vingts kilomètres environ au nord-ouest, dans une zone de forêt isolée s'étendant au pied de la montagne. De jour, le trajet prenait un peu plus d'une heure, mais à vitesse réduite et dans des conditions de visibilité peu favorables, Julia mit deux heures avant de voir apparaître le petit village devant elle.

Comme le faisceau des phares ne lui avait permis de voir que cinq mètres devant elle pendant toute la durée du trajet, le soudain éclat de lumière venu de nulle part l'éblouit.

Plissant les yeux, elle contempla, abasourdie, le spectacle inattendu qui se présentait devant elle.

Des véhicules militaires barraient la route et des projecteurs avaient été installés tout autour pour éclairer la zone. Des soldats allaient et venaient en courant, l'air affairé, l'écho de leurs voix lui parvenant par la vitre baissée de la portière. À leurs uniformes, elle les identifia comme appartenant à l'armée de San Marquez. Puis il lui sembla soudain voir du vert au milieu du bleu et or.

Ses yeux s'écarquillèrent de stupéfaction comme elle prenait conscience de ce qu'elle avait sous les yeux. Des Américains. Les hommes en vert étaient des militaires américains.

Et tous les soldats présents avaient le visage protégé par un masque chirurgical.

— Mais qu'est-ce que…

Elle n'acheva pas sa phrase, incapable de détacher le regard du chaos qui régnait un peu plus loin sur la route.

Voyant qu'il lui serait impossible de passer, elle appuya sur la pédale de frein et plaça le levier de vitesse en position de stationnement. Au même moment, un cri retentit.

En un clin d'œil, des militaires accoururent, encerclant sa camionnette, tels des fans surexcités se jetant sur la limousine d'une célébrité. La portière côté conducteur fut brutalement ouverte, quelqu'un l'attrapa par le bras et la tira à l'extérieur. Ses baskets atterrirent avec un bruit sourd sur le gravier.

— Qu'est-ce que vous... Lâchez-moi ! ordonna-t-elle comme une solide main masculine venait se refermer autour de son bras et le serrait très fort.

D'un coup d'épaule, elle se dégagea et recula d'un pas chancelant.

— Qui êtes-vous ? demanda l'un des hommes.

Elle ne voyait pas sa bouche sous le masque chirurgical, mais ses yeux bleus étaient aussi froids que la calotte glaciaire arctique. Il lui avait parlé en anglais.

— Qu'est-ce que vous faites ici ?

— Je suis le Dr Julia Davenport. Un de mes collègues était censé...

Sa voix mourut subitement comme son attention se portait vers quelque chose, au-delà du barrage.

Elle fronça les sourcils, essayant d'interpréter la scène incompréhensible qui se déroulait sous ses yeux. Qu'est-ce que c'était que ces tas qu'elle voyait, là-bas ? Des sacs-poubelles empilés les uns sur les autres ? Que diable faisaient ces soldats avec tous ces... Oh ! Mon Dieu ! Ce n'était pas des sacs-poubelles. C'était des housses mortuaires !

Saisie d'horreur, elle reporta le regard sur le premier soldat dans son champ de vision. C'était un Afro-Américain avec des yeux aux paupières lourdes et une moustache noire qui dépassait du masque de protection.

— Qu'est-ce qui se passe ici ? s'enquit-elle d'une voix soudain beaucoup plus calme.

Au lieu de lui répondre, l'homme la saisit par le bras et l'éloigna de force de sa camionnette.

— Veuillez venir avec nous, je vous prie, madame, dit-il d'une voix monocorde.

L'indignation s'empara d'elle.

— Quoi ? Non ! Je n'irai nulle part tant que vous ne m'aurez pas dit ce qui se passe.

Il ignora sa protestation, et l'étau se resserra autour de son bras.

— Je suis une citoyenne américaine ! cria-t-elle. Vous ne pouvez pas m'arrêter comme ça, sans raison ! Je n'ai rien fait, bon sang !

Elle tempêtait encore quand les soldats l'entraînèrent.

# 4

— Que faites-vous ici ?

Julia avait les dents si serrées qu'elle se demandait comment l'émail ne s'était pas encore ébréché. S'ils lui posaient cette question encore une fois, elle allait se mettre à hurler.

Depuis plus d'une heure et demie maintenant, elle était retenue contre son gré sous une toile de tente, assise sur une chaise métallique inconfortable plantée au beau milieu du sol de terre. La chaise était l'unique meuble dans la tente, ce qui conférait à l'endroit une atmosphère franchement sinistre. Elle n'était pas ligotée, elle n'était pas bâillonnée, mais la présence des deux soldats qui montaient la garde à l'entrée et des deux militaires qui étaient en train de l'interroger indiquait clairement qu'elle était bel et bien retenue prisonnière.

Elle n'avait pas la moindre idée de ce qui se passait mais, de toute évidence, ce n'était rien de bon. Ces sacs mortuaires qu'elle avait vus… Et où donc était Kevin ? Et les habitants ? Tandis qu'on lui faisait traverser le village pour la conduire jusqu'à ce campement militaire installé à la lisière des bois, elle n'avait vu que des soldats.

Esperanza avait été déserté. Pas le moindre signe de vie.

— Veuillez répondre à ma question, s'il vous plaît.

Pressant les lèvres l'une contre l'autre, elle contempla le visage masqué de l'un des deux militaires, un homme de haute taille, nimbé d'une telle autorité qu'elle avait immédiatement deviné que c'était lui le chef. Les masques chirurgicaux dont tout le monde était équipé étaient la preuve qu'il y avait un problème de nature médicale mais, comme personne ne portait de combinaison intégrale de protection contre les matières dangereuses, elle en déduisit que le mal mystérieux qui était à l'origine de ces mesures de précaution n'était probablement pas transmissible par l'air.

— Je vous ai déjà répondu, répliqua-t-elle sèchement. Je m'appelle Julia Davenport. Je suis médecin et je dirige la clinique de Valero. Je suis venue ici rejoindre l'un de mes collègues, le Dr Kevin Carlisle.

— À cette heure de la nuit ?

La suspicion s'entendait à son intonation. Lorsqu'il croisa les bras, le regard de Julia fut attiré par les quatre étoiles qui ornaient les épaules de son uniforme.

Elle fouilla dans sa mémoire, essayant de se rappeler ce qu'elles signifiaient.

Oh… Nom d'un chien ! C'était un général !

Ce qui soulignait bien, si besoin en était encore, l'importance de cet interrogatoire.

Plus en colère que jamais, elle regarda son geôlier bien en face.

— Combien de fois encore faudra-t-il que je réponde aux mêmes questions ? Je vous l'ai dit, le Dr Carlisle m'a appelée par radio. Cela semblait urgent… Je me suis inquiétée. C'est pourquoi j'ai sauté dans une camionnette pour venir voir ce qu'il en était. C'est tout. Fin de l'histoire.

— Sur un autre ton, s'il vous plaît ! ordonna l'autre militaire.

Elle porta son regard sur lui, remarquant qu'il avait l'air plus jeune que le général et que son uniforme était dépourvu de tout insigne.

— Seigneur, aurais-je été impolie ? Vos autres prisonniers sont sûrement plus courtois et plus aimables que moi.

— Vous n'êtes pas prisonnière, corrigea le général, l'air ennuyé.

— Non ?

Arquant un sourcil, elle se leva de sa chaise.

Instantanément, les deux soldats gardant la porte de la tente braquèrent le canon de leur fusil d'assaut dans sa direction.

— C'est bien ce que je pensais, souligna-t-elle froidement, avant de se rasseoir.

Le général pinça les lèvres.

— Inutile de jouer ce petit jeu, docteur Davenport. Il faut que je…

— Un jeu ? le coupa-t-elle. Vous vous moquez de moi ? Il ne s'agit pas de jeu, pour l'amour du ciel… Où est mon confrère, le Dr Carlisle ? Pourquoi y a-t-il des sacs mortuaires partout dans le village ?

Ainsi qu'elle s'y attendait, elle ne reçut aucune réponse, si ce n'est sous la forme d'une nouvelle question :

— Avez-vous informé les membres du personnel de la clinique de Valero de votre venue ici ?

— Non.

Le mensonge était sorti tout seul ; il n'y avait pas eu la moindre hésitation de sa part. Sans se l'expliquer, elle était certaine que répondre par l'affirmative à cette question aurait été une grosse erreur. En réalité, seule Lissa avait été officiellement informée de ses plans, mais il ne faisait aucun doute que cette dernière avait mis les autres au courant après son départ. Peut-être était-ce de la paranoïa, mais elle avait le sentiment désagréable que ces hommes enverraient immédiatement un bataillon de soldats à la clinique, s'ils pensaient qu'elle avait parlé à ses collaborateurs.

— Vous êtes partie de Valero sans rien dire à personne ? insista le plus jeune des deux militaires, visiblement peu convaincu.

— J'étais seule dans ma tente quand l'appel de détresse du Dr Carlisle m'est parvenu, répondit-elle, tenant sa ligne sans sourciller. Mes collègues étaient tous occupés parce que nous avons plusieurs patients susceptibles d'avoir contracté la malaria… Je suis donc partie sans les prévenir, en me disant que je les appellerais par radio une fois arrivée à Esperanza.

Les hommes échangèrent un regard, puis le général adressa

un imperceptible hochement de tête à son subordonné. Le cœur de Julia s'arrêta de battre. Ils ne la croyaient pas.

*Bon sang de bon sang !*

Elle décida de détourner leur attention.

— Pourquoi portez-vous tous des masques ? demanda-t-elle à brûle-pourpoint.

— Ça ne vous regarde pas, répliqua le général avec raideur.

— Pardon ? rétorqua-t-elle, mi-stupéfaite mi-outrée. Je suis médecin et, manifestement, vous redoutez un début d'épidémie. De quoi s'agit-il ? D'une bactérie ? Comment se transmet-elle ?

— Docteur Davenport, ici, c'est moi qui pose les questions. Maintenant, veuillez nous dire, s'il vous plaît, qui, à Valero, est au courant de votre présence ici !

L'incrédulité la submergea. Elle secoua la tête, se demandant si elle n'était pas en train de faire un mauvais rêve, mais plus elle s'efforçait de trouver un sens à cette invraisemblable situation, plus la peur gagnait du terrain.

Les mains moites, elle fit de son mieux pour lutter contre la panique qui grandissait en elle. Quelque chose de vraiment grave était en train de se passer.

*Mon Dieu, Kevin, où es-tu ?*

— Docteur Davenport, proféra sèchement le général.

— Non, répondit-elle sur le même ton.

Il marqua un temps d'hésitation.

— Non, quoi ?

— Je ne répondrai plus à aucune question tant que je n'aurai pas vu un avocat.

Elle lui jeta un regard noir.

— Ou, du moins, parlerai-je à quelqu'un qui sera disposé à répondre aux questions que *je* me pose.

Puis elle ferma la bouche, croisa les bras et fusilla du regard les deux militaires qui la dominaient de toute leur hauteur.

Au bout d'un moment, le général tourna les talons et se dirigea vers la sortie. Son subalterne s'empressa de lui emboîter le pas.

Ils quittèrent la tente, ainsi que les deux soldats, mais elle ne se faisait pas d'illusions. Les deux gardes avaient dû rester postés devant l'entrée de la tente, prêts à tirer si jamais elle tentait de s'échapper.

S'échapper !

Nom d'un chien, mais que se passait-il donc ?

Et pourquoi commençait-elle à se dire que la seule façon dont elle sortirait d'ici serait dans l'un de ces sacs en plastique qu'elle avait vus entassés sur le sol ?

Sebastian regardait avec une inquiétude croissante les militaires charger les sacs mortuaires à l'arrière des camions, à l'entrée du village. Il en avait compté trente-cinq dans le premier et quarante et un dans le deuxième. Ce devaient être des habitants du village. Seigneur, encore des morts !

Les hommes s'acquittaient de leur macabre besogne avec efficacité, sans échanger le moindre commentaire.

Sebastian ravala le sentiment de dégoût qui s'emparait de lui, se demandant quelle justification ils pouvaient bien trouver au « nettoyage » auquel ils étaient en train de procéder. Sans doute se persuadaient-ils qu'ils étaient de bons petits soldats qui ne faisaient qu'obéir aux ordres de la hiérarchie et qu'ils n'avaient pas légitimité à remettre ces ordres en question ?

Sa mâchoire se contracta. Cette idée lui rappela tous ces soldats qui, dans l'Allemagne nazie, avaient eux aussi exécuté les ordres sans se poser de questions.

Luttant contre la fureur qui grandissait en lui, il se faufila à travers bois, se déplaçant silencieusement dans l'ombre, tel un prédateur nocturne. En tant qu'agent des Forces Spéciales, il savait se rendre invisible et était capable de se mouvoir au nez et à la barbe de ces hommes, voire de leur trancher la gorge avant même qu'ils se soient rendu compte de sa présence.

Caché derrière les arbres, il avisa un groupe de tentes de couleur kaki. Les militaires en charge des opérations avaient établi une sorte de quartier général et c'était là qu'il trouverait les réponses aux questions qu'il se posait. Il avait son M4 accroché en bandoulière mais, au lieu de porter la main à son fusil d'assaut, il tira un couteau de chasse affûté de l'étui fixé à sa ceinture et referma les doigts autour du manche en os. S'il devait éliminer un garde, autant le faire en toute discrétion.

Comme il approchait d'une clairière, il se dissimula derrière une grosse souche d'arbre. De son poste d'observation, il avait vue sur l'entrée d'une tente d'où venaient d'émerger deux militaires, suivis de près de deux soldats lourdement armés. Tous quatre étaient revêtus de l'uniforme de l'armée américaine. Le village tout entier grouillait de militaires de San Marquez et de militaires américains, preuve indiscutable qu'une force d'intervention conjointe avait été déployée.

Son estomac se contracta à la pensée de tous ces corps emballés dans les sacs mortuaires. Une force d'intervention ? Cela ressemblait plutôt à une *opération de nettoyage* conjointe. Et de grande envergure.

— Elle ment !

L'écho assourdi de ces paroles lui parvint, prononcé par… Bon sang, un général de l'armée des États-Unis ! Ils avaient dépêché un aussi haut gradé pour superviser cette opération de nettoyage ? C'était manifestement plus grave qu'il l'avait imaginé.

Il s'avança prudemment, tendant l'oreille pour saisir la teneur des propos échangés par les militaires, postés à vingt mètres de lui.

— À Valero. Interrogez le personnel, voyez ce que Carlisle leur a dit.

— C'est nécessaire ? Et contenir autant de monde ?

— Ce serait plus simple de…

De nouveau, une sensation de malaise s'empara de lui. Il fallait absolument qu'il parvienne à se rapprocher.

Affermissant sa prise autour du manche du poignard, il se déplaça sans un bruit, s'embusquant derrière un arbre, plus grand celui-ci, avec de longues branches basses qui lui permettaient de se fondre dans l'obscurité.

— Quand nous nous serons occupés de la clinique.

« La clinique » ? Le mauvais pressentiment qui l'avait saisi s'accentua et ne tarda pas à se changer en vive appréhension lorsqu'il entendit le général prononcer un nom familier.

— Davenport aussi, il va falloir s'en occuper.

Ses épaules se raidirent jusqu'à se muer en un bloc de granit. « Davenport » ? Comme… *Julia* Davenport ? Comme… La femme avec laquelle il s'était entretenu quelques heures plus tôt ?

— Pas difficile. Sa mort pourra être mise sur le compte du virus.

Le général parut réfléchir à la question.

— Carlisle était en visite chez des patients lorsqu'il est mort.

— Eh bien, nous dirons qu'elle était ici, elle aussi. Qu'elle avait rejoint Carlisle en cours de tournée.

— Les instances supérieures ne vont pas aimer ça. Deux décès de ressortissants américains, médecins qui plus est… Quelle image ça va donner !

Un juron bien senti s'ensuivit.

— Ça leur apprendra à propager le Méridien aussi près d'un établissement médical international ! Qui est le génie qui a pris cette décision ?

« Le Méridien » ? Sebastian enregistra le nom dans un coin de sa mémoire, tout en regardant le duo s'éloigner de la tente.

Le général jeta un coup d'œil aux soldats qui en gardaient l'entrée et commanda :

— Si elle tente de nous fausser compagnie, tirez.

Sebastian, le corps maintenant tendu comme une corde de violon, suivit des yeux les deux hommes qui s'en allaient. S'il avait bien interprété ce qu'il avait entendu, Julia Davenport se trouvait dans cette tente. Comment diable y avait-elle atterri ?

Son collègue médecin… Nom d'un chien ! Elle avait dû venir jusqu'ici pour voir ce qui était arrivé à son confrère, ce Kevin auquel elle avait fait allusion pendant leur entrevue.

« Sa mort pourra être mise sur le compte du virus. »

Une onde de colère fusa en lui. Ces salauds avaient l'intention d'éliminer Julia en faisant croire que c'était le virus qui l'avait tuée.

Hors de question de les laisser faire !

*Ce n'est pas elle ton objectif.*

Le rappel, soufflé par sa petite voix intérieure, ajouta encore à sa fureur. Bien sûr que voler au secours du médecin ne relevait pas de sa responsabilité ! Tous les problèmes de ces dix derniers mois étaient la conséquence directe du fait que son unité avait tenté de sauver un médecin, justement ! Mais la mort de Harrison ne lui faisait plus ni chaud ni froid depuis qu'ils avaient découvert que l'homme avait utilisé des humains comme de vulgaires rats de laboratoire.

Julia Davenport, en revanche… C'était une autre histoire. Il n'allait pas permettre qu'elle vienne grossir le nombre des victimes de ce maudit virus ! Alors, oui, il aurait dû être en train de recueillir d'autres informations, d'écouter des conversations, de s'efforcer de jeter un coup d'œil à l'intérieur d'un de ces sacs mortuaires, mais il était plus que disposé à renoncer aux précieux renseignements qu'il aurait ainsi collectés si c'était pour sauver cette femme crâne et intelligente qui avait mis ses sens en émoi.

Le sifflement, léger, attira l'attention de Julia. Elle fronça les sourcils et se retourna sur sa chaise, essayant d'en situer l'origine. Elle s'immobilisa, tendit l'oreille, mais le bruit s'était arrêté.

*Tssssss.*

Son front se plissa. OK. Qu'est-ce que c'était que ça ?

L'espace d'une seconde, elle se demanda si ses geôliers n'avaient pas lâché un serpent venimeux dans sa tente. Comme les battements de son cœur s'accéléraient, elle se leva d'un bond et examina le sol jusque dans les moindres recoins. Mais non. Pas trace de serpent à sonnette.

*Tssssss.*

Elle fit volte-face et se figea, interloquée, en voyant une mince fente se former dans la paroi de la tente.

Quelqu'un était en train de couper la toile !

La peur le disputa en elle à la stupéfaction, mais ce fut cette dernière qui l'emporta lorsqu'elle vit une grande main s'introduire dans la fente et qu'une paire d'yeux gris familiers apparut dans l'ouverture.

Les yeux ronds, elle s'exclama :

— Seba…

Elle referma vivement la bouche comme il portait l'index à ses lèvres pour lui signifier de se taire.

Un million de questions se bousculaient dans sa tête, mais elle aurait été bien incapable de les formuler, même s'il ne l'avait pas exhortée au silence. Elle était tellement suffoquée par son apparition qu'elle en avait perdu l'usage de ses cordes vocales.

L'homme qui se glissa à l'intérieur de la tente aussi discrètement qu'un fantôme ne ressemblait pas à celui dont elle avait gardé le souvenir. Envolée, la tenue décontractée qu'elle lui avait vue — pantalon multipoches et T-shirt. Il l'avait troquée contre une chemise noire près du corps qui faisait ressortir ses pectoraux et un pantalon cargo, noir également, qui soulignait la longueur de ses jambes, le tout complété par de grosses chaussures de marche de la même couleur. Il portait un impressionnant fusil en bandoulière et avait à la main un couteau à la lame aiguisée, qu'il maniait avec une dextérité plus impressionnante encore.

Elle avala sa salive en regardant l'arme blanche briller sous la lumière de la lanterne électrique qui éclairait la tente.

Le regard qui soutenait le sien était celui d'un guerrier. L'étincelle malicieuse, sensuelle, qu'elle avait vu luire dans ses beaux yeux s'était évanouie. Sebastian Stone n'avait plus du tout l'air de plaisanter, à présent, et son regard gris témoignait d'une détermination farouche. Il se dégageait de lui une impression de force et de danger que sa puissance physique venait renforcer. La bouche de Julia s'assécha.

Sans un mot, il s'avança vers elle et lui prit le menton dans une main.

Elle sursauta, puis se détendit en lisant dans son regard sa question muette : *Vous allez bien ?*

Elle réussit à produire un hochement de tête mal assuré.

Seigneur ! Que diable faisait-il ici ?

Et pourquoi son intuition lui soufflait-elle tout à coup qu'il était tout sauf le journaliste indépendant qu'il avait prétendu être ?

Il lui saisit le bras et l'entraîna jusqu'à l'ouverture qu'il avait pratiquée dans la toile de tente.

— Restez près de moi, murmura-t-il si bas qu'elle l'entendit à peine. Si je dis « Courez », vous courez. Si je dis « Stop », vous vous arrêtez, d'accord ? Faites exactement ce que je dis, vous comprenez ?

Elle le contempla, les yeux écarquillés. Puis, soudainement, son pouls s'emballa.

Voyons, qu'était-il en train de se passer, là ? Il se proposait de l'aider à… s'échapper ?

— Toute la zone grouille de militaires, souffla-t-elle en secouant frénétiquement la tête. Ils nous tireront comme des lapins, si nous tentons de nous enfuir.

— Ils vous tueront de toute façon si vous restez.

*Vous*. Pas *nous*. La nuance ne lui échappa pas et, tout à coup, elle fut prise d'un sentiment de malaise. Il n'y avait pas la moindre trace d'hésitation ou d'anxiété sur le visage rude de Sebastian, seulement une détermination et une concentration qui signifiaient qu'il en savait probablement bien plus qu'elle sur ce qui se tramait en ces lieux.

Peut-être avait-elle intérêt à l'écouter au lieu de critiquer la pertinence de son plan.

Il passa la main derrière lui et tira de sa ceinture une arme de poing.

— Vous savez vous en servir ? demanda-t-il.

Elle hocha la tête.

Il lui plaça alors d'autorité le pistolet dans la main.

— Bien.

Le cœur de Julia se mit à tambouriner furieusement tandis qu'elle le regardait écarter prudemment les bords découpés de la toile de tente et jeter un coup d'œil à l'extérieur. Il parut satisfait de ce qu'il vit, car il se retourna vers elle et planta son regard droit dans le sien.

— Restez derrière moi, docteur. Faites exactement ce que je vous dis et nous nous en sortirons tous les deux en un seul morceau.

Jamais de toute sa vie elle n'avait été aussi terrifiée que lorsqu'elle lui emboîta le pas et passa entre les pans de toile. Une fois qu'ils furent dehors, l'obscurité les engloutit, si épaisse qu'elle se sentit un moment désorientée. Elle huma l'air de la nuit, un mélange de terre, de résine et de pourriture, puis capta une vague émanation de quelque chose d'autre — une odeur boisée, musquée. Sebastian… En dépit du fait qu'elle était morte de peur, son parfum typiquement masculin lui fit battre le cœur un peu plus vite.

*Comme si c'était le moment de te laisser guider par tes hormones ! Concentre-toi plutôt pour essayer de rester en vie !*

À cette idée, un rire hystérique se bloqua dans sa gorge. Mon Dieu, tout cela était-il vraiment en train d'arriver ?

L'arrière de la tente était parfaitement positionné, face à la forêt. Julia prit soin de se placer très exactement dans le sillage de Sebastian, ainsi qu'il le lui avait recommandé, tandis qu'ils se faufilaient entre les arbres. Pour une raison qu'elle ne s'expliquait pas, elle faisait toute confiance à cet homme qui ouvrait la voie devant elle. Oui, elle était prête à le suivre aveuglément où qu'il l'emmène et à faire tout ce qu'il dirait sans poser de questions — et cela l'effrayait presque autant que les événements qui venaient de se produire.

Elle continua à avancer, le regard rivé sur lui, remarquant la puissance de ses muscles dorsaux qui se contractaient à chacun de ses pas, aussi précis que ceux d'un félin. Elle était même tellement concentrée sur lui qu'elle ne vit les deux corps étendus par terre qu'à la dernière minute et manqua trébucher.

Un cri lui échappa, aussitôt étouffé par la main de Sebastian qui vint se plaquer sur ses lèvres.

— Chut… Doucement, docteur, murmura-t-il.

Son cœur se mit à battre follement de nouveau, et ses mains à trembler. Elle reconnut les corps inertes sur le sol — c'étaient les deux soldats qui avaient monté la garde dans la tente. Elle contempla leurs uniformes verts, leurs yeux sans vie, les minces lignes rouges en travers de leur gorge. Puis son regard se porta sur le poignard que Sebastian tenait toujours à la main.

Pourquoi n'avait-elle pas vu plus tôt que la lame était tachée de sang ?

Il avait tranché la gorge de ces hommes !

Il croisa son regard, la mine sombre.

— C'est tuer ou être tué, Julia.

Ces mots, formulés d'une voix calme, n'apaisèrent en rien le sentiment de panique qui menaçait. Bien au contraire, il grimpa d'un cran.

Elle songea tout à coup qu'elle ne savait strictement rien de l'homme entre les mains de qui elle remettait sa vie mais, lorsqu'elle regarda au fond de ses yeux argentés, elle n'y vit aucune malveillance. Aucune menace. Seulement du courage et de la préoccupation — une préoccupation qu'elle ne s'attendait pas à y trouver.

Prenant une grande inspiration, elle détacha son regard de lui et ses yeux se posèrent sur les deux corps étendus à leurs pieds. Une bouteille d'eau en plastique dépassait de la poche de l'un des militaires.

« L'eau… Peut-être… Je ne sais pas. »

Les paroles de Kevin lui revinrent instantanément en mémoire. Qu'avait-il voulu dire ? Qu'il y avait quelque chose dans l'eau ? Une bactérie ? Un virus ?

— Il faut qu'on retourne au village, dit-elle.

L'incrédulité se peignit sur les traits de Sebastian, puis il secoua fermement la tête.

— Pas question.

Sans prêter attention à sa réponse, elle se précipita vers le soldat mort, attrapa la bouteille, dévissa le bouchon et vida son contenu sur le sol. Sebastian s'approcha, visiblement agacé.

— Ils vont se mettre à passer la montagne au crible à la seconde où ils s'apercevront que vous vous êtes évadée, lui rappela-t-il à voix basse. Il faut partir, docteur. Tout de suite. Il n'y a pas une minute à perdre.

Elle releva le menton, le défiant du regard.

— Dès que j'aurai pris de l'eau.

— Pour l'amour du ciel…

— Un échantillon. Il nous faut un échantillon de cette eau. Il y a un puits du côté est du village. C'est de là que vient l'eau potable qui alimente Esperanza.

Il fronça les sourcils, commençant manifestement à comprendre où elle voulait en venir.

— Vous pensez qu'il y a quelque chose dans l'eau ?

— Le Dr Carlisle — le collègue dont je vous ai parlé — a mentionné l'eau quand il m'a appelée par radio.

La frustration s'empara d'elle.

— Ils vont essayer d'étouffer cette histoire, Sebastian. Je ne peux pas les laisser faire. Il me faut un échantillon de cette eau !

Au bout d'un moment, il poussa un soupir résigné, puis lui prit la bouteille vide des mains.

— Venez par ici, ordonna-t-il en l'attrapant par le bras pour l'éloigner des deux corps.

— Non, protesta-t-elle. Pas question que je m'en aille tant que…

— Je vais vous le prélever, votre fichu échantillon. Maintenant, suivez-moi.

Il l'entraîna jusqu'à un endroit où la couverture végétale était plus dense, enchevêtrée, et la poussa pratiquement dans les buissons.

— Restez cachée ici. Ne sortez pas. Si je ne suis pas de retour dans cinq minutes, prenez vos jambes à votre cou et filez.

Avant même qu'elle ait eu le temps d'ouvrir la bouche, il était parti.

Elle s'installa de son mieux, accroupie dans l'espace exigu. Avalant sa salive, elle essaya de chasser la peur qui lui nouait la gorge comme une main de fer.

Elle n'arrivait pas à croire que Sebastian soit reparti chercher cet échantillon d'eau. Compte tenu des vibrations ultra-viriles qu'il dégageait, elle s'était presque attendue à ce qu'il la charge sur son épaule sans autre forme de procès et l'emmène de force. Mais non. Il avait bien tenté de la dissuader, mais avait pris le temps de l'écouter. Et maintenant, il risquait sa vie pour mener à bien la mission qu'elle s'était proposé d'accomplir elle-même.

Son regard ne cessait de se porter sur le bracelet-montre fixé à son poignet.

Une minute passa. Puis deux. Puis trois.

« Si je ne suis pas de retour dans cinq minutes, prenez vos jambes à votre cou et filez. »

— C'est ça, oui, marmonna-t-elle.

S'il n'était pas revenu une fois le délai écoulé, elle retournerait le chercher. Il avait mis sa vie en danger pour l'arracher à ce camp où elle était retenue prisonnière. Comment pouvait-il imaginer une seconde qu'elle l'abandonnerait à son sort ? Aucune chance !

Lorsqu'elle entendit un bruissement, elle se recroquevilla instinctivement dans sa cachette et retint son souffle, immobile.

— C'est moi, docteur, annonça-t-il de sa voix râpeuse. Allez, en route. On s'en va.

Elle émergea des buissons et le rejoignit, contemplant la bouteille, désormais pleine, qu'il tenait à la main.

— Vous avez pu atteindre le puits sans encombre ?

Il hocha la tête.

— Vous pensez que cette quantité d'eau suffira ?

— Oui, largement.

— Bien. Alors, fichons le camp d'ici, maintenant. Ils ne se sont pas encore aperçus de votre disparition, mais ils ne vont pas tarder à remarquer l'absence des deux gardes que j'ai dû neutraliser.

— « Neutraliser » ? répéta-t-elle. C'est comme ça que vous appelez ça, vous ? À mes yeux, ils semblaient beaucoup plus morts que « neutralisés ».

Il ne tiqua même pas à la pique qu'elle venait de lui adresser.

— Et comment dit-on *sauver sa peau*, déjà, par les temps qui courent ? *Sauver sa peau*, non ? ironisa-t-il, avant de se mettre en marche au pas de charge.

Julia se demanda s'il fallait en rire ou en pleurer. Elle ne pouvait nier qu'il venait bel et bien de lui sauver la mise.

Mais elle ne pouvait pas non plus feindre d'ignorer qu'il avait ôté deux vies pour y parvenir.

Chassant ce sinistre souvenir de sa mémoire, elle le suivit et ils s'enfoncèrent dans la forêt. Leur respiration et le craquement des brindilles sous leurs pas étaient les seuls sons qui rompaient le silence.

À un moment donné, Sebastian lui ordonna de s'arrêter. Il disparut dans l'ombre et revint un instant plus tard, chargé d'un grand sac de voyage noir qu'il avait dû déposer là à l'aller. Il l'accrocha en bandoulière à son épaule, puis, d'un geste de la main, lui donna le signal du départ.

La température chutait et Julia se félicita d'avoir revêtu une chemise à carreaux à manches longues par-dessus son débardeur. Les baskets aussi étaient les bienvenues pour marcher sur ce terrain montagneux.

Mais plus ils progressaient, plus sa préoccupation s'accroissait — jusqu'à ce qu'elle finisse par ne plus pouvoir tenir sa langue.

— Où allons-nous ? chuchota-t-elle.

Sebastian lui jeta un coup d'œil par-dessus son épaule.

— À l'endroit où j'ai laissé notre moyen de transport.

Leur moyen de transport ? Perplexe, elle le contempla, l'esprit rempli de questions qu'elle préféra ne pas poser.

Sa confusion atteignit son comble lorsqu'ils débouchèrent dans une petite clairière rocailleuse, une dizaine de minutes plus tard, et qu'elle vit un cheval brun et blanc qui attendait, attaché près d'un petit bosquet. L'animal hennit pour saluer leur approche, puis baissa la tête pour brouter quelques brins d'herbe.

Julia le contempla pendant un long moment en silence, puis se tourna vers Sebastian.

— OK, marmonna-t-elle en secouant la tête à plusieurs reprises. Écoutez, je suis désolée... Mais, avant que je continue à vous suivre, il faut que je vous pose une question : *Qui* êtes-vous ?

# 5

— Vous croyez vraiment que c'est le moment d'en parler ? Ça ne peut pas attendre un peu ?

Sebastian réprima un grognement de dépit tandis que les yeux perçants de Julia se promenaient sur lui, le toisant de haut en bas, de long en large, examinant chaque centimètre carré de son visage et de son corps comme s'il était une marchandise qu'elle envisageait d'acheter. Sa présence ici l'intriguait, il le savait, mais il avait espéré que l'interrogatoire viendrait plus tard.

— Vous n'êtes pas journaliste, n'est-ce pas ?

Sans éprouver une once de remords, il répondit :

— Non, en effet. Et je me ferai un plaisir de tout vous expliquer, Julia. Mais, sérieusement, ce n'est pas le moment. Je vous dirai tout, *plus tard*.

Il avait mis une telle fermeté dans sa réponse qu'à son grand soulagement, elle fit immédiatement machine arrière.

— Bon, d'accord. J'attendrai un moment mieux choisi pour entendre vos explications. Mais, au moins…

Elle laissa échapper un soupir mal assuré.

— Au moins, promettez-moi que je peux avoir confiance en vous, Sebastian.

Sa poitrine se comprima. Bonté divine ! La vulnérabilité qu'il voyait tout à coup poindre dans ses grands yeux ne lui ressemblait pas du tout.

Cette constatation aurait pu le faire sourire, compte tenu du fait qu'il ne la connaissait pas suffisamment pour juger de sa personnalité et de son caractère. Pourtant, il avait la certitude que laisser transparaître de la peur ou même, simplement, un sentiment d'insécurité n'était pas un exercice auquel le Dr Davenport devait se livrer souvent. À supposer, même, que cela lui arrive jamais.

— Vous pouvez me faire confiance, affirma-t-il posément.

Il la vit déglutir.

— Bien. D'accord. Alors, allons-y.

Stupéfait, il la vit enfourcher le cheval comme si elle avait fait ça toute sa vie, passant avec naturel une jambe vêtue de denim par-dessus la croupe de l'animal, et s'installant aisément sur la selle de cuir usée.

Remarquant son étonnement, elle lança d'un petit air suffisant :

— Eh bien ? Vous venez ?

Résistant à l'envie de sourire, il chargea son sac sur son dos, puis se hissa à son tour en selle avec la même facilité, se plaçant derrière elle et passant les bras de part et d'autre de son torse mince pour attraper les rênes.

Lorsqu'elle se cala contre lui, le haut de sa tête vint lui chatouiller le menton. Un parfum grisant emplit alors ses narines — une senteur de fleur d'oranger et de savon, mêlée à quelque chose de très féminin.

— Ça va ? Vous êtes bien installée ? demanda-t-il de sa voix à la sonorité un peu râpeuse.

— Oui, ça va.

— Tenez-vous bien. Le parcours risque d'être un peu cahoteux.

Il fit tourner la jument Appaloosa sur elle-même pour l'orienter face à la pente rocailleuse par laquelle ils étaient arrivés et lui assena un bref et énergique coup de talon dans le flanc, en lui ordonnant à voix basse de se mettre en marche. L'animal s'élança au trot, puis allongea le pas à son commandement. La vitesse à laquelle elle galopait l'avait surpris à l'aller ; elle l'étonna tout autant cette fois-ci.

Aucun d'eux ne parlait. Ils filaient comme le vent, droit devant, comme si leurs vies en dépendaient — ce qui n'était pas loin de la vérité étant donné qu'elles ne tenaient effectivement qu'à la promptitude de leur fuite. Le claquement des sabots de la jument martelait le sol dur, à l'unisson du battement régulier de son cœur. Malgré la quantité d'adrénaline qui circulait encore dans son sang, il était calme, concentré. Il avait infiltré le camp militaire sans le moindre problème. Avait tué deux gardes, tiré Julia des griffes de ses geôliers, prélevé un échantillon d'eau dans le puits et retrouvé le cheval exactement là où il l'avait laissé.

L'un dans l'autre, une opération de sauvetage réussie.

Le trajet pour rejoindre la route passait à travers les collines et Sebastian ne relâcha pas une seconde son attention, surveillant les alentours, guettant le moindre signe annonciateur de problèmes. Mais il n'y eut pas de sirène. Pas d'hélicoptère survolant la zone. Pas de balles sifflant au-dessus de leurs têtes. Les militaires basés à Esperanza n'avaient pas encore dû découvrir que Julia s'était évadée ou, s'ils l'avaient fait, ils prenaient tout leur temps pour organiser une battue.

Une heure et demie plus tard, ils approchèrent des abords de Valero. Chevaucher à découvert ne l'enthousiasmait guère mais au moins faisait-il nuit et, comme il n'y avait ni circulation automobile ni réverbères pour éclairer les rues, tout était plongé dans une totale obscurité.

Il ralentit la course du cheval qui se mit au trot. N'ayant plus à concentrer son attention sur le contrôle de l'animal lancé à pleine vitesse, il prit peu à peu conscience de la présence, chaude et calme, de la femme assise en selle devant lui.

— Ça va, docteur ?

— Ça va. Ça va très bien.

Elle avait parlé bas, mais le léger tremblement de sa voix contredisait son affirmation.

— Où avez-vous appris à monter comme ça ? s'enquit-il, espérant détourner son attention de la situation périlleuse dans laquelle ils se trouvaient en lui faisant la conversation.

— Je suis sortie avec un cow-boy, à une époque.

Tiens donc ! Il ne s'était pas attendu à cela. Avant qu'il ait pu se contenir, un petit rire lui échappa.

— Oh ? Vraiment ?

— Oui.

— C'est drôle… Je n'arrive pas à vous imaginer avec un cow-boy.

— Pour être tout à fait honnête, ce n'était qu'une amourette de vacances.

Elle remua et son troublant parfum flotta de nouveau jusqu'à ses narines. Une sensation de chaleur envahit alors Sebastian, son bas-ventre se contracta et il dut retenir un grognement. Nom d'un chien, il avait une érection ! Pourquoi Julia Davenport l'affectait-elle à ce point ?

Ce fut lui, cette fois, qui changea de position. L'air de rien, il s'efforça de reculer pour s'installer plus en arrière sur la selle, afin qu'elle ne se rende pas compte de l'état d'excitation, tout à fait malvenu, qui était le sien.

— Alors, comme ça, vous êtes partie en vacances, vous avez rencontré un cow-boy et avez appris à monter ?

Il insista à dessein sur le mot « monter ».

S'il avait pu voir le visage de Julia en cet instant, il lui aurait trouvé les joues rosies, il en était certain. Le choix de ses mots et la tournure suggestive de sa question étaient d'aussi mauvais goût que l'érection incontrôlable qui s'était emparée de lui, mais il n'avait tout bonnement pas pu se retenir.

— C'est à peu près ça, répondit-elle d'un ton un peu embarrassé. C'était à l'époque où j'étudiais à l'université. Quelques amies et moi étions parties passer les vacances de printemps au Texas et, oui, j'ai fait la connaissance d'un cow-boy. Il était plutôt bien de sa personne et je me suis dit « Pourquoi pas » ?

Sebastian se mit à rire.

— Pardonnez-moi mais, vraiment, je n'aurais jamais cru que vous étiez le genre de personne à avoir des aventures sans lendemain.

— Je ne le suis pas, normalement.

Elle marqua une pause.

— Mais, de temps à autre, je ne suis pas hostile à l'idée d'une liaison passagère.

Une onde de chaleur le submergea d'un coup. Était-ce sa façon de lui signifier qu'elle n'aurait rien contre une aventure sans lendemain avec *lui* ?

Mon Dieu… Les pensées qui l'assaillaient étaient de plus en plus déplacées. Il dut produire un effort pour se rappeler qu'ils n'étaient pas en train de faire une promenade romantique à cheval sous le clair de lune parce qu'ils avaient l'intention de sortir ensemble, mais qu'ils venaient de s'échapper d'un village dont tous les habitants se trouvaient maintenant emballés dans des sacs mortuaires. Seigneur, avait-il perdu la tête ?

S'éclaircissant la voix, il ramena la conversation sur la situation épineuse qui était la leur.

— Il y a une ferme à environ un kilomètre et demi d'ici. J'ai vu deux camionnettes dans l'allée quand je suis passé devant, en allant à Esperanza. Nous y laisserons le cheval, prendrons l'une des camionnettes et foncerons jusqu'au port.

Devant lui, le dos de Julia se raidit.

— Je n'irai nulle part ailleurs qu'à la clinique.

— Désolé, docteur, mais il est hors de question que vous y retourniez. C'est le premier endroit où les militaires vont vous chercher.

— Je m'en moque ! riposta-t-elle, butée. Il faut que je prévienne les autres. Leurs vies sont en danger aussi, maintenant.

Ses paroles lui rappelèrent subitement ce qu'il avait entendu en approchant du camp.

« Quand nous nous serons occupés de la clinique ».

Il réprima un soupir. Il y avait fort à parier qu'ils s'en étaient déjà « occupés ». À l'idée de ce qui les attendait vraisemblablement là-bas, il s'efforça de trouver un moyen de détourner Julia de son objectif. Mais à part l'assommer et la conduire, inconsciente, au port contre sa volonté, il ne pouvait pas faire grand-chose. Quels que soient ses arguments, il était certain qu'elle se rendrait à la clinique, avec ou sans lui.

— Il faut que je les avertisse de cette possible épidémie de... de Dieu sait quoi, continuait-elle. Kevin ne m'a fourni aucun détail par tél... Oh ! Mon Dieu. Kevin ! Nous ne l'avons même pas cherché ! Il était peut-être retenu dans une autre tente ?

— Non.

Il avait proféré ce monosyllabe d'un ton définitif.

— Comment le savez-vous ?

Le tact n'étant pas sa qualité première, il prit le temps de réfléchir à la façon de formuler sa réponse pour l'informer que son ami et confrère était...

— Il est mort ?

L'interrogation horrifiée de Julia coupa court à sa préparation mentale.

— Il est mort, c'est ça ?

Sebastian soupira.

— Oui.

— Vous en êtes sûr ? demanda-t-elle d'une voix morne.

— J'ai entendu le chef des opérations dire que le Dr Carlisle avait succombé au virus.

— Je vois.

Aucune émotion dans sa voix. Pas de larmes. Pas d'exclamations épouvantées. Rien.

S'il n'y avait eu le léger tremblement de ses épaules délicates, il aurait pu croire que Julia Davenport était faite d'un bloc de glace.

Au bout d'un moment d'hésitation, il prit les deux rênes dans une main et posa l'autre sur son bras, qu'il pressa doucement.

— Je suis désolé pour votre ami, docteur.

L'espace d'une seconde, elle eut un mouvement de recul, puis son dos se détendit et ses épaules s'affaissèrent.

Prenant appui contre son torse, elle murmura :

— Oui, moi aussi.

Un bref silence s'ensuivit, qu'il interrompit d'un raclement de gorge.

— On approchera de la clinique par les collines. Cela nous permettra d'avoir une vue plongeante sur le bâtiment. Si on remarque quoi que ce soit d'anormal, on fiche le camp illico. On est bien d'accord ? Marché conclu ?

Il ne fut pas véritablement surpris lorsqu'elle protesta.

— Je veux entrer dans la clinique.

— Vous n'y entrerez que si j'estime que ce n'est pas dangereux, répliqua-t-il d'un ton sans appel. Et pas d'entourloupe, Julia. Si je dis qu'on s'en va, on s'en va. C'est clair ?

Elle se tourna vers lui, ses yeux noisette chargés de ressentiment.

— Vos manières de mâle alpha descendant en droite ligne de l'homme des cavernes ne m'impressionnent pas, Sebastian. À supposer que ce soit votre vrai nom.

Il pinça les lèvres.

— Ça l'est.

— Très bien… Parfait ! Je n'ai pas vraiment le choix, alors disons que je vais vous croire sur parole… Comme j'ai cru que vous étiez journaliste et que vous écriviez un article sur l'organisation humanitaire pour laquelle je travaille !

La colère s'entendait dans chacun des mots qu'elle lui crachait au visage.

— Tous ces gens qui se trouvent à la clinique… C'est ma *famille*, figurez-vous, et je ne permettrai pas qu'il arrive quelque chose à l'un d'entre eux. Quoi qu'il se soit produit dans ce village ce soir, il est évident que les militaires ont l'intention de le passer sous silence. C'est pour ça que le général voulait absolument savoir si j'avais dit à un membre du personnel de la clinique où je comptais me rendre. Quand on veut camoufler une opération de cette envergure, on ne laisse pas derrière soi de témoins susceptibles de vendre la mèche. Les témoins gênants, on les fait taire. Ce qui signifie que mes collègues courent un grave danger !

— Je le sais.

— Oh ! Vous le *savez* ? Mais l'idée d'abandonner à leur sort tous ces médecins, ces infirmières, ces bénévoles dévoués qui se tuent au travail ne vous gêne pas, dès lors que vous, vous en sortez indemne ?

Il serra les dents.

— Pour commencer, parlez moins fort. Vous voudriez avertir vos ennemis de l'endroit où vous vous trouvez que vous ne vous y prendriez pas autrement. Deuxièmement, ne comptez pas sur moi pour vous présenter des excuses parce que je m'efforce avant tout de sauver ma peau. J'ai déjà risqué ma vie pour *vous* sauver. Je ne suis pas Superman, docteur. Je n'ai pas le pouvoir de sauver la terre entière.

Sans lui laisser le temps de répondre, il planta le talon de sa chaussure dans le flanc de la jument, qui s'élança au grand galop. Le vent leur fouettait le visage, soulevant la natte de Julia dont l'extrémité venait par instants claquer contre la joue de Sebastian. Il attrapa la tresse soyeuse et la coinça sous le col de la chemise de Julia avant de reporter son attention sur la conduite du cheval à travers les collines obscures. Devant eux, se profilait une petite butte. Le terrain s'inclina pour grimper à l'assaut du tertre et ils suivirent le sentier pierreux qui menait aux abords de la petite bourgade.

Lorsque le bâtiment de Doctors International leur apparut, ses espoirs se dissipèrent d'un seul coup.

— Oh ! Mon Dieu… murmura Julia.

Inutile de tenter d'adoucir par des mots choisis le triste spectacle qui s'offrait à leurs yeux, en contrebas. Inutile, également, de tenter de réconforter la femme qu'il sentait trembler devant lui en l'assurant que tout allait s'arranger.

La clinique était en flammes.

De grands panaches de fumée s'élevaient du toit de bois et dérivaient dans le ciel, emportés par la brise nocturne. Les flammes orangées dévoraient implacablement le bâtiment, dansant autour des poutres de bois du porche couvert.

Sebastian distingua deux véhicules militaires garés à quelque distance de la bâtisse.

Des soldats revêtus de l'uniforme bleu et or de San Marquez encerclaient la clinique en feu. Certains étaient immobiles, se contentant de contempler l'incendie comme s'il s'agissait d'un feu d'artifice. D'autres tenaient leurs armes braquées sur la porte d'entrée et Sebastian supposa qu'il devait y en avoir autant, postés sur l'arrière, afin de bloquer toutes les issues, de s'assurer qu'aucun rescapé ne parviendrait à prendre la fuite.

Le tremblement de Julia s'accentua. Ses sanglots étouffés lui plantèrent une flèche dans le cœur. Il passa les bras autour d'elle et la tint serrée contre lui.

— Je suis désolé, docteur.

Un son étranglé jaillit de ses lèvres, puis un nouveau frisson la secoua.

— Vous... Vous pensez... Oh ! Mon Dieu, murmura-t-elle encore, la voix chargée de larmes. J'espère qu'ils leur auront montré un peu de miséricorde.

Le cœur de Sebastian se fendit en deux. Il l'espérait tout autant qu'elle, parce que l'idée d'imaginer tous ces médecins et ces infirmières prisonniers des flammes... Brûlés vifs... Seigneur ! Le souvenir de l'adolescente qu'il avait rencontrée le matin même s'imposa à son esprit et la douleur le transperça aussi sûrement que la lame aiguisée d'un sabre. Simone. La fougueuse et indocile Simone.

Il se retrouva en train de prier ce Dieu qu'il ignorait depuis si longtemps. Prier pour que l'impensable ne se soit pas produit, pour que ces soldats sadiques aient au moins eu l'humanité de tirer une balle dans la tête de ces gens avant d'allumer l'incendie.

Pétrifiés, ils contemplèrent tous deux ce spectacle d'horreur en silence. Ils restèrent là, assis sur le cheval, enveloppés par l'obscurité, et Sebastian regretta de ne pouvoir en rien atténuer le chagrin qui continuait à agiter Julia de soubresauts.

— Qu'est-ce qu'ils font ? demanda-t-elle subitement.

Plusieurs soldats entouraient maintenant les véhicules de l'organisation garés dans la cour. Immobiles, le bras tendu devant eux, ils semblaient dessiner quelque chose dans l'air. Plissant les yeux pour mieux voir, Sebastian scruta avec attention leurs amples mouvements de bras pendant un moment avant de comprendre le but de la manœuvre. Lorsqu'il eut saisi, il serra les dents si fort qu'il en eut mal à la mâchoire.

— Ils sont en train de taguer les camionnettes, siffla-t-il, l'étrange vision qu'il avait sous les yeux se muant en un brouillard rouge de fureur et d'incrédulité. Un serpent enroulé autour d'une machette… C'est le logo des CPL. Ces salauds veulent faire croire que ce sont les rebelles qui sont coupables !

L'incroyable audace de leur stratagème lui donna envie d'empoigner son fusil et de mitrailler jusqu'au dernier ces fumiers. Ils venaient de détruire un hôpital entier rempli de personnes innocentes et, maintenant, ils poussaient le vice jusqu'à imputer leur crime aux rebelles ! Seigneur, quand les États-Unis auraient vent de ça… Non, quand le *monde entier* aurait vent de ça, ces hommes seraient traqués sans pitié et tués jusqu'au dernier pour avoir assassiné le personnel d'une organisation humanitaire internationale.

Mais il n'avait pas le temps de s'appesantir sur les implications macabres d'un tel acte pour le moment. Julia tremblait comme une feuille dans une tempête tropicale. Elle respirait par à-coups, son torse mince tellement secoué par les sanglots qu'il craignait qu'elle ne tombe de cheval à tout instant.

— Respirez à fond, docteur, murmura-t-il en lui frottant doucement le haut des bras. Respirez, sinon vous allez finir par vous évanouir.

Il la sentit prendre une grande inspiration, puis expirer lentement. Elle répéta l'exercice une fois, deux fois, trois fois jusqu'à ce que, finalement, sa voix s'élève dans l'air frais de la nuit.

— Partons… Emmenez-moi loin d'ici, réussit-elle à articuler. S'il vous plaît, Sebastian, emmenez-moi.

Lissa. Simone. Marcus.
Morts.
Kevin. Marie-Thérèse. Kendra. Nadir.
Morts.

Les noms tournaient en boucle dans l'esprit de Julia, comme les clichés d'un diaporama lors d'une soirée de visionnage de vieilles photos de famille.

Lissa. Simone. Marcus.

Morts.

*Stop !*

La petite voix intérieure pénétra l'état de stupeur dans lequel elle était plongée. Elle prit tout à coup conscience de son environnement. L'eau giclant en gerbes blanches contre la proue du bateau de pêche. Le sifflement du vent tandis que l'embarcation fendait les flots. Le ciel d'encre au-dessus de sa tête et la fraîcheur de l'air du petit matin.

Elle était assise sur le pont fendillé, recroquevillée contre Sebastian qui, le bras passé autour de ses épaules, lui soufflait d'essayer de dormir.

Dormir. Ha ! Quelle blague ! Comme si elle avait une chance de retrouver le sommeil un jour… Chaque fois qu'elle fermait les yeux, elle voyait les immenses flammes lécher les murs de la clinique. Elle voyait les corps de ses collègues, de sa famille. Elle voyait la fille adolescente de Marcus.

*C'est simplement la mort, Dr Davenport. Rien de nouveau sous le soleil.*

Elle faillit rire tout haut. Bien sûr, oui… La mort, simplement.

Pourtant, ce petit rappel réussit à clarifier un tant soit peu son esprit embrouillé. La mort, elle la connaissait bien. Pendant son internat aux urgences de l'hôpital général de Boston, elle l'avait côtoyée quotidiennement. C'était là qu'elle avait appris à se blinder mentalement.

Et c'était très précisément à cela qu'elle devait s'employer. Ce n'était pas le moment de s'appesantir sur la perte de tous ses collègues. Il fallait absolument qu'elle se sorte toutes ces images morbides de la tête. Elle ne pouvait pas faire son deuil maintenant. Pas si elle voulait rester en vie.

Ravalant sa douleur, elle fixa son regard sur la ligne d'horizon qui, progressivement, s'éclaircissait. Sans un mot, elle regarda le jour se lever, se demandant comment tant de beauté pouvait succéder aux horreurs auxquelles elle avait assisté durant la nuit. L'aurore, splendide, teinta peu à peu le ciel de rose, d'orangé et de mauve pâle qui s'intensifièrent progressivement jusqu'à ce qu'une explosion de jaune brillant illumine l'horizon et que le soleil s'élève, triomphant, tel un phénix renaissant de ses cendres.

— C'est joli, murmura Sebastian.

Les larmes lui piquèrent les yeux.

— Magnifique, répondit-elle tout aussi bas.

Il resserra son étreinte autour d'elle et elle sentit sa tête s'incliner doucement vers son épaule. L'épuisement se faisait sentir, mais elle était incapable de dormir. De fermer les yeux.

Elle balaya le pont du regard. Deux matelots fumaient une cigarette un peu plus loin, accoudés au bastingage. L'arôme du tabac de San Marquez flotta dans leur direction et, pour la première fois depuis des années, elle fut saisie par une irrépressible envie de nicotine.

Se mettant tant bien que mal debout, elle croisa le regard d'un des hommes.

— *¿ Tendría un cigarrillo para mi?* lança-t-elle à son adresse.

Quelques instants plus tard, le matelot se penchait pour allumer la cigarette qu'il lui avait offerte. Elle aspira une profonde bouffée avant de souffler un nuage de fumée dans l'air matinal.

Sebastian se leva et la rejoignit près du bastingage, ses traits ciselés marquant sa surprise.

— Je ne savais pas que vous étiez fumeuse.

— Je ne le suis pas. Enfin, du moins, plus.

Elle porta de nouveau la cigarette à ses lèvres.

— J'ai arrêté il y a trois ans.

Il s'abstint de tout commentaire paternaliste soulignant combien il était dommage de retomber dans son travers après tout ce temps. Heureusement, parce qu'elle aurait été capable de lui arracher les yeux s'il avait eu la mauvaise idée de lui faire la leçon. Elle était beaucoup trop en colère. Trop horrifiée. Trop *anesthésiée*. Trop vide. Trop… Trop tout.

Elle se concentra sur l'eau calme pendant un long moment avant de couler un regard en biais à Sebastian.

— À notre arrivée en Équateur, les douaniers vont me retenir au port quand ils se rendront compte que je n'ai pas mes papiers, dit-elle d'une voix atone.

— Nous ne débarquerons pas au port.

Lui demander d'expliciter cette réponse sibylline lui paraissant requérir un trop grand effort, elle passa au problème suivant.

— Je ne pourrai pas quitter le pays sans mon passeport. Tout ce que je possède, mes papiers, mes cartes de crédit, mes effets personnels, tout est resté dans ma tente, à la clinique.

Sa gorge se noua comme elle revoyait les images du bâtiment consumé par les flammes.

*Plus tard, bon sang, plus tard !*

— Votre passeport est devenu de toute façon inutilisable, répondit Sebastian d'une voix égale. Il a sûrement déjà été signalé aux autorités si bien que, si vous le présentiez pour embarquer à bord d'un avion, la sécurité aéroportuaire vous tomberait aussitôt dessus. Idem pour les cartes de crédit. Si vous vous en serviez pour payer des billets de bus, de train ou d'avion, ils vous localiseraient séance tenante. Officiellement, vous êtes désormais recherchée, docteur.

Un sentiment d'absolue impuissance l'envahit.

— Mais enfin, pourquoi ? Ces militaires… Que veulent-ils de moi ?

— Vous le savez… Ils veulent vous réduire au silence.

— Parce que je les ai vus se débarrasser de tous ces corps ?

Elle poussa un soupir las.

— C'est absurde ! Je peux solliciter l'aide de l'ambassade américaine. Ce… Cette conspiration — je ne sais pas comment appeler ça — ne peut pas être cautionnée par le gouvernement ! Ces types trempent de toute évidence dans quelque chose de louche ; ils doivent agir en sous-main…

Il laissa échapper un petit rire amer.

— Parce que vous croyez que le gouvernement n'agit pas en sous-main ? Réveillez-vous, Julia ! Si ce général de l'armée américaine a engagé cette opération de nettoyage, c'est que quelqu'un l'y a autorisé. Et ce même quelqu'un a donné l'ordre de déployer tous ces soldats ici.

— Qui ?

Il haussa les épaules.

— Aucune idée.

Elle porta de nouveau la cigarette à ses lèvres et aspira nerveusement une bouffée.

— Je ne comprends pas ce qui se passe. Je n'y comprends strictement rien ! Que suis-je censée faire, maintenant ? Si je ne peux pas faire appel à l'ambassade, comment vais-je rentrer chez moi ? Retourner à Boston ?

— Vous n'allez pas retourner à Boston. Il ne faut pas. Votre vie est en danger. Vous savez que les villageois d'Esperanza ont été tués par un virus qui a été intentionnellement diffusé par le gouvernement américain, ou par le gouvernement de San Marquez, ou par les deux. Les autorités vont faire leur maximum pour étouffer l'affaire mais si la nouvelle, malgré tout, venait à être éventée, elles feront probablement passer ces morts pour la conséquence d'une épidémie de malaria ou d'un massacre perpétré par les rebelles, comme ça a été le cas à Corazón.

— À Corazón ? Attendez, ce n'est pas ce village qui a été brûlé par Hector Cruz et ses hommes ?

Sebastian secoua la tête avec un rire désabusé.

— Ça, c'est ce qu'ils veulent vous faire croire. Mais ce n'est pas vrai. Les rebelles n'ont pas assassiné les habitants de Corazón. Ils sont morts d'un virus, exactement comme ceux d'Esperanza.

Le scepticisme s'insinua en elle.

— En fait, ce que vous me dites, c'est que ce virus est testé sur les habitants de villages isolés de San Marquez ?

— C'est ce que les faits semblent indiquer.

Elle étudia son visage, la ligne dure, crispée de sa mâchoire.

Il aurait légitimement pu paraître éreinté, sale, débraillé, après une longue nuit passée à s'infiltrer dans un camp militaire hautement sécurisé, à chevaucher des heures durant, à soudoyer un capitaine de bateau de pêche pour qu'il accepte deux passagers clandestins à son bord, mais non. Il était en pleine forme et parfaitement maître de lui. Son regard gris était plus vif que jamais, il n'avait même pas ne serait-ce qu'une trace de poussière sur sa tenue noire, et les poils blond foncé qui hérissaient son menton, loin de lui donner l'aspect négligé, le rendaient plus séduisant encore.

Après avoir tiré une dernière bouffée de sa cigarette, elle jeta le mégot dans l'eau et se tourna pour lui faire face.

— Je crois qu'il est temps que vous m'expliquiez, maintenant.

# 6

— Qui êtes-vous, Sebastian ? insista Julia, comme il ne répondait pas.

Se penchant en avant, il s'accouda au bastingage rouillé et fixa son regard gris sur l'eau.

— Je suis un militaire. J'appartiens aux Forces Spéciales.

Elle plissa les yeux.

— En service actif ?

— Je l'étais, jusqu'à ce que les plus hautes instances du pays décident qu'elles préféraient me voir mort.

Elle s'efforça de ne pas céder au scepticisme qui la gagnait de nouveau.

— On a essayé de vous tuer ?

— Oui. La première fois, c'était juste après que mon unité a été rappelée aux États-Unis, il y a dix mois de cela. Deux jours après notre débriefing, j'ai failli être renversé par une voiture juste devant mon immeuble.

— Vous êtes sûr que ce n'était pas un accident ?

Il ricana.

— Le conducteur m'a foncé droit dessus, docteur. La police non plus ne m'a pas cru, mais je vous assure que je suis capable de discerner lorsqu'une menace est dirigée contre moi. On développe un sixième sens quand on travaille dans les services spéciaux. Je suis formel : quelqu'un a clairement cherché à me tuer ce jour-là. Et ça s'est reproduit deux mois plus tard. Je roulais à moto quand les freins ont lâché d'un coup — deux jours après que mon garagiste les avait changés. J'ai perdu le contrôle sur l'autoroute et il s'en est fallu d'un cheveu que je ne sois décapité par un semi-remorque.

Les yeux de Julia s'agrandirent.

— Est-ce que la police vous a cru, cette fois ?

— Non. Et pourtant, la déclaration de mon mécanicien était sans ambiguïté : les câbles des freins avaient été sectionnés. Mais la police a désigné son propre expert qui, bizarrement, a conclu à un « dysfonctionnement du système de freinage ».

Sa voix s'était chargée de mépris.

— Autant vous dire que je n'ai même pas cherché à avoir gain de cause. Je me suis immédiatement mis en relation avec Tate et Prescott, et j'ai pris le large sans demander mon reste.

— Tate et Prescott ? répéta-t-elle en haussant les sourcils.

— Les deux seuls membres survivants de mon unité — avec moi. Tous les autres sont morts.

Sa voix se voila imperceptiblement, altérée par le chagrin.

— Tate était notre capitaine. Son frère, Will, a péri à Corazón, au cours de cette dernière opération. Mais les autres sont morts *après* notre retour aux États-Unis — et tous de causes factices : agression, maladie, accident de la circulation en état d'ivresse. Des mises en scène, nous le savions tous. Ensuite, il y a eu cette tentative d'assassinat perpétrée contre Tate — on lui a tiré dessus depuis une voiture alors qu'il sortait de chez lui. Les médias ont évoqué un règlement de comptes entre membres de gangs. S'il ne s'en était pas sorti, nul doute qu'on aurait parlé de balle perdue et déploré une « victime collatérale ». Mais Tate n'a pas été dupe. C'est lui qui a suggéré que nous quittions le pays avant de finir six pieds sous terre, comme nos camarades.

— Quand vous dites « nous », vous parlez de vous, de Tate et de… Prescott, c'est ça ?

Il hocha la tête.

— Et maintenant, vous vous cachez tous les trois ? En Équateur ?

— On s'est beaucoup déplacés au cours de ces huit derniers

mois. Notre précédente cache était une vieille forteresse au Mexique, mais la fiancée de Tate a insisté pour que nous nous installions dans un endroit plus civilisé.

Il leva les yeux au ciel.

— Selon Eva, ce n'est pas parce que nous sommes en cavale que nous devons vivre comme des vagabonds. Nous avons donc élu domicile dans une maison de bord de mer, sur la côte équatorienne.

Les sourcils de Julia s'arquèrent de plus belle.

— Votre chef de groupe a entraîné sa fiancée dans la cavale ?

— Il était déjà en cavale lorsqu'il a fait sa connaissance, corrigea-t-il. Tate voulait qu'elle rentre aux États-Unis et qu'elle l'attende là-bas, jusqu'à ce qu'il trouve le moyen de se sortir de ce pétrin, mais elle a refusé.

Il haussa les épaules.

— Je pense que vous vous entendrez bien avec elle. Elle ne mâche pas ses mots et elle a un petit côté effronté… Exactement comme vous, docteur.

Julia poussa un soupir las. Elle ne se trouvait pas le moins du monde effrontée en cet instant. Seulement exténuée et infiniment triste.

— Alors, c'est à votre cache que vous m'emmenez ?

Il acquiesça une fois encore d'un hochement de tête.

— Vous pensez vraiment que le général a envoyé des hommes à mes trousses ?

— Ça ne fait aucun doute.

Il referma les doigts autour du garde-corps métallique et regarda l'eau.

— Votre nom figure désormais sur la liste noire de quelqu'un… Celui-là même qui a déjà essayé de réduire au silence, un par un, tous les hommes de mon unité.

Elle prit le temps d'assimiler la terrifiante nouvelle, attendit que celle-ci se soit enregistrée dans son cerveau, s'autorisa quelques secondes de battement — justifiées après une telle annonce — mais, au moment où elle était sur le point de céder à la panique, elle la refoula résolument. Elle ne pouvait pas se permettre de flancher. Il fallait absolument qu'elle trouve un moyen de conjurer la peur, un dérivatif. Le travail ayant toujours été pour elle la meilleure des diversions, elle s'empressa de passer en mode « médecin ».

— Que savez-vous de ce virus ? questionna-t-elle.

— Pas grand-chose, je le crains.

S'éloignant du bastingage, il se dirigea vers son sac de voyage.

Julia l'imita et le regarda en ouvrir la fermeture Éclair. Il y avait rangé son fusil ainsi que l'arme de poing qu'il lui avait donnée dans les bois, mais il avait gardé le couteau de chasse sur lui, dans l'étui accroché à sa ceinture. À en juger par la bosse qu'elle devinait sous sa chemise noire, il devait également avoir un autre pistolet dissimulé dessous.

Il sortit la bouteille d'eau qu'ils avaient rapportée du village, son regard argenté fixé sur le liquide transparent.

— Vous croyez que c'est quelque chose de véhiculé par l'eau qui a tué tous ces gens ?

Elle hocha la tête.

— Le plus probable, c'est une contamination par une souche de bactérie. Savez-vous quel genre de symptômes présentaient les villageois ?

— Pas directement. Une source a rapporté qu'ils auraient eu des saignements de nez et de l'écume à la bouche. Que vous a dit votre collègue, quand il vous a appelée par radio ?

— Pas grand-chose, sans compter que la liaison n'était pas bonne. Il m'a semblé l'entendre tousser et il avait l'air un peu confus… désorienté, presque. Mais il a clairement fait allusion à l'eau. C'est comme ça que j'ai fait le rapprochement.

Elle se mordit la lèvre inférieure.

— Je n'ai aucune idée de ce que peut être cette affection. Le choléra, la typhoïde, *Escherichia Coli*… Et ce ne sont là que des infections bactériennes. Mais il pourrait aussi s'agir d'un protozoaire, d'un parasite, d'un virus…

— C'est bien le mot « virus » qu'ont utilisé le général et son subordonné, l'interrompit-il.

— Un virus transmis par l'eau…

Elle fouilla dans les bases de données de sa mémoire, passant mentalement en revue les pathologies d'origine hydrique.

— Le SRAS, l'hépatite À, la polio… Je crois que ce sont ceux que l'on retrouve le plus fréquemment en termes de contamination par l'eau. Seulement, aucun d'eux ne provoque d'hémorragies nasales et une apparition d'écume à la bouche.

— Cette affection a probablement été mise au point en laboratoire, docteur. Il n'est donc pas étonnant qu'elle ne provoque pas les symptômes classiques de maladies connues. Il pourrait s'agir d'un virus mutant.

— Très juste…

Au loin, la terre apparut, mélange d'ocre et de végétation luxuriante, mais, au lieu de poursuivre sa route, le navire commença à virer à gauche. Julia inclina la tête pour tenter d'apercevoir le poste de pilotage, où le capitaine, à la barre, réduisait la vitesse tout en déviant la trajectoire du bateau afin d'éviter le port, droit devant. La soixantaine bien tassée, il avait de longs cheveux gris, la peau burinée et une barbe broussailleuse qui lui dévorait le visage. Il affichait en permanence un masque si renfrogné que Julia se demanda ce que Sebastian avait bien pu lui proposer pour le convaincre de les prendre à son bord.

Plus ils approchaient du rivage, plus l'angoisse sourde qui l'avait saisie s'intensifiait. Le bateau de pêche s'engagea dans une petite crique bordée par une dense forêt. Elle n'avait aucune idée de l'endroit où ils allaient, mais Sebastian ne semblait pas inquiet.

Avant d'embarquer, juste avant l'aube, il l'avait laissée cachée à la marina, tapie dans l'obscurité, pendant qu'il organisait leur transport. En revenant, il s'était contenté de lui dire qu'il avait passé un appel sur son téléphone satellitaire et s'était arrangé pour qu'on vienne les chercher à la descente du bateau. Elle ne savait pas trop ce que cela signifiait, mais elle voulait croire qu'il savait ce qu'il faisait.

À sa grande contrariété, rien, apparemment, ne semblait

pouvoir entamer la foi inébranlable qu'elle avait placée en cet homme. Au lieu d'exiger des réponses de sa part, elle se bornait à le suivre, quoi qu'il dise, certaine qu'elle n'aurait pas tenu cinq minutes sans son aide.

Pour une femme habituée à se prendre en charge, se reposer ainsi sur un homme en remettant sa survie entre ses mains était plus qu'un peu irritant. C'était franchement rageant — une véritable entorse à ses principes. Et pourtant, c'était exactement ce qu'elle était en train de faire. Sans émettre la moindre réserve.

Que lui arrivait-il ?

— Bien… C'est là que nous débarquons, annonça Sebastian.

Julia le contempla, interdite. Le bateau n'avait pas accosté — il était encore à une bonne vingtaine de mètres du rivage boueux.

Il inclina la tête sur le côté, étudiant son expression.

— Vous savez nager ?

— Oui, évidemment, mais…

— C'est le plus près que nous puissions approcher. Il n'y a pas beaucoup de profondeur et des hauts-fonds rocheux extrêmement aiguisés. Ils déchireraient la coque, si notre capitaine tentait d'avancer davantage.

Si son explication était parfaitement logique, elle ne la rassura pas pour autant. Sauter par-dessus bord ne l'enthousiasmait pas exactement.

Sebastian rangea la bouteille d'eau et referma son sac étanche avant de l'accrocher à son épaule. Il jeta un coup d'œil au capitaine et le remercia d'un signe de tête avant de saluer à leur tour les matelots, qui observaient Julia sans dissimuler leur amusement.

Ce fut la lueur moqueuse de leurs regards qui lui donna le coup de fouet dont elle avait besoin.

Elle suivit Sebastian jusqu'au bastingage, puis marqua un temps d'hésitation.

— Donc… Il faut sauter à l'eau ?

Une étincelle d'humour s'alluma dans ses yeux.

— Je peux vous pousser, si vous préférez.

— Ce ne sera pas nécessaire.

Avec un soupir, elle enjamba prudemment le garde-corps en se tenant à la rambarde. Elle regarda l'eau avec appréhension, à deux bons mètres en contrebas, et ne put s'empêcher de songer à ces rochers coupants auxquels Sebastian avait fait allusion. Ce serait bien sa chance… Échapper à… — elle chercha un mot approprié, mais n'en trouva pas d'autre que « massacre ». Échapper à un massacre, pour se tuer en se jetant du pont d'un bateau de pêche dans une eau trop peu profonde !

— C'est quand vous voulez, souligna Sebastian d'une voix où perçait le sarcasme.

Julia contempla l'eau bleu-vert pendant quelques secondes encore, puis elle prit une grande inspiration, ferma les yeux, et sauta.

L'eau était plus chaude qu'elle l'avait imaginé. Elle s'enfonça dedans, la sentit imbiber ses vêtements, ses cheveux… L'engloutir tout entière. Comme elle touchait le fond, elle donna un coup de talon pour se propulser vers la surface et émergea, manquant pousser un cri de surprise en voyant la tête de Sebastian juste à côté de la sienne.

— Ça va, docteur ?

Elle repoussa les cheveux de ses yeux.

— Ça va.

— OK. Alors, allons-y.

Ils se mirent à nager côte à côte, le sac de voyage de Sebastian flottant à la surface à côté de lui tandis qu'ils se dirigeaient vers la berge.

Lorsqu'elle se hissa enfin sur la rive bourbeuse, parsemée de cailloux, Julia se fit l'effet d'un chat mouillé. Elle essora sa tresse, puis les pans de sa chemise à carreaux.

— Beurk ! Il n'y a rien de plus désagréable qu'un jean mouillé qui vous colle à la peau, pesta-t-elle en secouant les mains, le regard braqué sur ses jambes.

— Ne vous inquiétez pas, vous n'aurez pas à le porter bien

longtemps. Eva vous prêtera de quoi vous changer quand nous serons arrivés à la cache.

— Et comment allons-nous la rejoindre, votre cache, si ce n'est pas trop demander ?

Son regard suspicieux s'arrêta sur les arbres qui les cernaient de toutes parts.

— Ne me dites pas que nous allons devoir nous lancer dans un nouveau trek… Avec des vêtements trempés.

— Une voiture nous attend à moins de deux kilomètres, lui assura-t-il. Nous y serons vite.

Elle s'apprêtait à formuler de nouvelles doléances lorsqu'il retira sa chemise noire à manches longues, lui coupant l'herbe sous le pied. Il portait, au-dessous, un débardeur noir dont le coton épousait les reliefs d'un torse si athlétique, si magnifiquement sculpté que le corps de Julia tout entier se mit à palpiter. Et ces bras robustes, couverts de duvet doré… Ces muscles saillants qui roulaient sous sa peau au moindre geste… Waouh ! Il n'y avait pas de mot plus approprié pour décrire la vision qu'elle avait sous les yeux. Cette interjection à elle seule résumait tout : waouh !

Une lueur entendue s'alluma au fond des prunelles grises sexy posées sur elle.

— Tout va bien ?

— Oui, oui… Très bien, grommela-t-elle en détournant les yeux. Allez, mettons-nous en route, qu'on en finisse.

Le petit rire de Sebastian lui confirma que l'admiration que lui avait inspirée sa plastique parfaite devait encore se lire sur son visage.

Le rouge de l'embarras lui empourprant les joues, elle s'enfonça à sa suite dans l'épaisse végétation, sans cesser de jurer sous cape. À chacun de ses pas, l'eau s'évacuait de ses baskets avec un répugnant bruit de succion et le denim de son jean, alourdi par l'eau, se plaquait contre ses jambes, rendant la marche difficile. Il n'y avait pas cinq minutes qu'ils crapahutaient dans la forêt qu'elle dut solliciter une pause.

Les dents serrées, elle déboutonna sa chemise à carreaux

et retira laborieusement ses bras des manches imbibées d'eau. Son débardeur blanc n'était pas moins mouillé, bien sûr, mais au moins le tissu était-il plus léger, moins encombrant que celui de la chemise. Elle noua celle-ci autour de ses hanches et annonça :

— Voilà... C'est bon. Je suis prête.

Mais Sebastian ne bougea pas.

— Hum... Pour être tout à fait honnête, je me sens obligé de vous signaler que je vois... Enfin, que je vois *tout*.

Julia baissa vivement la tête et la chaleur de ses joues s'intensifia encore. *Oh ! Non !* Elle avait complètement oublié qu'elle portait un soutien-gorge blanc et fin au-dessous de son T-shirt, blanc et fin lui aussi. Effectivement, on discernait sans peine les cercles foncés de ses aréoles et le relief de ses pointes de seins érigées à travers les deux minces étoffes.

Lorsqu'elle releva la tête et croisa le regard de Sebastian, un nouveau frémissement la parcourut. Son regard gris magnétique brûlait d'une convoitise qu'il ne faisait rien pour dissimuler.

Il la désirait.

Ce guerrier puissant, splendide, la désirait !

*Évidemment qu'il te regarde. Tu te tiens devant lui pour ainsi dire torse nu !*

Avalant sa salive, elle détourna les yeux.

— Merci de me l'avoir fait remarquer, répondit-elle gauchement. Mais vous savez quoi ? Si nous faisions tous les deux comme si vous ne pouviez rien voir à travers mon T-shirt pour que je puisse conserver un semblant de pudeur ?

Elle vit les commissures de ses lèvres frémir.

— D'accord.

Alors qu'ils se remettaient en route, elle se demanda comment il trouvait ses repères. Il donnait l'impression de savoir très exactement où ils étaient. Soit il était équipé d'une sorte de GPS interne, soit les lieux lui étaient vraiment très familiers.

— On y est presque, déclara-t-il vingt minutes plus tard. C'est juste derrière ces arbres.

Lorsqu'ils débouchèrent subitement sur une route digne

de ce nom, Julia n'en crut pas ses yeux. Certes, c'était plus une piste de terre qu'autre chose, bordée de part et d'autre par une végétation touffue, mais elle était suffisamment large pour avoir permis le passage de la Jeep qui était garée une dizaine de mètres plus loin.

Sebastian la prit par le bras.

— Venez. Nick nous attend.

Il allongea le pas si brusquement qu'elle eut du mal à rester à sa hauteur.

Lorsqu'ils atteignirent le véhicule vert olive, le conducteur sortit et s'avança à leur rencontre. Sebastian et lui se donnèrent ce genre d'accolade virile qui s'accompagne de tapes sur les épaules et le haut du dos, tandis qu'elle attendait, en retrait, la fin de leurs effusions.

— Julia, voici Nick Prescott, annonça Sebastian. Nick, je te présente Julia Davenport, le médecin dont je t'ai parlé.

Elle serra la main tendue de Nick, surprise de la chaleur qu'elle lisait dans ses yeux couleur ambre. Approximativement de la même taille que Sebastian, il avait une tête couronnée de cheveux châtains en bataille et des traits séduisants. Sans être d'une virilité aussi exacerbée que Sebastian, il était également très sexy à sa façon… possédant ce genre de charme un peu juvénile que tant de femmes dédaignaient — à tort.

Sebastian jeta son sac de voyage à l'arrière de la Jeep.

— En route ! fit-il. Ne nous attardons pas ici. Aucun d'entre nous ne peut se permettre de rester à découvert.

Sa remarque rappela à Julia, si besoin était, que sa vie avait officiellement volé en éclats. Vingt-quatre heures plus tôt, elle effectuait comme chaque jour sa tournée des malades à la clinique et examinait des patients susceptibles d'avoir contracté la malaria en attendant l'arrivée du journaliste qui avait sollicité un entretien en vue de la rédaction d'un article.

Et maintenant, la clinique n'était plus qu'un tas de cendres, ses patients et ses collaborateurs étaient tous morts, et le journaliste en question se révélait un agent des Forces Spéciales en cavale.

Et *elle* l'était aussi désormais.

Mon Dieu, mais comment tout cela avait-il pu arriver ?

— Vous devriez essayer de dormir un peu pendant le trajet, lui conseilla Sebastian d'une voix douce, tout en lui ouvrant la portière. Je sais que vous êtes trempée jusqu'aux os, mais je vous trouverai des vêtements de rechange bientôt.

Elle grimpa dans le véhicule et s'installa sur la banquette arrière au Skaï tout déchiré.

— Je ne crois pas que j'arriverai à dormir. Dès que je ferme les yeux, je vois…

*Lissa. Simone. Marcus. Et tous les autres…*

La douleur, plus vive que jamais, lui tarauda la poitrine. Elle cligna rapidement des yeux, s'efforçant de contenir le flot de larmes qui menaçait.

— Je sais, docteur. Je sais combien c'est difficile, dit Sebastian d'un ton un peu bourru. Mais ce n'est pas fini. Ça va le devenir davantage. Alors, essayez quand même de vous reposer avant que la prochaine catastrophe ne nous tombe dessus.

Un petit rire amer fusa de ses lèvres.

— C'est réconfortant, ça ! Vous devriez vous reconvertir en coach spécialiste de la motivation.

Il lui décocha un sourire en coin.

— Je suis lucide, c'est tout.

— Je dirais plutôt « pessimiste », intervint Nick, en se glissant sur le siège conducteur. Sachez, docteur, que Stone ici présent s'attend toujours au pire. Là où d'autres voient le verre à moitié plein, lui le voit toujours à moitié vide, quand ce n'est pas *totalement* vide… Sans plus la moindre goutte de liquide à l'intérieur.

Julia jeta un coup d'œil à Sebastian, s'apprêtant à l'entendre riposter, mais il ne nia pas. Pour une raison qu'elle ne s'expliquait pas bien, cela l'attrista. En dépit des souffrances qu'elle avait connues au cours de sa vie, en dépit de la mort et de la destruction dont elle avait été témoin quotidiennement, elle avait toujours réussi à se raccrocher à l'espoir. L'espoir que la vie pourrait être meilleure, l'espoir que ses efforts paieraient un jour. Si certains appelaient cela de la naïveté, eh bien, soit. Mais, même dans les pires moments, elle ne s'était jamais départie de sa foi en l'avenir.

Nick mit le moteur en marche et démarra, soulevant un nuage de poussière ocre dans leur sillage. Puis les deux hommes, installés à l'avant, se mirent à parler à voix basse et, au bout d'un moment, elle renonça à tenter de suivre la conversation.

Elle sentit ses paupières s'abaisser, sa tête s'alourdir. Elle avait déclaré qu'elle ne pourrait pas trouver le sommeil et, pourtant, tandis que le paysage défilait dans son champ de vision périphérique et que l'air faisait voler des mèches folles contre sa joue, elle succomba à la fatigue.

Elle aurait été bien incapable de dire combien de temps elle avait dormi, mais ce devait être longtemps car, lorsqu'elle s'éveilla, le soleil était haut dans le ciel, indiquant que c'était déjà le début de l'après-midi.

Elle redressa la tête du sac de Sebastian qui avait fait office d'oreiller et regarda autour d'elle, un peu désorientée, s'efforçant de déterminer où ils se trouvaient.

La piste de terre sinueuse semblait serpenter au beau milieu de la jungle. Les ramures des arbres et les branches des palmiers fouettaient les côtés de la Jeep, et une senteur iodée imprégnait l'air. L'océan ne devait pas être très loin, mais elle eut beau s'efforcer de se repérer dans l'espace, elle n'y parvint pas.

Finalement, elle abandonna la partie et entreprit d'étudier le profil rude de Sebastian. Ses cheveux blond foncé étaient ébouriffés, son menton ombré de barbe. Il regardait droit devant lui ; ni lui ni son ami Nick n'avaient ouvert la bouche depuis qu'elle s'était réveillée.

Soudain, comme s'il avait senti son regard, il se retourna.

— Oh ! Vous êtes réveillée.

— Peut-être… Je ne sais pas. J'ai toujours l'impression de vivre un cauchemar.

L'expression de Sebastian s'adoucit.

— Je suis désolé.

Elle nota qu'il n'essayait pas de tempérer ses propos, pas plus qu'il ne cherchait à la réconforter. Simplement « Je suis désolé ». Rien d'autre.

D'un côté, elle appréciait cette attitude dépourvue de paternalisme et lui savait gré de ne pas l'infantiliser en minimisant la gravité de sa situation.

Mais de l'autre… Il aurait pu faire un effort et se montrer un tout petit peu moins défaitiste, non ?

Le mur d'arbres, devant eux, s'éclaircit quelque peu, révélant une petite maison. Sa façade était de stuc blanc, surmontée par un toit de tôle plat. Rien d'extravagant, mais elle était plus grande que ce à quoi elle s'était attendue, et incroyablement isolée.

Une autre Jeep était garée sur l'aire gravillonnée, juste devant, ainsi que deux motos tout-terrain et — inexplicablement — un tricycle d'enfant rouge. Un chemin poussiéreux courait le long d'un côté de la bâtisse et s'inclinait en pente douce sur une quinzaine de mètres jusqu'à une plage de sable blanc que venaient lécher les vagues.

Tendant le cou, Julia aperçut un long ponton de bois qui dominait la surface bleue de l'océan sur une bonne trentaine de mètres et, tout au bout, un bateau à moteur blanc qui se balançait sur les flots.

Sebastian l'aida à sortir, sa main chaude, un peu calleuse, lui donnant le frisson lorsqu'elle vint lui encercler le bras.

— Vous avez froid ?

— Un peu, mentit-elle.

— Venez, entrons. Je vais vous trouver des vête…

La porte de la maison s'ouvrit brusquement avant qu'il ait pu achever sa phrase, et Julia eut un mouvement de recul en voyant émerger sur le porche de bois branlant un homme aux cheveux sombres et aux yeux verts perçants. Vêtu d'un pantalon de camouflage, d'un T-shirt blanc et de chaussures noires, il en imposait tant par son physique que par le masque furibond qui ajoutait encore à l'impression menaçante qu'il dégageait.

Il devait s'agir de Tate, le commandant de l'unité de Sebastian. Et « commandant » était un terme qui lui allait comme un gant.

Comme il s'avançait vers eux, Julia jeta un coup d'œil un peu alarmé à Sebastian.

— Votre ami n'a pas l'air content, dites-moi, murmura-t-elle.

Il n'eut pas le loisir de lui répondre parce que l'ami en question les avait rejoints et que son regard était présentement planté comme la lame acérée d'un poignard sur elle.

— Est-ce que c'est une plaisanterie ? gronda-t-il en guise de bienvenue.

Puis il tourna son regard furieux vers Sebastian.

— Nom d'un chien, mais quelle mouche t'a piqué de l'amener ici ?

# 7

La perspective de le voir amener une inconnue dans leur cache en bord de plage avait contrarié Tate, Sebastian ne l'ignorait pas. Mais il ne s'excusa pas davantage auprès de son ancien chef d'unité qu'il ne l'avait fait auprès de Nick par téléphone.

Se bornant à soutenir le regard d'acier de son capitaine, il rétorqua :

— Le Dr Davenport ne représente absolument pas une menace pour nous. Bien au contraire, ce serait plutôt un atout.

Tate examina les cheveux décoiffés de Julia, ses vêtements mouillés et ses yeux cernés par la fatigue.

— Un atout, répéta-t-il, l'air peu convaincu.

D'autres femmes se seraient senties mal à l'aise sous ce regard dur, mais Julia carra les épaules et le dévisagea à son tour, la tête haute.

— Si ça peut vous consoler, je n'avais pas particulièrement envie de me retrouver ici, moi non plus. Sebastian ne m'a guère laissé le choix.

La froideur de sa riposte fit flamber un nouvel éclair de colère dans les yeux verts de Tate.

Sebastian s'empressa alors de reprendre la parole :

— Julia était retenue prisonnière à Esperanza, Tate. Un général de l'armée américaine était en train de l'interroger… Je l'ai arrachée à leurs griffes avant qu'il ne soit trop tard.

— Est-ce que tu as pris des précautions ? As-tu vérifié qu'elle n'était pas équipée de micros ?

Julia ricana.

— Pour l'amour du ciel, nous savons tous que vous pouvez voir à travers mon T-shirt. Est-ce que j'ai l'air de porter des micros ?

— Qui plus est, poursuivit Sebastian sur sa lancée, comme si ni l'un ni l'autre ne l'avaient interrompu, sans elle, nous ne serions pas en possession d'une piste potentielle concernant ce virus. C'est Julia qui a émis l'hypothèse qu'il pouvait être dans l'eau.

L'expression de Tate s'aiguisa d'un coup.

— Alors, ce virus se propagerait par l'eau ?

— Nous n'en savons rien encore, mais j'ai prélevé un échantillon dans le puits qui alimente en eau le village d'Esperanza. Il faut qu'on le fasse analyser aussi vite que possible.

— Je crois que je connais quelqu'un qui pourrait nous aider, intervint Julia. Il…

— Ce ne sera pas nécessaire, l'interrompit sèchement Tate. Nous nous occuperons nous-mêmes de trouver quelqu'un.

Julia fit entendre un petit rire sardonique et lança un coup d'œil à Sebastian.

— Vous ne m'aviez pas prévenue que je recevrais un accueil aussi chaleureux !

Avant qu'il ait pu désamorcer la bombe d'hostilité sur le point d'exploser, la porte d'entrée s'ouvrit de nouveau et Eva Dolce apparut. Splendide, comme toujours, avec ses cheveux noirs et luisants, ses yeux bleu vif et son teint lisse et mat, association inhabituelle que lui valait un mélange d'ascendances espagnoles, italiennes et américaines.

Elle se dirigea vers eux dans sa robe bain de soleil verte qui moulait des courbes dignes d'une pin-up de page centrale de tabloïd, ses sandales de cuir marron claquant contre ses talons.

D'un coup d'œil, Eva nota l'allure miteuse de Julia, échevelée et toujours vêtue de son jean et de son T-shirt mouillés, puis elle se tourna vers son fiancé, fronçant les sourcils.

— Franchement, Tate, tu aurais pu laisser cette pauvre femme se changer avant de la mettre sur la sellette !

Puis son regard se porta sur Sebastian.

— Salut, Sebastian. Bon retour à la maison, bienvenue.

Il la salua d'un signe de tête.

— Salut, Eva. Voici le Dr Julia Davenport. Elle travaillait à la clinique de Valero avant de rencontrer quelques petits problèmes.

Sans hésitation, Eva passa un bras autour des épaules de Julia et commença à l'entraîner vers la maison. Elles faisaient approximativement la même taille, mais Eva était robuste et Sebastian vit Julia lui jeter un regard paniqué par-dessus son épaule.

— Ne vous inquiétez pas de Tate, lui disait Eva. Il peut paraître odieux tant qu'on ne le connaît pas. Il est naturellement suspicieux, et…

Tandis qu'elles s'éloignaient en direction de la porte d'entrée, tous trois restèrent à l'extérieur.

Tate avait toujours l'air mécontent, mais Nick, adossé à la Jeep, paraissait amusé.

— Le docteur me plaît bien, à moi, déclara ce dernier. Elle a du répondant.

— Et du cran, ajouta Sebastian d'une voix plus rauque qu'à l'accoutumée.

Il s'éclaircit la voix.

— Après notre évasion du camp militaire, elle a voulu rebrousser chemin pour prélever cet échantillon d'eau. Elle n'en démordait pas… Impossible de lui faire entendre raison. Si je n'y étais pas allé moi-même, je suis sûr qu'elle aurait trouvé le moyen de me fausser compagnie pour le faire, au péril de sa vie.

— Qu'est-ce qu'on sait d'autre, à part cette possible contamination par l'eau ? demanda Tate tandis qu'ils s'avançaient à leur tour vers la maison. Est-ce que tu as vu un de ces corps ?

Sebastian secoua la tête.

— Non, ils étaient déjà tous dans des sacs en plastique. Mais on peut ajouter aux symptômes que nous connaissons des quintes de toux et un état de confusion mentale. Oh ! Et j'ai entendu le général prononcer le terme «Méridien » en référence au virus.

— Méridien ? répéta Tate, perplexe.

— C'est peut-être le nom qu'ils lui ont donné. D'après ce que j'ai vu, il s'agit manifestement d'une opération coordonnée des États-Unis et de San Marquez mais, étant donné que c'était le général américain qui interrogeait Julia, je pense que c'est notre gouvernement qui mène la danse.

Ils étaient maintenant sur le porche, mais Sebastian marqua un temps d'hésitation avant de pousser la porte.

— Les morts d'Esperanza n'étaient pas accidentelles. J'ai entendu le général déclarer en des termes sans équivoque que le virus avait été intentionnellement diffusé dans le secteur. Il n'était d'ailleurs pas content parce que le village en question était situé non loin de la clinique de Doctors International.

— Ce qui veut dire que notre gouvernement teste *réellement* les effets d'une arme biologique en territoire étranger, conclut Nick en secouant la tête avec incrédulité.

— Il semblerait, confirma Sebastian avant de poser son regard sur Tate. Capitaine ? Essaie d'éviter de foudroyer le docteur de ton regard de tueur, OK ? Elle a perdu de nombreuses personnes auxquelles elle tenait beaucoup, hier soir.

— Nick m'a dit que les militaires avaient mis le feu à la clinique ? releva Tate à contrecœur, comme s'il répugnait à éprouver une quelconque compassion envers Julia mais qu'il ne pouvait s'en empêcher.

— Oui. Et il y avait des dizaines de personnes innocentes prises au piège à l'intérieur. Les collègues de Julia, ses amis, ses patients.

À ces mots, il se sentit aspiré par un vortex de fureur si puissant que les muscles de tout son corps en tremblèrent.

— Ils imputeront la faute de cet incendie aux Combattants Pour la Liberté, exactement comme ils ont rendu les rebelles responsables de la mort des villageois, à Corazón.

— Il faut que nous découvrions qui a donné le feu vert pour tester ce virus sur des sujets humains.

Tate avait l'air plus remonté que jamais, maintenant, et ce n'était pas lui qui allait l'en blâmer… Il en avait par-dessus la tête de se cogner à un mur de briques chaque fois qu'il essayait de trouver des réponses. La presque totalité des membres de son unité avaient été tués pour couvrir les événements qui s'étaient déroulés à Corazón, ce qui signifiait que quelqu'un tenait absolument à ce que l'existence de ce virus reste un secret bien gardé. Mais qui avait autorisé ce projet d'arme biologique ? Le président lui-même ? Le département de la Défense ? Un personnage moins haut placé dans la hiérarchie et qui agissait en électron libre, sans l'aval officiel de ses supérieurs ?

Frictionnant ses tempes douloureuses, il entra dans la maison. Des voix féminines lui parvenaient depuis la partie où se trouvaient les chambres, et il espéra qu'Eva n'était pas en train de harceler Julia pour lui soutirer des informations à propos de tout ce qui s'était passé. Il ne pouvait s'empêcher de penser à cette expression hantée qu'il avait vue dans ses yeux, à la façon dont elle était restée assise sur le pont de ce bateau de pêche, murée dans son silence, les yeux dans le vague, le regard fixe, sans même un battement de paupières, l'esprit tout entier tourné vers ces proches qu'elle avait perdus.

D'autres femmes, à sa place, se seraient effondrées. Auraient fondu en larmes, hurlé, dévastées par le chagrin. Mais pas Julia. Il se dégageait d'elle une sorte de force tranquille. Même submergée par l'émotion, elle réussissait à se contenir et à conserver son calme, ce qu'il appréciait. Devoir apaiser une femme hystérique était bien la dernière chose qu'il aurait voulu avoir à gérer, la veille.

Et se creuser la cervelle pour essayer de démêler cet incroyable imbroglio était bien la dernière chose avec laquelle il avait envie de se colleter pour l'instant. Bon sang, il n'avait pas fermé l'œil depuis plus de vingt-quatre heures !

— J'ai besoin d'une bonne douche. Et d'un peu de sommeil, annonça-t-il. Est-ce qu'on peut reprendre plus tard ?

Les autres hochèrent la tête.

— On va préparer du poisson frit pour le dîner, déclara Nick. Je viendrai te réveiller quand on passera à table.

— OK, ça me va.

Il s'engagea dans le couloir qui menait aux chambres, passant devant celle qui lui avait été attribuée pour poursuivre son chemin jusqu'à celle de Tate et Eva. Les trois chambres de la maison de la plage étaient plutôt petites, mais l'endroit mille fois plus confortable que la forteresse de pierre en ruine dans laquelle ils étaient encore terrés, deux mois plus tôt.

Il frappa à la porte, attendit qu'on l'invite à entrer, puis poussa le battant. Julia était assise au bord du lit double, à côté d'Eva et de son fils de trois ans, Rafe. Une cascade de cheveux châtains tout ondulés tombait sur ses épaules menues, masquant son visage, tandis qu'elle examinait l'avant-bras du petit garçon. Eva suivait les opérations, penchée vers eux, se mordillant la lèvre, l'air préoccupé.

— Bastian ! s'écria joyeusement Rafe.

À la seconde où il le vit, l'enfant sauta du lit et se précipita vers lui pour se jeter dans ses jambes.

— Salut, petit, dit-il un peu gauchement, en se penchant pour le prendre dans ses bras.

— Ne vous inquiétez pas, dit Julia à Eva. C'est juste un érythème provoqué par la chaleur. L'éruption disparaîtra d'elle-même, à mon avis, mais vous pouvez continuer à appliquer cette crème à base d'hydrocortisone. Il faut aussi éviter le frottement de vêtements serrés et veiller à ce que sa peau soit hydratée.

Sebastian se mit à rire et regarda Eva, avant de lever les yeux au ciel.

— Eva, nom d'un chien ! Elle n'est pas venue ici en consultation.

— Quel chien ? demanda la petite voix enfantine de Rafe.

Il gigotait tellement que Sebastian finit par le reposer par terre tout en se demandant comment Eva parvenait à soutenir le rythme qu'imposait ce petit garçon débordant d'énergie sans faire une dépression nerveuse.

D'un autre côté, Rafe était tellement mignon qu'on ne pouvait s'empêcher de l'aimer. Quand Eva avait annoncé son intention de l'amener à la cache avec elle, il n'avait pas été ravi par la nouvelle… Mais la jeune femme se changeait en tigresse chaque fois que quelqu'un suggérait d'envoyer Rafe séjourner chez ses grands-parents. Comme elle se refusait à quitter Tate et qu'elle excluait également l'idée d'éloigner son fils, le gamin avait donc fini par rester avec eux.

Au fil du temps, Sebastian s'était attaché à lui. Encore aujourd'hui, il s'efforçait de garder ses distances et évitait de se retrouver seul avec le bambin, mais l'avoir dans la maison s'était révélé moins insupportable qu'il l'avait craint.

Son regard se porta sur Julia, qui avait troqué son jean et son débardeur mouillés contre une robe à imprimé bleu qui virevoltait autour de ses chevilles. Le haut du vêtement était un peu large pour elle et l'une des bretelles tombait continuellement sur son bras, mais ce n'était pas surprenant. Elle était mince comme un fil comparativement à la pulpeuse Eva.

Il poussa un soupir, et croisa son regard.

— Est-ce qu'Eva vous a offert quelque chose à grignoter ou vous a-t-elle entraînée directement dans cette chambre en exigeant que vous examiniez toute affaire cessante l'éruption cutanée sur le bras de Rafe ?

— Elle m'a proposé de manger, mais j'ai refusé, répondit Julia. Je n'ai toujours pas faim.

— Bon… Je vais aller dormir quelques heures. Vous devriez peut-être en faire autant, suggéra-t-il en se dirigeant vers la porte. Nous aurons une discussion tous ensemble, ensuite, d'accord ?

Julia inclina la tête, la mine indéchiffrable.

— D'accord.

— Vous pouvez dormir ici, si vous voulez, proposa gentiment Eva. Rafe et moi allons vous laisser tranquille… Je viendrai vous chercher avant le dîner.

— On va manger les poissons ! claironna Rafe en se mettant à battre des mains, visiblement enthousiasmé par cette perspective.

— Tate l'a emmené pêcher ce matin, et on va faire frire leur prise pour le repas de ce soir, expliqua Eva en souriant.

Lorsque Eva et Rafe eurent quitté la pièce, Sebastian s'avança d'un pas vers Julia. Avant qu'il ait pu se raviser, il prit sa mâchoire volontaire entre ses mains et sonda son expression.

Surprise, elle retint son souffle et le contempla, une lueur d'embarras dansant dans ses yeux noisette.

— Ça va, docteur ? Répondez-moi franchement… Est-ce que *ça va* ?

Il n'était pas parvenu à maîtriser l'inflexion un peu rauque de sa voix.

Plutôt que de chercher à s'écarter, elle se laissa aller contre lui.

— J'ai de la peine, murmura-t-elle. Énormément de peine. Mais ça ira.

Tant d'honnêteté le laissa sans voix, de même que l'incroyable résilience dont elle faisait montre. Il abaissa lentement les yeux jusqu'à sa bouche, notant que sa lèvre inférieure était légèrement plus pleine. Ses cheveux châtains lâchés cascadant sur ses épaules l'embellissaient encore, adoucissant ses traits, la faisant paraître plus jeune. Comme son pouls s'accélérait, il passa les pouces sur ses joues lisses comme la soie. Sa bouche se mit à fourmiller tant l'envie de l'embrasser était grande.

Mais il refréna cette pulsion, conscient que ce n'était pas le moment.

Lorsqu'il laissa retomber ses mains, il aurait juré avoir vu passer dans ses yeux un soupçon de déception.

Il recula d'un pas, soudain mal à l'aise et nerveux.

— Je serai dans la chambre juste à côté de celle-ci, docteur… Si jamais vous aviez besoin de moi.

— Merci.

Ils se regardèrent pendant un moment, puis il s'éclaircit la voix, s'obligea à rompre le contact visuel et se hâta de sortir avant de faire quelque chose qu'il risquerait de regretter par la suite.

Comme l'embrasser passionnément, par exemple.

Quelques heures plus tard, Julia aida Eva à débarrasser la table, tandis que les trois hommes et le petit Rafe restaient sur le porche de bois donnant sur l'océan. Tout au long du dîner, elle avait tenté de se faire une idée de chacun des membres du petit groupe et de la façon dont celui-ci fonctionnait, et elle était maintenant à peu près sûre d'y être parvenue.

Si aucun de ces hommes ne faisait plus officiellement partie de l'armée, Tate n'en avait pas moins conservé son statut de chef. Son autorité ne faisait aucun doute et Sebastian et Nick se tournaient constamment vers lui pour lui laisser le dernier mot, quel que soit le sujet.

Des trois, c'était clairement Nick le moins expérimenté. À vingt-sept ans, il était le plus jeune et ne dégageait pas la même impression de danger que ses coéquipiers. Il était grand et athlétique, lui aussi, et il aurait indubitablement donné du fil à retordre à n'importe quel ennemi, mais elle ne percevait pas chez lui cet instinct de tueur qu'elle pressentait chez les deux autres.

Quant à Eva et son fils, l'étonnement qu'avait constitué leur présence dans la maison s'était évaporé au bout de cinq minutes passées en compagnie de Tate et la jeune femme. Il sautait aux yeux que ces deux-là étaient follement amoureux l'un de l'autre. Non seulement ils se protégeaient mutuellement, mais ils étaient tous deux également très protecteurs vis-à-vis de Rafe. Le petit garçon n'appelant jamais Tate « papa », elle en avait conclu qu'Eva avait eu cet enfant d'une précédente relation, mais Rafe adorait visiblement ce rude militaire et Tate le lui rendait bien, apparemment. Il se montrait toujours étonnamment doux et patient avec lui.

Et puis, il y avait Sebastian. Un vrai mâle alpha comme Tate, mais elle sentait cependant chez lui quelque chose de plus… sexuel. Il débordait de sex-appeal et de virilité — une virilité presque animale — et, chaque fois qu'elle regardait dans sa direction, son corps tout entier s'échauffait.

Dans la chambre, quelques heures plus tôt, elle avait bien cru qu'il allait l'embrasser. La chaleur qu'elle avait vue dans ses yeux, la caresse de ses doigts sur sa joue ne laissaient aucun doute. Quand il s'était écarté d'elle, elle avait été incapable de dissimuler sa déception. Ce qui était complètement délirant ! Comment pouvait-elle penser à quelque chose d'aussi… futile qu'un baiser, après les événements dramatiques qu'elle venait de vivre ?

— Hé ! chérie, viens voir ! appela Tate depuis le patio. Nous avons besoin de toi.

Eva posa dans l'évier la pile d'assiettes sales qu'elle avait dans les mains, et leva les yeux au ciel.

— Croyez-vous qu'il prendrait la peine de dire « s'il te plaît » ? Jamais ! grommela-t-elle à son adresse. Ensuite, il reproche à Rafe d'oublier ses bonnes manières ! Il ne reconnaîtra jamais que c'est *lui* qui donne le mauvais exemple.

Julia sourit. En fait, elle commençait vraiment à beaucoup aimer Eva, même s'il lui avait fallu un temps d'adaptation pour surmonter ses *a priori*, eu égard à sa plastique parfaite. Cette femme avait tout d'une gravure de mode, si bien qu'elle-même se sentait mal fagotée et hideuse en comparaison. Mais Eva s'était révélée aussi intelligente qu'elle était belle, avec une pointe d'impertinence, ainsi que l'avait souligné Sebastian, qui n'était pas pour lui déplaire.

— Désolée, *chéri*, lança cette dernière à son fiancé. Je n'ai pas bien entendu ce que tu m'as dit…

Tate haussa le ton.

— Je disais « Viens voir ».

— Pardon ?

— Viens voir.

Une pause.

— S'il te plaît.

Un large sourire éclaira le visage d'Eva.

— J'arrive dans une seconde !

Comme Julia tournait le robinet et s'apprêtait à s'occuper de la vaisselle sale, Eva lui tapota le bras.

— Laissez, docteur. Nous avons d'autres chats à fouetter pour le moment.

Sans enthousiasme, Julia lui emboîta le pas. Pendant le dîner, ils n'avaient pas parlé de ce qui était arrivé à Esperanza et à Valero, et elle ne se sentait pas encore tout à fait prête à aborder la question. Il leur fallait pourtant bien prendre des décisions, élaborer un plan d'action, mais elle n'en avait tout simplement pas le courage pour le moment.

Néanmoins, elle prit place sur la chaise vide, à côté de Sebastian, heureuse qu'ils aient fait le choix de l'associer à la discussion. Elle savait que Tate ne lui faisait pas encore confiance mais, franchement, elle s'en moquait. Elle n'avait rien à prouver à cet homme.

— Il faut qu'on trouve un laboratoire fiable qui puisse analyser l'échantillon d'eau que Stone a rapporté, annonça Tate à Eva une fois qu'elle se fut installée à la table. De préférence une structure qui emploierait un technicien désireux d'arrondir ses fins de mois par des extra. Ce n'est pas le genre d'information qui figure dans les registres officiels, évidemment.

Eva acquiesça d'un hochement de tête.

— Je vais voir ce que je peux trouver.

— Ou vous pourriez me laisser emporter cet échantillon à Boston, intervint Julia, les mâchoires contractées. J'ai bien essayé de vous en parler avant mais… Bref, je connais quelqu'un qui serait susceptible de nous aider. Quelqu'un qui ne poserait pas de questions.

Manifestement sur ses gardes, Tate retroussa les lèvres avec défiance.

— Vous me pardonnerez de ne pas prendre votre proposition pour argent comptant, docteur Davenport.

Comment parvenait-il à avoir l'air toujours aussi menaçant avec un enfant en bas âge endormi dans les bras ? se demanda Julia en le contemplant, stupéfiée.

— Qui est cet ami ? demanda Sebastian d'un ton nettement plus encourageant que celui de son chef d'unité.

Elle jeta un regard courroucé à Tate avant de se détourner délibérément de lui.

— Frank Matheson. Il est microbiologiste et professeur à Harvard. Son laboratoire est sur le campus. Il fait principalement de la recherche et du développement, et, de temps à autre, il lui arrive de travailler sous contrat pour le gouvernement.

Voyant les trois hommes se crisper à l'évocation du « gouvernement », elle s'empressa de les rassurer :

— Il est discret et je peux vous affirmer que, pour rien au monde, il ne me trahirait. Il me considère comme sa fille.

— Nous trouverons un laboratoire ici, décréta fermement Tate.

Julia leva les yeux au ciel.

— Super ! Excellente idée… Si vous préférez soudoyer un technicien de laboratoire pour qu'il analyse l'échantillon en comptant sur sa bonne foi — une bonne foi que vous aurez achetée — afin qu'il ne divulgue pas les résultats, libre à vous. C'est vrai que ça m'a l'air d'un plan *beaucoup* plus sûr !

— Elle n'a pas tort, souligna prudemment Nick en tendant le bras pour prendre sa canette de bière sur la table.

— Frank est une personne de confiance, insista-t-elle. Et il acceptera d'effectuer ces analyses par loyauté envers moi, pas par appât du gain. Contrairement à votre technicien lambda qui, lui, n'hésitera pas à vous trahir à la seconde où on lui offrira une somme d'argent plus importante que celle que vous lui avez versée.

Un bref silence plana sur la petite assemblée. Julia détourna les yeux et parcourut du regard l'étendue sombre de l'océan, à vingt mètres de là, puis elle leva les yeux vers le croissant de lune qui brillait dans le ciel noir.

C'était une soirée tiède, l'eau était calme, la brise, embaumée. Elle huma l'air frais du soir, chargé d'embruns iodés, s'apercevant tout à coup que c'était la première fois depuis bien longtemps qu'elle n'était pas en train de courir d'un côté à l'autre sans plus savoir où donner de la tête, en état de stress et de surmenage permanent.

Et, pourtant, l'effervescence de la clinique lui manquait. Ses patients lui manquaient. Ses collaborateurs aussi.

Sa gorge se noua. Elle avala sa salive pour tenter de chasser la boule qui l'empêchait tout à coup de respirer normalement. Ils étaient tous morts. La clinique n'existait plus. Et tout ça pourquoi ? Pour que l'armée puisse dissimuler les tests inhumains qu'elle menait sur une population innocente qui ne se doutait de rien !

— Je crois que nous devrions permettre à Julia d'entrer en contact avec son ami de Boston, dit finalement Sebastian d'un ton résigné. Nous pouvons lui expédier l'échantillon…

— Sûrement pas ! coupa Tate, péremptoire. Hors de question que nous quittions une seconde des yeux cet échantillon ! Si cette bouteille d'eau doit aller à Boston pour y être analysée, alors l'un de nous doit y aller également.

— Il faut que ce soit moi, reprit Julia. Frank n'acceptera jamais d'effectuer ce test si ce n'est pas moi qui le lui demande en personne. Vous imaginez bien qu'il ne fera confiance à aucun de vous, même si vous affirmez venir de ma part.

L'idée de l'envoyer seule à Boston ne parut pas le moins du monde réjouir Tate. Pas davantage, d'ailleurs, que Sebastian, qui se tourna vers elle, les sourcils froncés.

— Vous n'irez nulle part sans être accompagnée par l'un de nous, docteur.

Il lança un coup d'œil à Tate.

— Si elle y va, je pars avec elle.

— Et pendant qu'ils s'occupent de l'analyse de l'échantillon, moi, je poursuivrai les recherches sur le projet Bélier, souligna Eva.

— « Le projet Bélier » ? répéta Julia.

Sebastian hocha la tête.

— Vous vous souvenez quand je vous ai dit que mon unité avait été dépêchée en mission à Corazón ? Nous avions pour ordre d'exfiltrer un homme du nom de Richard Harrison, un médecin américain censé être retenu en otage par les CPL. Pour faire court, Harrison était déjà mort lorsque nous sommes arrivés. Il s'est avéré qu'il travaillait en réalité pour un institut de recherche privé spécialisé dans le développement d'armes biologiques. Il était chargé d'un projet appelé projet Bélier. Projet dont nous pensons qu'il était lié au virus que Richard Harrison testait à Corazón.

— Je planche dessus depuis un moment, observa Eva en passant la main dans ses cheveux noirs, l'air frustré. J'essaie d'en découvrir davantage, mais ça n'avance pas vite… Certaines des bases de données concernées sont un vrai casse-tête chinois… Impossibles à craquer.

Julia la contempla, les yeux ronds.

— Attendez… Vous êtes *pirate informatique* ?

— Et sacrément douée, avec ça ! souligna Nick.

— Je travaille en binôme avec un ami pour tenter de pénétrer ces bases, avoua Eva. Mais on se heurte continuellement à des obstacles. Il faut qu'on trouve qui d'autre a travaillé sur ce projet, quelle en était la finalité, ce qu'est exactement ce virus.

— Eh bien… Frank serait à même de nous éclairer au moins sur ce dernier point, répondit Julia. Cet homme est un génie.

— Alors, c'est décidé, décréta Sebastian. Le docteur et moi irons à Boston pendant que vous tous, ici, mettrez les bouchées doubles pour tenter d'en apprendre le plus possible sur le projet Bélier. Il va falloir fournir des papiers d'identité à Julia, ajouta-t-il. De combien de temps Fernando a-t-il besoin pour en fabriquer ?

— Moins de vingt-quatre heures si on lui envoie les

photographies par e-mail, répondit Nick, se levant déjà de sa chaise. Je vais chercher l'appareil-photo numérique.

Aussitôt dit, aussitôt fait. L'instant suivant, Julia était entraînée à l'intérieur. On la fit poser devant un mur blanc, dans le confortable séjour, et Nick prit plusieurs clichés avant de lui demander de relever ses cheveux pour quelques photographies supplémentaires.

Pour faire plus authentique, précisa-t-il en guise d'explication.

La séance photo ne dura pas longtemps. Une fois qu'elle fut terminée, Julia ressortit sur le porche et descendit le long du sentier sablonneux jusqu'au bord de l'eau.

Tate, Eva et Rafe avaient disparu dans leur chambre et Nick était resté dans le séjour, penché sur la table couverte d'ordinateurs portables et de moniteurs. Elle avait déjà remarqué les ordinateurs, de même que le fait que les trois hommes conservaient en permanence leur arme sur eux. Cela ne semblait pas déranger Eva mais, pour elle, c'était un rappel constant du danger auquel ils étaient confrontés. Ces hommes avaient été obligés de quitter leur pays — de laisser derrière eux leur vie entière — pour se réfugier dans un coin reculé d'Amérique du Sud.

Et, maintenant, elle se retrouvait, bien malgré elle, embarquée dans la même galère.

Elle croisa frileusement les bras sur sa poitrine, contemplant l'océan silencieux. Une part d'elle-même était encore dans le déni. Sa vie ne pouvait pas *réellement* être menacée ! Ces militaires qui l'avaient retenue dans leur camp, à Esperanza… Ils n'avaient pas *réellement* eu l'intention de la tuer ! Pourtant, même si elle voulait désespérément s'accrocher à l'idée que tout cela n'était qu'un effroyable malentendu, le souvenir de la clinique dévorée par les immenses flammes rouge orangé rendait la chose impossible.

Ses collègues et ses patients avaient été assassinés.

Elle-même l'aurait été aussi, si Sebastian Stone n'était pas venu à sa rescousse.

— Vous avez vraiment besoin de vous remplumer un peu. Vous êtes trop maigre.

*Tiens donc ! Quand on parle du loup…*

Elle se retourna et le regarda s'avancer, ses yeux irrésistiblement attirés par les abdominaux qui se devinaient sous son T-shirt blanc. Son long bermuda cargo révélait des mollets musclés parsemés de poils dorés et, comme il approchait, elle nota qu'il ne s'était toujours pas rasé. Un collier de barbe blond foncé ombrait sa mâchoire puissante, lui donnant l'irrépressible envie d'y porter la main.

Distraite par la séduction brute qui se dégageait du personnage, elle essaya de se rappeler ce qu'il venait juste de dire, puis fronça les sourcils lorsque la mémoire lui revint.

— Il est difficile de prendre le temps de bien se nourrir quand on travaille tout le temps, argua-t-elle, sur la défensive.

Mais il avait raison — le fait qu'elle flotte dans la robe d'Eva était bien la preuve qu'elle avait perdu plus de poids qu'elle ne le pensait. Eva avait certes plus de formes qu'elle au niveau de la poitrine et des fesses, mais elle n'en restait pas moins mince, ce qui signifiait que le terme « maigre » était effectivement approprié dans son cas.

— Si ça peut vous faire plaisir, je ferai un effort pour manger un peu plus, ajouta-t-elle à contrecœur.

Il vint se poster à côté d'elle en riant doucement.

— Waouh ! Ça a été plus facile que je le pensais, finalement.

Elle s'approcha de la ligne où les vagues venaient mourir sur le rivage en écume claire, ses pieds nus s'enfonçant dans le sable humide et tiède, puis entra dans l'eau. Sebastian, qui était lui aussi pieds nus, la suivit, sans prêter attention aux vagues qui venaient lécher le bas de son bermuda.

Elle remonta le bas de sa robe bleue vaporeuse jusqu'au-dessus de ses genoux pour ne pas mouiller le tissu. L'eau tiède clapotait autour de ses tibias, et le mouvement de flux et de reflux lui apportait une étrange sensation de réconfort.

— Eva est vraiment sympathique, murmura-t-elle. Je

suis surprise qu'elle soit en couple avec quelqu'un d'aussi ombrageux que Tate.

Sebastian rit.

— Moi aussi, ça m'a étonné, au début.

— Mais il faut reconnaître qu'il sait faire preuve de douceur vis-à-vis de Rafe, concéda-t-elle. Il perd un peu de sa… rudesse de caractère quand il s'adresse à lui.

— Ça aussi, ça a été une surprise. Tate n'est pas quelqu'un qui aime particulièrement les enfants, or il s'est rapidement attaché au fils d'Eva.

— Qui est le…

Elle hésita. Mais Sebastian l'avait comprise à demi-mot.

— Qui est le père de Rafe ?

Elle hocha la tête.

— Vous ne me croiriez pas, si je vous le disais.

La curiosité de Julia fut immédiatement piquée.

— Vous en avez trop dit ou pas assez. Vous êtes obligé de continuer, maintenant.

— Hector Cruz.

Elle en resta bouche bée.

— Vous êtes sérieux ?

— Aussi sérieux qu'une crise cardiaque.

— Eva a eu un enfant avec l'ancien chef des Combattants Pour la Liberté ?

— Oui.

Elle secoua la tête, sidérée, s'efforçant de comprendre. Hector Cruz avait été à la tête des CPL pendant plus de dix ans avant d'être tué lors d'un raid militaire deux mois plus tôt. Julia avait vu le reportage aux informations, et elle ne se souvenait pas avoir entendu dire que Cruz laissait un orphelin derrière lui. Il n'avait pas non plus été fait mention d'une épouse ni d'une compagne.

Mais ce n'était pas le plus étonnant. Après avoir passé une soirée entière avec Eva, elle ne parvenait pas à concevoir comment une femme aussi intelligente, aussi chaleureuse, avait pu entretenir des liens avec un groupe de révolutionnaires.

— Eva était jeune et idéaliste quand elle a rencontré Cruz, poursuivit Sebastian, décryptant de nouveau sa pensée avant qu'elle ne l'ait formulée. Il ne lui a pas fallu longtemps pour se rendre compte que Cruz était un tyran, mais il était déjà trop tard… Elle était à sa merci.

Il haussa les épaules.

— Elle est en fuite, elle aussi. Elle vit dans la clandestinité depuis la naissance de Rafe.

— Elle a dû être soulagée quand Cruz a été tué lors de cette embuscade.

Le rire de Sebastian la prit au dépourvu.

— On peut dire ça comme ça. Cette embuscade, c'est elle qui l'a orchestrée, docteur.

Il y eut un silence.

— Là, j'avoue que j'ai du mal à vous suivre. Aux informations, on a annoncé qu'une unité d'élite de l'armée de San Marquez avait localisé la cachette de Cruz et l'avait éliminé.

Il laissa fuser un petit ricanement.

— Une unité d'élite, exactement… Composée de Tate, Eva et moi. C'est nous qui avons infiltré le camp de base de Cruz et qui l'avons détruit.

— Et c'est vous qui avez tué Cruz ?

— C'est Tate.

Elle tiqua et les yeux gris de Sebastian s'adoucirent.

— Ne me regardez pas avec cet air-là, docteur. Vous vous souvenez de ce que je vous ai dit à Esperanza ?

Elle avala sa salive, puis hocha la tête.

— Tuer ou être tué.

— Exactement.

Il poussa un soupir.

— Nous vivons dans un univers dangereux. Peuplé de beaucoup de personnes cupides, égoïstes, sadiques qui n'hésiteraient pas une seconde à vous piétiner pour parvenir à leurs fins. Cruz a volé les gens qu'il prétendait protéger. Ses hommes et lui ont commis des meurtres, violé, pillé. Il aurait tué Tate sans l'ombre d'une hésitation, si Tate ne l'avait abattu le premier. Même chose pour ces hommes qui montaient la garde devant votre tente… Qui, selon vous, aurait appuyé sur la détente, quand le général aurait donné l'ordre de vous éliminer ? Eux, Julia.

— Je sais, acquiesça-t-elle dans un murmure à peine audible, torturé. Mais c'est difficile pour moi de raisonner en ces termes-là. J'ai fait le serment de sauver des vies, pas d'en ôter.

— Dites-vous que vous sauvez votre propre vie. C'est tout aussi important.

— Je suppose.

Elle sortit de l'eau et laissa retomber le bas de la robe sur ses jambes. Le sable sec adhérait à ses pieds mouillés, mais elle ne prit pas la peine de se pencher pour les épousseter. Elle n'avait pas encore envie de rentrer et, apparemment, Sebastian n'était pas plus pressé qu'elle.

Comme elle portait de nouveau son regard sur l'étendue lisse de l'océan, elle prit conscience de la proximité de Sebastian. Son bras musclé effleurait son épaule et son séduisant parfum boisé emplissait ses narines, enivrant.

Elle ne put s'empêcher de repenser au badinage sexy auquel ils s'étaient livrés à la clinique et à l'envie qu'elle avait eue de l'embrasser. Tant de bouleversements s'étaient produits depuis lors, et en si peu de temps ! Mais une chose n'avait pas changé : elle avait toujours autant envie de l'embrasser.

Si inapproprié que cela puisse paraître, même si ce qu'elle venait d'apprendre lui laissait un goût affreusement amer, elle n'en avait pas moins envie de savoir quel effet cela lui ferait de sentir ses lèvres pressées contre les siennes.

*Bien. Alors, fais en sorte de le découvrir.*

Elle n'aurait su dire si c'était de l'assurance ou un petit grain de folie qui la poussa à l'action… Quoi qu'il en soit, elle l'attrapa par le cou, l'attira à elle et écrasa ses lèvres sur les siennes en un baiser impulsif qui ne lui ressemblait absolument pas.

Elle le sentit se crisper l'espace d'un instant puis, rapidement, il se détendit et lui rendit son baiser avec une passion telle qu'elle manqua défaillir. Ses genoux flageolèrent, son pouls s'emballa en même temps que ses paumes devenaient moites. Il s'inclina vers elle, accentuant la pression de ses lèvres chaudes sur les siennes.

Lorsque sa langue se glissa entre ses lèvres, elle ne fit rien pour l'arrêter. Il l'embrassa avec un tel savoir-faire qu'elle en eut le souffle coupé. Sa langue tournoya, virevolta, explorant la cavité tiède de sa bouche, dansant avec la sienne en un baiser si brûlant que son corps entier se mit à frémir de désir.

Comme elle levait les mains pour les poser sur ses larges épaules, celles de Sebastian glissèrent le long de son dos et s'arrêtèrent sur sa taille. Ils respiraient fort, tous les deux, haletant chaque fois qu'ils s'écartaient l'un de l'autre pour reprendre haleine, gémissant de désir chaque fois que leurs lèvres entraient de nouveau en contact.

Jamais elle n'avait connu cela. Une passion aussi instantanée, débridée… Désespérée. Elle mordilla la lèvre inférieure de Sebastian, l'aspira entre les siennes, lui tirant un grognement satisfait.

— Waouh, docteur… Comment voulez-vous que je résiste à ça ? gronda-t-il, avant de lui retourner la pareille et de la faire gémir de plaisir.

Combien de temps ils restèrent enlacés, leurs pieds nus s'enfonçant dans le sable, leurs bouches et leurs langues s'assaillant en un duel enfiévré, elle n'aurait su le dire, mais, lorsqu'ils s'écartèrent finalement l'un de l'autre, pantelants, elle avait les lèvres congestionnées, les cheveux tout emmêlés par les doigts de Sebastian.

— Je… Waouh !

Elle reprit à grand-peine sa respiration.

— Je… Je ne sais pas ce qui m'a pris.

Les yeux gris la contemplèrent, encore brûlants de passion.

— Moi non plus… Mais je ne me plains pas.

Elle lui retourna un bref sourire, un peu embarrassée.

— Bon… Qu'est-ce qu'on fait, maintenant ? demanda-t-elle.

Elle ne savait pas trop quel genre de réponse elle attendait. Peut-être : « On continue encore un peu. » Peut-être même : « On rentre et je vous promets de vous propulser au septième ciel. » En fait, n'importe quelle réponse lui aurait convenu.

N'importe quelle réponse autre que celle qu'il lui fournit.

— Eh bien, on va faire comme si rien ne s'était passé.

Il n'y avait plus trace d'humour dans ses yeux ; son expression s'était rembrunie.

Elle haussa les sourcils.

— Vous plaisantez ?

Il secoua la tête.

— Nous ne pouvons pas coucher ensemble, Julia. Tout particulièrement ce soir. Vous êtes tombée entre les mains des militaires, vous avez échappé de justesse à la mort dans ce camp, à Esperanza. Ensuite, vous avez vu les militaires mettre le feu à votre clinique. Nous n'avons pas cessé de fuir… Il y a de quoi être effrayée, bouleversée. Vous êtes sous le choc et l'effet de l'adrénaline se fait encore sent…

— Pour l'amour du ciel, arrêtez ! l'interrompit-elle. Vous n'allez tout de même pas m'expliquer ce que je ressens ? Pourquoi les hommes se croient-ils toujours obligés de se comporter comme ça ?

— Vous allez me dire que ce n'est pas vrai ? Que vous n'êtes pas bouleversée ?

— Bien sûr que si, je le suis ! répliqua-t-elle, agacée. Mais savez-vous ce qui pourrait faire que je le sois moins ? Faire l'amour. Ce serait le remède parfait pour oublier tous mes problèmes, figurez-vous.

La lueur passionnée se ralluma dans les yeux gris, mais s'éteignit aussi rapidement qu'elle était apparue.

— C'est possible, mais je persiste à penser que ce ne serait pas une bonne idée, docteur. Pour l'instant, je ne peux pas me permettre de me concentrer sur autre chose que nous sortir tous de ce pétrin. J'en ai assez de devoir vivre caché, de ne pas pouvoir mettre le nez dehors sans regarder par-dessus mon épaule. Je veux que cette situation prenne fin et, d'ici là, il m'est impossible de sortir avec quelqu'un.

Elle laissa échapper un soupir. Bon sang ! Comment aurait-elle pu le lui reprocher ? Elle n'était en fuite que depuis une journée. Lui, depuis des mois et des mois. Évidemment qu'il avait des questions plus urgentes à régler !

— Je comprends, dit-elle posément.

Le soulagement se lut sur son visage.

— Merci. Vous savez… Vous êtes une belle femme, docteur. Je suis très attiré par vous, je ne le nie pas. Mais…

Il haussa les épaules avant de s'écarter d'elle.

— C'est simplement que… J'ai autre chose en tête que le sexe pour l'instant. Il y a des priorités…

Il fit un nouveau pas en arrière.

— Allez, rentrons. Je voudrais savoir si Nick a eu des nouvelles de notre contact.

Elle lui emboîta le pas avec un hochement de tête, heureuse qu'il ne puisse pas voir son visage parce qu'elle sentait le rouge lui monter aux joues. Le rouge de l'embarras… Et du désir qui courait encore dans ses veines.

« On va faire comme si rien ne s'était passé. »

*Tu parles… Comme si c'était possible !* songea-t-elle en le suivant jusqu'à la maison.

# 8

À midi, le lendemain, Sebastian quitta la maison de la plage en compagnie de Julia et Nick, et tous trois prirent la direction d'une petite ville située plus au nord, à deux heures de route, pour y récupérer les papiers d'identité de Julia. Leur contact avait fait parvenir les documents à une agence UPS dont la présence semblait bizarrement incongrue dans la petite localité de Poca Colina, dénomination qui signifiait « petite colline ».

Il déchira la grande enveloppe et en examina attentivement le contenu, satisfait — impressionné, même.

— Fernando a fait du bon travail, observa-t-il avant de tendre à Julia le passeport américain, le certificat de naissance et le permis de conduire du Massachusetts.

Leurs doigts se frôlèrent et, instantanément, son bas-ventre se contracta. Il n'avait pas pu la regarder en face de toute la matinée et, aux rares moments où leurs regards s'étaient croisés, le souvenir de l'étreinte à laquelle il avait à regret coupé court sur la plage, la veille, l'avait bloqué. Seigneur… Ces baisers ! Il ne se rappelait pas avoir jamais eu le cœur qui battait aussi fort, ni avoir jamais atteint un tel degré d'excitation.

À ce moment-là, il avait follement désiré Julia Davenport. Il avait été à deux doigts de lui arracher sa robe bleue, de la renverser sur le sable et de lui faire l'amour jusqu'à ce que ni l'un ni l'autre n'en puissent plus.

Heureusement, à la dernière minute, il avait réussi à se

contenir, trouvant par miracle la force non seulement de mettre fin à leur fougueux baiser mais aussi de lui faire comprendre qu'il ne pouvait aller plus loin avec elle.

Cependant, il lui avait menti lorsqu'il lui avait affirmé qu'il avait autre chose en tête que le sexe pour le moment. Non seulement il y avait pensé, mais l'idée ne l'avait pas quitté dès l'instant où il avait fait sa connaissance à la clinique. Le seul problème, c'était qu'elle ne semblait pas être le genre de femme à se satisfaire d'une aventure passagère. Quand elle lui avait parlé du cow-boy avec qui elle était sortie pendant des vacances de printemps, elle avait prétendu ne pas être contre une liaison de passage, mais il hésitait encore à la prendre au mot. On n'agissait pas à la légère avec une femme comme elle — intelligente, généreuse, respectable. Elle méritait mieux qu'un béguin sans conséquence et, malheureusement, c'était tout ce qu'il serait jamais en mesure de lui offrir.

— C'est incroyable… Ils ont l'air parfaitement authentiques, souligna Julia, manifestement bluffée, en contemplant les papiers qu'il venait de lui donner. Je n'ose même pas demander combien cela a dû coûter.

— Ne vous inquiétez pas, répondit Nick avec un haussement d'épaules. Nous pouvons nous le permettre.

La lueur d'intérêt qui s'alluma dans les yeux noisette indiqua qu'elle aurait bien voulu en savoir davantage, mais Nick ne lui donna pas l'occasion de l'interroger. Il s'éloigna de la devanture de l'agence du transporteur et se dirigea vers la Jeep.

— Est-ce qu'on va directement à l'aéroport, maintenant ? demanda Julia.

— Oui.

Sebastian consulta sa montre.

— Notre avion décolle dans une heure.

— Je suis surprise que vous ayez décidé de venir avec moi. Je veux dire, vous n'avez pas remis les pieds sur le sol américain depuis qu'on a essayé d'attenter à votre vie. Je sais que vous voyagez sous une fausse identité, mais… Ne craignez-vous pas d'être reconnu par quelqu'un, à l'aéroport ?

Il éclata de rire.

— Attendez… Vous ne pensez tout de même pas qu'on va prendre un avion de ligne ?

Julia fronça les sourcils.

— Je ne sais pas… Ce n'est pas le cas ?

— Hé ! Nick, le docteur croyait que nous allions faire le voyage dans un avion de ligne ! annonça-t-il à l'adresse de son équipier.

Nick se mit à rire.

— C'est vrai ? Voyons, Davenport, la rabroua-t-il jovialement. Vous n'êtes quand même pas naïve à ce point-là ?

Les joues de Julia rosirent de façon charmante.

— Eh bien… J'aurais aimé croire que ce n'est pas le cas mais, apparemment… si, grommela-t-elle, manifestement furieuse contre elle-même.

Riant encore, Sebastian attendit qu'elle ait sauté à l'arrière de la Jeep avant de s'installer à son tour sur le siège passager.

— Nous allons prendre un avion-cargo sur un aérodrome privé, lui expliqua-t-il, comme Nick mettait le moteur en marche et s'éloignait du trottoir poussiéreux. Il nous emmènera dans le nord de l'État de New York. De là, nous louerons une voiture pour aller jusqu'à Cambridge.

Elle accueillit la nouvelle sans élever la moindre protestation, ce dont il lui sut gré. Plus il la côtoyait, plus il s'apercevait que rien n'avait le pouvoir de la déstabiliser. Elle prenait les choses comme elles venaient et, quoique n'ayant aucun scrupule à dire le fond de sa pensée lorsqu'elle l'estimait nécessaire, elle n'hésitait pas à suivre les ordres quand le besoin s'en faisait sentir. Elle l'écoutait et se pliait à ses décisions dès lors qu'elles touchaient à sa sécurité, ce qui, de son point de vue, était vraiment appréciable.

Et pourtant, il y avait là quelque chose de profondément ironique, car il était bien la dernière personne à qui elle aurait dû faire ainsi aveuglément confiance, s'agissant de sa vie.

L'aérodrome n'était pas loin de Poca Colina. Ils n'avaient traité que deux fois avec le responsable, une fois lorsque Nick était parti enquêter sur une épidémie de choléra à San Marquez, une autre, lorsque Tate avait dû aller rencontrer l'un de leurs nombreux contacts. Les membres de la petite communauté fermée des Opérations Spéciales prenaient soin les uns des autres. Les armes, les munitions, les papiers, les transports, les informations — tout cela ne tenait qu'à un coup de fil, sans que quiconque, jamais, ne pose la moindre question.

Nick suivit le chemin de terre rouge jusqu'à un grand portail métallique. Au-delà, on apercevait au loin des pistes de décollage goudronnées, ce en quoi l'aérodrome se distinguait notablement des aéroports qu'ils avaient utilisés par le passé. Il était équipé de trois hangars et la sélection d'appareils rangés sur le tarmac était plutôt impressionnante. Il y avait là principalement des Cessna bimoteur, mais Sebastian avisa aussi un avion-cargo Boeing qui semblait étrangement déplacé dans un environnement aussi rudimentaire.

Roulant en direction du hangar principal, Nick gara la Jeep et déclara :

— Donne-nous des nouvelles sitôt que vous aurez atterri, Seb, OK ?

— Bien sûr.

Sebastian sauta à bas du véhicule, aida Julia à en descendre, puis attrapa son sac sur la banquette arrière.

— Contente d'avoir fait votre connaissance, Nick, dit Julia en se tournant vers Nick avec un sourire à la fois chaleureux et un peu désenchanté. Même si j'aurais préféré que ce soit dans d'autres circonstances…

— Moi aussi, docteur. Moi aussi.

Nick agita la main tandis qu'ils s'éloignaient.

— Au revoir… Soyez prudents.

Une minute plus tard, la Jeep repartait dans la direction par laquelle ils étaient venus, les laissant, Julia et lui, seuls pour la première fois de la journée.

Elle portait de nouveau son jean et le T-shirt blanc qui l'avait empêché de trouver le sommeil pendant la moitié de la nuit, l'image de ses petits seins visibles en transparence sous le fin tissu se mettant à danser devant ses yeux chaque fois qu'il fermait les paupières.

Sa bouche s'assécha rien qu'à cette évocation, et il se hâta de détourner les yeux.

— Venez… Notre pilote nous attend.

Ils franchirent la porte grande ouverte du hangar.

En entendant le bruit de leurs pas sur le sol lisse du grand bâtiment, plusieurs hommes en combinaison de travail bleu marine se retournèrent et les regardèrent, l'air suspicieux.

— Je cherche Ricardo, lança-t-il alors, sa voix se répercutant contre les murs.

L'un des mécaniciens pointa le doigt en direction de l'avion de fret qu'il avait remarqué un moment plus tôt. Remerciant l'homme d'un hochement de tête, il s'avança dans cette direction, Julia à son côté.

Tandis qu'ils traversaient l'espace caverneux, il avisa un autre groupe à quelque distance de là. Les trois hommes qui le composaient s'interrompirent dans leur conversation pour les suivre des yeux, lorgnant Julia comme s'ils n'avaient pas vu de femme depuis des lustres.

Serrant les mâchoires, Sebastian posa une main possessive sur le bras mince de la jeune femme.

Elle tourna vivement la tête, surprise, puis un sourire entendu incurva lentement ses lèvres.

— Qu'y a-t-il ? marmonna-t-il.

Elle arqua un sourcil et haussa négligemment une épaule.

— Rien.

Ignorant l'étrange élan protecteur qui l'avait traversé, il accéléra le pas, la traînant presque derrière lui dans sa précipitation à quitter le bâtiment. Par la large trappe qui était ouverte à l'arrière de l'appareil, on pouvait voir des dizaines de caisses en bois et de sacs en toile de jute qui remplissaient la totalité de l'espace. Deux hommes à la peau sombre discutaient en espagnol tout en arrimant une palette de caisses à la paroi de l'appareil au moyen de filets à maille losange pour empêcher le chargement de bouger.

Un raclement métallique se fit entendre comme un troisième homme à la peau sombre et au visage mangé par une grosse barbe noire descendait de la passerelle accolée à l'avion.

— Stone ? lança-t-il en les voyant approcher.

Sebastian hocha la tête.

— Ricardo ?

L'homme répondit par un signe de tête affirmatif. Son regard glissa rapidement sur Julia avant qu'il ne s'avance pour serrer la main à Sebastian.

D'après Tate, Ricardo était réputé être l'un des meilleurs pilotes au monde. Il avait servi dans une unité de combattants d'élite au sein de l'armée de l'Air colombienne. Il était maintenant à la tête de cette compagnie de transport aérien, laquelle constituait apparemment son unique activité officielle et légitime. La rumeur courait que ses autres entreprises étaient beaucoup plus sulfureuses.

— Nous sommes prêts à décoller, annonça-t-il dans un anglais étonnamment bon. Il est temps de vous installer et de vous sangler à vos places.

— De nous sangler ? murmura Julia, l'air passablement alarmé, tandis qu'ils emboîtaient le pas à Ricardo en direction de l'arrière de l'appareil.

Lorsqu'ils eurent gravi la passerelle d'accès à l'avion, Ricardo les conduisit jusqu'à un petit banc métallique qui courait le long de la paroi de l'appareil, juste derrière la cabine de pilotage.

— Bouclez vos ceintures. Le vol durera environ six heures.

Ce fut tout ce qu'il leur dit avant de tourner les talons et de les abandonner à leur sort, sur leur banc.

Sebastian fourra son sac de voyage au-dessous du siège, puis s'assit et s'attacha grâce au harnais fixé à la paroi, derrière lui.

Tandis qu'il bouclait les deux bretelles de la ceinture, il jeta un regard interrogateur à Julia, à côté de lui.

— Vous feriez mieux de vous attacher, vous aussi, docteur.

Secouant la tête, elle se mit en devoir de l'imiter, à contrecœur.

— Ça n'a pas l'air très sûr, souligna-t-elle, l'air chagriné.

— Ça l'est toujours davantage qu'un vol de ligne, ne vous en faites pas, répliqua-t-il, en haussant les épaules.

Un bourdonnement se fit entendre, suivi de près par le grondement des moteurs du jet qui se mettaient en marche. La cargaison de l'appareil se mit à cliqueter, les caisses et les sacs en toile de jute tremblant sous l'effet des vibrations. Il n'était pas difficile de deviner la nature du chargement, l'arôme riche des grains de café — mêlé à l'odeur, moins agréable, du kérosène — se répandant dans tout l'appareil, ce qui donna instantanément envie à Sebastian de boire un café.

Il y avait trop de bruit pour mener une conversation sans crier, si bien que Julia et lui gardèrent le silence pendant le décollage. Il remarqua qu'elle était pâle et que ses phalanges blanchissaient tant elle serrait le bord du banc, tandis que l'appareil prenait son essor et que le train d'atterrissage se rétractait dans un grincement métallique sonore.

Avant qu'il ait pu se raviser, sa main se posa sur la sienne et lui imprima une pression rassurante.

Julia tourna vivement la tête pour le regarder, surprise.

— Détendez-vous, lui conseilla-t-il, une note un peu moqueuse dans la voix. Ricardo a fait ce vol des centaines de fois. Et le café est toujours arrivé à destination sans encombre. Tout ira bien.

Ses doigts se décrispèrent légèrement.

— Vous avez raison. Je… C'est ridicule d'éprouver autant d'appréhension.

— Non, ce n'est pas ridicule. C'est légitime, au contraire, d'éprouver des émotions.

Il inclina la tête sur le côté.

— D'ailleurs, je crois bien que c'est la première fois que je vous vois manifester de la peur depuis que nous avons fait connaissance. Et Dieu sait qu'il s'est passé pas mal de choses terrifiantes depuis notre rencontre !

Elle soupira.

— J'en suis encore à essayer de déterminer si je n'ai pas eu des hallucinations.

— La réponse est « non ».

Il lui caressa de nouveau le dos de la main.

— Je suis désolé que vous ayez été entraînée dans tout cela.

— Moi aussi. Et dire que, si Kevin ne m'avait pas jointe par radio, je n'aurais jamais eu connaissance de ce virus, pas plus que je n'aurais su que des gens s'étaient mis en tête de traiter des humains comme des animaux !

Un étrange sourire étira brièvement ses lèvres.

— Je n'aurais jamais pensé prononcer ces mots-là un jour, mais une part de moi préférerait être restée dans l'ignorance, je crois bien.

— Oui, je comprends.

Un bruit de parasites résonna dans l'appareil ; aussitôt après, la voix de Ricardo leur annonça :

— Nous avons atteint notre altitude de croisière. Vous pouvez détacher vos ceintures. Je vous préviendrai si nous abordons une zone de turbulence.

Comme Sebastian s'exécutait, il nota l'expression perplexe qui s'était peinte sur les traits de Julia.

— Qu'y a-t-il ? s'enquit-il.

— Je me demande simplement comment vous vous arrangez pour avoir tous ces contacts. Vous m'avez fait établir des faux papiers d'une facture parfaite en moins de vingt-quatre heures… Vous avez sorti du chapeau un pilote tout disposé à nous prendre à bord de son avion pour nous faire pénétrer incognito aux États-Unis… Vous semblez détenir un stock inépuisable d'armes, d'ordinateurs, de cachettes… Comment tout cela est-il possible ?

— Le petit monde des agents spéciaux est efficace et très soudé. On se serre les coudes.

— Et cette entraide… Elle est gratuite ? insista-t-elle, l'air dubitatif.

Il partit d'un petit rire.

— Oh ! Non, elle a un prix… Un prix élevé, même. Mais, après que nous avons tous trois quitté la ville pour sauver notre peau, Tate et moi nous sommes rendu compte que notre cher petit Nicky avait bien caché son jeu. Il se trouve qu'il est riche à millions. Nous avons tous les trois vidé nos comptes en banque avant de prendre la fuite et… Disons simplement que la somme dont il disposait était un montant à sept chiffres. Depuis le jour où nous sommes entrés dans la clandestinité, c'est lui qui a pratiquement tout financé.

— Cet argent lui vient de sa famille, où bien était-il un entrepreneur de génie, un opérateur boursier ou je ne sais quoi avant d'entrer dans l'armée ?

— Aucune idée. Nick n'en parle jamais et nous ne lui posons pas de questions. Mais j'incline à croire qu'il s'agit d'un héritage familial.

Julia pivota légèrement sur le banc de façon à lui faire face.

— Et vous ? De quel genre de famille venez-vous ?

L'estomac de Sebastian se serra en même temps que la douleur familière l'étreignait.

— Ma famille est morte.

— Oh ? ! Vous n'avez pas de famille du tout ?

— Non. Mon père est mort au combat quand j'avais quinze ans — c'était un Marine. Et ma mère est décédée des suites d'un cancer il y a une dizaine d'années.

Et Tommy. Greg. Lynn.

Son cœur se comprima si fort qu'il se demanda s'il n'allait pas éclater. Seigneur, il ne fallait pas qu'il pense à eux ! Même après toutes ces années, c'était trop douloureux.

— Vous n'avez pas de grands-parents ? D'oncles et de tantes ? continua Julia.

— Mes quatre grands-parents sont morts il y a bien longtemps et mes parents étaient tous deux des enfants uniques, si bien que… Non, je n'ai ni oncle, ni tante, ni cousins, ni cousines.

Il éprouva tout à coup le besoin impérieux de changer très vite de sujet de conversation… Avant qu'elle ne lui demande d'autres détails.

— Et vous ?

— Mes parents ont divorcé quand j'avais dix ans, répondit-elle. Ma sœur et moi avons vécu avec ma mère, qui n'est pas la femme la plus facile à vivre qui soit. Elle est très rigide, très rétrograde. Mon père s'est démené pour tenter d'obtenir notre garde, mais il a perdu la bataille. Il était médecin, lui aussi. Chirurgien, pour être précise. Il exerçait à l'hôpital de Boston General.

— C'est ce qui vous a poussée à faire des études de médecine ?

Elle hocha la tête.

— Je voulais marcher sur ses traces.

La tristesse transparut dans son expression.

— Il est mort quelques semaines avant que je ne sorte diplômée de la faculté de médecine.

— Oh… Je suis désolé pour vous, docteur.

Il passa une nouvelle fois la main sur la sienne, s'émerveillant de la douceur de sa peau.

— Je parie qu'il aurait été très fier de vous.

— Oui, il l'était.

Elle sourit, le regard soudain perdu dans le vague.

— Mais je ne sais pas ce qu'il aurait pensé de ma décision de travailler pour Doctors International. Il voulait que je vienne exercer à l'hôpital, avec lui.

— Et pourquoi avez-vous choisi de partir travailler à l'étranger ?

— Pour me rendre utile là où on avait le plus besoin de moi, je suppose.

Il sentait bien qu'il y avait autre chose, mais elle se tut et il n'insista pas. Il regretta cependant d'avoir changé de conversation à la minute où la question suivante jaillit de ses lèvres.

— Comment se fait-il que vous n'ayez pas de petit ami ?

Elle arqua les sourcils.

— Et vous, comment se fait-il que vous n'ayez pas de petite amie ?

Il sourit.

— OK. C'est de bonne guerre. Vous, d'abord.

Elle étendit les jambes et cala la tête contre la paroi, derrière elle.

— J'ai eu deux liaisons au cours de ces trois dernières années. Aucun de ces deux hommes n'a supporté que je voyage autant pour mon travail. Je suis absente neuf mois de l'année sur douze — et je suis à peu près certaine de ne jamais rencontrer un homme capable de s'accommoder de cela. Personne ne veut d'une compagne qui est absente quasiment à temps plein.

— Vous pourriez trouver quelqu'un qui soit disposé à voyager avec vous, souligna-t-il.

— C'est vrai.

— Un collègue de travail, peut-être ? Un travailleur de l'humanitaire rencontré lors d'une mission ?

— Je ne sors pas avec des collègues de travail. C'est une règle personnelle que je me suis fixée et à laquelle je ne déroge jamais. J'ai vu trop de relations entre confrères tourner court. Par ailleurs, je n'ai jamais rencontré quelqu'un qui ait suscité mon intérêt lors de mes missions à l'étranger.

Elle ponctua sa phrase d'un regard appuyé.

— Mis à part vous.

Nom d'un chien ! Comme s'il avait besoin de ça, songea-t-il, sentant son ventre se nouer de désir. Il n'arrivait pas à croire qu'elle ait abordé ce sujet de son propre chef. Mais, en même temps, il n'était pas réellement surpris. Julia n'était pas femme à mâcher ses mots. Elle disait toujours ce qu'elle pensait, quelle que soit la réaction que cela pouvait provoquer.

— Bref, reprit-elle en évacuant la question d'un geste évasif de la main. À vous, maintenant. Pourquoi n'avez-vous pas de petite amie ?

— Hormis le fait que je doive me cacher de mon propre gouvernement pour rester en vie, vous voulez dire ? Eh bien… Je suis en quelque sorte un phobique de l'engagement.

Elle rit.

— Je parle sérieusement, enchaîna-t-il. Les relations durables, ce n'est pas pour moi. Ce n'est pas ce que je souhaite.

Il lui décocha un sourire désolé.

— Je ne suis pas taillé pour ça, docteur. Je me lasse rapidement.

— Je vois.

Il en doutait fort — parce que tout ce qu'il venait de proférer avec une belle assurance n'était qu'un tissu de mensonges. Il avait peaufiné cette argumentation au fil des années, la servant à chacune de celles qui tentaient de percer à jour sa façon de se comporter vis-à-vis des femmes.

À côté de lui, Julia plissa soudain les yeux, l'air beaucoup trop pénétrant pour son goût.

— Attendez une minute… Parce que vous pensez que, *moi*, je recherche une relation durable ? Est-ce pour ça que vous avez détalé comme un chaton effarouché, hier soir ?

— « Un chaton effarouché » ? Ce n'est pas exactement la façon dont je me rappelle les choses. En fait, je suis absolument certain de ne pas avoir *détalé* du tout, comme vous dites.

— Mais c'était tout comme.

Une lueur de défi brillait dans son regard.

— Je pense que vous m'avez menti en prétendant que vous aviez autre chose en tête en ce moment que le sexe. Je pense, au contraire, que vous avez très envie de coucher avec moi.

Un éclat de rire échappa à Sebastian avant qu'il ait pu le réprimer.

— Eh bien, j'admire votre assurance, docteur. Sincèrement.

— Je me trompe ? insista-t-elle.

Il aurait probablement pu mentir, mais Julia était tellement directe qu'il se sentit obligé de faire preuve de la même franchise.

— Non, vous ne vous trompez pas, reconnut-il.

— Mais vous avez peur que je ne me satisfasse pas d'une relation passagère, c'est ça ?

Elle poussa un soupir.

— C'est parce que je suis médecin ? Les hommes s'imaginent toujours que, parce que je suis médecin, je suis quelqu'un de foncièrement sérieux, et que je recherche par conséquent forcément une relation sérieuse. Mais ce n'est pas le cas, vous savez. Je peux très bien avoir une liaison sans attaches. Je dirais même que c'est tout ce que je peux offrir pour le moment.

Un sentiment d'impatience irrépressible se mit à croître en lui. Il scruta son joli visage, essayant de déterminer si elle disait vrai. D'après son expérience, il n'était pas rare que les femmes se prétendent partantes pour une liaison sans attaches, tout en manœuvrant déjà secrètement pour transformer l'éphémère en permanent. Mais l'expression candide de Julia et le ton de sa voix semblaient sincères.

— Alors, vous vous contenteriez de quelque chose de temporaire, vous aussi ?

— Oui.

— Vous en êtes sûre ?

L'atmosphère déjà chaude et confinée de l'avion-cargo s'alourdit encore, chargée de promesses. Le regard de Sebastian s'abaissa jusqu'aux petits seins qui se dessinaient sous le T-shirt blanc. Les pointes se dressèrent sous ses yeux, ce qui eut pour effet immédiat de le faire saliver d'envie. Ses doigts se mirent à fourmiller…

Il força son regard à remonter jusqu'à son visage et vit ses joues qui s'empourpraient. Elle se passa la langue sur les lèvres.

— Eh bien ?

Un petit sourire souleva les commissures de sa bouche généreuse.

— Oui, j'en suis sûre.

— Alors, d'accord.

Avant qu'elle ait eu le loisir de cligner des paupières, il enfonça la main dans ses cheveux et l'attira à lui pour l'embrasser.

Ses lèvres s'écrasèrent sur les siennes, étouffant son exclamation de surprise. Il adora la façon dont elle s'amollissait dans ses bras, pressait ses seins contre son torse tel un chat ronronnant de satisfaction, ouvrant la bouche pour accueillir sa langue.

Il n’avait voulu lui donner qu’un rapide baiser pour sceller l’accord auquel ils étaient parvenus, comme une sorte d’avant-goût de tout ce qu’il lui ferait lorsqu’ils se retrouveraient à proximité d’un lit, mais Julia voyait manifestement les choses autrement.

Détachant ses lèvres des siennes, elle recula et attrapa le bas de son débardeur qu’elle fit passer par-dessus sa tête. Elle se retrouva debout face à lui, vêtue de ce soutien-gorge si fin qu’il ne cachait strictement rien.

Il sentit sa bouche s’assécher d’un seul coup, et son pouls s’emballer.

— Qu’est-ce que vous faites ? réussit-il à demander d’une voix rauque.

Elle leva les yeux au ciel, puis porta la main à la ceinture de son jean.

— À votre avis ?

Il lui fallut faire appel à toute sa volonté pour se souvenir qu’il était un gentleman.

— Mais… Nous ne pouvons pas faire ça ici.

— Ah bon ? Pourquoi ?

Dans la foulée, remuant des hanches, elle se débarrassa de son pantalon.

*Bonté divine !*

Elle se tenait là, devant lui, ne portant rien d’autre que son soutien-gorge blanc transparent et un minuscule slip rose, l’image même de la tentation faite femme. Il promena son regard sur elle — ses petits seins ronds, sa taille fine et marquée, ses longues jambes minces. Ses cheveux châtains ondulés cascadaient sur ses épaules, ses joues étaient roses d’excitation et ses yeux noisette scintillaient d’une lueur de défi.

Jamais de toute sa vie il n’aurait imaginé Julia Davenport capable de se déshabiller dans la soute d’un avion-cargo.

— Vous êtes une source perpétuelle de surprises, murmura-t-il.

— Et vous, une source perpétuelle de prétextes… Alors,

Stone ? Je ne vais pas attendre éternellement. Enlevez vos vêtements.

— Et autoritaire, avec ça !

— Je suis médecin. J'ai l'habitude de donner des ordres.

Ses dernières hésitations se dissipèrent dans l'atmosphère parfumée de café. Sans perdre plus de temps, il arracha son T-shirt, envoya d'un coup de talon valser une chaussure après l'autre, puis se débarrassa de son pantalon, révélant un boxer noir tendu par son érection.

Instantanément, le regard de Julia se centra sur le renflement révélateur.

Elle avança d'un pas, son regard approbateur faisant naître en lui un accès de pure satisfaction mâle.

— Je te plais ? demanda-t-il d'une voix assourdie par l'excitation.

— Mmm.

Les yeux noisette dévorèrent son torse dénudé, son abdomen, son entrejambe, ses jambes. Partout où ils se posaient, la peau se mettait à le brûler. Le désir s'intensifia irrépressiblement. Avec un grognement, il l'attira à lui et l'embrassa sauvagement, se délectant des gémissements de plaisir que ses lèvres étouffaient.

L'excitation faisait pulser le sang dans ses veines de plus en plus fort, échauffant sa peau.

— Enroule tes jambes autour de moi, ordonna-t-il en passant les mains sous ses fesses pour la soulever.

Elle referma les jambes autour de sa taille et pressa ses pieds nus contre son postérieur, l'embrassant avec ferveur, tandis qu'il s'avançait jusqu'à une pile de sacs de jute. Ils leur tiendraient lieu de couche improvisée, ce qui vaudrait toujours mieux que le sol sale et graisseux de la soute.

Précautionneusement, il la déposa sur le lit de fortune, puis se redressa un instant pour la contempler, le regard rempli d'admiration.

— Seigneur, docteur… Tu es si belle !

Elle rougit légèrement.

— Je croyais que j'étais trop maigre.

— Ça ne t'empêche pas d'être belle.

D'un geste de la main, il désigna sa poitrine.

— Retire ton soutien-gorge.

Elle porta la main entre ses seins et, d'une pichenette, fit sauter l'agrafe qui maintenait les bonnets réunis, libérant une paire de petits seins blancs aux tétons rose sombre.

Il se passa la langue sur les lèvres.

— Maintenant, enleve ton slip.

La gorge de Julia se noua. Saisissant l'élastique de son sous-vêtement rose, elle l'abaissa le long de ses jambes sans un mot.

Le regard de Sebastian s'arrêta sur la bande de boucles brunes à la jonction de ses cuisses. Son cœur se mit à cogner de plus belle dans sa cage thoracique. Il eut toutes les peines du monde à s'arracher à la contemplation de tant de splendeur féminine pour forcer ses jambes à le transporter jusqu'au banc où il puisa un préservatif dans la trousse médicale rangée dans son sac de voyage.

Lorsqu'il revint vers Julia, il l'avait déjà mis en place et était plus que prêt à s'abîmer en elle.

Mû par une impatience qu'il avait du mal à contenir, il se pencha vers elle et captura ses lèvres, les avides sollicitations de sa langue lui tirant de petits gémissements.

Elle promena ses ongles courts sur la surface de son dos et se mit à osciller contre lui, murmurant des paroles incohérentes qui le firent rire tout bas.

Ce ne fut que lorsqu'il se positionna au-dessus d'elle qu'elle parut recouvrer ses esprits.

— Doucement, lui dit-elle. Ça fait longtemps que ça ne m'est pas arrivé.

Il ne put résister à la curiosité.

— Longtemps… C'est-à-dire ?

Elle hésita avant de répondre :

— Deux ans.

— Et moi, un peu plus d'un an, confessa-t-il à son tour.

— C'est vrai ?

Il hocha la tête.

Comme un doux sourire incurvait les lèvres de Julia, Sebastian sentit son cœur effectuer un étrange petit soubresaut.

— Tu dois en avoir tout autant envie que moi, alors, murmura-t-elle.

Pour toute réponse, il pressa son sexe contre sa chaleur et tous deux laissèrent échapper un gémissement.

— J'en ai très, très envie, confirma-t-il d'une voix altérée par le désir — un désir si aigu qu'il se demanda comment il allait réussir à le maîtriser.

Se rendant compte que l'extase était dangereusement proche, il se concentra exclusivement sur le plaisir de Julia. Il couvrit son visage, son cou d'une pluie de baisers, la faisant soupirer d'aise. Il prit ensuite doucement ses seins en coupe dans ses paumes, l'écoutant retenir son souffle. Puis l'une de ses mains abandonna sa poitrine pour descendre le long de son abdomen et s'aventurer plus bas, toujours plus bas. Soulevant une hanche, il glissa la main entre leurs corps et, du pouce, il se mit à taquiner son clitoris.

Levant la tête, il vit ses yeux devenir vitreux.

— Comment fais-tu pour… C'est…

Elle n'acheva pas sa phrase et gémit de nouveau comme son pouce agaçait son bouton de chair gonflé de désir, en même temps qu'il s'enfonçait profondément en elle.

— Comment je fais pour… Quoi ? souffla-t-il, savourant l'expression de plaisir exquis qui se peignait sur son visage.

— Pour… savoir exactement… ce que j'aime, fit-elle d'une voix hachée.

— Je suis simplement à l'écoute de ton corps, chérie.

Il lui mordilla le lobe de l'oreille, faisant de son mieux pour ignorer la pulsion de plus en plus forte qui le poussait à accélérer le rythme. Il refusait d'y céder avant que Julia ait atteint le point de non-retour. Par chance, il n'eut pas longtemps à attendre. Comme il sentait ses muscles se resserrer en un doux étau autour de lui, il se mit à aller et venir de plus en plus rapidement en elle, tout en continuant à la caresser.

Au moment où Julia poussa un cri, il ferma les yeux et s'abandonna à son tour à la vague qui le submergeait, secoué par les ondes de choc d'un plaisir sans mélange.

Puis, haletant, il se laissa retomber contre elle. La fièvre courait encore dans ses veines, lui embrumant le cerveau. Il sentait le cœur de Julia qui battait à tout va contre sa poitrine, et lorsqu'il baissa les yeux sur son regard encore brillant d'émerveillement, il comprit qu'elle était aussi affectée que lui par l'expérience qu'ils venaient de vivre.

— Waouh ! souffla-t-elle, la voix teintée d'incrédulité. C'était… Waouh !

Se calant sur les coudes pour ne pas peser de tout son poids sur elle, il s'inclina pour lui effleurer les lèvres, avant de quitter l'étroit fourreau de son corps.

— Il faut que je me lève, annonça-t-elle alors, en se redressant. Je vais avoir une éruption cutanée sur tout l'arrière du corps ! Cette toile de jute est affreusement irritante.

Le remords s'empara de Sebastian.

— Désolé. Peut-être n'aurions-nous pas dû…

Elle leva la main pour le réduire au silence.

— Ah non, tu ne vas pas t'excuser ! J'ai adoré chaque seconde du moment que nous venons de passer. Ça a vraiment été… Waouh.

Il partit d'un petit rire.

— Pour un médecin, je trouve que tu manques singulièrement de vocabulaire !

— Si tu as un meilleur mot pour décrire ce qui vient de se passer, je suis preneuse.

Il fouilla dans sa mémoire, à la recherche du terme le plus approprié.

— Ça a été…

La résignation l'envahit.

— Waouh… Tout bien considéré, c'est extrêmement parlant.

Souriante, elle sauta sur ses pieds avec une surprenante agilité. Ce ne fut que lorsqu'elle eut ramassé ses vêtements éparpillés autour d'elle et commencé à se rhabiller que son expression s'assombrit.

Lentement, elle porta son regard sur le sien et, d'une voix consternée, demanda :

— Est-ce que le fait que j'ai complètement oublié toutes les horreurs qui se sont produites pendant quelques minutes fait de moi une personne sans cœur, méprisable ?

Il remonta son boxer sur ses hanches, puis s'approcha d'elle et la prit doucement dans ses bras.

— Bien sûr que non. Tu as chassé le mal de ton esprit pendant un moment pour te concentrer sur le bien, c'est tout à fait légitime après ce que tu as vécu.

— Mais le mal n'a pas disparu. Il est toujours présent.

— Oui, acquiesça-t-il d'un ton grave.

Elle déglutit avec peine, puis ajouta sombrement :

— Et quelque chose me dit qu'il ne va même faire qu'empirer.

Il n'essaya pas d'apaiser ses craintes par de vaines paroles de réconfort. Il était exactement du même avis qu'elle.

# 9

Ils arrivèrent à Cambridge à 2 heures du matin. Julia était totalement épuisée lorsqu'elle s'allongea enfin dans le grand lit de leur chambre d'hôtel mais, si Sebastian s'endormit à la seconde où il posa la tête sur l'oreiller, elle ne parvint pas à trouver le sommeil en dépit de tous ses efforts. La journée avait été tellement riche en émotions que son cerveau refusait de se mettre au repos.

Quelques heures plus tôt, ils avaient atterri sur un petit aérodrome spécialisé dans le fret aérien, près d'Albany, puis avaient pris un taxi pour se rendre dans une agence de location afin d'y louer une voiture. Elle avait utilisé pour ce faire son nom d'emprunt — Julie Francis — et l'employé, derrière le bureau d'accueil, n'avait pas eu ne serait-ce qu'un battement de cils lorsqu'elle lui avait présenté son faux permis de conduire.

Trois heures plus tard, Sebastian et elle s'enregistraient dans cet hôtel et, maintenant, elle était là, bêtement couchée dans ce lit, tout à fait réveillée, à contempler le plafond et à se demander quelles horreurs la journée du lendemain leur réservait.

Les événements de ces derniers jours continuaient à la hanter comme des rediffusions d'une mauvaise série télévisée. La clinique n'était plus qu'un tas de ruines fumantes. Ses amis tous morts. Sa vie menacée. Et, au milieu de toutes ces images épouvantables, des bribes de véritable joie — l'amour avec

Sebastian dans l'avion, leurs conversations, le trajet jusqu'à Cambridge qui s'était révélé étonnamment divertissant.

Mais c'était surtout la partie concernant l'acte sexuel qui monopolisait ses pensées. Elle n'arrivait toujours pas à croire qu'elle en ait été l'instigatrice. Elle avait pris les devants, s'était dénudée, le mettant au défi de céder à l'évidente attirance qui existait entre eux. Et ce qui avait suivi avait été l'expérience la plus intense, la plus fantastique, la plus excitante qu'elle ait jamais connue !

Elle avait laissé Sebastian totalement libre de jouer à sa guise de son corps, ce qui, en soi, était proprement incroyable. Jamais elle ne perdait ainsi le contrôle, pas plus dans sa vie professionnelle que dans sa vie privée. Et pourtant, elle lui avait bel et bien donné carte blanche.

Et il l'avait surprise davantage en devinant exactement ce qui la faisait vibrer, sans qu'elle ait besoin de le guider ainsi qu'elle l'avait toujours fait avec ses précédents amants.

Roulant sur le côté, elle étudia son visage endormi. Ses traits étaient plus paisibles dans le sommeil, sa bouche sensuelle plus détendue.

Elle fut tentée de laisser courir ses doigts le long de la ligne nette de sa mâchoire, de caresser sa barbe de quelques jours, de suivre le tracé de ses lèvres sexy, mais elle ne voulait pas le réveiller. Elle s'obligea donc à baisser les paupières et finit par sombrer dans un sommeil agité.

Lorsque Julia ouvrit les yeux, le lendemain matin, le soleil pénétrait à flots dans la chambre, à peine filtré par les fins rideaux de voile blanc. À côté d'elle, le lit était vide. Bâillant, elle s'assit et jeta un coup d'œil à la porte de la salle de bains, entrouverte. Elle entendait l'eau couler dans la douche et des volutes de vapeur s'échappaient par l'entrebâillement de la porte.

Son cœur fit un bond dans sa poitrine comme elle se représentait Sebastian nu sous le jet, l'eau ruisselant sur son corps, glissant sur sa peau dorée et ses muscles parfaitement dessinés. L'idée de l'y rejoindre la traversa, mais un coup d'œil au réveil lui apprit qu'il était déjà presque 9 heures. Ils devaient se mettre en route le plus vite possible.

Quelques minutes plus tard, le jet d'eau fut coupé et Sebastian apparut, ne portant rien d'autre qu'une serviette blanche enroulée autour de ses hanches minces.

Une bouffée de chaleur l'envahit et sa peau se mit à la picoter.

— Bonjour, dit-il, son regard gris s'arrêtant sur le sien.

— Bonjour.

Elle se glissa hors du lit et fit un pas en direction de la salle de bains avant de se retourner à demi pour demander :

— Ai-je le temps de passer rapidement sous la douche, moi aussi ?

— Bien sûr.

Les coins de sa bouche s'incurvèrent.

— Je t'aurais bien demandé de te joindre à moi, tout à l'heure, mais tu avais l'air tellement apaisée… Je n'ai pas eu le cœur de te réveiller.

— Je suis contente que tu t'en sois abstenu. J'ai passé la majeure partie de la nuit à me tourner et me retourner sans pouvoir trouver le sommeil.

— Au fait, je suis sorti faire un tour en ville, pendant que tu dormais, et je t'ai rapporté deux ou trois choses, lui annonça-t-il. Une brosse à dents, une brosse à cheveux, des vêtements. Il a fallu que je choisisse au jugé, pour la taille. J'espère qu'ils t'iront. J'ai tout laissé dans la salle de bains.

Touchée, Julia répondit :

— Merci. Tu n'étais pas obligé.

— Je me suis dit que tu en avais probablement assez de promener ton T-shirt transparent partout.

Ses yeux gris scintillèrent de désir.

— Non pas que je m'en plaigne… *J'adore* ce T-shirt !

— Tiens donc… Comme c'est curieux.

Levant les yeux au ciel, elle entra dans la salle de bains et referma la porte derrière elle.

Comme elle n'était pas le genre de femme à soigner exagérément son apparence et à passer des heures à s'apprêter, moins de trente minutes plus tard, elle était prête à partir. Elle avait revêtu l'une des tenues que lui avait achetées Sebastian, constatant avec satisfaction que le jean lui allait parfaitement. Elle lui avait associé un T-shirt noir à l'encolure en V, des socquettes de la même couleur et la paire de baskets neuves qu'elle avait trouvée dans le sac de courses.

Sacrifiant à son rituel quotidien, elle avait tiré ses cheveux en arrière et les avait coiffés en une tresse sobre et dépourvue de fantaisie, puis elle avait apporté la touche finale à l'ensemble en mettant les lunettes de soleil qu'elle avait dénichées parmi les emplettes de Sebastian.

Décidément, il avait vraiment pensé à tout !

En réalité, les lunettes noires s'avérèrent fort utiles lorsqu'ils sortirent du hall de l'hôtel et se retrouvèrent à l'extérieur. C'était une belle journée ensoleillée, beaucoup plus chaude que ce n'était généralement le cas à la mi-mai, dans le Massachusetts.

Tandis qu'ils se dirigeaient vers le parking de l'hôtel où ils avaient garé leur voiture de location, elle remarqua que Sebastian examinait les environs, comme s'il n'appréhendait pas bien ce qu'il voyait.

— Qu'y a-t-il ? demanda-t-elle.

L'air absent, il semblait perdu dans la contemplation des réverbères disposés à intervalles réguliers sur le trottoir qui longeait le parking.

— Pardon ? Oh ! Rien… Tout va bien. C'est simplement que le retour à la civilisation est perturbant. Je ne me suis pas bien rendu compte, hier soir, parce que j'étais recru de fatigue mais maintenant…

Il secoua la tête.

— C'est bizarre d'être de retour, ici.

— Tu es originaire du Massachusetts ?

Elle s'avisait seulement qu'il ne lui avait jamais dit d'où il venait.

— Non, j'ai grandi à Virginia Beach. Mais je n'y suis pas

retourné depuis des années. Quand notre unité n'était pas en mission, je vivais dans un appartement, à Richmond.

Il mit le moteur en marche et se dirigea vers la sortie du parking, tout en coulant un regard dans sa direction.

— Le laboratoire de ce type se trouve sur le campus lui-même ?

Julia acquiesça d'un hochement de tête.

— Il est juste après le muséum d'Histoire naturelle, sur Oxford Street. Je t'indiquerai où tourner quand nous approcherons.

Tandis qu'ils roulaient en direction du prestigieux campus de l'université de Harvard, elle joua avec l'extrémité de sa natte, priant pour que Frank ne pose pas trop de questions lorsqu'elle lui présenterait l'échantillon d'eau potentiellement porteur d'un virus mortel. Elle ne doutait pas qu'elle le trouverait dans son laboratoire. À l'aide du téléphone « sécurisé » de Sebastian, elle avait parlé à la réceptionniste du département de biologie qui lui avait confirmé que le Dr Matheson était bien présent sur le campus et qu'il ne devait pas s'absenter de toute la semaine.

— Il faudra tout de même nous montrer prudents, l'avertit Sebastian, sa voix prenant une intonation plus dure comme il formulait sa mise en garde. Tu as dit que tu étais proche de lui. Mais proche… À quel point ?

— Très proche. Pourquoi ?

La réponse ne parut pas le contenter.

— OK, écoute-moi. Au stade où nous en sommes, il nous faut supposer que le général en charge de l'opération de nettoyage d'Esperanza a pris contact avec ses supérieurs. Ces derniers savent donc que tu t'es échappée et ils vont probablement penser que tu te terres quelque part à San Marquez. Cela étant dit, ces gens ne sont pas stupides. Ils auront certainement fait suivre toutes les personnes que tu connais aux États-Unis, mis leurs lignes téléphoniques sur écoute, pour le cas où tu essaierais d'entrer en contact avec eux. Donc, je répète ma question : à quel point es-tu proche du professeur Frank Matheson ?

— Nous sommes bons amis. Je déjeune avec lui chaque fois que je rentre d'une mission.

Un frisson de peur courut le long de son échine.

— Penses-tu réellement qu'ils l'ont placé sous surveillance dans l'espoir que je chercherais de l'aide auprès de lui ?

— Il y a de grandes chances pour que ce soit le cas. C'est pourquoi nous devons prendre certaines mesures de précaution.

Son intonation se fit plus sarcastique.

— Et, pendant que j'y pense… Pour m'éviter de passer pour un imbécile quand je rencontrerai ton ami, peut-être ferais-tu bien de m'expliquer ce que fait exactement un chercheur en microbiologie ?

Elle sourit, consciente qu'il essayait de détourner ses pensées des scénarios effrayants qu'il venait juste de lui dépeindre.

— Eh bien, la microbiologie concerne l'étude des micro-organismes. Le domaine d'expertise de Frank, c'est plus spécifiquement la virologie, qui est une branche de la microbiologie. En gros, il étudie le comportement des virus.

— Comment ils fonctionnent, comment ils prolifèrent — ce genre de choses ?

— Oui, à ceci près que c'est un peu plus complexe que cela, évidemment. Il s'intéresse aussi à l'évolution des virus, à la manière dont ils interagissent avec les organismes hôtes, dont ils se reproduisent. Et, parallèlement, il s'efforce de développer de nouvelles façons d'isoler un virus et de le cultiver afin de pouvoir mieux l'étudier.

Elle rit.

— Rassure-toi, la majeure partie de son travail me passe complètement au-dessus de la tête à moi aussi, alors n'aie crainte, tu ne seras pas le seul à te sentir dépassé ! Tu ne t'étonneras pas, mais Frank a tendance à se montrer très prolixe… Et très… doctoral, quand il parle de ce qui le passionne, tu es prévenu.

— Doctoral ? répéta Sebastian en lui décochant une

œillade amusée. Si un docteur n'était pas *doctoral*, qui diable pourrait bien l'être ?

— Oui… Oh ! Attention, tourne là, à gauche…

Il ralentit l'allure tandis qu'ils naviguaient dans les rues du campus. Comme il faisait un temps magnifique, les étudiants étaient tous sortis et avaient investi les pelouses bien entretenues, s'attroupant par petits groupes à l'extérieur des majestueux bâtiments aux façades couvertes de lierre.

Julia observait par la vitre les groupes de jeunes qui passaient d'un pas pressé, portant des piles de manuels ou discutant sur leur téléphone portable, comme s'ils n'avaient pas le moindre souci. Sebastian avait raison — c'était vraiment bizarre de se retrouver à la maison. Après six mois passés à Valero, elle se sentait désorientée, elle aussi, sur ce pimpant campus avec ses beaux bâtiments historiques, les visages juvéniles des étudiants et l'abondance d'équipements modernes — téléphones mobiles, ordinateurs portables et tablettes.

Sebastian ne s'arrêta pas tout de suite — il fit trois fois le tour du bâtiment avant que ses épaules perdent de leur rigidité et qu'il se détende un tant soit peu. Elle avait remarqué qu'il balayait les environs d'un regard d'aigle, mais elle aurait été bien en peine de deviner ce qu'il redoutait d'y trouver.

— Une place se libère là-bas ! s'exclama-t-elle, avisant une Honda noire qui quittait sa place de stationnement. Prends-la. Tu ne te rends pas compte… C'est miraculeux. Nous n'arriverons pas à nous garer plus près, de toute façon. Nous pouvons finir à pied.

— Oui, m'dame, répondit-il en insérant la voiture dans l'emplacement qu'elle lui avait indiqué.

Sa vigilance s'intensifia encore lorsqu'ils quittèrent l'habitacle. Il chaussa une paire de lunettes de soleil style aviateur, si bien qu'elle ne put plus voir ses yeux, mais elle ne douta pas qu'il continuait à inspecter chaque centimètre carré des alentours. Elle ne doutait pas non plus qu'il aurait dégainé son arme en une nanoseconde si le besoin s'en était fait sentir ; elle l'avait vu ranger le Beretta noir dans la ceinture de son jean moulant avant qu'ils ne partent de la chambre d'hôtel. Il lui avait proposé de lui donner une arme, à elle aussi, mais elle avait refusé — les armes à feu la rendaient nerveuse, même si elle tirait correctement.

Cinq minutes plus tard, ils gravissaient les marches du bâtiment qui abritait le laboratoire de Frank Matheson. Une vague de nostalgie envahit Julia lorsqu'ils pénétrèrent dans le hall d'entrée qui lui était si familier. D'un seul coup, les souvenirs l'assaillirent. Elle se retrouva projetée à l'époque où elle faisait ses études de médecine ; se rappela combien elle avait été impatiente de terminer son cursus, son excitation à la perspective d'effectuer son internat à l'hôpital de Boston General. Elle aurait travaillé dans le même établissement que son père, si cette crise cardiaque ne le lui avait enlevé. Et, deux ans plus tard, Mia était partie, elle aussi.

Son cœur se serra comme elle se représentait le visage de sa sœur. Seigneur… Elle lui manquait toujours autant ! Elle se demanda si sa mère pensait aussi souvent qu'elle à Mia. Probablement pas. Les émotions, ça n'avait jamais été le fort de Darlene Davenport. À croire qu'elle était taillée dans un bloc de marbre.

Elle guida Sebastian jusqu'à l'escalier. Le laboratoire de Frank était situé au sous-sol du bâtiment, et le corridor éclairé au néon qui y conduisait était désert lorsqu'ils s'y engagèrent. Ils atteignirent deux portes, dont l'une portait en lettres dorées le nom de Frank et son domaine d'activité.

Elle entra sans frapper, ainsi qu'elle le faisait lorsqu'elle était étudiante et que Frank était le professeur de biologie qui l'avait prise sous son aile. Ils s'étaient liés d'amitié au fil des années, Frank la considérant comme la fille qu'il n'avait jamais pu avoir. Il lui avait avoué une fois, alors qu'ils buvaient un verre, qu'il était devenu stérile après avoir contracté les oreillons quand il était enfant. Sa femme l'avait quitté pour cette raison et, plutôt que de se remarier, il s'était consacré tout entier à son travail.

— Jules ? s'exclama-t-il lorsqu'il la vit sur le seuil du laboratoire.

Elle sourit d'un air un peu penaud.

— Salut, Frank.

Du coin de l'œil, elle nota que le regard perçant de Sebastian faisait rapidement le tour de la salle et que ses épaules se crispaient comme Frank se précipitait vers elle. Instinctivement, Sebastian se rapprocha d'elle, protecteur, prêt à intervenir.

Mais elle n'avait rien à redouter de l'homme qui s'avançait. Frank était un scientifique inoffensif qui vivait dans son propre monde. Il avait d'ailleurs tout à fait le physique de l'emploi : une crinière grise échevelée, de grands yeux bruns écarquillés qui lui donnaient l'air perpétuellement distrait, et une grosse barbe qui lui dévorait le bas du visage. Il n'avait pas de blouse blanche pour parachever le tableau, mais un pantalon de velours à grosses côtes marron et une chemise bleue dont les pans n'étaient pas rentrés dans la ceinture.

— Qu'est-ce que tu fais ici ? s'exclama-t-il de nouveau, après l'avoir serrée dans ses bras si fort que les poumons de Julia implorèrent grâce. Quand es-tu rentrée de San Marquez ?

— Tard, hier soir.

Il plissa les yeux en dévisageant Sebastian.

— Et tu m'as amené un ami…

Elle savait que son ancien professeur n'aimait pas que des étrangers pénètrent dans son laboratoire, aussi s'empressa-t-elle de faire les présentations en terminant par :

— Je suis désolée de débarquer comme ça, sans prévenir, mais nous avons vraiment besoin de ton aide, Frank.

Ses sourcils broussailleux se froncèrent.

— Est-ce que je dois m'inquiéter ?

N'ayant jamais été du genre à enrober la vérité, elle poussa un soupir.

— Plutôt, oui. Je vais t'expliquer… Est-ce que nous pouvons nous asseoir ?

Visiblement préoccupé, Frank les invita d'un geste à le suivre à l'autre extrémité du vaste laboratoire.

Plusieurs longues tables occupaient l'espace, couvertes de toutes sortes d'équipements et de matériel — des microscopes de tailles variées, des centrifugeuses, des rangées et des rangées de tubes à essai… De grandes armoires vitrées réfrigérées renfermaient une variété de flacons contenant des échantillons de toutes les couleurs, le tout sous un éclairage au néon presque aveuglant.

Frank les conduisit jusqu'à la seule table de travail du labo qui n'était pas surchargée de piles de documents ou de matériels divers. Il s'assit sur un tabouret en métal, tandis que Sebastian et elle s'installaient face à lui.

Sans un mot, Sebastian déposa l'échantillon d'eau d'Esperanza au centre de la table. Par sécurité et en prévision du long voyage qui les attendait, ils avaient transféré la moitié du liquide dans un récipient de plastique incassable avant leur départ de San Marquez. L'autre moitié avait été confiée à Tate, pour le cas où il arriverait quelque chose à l'échantillon qu'ils avaient convoyé jusqu'ici.

Frank arqua un sourcil en regardant la fiole, posée au milieu de la table.

— Qu'est-ce que c'est ?

— C'est ce que nous espérons découvrir, grâce à toi, répondit Julia sans détour.

— Écoute, Jules, j'avoue que j'ai du mal à suivre. Je croyais que tu ne devais pas rentrer avant trois mois ? Pourquoi n'es-tu pas à la clinique ?

— Tout d'abord, j'ai une question à te poser. Est-ce que quelqu'un est venu te voir à mon sujet ? demanda-t-elle en plantant son regard droit dans le sien, l'air grave. La police… Des militaires… Des agents fédéraux ?

— Quoi ? Non !

La stupéfaction se lisait sur son visage.

— Est-ce que je dois m'attendre à la visite de ces gens-là ?

— Peut-être, admit-elle. Il se peut que des gens me recherchent, Frank. Si jamais quelqu'un vient te voir, il ne faut pas leur dire qu'on est passés ici.

— D'accord. Mais je commence à être vraiment inquiet, maintenant. Qu'est-ce qui se passe, Jules ?

Poussant un profond soupir, elle se mit en devoir de lui relater toute l'histoire, de façon aussi concise que possible. Il l'interrompit à plusieurs reprises et, chaque fois, ses yeux s'écarquillaient un peu plus à l'écoute de ses réponses. Tout cela devait paraître bien tiré par les cheveux, elle en avait conscience, mais, à sa décharge, Frank ne se montra pas trop sceptique.

— Est-ce que tu es sûre que ces gens sont morts à cause d'un virus, Jules ? Tu dis toi-même que tu n'as pas pu voir les corps.

Sebastian prit la parole.

— J'ai entendu des membres du commandement militaire faire clairement référence à un virus. Et, comme Julia l'a mentionné, il ne s'agit pas d'un incident isolé. Le même virus, ou un virus très similaire, a frappé un autre village, il y a dix mois de cela.

Frank les contemplait tour à tour, bouche bée, l'air de plus en plus alarmé.

— Et vous ne pouvez pas me fournir d'autres informations ? Les modes de transmission ? La période d'incubation ? La façon dont il se manifeste ?

— On ne sait pas grand-chose, répondit Julia. Les symptômes identifiés sont apparemment des saignements de nez, une apparition d'écume à la bouche, peut-être de la toux. Mais on n'en sait pas plus. C'est pour ça que nous nous adressons à toi. Il faut absolument qu'on en découvre le plus possible sur ce virus.

Franck se frotta longuement le menton, ses yeux bruns se perdant dans le vague au fur et à mesure qu'il progressait dans sa réflexion.

— Tout cela ne me dit rien qui vaille, conclut-il. Vous devriez aller voir la police. Si ces villageois ont véritablement été assassinés, sans parler de toutes les personnes qui se trouvaient dans la clinique, il faut que vous en informiez les autorités.

— C'est impossible.

Elle secoua la tête de frustration.

— Ces militaires envisageaient de me tuer froidement en faisant croire que j'avais succombé moi aussi à ce virus ! On ne peut pas mêler la police à cette histoire. Les responsables interviendront et s'arrangeront une nouvelle fois pour étouffer l'affaire.

Frank remua sur son tabouret, l'air extrêmement réticent.

Sebastian, qui n'avait pas dit grand-chose jusque-là, se pencha en avant et posa les coudes sur le plateau de la table.

— Écoutez, docteur Matheson, je comprends votre position. Normalement, quand des gens sont assassinés, on appelle la police. Celle-ci mène l'enquête, appréhende les coupables et l'affaire est close. Mais on est confrontés là à quelque chose d'une tout autre ampleur. Quelqu'un est prêt à aller très, très loin pour que les expérimentations du virus qui ont été menées à San Marquez demeurent secrètes. Or, Julia sait maintenant ce qui s'est passé là-bas, dans ce village. Et ils savent qu'elle sait. Elle est donc en grand danger. Vous comprenez ?

L'inquiétude flamba dans les yeux du vieil homme. Julia dut reconnaître que Sebastian s'y était bien pris pour être entendu — il avait visé le point faible de Frank : l'affection qu'il lui portait.

— C'est vrai, Jules ? s'enquit posément ce dernier. C'est grave à ce point ?

Elle hocha la tête.

Il saisit le flacon et le fit tourner lentement dans sa main.

— Ça ne va pas être facile. Cet échantillon ne sera peut-être pas suffisant. Quand des virus sont présents dans l'eau, ils le sont généralement en très petite quantité. Il est beaucoup plus aisé de détecter une bactérie ou un parasite qu'un virus.

Julia crut que son cœur allait s'arrêter.

— Mais tu vas tout de même y arriver, n'est-ce pas ?

— Je vais essayer.

Il caressa sa barbe poivre et sel, prenant une posture contemplative.

— Je suppose que vous voulez connaître le résultat le plus vite possible ?

— Oui... Aussi rapidement qu'il est humainement possible, confirma-t-elle, l'air désolé. Et quand je dis que c'est une question de vie ou de mort, Frank, je te garantis que je suis sacrément sérieuse... Promis, juré, craché.

Les deux hommes partirent d'un petit rire, mais le visage de Frank retrouva bien vite son masque de gravité.

— Je vais faire mon possible mais, si tu as suivi mes cours avec toute l'attention requise, tu dois te souvenir que la recherche d'un virus au moyen de la culture cellulaire prend un peu de temps.

— Combien de temps ? demanda vivement Sebastian.

— Quelques jours. Quelques semaines, parfois...

Frank haussa les épaules.

— Il faut attendre l'apparition de signes de destruction cellulaire. Dans le cas de certains virus, la croissance peut prendre jusqu'à deux semaines avant que je puisse parvenir à un résultat concluant.

Sebastian secoua la tête, visiblement aussi frustré qu'elle.

— Existe-t-il un moyen d'accélérer le processus, docteur ?

L'espace d'une seconde, Julia crut que c'était à elle qu'il s'adressait — jusqu'à ce qu'elle se rende compte que le regard gris et intense de Sebastian était braqué sur Frank.

Une étrange pointe de déception l'assaillit à l'idée qu'il était si prompt à attribuer cette appellation à quelqu'un d'autre qu'elle.

OK, c'était peut-être pathétique de sa part, mais elle aimait se sentir spéciale à ses yeux — et l'usage de ce titre lui avait jusqu'alors été réservé.

— Je pourrais combiner la culture cellulaire avec une détection moléculaire, dit Frank d'un ton songeur. La méthode moléculaire produit souvent des résultats en vingt-quatre heures seulement...

Son visage s'anima subitement.

— Oui, ce que je peux faire, c'est utiliser la transcription inverse d'une réaction en chaîne de la polymérase pour…

— Oh la la, je suis perdu ! l'interrompit Sebastian en riant.

Julia sourit à son vieil ami.

— Si tu peux sauter l'explication du processus et nous indiquer simplement l'idée générale… Est-ce que cette combinaison des deux méthodes peut fournir un résultat fiable ?

— Je pense que oui, déclara Frank, l'air sûr de lui. Je vais commencer tout de suite… Je te tiendrai au courant des avancées. Est-ce que tu as toujours le même numéro de portable ?

Elle ravala la tristesse qui l'envahissait et opta pour ne pas l'informer que son téléphone portable, ainsi que toutes ses affaires et tous ses amis, avaient brûlé dans l'incendie de la clinique. Elle refoula avec détermination les atroces souvenirs qui affluaient à son esprit.

— Non, mais tu peux appeler sur le téléphone de Sebastian, indiqua-t-elle simplement, en jetant un regard à ce dernier qui s'empressa de lui donner le numéro.

— Vous ne le notez pas ? s'enquit Sebastian, voyant que Frank ne tendait pas le bras vers le bloc-notes et le stylo qui étaient à portée de sa main.

— Non, c'est inutile. J'ai la mémoire des chiffres, jeune homme. Je m'en souviendrai, ne vous inquiétez pas.

Pour preuve, il le récita de tête.

Sebastian se leva et plongea la main dans la poche arrière de son jean. Il en tira un petit appareil noir à clapet, qu'il tendit à Frank.

— Quand vous nous appellerez, servez-vous de ce téléphone. C'est un appareil jetable, qui ne peut pas être localisé.

Le professeur hocha la tête et se leva de son tabouret avec, sur le visage, cette expression d'intense concentration que Julia lui avait si souvent vue.

Sachant qu'il était sur le point de les abandonner pour plonger dans son univers scientifique, elle se leva elle aussi et fit rapidement le tour de la table pour lui donner une brève et chaleureuse accolade.

— Merci, Frank. Je te serai éternellement redevable.

Il déposa un baiser sonore sur son front.

— Tu sais bien que je ferais n'importe quoi pour toi. Allez, filez vite, maintenant, et laissez-moi me mettre au travail…

Elle recula d'un pas, puis marqua une pause.

— Je n'ai pas besoin de te dire que tout cela doit rester entre nous, n'est-ce pas ? La discrétion la plus absolue s'impose.

— Ne t'inquiète pas, Jules. J'ai compris… Mes lèvres sont scellées.

Deux jours plus tard, Julia arpentait le sol moquetté de la chambre d'hôtel, se mordillant nerveusement la lèvre inférieure en s'efforçant de ne pas céder à la panique. Huit heures s'étaient écoulées depuis le dernier appel de Frank, et elle commençait vraiment à se faire du souci. Sebastian et elle se tournaient les pouces dans cette chambre depuis tellement longtemps que cela lui semblait une éternité.

— Comment se fait-il qu'il n'ait pas encore rappelé ? demanda-t-elle.

Sebastian était couché au milieu du lit, les bras croisés derrière la tête, ne portant rien d'autre qu'un pantalon de survêtement du même gris que celui de ses yeux. Son torse nu luisait sous la lumière tamisée du plafonnier, mais même le spectacle de ses abdominaux aux contours nettement dessinés ne pouvait apaiser son inquiétude. La dernière fois que Frank avait donné des nouvelles, elle lui avait trouvé l'air incroyablement distrait à l'autre bout de la ligne et il lui avait semblé discerner un soupçon de peur dans son intonation.

— Je suis sûr qu'il est en train de procéder à quelques tests supplémentaires, répondit Sebastian. Hier, il a dit qu'il suivait une piste, tu te souviens ?

— Oui, je me souviens.

Elle se mordit l'intérieur de la joue, cette fois.

— Il a peur, Sebastian. Je l'ai entendu à sa voix. C'est sûrement lié aux résultats des analyses.

Se laissant tomber sur le bord du lit, elle étudia l'expression imperturbable de Sebastian et secoua la tête de dépit.

— Comment se fait-il que tu n'aies pas l'air plus soucieux ?

— S'inquiéter à l'avance ne sert à rien. Je ne me base pas sur des hypothèses. Je m'en tiens aux faits, rien qu'aux faits, et je me concentre uniquement sur ce que je vois ou ce que je sais. Or, pour l'instant, on ne sait pas grand-chose.

Il ouvrit un bras au biceps saillant en une invitation muette.

Comme elle ne bougeait pas, il reprit :

— Allez, viens par ici… Je vais te changer un peu les idées.

Immédiatement, une bouffée de chaleur la submergea. Cette fois, il n'y avait plus de doute : elle était officiellement accro à cet homme.

Lorsqu'il la plaqua contre lui, elle se sentit fondre comme une motte de beurre au soleil et se demanda comment elle pouvait se transformer en une femme totalement différente dès lors qu'elle était dans ses bras. Il éveillait en elle un côté qu'elle n'avait même pas eu conscience de posséder — une facette sensuelle, désinhibée.

— Ta bouche a un goût de chocolat et de framboise, murmura-t-il en passant voluptueusement les lèvres contre les siennes.

— C'est parce que tu m'as fait manger des deux en quantité au déjeuner, lui rappela-t-elle.

— J'essaie juste de te faire prendre un peu de poids, la taquina-t-il en posant les mains sur ses seins, par-dessus son T-shirt.

Un frisson la parcourut. Se sentant incroyablement audacieuse, elle pressa délibérément ses seins contre ses paumes. Elle adorait la façon dont il la touchait. Elle adorait les sensations extraordinaires qu'il faisait naître en elle, les réactions nouvelles et inédites qu'il tirait de son corps.

Passant les mains sous elle, il la souleva et la fit asseoir sur ses cuisses. Elle sentit le renflement de son sexe contre son intimité et poussa un gémissement. Il était toujours tellement excité, tellement… prêt pour elle. Forcément, c'était de nature à gonfler exagérément son ego.

Les paupières à demi closes, il lui retira son T-shirt et le laissa tomber sur le sol avant de s'attaquer à l'agrafe de son soutien-gorge.

— J'ai envie de goûter ta peau, tes seins, chérie.

*Chérie.* Il ne l'appelait « chérie » que lorsqu'ils étaient au lit, si bien qu'elle en était venue à attendre, suspendue à ses lèvres, le moment où ces deux syllabes jailliraient de cette bouche si sexy. Mais rien n'était aussi excitant que la succion humide de cette bouche sur la pointe de son sein.

Soupirant d'aise, elle ferma les yeux et s'abandonna aux attentions érotiques qu'il lui dispensait. De ses lèvres, il dessina lentement des cercles concentriques autour du téton érigé avant de le taquiner directement du bout de la langue. Puis ses lèvres se refermèrent sur lui et l'aspirèrent avec une énergie telle qu'une décharge électrique la traversa. Sebastian glissa alors une main entre ses jambes et la caressa à travers le tissu de son legging, sa langue continuant à taquiner ses seins et à leur infliger une délicieuse torture.

Comme ses muscles se contractaient, elle songea qu'elle avait connu plus d'orgasmes durant ces deux derniers jours qu'au cours des cinq années qui venaient de s'écouler. Et lorsque la main de Sebastian s'insinua sous le legging et écarta la dentelle de son sous-vêtement pour caresser les replis humides de son intimité, un torrent de sensations se déversa en elle, si puissant qu'elle se laissa retomber contre son large torse, frémissant de plaisir.

Comment diable s'y prenait-il pour la rendre folle de passion aussi sûrement et en aussi peu de temps ?

Haletante, elle releva la tête pour lui poser la question mais lorsqu'elle plongea son regard dans le sien, ce qu'elle y vit lui ôta l'envie de parler. Un désir impérieux, animal. Ses traits étaient figés, ses yeux gris scintillant. Il la désirait et une part d'elle-même ne put s'empêcher de se demander une nouvelle fois comment ce splendide guerrier pouvait être attiré à ce point par un bourreau de travail maigrichon, aux cheveux frisottés comme elle.

Roulant sur le côté, elle porta la main à la protubérance qui marquait le centre de son survêtement, lui arrachant un grognement.

— Décidément, j'aime beaucoup cette liaison sans attaches, murmura-t-elle en promenant voluptueusement sa main le long de son sexe érigé.

— Moi aussi.

Les yeux clos, il pressa le bas de son corps contre sa main.

Elle continua à le caresser paresseusement pendant un moment, avant de tirer vers le bas la ceinture élastiquée du pantalon. Maintenant qu'il lui avait fait connaître un avant-goût des cimes du plaisir, elle ne ressentait pas la hâte de l'avoir en elle. Elle se sentait d'humeur à explorer son corps, à le taquiner comme il se plaisait à la taquiner, à le tourmenter comme il aimait à la tourmenter.

Il ne portait rien sous son survêtement, et son sexe se dressa fièrement sitôt qu'elle l'eut débarrassé du carcan de tissu.

Souriant, elle s'installa entre ses jambes et referma la main autour du cylindre de chair en lui imprimant une ferme pression.

Sebastian poussa un nouveau grognement.

Satisfaite de sa réaction, elle décida de le pousser dans ses retranchements ; elle se pencha en avant et encercla de ses lèvres l'extrémité de son sexe.

Il sursauta et laissa échapper un cri.

— Chérie, tu veux ma mort, marmonna-t-il, sa main glissant sur ses cheveux.

Elle les avait laissés détachés et il en profita pour enfouir les doigts dans ses longues mèches bouclées avant de presser la paume sur l'arrière de sa tête pour l'attirer plus près.

Julia poursuivit ses cajoleries, encouragée par les sons étouffés qu'il laissait échapper, par la façon dont ses hanches ondulaient pour mieux s'offrir à sa bouche, à sa langue, à ses mains…

Il en était arrivé à chercher son souffle lorsqu'elle se décida enfin à le libérer.

— Viens là, dit-il dans un murmure rauque.

Elle enjamba son corps robuste, s'inclinant pour l'embrasser, et éclata de rire lorsqu'il la renversa sur le dos et se positionna d'autorité au-dessus d'elle, ses yeux gris luisant d'impatience.

— Waouh, docteur… C'était fabuleux !

Il se pencha pour lui mordiller doucement le lobe de l'oreille.

— Et, maintenant, je vais…

Une sonnerie de téléphone l'interrompit au milieu de sa déclaration.

— Répondre au téléphone, acheva-t-il, dépité.

Il sauta à bas du lit et alla chercher l'appareil qu'il avait posé sur la commode, de l'autre côté de la chambre.

— C'est Frank, annonça-t-il.

Julia se leva d'un bond, elle aussi, toute idée de voluptueux ébats érotiques oubliée, supplantée par l'appréhension qui, tout à coup, alourdissait l'atmosphère. Tendue, elle écouta ce que disait Sebastian, mais il n'avait pas prononcé plus de trois mots lorsqu'il raccrocha, les sourcils froncés.

« Oui. D'accord. Très bien. »

— Alors ? interrogea-t-elle.

— Il veut qu'on aille le retrouver au laboratoire.

Il s'habillait déjà à la hâte et Julia se dépêcha de l'imiter. Puis il saisit son Beretta et vérifia rapidement les munitions dans son chargeur pendant qu'elle enfonçait les pieds dans ses baskets et attrapait au vol la sacoche qu'elle avait achetée la veille à la librairie du campus. Ses nouveaux papiers y étaient rangés, avec l'arme que Sebastian avait insisté pour lui confier.

— Est-ce qu'il a parlé de l'échantillon ? demanda-t-elle, tandis qu'ils quittaient précipitamment la chambre.

Les mâchoires contractées, Sebastian répondit :

— Tout ce qu'il a dit, c'est : « Venez me rejoindre le plus vite possible. »

Difficile de ne pas laisser son imagination s'enflammer après ça. Elle était amie avec Frank depuis assez longtemps pour savoir qu'il n'était pas dans ses habitudes de lancer ce genre de sommation, qui plus est assortie de l'injonction « le plus vite possible » sans que ce soit absolument nécessaire. Il devait vraiment être au bord de la panique !

Tout au long du trajet jusqu'à Harvard, elle n'en mena pas large. Elle pianotait nerveusement sur la jambe de son jean, regrettant que Frank n'ait pas fourni plus de précisions par téléphone. Quoi qu'il ait découvert, ce ne devait pas être une bonne nouvelle.

De fait, lorsqu'ils entrèrent en trombe dans le laboratoire vingt minutes plus tard, l'expression affolée dans les yeux bruns de son ancien professeur confirma ses craintes. Cet après-midi-là, il avait revêtu sa blouse blanche et Julia remarqua tout de suite une tache rouge juste au-dessous de la poche poitrine.

Était-ce du sang ?

— Merci d'être venus tout de suite, dit-il d'un air sombre en les guidant jusqu'au fond du laboratoire.

Julia se sentit pâlir comme ils approchaient d'une table sur laquelle étaient posées une douzaine de cages. Elles étaient petites, recouvertes d'une protection en plastique, et contenaient chacune des morceaux de bois, une roue en plastique et une souris morte.

Ou du moins qui avaient tout l'air de l'être. À moins qu'elles ne soient simplement endormies…

Mais, à voir l'expression de Frank, elle en doutait.

— C'est grave, n'est-ce pas ? fit-elle d'une voix atone.

— Grave ?

Frank secoua la tête, l'air à la fois abasourdi et horrifié.

— Tu veux que je te dise ? Si ce virus était introduit dans un grand réseau de distribution d'eau, les conséquences ne seraient pas *graves*… Elles seraient *catastrophiques*, et je pèse mes mots.

# 10

Les sciences n'avaient jamais été la matière favorite de Sebastian à l'école. En fait, aucun enseignement académique ne l'avait été — il préférait de loin être actif, raison pour laquelle, vraisemblablement, il avait tout au long de sa scolarité collectionné les À en éducation physique et les D en biologie. Il écouta Frank Matheson se lancer dans les explications les plus absconses et les plus techniques qui soient, puis, au bout d'un moment, n'y tenant plus, il éleva une main pour l'interrompre.

— Excusez-moi, docteur… En clair, s'il vous plaît. Je ne comprends strictement rien à ce que vous nous racontez.

Matheson, la mine toujours aussi effarée, passa la main dans sa barbe broussailleuse.

— Pardon. Je me laisse emporter… Il m'arrive souvent d'oublier de laisser tomber le jargon scientifique avec des non-spécialistes.

Il indiqua de la main le microscope qui se trouvait à sa gauche.

— Comme je le disais, les cultures ont donné des résultats dans un délai étonnamment court. Au bout de vingt-quatre heures, la cellule hôte a commencé à montrer des signes de présence du virus. Et il s'est répliqué à une vitesse inquiétante. Les cellules saines se sont mises à dégénérer quelques heures seulement après la détection de présence virale.

Le regard de Sebastian se porta sur les cages alignées sur

l'autre table. Il était clair que les souris qu'elles contenaient étaient toutes inertes. Une sensation de malaise diffus s'empara de lui... Et s'intensifia sitôt que Frank vit où son attention s'était tournée.

— Mortes, lui confirma-t-il. Elles sont toutes mortes, sans exception.

— Tu as testé le virus sur ces souris ?

À côté de lui, Julia était pâle comme un linge, mais son expression restait aiguisée et inquisitrice. Elle s'avança vers la table et se pencha pour regarder à l'intérieur d'une des cages, fronçant les sourcils.

— Oui... C'est pour ça qu'il m'a fallu une journée supplémentaire, répondit Matheson. Un virus avec un cycle de reproduction aussi rapide... C'est du jamais vu. J'ai voulu voir quel était le résultat sur un organisme vivant.

Sebastian soutint son regard.

— Et ?

— Et... Voilà. Vous l'avez sous les yeux, le résultat. Ce virus est mortel. Comme je l'ai déjà souligné, le sujet commence à présenter certains symptômes. D'après ce que j'ai pu observer, le virus attaque le système nerveux central, mais sa présence se manifeste d'une façon un peu étrange. Au bout d'une heure environ, les sujets se sont mis à présenter des saignements au niveau du nez, des oreilles et des yeux, ainsi que de la fièvre et un état de confusion. Deux heures après, les convulsions ont commencé et certaines des souris ont rapidement montré des signes de paralysie. Au bout de quatre heures, elles étaient toutes mortes.

L'estomac de Sebastian se noua.

— Pensez-vous que des êtres humains seraient affectés de la même façon que ces souris ?

— C'est très probable, oui.

L'air extrêmement troublé, Julia se laissa tomber sur le tabouret le plus proche et se mit à jouer avec sa tresse, manie que Sebastian en était venu à associer à du désarroi et à une profonde méditation.

— Ça évoque un peu la polio, remarqua-t-elle au bout de quelques instants.

Matheson hocha la tête.

— C'est aussi ce que je me suis dit. Le virus de la polio est très similaire. Il attaque lui aussi le système nerveux central, infecte le cerveau, la colonne vertébrale et les tissus environnants. Dans de rares cas, la poliomyélite peut provoquer une encéphalite, ce qui, à mon avis, est ce dont sont morts les sujets d'expérience.

Julia redressa vivement la tête.

— Tu les as autopsiées ?

— Seulement deux d'entre elles et, dans les deux cas, j'ai effectivement découvert des tissus cérébraux infectés.

Il se frotta de nouveau songeusement la barbe.

— En fait, ce virus est si proche de celui de la polio que je ne serais pas surpris de découvrir qu'il s'agit d'une souche mutante. Mais la période d'incubation est plus courte, le taux de réplication beaucoup plus rapide, et je ne crois pas qu'il y ait la moindre chance de survie. Je formule l'hypothèse qu'une personne infectée par ce virus mourrait approximativement dans les vingt-huit heures suivant l'ingestion — sauf administration d'un antidote, bien entendu.

Il pencha la tête sur le côté.

— Savez-vous s'il existe un antidote ?

La bouche de Sebastian se crispa.

— Nous n'en avons pas la moindre idée. Vous êtes certain que ce truc a été délibérément fabriqué ?

Matheson hocha la tête avec conviction.

— Vous ne trouverez pas ce type d'affection dans la nature. Elle a bel et bien été mise au point en laboratoire, et je me dois d'insister encore : si un réseau de distribution d'eau venait à être contaminé, ce serait un véritable désastre. Ce virus a une action incroyablement rapide ; il a le pouvoir de rayer de la carte une population entière en une seule journée.

Et c'était précisément dans ce but qu'il avait été élaboré, songea sombrement Sebastian. Le développement d'agents biologiques n'était pas nouveau — il n'aurait d'ailleurs pas été surpris outre mesure d'apprendre que toutes les nations du monde s'essayaient à la manufacture d'armes biologiques, les expérimentaient dans le plus grand secret et cherchaient à élaborer des vaccins.

Pourtant, le gouvernement en place avait publiquement et à maintes reprises martelé la position du président sur la question de la guerre biologique. Elle était sans ambiguïté : la défense, oui, le développement, non. Le président Howard n'avait jamais dévié de cette ligne.

La question qui se posait était donc la suivante : quelqu'un agissait-il en sous-main, à l'insu du président des États-Unis, pour développer cette nouvelle arme, ou l'homme qui était à la tête de la nation était-il au courant de ce projet ?

— Alors, qu'est-ce qu'on fait, maintenant ? s'enquit Julia.

Il fallut quelques secondes à Sebastian pour se rendre compte que c'était à lui qu'elle s'adressait mais, avec ses grands yeux de biche rivés sur lui, il n'arrivait pas à se souvenir de ce qu'elle avait demandé. Sa seule proximité était pour lui une distraction et, malgré les quarante-huit heures d'affilée qu'ils venaient de passer ensemble, il ne se lassait pas de la regarder, de la toucher… Elle ne cessait de le surprendre, non seulement par la sensualité et l'enthousiasme qu'elle montrait entre les draps, mais aussi par sa force de caractère, son intelligence, sa capacité à accepter cette terrifiante situation et à chercher des solutions plutôt qu'à se contenter de geindre.

Il lui en avait coûté de devoir rester confinée dans la chambre d'hôtel pendant deux jours entiers, il le savait — même s'il avait fait de son mieux pour lui changer les idées —, et pas une seule fois elle ne s'était plainte, ce qui était encore un point supplémentaire en sa faveur.

Mais ce qu'il venait d'apprendre de la bouche du professeur n'était pas pour lui plaire. Évidemment, il s'était bien douté que ce virus était dangereux, mais c'était encore pire que ce à quoi il s'était attendu. Il avait beau se creuser la cervelle, il n'avait pas la moindre idée de ce qu'il convenait de faire.

Poussant un soupir, il finit par hausser les épaules.

— Je pense qu'il faut qu'on prenne contact avec Tate… En espérant qu'Eva a trouvé de nouveaux éléments d'information sur le projet Bélier.

— Et… C'est tout ?

Julia n'avait pas l'air le moins du monde satisfaite par sa réponse.

— Et s'ils se livrent à une nouvelle expérience ? On ne va quand même pas rester assis, les bras croisés ?

— Je ne vois pas ce que nous pouvons faire d'autre.

— Vous pourriez prendre contact avec le CDC, suggéra Matheson, faisant référence à l'agence gouvernementale de protection de la santé et de la sécurité publique. À vrai dire, je vous recommande même très vivement de le faire. Il faut qu'ils soient mis au courant de l'existence de ce virus.

Il jeta un coup d'œil à Julia.

— On est confrontés là à un agent biologique mortel, Jules. On ne peut pas conserver cet échantillon ici, dans mon laboratoire. Il faut qu'il soit mis sous clé, en lieu sûr, dans un centre fédéral.

Les dents de Julia s'enfoncèrent dans sa lèvre inférieure, puis elle secoua la tête, avec un claquement de langue désabusé.

— Nous n'avons aucune idée des personnes auxquelles nous pouvons faire confiance au sein du gouvernement, ni de celles dont nous devons nous méfier… Sans le savoir, nous pourrions remettre cet échantillon à la mauvaise personne, celle-là même qui en a autorisé la création.

— Et, par la même occasion, ce serait indiquer directement ta position à ceux qui veulent t'éliminer parce que tu es un témoin gênant, souligna Sebastian en posant une main protectrice sur son épaule.

— La tienne aussi, lui rappela-t-elle. Ils veulent me tuer parce que je connais la vérité à propos d'Esperanza. Et toi, parce que tu sais ce qu'ils ont fait à Corazón.

Elle se tourna vers Frank.

— Je crains que prévenir le CDC — ou le Pentagone ou

n'importe quelle agence de défense gouvernementale — ne soit pas une bonne idée. On pourrait se retrouver prisonniers, comme ça a été le cas pour moi dans le village d'Esperanza… À ceci près que, cette fois, rien ne dit que…

Comme elle ne semblait pas trouver le courage de prononcer les mots, Sebastian acheva la phrase à sa place :

— Rien ne dit que, cette fois, nous réussirions à nous en sortir vivants.

— Il me faut un café.

Avec un soupir las, Julia boucla sa ceinture de sécurité et jeta un coup d'œil en biais à Sebastian, dont la physionomie rembrunie trahissait une humeur aussi massacrante que la sienne.

Les découvertes de Frank, loin de leur avoir apporté une once de réconfort, n'avaient fait que confirmer leurs craintes. Ce virus était plus dangereux que tout ce qu'elle avait pu imaginer. Une dégénérescence cellulaire en vingt-quatre heures… La mort au bout de vingt-huit heures… C'était tout simplement hallucinant, en particulier si l'effet sur des êtres humains était similaire à celui qu'il avait eu sur les souris de laboratoire, ce qui, selon Frank, était vraisemblablement le cas.

— Veux-tu qu'on s'arrête à la cafétéria, de l'autre côté du campus ? suggéra Sebastian.

— Oui, je veux bien, répondit-elle avec gratitude.

Quelques minutes plus tard, il se garait juste devant le café animé, bravant sans remords le panneau d'interdiction de stationnement.

— On risque d'avoir une amende, mais tant pis. Moi aussi, j'ai besoin d'un café… Et je mangerais bien quelque chose, par la même occasion.

Ils entrèrent dans l'établissement et Julia huma avec délice l'arôme alléchant du café, des gâteaux et des fruits. Le bourdonnement d'une centrifugeuse domina pendant quelques instants le brouhaha des conversations comme la barmaid préparait un smoothie aux fruits pour un client.

— Vous désirez ? leur demanda la jeune femme tout en plantant une paille dans le smoothie et en le tendant à l'étudiant aux cheveux longs qui attendait devant le comptoir.

Elle paraissait débordée.

Ils commandèrent deux sandwichs à la dinde, des muffins à la banane, et deux grands cafés, puis se dirigèrent vers l'extrémité du bar, où Julia ajouta deux sucres et un trait de lait à son café mousseux.

Tandis qu'ils attendaient leur commande, elle jeta un coup d'œil absent au téléviseur fixé au mur, devant elle. Il était réglé sur la chaîne CNN. C'était le journal télévisé et ils diffusaient un reportage sur le prix du baril de pétrole. Elle était sur le point de détourner les yeux lorsqu'une image familière s'afficha tout à coup sur l'écran.

— Sebastian ! souffla-t-elle vivement.

Mais elle n'eut pas besoin d'en dire plus — lui aussi avait le regard braqué sur l'écran.

Une photo de la clinique de Doctors International occupait tout l'écran, puis l'image se scinda en deux, laissant apparaître une journaliste, micro à la main, qui se tenait debout devant les ruines du bâtiment réduit en cendres.

« Les soupçons se portent sur un groupe révolutionnaire sud-américain, les Combattants Pour la Liberté, disait l'envoyée spéciale. Ils se sont déjà rendus coupables de nombreux actes de ce type, incendies, pillages, attaques terroristes, au cours de ces dix dernières années. Récemment, le groupe a perdu son chef lors d'une embuscade militaire qui a dévasté l'un des camps de base des CPL. Javier Luego, le nouvel homme fort du groupe, a cependant réfuté toute implication de son organisation dans cette attaque. »

Julia serra les dents. Évidemment que Javier Luego niait toute responsabilité, ce n'était pas lui le coupable ! Les CPL n'étaient pour rien dans l'incendie de la clinique ni dans les meurtres de ses collaborateurs. Mais Sebastian avait raison : l'armée avait bel et bien l'intention de faire porter le chapeau aux rebelles.

« On recense parmi les nombreuses victimes, deux médecins américains. Le Dr Marcus Freeman… »

Une photo du chirurgien afro-américain s'afficha sur l'écran.

« Et le Dr Julia Davenport. »

Elle faillit s'étrangler avec sa gorgée de café en voyant son propre visage lui faire face sur l'écran.

« C'est grâce aux données dentaires que les corps calcinés des Dr Freeman et Davenport ont pu être identifiés. »

— Deux sandwichs à la dinde et des muffins ! annonça un serveur pressé en s'avançant derrière le comptoir, un sachet en papier à la main.

Avant qu'elle ait eu le temps de dire un mot, Sebastian attrapa le sac contenant leur commande, la saisit par le bras et l'entraîna vers la porte, la tirant presque derrière lui.

— Monte dans la voiture… Vite !

Julia se glissa sur le siège passager sans poser de question, agrippant son café des deux mains parce qu'elle avait désespérément besoin de se raccrocher à quelque chose. Encore choquée par ce qu'elle venait de voir à la télévision, elle avait le plus grand mal à agencer une pensée cohérente.

— Ce n'est pas possible, balbutia-t-elle enfin, secouant la tête avec incrédulité. Ils disent qu'ils ont retrouvé *mes restes*… Que je suis morte.

Elle tourna la tête et contempla le profil de Sebastian. Il demeurait calme et impassible, comme à son habitude.

— Réfléchis : c'est dans leur intérêt. Comme ça, quand ils te retrouveront et te tueront, ils n'auront pas besoin d'inventer une histoire à dormir debout, puisque tout le monde te croira déjà morte depuis longtemps dans cet incendie.

Elle déglutit avec peine, s'efforçant de réprimer la colère qui montait en elle.

— Mais enfin, c'est complètement insensé ! Comment peuvent-ils simplement…

Comme elle prononçait ces mots, une pensée lui traversa soudain l'esprit.

— Ma mère ! Oh ! Mon Dieu… Ils ont dû prendre contact avec elle pour l'informer personnellement de la nouvelle. Il faut que je l'appelle pour…

— Non, surtout pas ! l'interrompit-il. C'est exactement ce qu'ils attendent. Ils espèrent te faire sortir de ton trou. Crois-moi, Julia, tu peux être sûre qu'ils ont placé ta mère sous surveillance. Ses téléphones, fixe et portable, sont sur écoute, son compte Internet, les mouvements de ses comptes bancaires… Absolument tout ! Ils n'attendent qu'une chose : que tu commettes l'erreur de tenter de la joindre.

— Tu penses qu'ils savent que je suis rentrée aux États-Unis ?

— Je ne pense pas, non, mais on ne peut exclure aucune éventualité. C'est bien pour ça qu'il nous faut faire profil bas. Maintenant que ta photo a été diffusée sur toutes les chaînes de télévision, tu ne peux plus courir le risque de sortir à découvert.

Sa mâchoire se contracta.

— Nom d'un chien… L'étau se resserre. Il faut vraiment réfléchir à ce qu'on va faire.

Elle était bien d'accord, mais chaque fois qu'elle essayait de penser à ce que devait être leur prochaine démarche, rien ne lui venait. Ils ne pouvaient pas se tourner vers le gouvernement tant qu'ils ne sauraient pas à qui faire confiance. Même chose avec l'armée.

— Et si on faisait appel aux médias ? suggéra-t-elle. On pourrait tout leur raconter, et si ceux qui sont à nos trousses essaient de nous faire passer pour des illuminés, nous pourrions fournir à tous les journalistes un échantillon du virus.

— C'est une possibilité, concéda-t-il, à ceci près que je ne suis pas sûr que ce soit une bonne idée de laisser cet échantillon se promener entre d'autres mains que les nôtres. Si jamais la mauvaise personne venait à tomber dessus…

— Oui, tu as raison.

Elle fit la moue.

— Mais je persiste à penser que notre meilleure chance reste la publicité. Il en faut le plus possible autour de cette conspiration. Si nous parvenons à faire suffisamment de bruit, nos ennemis auront bien du mal à nier et à nous réduire au silence. Et s'ils finissent par nous coincer et nous tuer, eh bien, cela prouvera que nous avons dit vrai.

— Si nous alertons la presse, ils ne nous tueront pas, convint Sebastian.

Il eut un petit rire sarcastique.

— Mais ils se débrouilleront pour nous faire enfermer derrière les barreaux d'une prison ou dans un asile d'aliénés, et ils prétendront que nous sommes des criminels ou des malades mentaux. N'oublie pas que nous parlons de personnages influents… Ils ont tous les moyens voulus pour parvenir à leurs fins.

C'était tellement rageant de se sentir aussi impuissant… Sa frustration était telle qu'elle lui nouait les entrailles.

Quand ils furent de retour à l'hôtel et qu'ils entrèrent dans leur chambre, elle avait perdu tout appétit au point que l'odeur de nourriture qui s'échappait du sac en papier lui donnait la nausée.

Elle rejoignit Sebastian à la petite table placée devant la fenêtre et se laissa tomber sur l'une des chaises rembourrées, face à lui, mais, lorsqu'il lui tendit son sandwich à la dinde, elle secoua la tête.

— Je suis incapable d'avaler quoi que ce soit pour le moment.

Le voyant froncer les sourcils, elle ne put s'empêcher de sourire.

— Mais je le mangerai plus tard, c'est promis.

Lui, en revanche, ne semblait pas avoir de problème d'appétit. Il engloutit son sandwich en un rien de temps, puis dévora trois muffins avant de se sentir rassasié et de saisir son café. Elle suivit du regard les mouvements de ses grandes mains calleuses tandis qu'il se tamponnait la bouche avec une serviette en papier, portait le gobelet à ses lèvres sensuelles, les muscles de sa gorge noueuse jouant sous sa peau à chaque gorgée.

Il était si attirant ! Incroyablement attirant. Et tellement charismatique. Magnétique. Tout, absolument tout, chez cet homme, la fascinait — de ses cheveux blond foncé en bataille à ses séduisants yeux gris, en passant par sa perpétuelle barbe de deux jours. Elle aurait pu contempler ce visage rude et sexy des heures durant.

S'apercevant qu'elle le dévisageait, il lui décocha un petit sourire.

— Que se passe-t-il ? Ça va ?

— Ça va... Je me disais juste que tu étais extraordinairement sexy, avoua-t-elle, sentant ses joues s'empourprer. Et je me demandais aussi pourquoi rien ne semble jamais t'atteindre.

— Je suis d'un naturel imperturbable, répondit-il avec un haussement d'épaules.

Quelque chose, dans son intonation, éveilla sa suspicion.

— Ah oui ? Je me demande si tu l'es vraiment, Sebastian, ou si tu es juste très doué pour donner le change quand quelque chose te tourmente.

L'espace d'une demi-seconde, il parut pris de court, puis il se ressaisit rapidement et haussa de nouveau les épaules avec un petit rire désinvolte.

— Je ne suis pas si bon comédien, *docteur*.

*Oh que si, tu l'es !*

Pour la première fois depuis qu'ils s'étaient rencontrés, elle entrevoyait une fissure dans l'armure. Son détachement n'était qu'une façade. Un faux-semblant. Sebastian Stone cachait bien son jeu. Ce grand corps viril et robuste dissimulait beaucoup de douleur, elle en était certaine.

— Pourquoi t'es-tu engagé dans l'armée ? s'entendit-elle demander.

Il parut surpris par ce brusque changement de sujet.

— Pour les mêmes raisons que tu es devenue médecin — pour marcher dans les traces de mon père et pour qu'il soit fier de moi.

— Ce n'est pas l'unique raison pour laquelle j'ai choisi la médecine. Je voulais aussi sauver des vies, me rendre utile à la société.

— Moi aussi.

Sa voix profonde prit une inflexion un peu lointaine, nostalgique.

— Je voulais être un héros. Avoir l'impression, au moins une fois, d'avoir véritablement quelque chose à offrir aux autres.

Une petite sonnette d'alarme tinta dans sa tête.

— Pourquoi ? Qu'est-ce qui te faisait penser que ce n'était pas le cas ?

Instantanément, son expression se ferma.

— C'est simplement que je n'ai jamais rien fait d'héroïque, étant jeune. Mon père, lui, est mort en héros. En servant son pays. Il était apprécié de tous, très respecté au sein de la communauté militaire. Si tu avais vu les gens qui sont venus assister à ses funérailles ! Il avait des amis très haut placés, très influents.

— Et, en dehors de son comportement héroïque sur le champ de bataille, comment était-il ?

— Strict. Froid, même, parfois. Il exigeait l'excellence en toute chose. Ne tolérait pas l'erreur. Si tu n'arrivais pas à faire quelque chose du premier coup, il se fâchait tout rouge, ce qui était assez ironique quand on y pense parce que sa devise était : « C'est à force d'entraînement qu'on atteint la perfection. » Le fait d'avoir besoin de s'exercer implique justement qu'on n'est pas censé donner dans le mille au premier coup d'essai, non ? Alors, pourquoi est-il entré dans une colère noire quand il m'a emmené tirer pour la première fois et que je n'ai pas d'emblée placé toutes les balles dans la cible ?

Il secoua la tête.

— Il était difficile à comprendre, parfois.

— C'est souvent le cas des parents, dit Julia en soupirant. Je ne comprends toujours pas ma mère. Et j'ai pourtant passé trente années à tenter de la percer à jour.

À son grand dam, la conversation prit prématurément fin, interrompue par la sonnerie du téléphone de Sebastian. Le fait de le voir mettre l'appareil sur haut-parleur lui réchauffa cependant le cœur ; c'était la preuve qu'il avait confiance en elle.

— Salut, Tate. Qu'y a-t-il ?

— Est-ce que tu es près d'un téléviseur ?

— Oui, mais je crois que je sais ce que tu vas me dire. On a déjà vu un reportage sur CNN, tout à l'heure. Ils essaient de faire croire que ce sont les rebelles qui ont mis le feu à la clinique, exactement comme…

— Il ne s'agit pas du feu, le coupa Tate. Allume la télévision. N'importe quelle chaîne. Rappelle-moi après.

Tous deux échangèrent des regards interloqués. Une sensation de malaise envahit Julia comme Sebastian saisissait la télécommande et la pointait en direction du téléviseur. Quelques secondes plus tard, l'écran s'allumait. Ainsi que l'avait indiqué Tate, ils n'eurent pas besoin de rechercher une chaîne en particulier. L'ensemble des programmes semblait avoir été chamboulé pour faire place à la même information de dernière minute, couverte en direct par toutes les rédactions.

Une vue aérienne montrait les rues d'une ville, encombrées de douzaines d'ambulances, de voitures de police et de camions de pompiers, mais ce ne fut que lorsque Julia aperçut une camionnette portant le logo *Centers for Disease Control and Prevention*, autrement dit le CDC, qu'elle comprit véritablement ce qu'elle était en train de voir. Partout, entre les véhicules d'urgence, s'affairaient des gens vêtus de combinaisons intégrales de protection et le journaliste, en direct depuis l'hélicoptère qui survolait la zone, émettait des hypothèses quant à ce qui se passait au-dessous de lui.

À la base de l'écran, un ruban de texte défilait horizontalement, informant les téléspectateurs en temps réel. Les yeux écarquillés, Julia suivit les mots qui apparaissaient, ne parvenant pas à croire ce qu'elle lisait.

« Épidémie foudroyante à Dixie, dans l'État de New York. Plus de sept cents victimes. La presque totalité de la population de la petite localité découverte morte, il y a quelques heures. »

N'en croyant pas ses yeux, elle tourna la tête pour regarder Sebastian.

— Tu vois ce que je vois ?

Il semblait aussi pétrifié qu'elle.

— Oui, je vois.

Tendant le bras, il changea de chaîne, cherchant à obtenir d'autres détails.

Dixie était une petite bourgade située dans le nord de l'État de New York qui comptait mille cent habitants. Sept cents d'entre eux étaient désormais morts — certains avaient été retrouvés à leur domicile, d'autres, pris de convulsions, s'étaient effondrés à l'extérieur ou en public, d'autres encore avaient réussi à se rendre à l'hôpital avant de succomber au mal mystérieux qui les avait frappés.

Toute la ville avait été placée en quarantaine et, apparemment, toutes les agences possibles et imaginables avaient dépêché un agent sur les lieux.

« À l'heure où nous effectuons ce reportage, nous ne sommes pas en mesure de vous dire si cette affection est contagieuse ou si elle est transmissible par l'air, annonçait un journaliste d'un ton pressant. Comme vous pouvez le voir, les membres des équipes de secours sont tous munis de combinaisons protectrices, ce qui semble indiquer que ce qui a tué les citoyens de Dixie peut potentiellement relever d'une contamination atmosphérique. »

Le journaliste, de type asiatique, porta tout à coup la main à son oreillette.

« Attendez, mesdames, messieurs... On m'apprend à l'instant que trente-huit autres décès seraient à déplorer. Pour l'heure, le nombre des habitants de la ville ne présentant pas de signes d'affection se monte à cent soixante-quatre. Nous reprendrons l'antenne sitôt que... »

Le studio télé apparut à l'écran, où deux présentateurs à l'air grave étaient assis devant un large bureau bleu vif.

« — Bill, pouvez-vous nous en dire un peu plus à propos de cette affection ?

— Nous ne disposons malheureusement pas d'autres éléments d'information pour le moment, Marie. Nos envoyés spéciaux se sont efforcés de joindre le CDC ainsi que l'Organisation Mondiale de la Santé, mais, en l'état actuel des choses, aucun de ces deux organismes n'a fourni de communiqué plus détaillé. »

Vissée sur sa chaise, Julia écoutait, immobile. Vidée. Comme engourdie. Sept cent trente-huit morts... Comme les souris dans leurs cages. Et le décompte n'était pas définitif !

— Il va falloir que nous nous rendions, proféra-t-elle d'une voix sans timbre.

Sebastian tourna la tête d'un coup, stupéfait.

— Quoi ? Qu'est-ce que tu dis ?

— Ils n'ont aucune idée de ce à quoi ils ont affaire, Sebastian. Mais nous, si. Nous savons exactement comment fonctionne ce virus, comment il se transmet. Il faut qu'on prenne contact avec le CDC au plus vite, comme le disait Frank.

L'indécision se peignit sur le visage de Sebastian.

— Écoute, nous ne pouvons pas agir sur un coup de tête. Il faut qu'on prenne le temps de réfléchir. On ne peut pas...

La présentatrice blonde apparut de nouveau sur l'écran, l'interrompant.

« Il y a du nouveau ! annonça-t-elle. Un groupe terroriste vient juste de revendiquer le massacre de Dixie, dans l'État de New York ! Il s'agit d'un attentat terroriste ! Je répète : les événements sans précédent que nous couvrons depuis plus d'une heure sont le résultat d'un attentat terroriste. »

# 11

Julia contemplait l'écran, bouche bée. Au bout d'un moment, elle prit la télécommande des mains de Sebastian et augmenta le volume.

« Nous venons juste de recevoir une vidéo des Combattants Pour la Liberté, un groupe d'activistes révolutionnaires basé sur le territoire de San Marquez, petit pays insulaire d'Amérique du Sud, continua la présentatrice. Cette vidéo, envoyée à notre chaîne comme à un certain nombre d'autres chaînes de télévision il y a seulement quelques minutes, semble émaner d'une faction extrémiste des CPL... Une faction dissidente, semble-t-il, qui se serait désolidarisée de l'organisation originelle pour passer à l'action violente. Ce sont ces activistes qui revendiquent l'attentat qui a frappé la petite ville de Dixie, dans l'État de New York. »

— Bon sang, mais qu'est-ce que c'est que ce cirque ? tonna Sebastian en se passant la main dans les cheveux. Comment une faction dissidente des CPL a-t-elle pu mettre la main sur ce virus ?

Julia n'avait pas la réponse à cette question. De plus en plus inquiète à chaque seconde qui passait, elle était littéralement scotchée à l'écran de télévision.

« La vidéo est actuellement entre les mains de nos équipes techniques, car certaines images sont susceptibles de heurter la sensibilité des téléspectateurs, poursuivit la présentatrice. »

Sebastian changea de chaîne, zappant jusqu'à ce qu'il en trouve une déjà prête à diffuser la vidéo en question. Le visage revêche d'un homme au teint bistre trahissant ses origines sud-américaines apparut à l'écran. Il s'exprimait en anglais avec un fort accent et parlait si vite qu'il était difficile de comprendre ses paroles. Au bout d'une minute, les présentateurs l'identifièrent comme étant Raoul Escobar, le chef de la section dissidente des rebelles. Son réquisitoire antiaméricain dura pendant plusieurs minutes avant qu'il n'en vienne au fait.

« Nous savons ce que vous êtes venus faire dans notre pays et nous réprouvons le traitement innommable que vous avez infligé à nos compatriotes. »

Sa voix tremblait de fureur.

« Vous êtes venus tuer notre peuple avec votre maladie ? Eh bien, cette maladie, nous allons nous en servir, nous aussi. Pour semer la terreur chez vous et décimer votre peuple ! »

Julia eut l'impression de recevoir un coup de batte de baseball en plein plexus solaire. Pétrifiée d'horreur, elle demeura immobile, contemplant l'écran.

— Bon Dieu ! gronda Sebastian. Ils savent que le virus a été élaboré par les États-Unis.

— Et maintenant, ils se retournent contre nous, souffla-t-elle.

Le choc, la peur et la panique se livraient bataille en elle. Secouée par la tornade d'émotions qui tourbillonnaient en elle, elle sentit son corps tout entier s'affaiblir, ses pensées s'embrumer.

La télévision continua à diffuser des extraits de la vidéo tandis que les dernières nouvelles étaient diffusées dans le bandeau qui défilait au bas de l'écran.

« Nous ne demandons pas la lune, disait Escobar d'une voix où perçait l'amertume. Seulement ce que nos compagnons d'armes s'efforcent sans succès d'obtenir depuis tant d'années.

Mais les efforts de Luego tardent trop, selon nous, à porter leurs fruits. Nous avons donc décidé d'accélérer le processus. »

L'estomac de Julia se contracta douloureusement tandis qu'elle écoutait Escobar discourir, mais le chef des terroristes avait décidé de ménager ses effets. Il marqua une pause. Sa grosse moustache noire remua comme il pinçait les lèvres d'un air mauvais. Ses yeux sombres et furieux étincelaient d'une lueur dangereuse.

« Ce qui s'est passé dans votre petite ville de Dixie est un avertissement », annonça-t-il.

Une moue méprisante tordit sa bouche.

« Votre gouvernement a rayé de la carte deux de nos villages. Nous avons été généreux — nous n'avons frappé qu'un seul des vôtres. Maintenant, c'est à vous de montrer votre gratitude. »

Il se tut de nouveau et Julia dut se retenir pour ne taper dans le premier objet qui lui tombait sous la main.

— Allez, espèce de cinglé, parle ! Dis ce que tu veux.

Escobar prit son temps. Il s'éclaircit la voix. La qualité de l'image, étonnamment bonne, détaillait les lignes dures de son visage anguleux.

« Nous avons une seule exigence : que toutes les influences américaines se retirent de notre pays — j'ai bien dit : toutes. Sociales, économiques et militaires. Retirez vos troupes de notre capitale, Merido, et de ses environs. Nous voulons aussi que les médecins et les travailleurs humanitaires qui empoisonnent notre peuple s'en aillent. Notre nation ne veut pas de votre ingérence dans nos affaires. Nous refusons toute ingérence étrangère. Tous les citoyens d'origine étrangère vivant dans notre pays seront expulsés de San Marquez sitôt que nous serons au pouvoir. Notre nation sera purifiée, une bonne fois pour toutes. »

Julia en resta sans voix. Cette proclamation… Cette histoire de purification, particulièrement… Tout cela évoquait un peu trop la mentalité de l'Allemagne nazie.

— Nom d'un chien, ces gens sont complètement fous ! dit-elle.

Les traits de Sebastian se durcirent.

— Fous, non, je ne dirais pas ça. Ce sont seulement des nationalistes extrémistes, mus par des idéaux totalement irréalistes.

Le mot « irréaliste » s'avéra prophétique quand Escobar braqua son regard impitoyable droit sur la caméra et déclara :

« Vous avez une semaine pour retirer toute présence américaine de notre pays. »

— Une semaine ? s'exclama Julia, les yeux hors de la tête. Mais c'est impossible ! Comment peuvent-ils espérer faire disparaître toute trace américaine de leur économie ? Nos pays sont étroitement liés sur le plan commercial.

« Pour signifier votre volonté de satisfaire notre demande, vous avez soixante-douze heures pour retirer vos forces armées de San Marquez, assena-t-il de nouveau. Si vous ne le faites pas dans le délai imparti, nous contaminerons le réseau de distribution d'eau d'une grande ville nord-américaine avec le virus Méridien. »

— « Le virus Méridien » ? répéta-t-elle. N'est-ce pas aussi ainsi que l'appelait ce général, à Esperanza ?

— Si. Tout à fait. Je suppose qu'ils ont dû trouver que ça sonnait bien, répondit Sebastian, sarcastique. Mais, quel que soit le nom qu'ils lui donnent, le fait est que Raoul Escobar vient d'informer le CDC que le virus se transmet par l'eau.

Sur le téléviseur, le masque hargneux d'Escobar s'effaça,

remplacé par le visage pâle du présentateur, lequel s'efforça de résumer ce qui venait d'être dit. Mais il avait du mal à dissimuler la note de panique dans sa voix et, quelques instants plus tard, ce fut de nouveau le reportage en direct de Dixie qui s'afficha sur l'écran.

Quand le téléphone de Sebastian sonna, ce fut presque un soulagement pour Julia. Son accablement était tel qu'elle avait l'impression d'être passée dans une lessiveuse pendant ces vingt dernières minutes. Elle avait le cerveau saturé par toutes les informations dont on les avait abreuvés et elle n'arrivait pas à stopper le tremblement de ses mains. Une grande ville nord-américaine. Ces gens étaient prêts à tuer des milliers et des milliers de personnes, peut-être même des millions, pour obtenir gain de cause.

— Alors ? Tu as vu ? aboya la voix de Tate dans le haut-parleur.

Sebastian coupa le son de la télévision.

— Oui. J'imagine que Luego n'était pas à la hauteur des attentes de certains de ses partisans.

Il avait prononcé le nom du chef des CPL avec le plus grand mépris.

— Comme si un groupe de rebelles ne suffisait pas, les Combattants Pour la Liberté se sont scindés en deux factions. Des rebelles *et* des terroristes !

— La question que je me pose, reprit Tate, c'est : comment diable Escobar et son groupe ont-ils réussi à mettre la main sur le virus ? Le projet Bélier était tenu secret.

— Un responsable a dû informer quelqu'un du gouvernement de San Marquez, intervint Julia. À Esperanza, des militaires de San Marquez et des militaires américains étaient présents… Il y a forcément au moins quelques personnes qui sont au courant du projet.

— Oui, mais je n'imagine pas les États-Unis donnant le virus à quelqu'un d'autre, dit lentement Sebastian. Ils n'ont recruté aucun scientifique de San Marquez pour effectuer les tests. Ils ont envoyé Richard Harrison, un Américain, pour superviser le projet.

Tate reprit la parole.

— Tu as raison. Jamais ils ne commettraient l'erreur de laisser un agent biologique mortel entre les mains de quiconque pourrait s'en servir contre eux. Ils l'ont peut-être testé en terre étrangère mais, ne vous y trompez pas, ils considèrent ce virus comme une arme américaine.

— Alors, on en revient au point de départ, souligna Sebastian. Comment Escobar a-t-il pu mettre la main dessus ?

— Je crois qu'on peut raisonnablement penser qu'une personne impliquée dans le projet a trahi son pays.

Julia haussa les sourcils.

— Vous pensez qu'un des scientifiques qui a travaillé sur le projet Bélier a vendu le virus aux terroristes ?

— Un scientifique, un militaire, un politicien… N'importe qui ayant connaissance du projet. Mais Eva se concentre en priorité sur les scientifiques. Elle est en train de faire des recherches sur Harrison, sur son passé, sur le fonctionnement de son laboratoire, puisque nous pensons que c'est là que le virus a été créé. Je vous tiendrai au courant de ce qu'elle découvre.

— En attendant, il faut qu'on prenne contact avec le CDC ou avec un membre du gouvernement, déclara fermement Julia.

Il y eut un bref silence à l'autre bout de la ligne.

— Seb ? dit finalement Tate.

— Elle a raison. Nous disposons d'informations qu'ils n'ont pas. Un groupe terroriste détient une arme biologique et menace de l'utiliser à grande échelle, capitaine. À l'heure qu'il est, nous sommes probablement les seules personnes, exception faite des scientifiques qui ont fabriqué ce virus, à en connaître quelque chose.

— Frank a travaillé dessus pendant deux jours entiers, renchérit Julia. Il a filmé la réaction des souris de laboratoire au virus, rédigé des observations, des notes — il faut qu'on transmette toutes ces informations au CDC. Ils doivent savoir à quoi ils ont affaire et, à la seconde où ils auront un échantillon entre les mains, ils pourront commencer à travailler sur un éventuel antidote.

Le juron que proféra Tate résonna dans le haut-parleur.

— Oui… Vous avez raison.

Il marqua un temps d'arrêt.

— Comment comptes-tu t'y prendre, Seb ? On a toujours la liste de ces militaires que nous avions établie… Tu sais, celle répertoriant les officiers en qui nous pourrions peut-être avoir confiance.

Sebastian se renfonça contre le dossier de sa chaise et frotta machinalement la barbe naissante de son menton.

— Je ne sais pas. Je préférerais éviter les canaux militaires habituels. Mais il y a peut-être quelqu'un que je pourrais contacter au département de la Défense… Un ami de mon père.

Il poussa un soupir.

— Ce serait bien que je sache au préalable quel est exactement notre statut du point de vue de l'armée — est-ce que nous sommes considérés comme déserteurs ? Est-ce qu'ils nous font passer pour morts ?

— Aucune idée. Eva ne parvient pas à accéder à nos dossiers. Ils sont plus que classifiés. Écoute, je me fie à ton instinct, alors si tu décides de prendre contact avec quelqu'un, qui que soit cette personne, je suis avec toi.

Lorsqu'ils eurent mis fin à la communication avec Tate, Sebastian se leva, s'avança vers Julia et tendit la main pour l'aider à se redresser.

— Viens là, dit-il d'une voix un peu bourrue.

Une seconde plus tard, il l'attirait à lui. Puis il passa les mains derrière sa taille, les fit remonter le long de son dos, s'arrêtant sur chacune de ses vertèbres, massant ses muscles tendus, caressant le centre de son dos.

— Qu'est-ce que tu fais ? murmura-t-elle en enfouissant son visage dans le creux de son cou.

Elle huma son parfum boisé, se demandant comment il faisait pour toujours sentir aussi bon.

— Tu étais blanche comme un linge, répondit-il. Tu avais

l'air tellement ébranlée que je me suis dit qu'un câlin te ferait du bien.

En dépit du fait qu'elle était effectivement encore sous le choc, elle rit doucement et passa les bras autour de ses larges épaules.

— Je ne crois pas qu'un câlin suffise à gommer le sentiment de panique que j'éprouve, mais c'est vrai que ça aidera à l'apaiser un peu.

— Tant mieux.

Il lui effleura les lèvres d'un baiser doux, réconfortant, avant de la relâcher et de se laisser tomber sur le lit.

Elle s'assit à côté de lui et lui saisit la main.

— Alors, dis-moi… Cet homme ? Cet ami de ton père en qui tu penses pouvoir avoir confiance… Qui est-ce ?

— Il s'appelle Brent Davidson. La dernière fois que nous nous sommes vus, il travaillait en collaboration directe avec le secrétaire adjoint. Il était coordonnateur ou quelque chose comme ça… Une sorte d'agent de liaison. Bref, un poste important du département de la Défense.

— Waouh ! Je comprends pourquoi tu m'as parlé des relations haut placées de ton père ! Ils étaient proches, Davidson et lui ?

Sebastian hocha la tête, et Julia sentit les cals à la base de ses doigts lui chatouiller la peau tendre de la main.

— Oui, très proches. Brent et sa femme venaient dîner à la maison au moins une fois par mois, et mon père et lui partaient chaque année à la chasse ensemble.

— Et ta mère et toi, vous êtes restés en contact avec lui après la mort de ton père ?

— Oui. Nous avons même continué à le recevoir à dîner tous les mois. Mais maman est morte environ cinq ans après papa et, après m'être engagé dans l'armée, je n'ai plus vu Brent aussi souvent. Nous déjeunions ensemble quand j'étais en ville, et je sais qu'il prenait régulièrement de mes nouvelles lorsque j'étais encore en service. S'il reste une personne dans le gouvernement en qui j'ai confiance, c'est lui.

— Alors, c'est réglé. C'est vers lui qu'il faut nous tourner !

Elle se rapprocha de lui et posa la tête sur son épaule. Sans hésitation, il l'enlaça et l'attira tout contre lui. Ils restèrent assis en silence pendant un certain temps, les reportages télévisés repassant en boucle dans la tête de Julia.

Près de huit cents morts. Et peut-être des milliers d'autres à venir si les demandes des terroristes n'étaient satisfaites…

L'image des piles de sacs mortuaires, à Esperanza, lui revint à l'esprit et un frisson la parcourut. Si jamais ce virus frappait une grande ville… Combien de sacs mortuaires faudrait-il cette fois pour emballer tous les cadavres ?

— Il faut compter huit à neuf heures de route pour aller en Virginie, calcula Sebastian à voix haute, interrompant le cours de ses pensées morbides. Un peu moins même, mais je préfère qu'on se ménage une marge de manœuvre. En partant maintenant, nous y serons vers 10 heures ce soir. J'appellerai Brent une fois que nous serons là-bas.

— Est-ce qu'on ne devrait pas plutôt téléphoner avant de se mettre en route ? souligna-t-elle. Il pourrait être parti en vacances ou…

Mais Sebastian secoua fermement la tête.

— Je ne veux pas lui laisser le temps de réunir une équipe ou…

— Une équipe ?

— Pour nous arrêter. Nous ne savons pas comment mon ancien commandant a expliqué notre absence. Quand trois agents secrets disparaissent des radars sans explication, ce n'est pas sans conséquence. Si le commandant Hahn a déclaré que nous étions des traîtres, je doute que Brent m'accueille à bras ouverts.

Il haussa les épaules.

— S'il est en congé, ma foi… Nous improviserons sur place et tâcherons de trouver quelqu'un d'autre digne de confiance, au département de la Défense.

— Oui, je comprends. D'accord.

Se levant, il s'avança d'un pas résolu vers son sac de voyage posé de l'autre côté de la chambre.

— Prépare tes affaires, docteur. Il est temps de prendre la route.

Ils entamaient leur septième heure de trajet lorsqu'il vint à l'esprit de Sebastian que c'était la première fois depuis des années qu'il passait autant de temps d'affilée en compagnie d'une femme. Ce constat le frappa au point qu'il quitta un instant la route des yeux pour tourner la tête en direction de Julia, qui picorait des chips sur le siège passager.

— Qu'y a-t-il ? lui demanda-t-elle en se rendant compte qu'il l'observait. J'ai des miettes collées partout autour de la bouche ou quoi ?

— Non. C'est juste que je suis content de voir que l'appétit t'est revenu, répondit-il d'un ton léger.

Reportant son regard sur la route, il s'efforça de ne pas s'appesantir sur les émotions troublantes qui le traversaient, mais c'était difficile. Il était vraiment heureux qu'elle ait retrouvé l'appétit. Et que ses joues aient repris leur teinte rose. Heureux de voir, aussi, que la peur et l'inquiétude ne hantaient plus son regard.

Et, par-dessus tout, il était heureux qu'elle soit assise là, à côté de lui. Pour rien au monde, il n'aurait voulu que ce soit quelqu'un d'autre, et c'était bien là ce qui était le plus perturbant.

Il l'aimait bien. Il l'aimait vraiment *beaucoup* et, qui plus est, il avait envie de tout connaître d'elle. Ce qu'elle faisait pendant son temps libre, ses plats préférés, le genre de musique qu'elle aimait écouter… Il avait envie de l'entendre parler de ses voyages, des patients qu'elle avait traités au fil de ses missions, des endroits qu'elle ne connaissait pas encore et avait envie de découvrir.

Non seulement il l'appréciait, mais il se faisait du souci pour elle. Il éprouvait constamment le besoin de s'assurer qu'elle allait bien. Qu'elle se nourrissait correctement. Qu'elle s'hydratait suffisamment. Qu'elle n'était pas trop fatiguée.

Bon sang, que lui arrivait-il ? Il n'était plus cet homme-là depuis longtemps… Celui qui s'inquiétait des personnes de son entourage, celui qui s'efforçait de protéger ceux qui lui étaient chers. Non, tout ça, c'était fini et bien fini. Aujourd'hui, il refusait de s'attacher à qui que ce soit. C'était le meilleur moyen d'être sûr qu'il n'y aurait plus d'autres victimes.

— Tu es bien silencieux, remarqua tout à coup Julia, l'air un peu intriguée. C'en est presque angoissant. À quoi penses-tu ?

— À toi, avoua-t-il sans détour.

— Oh ! C'est vrai ?

Il s'efforça de parler d'un ton détaché.

— Je me demandais quel genre de musique, tu aimais.

— Puisque tu veux le savoir, je ne jure que par le bon vieux rock.

Il sourit et lui jeta un regard en biais.

— Je ne te crois pas.

— Eh bien, ne me crois pas… C'est pourtant la vérité. Je suis fan de toutes les icônes du rock. Led Zeppelin, les Stones, Supertramp, ZZ Top.

Elle pencha la tête sur le côté.

— Et toi ?

— Pareil. Avec un peu de hip-hop par-ci par-là pour faire bonne mesure.

— Ooooh. Du rap ? Un vrai « *gangsta* », le taquina-t-elle.

Il leva les yeux au ciel.

— Oui, c'est ça, c'est tout moi… Il ne me reste plus qu'à choisir le gang auquel je veux appartenir, mais je dois dire que j'ai une petite prédilection pour les *Bloods*[1].

Au son mélodieux de son rire, une onde de chaleur se propagea en lui. Si quelqu'un lui avait dit qu'il deviendrait complètement accro à cette femme, il aurait été plus que dubitatif. Avec ses grands yeux de biche, ses petits seins et son corps gracile, elle n'était pas du tout son type — du moins, n'avait-elle rien de commun avec les femmes autour desquelles il avait gravité au cours de ces dix dernières années.

1. *N.d.T.* : gang de Los Angeles, fondé en 1972.

Autrefois, il y a très, très longtemps, il aurait été attiré par quelqu'un comme elle. Son air d'apparente fragilité aurait éveillé son instinct protecteur.

Protecteur. Ha ! Quelle blague ! Encore aujourd'hui, il essayait de se raccrocher à l'illusion qu'il était capable de veiller sur ses proches, alors que tout démontrait le contraire. Il avait perdu tous ceux qui lui étaient chers, et l'unique raison pour laquelle le cycle du chagrin avait pris fin, c'était que depuis dix ans, il s'était complètement fermé. Son cœur était immunisé, cadenassé de façon inviolable, et personne n'y pénétrerait plus jamais.

Pour autant, il avait peut-être intérêt à relever sa garde d'un cran supplémentaire. Julia lui devenait un peu trop proche. Son intelligence affûtée, la sensualité torride qu'elle n'avait même pas conscience de dégager, ses nerfs d'acier, son courage inépuisable… Tout en elle lui plaisait, ce qui était bien la preuve qu'il était temps pour lui de procéder à une petite piqûre de rappel — histoire qu'ils se remémorent bien tous les deux la nature strictement temporaire de leur relation.

— Hé ! on n'a pas mis si longtemps ! s'exclama-t-elle en voyant, sur le bas-côté de la route, le panneau de signalisation annonçant l'entrée dans Arlington.

En effet, le trajet jusqu'en Virginie leur avait pris sept heures et demie sans même qu'ils roulent particulièrement vite. Comme il ne pouvait pas se permettre d'attirer l'attention sur eux, il s'était montré extrêmement attentif et avait respecté scrupuleusement les limitations de vitesse, même si l'envie ne lui avait pas manqué par moments d'appuyer sur l'accélérateur pour arriver plus vite à destination.

Actionnant le clignotant, il changea de file, puis s'engagea tranquillement sur la bretelle de sortie de l'autoroute. Au bout d'environ deux kilomètres, il avisa un motel en bordure de la route et entra dans le parking.

— Attends-moi ici. Je vais nous prendre une chambre, annonça-t-il.

Une sonnette tinta comme il poussait la porte d'entrée

du bureau d'accueil, mais le jeune réceptionniste derrière le comptoir ne leva même pas les yeux lorsqu'il entra dans l'établissement. Il avait le regard rivé sur l'écran de télévision accroché dans un angle, lequel montrait la vidéo que Raoul Escobar avait fait parvenir aux médias.

— Vous avez vu ça ? l'interpella-t-il, l'air épouvanté. C'est fou, ce qui se passe là-bas !

— Complètement fou, acquiesça Sebastian en déposant un billet de cinquante dollars sur le comptoir. Je voudrais une chambre, s'il vous plaît.

Sans détourner les yeux de l'écran, le réceptionniste fit glisser le registre dans sa direction.

— Tenez. Remplissez le formulaire.

Sebastian griffonna un nom d'emprunt, une adresse et un numéro de carte bancaire fictifs, puis rendit le registre au jeune homme qui lui tendit en retour une grande clé rouge.

— Vous trouverez le linge de toilette dans la salle de bains. Le code Wifi est le nom du motel suivi de votre numéro de chambre. L'heure de départ est 10 heures du matin.

Il avait énuméré ces modalités sans même lui jeter un coup d'œil. Comme les yeux noirs d'Escobar apparaissaient de nouveau à l'image, il secoua la tête.

— Maudits terroristes ! Vous croyez pouvoir venir nous chercher des noises ? Vous allez voir… Vous n'allez pas tarder à déchanter, bande de fumiers !

Se retenant de lever les yeux au ciel, Sebastian quitta la réception, remonta dans la voiture et roula jusqu'à une place située devant la chambre qui leur avait été attribuée. Elle était plus agréable — et plus propre — que ce à quoi il s'était attendu. Un grand lit au milieu, une commode d'un côté, un coin cuisine de l'autre et, jouxtant la pièce principale, une salle de bains où était posée une pile de serviettes de bain blanches moelleuses.

Retirant le Beretta de sa ceinture, il le posa sur la table de la cuisine, puis se pencha pour ouvrir son sac de voyage. Il en sortit les téléphones prépayés puis son propre appareil pour y chercher le numéro de Brent Davidson dans la liste de ses contacts. Il entra le numéro dans l'un des portables et, pendant qu'il attendait, jeta un coup d'œil à Julia qui s'était assise au pied du lit et se mordillait la lèvre inférieure.

— Davidson à l'appareil, répondit une voix masculine.

— Brent. C'est Sebastian. Sebastian Stone.

Silence.

— Brent… Tu es là ?

— Oui. Oui, je suis là.

L'incrédulité s'entendait dans sa voix.

— Sebastian ! En toute honnêteté, j'avoue que je ne m'attendais pas du tout à recevoir de tes nouvelles.

Une sonnette d'alarme tinta aussitôt dans l'esprit de Sebastian.

— Oh ! Et pourquoi donc ?

— Hahn a dit que tu vis au Brésil.

Il retint à grand-peine un éclat de rire incrédule. Ainsi, c'était ça, la version officielle ? Qu'il s'était installé en Amérique du Sud pour y parfaire son bronzage ?

Il ne décela pas la moindre trace de méfiance ou d'insincérité dans la voix de Brent. Seigneur… Peut-être était-ce vraiment là le moyen que l'armée avait trouvé pour justifier son absence.

— Oui, oui… J'y étais, déclara-t-il sans trop s'avancer.

— Eh bien, je suis content que tu sois de retour. Il faudra qu'on dîne ensemble un de ces soirs pour rattraper un peu le temps perdu. Quand peux-tu te lib…

— Écoute, Brent, justement, il faut que je te voie. Ce soir.

Il y eut un silence, suivi d'un grand éclat de rire.

— Sebastian, ce soir, c'est impossible ! J'ai pris ton appel parce qu'il provenait d'un numéro inconnu et que je me suis dit que c'était peut-être en rapport avec cette bombe qui vient de nous tomber dessus et que je m'efforce de désamorcer. Je suis débordé… Nous sommes en pleine crise nationale. Au cas où tu n'aurais pas vu les journaux télévisés, il y a eu une attaque terroriste sur le sol américain aujourd'hui même et…

— Pourquoi crois-tu que je t'appelle ? l'interrompit-il.

Nouveau temps d'arrêt.

— Tu veux dire que tu aurais des informations à me communiquer à propos de cet attentat ?

— Oui, c'est exactement ce que je veux dire.

— Où es-tu ? Je vais envoyer une voiture te chercher pour t'emmener au Pentagone et…

— Non.

Il avait répliqué d'un ton si dur que Julia, toujours assise au bord du lit, sursauta malgré elle.

— Comment ça, non ? tonna Davidson. Stone, si tu détiens des informations au sujet de cette attaque, tu ferais bien de me les communiquer, sinon je me verrai dans l'obligation de te poursuivre pour obstruction…

— Mais c'est tout à fait mon intention, Brent, le coupa de nouveau Sebastian. J'entends bien te transmettre ce que je sais. Mais à une condition. C'est toi et uniquement toi que je veux voir. Et je veux que ce soit toi qui viennes me retrouver. Seul.

— Qu'est-ce qui se passe, Sebastian ?

— Viens me retrouver et je t'expliquerai.

Un soupir résigné lui parvint depuis l'autre bout de la ligne.

— Bon… Quand et où ?

— Dans trente minutes. À l'endroit où nous nous sommes vus pour la dernière fois.

Brent marqua une pause comme s'il fouillait dans sa mémoire pour retrouver le lieu.

— Très bien… D'accord. J'y serai.

— Et si tu ne viens pas seul, je le saurai, Brent. Je le saurai et tu ne me verras pas. Alors, n'essaie même pas de te faire accompagner d'un de tes gardes du corps.

Il y eut une autre pause, puis Davidson s'esclaffa.

— Ne t'inquiète pas. Ça ne me serait même pas venu à l'idée.

Un déclic s'ensuivit, indiquant que son interlocuteur avait raccroché. Dans la seconde, Sebastian brisa en deux l'appareil à clapet, puis il le laissa tomber par terre sur la moquette usée avant de l'écraser de plusieurs coups de talon énergiques.

Les commissures des lèvres de Julia frémirent.

— Tu es sûr qu'il est bien cassé ?

— On n'est jamais trop prudent.

Il se pencha pour ramasser les morceaux, jeta le tout dans la corbeille à papier, puis se retourna et tendit la main à Julia.

Elle se leva sans poser de question, le rejoignit et se blottit dans ses bras, le sommet de son crâne lui chatouillant le menton. Il la dépassait de près d'une tête, ce qui ne laissait pas de l'étonner tant elle lui paraissait grande… Et forte. Il se souvint du jour où il avait fait sa connaissance à la clinique. De sa confiance en elle, de sa démarche assurée, tandis qu'elle l'escortait le long des couloirs de l'établissement. Sous ses dehors délicats — fragiles, presque —, elle dissimulait une vraie force intérieure qu'il convenait de ne pas sous-estimer.

— Est-ce que ce serait me bercer d'illusions que d'oser espérer que tu m'attendes dans cette chambre pendant que je vais retrouver Davidson ? demanda-t-il en prenant sa mâchoire anguleuse dans ses mains.

Une lueur déterminée s'alluma dans ses yeux.

— Absolument.

— Absolument, quoi ? Tu es absolument d'accord pour rester ici ou tu refuses absolument de m'écouter ?

Elle laissa échapper un rire moqueur.

— Tu te berces *absolument* d'illusions !

— Bon… Eh bien, j'aurai au moins essayé.

Il déposa un baiser sur sa bouche impertinente avant de s'écarter.

— Il faut nous mettre en route. Je veux pouvoir examiner les environs avant qu'on se montre.

— Quels environs ? Où est ce mystérieux lieu de rendez-vous ?

— Là où j'ai le moins envie de me retrouver.

Quinze minutes plus tard, comme ils franchissaient les grilles du Cimetière national d'Arlington, le plus tristement célèbre des cimetières militaires américains, Julia posa la main sur la sienne, crispée autour du volant, son regard noisette empreint de compassion.

— Oh ! Seb… Je suis désolée.

*Seb.*

Une bouffée de chaleur fusa en lui aussitôt. C'était la première fois qu'elle faisait usage de ce diminutif, et ce n'était pas pour lui déplaire. À dire vrai, cela lui plaisait même beaucoup plus que ça n'aurait dû.

— C'est là que ton père est enterré ?

Il déglutit avec difficulté.

— Oui.

Il parcourut du regard les interminables rangées de petites tombes blanches. Des vétérans, des soldats morts au combat, des familles de militaires… La multitude de tombes se brouilla derrière la vitre de la berline de location tandis qu'il s'enfonçait plus avant dans l'immense cimetière plongé dans la pénombre. Il était sur le qui-vive, tous les sens en alerte, guettant le moindre signe de danger. Tout semblait normal, mais il veilla quand même à se garer aussi loin que possible de leur destination finale.

Quelques minutes plus tard, ils continuèrent à pied, ses grosses chaussures et les baskets de Julia ne faisant pratiquement aucun bruit sur la pelouse soigneusement tondue.

— Ils sont si nombreux, murmura Julia avec tristesse.

— Oui… Trop nombreux, acquiesça-t-il d'une voix un peu étranglée.

Comme ils approchaient de la section où son père était enterré, il tira son arme de sa ceinture et la garda à la main. Il fouilla du regard l'étendue sombre de la pelouse, toujours sur ses gardes, mais rien ne vint éveiller ses soupçons.

Il guida Julia à travers des rangées et des rangées de pierres tombales, réprimant un nouvel accès de tristesse. Il dut faire un effort pour se concentrer. Pour continuer à surveiller les alentours, rester vigilant.

Lorsque la silhouette d'un grand chêne avec des branches basses se profila devant eux, sur la droite, il orienta leurs pas dans cette direction, puis s'arrêta. Se tenant sous le couvert de l'arbre, il attira Julia près de lui.

Ils n'eurent pas à patienter longtemps. Quelques minutes plus tard, le bruit d'un moteur résonna dans le cimetière et deux phares trouèrent au loin l'obscurité d'un faisceau jaune pâle. Plissant les yeux, Sebastian affermit sa prise sur le Beretta et regarda la BMW noire approcher. Elle ne ralentit pas en passant près de la section où ils se trouvaient. Mais Brent Davidson avait toujours été adepte des voitures de cette marque, aussi loin qu'il se souvienne.

— C'est lui ? murmura Julia.

— Je pense que oui.

Quelques minutes passèrent encore, mais la BMW ne reparut pas — pas davantage que Brent.

Sebastian commençait à se demander si ce dernier lui avait posé un lapin quand il y eut un bruissement. Il se raidit, puis éprouva un fourmillement de mauvais augure au niveau de la nuque en même temps que son alarme interne se mettait à hurler.

— Espèce de…

Il n'eut pas le temps de terminer sa phrase. L'acier froid du canon d'un pistolet s'enfonça dans son dos et une voix masculine profonde gronda :

— Pas un geste !

# 12

Sebastian entra instantanément en action. Avec la rapidité et la souplesse d'un félin, il fit volte-face et bloqua de ses deux mains le poignet de l'homme. Le Glock anthracite qui luisait dans la pénombre échappa à son assaillant et tomba sur l'herbe avec un cliquètement étouffé. Mû par l'adrénaline, il éloigna l'arme d'un coup de pied et plaqua l'homme au sol en moins de deux secondes.

C'était Brent Davidson. Sebastian s'inclina au-dessus de lui avec un grognement de fureur, lui enfonçant son coude dans la trachée.

— Qu'est-ce que ça veut dire, nom d'un chien ? gronda-t-il.

La respiration de Davidson se fit sifflante ; il commençait à manquer d'air. Il agita les bras, se mit à marteler de ses poings les cuisses de Sebastian pour tenter de se dégager, mais sans succès. Peut-être Davidson avait-il fondu sur eux, aussi silencieux qu'un fichu guerrier ninja, mais c'était lui qui avait le dessus maintenant, et il entendait bien le conserver.

— Qu'est-ce que tu comptais faire, exactement, avec ce pistolet ? demanda-t-il en appuyant un peu plus fort avec son coude.

La voix de Julia s'éleva dans la nuit, légèrement sarcastique.

— Sans vouloir m'immiscer… Est-ce que tu penses vraiment qu'il va te répondre, alors que tu es en train de lui broyer la trachée-artère ?

Ce n'était pas faux.

Comme l'adrénaline qui bouillonnait dans ses veines

commençait à refluer, il relâcha la pression de son bras et laissa respirer son adversaire. Le visage écarlate, Brent se mit à tousser, aspirant l'oxygène à si grandes goulées que ce fut un miracle qu'il ne s'évanouisse pas.

Sebastian prit le temps de l'examiner, remarquant qu'il n'avait guère vieilli depuis la dernière fois qu'il l'avait vu, cinq ans plus tôt. Il discernait bien quelques rides supplémentaires au coin de ses yeux et de sa bouche, mais ses cheveux étaient toujours aussi noirs, striés seulement de quelques fils d'argent, ses yeux bleus toujours aussi vifs et le corps que dissimulait son costume noir étonnamment svelte pour un homme de soixante-cinq ans qui passait le plus clair de ses journées assis derrière un bureau.

L'excellente condition physique de Brent, toutefois, ne l'étonna pas outre mesure ; l'homme était une légende dans le monde des agents spéciaux, un ancien super-soldat qui avait donné du fil à retordre à plus d'adversaires et envoyé *ad patres* plus d'ennemis que Sebastian n'osait en rêver. Brent était probablement la seule personne capable de l'approcher par surprise comme il venait de le faire, et il ne put s'empêcher d'éprouver malgré lui de l'admiration pour celui qui avait réussi à le prendre au dépourvu — prouesse qu'ils n'étaient pas nombreux à pouvoir accrocher leur palmarès !

Pour autant, il n'entendait pas laisser la situation lui échapper.

— La prochaine fois que tu pointeras une arme sur ma nuque, tiens-toi prêt à appuyer sur la détente, marmonna-t-il avant de le libérer et de se relever.

— La prochaine fois que tu m'ordonneras de venir seul à un rendez-vous, j'espère que, toi aussi, tu te tiendras prêt, rétorqua Brent.

Julia lui jeta un regard déconfit.

— Il n'a pas tort.

À son tour, Brent se remit tant bien que mal sur ses pieds, rajusta sa cravate à rayures bleues et noires avant de porter la main à la base de sa gorge et de se masser le cou, où des meurtrissures rouge violacé commençaient à apparaître.

Assailli par une pointe de culpabilité, Sebastian lui jeta un regard d'excuse.

— Je suis désolé. Je t'assure que je ne t'ai pas fait venir ici dans l'intention de te plaquer au sol pour t'étrangler à moitié.

Il ne put retenir un sourire.

— Mais aussi... Quelle idée de vouloir surprendre un collègue des Forces Spéciales ?

L'ombre d'un sourire passa enfin sur le visage de Brent.

— Là, c'est lui qui n'a pas tort, dit-il à l'intention de Julia. Content de te voir, Stone.

— Moi aussi, Brent.

Ils se donnèrent l'accolade, puis Brent lui assena une tape amicale sur l'épaule et tourna la tête vers Julia.

— Qui est-ce ? demanda-t-il.

— Le Dr Julia Davenport.

Un pli apparut sur le front de Brent.

— Pourquoi ce nom me dit-il quelque chose ?

— Parce que je suis censée être l'une des victimes américaines mortes dans l'incendie qui a ravagé une clinique fondée par Doctors International à Valero, répondit-elle.

Une lueur s'alluma dans le regard pénétrant de Davidson.

— Oui... C'est ça. Votre photo a atterri sur mon bureau tôt ce matin, avant l'attentat à Dixie.

Les yeux bleus se firent soupçonneux.

— Bon, je crois qu'il va falloir que vous m'expliquiez de quoi il retourne.

Ils quittèrent tous trois l'ombre du grand arbre, Brent et Sebastian rangeant leur arme à la ceinture. Ils se dirigèrent vers un banc de fer forgé, à quelques mètres de là, et s'y installèrent. Sebastian s'assit à côté de Julia, posant une main protectrice sur sa jambe.

— Alors, comme ça, Hahn a déclaré que je vivais au Brésil ?

Brent hocha la tête.

— Depuis neuf mois. Ton ancien commandant a prétendu que tu avais choisi de ne pas refaire surface. En apprenant la nouvelle, j'ai consulté ton dossier ; il indiquait que tu avais bénéficié d'une libération honorable en août dernier.

— Et tu as vraiment cru que j'avais quitté le pays sans même dire au revoir ?

— Oh ! Tu sais, dire au revoir, ce n'est pas vraiment dans les us et coutumes de la maison. Je me suis dit que tu finirais bien par reprendre contact avec moi à un moment ou à un autre. Tu n'étais donc pas au Brésil ?

— Non. Ça fait maintenant huit mois que je me cache et que je vis dans la clandestinité.

— Comment ça, tu te « caches » ?

— On a essayé de me tuer par deux fois, déjà.

Il serra les dents, s'efforçant de contenir la fureur qui montait en lui.

— La première fois, une voiture a tenté de m'écraser. La seconde, on a sectionné les câbles de freins de ma Ducati.

— Et quand tu dis « On » tu penses à qui ? s'enquit Brent d'un ton où perçait la méfiance.

— Si tu es en mesure de me le dire, je suis tout ouïe.

Un bref silence s'ensuivit, puis le rire étonné de Brent se mêla à la brise nocturne.

— Tu n'imagines tout de même pas que je suis pour quelque chose dans ces tentatives de meurtre ?

— Non, mais tu as bien dû en avoir des échos… Et je ne suis pas le seul concerné. Cinq membres de mon unité sont morts une fois rentrés aux États-Unis, après notre dernière mission. Tous de causes bidon, Brent. Après quoi, c'est mon capitaine qui a failli être abattu dans une fusillade ; on lui a tiré dessus depuis une voiture. Et puis, ça a été mon tour. Quelqu'un a délibérément cherché à supprimer jusqu'au dernier membre de notre équipe.

Son interlocuteur parut enfin manifester un soupçon de préoccupation.

— Qu'impliquait au juste cette dernière opération dont tu me parles ?

Envoyant au diable le secret, les impératifs de sécurité et

les niveaux d'habilitation, Sebastian lui décrivit la teneur de son ultime mission — le déploiement sur San Marquez, leur tentative pour arracher le médecin aux griffes des rebelles, la découverte du village, déjà la proie des flammes…

— Cruz et ses hommes n'ont pas tué tous ces villageois, Brent. Ils ont simplement brûlé les corps, parce qu'ils craignaient que le virus soit contagieux.

— Et tu es certain que c'est le même virus ? Ce Méridien que Raoul Escobar mentionne dans la vidéo ?

— À peu près certain, oui.

Il enchaîna rapidement, relatant ce qui était arrivé à Esperanza, interrompu de temps à autre par Julia qui apportait des précisions et commentait le déroulé des événements sous son propre angle de vue. Plus elle parlait, plus le sillon qui s'était creusé sur le front de Brent s'accentuait.

— Si je comprends bien, vous êtes en train de me dire qu'une unité de l'armée des États-Unis est chargée d'une opération visant à camoufler le test grandeur nature d'une arme biologique en territoire étranger ?

Sebastian étudia son visage, cherchant à déceler le signe que Brent se jouait d'eux, mais son regard bleu ne reflétait rien d'autre que le choc et l'horreur. Soit c'était un menteur hors pair, soit il n'avait effectivement rien su de ce qui se passait.

— Et ce que, *toi*, tu es en train de me dire, c'est que le département de la Défense n'était pas au courant ? demanda-t-il en retour.

— En tout cas, une chose est certaine : je ne l'étais pas. Je ne sais pas si le secrétaire adjoint ou le secrétaire à la Défense lui-même le sont, mais, si c'est le cas, ils ne m'en ont pas informé.

Brent se frotta les tempes comme pour prévenir une migraine.

— Je n'avais jamais entendu parler de ce prétendu virus Méridien avant aujourd'hui. J'ai passé la journée entière au côté du secrétaire adjoint, au Pentagone, et il était tout aussi effaré et indigné que moi par cet ignoble attentat.

— Évidemment qu'il est effaré ! grommela Julia. Je suis

bien certaine que celui qui a autorisé ce projet, qui qu'il soit, ne s'attendait pas à voir le virus frapper sur le sol des États-Unis. Traiter les étrangers comme des cobayes ne pose visiblement pas problème... Pourvu que d'innocents citoyens américains ne soient pas touchés !

Brent exhala un soupir.

— Je comprends parfaitement votre colère, docteur Davenport. Et j'apprécie tous les efforts que vous avez consentis pour tâcher d'en apprendre le plus possible sur ce virus. Avez-vous apporté cet échantillon avec vous ?

Sebastian remarqua alors que la main de Julia se crispait autour de la bandoulière de la sacoche accrochée à son épaule. Le sac contenait effectivement l'échantillon et les notes de recherche de Matheson, mais il voyait bien qu'elle n'était pas pressée de s'en séparer.

Ce dont il ne pouvait pas la blâmer. Il avait beau être d'avis que Brent n'avait pas eu connaissance du projet Bélier, il ne lui accordait pas encore toute sa confiance... Et sa réserve s'accrut sensiblement lorsque Brent se tourna vers lui pour déclarer :

— Il faut que tu te rendes. Officiellement.

— Pas question !

— Je vous protégerai, je te le promets. Nous irons voir le secrétaire à la Défense en personne. Barrett...

— Justement, Barrett pourrait très bien être derrière toute l'affaire ! Pour autant que nous sachions, c'est le secrétaire à la Défense qui est le mieux placé pour donner son feu vert à un projet de cette nature.

— Alors, nous pouvons nous adresser au FBI pour qu'ils vous placent sous programme de protection.

Les mots étaient à peine sortis de sa bouche que Brent secoua la tête, laissant entendre un petit rire désenchanté.

— Inutile de répondre... Nous savons tous les deux que tu n'accepteras pas.

Sebastian se borna à hausser les épaules.

— Alors, que comptes-tu faire, dans ce cas ? Je n'ai pas autorité pour négocier avec toi, Stone, et nous sommes en situation de crise… Je ne peux pas passer la nuit ici à discuter. Dans moins de quarante-huit heures, Escobar et sa troupe de cinglés ont l'intention de diffuser un virus qui tuera Dieu sait combien d'innocents.

Sous l'effet de la colère, il avait haussé le ton.

— Alors, si vous détenez des informations importantes sur ce virus Méridien, il faut que vous me les donniez. Sinon, je n'aurai d'autre choix que de vous placer en état d'arrestation pour obstruction à la justice.

— Du calme, Brent, nous sommes tout disposés à te transmettre les informations qui sont en notre possession. C'est pour ça que nous sommes venus.

Il prit le sac de Julia et le lui tendit.

— Nous sommes allés voir un microbiologiste et nous lui avons demandé d'analyser l'échantillon que nous avons rapporté d'Esperanza. Toutes ses notes de recherche sont là, également.

Tandis que le sac changeait de mains, Sebastian dressa à l'intention de Brent un bref récapitulatif des découvertes obtenues par Matheson, en veillant à ne jamais prononcer le nom du scientifique.

Lorsqu'il eut terminé, le visage de Brent avait perdu toute couleur.

— C'est grave à ce point ?

Sebastian et Julia hochèrent la tête.

— Merde !

La mâchoire contractée, Brent se leva brusquement.

— Il faut que je retourne au Pentagone. Mes supérieurs doivent être mis au courant au plus vite.

— Je te serai reconnaissant de ne pas mentionner nos noms, dit Sebastian. Personne ne doit savoir que le Dr Davenport et moi-même sommes aux États-Unis.

— Ce serait tout de même plus simple si tu acceptais de venir avec moi.

— Non. C'est impossible. Pas tant que je ne saurai pas qui a ordonné de tuer tous les membres de mon unité.

— Je vais faire mon possible pour élucider cette affaire, promit Brent.

Il eut un moment d'hésitation, puis ajouta :

— Et je m'arrangerai aussi pour ne pas mêler vos noms à l'enquête concernant ce virus mais, cela étant dit, je veux que tu me donnes ta parole de ne pas interférer dans les investigations qui vont être menées par nos services. À partir de maintenant, cette affaire est de notre ressort.

Il recula d'un pas.

— Comment pourrai-je te joindre ?

— Tu ne pourras pas. C'est moi qui t'appellerai.

Prenant la main de Julia, Sebastian l'aida à se lever et jeta un regard empli de gratitude à Davidson.

— Merci d'avoir accepté de venir nous retrouver ici, Brent. J'espère que je n'aurai pas à regretter de t'avoir fait confiance.

— Je ferai de mon mieux. Garde le contact, Sebastian.

— Je ferai de mon mieux, répéta Sebastian.

Brent s'éloigna. Il n'avait pas fait cinq pas qu'il se retourna pour leur faire face et agita un doigt en direction de Sebastian.

— Et ne t'y trompe pas : j'ai bien noté que tu ne m'avais pas donné ta parole ! lança-t-il.

— Tu sais bien que je ne fais pas de promesses que je ne suis pas sûr de pouvoir tenir.

Le rire de Brent résonna dans l'air de la nuit, puis il pivota sur ses talons et disparut dans l'ombre.

Brent parti, Sebastian s'avança lentement vers une pierre tombale blanche qui se trouvait à une dizaine de mètres et s'arrêta devant, contemplant l'inscription.

Un moment plus tard, Julia le rejoignit, foulant en silence la pelouse, et se posta à côté de lui.

— Ça va ? demanda-t-elle doucement.

Il ne tourna pas la tête. Il avait le regard rivé sur la tombe. James Marvin Stone. Colonel. US Marine Corps.

— Il aurait voulu que j'aille avec Brent, que je me rende, murmura Sebastian.

Julia laissa passer une seconde, manifestement déconcertée.

— Vraiment ?

— Mon père était très à cheval sur le règlement. Il le respectait à la lettre et il avait une confiance sans limite, terrifiante presque, dans notre système démocratique. S'il avait été à ma place, il aurait cru le commandant Hahn, quand celui-ci m'a dit que je me faisais des idées, que ma vie n'était pas menacée. Résultat : il serait mort.

— Seb…

La gorge nouée, il se détourna de la tombe de son père.

— Quoi qu'il en soit… Il est mort, alors parler de ce qu'il aurait fait ou non ne sert à rien.

Il sursauta lorsque Julia posa la main sur son bras. Son contact était doux, chaud, réconfortant. Elle remonta vers son épaule, son visage, et ses doigts effleurèrent sa mâchoire râpeuse.

— Tu as raison. Peu importe ce qu'aurait fait ton père. C'est ce que tu fais, toi, ici et maintenant, qui importe.

Elle suivit du bout de l'index la ligne de sa mâchoire, faisant courir un frisson le long de son épine dorsale.

— Et tu as eu tout à fait raison de te comporter comme tu l'as fait, Sebastian. En l'état actuel des choses, il serait suicidaire de faire aveuglément confiance à qui que ce soit.

Ses paroles de réconfort le touchèrent. Il se laissa aller contre elle, savourant la caresse légère de sa paume sur son menton rugueux.

— Quelque chose me dit que demain sera encore une longue journée, proféra-t-il d'une voix sourde.

Un sourire complice étira lentement les coins des lèvres de Julia.

— On continue à mener l'enquête de notre côté, c'est bien ça ?

— Et comment !

Une demi-heure plus tard, Julia, à peine entrée dans leur chambre de motel, déboutonnait la ceinture de son jean.

Elle se sentait crasseuse et échevelée après le long trajet en voiture qu'ils avaient accompli et leur déambulation à travers le cimetière. Elle n'avait plus envie que d'une seule chose : une bonne douche chaude.

Laissant tomber son pantalon par terre, elle retira rapidement son gilet noir, puis fit passer dans la foulée son T-shirt par-dessus sa tête. Elle se dirigea ensuite, en sous-vêtements, vers la salle de bains.

Un sifflement admiratif retentit derrière elle.

Levant les yeux au ciel, elle se retourna à demi pour lancer une œillade amusée à Sebastian.

— On dirait que je viens de passer devant un chantier de construction.

— Chérie, si jamais tu t'avisais un jour de passer devant un tel site dans cette tenue, souligna-t-il en désignant son minuscule slip rose et son soutien-gorge assorti, tu serais la cause de tant d'accidents de chantier qu'il n'y resterait plus un seul ouvrier vivant !

Elle rit, puis retint son souffle en voyant Sebastian commencer lui aussi à se déshabiller sous ses yeux.

— Si je comprends bien, tu as l'intention de me rejoindre sous la douche ? demanda-t-elle, incapable de détacher son regard de son corps d'Apollon.

Chacun des vêtements qu'il retirait lui révélait une nouvelle partie de son corps, exquise. Son torse hâlé, légèrement ombré par la toison bouclée et sculpté par sa solide musculature. Sa taille mince, ses hanches étroites, ses longues jambes. Sous la lumière ingrate de la chambre du motel, les quelques cicatrices qui marquaient son corps étaient plus visibles. Un petit trait blanchâtre, bien net, sous son pectoral gauche, une trace juste au-dessus de la hanche droite, où la peau semblait comme chiffonnée. Lorsqu'elle l'interrogea à leur propos, il se borna à hausser les épaules et les décrivit comme « deux souvenirs de combat de rien du tout ». Mais son œil exercé de médecin n'était pas dupe.

Le trait, sous son sein gauche, était clairement la conséquence d'un coup de couteau. Quant à l'autre cicatrice, celle de la hanche, il s'agissait de toute évidence d'une blessure par balle — une balle qui ne l'avait pas traversé de part en part, puisqu'il n'y avait pas de cicatrice indiquant que le projectile était ressorti.

Mais il était manifeste que ces blessures, qu'elles aient été causées par des armes blanches ou des armes à feu, n'étaient pas grand-chose pour un vrai dur comme Sebastian Stone.

— Hé ! docteur… Arrête de me reluquer comme ça ! se récria-t-il d'un ton malicieux. C'est *moi* qui suis censé le faire.

Ils entrèrent tous les deux dans la salle de bains et Julia regarda pensivement la minuscule cabine de douche avant de se tourner vers Sebastian, nu, à côté d'elle.

— On ne tiendra jamais tous les deux à l'intérieur.

— Mais si, voyons ! Il faut juste qu'on se serre un peu. Enfin… Beaucoup, acheva-t-il en agitant les sourcils. Et nos corps seront mouillés et glissants de savon quand nous entrerons en collision… Waouh, je brûle d'impatience !

Elle éclata de rire. Plus elle passait de temps avec lui, plus elle l'appréciait ! Il était tellement attirant, tellement sexy… Tellement amusant.

Et il ne cessait de dévoiler de nouveaux aspects de sa personnalité, des aspects plus surprenants les uns que les autres. Comme la tendresse de ses caresses — qui aurait pu s'attendre à une telle douceur de la part d'un homme aussi grand et costaud ? Et cette tendance qu'il avait à jouer les mères poules avec elle — « pense à te nourrir, à t'hydrater, repose-toi un peu. » En temps normal, ce genre d'attitude l'aurait agacée au-delà de toute expression mais, curieusement, avec lui, elle n'avait pas le sentiment qu'il faisait pression sur elle ni qu'il la jugeait incapable de prendre soin d'elle-même. Elle savait qu'il avait toute confiance en ses capacités, il le lui avait dit et répété en d'innombrables occasions, ce qui ne l'empêchait pas d'être ultra-protecteur vis-à-vis d'elle.

Comme il se penchait pour tourner le robinet, son regard descendit le long de son dos et s'arrêta sur sa chute de reins spectaculaire. Sa bouche s'assécha instantanément et elle dut se faire violence pour s'arracher à sa contemplation sensuelle et résister à la tentation de pincer son postérieur musclé.

Elle dégrafa son soutien-gorge, retira son slip et le rejoignit dans la cabine. L'eau chaude qui jaillissait du pommeau de douche avec une étonnante pression ne tarda pas à remplir la petite cabine d'un nuage de vapeur. Julia plongea la tête sous le jet et tourna sur elle-même, l'eau ruisselant sur son corps, puis elle s'écarta sur le côté pour laisser la place à Sebastian.

Il avait raison — leurs corps mouillés, luisants d'eau, se frôlaient, se heurtaient, se touchaient au moindre mouvement dans l'espace exigu. La multiplication de ces contacts fortuits finit par mettre tous les sens de Julia en émoi. Elle s'autorisa un bref coup d'œil à certaine partie de l'anatomie de Sebastian, qui lui confirma qu'il n'était pas non plus insensible à sa proximité.

Saisissant le pain de savon, il l'attrapa par la taille. Sa voix, voilée, domina soudain le chuintement du jet d'eau.

— C'est certainement la douche la plus agréable qu'il m'ait été donné de prendre… *docteur*.

Le rire de Julia se répercuta contre les parois carrelées de la cabine.

Avec un sourire sexy, Sebastian promena le pain de savon sur son corps, puis entreprit de la frictionner jusqu'à ce qu'une épaisse mousse recouvre ses épaules, ses bras, son ventre… S'armant de nouveau du savon, il le passa langoureusement sur ses seins tendus, attendit que le puissant jet d'eau ait emporté la mousse, puis il se mit à en taquiner tour à tour les pointes dressées. Ses mains dansèrent sur sa peau, se livrèrent à une lente et délicieuse exploration, glissant sur chaque parcelle de son corps. Puis, tout à coup, il se mit à genoux, abandonna le savon qui tomba sur le sol de la cabine.

Julia retint son souffle lorsque ses mains aux paumes légèrement rugueuses séparèrent ses cuisses. Elle baissa les yeux pour voir Sebastian presser sa bouche contre elle. Une onde de choc la traversa de part en part. Ses jambes flageolèrent, mais il planta fermement une main sur sa taille pour la stabiliser.

— Hé ! doucement, docteur ! souffla-t-il. Je ne voudrais pas que tu glisses et que tu te casses une jambe.

Il promena ses lèvres sur son ventre, ses hanches, et la pensée fugace la traversa qu'elle pouvait bien tomber et se fracturer un membre, elle n'en aurait cure, pourvu qu'il ne cesse pas de lui dispenser ses attentions.

Elle sentit ses paupières s'abaisser comme elle s'abandonnait au plaisir de la sensation pure. Sous l'effet de ses caresses, son corps tout entier palpitait, s'éveillait à la passion — les pointes de ses seins délicieusement martelées par les gouttelettes d'eau tiède, le pouls battant à ses oreilles, le sexe pulsant d'une impatience toujours plus grande sous les agacements exquis de Sebastian.

Il appliqua de nouveau la bouche sur son intimité et entreprit d'en explorer les replis humides comme s'il avait la vie devant lui, taquinant, léchant, faisant monter la tension, la rendant complètement folle.

Les hanches de Julia se mirent à onduler rythmiquement, recherchant un contact plus intime, plus profond, mais chaque fois que Sebastian l'amenait au bord du vertige, il s'empressait de faire machine arrière, jusqu'à ce que ses suppliques résonnent dans la cabine.

— Sebastian… *S'il te plaît.*

Le rire assourdi qui lui répondit agita les courtes boucles de sa toison, lui tirant un frisson de plaisir, mais il avait dû entendre l'écho désespéré de sa voix car, une seconde plus tard, il lui accorda enfin ce qu'elle réclamait. D'un doigt, il plongea en elle sans cesser de presser les lèvres sur son bouton de chair gonflé de désir, la propulsant vers des hauteurs encore jamais atteintes, qui s'achevèrent en une extase d'une telle intensité qu'elle vit trente-six chandelles.

Elle venait à peine de redescendre sur terre qu'elle sentit les mains robustes de Sebastian la saisir aux épaules et la faire pivoter sur elle-même. L'eau chaude lui éclaboussa le visage, ruisselant le long de son corps, de son bas-ventre si sensible encore après l'acmé explosive qu'elle venait de connaître qu'elle se tortilla pour éviter le jet puissant de la douche.

Les doigts de Sebastian lui enserrèrent les hanches. Il pressa son érection contre ses reins, se contentant pendant quelques insoutenables secondes de frotter lascivement sa chair contre la sienne avant de la pousser doucement contre la paroi carrelée et de plonger en elle par-derrière, lui arrachant un cri de plaisir.

Cette position permettant une meilleure pénétration, il entra en contact avec un point si sensible qu'elle en gémit d'abandon. La respiration entrecoupée de Sebastian se mêla au bruit de l'eau qui coulait. Agrippé à ses hanches, il se mit à aller et venir en elle de plus en plus vite, jusqu'à ce que tous deux, irrépressiblement happés par l'orgasme, crient à l'unisson.

Pour la deuxième fois consécutive, une tornade de sensations la secoua, lui ôtant presque jusqu'à la capacité de respirer. Ralentissant ses va-et-vient, Sebastian se laissa retomber contre elle, haletant, et se retira à la dernière minute, attirant l'attention de Julia sur le fait qu'il ne portait pas de protection. Une coulée de chaleur contre son dos, accompagnée d'un grognement rauque, lui apprit qu'il l'avait rejointe au summum du plaisir.

Lorsqu'ils sortirent de la douche, l'eau avait refroidi, mais le brasier qui avait embrasé le corps de Julia n'était pas encore éteint. Jamais, de toute sa vie, elle n'avait connu de passion aussi extrême, aussi incontrôlable. Jamais.

Elle était encore sonnée lorsqu'ils se retrouvèrent dans la chambre. Comme un automate, elle passa des sous-vêtements et un grand T-shirt, tandis que Sebastian enfilait un boxer.

— Pourquoi cette expression ? On dirait que tu viens de découvrir une mine d'or, souligna-t-il.

Julia secoua la tête.

— Pas de raison particulière.

— Décidément, tu mens vraiment très mal, docteur !

Il souleva le jeté de lit à motif fleuri et se glissa entre les draps blancs.

Au bout d'un moment, elle le rejoignit.

— Je me disais simplement que nous nous entendons vraiment bien sur le plan sexuel, admit-elle. Je n'ai jamais rien connu de tel auparavant.

— De tel ? C'est-à-dire ?

Il se redressa sur un coude et se pencha pour éteindre la lampe de chevet, puis s'installa confortablement sur le dos et l'attira contre lui. Elle posa la tête sur son torse nu.

— D'aussi passionné, dit-elle, heureuse qu'il ait éteint la lumière. Je ne suis pas si aventureuse, habituellement, au lit, tu sais. Et j'aime bien garder le contrôle. Mais avec toi… C'est un peu le contraire qui se passe. J'ai l'impression de lâcher prise complètement.

— Est-ce une mauvaise chose ?

Elle prit le temps de méditer sa question.

— Je ne sais pas. Avant, je t'aurais répondu par l'affirmative mais, maintenant que je sais à quel point ça peut être extraordinaire, libérateur, je serais tentée de dire que se laisser aller est une très bonne chose.

Elle tourna la tête pour consulter le réveil, sur la table de nuit, surprise de constater qu'il était déjà presque minuit. Mais elle ne se sentait pas du tout fatiguée, et Sebastian n'avait pas non plus l'air pressé de dormir.

— Quel est l'endroit que tu as préféré au cours de tes voyages ? demanda-t-il.

Elle fit la moue et réfléchit pendant quelques instants.

— Toronto.

— Sérieusement ? De tous les endroits que tu as visités, c'est une ville d'Amérique du Nord qui remporte tes suffrages ?

— J'ai vraiment adoré cette ville, répondit-elle en riant. Tout y est si propre, si pimpant ! Et les gens y sont très gentils. J'ai toujours été une citadine et, pour ce qui concerne les villes, c'est sans conteste Toronto qui a ma préférence. Et toi ?

— Istanbul, répondit-il immédiatement. J'ai tout aimé

là-bas — le paysage, les odeurs, la foule, l'animation. C'est tellement… vivant ! Et j'aime bien l'idée d'avoir toujours quelque chose à faire.

— Pourtant, tu vis sur la côte équatorienne, où tu passes le plus clair de tes journées à lézarder sur la plage, le taquina-t-elle.

Il ricana doucement.

— Parce que tu trouves qu'on est en train de paresser sur une plage en ce moment, docteur ? Crois-moi, je serais le premier à me porter volontaire pour quitter cette maison. Au bout d'un moment, je deviens fou si je reste trop longtemps au même endroit.

— Moi aussi, avoua-t-elle. Je passe neuf mois à travailler dans une clinique et je rentre pour trois mois de congé — le temps de me reposer un peu, de reprendre des forces. Et hop ! C'est reparti pour un nouveau cycle. Je saute dans un avion vers de nouvelles aventures.

Elle fronça les sourcils dans l'obscurité, remarquant tout à coup l'ironie de la chose.

— Je n'avais jamais beaucoup voyagé auparavant. De ma sœur et moi, c'était plutôt Mia la baroudeuse.

— C'était ?

— Elle est morte.

Elle déglutit pour chasser la boule qui s'était formée dans sa gorge.

— Elle avait cinq ans de moins que moi. Le jour de ses dix-huit ans, elle est partie parcourir l'Europe avec son sac à dos. Elle écrivait des notes de voyage qu'elle a fini par vendre à des sites de voyage, sur Internet. De fil en aiguille, elle est devenue une vraie nomade. Il y a trois ans — elle avait vingt et un ans — elle est allée en Afrique du Sud. Elle voyageait dans le nord du pays, et s'est retrouvée quelque part dans la province de Limpopo, où les soins médicaux laissent beaucoup à désirer. Elle a fait une chute lors d'une randonnée et s'est entaillé méchamment la jambe. La blessure s'est infectée et elle a contracté une septicémie. Il n'y avait aucun hôpital où se faire traiter, pas d'antibiotiques disponibles, pas le moindre médicament. Un médecin de village lui a donné de l'aspirine.

Elle secoua la tête.

— De l'aspirine ! Pour soigner une septicémie.

Les bras de Sebastian se refermèrent autour d'elle.

— Je suis désolé.

Elle se représenta le visage souriant de Mia, puis repensa au dernier appel téléphonique qu'elle avait reçu d'elle. Mia avait investi dans un téléphone satellitaire, mais l'utilisait rarement parce qu'une seule minute de communication coûtait les yeux de la tête. À la seconde où elle avait entendu la petite voix de sa sœur à l'autre bout de la ligne, elle avait compris que quelque chose n'allait pas.

Mais jamais elle n'aurait imaginé qu'elles allaient se dire au revoir.

— J'ai voulu sauter dans le premier avion quand elle m'a appelée. Mais elle me l'a interdit. Elle savait qu'elle allait mourir et elle ne voulait pas que je la voie dans cet état.

— Mon Dieu… Je suis tellement désolé, Julia !

Il hésita, puis demanda :

— C'est ce qui t'a amenée à travailler dans l'aide humanitaire ?

Elle hocha la tête.

— Elle est morte à l'autre bout du monde, dans une région extrêmement pauvre, parce qu'il n'y avait personne pour lui dispenser les soins appropriés. Alors, à la mesure de mes moyens, j'ai décidé de contribuer à faire en sorte que ça n'arrive pas à d'autres — des voyageurs, des gens du cru, peu importe.

Un petit rire lui échappa.

— À ma grande surprise, je me suis rendu compte que j'aimais beaucoup ce style de vie — toujours en partance pour une nouvelle destination. Je ne crois pas que je pourrais m'installer définitivement quelque part pour ne plus jamais en bouger, aujourd'hui.

— Moi non plus. J'adore explorer de nouveaux lieux, rencontrer de nouvelles têtes.

*Vraiment ?* eut-elle envie de lui demander, histoire de le pousser dans ses retranchements. Elle réussit à tenir sa langue à la dernière seconde, mais une part d'elle-même ne s'en demanda pas moins si l'envie de voyager de Sebastian avait à voir avec une véritable soif d'aventure, ou si ce n'était pas avant tout un moyen d'éviter de s'engager. Elle avait déjà compris qu'il avait terriblement peur de s'attacher, peur de tisser des liens trop étroits. L'armée avait été l'endroit parfait pour lui : elle lui avait fourni l'opportunité de voyager constamment, ce qui rendait difficile, pour ne pas dire impossible, la perspective de planter ses racines quelque part. Elle avait le sentiment que c'était précisément cela, s'enraciner, qu'il évitait si désespérément.

Le silence s'installa entre eux. Un silence dénué de toute notion d'embarras — confortable. Elle ne s'était jamais sentie aussi à l'aise avec un homme et, tandis qu'elle se pelotonnait contre son corps chaud, elle exhala un soupir satisfait.

Mais lorsqu'il se remit à parler, son bien-être se dissipa comme la couleur d'un T-shirt neuf lavé dans une eau trop chaude.

— C'était purement sexuel, docteur, dit-il avant de s'éclaircir la voix. Nous sommes toujours bien d'accord, n'est-ce pas ?

Un élancement inattendu lui vrilla le cœur. Il lui fallut attendre quelques instants pour pouvoir répondre d'une voix normale :

— Oui, bien sûr.

Se sentant obligée d'en rajouter, elle enchaîna d'un ton qui se voulait désinvolte :

— Nous ne sommes pas de ceux qui recherchent l'engagement, tu te souviens ? Nous sommes des globe-trotters, des explorateurs — des aventuriers.

Une note de soulagement transparut dans la voix de Sebastian.

— Tout à fait. C'est exactement ça.

Il imprima une brève pression sur son épaule et tourna sur le côté, l'entraînant avec lui si bien qu'elle se retrouva lovée contre lui, son grand corps athlétique l'enveloppant de sa chaleur.

— On devrait dormir, maintenant.

— Oui… On devrait, murmura-t-elle en retour.

Le silence retomba sur la chambre.

Julia ferma les yeux, écoutant la respiration calme et régulière de Sebastian, et s'efforçant désespérément d'ignorer l'aiguillon douloureux qui lui labourait le cœur.

« C'était purement sexuel. »

Mais non. Ce n'était pas vrai. Pas pour elle.

*Plus* pour elle.

# 13

Le lendemain matin, Sebastian s'éveilla au son de son téléphone qui vibrait sur la table de chevet, à côté de sa tête. Ses douze années de service dans l'armée — dont six dans les Forces Spéciales — l'avaient entraîné à passer du sommeil le plus profond à un état de totale vigilance en un clin d'œil.

Son bras se détendit pour attraper l'appareil, en même temps qu'il se redressait en position assise aussi naturellement que s'il était éveillé depuis des heures.

— Dis-moi que tu as de bonnes nouvelles à m'annoncer, capitaine, déclara-t-il en guise de bonjour.

— Justement, c'est le cas, confirma Tate. Je ne suis pas sûr de ce qu'il en sortira, cela dit. Tu es toujours à Arlington ?

— Oui.

À côté de lui, Julia remua dans le lit. Elle ouvrit les yeux et lança un regard dans sa direction, étouffant un bâillement de sa main.

— Qu'est-ce qui se passe ? murmura-t-elle.

— C'est Tate, répondit-il avant de reporter son attention sur ce que lui disait son interlocuteur.

— Eva a passé ces trois jours et trois nuits à travailler d'arrache-pied, pour retrouver toutes les personnes qui travaillent ou ont à un moment donné été en rapport avec D&M Initiative.

— Le laboratoire dans lequel travaillait le Dr Harrison, c'est bien ça ?

— Oui. Elle a pu relier une douzaine de personnes au projet Bélier. Un certain nombre de chercheurs, un épidémiologiste, quelques techniciens de laboratoire et un assistant de recherche. Elle a réussi à pénétrer dans les fichiers d'un de ces techniciens et a découvert une copie numérique de l'accord de confidentialité qu'on lui avait demandé de signer.

Sebastian ricana.

— Une clause du genre « Si tu parles, tu es mort » ?

— Eh bien, disons que ce n'était pas tout à fait formulé de cette façon mais, en gros, ça revient à peu près au même.

— Est-ce qu'elle a pu découvrir qui a demandé à D&M Initiative d'élaborer ce virus ?

— Non. Elle continue ses recherches, mais il y a tellement d'interdits et de barrières que c'est forcément un contrat du gouvernement. Pour l'instant, nous ne connaissons que le personnel de D&M Initiative impliqué de près ou de loin dans le projet, et nous pensons savoir lequel d'entre eux a vendu le virus.

Sebastian se raidit.

— Oh. !Vous en êtes sûrs ?

— Non, pas encore tout à fait sûrs. C'est bien pourquoi je t'appelle. Il faut que tu rendes visite au bonhomme pour te faire une idée.

— De qui s'agit-il ?

— D'un certain Dr Stephen Langley. C'est un scientifique de D&M. Nous avons procédé à des vérifications pour les douze noms de notre liste noire, et le sien a soulevé plusieurs questions. Ses comptes bancaires laissent apparaître des mouvements suspects et il croulait littéralement sous les dettes jusqu'à il y a deux semaines. Quand je dis « dettes », je parle de millions de dollars, sous forme de factures payées par cartes de crédit, de créances impayées, d'énormes emprunts contractés auprès de plusieurs usuriers. On pense que c'est le jeu qui l'a conduit à s'endetter jusqu'au cou. D'après les informations qu'Eva a glanées sur ses relevés bancaires, il prend l'avion pour Vegas au moins une fois par mois.

— Et je parie que, maintenant, toutes ses dettes se sont miraculeusement effacées ?

— Exactement, répondit Tate. Et ce n'est pas le salaire que lui verse D&M qui a pu les éponger. Le Dr Langley a mis la main sur une très forte somme d'argent. Eva n'a pas encore pu établir précisément combien. Il l'a placée sur divers comptes, un peu partout dans le monde, mais ces dépôts ont tous, sans exception, un point en commun : ils ont été effectués il y a deux semaines.

— Il a vendu le virus aux CPL et a empoché une montagne d'argent liquide.

— C'est ce que nous pensons. Seulement, il faut que tu t'en assures. Langley est toujours employé par D&M, mais aller le voir sur son lieu de travail est quasiment mission impossible. C'est un laboratoire de recherche ultra-sécurisé, et le bâtiment est pour ainsi dire inviolable sans une préparation et une organisation soigneuses… Et nous n'avons pas le temps. Mais nous avons son adresse. Je te l'envoie par SMS sitôt que nous aurons raccroché.

Sebastian se glissa hors du lit et se leva, coinçant le téléphone avec son épaule, tandis qu'il attrapait son pantalon cargo sur la chaise, devant la fenêtre.

— Tu crois que ce type est stupide à ce point ? demanda-t-il d'un ton sceptique. Continuer à travailler pour D&M après avoir volé une arme biologique dans les locaux de son laboratoire ?

— C'est très malin, au contraire, souligna Tate. Imagine qu'il ait donné sa démission… Deux semaines plus tard, un virus anéantit la population d'une petite ville de l'État de New York. Ça aurait forcément éveillé les soupçons. La meilleure attitude était sans doute de faire profil bas et de conserver son poste, comme si de rien n'était. Continuer à travailler au laboratoire pendant un mois ou deux, éviter d'attirer l'attention, puis s'en aller une fois que l'agitation sera retombée.

Il remonta la fermeture à glissière de son pantalon et fourragea dans ses vêtements pour trouver une chemise.

— Très juste. D'accord, je vais rendre une petite visite à Langley. Le secouer un peu, voir si je peux réussir à lui tirer les vers du nez.

Il y eut une longue pause.

— Oui… Je ne suis pas certain que ce sera la méthode la plus efficace.

Il plissa les yeux.

— J'ai comme l'impression qu'il y a quelque chose que tu ne m'as pas dit…

— On a découvert que Langley avait travaillé comme chercheur pour la CIA pendant deux ans avant de rejoindre le secteur privé. Ils l'ont recruté à la sortie de l'université, ce qui veut dire qu'il a été formé par la CIA.

— Et que le principe de ne jamais parler lui a été inculqué à la manière forte et qu'il y a peu de chances qu'il y déroge.

— S'il a vraiment trahi son pays, je suis à peu près certain qu'il ne le reconnaîtra pas. Sauf si tu lui mets sous le nez les preuves de sa culpabilité. Mais à mon avis, même dans ce cas, il ne parlera pas sans tenter de s'assurer une forme d'immunité.

Sebastian médita la question pendant quelques instants.

— OK.

Un sourire étira lentement ses lèvres.

— Nous allons la lui accorder, son immunité.

— C'est le plan le plus insensé que j'aie jamais entendu ! commenta Julia entre ses dents, une dizaine d'heures plus tard, comme ils remontaient l'allée conduisant au petit immeuble de grès brun qu'habitait Langley à Georgetown.

Horriblement mal à l'aise dans son tailleur-pantalon noir, elle releva le col de son chemisier blanc et lissa nerveusement du plat de la main ses cheveux noués en un petit chignon serré. Accoutrée de la sorte, elle se faisait l'effet d'être la pire des tricheuses — pis, un véritable escroc ! Quant au faux badge d'identification qu'elle arborait, accroché à son chemisier et fabriqué pour l'occasion, il lui brûlait la poitrine comme un grand *M* proclamant en lettres de feu qu'elle était une *menteuse*.

Elle n'arrivait toujours pas à croire qu'ils étaient en train de mettre ce plan à exécution. Non… Ce qu'elle n'arrivait pas à concevoir, c'était que Sebastian pense réellement que leur subterfuge avait une chance de fonctionner.

— Contente-toi de calquer ton comportement sur le mien, lui recommanda-t-il d'une voix si calme qu'elle résista de justesse à l'envie de le gifler.

Comment pouvait-il rester de glace en toutes circonstances ?

Elle avait été anxieuse toute la journée. Elle s'était fait du souci pendant qu'ils patientaient, le temps que son nouveau badge d'identification soit prêt, fabriqué d'après le modèle de celui de Sebastian, afin que les deux soient identiques. Elle s'était fait du souci quand ils avaient quitté le motel pour aller acheter leurs costumes noirs de *Men in Black*, puis lorsqu'ils étaient allés imprimer les fichiers qu'Eva leur avait envoyés par e-mail. Elle s'en était fait davantage tandis qu'ils regardaient Stephen Langley garer sa Mercedes argent dans son allée, puis se diriger vers sa porte d'entrée.

Et, maintenant qu'ils s'apprêtaient à entrer en action, elle était franchement au bord de la panique parce que, quels que soient ses défauts et ses qualités, s'il était bien une chose qui ne faisait aucun doute, c'était qu'elle n'était pas bonne actrice.

Sebastian sonna, puis frappa brièvement à la porte en chêne massif de couleur foncée.

Du coin de l'œil, Julia examina son visage rasé de près. Sans le collier de barbe de quelques jours qu'elle lui avait toujours vu, il avait l'air d'un autre homme. Il paraissait plus jeune mais, en même temps, plus menaçant. Les traits anguleux de son visage semblaient plus prononcés et lui donnaient l'air plus dangereusement sexy encore. Le costume lui seyait à merveille.

Des pas résonnèrent à l'intérieur de la maison. Un instant plus tard, la porte s'ouvrait et un homme brun de petite taille, légèrement ventripotent, apparut sur le seuil.

— Oui ? demanda-t-il en plissant les yeux.

— Docteur Stephen Langley ? s'enquit aimablement Sebastian.

— Qui êtes-vous ?

D'un geste vif, Sebastian porta la main à sa poche poitrine et décrocha son badge d'identification du DHS, qu'il lui présenta.

— Agent Shane Swanson, du Département de la Sécurité Intérieure. Et voici l'agent Francis.

Affichant un air froid, Julia lui montra à son tour son badge. Son cœur battait si fort qu'elle s'étonna presque que Langley ne lui en fasse pas la remarque.

— Vous m'excuserez, mais j'aimerais les voir de plus près, les nargua Langley.

Il tendit la main ouverte devant lui.

Ils y déposèrent leurs badges et Langley les examina pendant si longtemps que Julia acquit la certitude qu'il savait que c'étaient des faux. Sebastian lui avait pourtant assuré qu'ils étaient sans défaut. Ils contenaient même une puce avec contact au DHS qui, apparemment, était reliée à un vrai dossier pour chacun des « agents ». Quand Sebastian lui avait indiqué le prix de ces cartes, elle avait failli tourner de l'œil.

Égal à lui-même, il ne se départit pas de son calme tandis que Langley poursuivait son examen.

Enfin, juste au moment où Julia était sûre que Langley allait les démasquer, les lèvres de l'homme se pincèrent en une mimique de dégoût et il leur rendit les badges.

— Que puis-je faire pour vous, agent Swanson et agent Francis ? demanda-t-il sèchement.

— Nous aurions quelques questions à vous poser, répondit posément Sebastian sur le même ton. Pouvons-nous entrer ?

Langley fronça les sourcils.

— Puis-je savoir de quoi il s'agit ?

— Avez-vous regardé le journal télévisé, aujourd'hui ?

— Un groupe terroriste pointe le canon d'une arme sur la tête de notre pays. Qu'est-ce que vous croyez ? Bien sûr que j'ai regardé !

— Bien. Dans ce cas, vous savez que, dans trente-six heures, un virus mortel pourrait être propagé dans l'une de nos belles villes.

Sa bouche se crispa.

— Voilà de quoi il s'agit, docteur Langley. Alors, soit vous nous faites entrer, soit vous nous suivez au quartier général du DHS. À vous de choisir.

Sans un mot, Langley ouvrit la porte en grand et leur fit signe d'entrer.

Julia laissa s'échapper en silence l'air qu'elle avait retenu dans ses poumons. Elle était tellement impressionnée par le numéro impeccable que venait de jouer Sebastian qu'elle dut faire appel à toute sa volonté pour ne pas lui taper dans la main en signe de victoire.

Ils suivirent Langley le long d'un hall spacieux aux murs recouverts de boiseries. L'homme avait troqué le blazer bleu marine qu'il portait quand il était rentré contre un pull torsadé bleu un peu trop petit pour lui, qui soulignait le renflement de son abdomen.

Il les conduisit jusqu'à un grand bureau qui sentait le cuir, le feu de bois et le cigare. Le tapis Burberry, sous leurs pieds, et les œuvres d'art accrochées aux murs indiquaient que Langley aimait un certain standing. D'après les informations compilées par Eva, le microbiologiste possédait également une villa en Grèce, un cheval de course qui se trouvait dans une écurie du Kentucky, et un yacht qu'il avait bien failli perdre juste avant d'apurer ses dettes.

Julia se demanda s'il s'était offert tous ces luxes grâce à l'argent qu'il avait gagné au jeu ou s'il s'était mis à jouer pour maintenir son train de vie. Quelque chose lui soufflait que la seconde hypothèse devait être la bonne.

— Écoutez, dit Langley en se laissant tomber dans un fauteuil en cuir, devant la cheminée en pierre. Le Pentagone a déjà contacté notre laboratoire hier matin après l'attaque terroriste qui s'est produite à Dixie. Le directeur de D&M nous en a informés et nous sommes déjà en train de procéder aux analyses des prélèvements de sang des victimes dans nos locaux. Nous avons travaillé sans relâche depuis pour tenter d'en apprendre le plus possible sur les causes de ces décès.

Avec un petit sourire suffisant, Sebastian s'installa sur le canapé en cuir qui faisait face à leur hôte.

— Sans relâche, mmm ?

Il consulta ostensiblement sa montre.

— Euh… Il me semble qu'il n'est que 19 heures et vous êtes déjà ici, chez vous — pas au laboratoire.

Une lueur d'indignation flamba dans les yeux de Langley.

— J'ai un dîner prévu ce soir, que je ne pouvais pas reporter.

Julia prit place à côté de son « équipier » et haussa un sourcil.

— Et je suis sûre que le fait que votre lieu de travail se trouve être le laboratoire qui est justement à l'origine de ce virus réduit un peu l'urgence de la situation, ajouta-t-elle d'un ton complaisant. Après tout, vos collègues et vous savez déjà tout ce qu'il y a à savoir sur le virus Méridien.

Ainsi qu'elle s'y attendait, Langley fit semblant de paraître outragé.

— C'est totalement faux ! rétorqua-t-il sèchement. D&M n'a rien à voir avec la fabrication de ce virus.

— Non, bien entendu.

Riant sous cape, Sebastian se pencha en avant pour ouvrir la mallette qu'il avait apportée. Il en sortit une épaisse pile de documents, compulsa rapidement les premières pages qu'il réunit en un tas qu'il posa sur la table de chêne, entre le canapé et le fauteuil.

Langley le considéra d'un œil soupçonneux.

— Qu'est-ce que c'est ?

— Regardez tranquillement… Prenez votre temps.

Langley tendit le bras et saisit les papiers aussi précautionneusement que s'ils étaient contaminés par l'anthrax.

Lorsqu'il posa les yeux sur la première page, ses yeux s'écarquillèrent l'espace d'un moment, avant de s'assombrir.

— Qu'est-ce que c'est ? demanda-t-il, feignant l'ignorance.

— C'est la liste de tous les chercheurs qui ont travaillé sur le projet Bélier. Comme vous le savez déjà, le projet Bélier était le nom de code du développement de cette arme biologique.

Il marqua une pause, puis enchaîna :

— L'arme que vous avez vendue à un groupe terroriste il y a deux semaines.

Langley tiqua. Son visage devint livide, mais il se ressaisit rapidement.

— Vous m'accusez de traiter avec des terroristes ?

— Ce n'est pas une accusation, monsieur. C'est un fait, lui assena Sebastian, en désignant de la main la pile de documents sur la table. Tout est là, Langley. Les traces écrites de toutes les transactions financières qui nous ont permis de remonter jusqu'à vous. Nous avons aussi les photographies de votre rendez-vous avec l'homme à qui vous avez remis le virus.

De nouveau, Julia retint son souffle en attendant l'effet que ce coup de bluff allait produire. C'était la seule information sur laquelle Langley pouvait les prendre en défaut, mais il fallait qu'ils lui fassent sentir qu'ils avaient plus que les transactions financières louches de ses comptes. Ils avaient opté pour formuler la chose de la façon la plus vague possible, partant du principe que Langley avait bien dû rencontrer quelqu'un du groupe de rebelles d'Escobar, et que ce quelqu'un avait toutes les chances d'être de sexe masculin.

Ce dernier accusa le choc et Julia comprit qu'ils avaient tapé dans le mille. Il avait bel et bien rencontré un membre des CPL.

— Alors, voilà comment les choses se présentent…, poursuivit Sebastian avant que Langley demande à voir les photos. Notre chef n'aime guère les traîtres, docteur. Ni le chef de notre chef — qui se trouve être le *Président* des États-Unis.

Il y eut un bref silence, puis Langley s'humecta les lèvres.

— Je veux un avocat.

Julia et Sebastian échangèrent un regard amusé.

— Mmm… Bien sûr, bien sûr, souligna plaisamment Sebastian. Comme je vous comprends ! Seulement, voyez-vous, quand une ordure de scientifique américain vend une arme biologique ultra-dangereuse à une cellule terroriste, il n'est plus question d'avocats. Ni de *droits*, si vous vous apprêtiez, comme je le devine, à me jeter ce mot à la figure. En fait, si vous refusez de coopérer, vous allez devoir nous suivre pour être interrogé dans les locaux de la Sécurité Intérieure, où il n'existe ni avocats ni droits fondamentaux. Vous avez travaillé pour la CIA par le passé, vous savez donc très exactement à quel genre de locaux je fais référence, n'est-ce pas ?

Cette fois, une lueur de panique passa dans le regard du chercheur.

— Allez vous faire voir ! cracha-t-il.

— Du calme, reprit Sebastian d'un ton grondeur. Nous essayons de vous aider et c'est comme ça que vous nous remerciez ?

— De m'aider ?

La bouche de Langley se tordit en un rictus amer.

— J'ai plutôt l'impression que vous me mettez la pression pour essayer de m'arracher des aveux.

— Nous vous donnons une chance de vous racheter, intervint Julia d'une voix douce.

— Je ne ferai rien du tout, maugréa Langley. Je ne suis pas stupide, agent Swanson.

Il fusilla Sebastian du regard.

— Si j'avais vraiment fait ce que vous me reprochez — je dis bien « si », car je ne reconnais absolument rien — vous savez aussi bien que moi que je serais condamné à la chaise électrique. Il n'est pas question de rachat pour une affaire de ce type. Votre chef, et *le chef de votre chef*, précisa-t-il d'un ton appuyé, lourd de sarcasme, réclameraient ma tête. Alors, enfermez-moi dans l'une de vos cellules de torture si ça vous chante, mais vous ne tirerez pas un mot de moi ! Ni confession ni coopération... Rien, tant que je n'aurai pas obtenu satisfaction et consulté un avocat.

Julia soupira.

— Bien... C'est exactement la réponse à laquelle nous nous attendions.

À côté d'elle, Sebastian plongea de nouveau la main dans sa mallette et en sortit une nouvelle pile de documents. Il les posa devant lui sur la table.

— Nous sommes autorisés à vous offrir l'immunité, dit-il d'un ton qui donnait à penser qu'il réprouvait fermement cette « offre ».

En l'entendant, Julia dut réprimer un sourire. Il était sacrément convaincant !

Raide dans son fauteuil, Langley les contempla, clignant des yeux sous l'effet de la surprise.

— C'est ridicule !

— Vous savez, nous ne sommes pas stupides, nous non plus, rétorqua Sebastian. Vous êtes un homme loyal à votre entreprise. Nous savions exactement comment vous réagiriez, même confronté aux preuves irréfutables de votre trahison. Nous sommes donc prêts à vous offrir une totale immunité en échange de votre coopération. Vous ne serez pas inquiété pour la vente du virus ni inculpé de crimes en lien avec des activités terroristes. Tout est consigné noir sur blanc dans le contrat que nous avons établi.

Langley prit la liasse de papiers. Sans un mot, il parcourut attentivement les documents, puis haussa les sourcils en arrivant à la dernière page.

— Cet accord a été signé par le secrétaire du Département de la Sécurité Intérieure ?

— Croyez-moi, Gallagher n'a pas donné son aval de gaieté de cœur, riposta Sebastian avec humeur. Mais nous n'avons guère le choix, les uns et les autres. Dieu sait combien de vies sont en jeu. Des vies qui sont beaucoup plus importantes que la vôtre.

— Il est indiqué que j'obtiendrais l'immunité en échange d'informations de nature à conduire à l'arrestation *effective* de la cellule dissidente des CPL et à la récupération *effective* du virus.

— Comme je l'ai dit, nous ne sommes pas nés de la dernière pluie. Si vos informations ne nous permettaient pas de capturer ces chiens, alors à quoi diable nous serviriez-vous ? Dans ce cas, le contrat serait nul et non avenu.

Julia se pencha en avant et croisa le regard de Langley.

— À vous de voir, docteur. Vous pouvez apposer votre signature sur la ligne pointillée, au bas de la dernière page, ou déchirer ce document et nous accompagner jusqu'au siège du DHS, où je peux vous assurer qu'aucun avocat ne sera là pour vous accueillir.

Langley leur jeta un nouveau regard noir.

— Qu'entendez-vous exactement par « coopération », agent Francis ?

— Si c'est vous qui avez vendu le virus, alors vous devez avoir un moyen d'entrer en contact avec le groupe militant des CPL.

— Ça tombe sous le sens, concéda-t-il, veillant délibérément à rester dans le vague. *Si* j'ai vendu ce virus, bien entendu.

Julia haussa les épaules. Elle se rendit compte tout à coup que son pouls battait aussi régulièrement qu'un métronome et qu'elle n'était plus en nage dans son tailleur-pantalon d'agent fédéral. Elle se prenait au jeu de cette petite comédie et commençait même à la trouver plutôt amusante.

*Un virus mortel sur le point d'être diffusé...*

Au soudain rappel de la menace qui planait sur leurs têtes, son humeur s'assombrit.

— Eh bien, pour commencer, dit-elle à l'adresse de Langley, il faudrait que vous fixiez un rendez-vous à votre contact — ce soir.

Langley se mit à pousser les hauts cris.

— Ce soir ? C'est impossible. Je ne peux pas convenir d'un rendez-vous à si brève échéance. *Si* j'étais en situation de pouvoir organiser ce rendez-vous, évidemment, s'empressa-t-il de corriger.

— Eh bien, il va pourtant falloir essayer, déclara Sebastian. *Trente-six heures*, docteur. Dans trente-six heures, ce virus frappera de nouveau, et à bien plus grande échelle, cette fois. Sur le sol américain. Est-ce que vous comprenez la gravité de la situation ou est-ce que vous vivez dans un rêve où vous croyez pouvoir vendre une arme biologique à un groupe de fous dangereux sans que cela ait de conséquences ?

Voyant Langley blêmir, Julia reprit les rênes de la conversation.

— Vous inventerez un prétexte plausible pour faire en sorte que votre contact vienne vous retrouver ce soir. Notre équipe surveillera la rencontre et, avec un peu de chance, votre ami terroriste nous mènera droit au repaire de *ses* amis.

— Alors ? s'enquit aimablement Sebastian. Qu'est-ce que vous choisissez ?

Il plongea la main dans la poche intérieure de sa veste, en sortit un stylo-bille et le plaça à côté du contrat.

Langley garda le silence pendant un long moment, le visage fermé. Puis, lentement, il tendit le bras et prit le stylo.

Sebastian n'aurait pas parié cher sur la réussite de ce plan aussi abracadabrant qu'improvisé, qui avait pourtant fonctionné sans un seul accroc. Et il se retrouvait assis là, à l'avant d'une berline banalisée, à surveiller les mouvements d'un scientifique malhonnête qui s'apprêtait à rejoindre un terroriste bon teint pour un rendez-vous clandestin.

À sa grande satisfaction, Langley avait cédé aussi rapidement qu'une tente bon marché prise dans un ouragan. Une fois le faux accord d'immunité signé, les digues avaient lâché et le chercheur leur avait tout raconté. Il leur avait parlé des dettes de jeu qu'il avait accumulées au cours des dernières années, reconnu avoir un « léger » problème d'addiction à la cocaïne, avoué avoir reçu une forte somme d'argent pour son travail sur le projet Bélier mais qui, pour considérable qu'elle ait été, était très loin de suffire à régler la totalité de ses dettes. Alors, quand les usuriers et les créanciers s'étaient rappelés à son bon souvenir, il avait cédé à la panique et fait la première chose qui lui était venue à l'esprit pour se sortir d'affaire : il avait vendu le Méridien au groupe de terroristes.

*Ben, voyons !* fulmina intérieurement Sebastian. C'était la solution toute trouvée — la parade suprême à tous les problèmes d'argent !

Il concentra son attention sur le café qui faisait l'angle de la rue, surveillant de près les mouvements de Langley. Le scientifique était attablé dans la véranda, les deux mains refermées autour d'une tasse de café fumante. Un muffin était posé sur une serviette, à côté de la tasse, mais il n'y avait pas touché.

Toute « l'opération » avait été montée dans l'urgence, à la vitesse de l'éclair. Langley l'avait vraiment impressionné lorsqu'il avait pris contact avec l'homme qui lui avait donné l'argent en échange du virus. Comme l'ex-agent de la CIA qu'il avait été pendant deux ans, il avait menti en vrai professionnel pour justifier la nécessité de ce rendez-vous impromptu.

« Personne ne m'a jamais dit que ce virus serait utilisé contre mon pays ! avait-il tonné. Jamais je n'aurais accepté si j'avais été au courant de vos intentions ! Si je dois être indirectement responsable de la mort de milliers de mes compatriotes, il va falloir me donner une rallonge ! Je veux plus d'argent ! Et si vous refusez, je m'adresserai au Pentagone et je leur dirai tout ce que je sais. Je leur parlerai de vous et de votre groupe de sadiques ! »

Son petit numéro était tellement au point que Sebastian en vint à se demander s'il n'avait pas eu l'intention de réclamer davantage aux CPL sitôt qu'il avait eu vent de l'attentat de Dixie.

Son contact avait accepté de le retrouver au même lieu de rendez-vous que pour l'échange initial. À ceci près que, cette fois, Langley était muni d'un micro et que Sebastian entendrait tout ce qui se dirait à la table, de l'autre côté de la rue. Contrairement aux équipements plus classiques, l'émetteur était minuscule, de la taille d'une pile de montre, cousu de façon totalement indécelable dans le col amidonné de la chemise du chercheur et, cerise sur le gâteau, Sebastian avait la possibilité de le désactiver à partir d'une télécommande depuis sa voiture pour le cas, improbable, où le terroriste aurait palpé Langley, à la recherche de fils de micro. L'ingénieux dispositif avait coûté une vraie fortune, plus que Sebastian n'avait gagné sur l'ensemble de sa carrière militaire. Une chance pour eux tous que Nick roule sur l'or et puisse se permettre de telles dépenses !

— C'est tellement cruel, murmura Julia en secouant la tête, sur le siège passager.

Il lui jeta un regard surpris.

— De quoi parles-tu ?

Elle désigna Langley du menton.

— Il croit qu'on lui a accordé l'immunité. Il est persuadé de s'en sortir à bon compte.

— Ne me dis pas que tu le plains !

— Non, bien sûr que non. N'empêche… Ce que nous avons fait : nous faire passer pour des agents fédéraux, lui soumettre un accord d'immunité portant la signature contrefaite d'un haut fonctionnaire… C'est vraiment retors. On l'a mystifié sur toute la ligne. Ça n'a rien de glorieux. C'est juste cynique.

Ses traits délicats se durcirent.

— Mais aux grands maux les grands remèdes. On n'avait pas le choix. Ce type a, en toute connaissance de cause, remis un virus mortel entre les mains de terroristes qui s'en sont servis pour massacrer la population d'une ville. Il mérite d'être puni… Et il mérite bien qu'on lui ait menti de À à Z.

L'admiration submergea Sebastian, admiration tout de même teintée d'une pointe d'appréhension. Il n'avait jamais rencontré une femme telle que Julia. Elle n'était pas de ces ingénues timorées, sans volonté, prêtes à se laisser dévorer par les scrupules. Non, elle avait du ressort, du cran, une résolution sans faille. Elle n'avait pas flanché sous la pression, ne s'était pas cachée derrière des arguments moralisateurs lorsqu'ils s'étaient vus forcés de recourir à des méthodes peu orthodoxes pour atteindre leur objectif. En dépit de sa nervosité, elle avait livré une performance digne d'un Oscar pour son incarnation parfaite de « l'agent Francis » et, maintenant, elle était là, avec lui, se refusant à éprouver des remords pour avoir participé à ce sournois stratagème.

Cela ne faisait plus aucun doute : cette femme était peut-être bien celle qu'il lui fallait. La partenaire idéale.

Mais cette idée soudaine ne fit qu'accroître son trouble et un soupçon de peur véritable l'assaillit, accélérant le battement de son pouls. Nom d'un chien ! Il ne pouvait pas laisser ses pensées prendre cette tournure-là. Julia avait confiance en elle, elle était courageuse, sarcastique juste ce qu'il fallait… En un mot, merveilleuse, mais leur relation était temporaire. Quelques jours, quelques semaines d'ébats passionnés entre les draps, de moments de complicité et de compagnonnage partagés ; ensuite, ils reprendraient leur route chacun de leur côté.

C'était le seul moyen d'assurer sa sécurité. La seule façon de la protéger de la malédiction qui le poursuivait.

— Regarde… Je crois que c'est lui, murmura-t-elle tout à coup.

Un banal SUV noir ralentissait le long du trottoir, devant le café. Ignorant le panneau d'interdiction de stationner planté bien en évidence au début de la rue, le conducteur arrêta son véhicule à quelques mètres de la véranda et un homme barbu à la peau basanée en descendit. Il était vêtu d'un pantalon kaki et d'une chemise blanche, mais il avait l'allure d'un soldat : le regard vif, la démarche énergique, des gestes sûrs et précis.

— Il est arrivé rapidement, nota-t-elle.

Sebastian lui jeta un coup d'œil, devinant les rouages qui tournaient à toute vitesse dans sa tête.

— Ce qui signifie que leur QG ne doit pas être bien loin. À une heure de voiture ou un court trajet en avion, je dirais…

— Peut-être. À moins qu'ils aient des hommes postés en divers endroits du pays, ce qui voudrait dire que le virus peut se trouver n'importe où.

Elle se mordit la lèvre.

— C'est juste.

— On n'a pas de temps à perdre avec vos scrupules, grésilla une voix avec un fort accent dans l'écouteur de Sebastian.

De l'autre côté de la rue, le représentant des CPL avait rejoint

Langley à la table. Sebastian ne pouvait pas voir l'expression du nouveau venu, mais l'inflexion colérique de sa voix trahissait très exactement ce qu'il pensait de ce rendez-vous.

L'air tout aussi irrité, Langley tint le même discours qu'il lui avait déjà servi au téléphone, terminant par :

— Je veux un autre million. Si vous refusez, je vais au Pentagone et je leur raconte tout ce que je sais.

Un juron en espagnol retentit.

— Que disent-ils ? demanda Julia, l'air frustré de ne pas avoir une oreillette elle aussi.

— Ils se disputent à propos de l'argent qu'il réclame, souffla-t-il avant de lever un doigt pour lui intimer le silence. Attends, le type des CPL est en train de donner son accord. Waouh ! Ça n'a pas traîné.

Mais il soupçonnait que la rapidité de cette décision tenait plus au désir de voir Stephen Langley laisser les CPL tranquilles qu'à la conviction que ses exigences étaient légitimes.

— Ça suffit ! déclara le membre des CPL. Cessez de pleurnicher. Vous aurez votre argent.

— Mêmes instructions que la première fois pour le transfert de fonds, ordonna Langley. Je veux que l'argent soit versé sur mon compte à l'ouverture des banques, demain matin.

Voyant le terroriste s'agiter impatiemment sur sa chaise en fer forgé, Sebastian se tourna vers Julia et posa la main fermement sur sa joue.

— C'est le moment de t'en aller.

Elle hocha la tête avec empressement.

— Sois prudent, Seb.

Il souleva le bas de sa veste noire et pointa du doigt le Beretta qu'elle portait dans le holster, à sa ceinture.

— Je sais que tu as fait le serment de sauver des vies mais, si Langley tente quoi que ce soit, tu tires sur ce salaud, c'est bien clair ?

Elle acquiesça d'un signe de tête.

— D'accord.

La conversation continuait à bourdonner dans son oreille,

mais une remarque en particulier attira soudain l'attention de Sebastian.

— Si j'ai un bon conseil à vous donner, prenez l'argent et quittez la ville. Mieux vaut que vous ne soyez plus ici dans une trentaine d'heures.

L'intonation narquoise du terroriste ne lui échappa pas.

— Qu'y a-t-il ? s'enquit Julia qui ne le quittait pas des yeux. Qu'est-ce qu'il a dit ?

— Il vient de recommander à Langley de ne pas s'attarder en ville.

Sa mâchoire se contracta.

— Bon Dieu ! Je pense qu'ils ont l'intention de propager le virus à Washington DC.

Il étouffa son exclamation horrifiée en écrasant ses lèvres sur les siennes avec ferveur.

— Allez, docteur. C'est le moment. Vas-y. Je t'appelle sur le téléphone jetable dès que j'en saurai plus.

Sans ajouter un mot, Julia ouvrit la portière passager, descendit de voiture et se dirigea d'un pas tranquille vers la Crown Victoria banalisée qu'ils avaient louée dans la journée et qui était garée une quinzaine de mètres plus loin.

Il la suivit du regard pendant quelques instants, puis détourna les yeux juste à temps pour voir le contact de Langley se lever d'un air pressé.

Il mit alors le moteur en route et pianota sur le volant, l'adrénaline affluant dans ses veines. Lorsque le SUV noir s'éloigna du trottoir, il démarra, espérant que cette planque n'aurait pas servi à rien. Le compte à rebours avait commencé, les heures passaient, et il ne semblait y avoir aucune avancée notable dans l'enquête diligentée par le Pentagone.

Il avait appelé Brent dans le courant de la journée, mais le département de la Défense reconnaissait n'avoir aucune piste. Des experts en vidéo s'efforçaient de localiser la base des CPL à partir du message enregistré qu'Escobar avait fait parvenir aux chaînes de télévision, seulement ils n'avaient pas progressé.

La Maison Blanche avait mobilisé des douzaines de scientifiques, tous lancés dans une course folle contre la montre pour tenter d'élaborer un antidote dans l'éventualité où la menace terroriste serait mise à exécution. Aucun progrès sur ce front-là non plus, mais Brent l'avait abondamment remercié pour l'échantillon et les notes de recherche qu'il lui avait confiés. Il lui avait également de nouveau vivement recommandé de se présenter — ainsi que Julia — en tant que témoins officiels, proposition qu'ils avaient une nouvelle fois déclinée.

Tandis qu'il filait le train au SUV à travers les rues de Washington, il réfléchit à la possibilité de faire intervenir de nouveau Brent, puis jugea qu'il était plus prudent d'attendre. Autant s'assurer d'abord que cette soirée ne tournait pas au fiasco avant de faire appel à lui.

— Alors, mon gars, qu'est-ce que tu fabriques ? marmonna-t-il entre ses dents.

Il restait deux voitures derrière l'homme, de plus en plus méfiant tandis qu'ils s'orientaient vers le nord-est de la ville. Plus ils roulaient, plus l'environnement se dégradait. Les rues étaient de plus en plus sales, les murs se couvraient de graffiti, les maisons et les immeubles étaient de moins en moins bien entretenus.

Ils entrèrent dans l'un des quartiers les plus mal famés de la ville, circulant au travers d'un dédale de petites rues plongées dans l'ombre, la majeure partie des réverbères étant cassés. Enfin, le SUV ralentit devant une maison à bardeaux de bois délabrés et au toit en piteux état. Entre la rue et la maison, le terrain, couvert d'herbes hautes, n'avait pas vu de tondeuse depuis bien longtemps.

Comme le SUV s'arrêtait dans l'allée gravillonnée envahie par les mauvaises herbes, Sebastian passa devant la maison, et poursuivit sa route comme si de rien n'était, tout en gardant l'œil rivé sur le rétroviseur. Le contact de Langley sautait à bas du véhicule et se dirigeait d'un pas décidé vers la porte d'entrée à la peinture verte tout écaillée.

— La question est maintenant de savoir si c'est là votre

base officielle, les gars, ou si c'est seulement une cache parmi d'autres, murmura-t-il, comme il arrivait au bout de la rue.

Il fit demi-tour, gara sa berline au coin de la rue, sous un réverbère vandalisé, et fourragea dans le sac qu'il avait rangé sur la banquette arrière. Il retira sa veste de costume noire, déboutonna rapidement sa chemise blanche et troqua le tout contre un T-shirt moulant noir, à manches longues. Puis il fixa le fourreau de son couteau Bowie à large lame à sa ceinture, mit une paire de jumelles dans sa poche et rangea deux armes de calibre neuf millimètres dans leurs holsters.

Ainsi paré, il se glissa discrètement hors de la voiture et s'élança dans la nuit vers une étroite maison délabrée où aucune lumière n'était allumée. Il s'enfonça dans l'obscurité, franchissant les clôtures, passant de cour en cour, telle une ombre, se rapprochant ainsi de la planque des Combattants Pour la Liberté. La rue était étonnamment calme compte tenu de l'endroit où elle se trouvait, en plein cœur des quartiers les plus défavorisés de la ville, frappés par un fort taux de criminalité. Des échos étouffés de rap lui parvenaient depuis l'une des maisons, accompagnés de rires gras et de voix masculines en provenance d'une cour arrière.

Il remonta sans encombre jusqu'à la cachette des CPL, et se positionna d'abord de l'autre côté de la rue, dissimulé derrière la haute clôture en bois qui séparait deux maisons en aussi piètre état que les autres. Il sortit les jumelles, qui lui révélèrent la présence de trois hommes au teint bistre qui allaient et venaient tranquillement dans ce qui devait être la pièce principale de la maison, passant, manifestement sans méfiance aucune, devant la large baie vitrée qui donnait sur la rue. Intéressant… Cela voulait dire que ces messieurs ne craignaient pas la présence de tireurs d'élite embusqués à l'extérieur.

Il les observa pendant une vingtaine de minutes, mais ne vit apparaître personne d'autre. Pourtant, ils étaient au moins quatre à l'intérieur de cette bicoque. Le trio qu'il avait à l'œil, et le contact de Langley.

*Voyons un peu combien vous êtes là-dedans.*

Il abandonna son poste et s'éloigna le long de la rue. Il grimpa agilement sur le toit d'une habitation plongée dans l'obscurité — toit qui craquait terriblement, le faisant grincer des dents à chacun de ses pas —, priant le ciel pour que l'absence de lumière aux fenêtres et de voiture dans l'allée indique bien que les occupants étaient sortis. Vous avez beau être le plus adroit des agents spéciaux, vous déplacer furtivement relève de l'exploit quand vous escaladez des façades et marchez sur des toits qui n'ont pas été entretenus depuis des décennies et des décennies.

De son nouveau poste d'observation, il voyait distinctement la façade latérale de la maison, qui comportait deux autres fenêtres et une porte de côté.

Cette fois, il aperçut le contact de Langley en pleine conversation avec un homme trapu, barbu lui aussi, et qui ne faisait pas partie du trio qu'il avait repéré dans le séjour. Le compte se montait donc, pour l'instant, à cinq personnes. Il attendit un bon moment, puis se déplaça de nouveau pour pouvoir examiner la maison sous un nouvel angle de vue.

Cette fois, lorsqu'il porta de nouveau les jumelles à ses yeux, un sifflement satisfait lui échappa. Il venait de repérer ni plus ni moins que Raoul Escobar lui-même !

Plongeant la main dans sa poche, il en sortit son téléphone et composa rapidement le numéro de Tate. En dépit de l'heure tardive, ce dernier décrocha à la première sonnerie.

— Que se passe-t-il ?

— Je suis à peu près certain que je viens de localiser la base de la cellule terroriste des CPL, chuchota-t-il, les lèvres collées au combiné pour se faire entendre en parlant le plus bas possible.

Un juron retentit dans le récepteur.

— Quoi ? Tu en es sûr ?

— Au moment où je te parle, j'ai dans mes jumelles le visage de Raoul Escobar. Il est planqué dans une maison de Washington DC avec cinq autres membres des CPL. Il se peut qu'il y en ait davantage mais, pour l'instant, je n'en ai dénombré que six.

— Tu crois que le virus est caché dans cette maison ?

— J'inclinerais à penser que oui. Quel que soit le « titre » qu'aiment à se donner ces clowns, toi et moi savons bien qu'ils ne sont pas de vrais terroristes — du moins pas du calibre de ceux d'Al-Qaïda ou d'autres cellules organisées. Enfin quoi… Voilà des gens qui font connaître leurs revendications par voie de presse au lieu de s'adresser directement à la Maison Blanche ! Tu veux mon avis ? J'en suis à me demander s'ils ont seulement prévu un vrai protocole pour la propagation de ce virus.

— Peut-être. N'empêche qu'ils ont bien trouvé le moyen de le diffuser à Dixie, souligna Tate.

— Oui. Dans une *petite* commune, desservie par un *petit* réseau de distribution d'eau, où n'importe qui peut entrer comme dans un moulin. Mais infecter le réseau de distribution d'eau de Washington DC requiert une tout autre préparation.

— Washington DC ?

— Oui. C'est la cible la plus probable. Sinon, pourquoi leur quartier général serait-il situé ici ?

Tate ne répondit pas tout de suite.

— Cette maison n'est peut-être qu'un leurre destiné à nous induire en erreur et à nous conduire à penser que le virus se trouve avec eux, et qu'ils entendent le diffuser sur cette zone. Qui nous dit qu'il n'existe pas une autre cellule, basée à Los Angeles, à New York ou Dieu sait où, prête à contaminer l'eau d'une de ces villes sur ordre d'Escobar ?

— C'est en effet possible, mais la présence d'Escobar ici m'incite à penser que ce n'est pas le cas. C'est lui le chef de cette bande de détraqués qui s'intitule « faction dissidente des CPL » et mon instinct me dit qu'il tient certainement à garder le virus près de lui. Après tout, c'est sa carte maîtresse pour faire ployer les États-Unis, chasser toute influence américaine de San Marquez et faire triompher sa quête de « purification nationale », pour reprendre les termes du prêchi-prêcha de sa fichue vidéo.

— Dans un cas comme dans l'autre, il faut le cueillir. Est-ce que tu penses pouvoir y arriver ?

Sebastian reporta son regard sur la cache. La maison avait beau n'être qu'une malheureuse bicoque qui ne payait pas de mine, elle n'en était pas moins trop grande pour être prise d'assaut par un homme seul, aussi entraîné soit-il.

— Non, c'est impossible, capitaine. Trop risqué. Entre l'avant de la bâtisse, l'arrière, les portes latérales, les six fenêtres que j'ai pu voir, il y a au moins neuf issues. Si je fais irruption dans la maison en tirant à tout va, je pourrai probablement abattre une ou deux cibles, mais je n'arriverai jamais à les éliminer toutes. Et rien ne garantit que je réussirais à coincer Escobar. Avec toutes ces issues, ces types s'envoleront comme une volée de moineaux. Sans compter que je n'ai aucune idée du genre d'armement dont ils disposent. J'ai vu six ou sept fusils d'assaut, des AK et des M16, mais aucun garde ne semble posté à l'extérieur, et aucun périmètre de sécurité n'a été délimité.

— Ce qui veut dire qu'ils jugent les mesures de sécurité qu'ils ont mises en place à l'intérieur de la maison suffisantes, traduisit Tate. À mon avis, l'endroit doit être truffé d'explosifs.

— C'est ce que je me suis dit, renchérit Sebastian avant de pousser un profond soupir. Je ne peux pas prendre cette maison d'assaut seul sans courir le risque de voir Escobar ou un autre membre du groupe prendre le large en emportant le virus.

— Je pourrais t'envoyer Prescott en renfort, suggéra Tate sans grande conviction.

— Même à deux, ça me paraît plus que hasardeux.

Serrant les dents, il considéra la maison, puis soupira de nouveau.

— Non… J'ai beau retourner la chose dans tous les sens, il n'y a qu'une chose que je puisse faire.

— Laquelle ?

— Sortir de la clandestinité et me rendre.

# 14

Jamais, de toute sa vie, Julia n'avait été aussi soulagée que lorsqu'elle vit Sebastian entrer dans la chambre du motel, quelques heures plus tard. Il avait tenu parole et l'avait appelée sur le téléphone prépayé pour la prévenir qu'il était sur le chemin du retour, mais elle n'avait pu respirer librement avant de le voir de ses yeux, en chair et en os, devant elle.

Et il avait l'air d'aller parfaitement bien. Son valeureux guerrier était de retour, ses yeux gris étincelant d'une lueur dangereuse comme ils se posaient sur Stephen Langley, assis sur sa chaise, le dos raide, dans le coin cuisine. Elle avait ramené le chercheur dans leur chambre à l'issue de son rendez-vous illégal, prétextant que c'était pour assurer sa protection et qu'il était dans son intérêt de se faire invisible le temps que le DHS mène ses opérations de reconnaissance. Elle lui avait fait croire qu'une équipe entière d'agents spéciaux traquait le terroriste quand, en réalité, Sebastian conduisait sa reconnaissance en solo.

Néanmoins, il ne faisait plus tout à fait cavalier seul, constata-t-elle en voyant deux hommes en costume noir s'engouffrer à sa suite dans la chambre.

Des agents fédéraux. Des vrais, songea-t-elle, remarquant les badges d'identification qui ornaient le revers du col de leurs vestes. Le plus grand des deux, un Afro-Américain à la peau claire et aux yeux perçants, tira une paire de menottes de sa poche et se dirigea vers Langley.

— Veuillez nous suivre, docteur Langley, dit-il d'une voix monocorde.

Langley se leva d'un bond.

— Quoi ? Qu'est-ce que vous dites ? Que se passe-t-il ?

Haussant les épaules, Sebastian s'avança vers Julia et effleura ses lèvres avant de se tourner vers le scientifique.

— Ces messieurs vont vous escorter jusqu'au Pentagone. Je pense que toutes les agences fédérales qui existent sont pressées de vous poser des questions.

Comme un animal sauvage sur le point d'être mis en cage, Langley recula pour s'adosser contre le mur, considérant les menottes avec suspicion.

— Pourquoi veut-il me passer les menottes ? se récria-t-il d'un ton accusateur. J'ai signé votre fichu accord, bon sang ! Ce qui signifie que vous ne pouvez pas me placer en état d'arr…

Sebastian l'interrompit.

— Oh… ça, fit-il avec indifférence. Eh bien, en fait, voyez-vous…

Il ouvrit les bras en un geste d'impuissance.

— Nous n'étions pas autorisés à négocier quoi que ce soit avec vous. En réalité, l'agent Swanson et l'agent Francis n'existent pas.

Le visage de Langley vira à l'écarlate.

— Vous m'avez menti ?

— Désolé.

Pour toute explication, Sebastian se borna à hausser encore les épaules.

— Vous n'êtes pas de la Sécurité Intérieure ?

— Pas exactement, non.

Les vrais agents fédéraux s'avancèrent vers le scientifique, visiblement au bord de l'apoplexie. Comme les bracelets métalliques se refermaient dans un cliquètement sec autour de ses poignets, il se mit à jurer comme un charretier avant de déverser un chapelet d'insanités à l'encontre de toutes les personnes présentes dans la pièce.

Réprimant un soupir, Julia regarda les agents fédéraux

l'escorter vers la sortie. Même une fois la porte refermée sur eux, elle l'entendit encore continuer à tempêter et à les agonir d'injures puis, quelques instants plus tard, il y eut des claquements de portières puis un bruit de moteur.

Elle se tourna vers Sebastian, l'air interrogateur.

— Tu as prévenu le département de la Sécurité Intérieure ?

— Je n'avais pas le choix.

La prenant par la main, il la guida jusqu'au lit, où il la fit asseoir avant de prendre place à côté d'elle pour lui raconter ce qu'il avait découvert au terme de sa filature.

— Je n'aurais jamais pu pénétrer seul dans cette maison, acheva-t-il. Alors, après en avoir discuté avec Tate, j'ai appelé Brent. Il envoie une voiture nous chercher dans deux heures.

Désemparée, elle le considéra, les yeux ronds.

— Pour aller où ?

— Au Pentagone, où nous serons interrogés. Brent m'a promis de veiller sur toi pendant mon absence.

Un frisson de peur lui glaça le sang.

— Comment ça, pendant ton absence ?

Sebastian pressa dans la sienne sa main devenue subitement froide, lui caressant doucement la paume.

— Je vais participer à l'assaut. Ils détachent une force militaire d'élite pour appréhender Escobar et ses hommes et récupérer le virus — s'ils l'ont bien entreposé sur place comme nous le pensons.

Non sans un vif sentiment de mortification, Julia sentit les larmes lui piquer les yeux. Bon sang, mais que lui arrivait-il ? Habituellement, elle avait davantage d'empire sur elle-même. Elle était médecin, non ? Elle avait vu des horreurs inimaginables. Elle n'était pas programmée pour laisser l'émotivité prendre le pas sur la réflexion. D'ailleurs, elle détestait les manifestations féminines dégoulinantes de sentimentalisme comme fondre bêtement en larmes sans raison.

Par un louable effort de volonté, elle réussit à se ressaisir.

— Brent a accepté que tu fasses partie de l'équipe, alors

que tu n'es plus en service actif ? s'enquit-elle d'un ton aussi neutre que possible.

— C'est même lui qui l'a suggéré. En fait, il tient absolument à ce que je sois de la partie parce que c'est moi qui ai passé la soirée entière à surveiller les lieux, expliqua-t-il en imprimant une nouvelle pression à sa main. Mais ne t'inquiète pas… Il y a de grandes chances que cette opération se déroule sans le moindre problème.

— « De grandes chances » ? répéta-t-elle avant de partir d'un petit rire étranglé. On ne peut pas dire que ce soit vraiment rassurant, Sebastian !

Ses traits s'adoucirent.

— Écoute, tu sais que je ne suis pas du genre à mentir sous prétexte de réconforter. Alors oui, il peut toujours y avoir un hic. Même si tout est préparé jusque dans les moindres détails, un incident — une foule d'incidents — peut toujours venir gripper la mécanique.

Comme il marquait un temps d'hésitation, les antennes de Julia se dressèrent d'un coup.

— Il y a quelque chose que tu ne me dis pas.

— Eh bien, j'ai noté une totale absence de sécurité à l'extérieur de la maison, avoua-t-il en se passant la main sur le menton où la barbe était en train de repousser.

Elle fronça les sourcils.

— Ce qui signifie ?

— Ce qui signifie qu'il existe une possibilité que de mauvaises surprises nous attendent lorsque nous investirons la maison. Elle pourrait être protégée par des explosifs.

La gorge de Julia se noua de frayeur.

— Tu veux dire que tout pourrait sauter quand tu entreras ?

— C'est une éventualité.

— Ou que tu pourrais… Je ne sais pas… Te retrouver dans un endroit truffé de pièges dignes des films *Saw* ?

Le cœur de Julia battait tellement vite que la tête commençait à lui tourner.

— Je ne pense pas que nous ayons à nous inquiéter de

dispositifs aussi sadiques que ceux inventés pour ces films d'horreur, Julia.

Il eut le cran de rire, mais elle ne trouvait rien de drôle à tout cela. Le fait qu'il affiche une telle désinvolture à l'idée de sauter sur une bombe lui donnait envie de le frapper.

— Allons, allons, dit-il en se rapprochant d'elle. Je ne veux pas voir ce pli soucieux sur ton front.

Du bout des doigts, il massa le sillon qui s'était creusé au-dessus de ses sourcils avant d'ajouter :

— De toute façon, il y a de grandes chances pour que je m'en tire sans une égratignure.

— Arrête de commencer toutes tes phrases par « Il y a de grandes chances » !

Il rit doucement, puis se pencha vers elle et déposa un baiser plein de tendresse sur ses lèvres.

— Ah non ! Tu ne vas pas jouer les poules mouillées maintenant, souffla-t-il. Pas au point où nous en sommes.

Puis il pressa les lèvres sur le creux, à la base de son cou.

— Tu as été tellement courageuse depuis que tout ça a commencé… Tu m'as vraiment bluffé. Alors, continue à montrer le même sang-froid.

Un courant d'émotions réchauffa Julia, enveloppant son cœur, diffusant sa chaleur dans tout son être. Elle se pencha en avant et posa la joue sur le torse de Sebastian, écoutant le battement régulier de son cœur.

— Je n'ai pas envie que tu meures dans une explosion, murmura-t-elle.

Le son feutré de son rire vibra à son oreille.

— Je n'en ai pas particulièrement envie non plus !

Il lui frictionna doucement le dos, puis tendit le bras et enleva les épingles à cheveux qui maintenaient sa coiffure. Lorsque sa crinière indomptable fut délivrée de la dernière épingle qui la retenait en chignon serré, les longues mèches châtaines croulèrent en ondulant sur ses épaules. Sebastian y enfouit les doigts, les caressa d'une main apaisante. Finalement, il rompit le contact, se leva et posa le tas d'épingles sur la table de chevet avant de revenir vers le lit.

Il resta debout devant elle pendant une seconde, la parcourant du regard avec, au fond de ses yeux gris, une douceur qu'elle ne lui avait encore jamais vue.

— Enlève tes vêtements, dit-il d'une voix enrouée.

Elle ne se fit pas prier. Retirant sa veste, elle se mit à déboutonner son chemisier blanc. Tandis qu'elle se dévêtait rapidement, Sebastian l'imita. Bientôt, ils furent nus tous les deux, face à face, au pied du lit.

Elle ne s'était jamais considérée comme spécialement belle mais, étrangement, Sebastian lui donnait l'impression de l'être. Lorsqu'il posait les yeux sur elle, elle y lisait une telle révérence, un tel émerveillement, une telle passion qu'elle se faisait l'effet d'être la créature la plus attirante de la terre.

Lui ne l'était pas moins, de son point de vue à elle. Elle se rapprocha et laissa courir ses mains sur les plats et méplats de son torse, glissant sur les rondeurs de ses pectoraux bien dessinés, sur ses abdominaux de rêve, suivant le chemin de poils sombres qui descendait plus bas.

Il poussa un grognement.

— J'adore la façon dont tu me touches, docteur.

Souriant, elle poursuivit son exploration, effleurant, cajolant, caressant, jusqu'à ce que sa main finisse par encercler sa chair.

— C'est pour nous laisser un peu de temps que la voiture ne vient nous chercher que dans un moment ? le taquina-t-elle. Est-ce toi qui as demandé ce répit de deux heures à Brent ?

— Oui, avoua-t-il.

Elle rit.

— Eh bien, j'espère que tu ne lui en as pas donné la raison !

— Non, bien sûr, mais je suis certain qu'il a dû deviner. Quiconque me connaît n'a qu'à regarder attentivement mon visage lorsque tu es présente pour savoir très exactement à quel point je te désire.

Elle retint son souffle.

— Et donc… À quel point ?

— À un point que tu n'imagines même pas, dit-il simplement.

Puis ses yeux s'embrumèrent et, s'inclinant vers elle, il s'empara fougueusement de ses lèvres.

Son baiser la laissa tout étourdie tant il était ardent, passionné, exigeant. Il l'embrassait comme s'il ne leur restait qu'une minute à vivre et qu'il devait profiter de chaque seconde pour mêler plus étroitement sa langue à la sienne, mordiller du bout des dents la pulpe de ses lèvres. Elle ressentit la même urgence lorsqu'il la prit dans ses bras et la renversa sur le matelas.

Son corps nu et chaud vint recouvrir le sien, ses mains rugueuses explorèrent la surface fiévreuse de sa peau, attisant le feu qui s'était allumé en elle. Une délicieuse tension naquit entre ses jambes. Les battements de son cœur accélérèrent à la façon d'un bolide de Formule 1 s'envolant en pole position de la ligne de départ. Les pointes de ses seins s'érigèrent. Mue par une impatience de plus en plus dévorante, elle planta ses ongles dans le dos musculeux de Sebastian, l'incitant à mettre fin à l'exquis supplice de l'attente.

Avec un petit rire étouffé, il prit un préservatif sur la table de nuit et se protégea. Elle s'attendait à le sentir aussitôt plonger en elle d'un mouvement passionné, mais son empressement semblait s'être dissipé. Il la caressait maintenant sans hâte, avec une infinie tendresse.

Ses yeux, brillants comme deux diamants gris, sondèrent longuement les siens, et l'émerveillement se lisait sur son beau visage.

— Je ne sais pas ce que tu m'as fait, murmura-t-il. Je crois bien que tu m'as ensorcelé.

Elle déglutit et, plutôt que de lui répondre, resserra son étreinte autour de lui. Il s'inclina de nouveau vers elle et l'embrassa, glissant sa langue entre ses lèvres en même temps qu'il entrait en elle. Elle cambra les reins pour mieux l'accueillir, et un sentiment de total accomplissement la submergea. Elle n'aurait su qualifier ce qui se passait entre eux, mais… c'était différent de ce qu'ils avaient connu jusqu'alors.

Il lui fit l'amour avec une telle tendresse qu'elle en eut

presque de nouveau envie de pleurer. Chacun de ses assauts, langoureux, voluptueux, mettait ses sens un peu plus en émoi, l'amenant dangereusement près du précipice. Lorsqu'il glissa une main entre eux, au point de jonction de leurs corps, et effleura du pouce son bouton de chair, elle poussa un gémissement et se mit à onduler des hanches, accueillant l'onde de plaisir qui se propageait en elle. Transportée, le cœur battant à tout rompre, le corps tremblant d'exultation, elle entendit le cri rauque de Sebastian, puis le sentit s'immobiliser, tandis que tous ses muscles se relâchaient.

Quelques instants plus tard, comme leurs respirations retrouvaient peu à peu un rythme normal, il roula sur le côté et se leva pour retirer sa protection, tandis qu'elle demeurait immobile, allongée sur le dos, contemplant une fissure au plafond. Abasourdie. Ébranlée.

Et comblée comme jamais elle ne l'avait été de toute sa vie.

Sebastian la rejoignit et s'étendit de nouveau à côté d'elle. Sous le drap, elle sentit sa main tâtonner, cherchant la sienne. Leurs doigts s'entremêlèrent entre leurs corps nus et ils reposèrent ainsi, côte à côte, dans un silence bienheureux.

— Julia…, dit-il au bout d'un moment d'une voix un peu contrainte.

— Oui ?

— Si, pour une raison ou pour une autre, je ne revenais pas de cette opération, demain…

La panique lui comprima douloureusement le cœur.

— Hé ! Pourquoi dis-tu ça ? Tu ne vas pas exploser, bon sang !

— Je sais.

Il marqua une pause.

— Du moins, je l'espère.

Nouveau temps d'arrêt.

— Mais fais-moi plaisir, tu veux ? Si jamais je ne revenais pas, il y a une chose que j'aimerais que tu saches.

Déstabilisée, elle roula sur le côté et étudia son profil.

Mais elle ne put décrypter l'expression indéchiffrable de son visage, ce qui ne fit qu'ajouter à son trouble.

— Laquelle ? demanda-t-elle.

Au bout d'un long moment d'hésitation, il inspira à fond, puis expira rapidement.

— Si je pouvais te proposer autre chose qu'une liaison passagère, je le ferais.

Tombant des nues, elle haussa les sourcils. Elle ne s'était certes pas attendue à cela !

Mais elle n'était pas encore au bout de ses surprises.

— Je pourrais même tomber amoureux de toi.

Cette fois, elle en resta bouche bée. L'idée la traversa qu'avec les sourcils arqués jusqu'à la racine des cheveux et la bouche ouverte, elle devait composer un tableau véritablement comique à regarder. Ne sachant que répondre à aucune de ces révélations, elle souffla :

— Ah bon ?

Il soupira.

— Oui, je sais… Ce que je te dis là n'est pas très clair. Mais je… Je suis maudit, Julia. Je sais que ça paraît insensé, mais une malédiction me poursuit, je t'assure, et c'est pour ça que je m'efforce de ne pas nouer de liens trop étroits avec qui que ce soit.

Sa voix se fêla d'une façon terriblement attendrissante.

— Je ne peux pas t'aimer, Julia. Tu comprends ?

La stupéfaction la laissa sans voix pendant une minute entière. Puis elle secoua la tête et se redressa en position assise sans même prêter attention à sa nudité tant elle était médusée.

— Non. Non, je ne comprends pas, dit-elle finalement. « Je suis maudit… Je ne peux pas t'aimer » Qu'est-ce que ça veut dire ?

Il s'assit lui aussi et renversa la tête contre le mur. Son expression trahissait une profonde angoisse.

— Il arrive malheur à tous les gens de mon entourage. Tous ceux que j'aime meurent. Par ma faute.

Cette singulière confession la prit totalement au dépourvu.

— Mais enfin… Ce n'est pas possible. Je suis sûre que c'est faux.

— Si, c'est possible.

Il émanait de son grand corps solide comme un roc une incommensurable tristesse.

— J'avais un frère jumeau, tu sais. Il s'appelait Michael.

Elle cligna des yeux.

— Oh ?

— Oui… Nous étions de vrais jumeaux. Il s'est noyé quand nous avions douze ans.

Il tourna la tête pour lui faire face.

— À cause de moi.

Elle se rapprocha aussitôt de lui et prit sa main dans la sienne. Elle la sentit trembler sous ses doigts.

— Je n'en crois pas un mot !

— C'est pourtant la vérité, insista-t-il en secouant la tête avec amertume. Michael et moi étions très différents l'un de l'autre. Lui était sérieux, studieux. Moi, j'étais le casse-cou intrépide toujours en mal de sensations fortes. Je l'incitais toujours à faire des bêtises, l'entraînais avec moi dans de périlleuses acrobaties. Il m'accompagnait, mais s'il acceptait de venir, c'était la plupart du temps pour conserver un œil sur moi. Il me mettait sans cesse en garde, me répétait qu'un jour je finirais par me faire vraiment mal.

Il se tut et Julia n'essaya pas de le pousser à poursuivre son récit. La douleur qu'elle voyait dans ses yeux lui serrait le cœur et, pour un peu, l'intonation morne de sa voix lui aurait fait monter une nouvelle fois les larmes aux yeux.

— Mais, en fin de compte, c'est à lui que c'est arrivé. Une nuit, je l'ai persuadé de nous faufiler en douce hors de la maison, après minuit, pour aller faire une partie de pêche nocturne à environ un kilomètre et demi de chez nous. Il a d'abord pesté, rechigné, puis il a fini par venir. Nous sommes allés chercher nos cannes et tout notre matériel de pêche sous le porche, et nous nous sommes mis en route pour le lac. Au bout de quinze minutes, comme nous n'avions pas eu une seule touche, j'en ai eu assez et j'ai décidé que ce serait plus drôle de piquer une tête dans l'eau et de nous offrir un petit bain de minuit.

Le silence, de nouveau, plana dans la chambre. Julia attendit qu'il poursuive, mal à l'aise, se doutant de ce qui allait suivre.

— Nous nous sommes déshabillés et nous avons sauté dans le lac. On s'est amusés pendant un moment à nager, nous éclabousser, voir qui pouvait rester en apnée le plus longtemps sous l'eau. J'ai gagné en réussissant à tenir une minute et demie. Mais, comme à mon habitude, je me suis lassé au bout d'un moment comme je m'étais lassé de pêcher. Michael, lui, a voulu rester dans l'eau encore un moment. Je suis retourné vers le rivage et l'ai laissé dans le lac. Quand je suis sorti de l'eau, je me suis retourné pour regarder ce qu'il faisait, mais il n'était plus là.

Un soupir torturé lui échappa.

— Il avait disparu. D'abord, j'ai cru qu'il me jouait un tour, alors j'ai attendu pendant quelques instants, à grommeler et à l'appeler en criant qu'il était idiot et que ce n'était pas drôle. Je portais ma montre étanche — celle que j'avais utilisée pour mesurer le temps que nous étions restés sous l'eau — et, tout à coup, je me suis rendu compte que trois minutes s'étaient écoulées et qu'il n'avait toujours pas refait surface.

Julia retint son souffle.

— Tu es retourné à l'eau pour le chercher ?

— Bien sûr. J'ai nagé plus vite que si j'étais poursuivi par un requin, mais j'ai eu beau plonger et replonger à l'endroit où je l'avais laissé, je ne l'ai pas retrouvé.

Sa voix se brisa de nouveau.

— Je ne sais pas combien de temps je suis resté dans l'eau, à le chercher. Je descendais aussi profondément que possible, mais je n'y voyais rien. Il faisait nuit et le fond du lac était rempli d'algues. J'ai fini par revenir vers la rive et j'ai couru comme un fou jusqu'à la maison. J'ai réveillé mes parents. Ils ont prévenu la police et les pompiers, qui sont arrivés sur place en un temps record.

Il marqua un nouveau temps d'arrêt, chargé de regrets. Elle lui pressa tendrement la main.

— Et alors ? souffla-t-elle.

— Les plongeurs ont retrouvé son corps le lendemain matin. Ses jambes s'étaient emmêlées dans les algues, mais je ne sais pas si c'est ce qui l'a attiré vers le fond ou si c'est arrivé alors qu'il avait déjà coulé. Peut-être a-t-il eu une crampe ou un malaise…

Sa voix s'éteignit, puis il poussa une exclamation de colère.

— C'est ma faute s'il s'est noyé, Julia ! C'est moi qui l'avais poussé à aller au lac. C'est moi qui l'ai laissé seul dans l'eau pour retourner au bord. Et c'est moi encore qui n'ai pas réussi à le sauver, quand je me suis rendu compte que je ne le voyais plus. Tout est ma faute !

Elle avait effectué son internat aux urgences, et il lui était souvent arrivé de devoir parler aux survivants d'un événement traumatique tel que celui-ci. Elle avait réconforté des centaines d'hommes et de femmes qui avaient eu la vie sauve alors que des amis ou des proches n'avaient pas survécu. Elle connaissait par cœur la culpabilité du survivant, mais elle craignait qu'il ne se referme, si elle tentait d'aborder le sujet.

Pourtant, elle ne pouvait pas le laisser penser qu'il était coupable. C'était trop important.

— Ce n'était pas ta faute, dit-elle doucement. Tu n'es pas responsable de la mort de Michael.

— Ce n'est pas ce que mes parents ont pensé, marmonna-t-il. Papa m'a ouvertement accusé. Maman s'est montrée plus subtile. Quoi qu'il en soit, la mort de Michael les a détruits tous les deux. C'était leur fils favori et, après sa disparition, rien n'a plus jamais été comme avant. Ils n'ont jamais pu remonter la pente. Mon père est devenu plus sévère, plus froid, et je le soupçonne de n'avoir plus été aussi vigilant sur le terrain. Je pense que c'est pour ça qu'il est mort. Parce qu'il avait perdu goût à la vie.

Julia poussa un soupir attristé.

— Et tu en as conclu que tu mettais en danger de mort

les personnes qui t'étaient proches ? Parce que Michael s'est noyé et que ton père est mort au combat ?

Un rire dur, dénué d'humour résonna dans la pièce.

— Ce ne sont pas les seuls.

— De qui parles-tu ?

— Il m'a fallu très longtemps pour surmonter la mort de Michael, puis celle de mon père. Au lycée, je m'étais lié d'amitié avec un garçon qui s'appelait Greg, mais ce n'est que lors de notre première année d'université que je me suis décidé à me confier à lui. Après ça, nous sommes devenus inséparables. Nous vivions pratiquement l'un chez l'autre, sortions toujours ensemble… Bref, nous ne nous quittions plus. Et nous envisagions tous les deux d'entrer dans l'armée. Mais Greg n'a pas pu réaliser son rêve.

Elle vit sa mâchoire se contracter.

— Quelques semaines avant la fin de l'année scolaire, nous étions à une soirée et j'ai encore eu une de ces idées lumineuses dont je suis coutumier. J'ai lancé un défi à Greg : à celui de nous deux qui tiendrait le mieux l'alcool.

Le cœur de Julia sauta un battement. Elle n'aimait pas du tout la tournure que prenait ce nouveau récit.

— Après ça, devine ce que j'ai fait ? enchaîna-t-il d'un ton sarcastique. Eh bien, je n'ai rien trouvé de mieux à faire que de le laisser reprendre le volant !

Il rit encore, d'un rire à vous lacérer le cœur.

— Je l'ai laissé aller droit vers la mort, Julia. Voilà pour Greg. Tu veux que je te parle de Lynn ? J'aimais Lynn. J'ai fait sa connaissance quand j'avais vingt et un ans, juste après être rentré pour ma première permission. C'était un ange…

— Sebastian…

— Nous sommes sortis ensemble pendant une année, continua-t-il comme s'il ne l'avait pas entendue. Je voulais l'épouser. J'avais l'intention de la demander en mariage le soir où elle a été fauchée par une voiture en venant me retrouver. Elle était censée travailler ce soir-là, mais je l'avais convaincue de prétexter qu'elle était malade pour que nous puissions dîner ensemble.

Cette fois, le cœur de Julia ne résista pas.

— Oh ! Mon Dieu, murmura-t-elle, consternée.

— Tu comprends mieux maintenant ? Tu vois, tous les gens que j'aime sont voués à une mort certaine.

Avant qu'il ait eu le loisir de l'en empêcher, elle referma ses bras autour de lui. Au bout d'un moment, les épaules de Sebastian s'affaissèrent, sa tête roula sur le côté, contre le creux de son épaule.

« Je suis maudit. » À la lumière de ce qu'il venait de lui relater, elle pouvait comprendre pourquoi il en était arrivé à cette conclusion.

— Tu mourrais si je m'attachais trop à toi.

Sa voix lui parvenait, étouffée par ses cheveux, tourmentée, et elle sentait son corps nu trembler contre le sien.

— Bien sûr que non !

Elle avait parlé sur le ton qu'elle réservait aux patients récalcitrants, celui qui signifiait : « N'essayez pas de me contredire. C'est moi le médecin. »

— Au contraire. Je te rappelle que si je suis en vie aujourd'hui, c'est grâce à toi.

Il se raidit.

— Non, ce n'est pas vrai.

— Comment ça, ce n'est pas vrai ? Tu plaisantes ?

Elle s'écarta de lui, lui saisit la mâchoire et le força à la regarder.

— Tu m'as sauvée des griffes de ces militaires, à Esperanza. Tu sais aussi bien que moi ce qui me serait arrivé, si tu n'étais pas venu à ma rescousse. Tu m'as convaincue de ne pas retourner à la clinique et tu m'as évité de périr brûlée vive. Tu m'as conduite à votre cache, sur la plage, en Équateur, alors que je n'avais plus nulle part où aller et les militaires à mes trousses. Tu as ensuite trouvé le moyen de me faire rentrer aux États-Unis saine et sauve et de me placer sous la protection de Davidson et du département de la Sécurité Intérieure.

Ce fut elle, cette fois, qui se mit à rire, d'un rire teinté d'incrédulité.

— Alors, tu vois, en réalité, si je ne suis pas morte, c'est grâce à toi.

Il fouilla son regard de ses yeux gris remplis d'appréhension.

— Mais tu es en danger à cause de moi.

Elle arqua un sourcil.

— Ce que tu es en train de faire, là, ça s'appelle « se raccrocher à n'importe quoi pour apporter de l'eau à ton moulin et réécrire l'histoire à ta façon », lui assena-t-elle avec force. J'étais en danger de mort *avant* de te rencontrer, Sebastian. Et je suis en danger aujourd'hui parce que Kevin m'a appelée par radio d'Esperanza et que je me suis précipitée là-bas pour lui porter secours. Ce n'est pas toi qui m'as placée dans cette situation. Toi, tu m'as protégée depuis le premier jour. Et tu sais quoi ? Bonne nouvelle ! Grâce à toi, je suis toujours ici et bien vivante. Est-ce que ça ne prouve pas que tu peux tout à fait être proche de quelqu'un sans pour autant causer sa mort ?

Il l'écoutait, frappé de stupeur, comme si la possibilité qu'il ait effectivement pu être son sauveur ne l'avait pas effleuré une seule seconde.

La pièce devint si silencieuse qu'on aurait entendu une mouche voler. Elle continua à lui caresser le visage d'une main apaisante, un bras fermement enroulé autour de ses épaules. Elle avait envie de lui apporter d'autres paroles de réconfort, mais elle opta pour le silence, consciente qu'il avait besoin d'un peu de temps pour méditer ce qu'elle venait de dire, pour comprendre qu'il était des choses, dans la vie, qui échappaient totalement à votre contrôle, auxquelles on ne pouvait strictement rien.

Comme elle restait là, près de lui, sans parler, elle s'avisa tout à coup qu'il n'était pas le seul à s'être laissé déborder par ses sentiments. Elle savait depuis un certain temps déjà que leur relation avait évolué et n'était plus seulement une liaison charnelle, mais elle n'avait pas su mettre un nom sur ce qu'elle était devenue — jusqu'à cet instant.

Elle était en train de tomber amoureuse.

Elle avait passé chaque minute de ces sept derniers jours avec lui, livrant plus d'elle-même tant sur le plan émotionnel que sur le plan physique qu'elle ne l'avait jamais fait avec un autre homme. Elle avait laissé à Sebastian Stone toute latitude pour veiller à sa sécurité, lui avait donné libre accès à son corps, libre accès à son cœur… Et, ce faisant, elle était tombée amoureuse de lui.

Sebastian éprouva un grand soulagement lorsqu'on frappa à la porte de la chambre du motel, leur signifiant que la voiture qui venait les chercher était là. Depuis qu'il avait parlé de son passé à Julia, il n'avait plus qu'une envie : s'en aller. Il détestait évoquer toutes ces anciennes tragédies. Il détestait y penser. En temps normal, il les gardait confinées au plus profond de sa mémoire mais, cette fois, il n'avait pas pu se retenir de tout révéler à Julia, jusqu'aux détails les plus sordides.

Il était en train de s'attacher à elle. Lorsqu'il lui avait fait l'amour, il avait eu l'impression que son cœur était sur le point d'exploser. Il s'était senti affreusement vulnérable, les émotions tellement à fleur de peau qu'il avait décidé de s'imposer cette difficile confession pour se remémorer ce qui arriverait, s'il s'autorisait à ouvrir son cœur à quelqu'un.

Mais son plan s'était retourné contre lui. Il s'était épanché sans retenue, lui avait dévoilé les drames qu'il avait provoqués, sa peur, sa malédiction, et elle l'avait écouté jusqu'au bout sans un battement de cils.

« Je te rappelle que, si je suis en vie aujourd'hui, c'est grâce à toi. »

Sa tranquille profession de foi résonnait encore dans sa tête, et il s'efforça de la chasser de son esprit tandis qu'il allait ouvrir. Brent avait chargé Paul Waverly, son aide, de les conduire tous deux au Pentagone et, de fait, comme il tirait le battant, il vit un homme jeune aux traits fatigués debout sur le seuil.

— Sergent Stone ?

Il hocha la tête.

— Waverly ?

L'homme inclina la tête à son tour. Il avait les cheveux blond très clair et le teint plus pâle encore, presque crayeux. Une apparence qui, associée à l'inévitable costume noir, lui donnait l'air étrangement macabre, mais il se révéla poli et charmant tandis qu'il les escortait jusqu'à une berline noire aux vitres teintées.

Ils s'installèrent tous deux sur la banquette arrière sans dire un mot. Julia avait revêtu un jean, un large pull gris, et s'était fait une tresse, sa marque de fabrique. À peine assise, elle commença à en enrouler l'extrémité autour de ses doigts, comme à son habitude.

Il résista à la tentation de passer le bras autour d'elle ou de lui prendre la main, alors qu'il mourait d'envie de la toucher. Les idées les plus folles lui étaient passées par la tête depuis leur conversation à cœur ouvert. Des pensées insensées, terrifiantes, libératrices, qu'il ne se sentait pas tout à fait prêt à mettre en mots. Il opta donc pour garder ses distances, se donner un peu de temps pour « laisser les choses se décanter ».

Le trajet jusqu'au Pentagone fut rapide. Paul avait tout prévu, et leur avait fait établir à chacun un laissez-passer. Il leur tendit les badges accrochés à des lanières bleu marine. Sebastian passa la lanière autour de son cou, puis posa fermement la main sur l'avant-bras de Julia tandis qu'ils suivaient Paul en direction des ascenseurs.

Ils trouvèrent Brent Davidson dans une grande salle de conférences meublée d'une longue table d'acajou entourée de chaises rembourrées. La pièce était équipée de plusieurs lignes téléphoniques et d'un immense écran plat accroché sur un mur, à une extrémité de la table.

— Ah ! très bien, vous voilà ! s'exclama ce dernier lorsqu'ils franchirent la porte. Paul, peux-tu aller chercher un café pour le Dr Davenport et l'installer dans mon bureau ? Stone, viens avec moi. L'équipe est au complet. La réunion va commencer.

— Est-ce qu'on doit se dire au revoir maintenant ? demanda Julia d'une voix mal assurée.

Sebastian secoua la tête.

— Je viendrai te voir quand nous aurons terminé, dit-il d'une voix sourde.

Avec un bref hochement de tête, elle emboîta le pas à Paul et sortit de la pièce, pendant que Sebastian s'en allait avec Brent. Ils naviguèrent le long d'un labyrinthe de couloirs, franchirent plusieurs portes blindées que Brent ouvrit à l'aide de sa carte clé, puis arrivèrent à un grand ascenseur qui les emporta vers les étages inférieurs de la gigantesque bâtisse.

— Tu as fait du bon travail avec Langley, observa Brent d'un ton quelque peu réticent tandis qu'ils marchaient. Mais il a fallu que tu mettes ton grain de sel, hein ? Tu ne pouvais pas nous laisser nous en occuper.

— C'est qu'au gouvernement, vous mettez toujours un certain temps à vous mobiliser, rétorqua Sebastian avec un large sourire. Or, il fallait agir vite. Ma méthode permet d'obtenir des résultats beaucoup plus rapidement.

Brent rit.

— Joli coup, que celui de l'accord d'immunité, à propos. Il faudra que tu m'en fasses parvenir une copie. Je suis curieux de voir la qualité du travail réalisé par ton faussaire.

— Elle est excellente, je te remercie. Et il est hors de question que tu ailles l'ennuyer.

Ils tournèrent l'angle d'un corridor et débouchèrent dans un hall spacieux, brillamment illuminé par des spots au plafond.

— Est-ce que Langley s'est mis à table ? demanda Sebastian.

— Non. Il espère encore sauver sa peau. Il prétend maintenant détenir l'antidote contre le virus. Selon ses dires, il s'en serait emparé en même temps qu'il a volé le virus chez D&M.

Sebastian haussa les sourcils.

— Tu crois qu'il dit vrai ?

— Qui sait ? Cette ordure a vendu une arme biologique à un groupe de terroristes. Avec une accusation comme celle-ci pesant contre lui, il sait qu'il n'a aucune chance de s'en tirer et je pense qu'il est prêt à dire n'importe quoi pour s'en sortir. Il est entre les mains de nos agents en ce moment même. Ils essaient de le faire parler. S'il existe réellement un antidote, ils lui tireront les vers du nez. Quoi qu'il en soit, il n'est pas notre priorité pour le moment. Notre objectif, pour l'instant, c'est de neutraliser la cellule terroriste et de mettre la main sur le Méridien.

Sebastian hocha la tête.

— OK.

La réunion qui suivit ressemblait à nombre d'autres auxquelles il avait assisté par le passé. Le commandant était un homme massif répondant au nom de Darius Foster. Il avait été à la tête de l'unité d'élite Delta pendant des années et ne paraissait pas ravi de le voir se joindre à eux pour une opération aussi sensible. Ses craintes parurent s'apaiser lorsque Brent lui eut expliqué sa formation et ses antécédents et, lorsque des photographies aériennes de la planque des CPL s'affichèrent sur l'écran, Foster se tourna d'emblée vers lui pour qu'il leur fournisse les détails qu'il avait relevés lors de sa reconnaissance.

Il leur fallut plus d'une heure pour mettre sur pied l'organisation de l'assaut. Chaque point fut discuté, chaque photo scrutée jusque dans les moindres détails, chacun des risques encourus soigneusement soupesés. Lorsque Foster tapa dans ses mains pour signifier la fin de la réunion, les hommes sortirent à la file indienne de la salle de conférences et se dirigèrent vers le vestiaire pour y prendre leur équipement. Le groupe d'intervention serait composé de dix hommes : Foster, Sebastian et huit agents hautement qualifiés qui travaillaient depuis longtemps dans les opérations spéciales.

Les préparatifs s'effectuèrent en un temps record. Les armes, les gilets pare-balles, les oreillettes — l'ensemble du matériel qu'ils allaient utiliser fut vérifié et revérifié avant que l'équipe d'assaut embarque à bord de l'hélicoptère qui les attendait.

Mais Sebastian avait promis à Julia de lui dire au revoir, et il était hors de question qu'il monte à bord de l'appareil tant qu'il ne l'aurait pas fait. Il balaya rapidement du regard les hommes qui allaient et venaient, s'affairant sur l'hélisurface, et avisa parmi eux l'aide de Brent.

— Waverly ! appela-t-il.

L'homme aux allures de croque-mort s'approcha rapidement.

— Oui ?

— Où est le Dr Davenport ? Je dois lui parler avant de partir.

Paul Waverly tira un smartphone dernier cri de sa poche et composa un numéro.

— Mary, pouvez-vous escorter le docteur jusqu'à l'hélistation ?

Une seconde plus tard, il raccrocha et le regarda.

— Elle sera là sous peu.

— Merci, Paul, dit-il avec gratitude.

Le jeune homme sourit.

— Je vous en prie.

Cinq minutes plus tard, la majeure partie de l'équipe était à bord de l'hélicoptère et Julia n'était toujours pas arrivée. Commençant à s'inquiéter, Sebastian jeta un regard à Foster qui aboyait des ordres à l'intention du pilote. Par chance, Foster était trop occupé pour avoir remarqué qu'il était toujours en train d'attendre sur le tarmac.

Lorsqu'une porte s'ouvrit enfin, livrant passage à Julia, le soulagement l'envahit. Elle courut vers lui et il s'avança à sa rencontre, souriant en voyant sa longue tresse fouettée d'un côté et de l'autre par la brise nocturne. Il était un peu plus de 3 heures du matin et la lune, haute dans le ciel noir, éclairait de ses pâles rayons les lignes d'inquiétude qui barraient son front.

— Ça va ? s'enquit-il à voix basse.

— J'ai peur, reconnut-elle.

Mais le ton de sa voix était si franc et si assuré qu'il ne put s'empêcher de rire.

— On ne dirait pas, la taquina-t-il.

— Peut-être, mais c'est pourtant le cas.

Elle le regarda en face.

— S'il te plaît, sois prudent.

— Je le suis toujours.

Il lui effleura la joue, passa le pouce sur sa bouche douce et soyeuse.

— Merci, docteur.

Elle plissa le front.

— De quoi ?

— De tout.

Sa voix se voila.

— Ces jours que nous avons passés ensemble ont été…

Il laissa sa phrase en suspens, incapable de trouver un adjectif à la hauteur de ce qu'il voulait exprimer.

Puis il se rendit compte que Julia le fusillait du regard.

— Arrête ! Cesse de parler comme si nous n'allions jamais nous revoir !

Il sourit.

— Alors, que suis-je censé dire ? « À bientôt » ? « Je t'appelle » ?

— Oui. Tu as même le droit de me dire que je vais te manquer d'ici là. Mais tout ce qui sous-entendrait que c'est peut-être la dernière fois que nous nous voyons, je te l'interdis.

Un rire monta en lui.

— Oui, m'dame.

Avec son menton relevé en manière de défi et ses yeux noisette scintillant d'une farouche détermination, elle n'avait jamais été aussi belle.

Croisant les bras, elle l'épingla d'un regard sévère et déclara :

— Maintenant, embrasse-moi et, ensuite, va donner une bonne leçon à ces fumiers de terroristes, sergent Stone.

# 15

— On a un visuel sur Apollo. Je répète : visuel sur Apollo. Il a l'air endormi dans la chambre de derrière, côté ouest. L'angle de tir est dégagé.

Le rapport formulé à voix basse venait du tireur positionné sur le toit de la maison voisine du quartier général des terroristes.

— OK. Compris. Maintenez le visuel, répondit sur le même ton la voix de Foster dans l'oreillette de Sebastian.

— Visuel sur deux individus dans la chambre de derrière, côté est, annonça l'agent qui surveillait la façade latérale de la maison. Andromède Un et Deux. Pas de mouvement.

— Andromède Trois, Quatre et Cinq dans la cuisine. On a un visuel sur la porte de derrière, leur apprit un nouveau murmure. Ils sont réveillés mais ne bougent pas.

Depuis son poste d'observation dans la haie séparant le camp des CPL de la maison voisine, Sebastian arrêta son regard sur l'avant de la maison. Les lumières du séjour étaient allumées, et un corps était étendu sur le canapé, pointant à bout de bras une télécommande en direction du poste de télévision. La lumière bleutée de l'écran se reflétait sur les vitres de la large fenêtre.

— Un individu dans le séjour. Réveillé, mais pas de mouvement, indiqua-t-il à son tour, chuchotant comme ses équipiers. C'est donc Andromède Six.

Six hommes et Escobar, qui s'était vu attribuer le nom de

code Apollo. Cela faisait en tout sept individus à l'intérieur de la maison. Quatre réveillés, trois potentiellement endormis.

Sebastian jeta un coup d'œil à l'agent qui se tenait, stoïque, à côté de lui. Ils étaient tous deux vêtus de la même façon — uniforme intégral noir, gilet tactique, casque lourd, rangers de combat et visage barbouillé de noir pour mieux se fondre dans la nuit.

Lui-même était protégé par une couche de Kevlar, un gilet pare-balles, et muni d'une mitraillette MP5, de deux armes de poing de gros calibre, sans compter les armes blanches stratégiquement positionnées et plusieurs grenades fixées à son gilet.

— Mettez-vous en position, murmura la voix de Foster. Et maintenez le visuel.

À l'aide des signaux manuels en usage dans l'armée, Boswell, son équipier, lui fit signe de se préparer. Puis tous deux se dirigèrent en silence vers la maison. Ils se plaquèrent contre le mur extérieur et se rapprochèrent précautionneusement de la grande baie vitrée. Parvenus là, ils se baissèrent puis, toujours sans bruit, poursuivirent leur progression en rampant au-dessous des vitres jusqu'à la porte d'entrée.

Les uns après les autres, les autres membres du groupe d'assaut — les deux tireurs d'élite postés sur les toits des maisons voisines — se signalèrent par un bref « Paré » dans le micro.

Lorsque Sebastian et son partenaire furent en position, ils indiquèrent leur statut à leur tour, puis attendirent les instructions. Le plan exigeait une parfaite coordination et une intervention simultanée sur tous les points d'entrée de la maison, mais il leur fallait recevoir le feu vert de Foster pour passer à l'action.

Les secondes s'égrenèrent, tandis que Sebastian attendait, immobile, dans l'obscurité. La rue était plongée dans les ténèbres, plus silencieuse qu'une église. Il entendit cependant un ronronnement de moteur au loin. Mais, ce véhicule-là excepté, il n'y avait, à 4 h 30 du matin, aucune circulation et l'unité avait pu s'infiltrer dans la zone sans difficulté.

Tout à coup, l'oreillette émit un faible grésillement et la voix de Foster souffla :

— Souvenez-vous, ne les tuez qu'en cas d'absolue nécessité. L'objectif est de capturer, pas d'éliminer. Priorité sur Apollo. À mon signal, vous y allez. Un…

Sebastian assura sa prise autour de son MP5.

— Deux.

Il exhala lentement l'air de ses poumons.

— Trois.

Comme un seul homme, Boswell et lui bondirent alors en avant, arrosant de balles la porte d'entrée avant de l'enfoncer d'un coup de pied et de se ruer dans la maison. Boswell fonça droit devant lui, Sebastian plongea sur la gauche, en direction du séjour. Un vacarme d'enfer éclata à ses oreilles, en provenance de tous les coins de la maison. Des déflagrations assourdissantes, des fenêtres qui volaient en éclats, des cris fébriles, des ordres brefs de lâcher les armes.

L'homme des CPL qui se tenait dans le séjour roula à bas du canapé, attrapa un AK-47 et le pointa dans sa direction. Les oreilles tintant du fracas ambiant, Sebastian se plaça d'un bond derrière le bras du canapé en polyester déchiré et tira. Il y eut un bruit de verre brisé. D'autres coups en rafales secouèrent la maison.

Le terroriste était embusqué derrière un fauteuil marron aux coussins éventrés. Sebastian focalisa son attention sur le bras de l'homme qui semblait vouloir atteindre la table basse au plateau de bois craquelé.

— *¡ Ahora !*

L'ordre hurlé en espagnol domina le *tac-a-tac-a-tac* ininterrompu des armes à feu.

— *¡ Ahora !*

*Maintenant.*

Son regard se porta sur la table et il comprit soudain ce que l'homme, paniqué, s'efforçait d'atteindre. Une télécommande gris argent de la taille d'un paquet de cigarettes avec un voyant rouge clignotant et un bouton noir.

Un détonateur !

De toute évidence, la responsabilité de faire sauter la maison incombait à ce salopard.

S'il tentait de s'emparer du détonateur, calcula Sebastian, il s'exposait au tir du AK-47, mais il n'avait pas le choix. Récitant une brève prière silencieuse, il quitta l'abri du canapé et se propulsa d'un bond vers la table. Les balles sifflèrent juste à côté de sa tête. Un projectile le percuta au niveau de l'estomac, lui coupant le souffle. Son bras se détendit en direction du détonateur mais, juste au moment où ses doigts se refermaient autour, le combattant des CPL sauta sur lui.

La télécommande lui échappa des mains et tomba sur le plancher fendillé. Comme tous deux se jetaient sur le boîtier, Sebastian lâcha le MP5. Bon sang ! Il n'allait pas pouvoir l'atteindre le premier. La peur et l'adrénaline s'emparant de lui, il porta vivement la main au Glock, à sa ceinture.

Poussant un cri sauvage pareil à celui d'un animal blessé, le terroriste détendit le bras. L'extrémité de ses doigts frôla le détonateur.

Sebastian appuya alors sur la détente et fit feu quatre fois.

Avec un bruit sourd, l'homme s'affala sur le plancher, tête en avant, et ne bougea plus.

Respirant bruyamment, Sebastian enjamba le corps inerte, ignorant la flaque de sang qui s'étendait autour de sa tête.

Il attrapa le détonateur, puis, laissant échapper un soupir de soulagement, il porta la main à son oreillette pour annoncer :

— Andromède Six HS. J'ai le détonateur. Position sud-est dégagée.

Il leva les yeux et examina les angles du plafond, cherchant des fils mais, apparemment, les explosifs avec lesquels les lieux avaient été piégés n'étaient pas décelables à l'œil nu. Ils allaient certainement découvrir une montagne de C4 au sous-sol, peut-être même dissimulée dans l'épaisseur des murs.

— Andromède Un et Deux appréhendés. Secteur ouest dégagé, déclara une voix énergique.

— Andromède Trois, Quatre et Cinq, HS. Secteur nord dégagé, aboya une autre voix.

Quelques secondes plus tard, une voix triomphante proclamait à son tour :

— Apollo appréhendé. Secteur est dégagé.

Empochant le détonateur, Sebastian ramassa son MP5 et sortit dans le couloir, où il trouva Boswell. Il ne distinguait pas bien l'expression de l'agent sous le camouflage noir, mais il était facile de discerner l'étincelle victorieuse dans ses yeux.

Ils se dirigèrent vers l'arrière de la maison, où était située la chambre dans laquelle Escobar s'était cloîtré. Ils y découvrirent deux agents Delta penchés au-dessus de lui, les armes pointées sur sa tête. Le leader du groupe terroriste avait la mine défaite et l'air si bouleversé que Sebastian dut se retenir de rire.

*Ton plan abject n'a pas fonctionné comme tu l'espérais, hein ?*

— Avez-vous trouvé le Méridien ? aboya Foster dans les oreillettes.

— Je suis en train de chercher, lança la voix d'un agent, aussitôt suivie de trois autres réponses similaires.

Sebastian sortit le détonateur de sa poche et l'éleva devant lui.

— La maison est piégée, dit-il en activant son oreillette. Faites venir une équipe de démineurs. Nous ne savons pas à quoi nous avons affaire.

— J'ai le Méridien.

Il y eut quelques secondes de silence.

— Répétez ? ordonna Foster.

— J'ai trouvé le Méridien. Il est en sûreté.

Sebastian jeta un coup d'œil à Escobar, dont les yeux noirs et durs paraissaient maintenant résignés. Il avait perdu la partie, et le savait.

— Je répète : le Méridien est en sûreté.

Une heure plus tard, lorsqu'il sauta à bas de l'hélicoptère avec le reste de l'équipe, Sebastian était encore sous l'effet du pic d'adrénaline dû à la réussite de l'opération. Une unité terrestre emmena Escobar et les deux membres survivants des CPL pour les interroger, tandis que les flacons contenant le virus mortel découverts dans le sous-sol de la planque étaient envoyés par avion au CDC.

La fouille complète de la maison n'avait pas permis de découvrir d'autres flacons et, d'après l'un des hommes d'Escobar qui s'était mis à table sans se faire prier, les seuls flacons en possession du groupe se trouvaient là.

Ce qui était un signe supplémentaire du manque d'organisation et de professionnalisme de cette faction dissidente. Le plan d'Escobar avait péché tant par son amateurisme que par ses failles de sécurité et le caractère inatteignable de ses objectifs.

— Très beau travail, commenta Brent Davidson en venant l'accueillir à la descente de l'hélicoptère.

Il lui assena une tape amicale sur l'épaule, puis tous deux quittèrent la plate-forme d'atterrissage et se dirigèrent vers la porte conduisant à l'intérieur du bâtiment. Le reste de l'équipe leur emboîta le pas, Foster lançant des ordres à ses hommes tandis qu'il essuyait le noir de son visage avec un chiffon.

Sebastian se nettoya lui aussi le visage avec un morceau de tissu, tout en marchant au côté de Brent, qui lui décrivait les opérations en cours.

— Une force conjointe est mise sur pied en ce moment même à San Marquez. Des descentes vont être effectuées dans toutes les caches connues des CPL. On ne peut pas courir le risque qu'Escobar ait conservé un flacon contenant le virus quelque part sur l'île.

— Je ne pense pas que ce soit le cas, répondit Sebastian. Escobar ne m'a pas donné l'impression de se distinguer particulièrement par la fulgurance de son esprit. Je pense qu'il en a eu assez de voir que Luego n'obtenait pas les résultats escomptés, qu'il a convaincu une bande d'imbéciles de se rallier à sa mouvance extrémiste, et qu'il a improvisé ce plan à la va-comme-je-te-pousse qui a abouti à la mort de tous ces gens à Dixie. Il a réussi à petite échelle, mais je ne crois pas qu'il aurait été capable de mener à bien un attentat contre une grande ville, et je ne pense pas non plus qu'il aurait laissé le virus hors de son contrôle, à San Marquez. Le risque qu'il se répande dans son pays aurait été trop grand.

— Ton argumentation se tient, acquiesça Brent. On verra ce qu'ils trouveront.

Ils longèrent un corridor éclairé au néon et Sebastian déboucla la lanière de son casque et le coinça sous son bras.

— Je veux voir le Dr Davenport. Où est-elle ?

— Dans mon bureau. Le canapé y est très confortable, mais je doute qu'elle ait suivi mon conseil et se soit allongée pour essayer de dormir un peu. Elle arpentait la pièce comme un lion en cage, la dernière fois que je suis passé la voir.

Sebastian réprima un sourire. Rien de surprenant à cela. Julia ne devait pas tenir en place. Elle avait fait bonne figure lorsqu'ils s'étaient séparés sur le tarmac de l'héliport, mais il avait bien vu qu'elle était rongée par l'inquiétude.

— Tu veux boire quelque chose ? demanda Brent comme ils entraient dans la cabine d'ascenseur.

— Un verre d'eau serait le bienvenu. J'ai l'impression d'avoir la bouche remplie de sciure.

Brent sourit et appuya sur les boutons de commande de deux étages différents.

— Je prendrais bien un café, moi aussi. Je vais te chercher une bouteille d'eau et je vous retrouve, le docteur et toi, dans mon bureau.

— D'accord.

L'ascenseur tinta comme les portes s'ouvraient. Sebastian sortit dans le couloir et se dirigea vers le bureau de Davidson. Son pouls s'accéléra tandis qu'il marchait et il se rendit compte tout à coup à quel point il était pressé de voir Julia. La dernière fois qu'il avait été aussi impatient de retrouver une femme, c'était… neuf ans plus tôt.

Lorsqu'il était tombé amoureux de Lynn.

Il s'arrêta brusquement au milieu du couloir. Avant qu'il ait pu bloquer le douloureux souvenir, l'image de Lynn s'imposa à son esprit, avec ses grands yeux bleus et ses longs cheveux blonds soyeux. Son cœur se serra. Seigneur… Elle était si fragile, si menue ! À peine plus d'un mètre cinquante-cinq, des traits fins et délicats et le sourire le plus lumineux qu'il ait jamais vu.

Mais, rapidement, comme sous l'effet d'un logiciel de *morphing*, le portrait de Julia se superposa au visage de Lynn — ses yeux noisette à l'expression décidée, sa mâchoire déterminée, la moue un tantinet insolente de sa bouche. Il n'y avait rien de délicat chez Julia. Elle possédait une force, une résistance que rien ne pouvait faire ployer. Et elle était plus ardente que la braise. Plus intelligente, plus érudite qu'il ne le serait jamais, aussi.

Il était tombé amoureux d'elle.

Voilà. L'heure était venue de regarder les choses en face : oui, il *l'aimait*.

Bizarrement, l'étau glacé de la peur ne vint pas lui enserrer le cœur ainsi qu'il s'y était attendu. Au contraire, il eut la surprise de sentir un élan libérateur sourdre du plus profond de ses entrailles et grandir, grandir… Comme un immense oiseau ouvrant ses ailes pour prendre son essor. Il se remit en marche, allongeant subitement le pas, impatient, résolu.

Ne prenant pas la peine de frapper, il poussa la porte et entra sans ralentir. Julia était assise sur le canapé, feuilletant le journal du jour.

Elle se leva d'un bond en le voyant.

— Dieu merci… Te voilà, Sebastian !

Et elle se jeta à son cou.

Il referma les bras autour de son corps mince et la tint serrée contre lui pendant un long moment, humant le parfum familier du savon et de la fleur d'oranger. Que cette senteur féminine lui semblait enivrante ! Il l'étreignit plus fort, ne voulant plus jamais la lâcher.

— Je suis tellement heureuse que tu ailles bien ! murmura-t-elle en levant la tête vers lui, fouillant son regard de ses grands yeux de biche qui lui semblèrent tout à coup détonner singulièrement chez une femme qui avait des nerfs d'acier.

— Et moi, je suis tellement heureux de te retrouver ! répondit-il d'une voix enrouée par l'émotion.

Ignorant son expression surprise, il inclina la tête et l'embrassa, l'extrême tension de cette journée charnière, qu'il avait fermement refoulée pour conduire sa périlleuse mission, se relâchant d'un coup et transformant le tendre baiser voulu en une fougueuse prise de possession qui laissa Julia pantelante, gémissant contre ses lèvres. Il lui mordilla la lèvre inférieure quelques instants, avant de la libérer et de faire la grimace.

— J'ai extrêmement soif, observa-t-il avec un soupir.

Julia se mit à rire et attrapa la bouteille d'eau posée sur le bureau.

— Tiens, bois ! Après l'exploit que tu viens d'accomplir, tu l'as bien mérité.

Elle le contempla avec un petit sourire espiègle tandis qu'il dévissait le bouchon en plastique.

— Il ferait beau voir que tu te déshydrates à cause de moi, plaisanta-t-elle.

Il porta le goulot à ses lèvres et engloutit la totalité de son contenu en une seule longue lampée, ce qui suscita un nouvel éclat de rire de Julia.

Le liquide frais coulant dans sa gorge étancha enfin sa soif et désaltéra sa gorge asséchée mais, lorsqu'il jeta la bouteille vide dans la corbeille à papier, il croisa le regard désapprobateur de Julia.

— Qu'y a-t-il ? s'enquit-il d'un air penaud.

— Tu ne pouvais vraiment pas m'en laisser une petite goutte ?

Elle leva les yeux au ciel et ajouta :

— Parce que, maintenant, c'est *moi* qui ai soif !

— Oh ! Désolé… Tu aurais dû me le dire, je n'y ai pas pensé. Il faut que je me fasse pardonner…

Une lueur diabolique dansant au fond de ses prunelles grises, il s'avança vers elle avec un sourire en coin, prêt à s'emparer de nouveau de ses lèvres, mais l'arrivée de Brent contrecarra ses plans.

Tenant une tasse de café fumant dans une main, ce dernier lui tendit une petite bouteille d'Evian avant de faire le tour du bureau et de s'asseoir dans son imposant fauteuil en cuir.

— Tiens, dit Sebastian à Julia en lui donnant la bouteille. À ton tour, puisque j'ai bu la tienne.

Souriant, elle la prit et avala une longue gorgée d'eau.

— Merci.

— Asseyez-vous, leur dit Brent en leur faisant signe de prendre place sur les deux chaises confortables qui faisaient face à son bureau d'acajou. Nous avons deux ou trois choses à discuter, et il faut que vous signiez quelques déclarations.

Ils passèrent les vingt minutes suivantes à évoquer les différentes possibilités qui s'offraient à eux. Finalement, Brent se renfonça contre le dossier de son fauteuil avec un soupir, et déclara :

— Je vous recommande de rester aux États-Unis. Je peux vous assurer une protection vingt-quatre heures sur vingt-quatre, et…

— Non, l'interrompit Sebastian. Il faut que je rejoigne mon groupe aussi rapidement que possible. Je leur soumettrai tes propositions et nous en discuterons ensemble, mais j'imagine qu'ils préféreront s'abstenir de rentrer ici, tant que nous ne saurons pas de façon certaine qui a assassiné le reste de notre unité.

— Je te promets de faire mon possible pour tirer ça au clair, répondit Brent. Je suis sûr que lorsque nous aurons découvert qui a autorisé la création du virus Méridien, nous tiendrons du même coup la personne responsable de la mort de tes coéquipiers. Nous sommes d'ores et déjà en train de monter une force opérationnelle, et chacune des agences fédérales va faire l'objet d'une enquête interne, de même que chacun des fonctionnaires du gouvernement. Même la

Maison Blanche n'y échappera pas. Connaître la personne qui a présidé à la création du Méridien constitue désormais un enjeu de sécurité nationale.

— Bien. Mais, d'ici à ce que le coupable soit identifié, je ne peux pas rester.

— Moi non plus, renchérit Julia.

Il lui jeta un regard en biais, surpris. Ils n'avaient pas discuté de ses intentions, mais il était heureux d'apprendre qu'elle ne demandait pas à retourner à Boston ou à rester à Washington DC. En ce qui le concernait, il savait très exactement où il voulait qu'elle aille, mais cela nécessitait une longue et laborieuse conversation qu'il n'était pas certain de pouvoir encore affronter.

— Pour l'instant, Julia reste avec moi, annonça-t-il, espérant qu'il ne péchait pas par excès de zèle.

Mais elle ne parut prendre le moins du monde ombrage de sa déclaration.

— Si je décide d'accepter la protection que vous me proposez, je vous le ferai savoir, précisa-t-elle à l'adresse de Brent.

Lequel poussa un soupir.

— Eh bien, à moins de vous placer tous les deux sous programme de protection contre votre volonté, je ne peux pas vous forcer à rester. Mais il vous faudra revenir à un moment ou à un autre, si vous devez témoigner.

— Nous aviserons à ce moment-là, répondit Sebastian, restant délibérément dans le vague.

Brent se mit à rire.

— Bien sûr, bien sûr… Ça, je sais ce que ça veut dire !

Il se leva et lui tendit la main par-dessus le bureau.

— J'ai été très content de te revoir, Sebastian. Cette fois, tu peux peut-être me laisser un numéro où je peux te joindre ?

Sebastian acquiesça d'un signe de tête.

— Oui, ça, je peux le faire.

Tous deux échangèrent une chaleureuse poignée de main,

puis Brent pressa amicalement le bras de Julia avant de les raccompagner jusqu'à la porte.

— Le pays vous doit à tous les deux une fière chandelle, dit-il d'un ton solennel. Le CDC travaille déjà au développement d'un antidote à partir de l'échantillon et des notes que vous nous avez remis, et Escobar ne pourra plus contaminer quelque réseau d'eau que ce soit. Grâce à toi, Sebastian.

En sortant dans le couloir, ils faillirent entrer en collision avec l'aide de Brent qui, d'un geste de la main, désigna l'uniforme de Sebastian.

— Il faut que vous passiez par les vestiaires avant de quitter le Pentagone, sergent. Je peux vous y conduire, si vous voulez.

— Merci, Paul.

Il prit la main de Julia et tous deux emboîtèrent le pas à l'homme aux cheveux blond pâle. Tandis qu'ils attendaient l'ascenseur, Julia s'écarta un instant pour jeter sa bouteille d'eau dans une poubelle qui se trouvait à proximité, avant de revenir et de s'incliner vers lui pour lui souffler à l'oreille :

— Merci de ne pas t'être fait tuer dans l'explosion de cette maison, Seb.

Un sourire effleura brièvement ses lèvres.

— De rien, docteur. Tout le plaisir était pour moi.

Plutôt que de retourner dans leur chambre de motel, ils allèrent s'installer dans un hôtel situé à l'autre bout de la ville, sous la fausse identité de Sebastian. La seule chambre disponible se trouva être une suite dotée d'une vaste baignoire jacuzzi qui fit instantanément fleurir un sourire resplendissant sur le visage de Julia.

Sebastian se réjouit de la voir si heureuse. Depuis qu'ils avaient quitté le Pentagone, elle avait la démarche plus légère, le pas sautillant, presque, et elle était beaucoup plus câline qu'habituellement. Elle avait passé son bras sous le sien tandis qu'ils marchaient, s'était pelotonnée contre lui dans la voiture, l'avait gratifié d'un baiser spontané et incroyablement passionné dans l'ascenseur de l'hôtel — tellement passionné, même, qu'il avait réussi à aiguillonner ses sens comme jamais. Mais ni l'un ni l'autre n'étaient d'humeur à faire l'amour lorsqu'ils prirent leurs quartiers dans la luxueuse suite.

Ils n'avaient pas fermé l'œil depuis vingt-quatre heures, si bien qu'ils se laissèrent tomber sur l'immense lit à la minute où ils entrèrent dans la pièce.

Lorsque Sebastian ouvrit les yeux, des heures plus tard, et s'aperçut qu'il faisait nuit noire de l'autre côté de l'immense baie vitrée qui occupait toute la hauteur du mur, il poussa un grognement de dépit.

Julia remua sous les couvertures, à côté de lui, et se blottit contre lui.

— Qu'est-ce qui se passe ? demanda-t-elle d'une voix ensommeillée.

— On a dormi seize heures d'affilée.

— Non ! Je ne te crois pas.

Elle bâilla à s'en décrocher la mâchoire.

— Quelle heure est-il ?

— 11 heures.

— C'est bien ce que je dis : tu exagères. Après tout, nous ne sommes arrivés qu'à 6 heures.

— 11 heures du *soir*, docteur.

Cette précision la réveilla tout à fait. Se redressant sur un coude, elle se tourna vers lui et le dévisagea, horrifiée.

— Ce n'est pas vrai ! Nous avons perdu une journée entière et la moitié de la nuit ?

— Je ne dirais pas ça, fit-il observer. Nous avions vraiment besoin de repos.

— Oui, mais…

Il arqua un sourcil.

— Mais quoi ?

Les joues de Julia rosirent.

— Je me faisais une joie de passer toutes ces heures au lit avec toi.

— Techniquement, nous y étions.

— Tu vois ce que je veux dire.

Avant qu'elle ait pu ouvrir la bouche, il la renversa sur le dos et insinua la main sous son T-shirt et son soutien-gorge. Lorsqu'il sentit la pointe de son sein s'ériger sous ses doigts, il murmura d'un ton approbateur :

— Mais oui… Je vois très exactement ce que tu veux dire.

Elle pouffa avant de se tortiller pour échapper à son emprise.

— Puisque nous en sommes là, tu pourras bien attendre encore un peu. J'ai faim. Pourquoi ne pas nous commander à manger dans la chambre ? Oh… Et puis, j'aimerais bien tester ce jacuzzi, aussi.

Avec une note séductrice dans la voix, il répondit :

— Et si nous le testions ensemble ? On pourra consulter le menu du service de chambre tout en faisant trempette… Qu'en dis-tu ?

— Oooh ! Mais c'est une excellente idée, ça !

Cinq minutes plus tard, ils la mettaient à exécution. La baignoire était suffisamment spacieuse pour qu'ils puissent s'y allonger confortablement tête-bêche, mais ce fut Sebastian, cette fois, qui se sentit d'humeur câline. Adossé à la paroi de céramique, il écarta les jambes pour faire place à Julia et l'attira à lui. Elle s'installa, blottie entre ses cuisses, le dos calé contre son torse, son postérieur niché contre lui, leurs jambes emmêlées.

Ensemble, ils consultèrent le menu, puis Sebastian posa la feuille plastifiée sur le rebord de la baignoire et se mit à promener ses mains sur le corps de Julia. Le jet d'eau situé sur la paroi, juste derrière lui, pulsait l'eau sous pression à un rythme régulier, détendant les muscles de son dos. L'idée coquine de positionner Julia de telle façon que l'un des jets soit dirigé droit sur son intimité fit affluer tout le sang de son corps vers son entrejambe, transformation qui n'échappa pas à celle qui était pelotonnée contre lui.

Remuant lascivement contre lui, elle laissa échapper un petit rire de gorge qui résonna dans la salle de bains.

— Tttt… Mangeons d'abord, le gronda-t-elle.

— D'accord. Alors, il faut que tu me laisses sortir pour que je passe commande.

Mais elle lui emprisonna les cuisses, l'empêchant de bouger.

— Pas question. Je suis si bien installée… On passera la commande quand on sortira du bain.

Elle laissa sa tête rouler contre son torse et soupira d'aise. Sebastian posa les mains sur son ventre plat et poussa, lui aussi, un soupir de satisfaction. L'eau bouillonnante était délicieusement chaude, et ils s'abandonnèrent au divin massage que leur dispensaient les multiples buses à jet rotatif.

Tandis que l'eau pulsée s'employait à délasser les tensions musculaires accumulées au fil des heures stressantes qu'ils venaient de vivre, Sebastian se laissa aller à contempler, les yeux mi-clos, les cheveux de Julia qui flottaient autour de ses épaules, tels des rubans de soie venant lui chatouiller le torse et les bras.

— Mmm… Je pourrais rester comme ça la vie entière, murmura-t-elle d'un ton extatique.

La gorge de Sebastian se serra.

— Moi aussi.

Et ce n'étaient pas des paroles en l'air. Il aurait *réellement* aimé rester avec cette femme pour toujours. Et qui sait ? Peut-être y avait-il une chance que ce soit possible…

Toutes les pensées qu'il avait soigneusement évincées de son esprit lui revinrent en bloc.

« Je te rappelle que, si je suis en vie aujourd'hui, c'est grâce à toi. »

C'était la vérité, non ? Il l'avait protégée dès l'instant où il avait entendu le général prononcer son nom à Esperanza. Chaque fois qu'ils avaient couru un danger, elle s'en était sortie. Et elle était toujours bien vivante. La femme qu'il aimait était là, avec lui, dans ses bras, en sécurité et, pour la première fois de sa vie, il s'autorisa véritablement à croire qu'il pourrait en être ainsi toujours.

— Est-ce que tu veux venir en Équateur avec moi ?

L'inflexion un peu trop gutturale de sa voix résonna dans l'air chaud et humide qui les enveloppait.

— Oui.

Pas la moindre trace d'hésitation. Cette unique syllabe avait fusé de ses lèvres, sans une once d'incertitude.

Sebastian sentit ses lèvres s'étirer toutes seules en un sourire.

— C'est vrai ?

— Bien sûr, confirma-t-elle, une note de sarcasme s'insinuant dans sa voix. Où voudrais-tu que j'aille ?

Cette réponse le refroidit quelque peu.

— Tu acceptes de venir avec moi uniquement parce que tu penses ne pouvoir aller nulle part ailleurs ?

— Non, je veux venir avec toi parce que je ne supporte pas l'idée d'être séparée de toi, idiot !

Il partit d'un petit rire et secoua la tête.

— Tu sais que tu peux être vraiment féroce, parfois ?

— Non. Je suis franche, c'est tout.

Elle changea de position et pivota sur elle-même pour lui faire face. Le chevauchant, elle planta ses yeux noisette droit dans les siens.

— Et, comme je suis franche, je ferais aussi bien de te dire que, pour moi, ce n'est pas seulement physique. Il y a longtemps que ce n'est plus le cas.

L'allégresse qui lui dilata le cœur le prit totalement au dépourvu mais, une fois revenu de sa surprise, il se rendit à l'évidence : l'aveu de Julia le rendait… heureux.

Parce qu'il en allait exactement de même pour lui.

— Après ce que tu m'as raconté, je comprends que tu aies peur de t'engager, continua-t-elle d'une voix douce. Mais il faut que tu saches que tu n'es pas *maudit*. Il n'y a pas de malédiction. Tu n'es pas le seul à avoir perdu des proches, Sebastian. J'ai perdu les deux personnes que j'aimais le plus au monde et je suis certaine qu'en cherchant bien, je pourrais relier leur mort à quelque chose que j'ai dit ou fait. Comme le fait que Mia soit partie en Afrique du Sud à cause de ce que je lui avais dit, un jour que j'étais de mauvaise humeur... Je lui avais jeté au visage qu'elle n'arriverait jamais à percer comme écrivaine voyageuse...

Elle marqua une pause, l'expression douloureuse, avant de poursuivre :

— Je m'en suis mordu les doigts par la suite, évidemment, parce qu'elle écrivait vraiment bien. Je pourrais aussi dire que je suis responsable de la mort de mon père, parce que la veille du jour où il a eu la crise cardiaque qui l'a terrassé, je l'avais incité à commander un énorme filet de bœuf, alors que je savais pertinemment que la viande rouge lui était formellement interdite.

Sebastian poussa un soupir las. En considérant les choses sous cet angle-là, son histoire de malédiction frisait le ridicule. Et pourtant... Pourtant, il n'arrivait pas encore à se défaire totalement de sa culpabilité. Il ne se sentait pas prêt à reconnaître que le poids de la responsabilité incombait peut-être à quelqu'un ou quelque chose d'autre — ou bien à rien ni à personne.

— Rien ne nous oblige à précipiter les choses, enchaîna-t-elle, avec, brillant au fond des yeux, une lueur qu'il ne pouvait décrire que par un seul mot : la confiance.

La confiance en lui. La confiance en eux.

— Pas de serments, pas de mariage. On laisse faire le temps et nous verrons bien où ça nous mènera... Alors ? Qu'est-ce que tu en dis ?

Il eut toutes les peines du monde à parler à cause de la boule énorme qui lui obstruait la gorge.

— J'en dis que... Ça m'a l'air parfait !

Julia se pencha vers lui avec un sourire, et déposa un baiser rapide sur ses lèvres.

— Très bien. Et maintenant, si nous sortions de cette baignoire et que nous passions commande ? Je ne vais pas tarder à défaillir si je ne me mets pas rapidement quelque chose sous la dent !

Ils sortirent du jacuzzi et se séchèrent avant de s'enrouler dans les moelleux peignoirs de bain en éponge mis à disposition par l'hôtel, ce qui cadrait tout à fait avec ce que Sebastian avait en tête — il n'avait pas l'intention de laisser Julia revêtir le moindre centimètre carré de tissu de tout le reste de la nuit. Ni peut-être même jamais.

Ils optèrent pour des cheeseburgers et des frites, accompagnés d'une assiette d'oignons frits pour deux. Absorber un repas aussi lourd au milieu de la nuit n'était sans doute pas très judicieux, mais ils mouraient de faim tous les deux, et Sebastian était tout bonnement heureux de voir Julia manger avec appétit. Elle avait repris du poids depuis leur rencontre, ce qui ne manquait pas de sel si l'on songeait qu'ils n'avaient fait que fuir à cheval, en bateau, en avion, en voiture et se cacher dans des chambres de motel pour éviter d'être tués. Pourtant, où qu'ils se soient trouvés, il n'avait cessé de l'encourager à manger et ses efforts avaient fini par payer : les joues de Julia s'étaient un peu arrondies et il ne parvenait plus à compter ses côtes aussi facilement.

— Quand ton organisation internationale t'assignera une nouvelle mission, il faudra que tu fasses un peu plus attention à toi. Interdiction de te surmener comme tu l'as fait par le passé, décréta-t-il en la regardant grignoter une frite.

Elle haussa les sourcils.

— Ah bon ? Et qui m'en empêchera ?

— Moi, pardi ! rétorqua-t-il en lui jetant un regard railleur. Je ne vais pas vivre dans la clandestinité éternellement. Tôt ou tard, Tate, Nick et moi finirons par savoir qui a éliminé nos compagnons d'unité et essayé de nous tuer, *nous aussi*. Et, une fois que nous aurons identifié ces salauds, je serai libre de bourlinguer à travers le monde avec toi.

Ce fut à l'instant où les mots quittaient sa bouche qu'il s'avisa que c'était le projet qui, désormais, lui tenait le plus à cœur.

Julia parut tout aussi étonnée que lui.

— Tu envisages vraiment de me suivre dans mes déplacements autour du globe pour Doctors International ?

— Et pourquoi pas ? Je n'ai jamais voulu d'un travail ennuyeux, enfermé dans un bureau de 9 heures du matin à 5 heures du soir. Mon unique souhait, mon ambition, c'était d'entrer dans l'armée... Mais, après tout ce qui est arrivé, j'avoue que je suis un tantinet désabusé vis-à-vis des Forces Armées des États-Unis. Ma carrière militaire est terminée, ce qui signifie que je suis libre comme l'air et que je peux faire absolument tout ce que je veux. Comme je te l'ai dit, moi aussi, j'ai l'âme d'un pigeon voyageur.

Elle inclina la tête sur le côté, intriguée.

— Mais que ferais-tu pendant que je travaillerais dans ma clinique ?

— Tout. N'importe quoi. De la photographie. Je partirais en exploration... Je prendrais des petits boulots ici ou là, si jamais nous devions venir à manquer d'argent.

Au bout d'un moment, le beau visage de Julia se fendit d'un sourire lumineux.

— Ça me paraît extrêmement tentant.

Lui aussi trouvait la perspective plus que séduisante. En fait, il était même impatient de repartir de zéro avec elle. Julia Davenport était la femme la plus intelligente, la plus sexy, la plus généreuse et la plus effrontée qu'il lui ait jamais été donné de rencontrer. Elle l'avait fasciné dès l'instant où il avait fait sa connaissance à Valero et, pendant la période qu'ils venaient de passer ensemble, elle avait réussi à abattre une à une toutes ses défenses. À lui donner envie de quelque chose à quoi il n'avait plus osé rêver depuis des années. La vie à deux. Le rire. L'amour.

Submergé par un raz-de-marée d'émotion, il l'aida à débarrasser leurs assiettes vides et à les déposer sur le chariot du service de chambre qu'il alla placer devant leur porte, dans le couloir.

Lorsqu'il revint, Julia était couchée au centre du grand lit — débarrassée de son peignoir.

Cette fois, en lui faisant l'amour, il ne chercha pas à lutter contre les émotions intenses qui se bousculaient en lui. Se laissant emporter, il ouvrit son cœur et s'abandonna sans réserve aux sentiments qui l'étreignaient. Le regard vissé sur ses yeux, il entra sans hâte en elle, avec douceur, agrippant sa cuisse pour soulever son genou et s'unir plus complètement à elle. Elle poussa un gémissement et il vit à son regard vitreux qu'elle n'était pas loin de chavirer.

Capturant ses lèvres, il l'embrassa avec ferveur, sa langue se mêlant à la sienne en un fiévreux ballet qui la laissa haletante, puis il accéléra la cadence de ses va-et-vient, la sentant proche du point de bascule.

Tandis qu'elle se pâmait dans ses bras, il lâcha la bride à la passion qui le tenaillait et un plaisir fulgurant lui saisit le bas du corps, explosant en une myriade de sensations qui se propagèrent dans tout son être, le laissant lui aussi le souffle coupé.

Ils demeurèrent lovés dans les bras l'un de l'autre et durent s'endormir car, lorsqu'il ouvrit les yeux, clignant des paupières, ce fut pour se rendre compte qu'il était aveuglé par les rayons du soleil qui inondaient la chambre. Il plissa les yeux, sentant un mal de tête le guetter.

Avec un grognement, il se massa les tempes, espérant que cela apaiserait la douleur sourde et lancinante.

— Tu es brûlant, marmonna Julia, encore somnolente.

Il avait chaud, en effet. Et il se sentait un peu léthargique aussi, l'esprit et le corps comme dans du coton, découvrit-il en se glissant hors du lit pour ne pas la déranger.

Le réveil, sur la table de chevet, indiquait 7 h 39. La dernière fois qu'il l'avait consulté, il était 3 heures du matin, ce qui expliquait certainement son manque d'énergie. Seize heures de sommeil la veille, un intermède de quatre, puis de nouveau quatre heures et demie de repos cette nuit… De toute évidence, son cycle de sommeil était complètement chamboulé.

Il quitta la chambre et se dirigea vers l'autre pièce de la suite, qui se composait d'un coin cuisine, d'un espace séjour et d'une table à manger. Par chance, la kitchenette était équipée d'une cafetière et, quelques minutes plus tard, il trempait avec délices les lèvres dans un café fumant. Dès la première gorgée, il se sentit plus alerte et ses idées se clarifièrent quelque peu.

Revenant vers la chambre, sa tasse à la main, il se tint debout dans l'embrasure et regarda Julia qui s'efforçait de trouver une position confortable. Une jambe émergeant des couvertures, elle se retourna entre les draps blancs, un oreiller pressé contre la poitrine, produisant de petits bruits qui lui firent monter le sourire aux lèvres.

Mais son sourire s'évanouit lorsque son regard s'arrêta sur une tache de couleur rouge.

— Julia, appela-t-il.

Elle remua, mais n'ouvrit pas les yeux.

— Julia !

Il avait haussé le ton cette fois, ce qui expliquait sans doute pourquoi il entendait sa voix malgré le martèlement assourdissant de son cœur.

Les yeux mordorés s'arrêtèrent sur lui, ensommeillés, vaguement réprobateurs.

— Quoi ? grommela-t-elle.

— Tu saignes.

Sa capacité à passer du sommeil à l'état de veille était presque aussi aiguisée que la sienne. Elle se redressa d'un coup et avisa la tache rouge qui maculait l'oreiller blanc en son centre, puis elle porta les mains à son visage. Elle toucha ses narines, puis entrouvrit les lèvres, interdite, les yeux écarquillés de stupeur.

Saisi d'une peur irraisonnée, Sebastian demeura planté là, à la regarder, ne voyant qu'une chose : les deux traînées rouge vif qui s'écoulaient de son nez.

# 16

La panique déferla en elle. Lorsqu'elle porta la main à ses narines, le flot de sang qui s'en écoulait parut s'intensifier. Horrifiée, elle rejeta les couvertures et sauta à bas du lit, mais s'immobilisa aussitôt, prise de vertige. Elle avait l'impression que ses jambes étaient faites de plomb et son corps tout entier lui semblait subitement peser une tonne.

En un éclair, Sebastian fut à côté d'elle et la rattrapa de ses bras puissants.

— Hé ! Attention, assieds-toi, murmura-t-il d'une voix où perçait sans ambiguïté une note de terreur.

Il avait peur.

Elle aussi, elle avait peur.

Pourquoi son nez ne voulait-il plus cesser de saigner, bon sang ?

Elle laissa Sebastian la ramener jusqu'au lit. Il la fit asseoir au bord du matelas, puis se précipita à la salle de bains et revint un instant plus tard avec une boîte de mouchoirs en papier. Il en arracha une poignée et les plaça sous son nez pour étancher le flot de sang. De son autre main, il lui toucha le front, puis les joues et le cou.

— Tu as de la fièvre, dit-il d'une voix rauque. Tu es bouillante.

Julia n'en doutait pas. Elle avait l'impression d'être dans une étuve. Et cette immense lassitude continuait à gagner tout son corps…

— La première heure, c'est la fièvre, la léthargie et des

saignements au niveau du nez, des oreilles et des yeux, dit-elle faiblement.

— *Stop !*

La voix de Sebastian l'interrompit, coupante comme un rasoir.

— Nous ne savons pas si c'est… Si tu as été…

— Infectée par le virus ? À quoi bon se leurrer, Sebastian ? J'allais tout à fait bien quand nous nous sommes endormis et, maintenant, je présente tous les symptômes initiaux que Frank a décrits.

Luttant contre la panique qui l'oppressait, elle força son cerveau à ne pas lui faire défaut, aussi fatiguée qu'elle soit.

— Si les humains réagissent au virus de la même façon que les souris, les premiers symptômes se manifestent au bout de vingt-quatre, peut-être vingt-cinq heures. Ce qui veut dire que j'ai dû contracter le virus…

Tout à coup, le calcul mental, aussi simple soit-il, lui parut trop compliqué. Elle renonça.

— Aux alentours de 6 h 30, hier matin, acheva Sebastian.

— C'est ça, 6 h 30. Nous étions… au Pentagone. Dans le bureau de Brent.

Les mouchoirs étaient déjà presque totalement imbibés de sang. Sebastian les jeta par terre et en préleva une nouvelle poignée dans la boîte.

— Tu as bu de l'eau, lui rappela-t-il. Tu te souviens ? Tu m'as donné le reste de ta bouteille.

— Non, pas le reste… *Toute* la bouteille. Je n'y avais pas encore touché.

Elle fouilla non sans peine dans sa mémoire.

— J'ai bu un café à notre arrivée au Pentagone, vers 3 heures du matin. Je n'ai plus rien bu ensuite.

Elle fronça les sourcils.

— Peut-être que les symptômes sont apparus chez moi plus tardivement, pour une raison ou pour une autre ? Il se peut que les souris réagissent plus…

— Non. Tu as bu autre chose que le café, la coupa-t-il.

Il était blanc comme un linge, maintenant, et ses mains qui pressaient les mouchoirs sous son nez tremblaient.

— Rappelle-toi… Tu m'as reproché de ne pas t'avoir laissé une goutte d'eau, alors je t'ai donné la bouteille que Brent venait de me rapporter.

— Ah oui, c'est vrai… Je me rappelle.

— Et il devait effectivement être environ 6 h 30… Ça cadre avec le temps d'incubation.

Un juron angoissé jaillit de ses lèvres, puis il se mit à retracer rapidement le fil des événements.

— Brent m'a demandé si j'avais soif… J'ai dit oui. C'est *lui* qui est allé me chercher cette bouteille, Julia. Cette eau empoisonnée… C'est à *moi* qu'elle était destinée.

Elle s'efforçait de l'écouter, mais ses marmottements précipités lui donnaient le tournis. Luttant pour garder pied dans la réalité, elle se leva de nouveau du lit en titubant. Sebastian bondit sur ses pieds et passa un bras autour d'elle.

— À l'hôpital, proféra-t-elle, la respiration sifflante. Il faut que tu m'emmènes à l'hôpital. Les convulsions vont commencer… Dans deux heures.

Oh ! Mon Dieu ! Et, peu de temps après, ce serait la paralysie.

Un accès de pure terreur l'assaillit, contractant tous ses muscles. Elle allait mourir !

Seigneur Dieu tout-puissant, elle allait vraiment mourir !

Les dix minutes qui suivirent passèrent dans un tourbillon. Elle n'avait pas le souvenir de s'être habillée mais, lorsqu'ils sortirent de l'hôtel, elle portait un jean et un débardeur. Elle ne se rappela pas non plus être montée dans la voiture mais, pourtant, elle se retrouva assise sur le siège passager tandis que Sebastian conduisait, murmurant des paroles apaisantes, gardant une main fermement posée sur sa cuisse.

Elle avait l'impression d'avoir la peau en feu. Son nez continuait à saigner ; elle sentait le goût métallique du sang dans son arrière-gorge.

Sebastian s'était tu. Il conduisait, concentré, les yeux rivés devant lui.

— Peut-être… Peut-être que le CDC a déjà mis au point un antidote, dit-elle d'une voix affaiblie.

Il se mordit l'intérieur de la joue.

— Un antidote.

— Oui… Peut-être. Parfois, il arrive qu'ils y parviennent relativement vite.

*Tu parles !* Il faudrait des semaines, des mois, peut-être même des années. Elle le savait très bien, mais elle refusait de renoncer à tout espoir. Après tout ce qu'elle venait de traverser, ça ne pouvait pas finir comme ça.

*Lissa. Simone. Marcus.*

*Kevin. Marie-Thérèse. Kendra. Nadir.*

*Moi.*

— Je ne veux pas mourir, Seb.

Ses doigts pressèrent le denim qui recouvrait sa cuisse.

— Tu ne vas pas mourir, docteur. Je ne le permettrai pas.

Pour un peu, elle se serait mise à rire. Qu'aurait-il pu répondre d'autre ? Son intrépide guerrier — son héros — toujours prêt à s'élancer à sa rescousse, toujours là pour elle.

— Une équipe médicale t'attend à l'hôpital, reprit-il. Des médecins, des membres du CDC, des agents fédéraux et des chercheurs vont te prendre en charge. Tu vas être en de bonnes mains.

Elle plissa les yeux, comme si cela avait une chance de l'aider à comprendre ce qu'il racontait.

— Qu'est-ce que tu dis ?

— J'ai tout prévu avant de quitter l'hôtel, chérie. Ils vont t'accueillir et s'occuper de toi.

Elle ne se rappelait pas l'avoir entendu passer de communication dans la chambre d'hôtel, mais tout était si embrouillé dans sa tête qu'elle ne pouvait plus être sûre de rien.

En revanche, ce qui ne lui avait pas échappé, c'était son emploi répété du mot « Tu ». « *Tu* vas être entre de bonnes mains », « ils vont *t'*accueillir », « s'occuper de *toi* »

— Sebastian… Tu vas venir avec moi, n'est-ce pas ? murmura-t-elle.

— Pas tout de suite, chérie. J'ai une petite chose à régler d'abord, mais je reviendrai très vite.

Le pouls de Julia s'accéléra.

— Non, ne me laisse pas.

Le monde se mit à tourner de nouveau autour d'elle et, tout à coup, elle se retrouva non plus sur le siège passager de la voiture, mais étendue sur une surface dure, et des voix parlaient fort tout autour d'elle. La panique lui comprima la poitrine, puis l'étau se desserra quelque peu lorsque le visage de Sebastian apparut dans son champ de vision, penché au-dessus d'elle.

— Ça va aller… Tu vas voir, chérie, tout va s'arranger.

Ses yeux gris scintillaient d'une détermination absolue.

— Maintenant, ferme les yeux et repose-toi, d'accord ? Je serai bientôt de retour. Je reviens très vite, je te le promets.

Et il disparut.

C'était *lui* qui était visé.

*Lui* à qui cette bouteille d'eau était destinée.

*Lui* que le virus devait frapper.

Ces trois évidences tournaient dans sa tête comme un leitmotiv tandis qu'il roulait à tombeau ouvert vers le Pentagone. Il avait déjà appelé Brent pour le prévenir de son arrivée et, si ce salaud ne venait pas l'attendre à l'extérieur ainsi qu'il l'avait promis, eh bien il trouverait le moyen de pénétrer dans la fichue forteresse d'une façon ou d'une autre — en recourant aux armes, s'il le fallait.

Julia ne pouvait pas mourir. La laisser là-bas, à l'hôpital, seule, terrifiée, *agonisante*, lui avait déchiré le cœur. Mais que pouvait-il faire d'autre ? Non, il ne la laisserait pas mourir. Il ne pouvait pas la perdre. Pas maintenant. Il avait déjà perdu tous ceux qui avaient compté pour lui.

C'était *lui* qui était visé.

*Lui* à qui cette bouteille d'eau était destinée.

*Lui* que le virus devait frapper.

C'était *lui*, la cible. Pas Julia.

Les pneus de la berline crissèrent comme il virait brusquement sur la droite pour entrer dans le parking. Il rongea son frein, se retenant de faire un scandale, tandis que les gardes, du haut de leur guérite, l'obligeaient à suivre les étapes du protocole. Vérification du nom et de la photographie qui figurait sur ses faux papiers d'identité — que Brent avait pris soin d'ajouter à la liste des visiteurs. Mini-interrogatoire de routine. Confiscation de son Beretta et de son couteau.

Quand la barrière du parking se leva enfin, il était à deux doigts de voir rouge, prêt à envoyer son poing dans la figure du premier venu qui tenterait de nouveau de lui mettre des bâtons dans les roues.

Brent l'attendait à l'entrée du bâtiment, les traits creusés par l'inquiétude.

— Que se passe-t-il ? Comment le Dr Davenport a-t-elle été infectée ?

Une colère noire s'empara de lui. Ainsi donc, c'était comme ça qu'il entendait jouer sa partie ? Fort bien ! Il allait laisser faire ce fumier. Pour le moment, il n'avait pas le temps de s'occuper de Brent Davidson. Il l'étriperait plus tard. Non… Il ferait bien mieux que cela. Il le torturerait, l'amènerait aux confins de la mort, pour lui laisser la vie sauve à la dernière minute, avant de recommencer à le tourmenter.

Si Julia mourait, Brent connaîtrait le même sort, il en faisait son affaire.

À cette différence près que sa mort, à lui, serait bien plus longue et bien plus douloureuse.

Serrant les dents, il ignora les questions de Davidson.

— Est-ce que tu as obtenu des informations de Stephen Langley à propos de cet antidote qu'il prétend détenir ?

— Non, mais…

— Je veux le voir ! trancha-t-il d'un ton sans appel, marchant droit sur la porte d'entrée.

Brent rentra en courant dans le bâtiment pour le rattraper, lui rappelant, d'une voix teintée d'incrédulité :

— C'est impossible. Langley est en détention. Seuls les employés fédéraux sont autorisés à l'approcher.

Sebastian s'arrêta net au beau milieu du couloir et fit volte-face.

— Es-tu autorisé à lui parler, toi ?

— Oui, mais…

— Il n'y a pas de « mais ». Emmène-moi jusqu'à lui !

— Sebas…

Avant que Davidson ait pu prononcer la troisième syllabe de son prénom, il le plaqua contre le mur, l'agrippant par le col de sa chemise blanche.

Les gardes armés postés le long du couloir se précipitèrent immédiatement vers le bloc des ascenseurs, l'arme au poing.

— Renvoie-les, commanda-t-il.

Cherchant son souffle, Davidson leva la main, faisant signe aux gardes de reculer. Ceux-ci s'immobilisèrent immédiatement.

— Et maintenant, écoute-moi bien, parce que je n'ai pas de temps à perdre avec toi ! Tu vas me laisser cinq minutes avec Langley. Tu n'as qu'à dire que c'est un renvoi d'ascenseur pour avoir localisé la planque des CPL. Ou une façon de me récompenser pour avoir participé à cette opération — et mis la main sur le détonateur avant qu'ils ne fassent tout sauter… Je ne veux pas le savoir, je m'en fiche. Arrange-toi comme tu veux avec tes supérieurs pour leur expliquer pourquoi tu m'as accordé cette faveur, mais fais-le ! Compris ?

— Pourquoi ? réussit à proférer Davidson d'une voix étranglée.

Il relâcha légèrement son emprise sur le col de chemise.

— Pourquoi je veux le voir ?

Comme Brent hochait la tête, il serra les mâchoires.

— Parce que, si ce salopard dit la vérité et qu'il a un antidote caché quelque part, je te garantis qu'il va me dire où il est ! Et si cet antidote existe, il va *directement* à Julia, à l'hôpital. Est-ce que je me suis bien fait comprendre ?

— Stone, il faut que tu te calmes. Langley est interrogé

sans relâche depuis un jour et demi. Il refuse de parler sauf si on lui accorde l'immunité.

— À moi, il parlera, assena Sebastian d'un ton comminatoire.

Il libéra Davidson si brusquement que celui-ci faillit tomber et se rattrapa de justesse.

D'un geste, Brent renvoya les sentinelles qui surveillaient l'échange à distance, prêtes à intervenir.

— Retournez à vos postes, messieurs. Tout va bien.

Il jeta un coup d'œil à Sebastian.

— Tu sais que je pourrais te faire arrêter pour ce que tu viens de faire ?

— Cinq minutes avec Langley, Brent. Je ne demande que cinq minutes.

Il lut l'indécision sur le visage de son interlocuteur.

— Je sais que tu t'inquiètes pour le Dr Davenport, mais moi aussi, je me fais du souci. Je ne sais pas comment elle a été contaminée et je peux te jurer que la dernière chose que je veux, c'est qu'elle meure.

Sebastian lutta contre l'envie d'attraper une arme dans le holster d'un des gardes et de décharger tout le chargeur dans la poitrine de Brent Davidson. Dire que ce fumier lui avait donné l'eau empoisonnée et qu'il était là, à jouer la comédie et à faire comme s'il ne savait pas comment Julia avait contracté le virus ! Comme s'il se souciait sincèrement de ce qui pouvait lui arriver !

— Maintenant, conduis-moi à Langley. Tout de suite.

Il y eut un long silence, puis Brent hocha la tête.

— Suis-moi.

Les mains de Sebastian tremblaient lorsqu'ils entrèrent dans l'ascenseur. Il était tellement tendu qu'il avait l'impression d'être au bord de l'évanouissement. Il se força à respirer lentement et réussit peu à peu à se ressaisir, à maîtriser son émotion. L'envie de s'en prendre à Brent, d'étrangler ce salaud de Brent, était si forte qu'il lui fallut faire appel à tout son sang-froid pour résister à la tentation. Ce ne fut qu'au prix d'un effort surhumain, qu'il réussit à dompter sa colère.

Pour l'instant, il ne pouvait se concentrer que sur une seule chose : sauver celle qu'il aimait.

Stephen Langley était détenu dans une petite salle d'interrogatoire, dans les sous-sols du bâtiment. Des gardes armés stationnaient à intervalles réguliers le long du couloir éclairé au néon. L'expression impassible, ils les regardèrent passer.

Au bout du corridor, Brent s'arrêta devant une lourde porte métallique. Sur le mur, juste à côté, se trouvait un petit boîtier de commande dans lequel il inséra sa carte clé. Un déclic retentit et la porte s'ouvrit.

Sebastian pénétra à sa suite dans une pièce dont un mur entier était dédié aux caméras de sécurité et à des douzaines de dispositifs clignotants qui permettaient de surveiller le rythme cardiaque du prévenu, sa tension artérielle, ses expressions faciales et tous autres éléments susceptibles d'indiquer qu'il mentait.

Deux agents fédéraux étaient aux manettes devant un grand bureau, examinant les différents écrans de contrôle qui se trouvaient devant eux. Quatre d'entre eux montraient une silhouette prostrée sur une chaise de métal, dans une petite pièce sans fenêtres. La silhouette, filmée sous quatre angles différents, était celle de Langley, qui se tenait la tête rentrée dans les épaules, et les mains posées à plat sur la table nue, devant lui.

— Est-ce qu'il a dit quelque chose ? s'enquit Brent auprès des agents.

— Rien. Haskell et Rhodes viennent juste de sortir, répondit l'un d'entre eux. Ils vont faire une nouvelle tentative d'ici une heure environ.

Brent hocha la tête.

— Le sergent Stone a demandé à parler au détenu pendant cinq minutes. Je lui en ai donné l'autorisation. Pouvez-vous lui ouvrir la porte, s'il vous plaît ?

Le deuxième agent se pencha en avant et pressa un bouton sur la console électronique, devant lui. La porte d'accès à la salle d'interrogatoire s'ouvrit avec un déclic.

— Et coupez les caméras, ajouta Sebastian d'une voix sourde.

Les agents se tournèrent instantanément vers Davidson, qui lui jeta un coup d'œil méfiant.

— Ce n'était pas prévu dans notre arrangement, souligna-t-il.

— Peu importe. Pas de caméra, un point c'est tout !

Tous deux se mesurèrent du regard pendant plusieurs longues secondes. Finalement, Davidson jura sous cape, puis déclara à haute voix :

— Éteignez les caméras.

Sebastian arqua un sourcil.

— Et coupez le son, aussi.

L'agent adressa un nouveau regard interrogateur à Davidson et, à son signe de tête, activa une autre touche sur le panneau de contrôle, devant lui. Les moniteurs s'éteignirent.

— Merci, les gars.

Avec un aimable sourire, Sebastian se dirigea vers la porte et appuya sur la poignée.

Il entra dans la pièce à l'atmosphère confinée, plissant le nez comme une odeur d'urine, de sueur et de peur lui sautait au visage.

— Ces salauds ne vous ont même pas donné un seau pour vous soulager ? observa-t-il avec surprise.

Il jeta un regard à la ronde. La pièce était vide, à l'exception de la table et de trois chaises.

Langley redressa la tête d'un coup et un éclair de haine flamba dans ses yeux.

— Vous ! Espèce de fumier !

— Content de vous voir, moi aussi, docteur.

Sans se laisser démonter par l'accueil du prévenu, Sebastian s'assit sur une chaise, face à lui, et croisa tranquillement les mains sur le plateau de la table. Comme son regard se posait sur la pendule qui était accrochée sur le mur, derrière Langley, la panique le saisit. Presque trente minutes, déjà, s'étaient écoulées depuis qu'il avait quitté Julia, à l'hôpital.

Les convulsions…

Les convulsions n'allaient pas tarder à commencer.

Puis la paralysie.

Et la mort.

L'angoisse lui broya le cœur. Non. *Non !* Il ne la laisserait pas mourir.

— Je vais aller droit au but, Langley, commença-t-il en épinglant le scientifique du regard. Vous allez me dire où est l'antidote.

Langley le dévisagea avec un petit sourire suffisant, puis croisa les bras sur la poitrine.

— Qui vous dit qu'il existe un antidote ?

— Oh ! Il existe. C'est pour ça que vous êtes assis là, à me narguer de cet air supérieur. C'est votre moyen de pression. Votre ticket pour la liberté.

— Si c'était le cas, vous croyez vraiment que je vous dirais où il est ? À *vous* ?

Langley rit tout haut.

— Vous pensez que je gâcherais mon « ticket pour la liberté », comme vous dites, en parlant à un salopard de votre espèce ? Un fichu sans-grade qui n'a même pas autorité pour obtenir ce que je réclame ? Désolé, *agent Swanson*. Vous ne tirerez rien de moi. Pas un mot.

— Si, répondit Sebastian d'une voix douce.

Nouvel éclat de rire.

— Ha ! Bien sûr.

— Riez tant que vous voudrez, mais je vous prédis que, dans moins de cinq minutes, vous m'aurez dit où se trouve cet antidote.

Lentement, il se leva de sa chaise et contourna la table, s'arrêtant juste à côté lui, le dominant de toute sa hauteur.

Langley eut un ricanement amusé.

— Qu'est-ce que vous voulez faire ? Me torturer ? Essayez donc. Vous savez comme moi qu'ils vous en empêcheront, riposta-t-il en indiquant de la main les caméras disposées aux quatre coins de la pièce.

Cette fois, ce fut Sebastian qui se mit à rire.

— C'est vrai. Encore faudrait-il que les caméras soient en fonctionnement. Désolé de vous décevoir, mon vieux, mais, comme vous pouvez le constater par vous-même, les voyants rouges ne clignotent plus.

Langley se démancha le cou pour regarder les quatre caméras et blêmit en se rendant compte qu'il disait vrai.

— Mais ne vous en faites pas, je n'ai pas l'intention de vous torturer, ajouta Sebastian avec un sourire féroce. En fait, vous allez m'indiquer l'endroit où se trouve l'antidote, Langley, parce que, sinon... Je vous tue.

Un silence pesant s'abattit sur la salle. L'expression à mi-chemin entre incrédulité et stupeur, Langley le contempla pendant un moment, puis l'air qu'il avait gardé dans ses poumons s'échappa en un soupir saccadé. Il secoua la tête.

— Non, vous ne ferez pas ça, dit-il finalement. Vous ne me tuerez pas.

Il secoua de nouveau la tête.

— Vous ne le ferez pas.

— Vous le voyez dans mes yeux, n'est-ce pas, docteur ? Vous savez que je dis vrai.

Il se rapprocha de Langley, qui eut un mouvement de recul sur sa chaise.

— Vous ne pouvez pas faire ça, répéta-t-il.

Mais la certitude avait déjà abandonné son regard.

— Si vous me tuez, vous ne vous en sortirez pas. Ils vous jetteront en prison ou vous tireront une balle dans la tête.

— Et vous pensez que ça va m'arrêter ?

Il se pencha vers lui pour lui faire face.

— Regardez-moi bien, docteur. Regardez-moi au fond des yeux et croyez-moi si je vous affirme que je vous tuerai sans l'ombre d'une hésitation, si vous ne me dites pas où est l'antidote. Et vous savez pourquoi ? Parce que, sans cet antidote, la femme que j'aime va mourir. Et si elle meurt, alors, voyez-vous, je n'ai aucune raison de lui survivre... Vous comprenez ?

Il voyait le pouls du scientifique battre frénétiquement sous la peau de son cou.

— Si vous ne parlez pas *tout de suite*, je vais vous briser le cou, et si cela doit me conduire en prison pour le restant de mes jours, eh bien, soit. Si les gens qui sont derrière cette porte font irruption dans la pièce et me transpercent le corps de balles, tant pis. Franchement, je me moque bien de ce qui peut m'arriver. J'aurai eu le plaisir de vous supprimer avant, et c'est tout ce qui compte à mes yeux.

Langley avala sa salive.

Se redressant de toute sa hauteur, Sebastian fit craquer ses phalanges. Le son macabre se répercuta contre les murs de béton nus, faisant naître une lueur de frayeur dans les yeux de Langley.

— Alors ? Qu'est-ce que vous choisissez ? demanda-t-il posément. Vous parlez ou je vous tue ?

# 17

Au bout de quatre minutes, sur les cinq qui lui étaient imparties, Sebastian sortit en trombe de la salle d'interrogatoire et jeta un regard impatient à Brent Davidson.

— L'antidote est caché dans les vestiaires de son club de sport. Casier numéro quatre neuf six. La clé se trouve sur le trousseau que vous lui avez confisqué avec ses effets personnels.

Davidson le contempla, l'air abasourdi.

— Trouve-moi ce fichu trousseau ! ajouta Sebastian en se dirigeant vers la porte.

— Stone, attends.

Il entendit le pas de Brent derrière lui, mais ne ralentit pas l'allure.

— Je vais envoyer une équipe le chercher. Tu n'es pas obligé d'y aller toi-même.

Il continua à marcher.

— Sebastian, nom d'un chien… Arrête-toi !

L'instant suivant, Brent était face à lui et le secouait par les épaules.

Une vague de rage l'assaillit ; il le repoussa brutalement.

— Ne t'avise pas de me toucher, siffla-t-il, les dents serrées. Ni de me dire ce que j'ai à faire.

Brent le lâcha, tout en continuant à le talonner.

— Ta place est à l'hôpital. Au côté de Julia. Pour l'amour du ciel, Sebastian… Elle est toute seule là-bas.

Son cœur se mit à tambouriner dans sa poitrine.

— J'envoie une équipe récupérer l'antidote au club de sport et je le fais transporter aussitôt à l'hôpital par hélicoptère.

— Oui… Ou tu me trahis une fois de plus en t'arrangeant pour qu'il n'arrive jamais à destination, cracha-t-il. Alors, tu voudras bien m'excuser mais je ne vais pas courir ce risque !

Brent le considéra, abasourdi.

— Quoi ? Mais de quoi parles-tu ? Jamais je ne te trahirais !

— Tu l'as déjà fait, salaud de menteur !

Un brouillard rouge voila son champ de vision et il plaqua Brent contre le mur pour la deuxième fois en moins de vingt minutes.

Les gardes accoururent derechef à la rescousse.

— Dis-leur de s'écarter, ordonna Sebastian entre ses dents.

Haletant, Brent fit signe aux vigiles de reculer.

— Tu crois que je ne sais pas comment Julia a contracté le virus ?

Il était tellement hors de lui que l'idée de tuer Brent sous le nez de tous ces gardes commençait à lui sembler tout à fait envisageable.

— Co-comment ? balbutia Brent.

— En buvant cette fichue eau ! L'eau qui m'était destinée. L'eau que *tu* es allé me chercher et que tu as rapportée dans ton bureau.

Les yeux bleus s'agrandirent démesurément.

— Que… Qu'est-ce que tu d…

— Ça suffit ! On a fait le calcul. Tout cadre. Nous savons exactement à quel moment elle a été contaminée d'après l'heure à laquelle les premiers symptômes sont apparus. C'est au moment où nous étions dans ton bureau et qu'elle buvait l'eau de la bouteille que *tu* m'avais rapportée.

Brent referma la bouche. Un lourd silence s'ensuivit. Les gardes présents dans le couloir ne bronchaient pas, mais tous les canons des armes étaient braqués sur Sebastian.

— Tu ne vas quand même pas nier ? ajouta-t-il avec amertume.

— Je…

Davidson secoua la tête. Ses sourcils sombres se froncèrent, puis il pinça les lèvres, l'air abîmé dans une profonde réflexion. Tout à coup, une étincelle s'alluma dans son regard.

— Paul…

Sebastian marqua un temps d'hésitation.

— Quoi ?

— Paul Waverly, souffla Brent, une note d'urgence dans la voix.

Toujours suspicieux, Sebastian le relâcha et recula lentement d'un pas.

— Eh bien ?

— C'est lui qui m'a apporté mon café, hier, et lui aussi qui m'a donné la bouteille d'eau.

— Non, réfuta Sebastian en secouant la tête. Nous étions dans l'ascenseur, tous les deux. Tu m'as demandé si j'avais soif et tu es parti, seul, en direction de la cafétéria.

Mais Brent secouait déjà la tête, son regard bleu vif plus intense que jamais.

— J'avais besoin d'aller aux toilettes. J'ai croisé Paul dans le corridor et je lui ai demandé d'aller chercher le café pour moi et la bouteille d'eau pour toi, pendant que j'allais me soulager. Il m'attendait devant la porte des toilettes quand je suis ressorti. Avec mon café et cette maudite bouteille d'eau.

Sebastian en resta sans voix. Paul ? Paul Waverly, l'aimable assistant aux allures de Julian Assange ?

Il sonda l'expression de Brent et n'y trouva rien de nature à indiquer qu'il mentait, mais cela ne signifiait pas grand-chose. Brent Davidson était un ancien des opérations spéciales. Il connaissait toutes les techniques. Il savait tromper son monde.

Cela dit, il ne lui avait jamais fait faux bond par le passé. Il avait toujours été là lorsqu'il avait eu besoin de lui, tout particulièrement après la mort de son père.

— Va au chevet de Julia, reprit doucement Brent. Fais-moi confiance. J'envoie l'antidote à l'hôpital. On va la sauver, fiston.

« Fiston.» Ce fut ce mot, prononcé calmement, qui eut raison de la réticence de Sebastian.

Avec un soupir las, il inclina la tête.

— OK.

Les yeux brillant de compassion, Brent posa la main sur son épaule et la pressa brièvement.

— Allez, viens. Je vais te trouver un hélicoptère pour t'emmener à l'hôpital.

La tête lui faisait mal. Les muscles lui faisaient mal. Les ongles eux-mêmes lui faisaient mal. Mon Dieu, son corps tout entier n'était que douleur !

En avait-il été de même pour Kevin ? Avait-il, lui aussi, eu mal partout ?

Julia ferma les yeux, espérant que, si elle se détachait de son environnement, elle pourrait faire comme si elle était ailleurs. Sur une île, peut-être. Allongée sur une plage, humant les senteurs du sable chaud, du sel et de la noix de coco, les mains puissantes de Sebastian étalant de l'huile solaire sur son corps.

Elle frissonna de plaisir. Puis frissonna tout court. Et frissonna encore.

Lorsque ses dents commencèrent à s'entrechoquer, elle comprit qu'elle était prise d'une nouvelle crise de convulsions.

Des voix se mirent à crier autour d'elle ; ses bras et ses jambes étaient comme lestés par des enclumes. La confusion s'empara d'elle — la confusion et la peur, auxquelles se mêlait un amusement totalement hors de propos à l'idée qu'elle devait ressembler à un poisson sorti de l'eau, à tressauter ainsi sur son lit. Elle se mit à rire, à ceci près qu'elle ne devait pas rire *pour de bon*, puisque aucun son ne sortait de sa bouche, ou alors elle ne l'entendait pas.

Lorsque la crise se calma, elle eut la sensation qu'on venait de la passer sous un rouleau compresseur, puis, aussitôt après, son corps tout entier se mit à la piquer comme si on lui enfonçait des milliers d'aiguilles dans la peau.

Son épiderme lui faisait mal. Son dos lui faisait mal. Ses doigts de pied. Tout, absolument *tout* lui faisait mal.

— Ça va aller, docteur… Je suis là, maintenant.

D'abord, elle se demanda si elle avait rêvé puis, lorsqu'elle voulut respirer à fond, ce fut le parfum boisé, masculin de Sebastian qui pénétra dans ses bronches douloureuses et elle comprit que ce n'était pas un rêve.

— Tu es là, murmura-t-elle.

Le monde pencha, bascula, tournoya et, tout à coup, elle se retrouva blottie contre le torse athlétique de Sebastian, sa chaleur se communiquant à ses membres gourds, endoloris.

— Désolé d'être parti, dit-il, la voix voilée, ses doigts caressant ses cheveux avec une infinie tendresse. J'avais quelque chose d'urgent à faire.

— Pas grave. Tu es là maintenant.

Elle entendait son cœur battre sous son oreille. Un *boum-boum-boum* régulier, apaisant.

— Je… suis contente que tu sois là. On va pouvoir se dire… Au revoir.

Les muscles durs se rigidifièrent sous sa joue.

— On ne va pas se dire au revoir, Julia. Tu vas t'en sortir.

Elle ne répondit pas. Autant lui laisser ses illusions. Mais qui croyait-il tromper par ses paroles réconfortantes ? Il n'était pas médecin. Elle, si. Et elle savait très exactement ce qui était en train d'arriver à son système nerveux central. Le virus attaquait ses cellules, les unes après les autres. Bientôt, elle ne serait plus qu'un tas de chair inerte, comme ces souris, dans les cages du laboratoire de Frank.

De nouveau, une envie de rire lui monta dans la gorge. Elle riait si fort qu'elle se mit à trembler tant c'était drôle et… Non, ce n'était pas le rire qui la secouait. C'était une nouvelle crise de convulsions. Oh ! Mon Dieu, comme elle était fatiguée…

Les mêmes voix aiguës lui vrillèrent les tympans. Puis ce fut le poids de ces satanées enclumes pesant sur son corps.

Cette fois, elle décida d'essayer de fermer les yeux. Et, peut-être, de s'endormir. Elle réussit à mettre à exécution la première partie de son plan car tout devint noir. Mais lorsqu'elle entendit de nouveau la voix feutrée de Sebastian, elle se ravisa. Elle ne pouvait pas dormir. Pas maintenant… Pas encore.

Parce qu'elle ne se réveillerait peut-être jamais.

— Dors, souffla-t-il.

— Non.

— Il va falloir un moment avant qu'il n'agisse. Il faut que tu te reposes.

— *Non.*

Mais elle ne pouvait plus garder les yeux ouverts. Ses paupières étaient lourdes, si lourdes…

— Je serai là, à côté de toi, quand tu te réveilleras.

*Je ne me réveillerai pas.*

Elle le savait ; elle en avait l'absolue certitude. Si elle s'endormait maintenant, elle ne se réveillerait jamais plus.

Sans presque s'en rendre compte, elle s'entendit murmurer :

— Je t'aime, Sebastian.

Puis tout devint silencieux. Elle ne l'entendait plus. Ne le voyait plus non plus. Était-il parti ? Elle n'avait pas le courage d'ouvrir les yeux pour regarder.

Mais elle aurait pu jurer, juste avant de sombrer dans l'inconscience, qu'elle l'avait entendu lui répondre :

— Moi aussi, je t'aime, Julia.

Pendant les trois heures qui suivirent, Sebastian vécut un véritable enfer. Il était resté assis, au chevet de Julia, depuis l'instant où le médecin lui avait injecté l'antidote, passant en boucle des affres d'une atroce angoisse aux timides frémissements de l'espoir. Il se sentait comme embarqué sur des montagnes russes, s'envolant, confiant, vers les cimes un instant, pour replonger dans la terreur et l'effroi l'instant d'après. L'angoisse… L'espoir… L'angoisse… L'espoir. Ce cycle infernal prendrait-il fin un jour ? La fièvre de Julia s'élevait, puis retombait. Sa tension artérielle grimpait, puis se stabilisait. Un cycle perpétuel de hauts et de bas qui rendait impossible tout pronostic quant à l'efficacité de l'antidote.

Ils lui avaient administré l'exacte dose indiquée par Stephen Langley, mais le produit agissait-il ? Probablement que oui, se répétait-il. Il devait bien avoir un effet, puisque les saignements de nez et les convulsions avaient cessé. C'était la preuve que le produit agissait, non ? Mais trois heures s'étaient écoulées sans que Julia ait repris connaissance, et il ne savait plus que penser.

Il releva la tête en entendant un petit grattement à la porte.

— Comment va-t-elle ? chuchota Brent en entrant dans la chambre.

— Toujours inconsciente.

Il se passa les mains dans les cheveux.

— D'après les médecins, son état semble se stabiliser, ce qui porte à croire que l'antidote a fonctionné, mais je me sentirais plus tranquille si elle se réveillait.

— Son corps a probablement besoin de reprendre des forces. Je suis sûr qu'elle va bientôt revenir à elle.

— Oui… J'espère.

Il marqua une pause, baissant la tête.

— Merci d'avoir fait acheminer l'antidote aussi vite. Je suis désolé d'avoir douté de toi.

— Je comprends, ne t'inquiète pas.

Brent secoua la tête, les yeux flambant de colère.

— Quand je pense que c'est moi qui t'ai donné cette bouteille contaminée par ce maudit virus…

— Tu n'en savais rien.

Ce dont il était désormais convaincu. Il connaissait Brent depuis toujours et, maintenant qu'il n'était plus sous le coup de la peur et de la panique, il se rendait compte que ce dernier n'aurait rien eu à gagner à l'éliminer. Or, il ne faisait aucun doute que c'était bien lui qui était visé.

Tout comme il était clair que quelqu'un voulait toujours sa peau.

— Du nouveau concernant Paul ? demanda-t-il en caressant la paume de Julia.

— Rien pour l'instant. Il s'est volatilisé et personne ne peut le joindre. On a émis un avis de recherche, posté des hommes dans son appartement, mais je doute que nous revoyions de sitôt mon fidèle aide.

— Il y a peu de chances, en effet, convint sombrement Sebastian. Il a dû prendre le large aussitôt après t'avoir donné la bouteille. Il devait bien se douter qu'on finirait par remonter jusqu'à lui.

— À propos de cette bouteille, on l'a retrouvée dans la poubelle où Julia l'avait jetée, annonça Brent, l'air soulagé. Elle doit être entre les mains du CDC à l'heure qu'il est. Nous leur avons fait parvenir également un échantillon de l'antidote. Alors, si, par malheur, le Méridien venait à être utilisé de nouveau, nous serions en mesure d'administrer le vaccin avant que le virus ne fasse des ravages.

— À supposer que le vaccin soit efficace, murmura Sebastian, son regard dérivant de nouveau vers Julia.

Comme il la contemplait, inconsciente sur le lit, il s'en fallut de peu qu'il se mette à pleurer. Julia avait une perfusion dans le bras et était reliée à un moniteur de fréquence cardiaque ; elle semblait si frêle, si fragile dans cette chemise bleue d'hôpital… Ces trois dernières heures, il avait eu le temps de mémoriser chaque centimètre carré de son visage, jusqu'à la plus petite tache de rousseur. Et, maintenant, il ne manquait plus qu'elle ouvre les yeux pour qu'il puisse parachever le portrait mental qu'il emporterait avec lui, lorsqu'il partirait.

Pour la centième fois, il lui pressa doucement la main, avant de reporter son regard sur Brent.

— L'implication de ton aide prouve que c'est bien un membre du gouvernement qui a autorisé l'élaboration du Méridien. C'est cette même personne qui a fourni un échantillon du virus à Waverly et l'a probablement expédié sur une plage, quelque part, au fin fond de l'Amérique du Sud.

— Et cette même personne veut toujours te voir mort,

acheva Brent dans un soupir. Je suppose que tu n'as pas changé d'avis ? Tu comptes toujours quitter le pays dès que Julia sera rétablie ?

— Si elle se rétablit, corrigea Sebastian.

— « Si ? » se récria la voix de Julia, outrée.

Il manqua en tomber de sa chaise. Son cœur se mit à cogner furieusement dans sa cage thoracique lorsqu'il vit les yeux noisette de Julia centrés sur lui. Elle paraissait à la fois lasse et indignée.

— Tu es réveillée, dit-il, la voix teintée d'incrédulité.

La joie le submergea, si intense qu'un élancement douloureux lui transperça la poitrine.

— Nick avait raison, tu es un indécrottable pessimiste ! Tu as vraiment cru que je n'allais pas en réchapper ?

— Je te signale que, toi non plus, tu ne pensais pas t'en sortir, se défendit-il. Tu m'as même fait tes adieux.

— Ce qui prouve bien que j'étais sous l'influence du virus, maugréa-t-elle. En temps normal, je suis nettement plus optimiste.

Avec un grognement de douleur, elle essaya de se redresser. Instantanément, il fut à son côté pour l'aider à s'installer en position assise.

Debout derrière lui, un peu en retrait, Brent semblait se retenir de rire.

— Content de voir que vous avez déjà repris du poil de la bête, docteur Davenport, nota-t-il, une inflexion amusée dans la voix. Je crois que je vais vous dire au revoir maintenant — pour le cas où je ne vous reverrai pas avant votre départ, à Stone et à vous…

Il s'interrompit quelques secondes.

— À ce propos, veux-tu que je m'occupe de votre transport aérien ?

— Non, on va se débrouiller, répondit évasivement Sebastian.

— Je n'en doute pas.

Brent se dirigea vers la porte.

— Bonne chance à tous les deux !

Lorsqu'il eut pris congé, Sebastian concentra son attention sur Julia, dont les joues reprenaient peu à peu des couleurs.

— Comment te sens-tu ? demanda-t-il, la voix altérée par l'émotion.

— Étonnamment bien. Si j'ai bien compris, tu as miraculeusement réussi à mettre la main sur un antidote ?

Il hocha la tête.

— Langley en avait volé un échantillon chez D&M en même temps que le virus. Je lui ai rendu une petite visite et je l'ai convaincu de me révéler l'endroit où il l'avait caché.

Les commissures des lèvres de Julia frémirent.

— Et comment t'y es-tu pris ?

— Je suis très persuasif, éluda-t-il avec un haussement d'épaules.

Lorsqu'elle lui toucha la joue, il eut un mouvement instinctif de recul. Elle le regarda, désorientée.

— Qu'est-ce qui ne va pas ? demanda-t-elle.

— Rien… Rien du tout, répondit-il d'un ton qui se voulait léger. Tu es vivante. Donc, tout va bien.

Un sillon se creusa sur le front de Julia.

— OK.

— Je crois qu'il vaut mieux que j'aille prévenir les médecins que tu as repris connaissance.

Il esquissa un geste pour se lever, mais elle le retint, posant la main sur son avant-bras.

— Attends… Pas tout de suite. Raconte-moi d'abord ce qui s'est passé pendant que j'étais inconsciente.

— Pas grand-chose.

Il lui parla de la disparition de Paul Waverly, puis hésita, désireux d'en dire davantage, mais ne sachant pas comment s'y prendre.

Julia en fut immédiatement alertée.

— Bon sang, Sebastian, qu'est-ce qui se passe ?

Il trouva le courage de la regarder en face.

— Je m'en vais.

— Tu t'en vas ? répéta-t-elle.

Il hocha la tête.

Une expression circonspecte se peignit sur le visage de Julia, de nouveau blême.

— Tu veux dire que tu me quittes ?

S'efforçant d'ignorer la douleur qui lui labourait le cœur, il réussit à acquiescer d'un signe de tête.

— Je vois. Et puis-je savoir pourquoi ?

— Tu le sais, dit-il d'une voix sourde.

— Ah bon ?

Il se passa la main dans les cheveux, à la torture.

— Tu sais exactement à quoi je fais allusion, Julia. Cette eau... C'était à moi qu'elle était destinée. Tu as failli mourir à cause de moi.

— Mais je ne suis pas morte, lui rappela-t-elle avec un petit air suffisant. J'ai survécu. Et si j'ai survécu... C'est encore une fois *grâce* à toi. Parce que tu es parvenu à trouver l'antidote à temps.

L'angoisse lui nouait la gorge au point qu'il crut suffoquer. Elle ne saisissait pas. Pourquoi ne comprenait-elle pas ? C'était pourtant limpide, non ?

— C'est *moi* qui t'ai donné cette bouteille, Julia. Si tu étais morte, ç'aurait été par ma faute.

Les yeux se mirent à le piquer dangereusement.

— Je te l'ai dit, toutes les personnes que j'aime sont vouées à mourir.

Julia le contemplait, les yeux écarquillés, mais il ne put discerner si c'était de stupeur, de douleur ou de colère. Peut-être bien les trois à la fois.

Probablement les trois à la fois.

Mais il ne pouvait pas reculer. Comment aurait-il pu courir le risque de mettre encore sa vie en danger ? Il n'en avait pas le droit.

— C'est mieux ainsi.

Le regret lui tarauda le cœur.

— La meilleure chose que je puisse faire pour toi, c'est de te laisser partir.

Elle ne souffla mot.

Il profita de son silence pour se rapprocher d'elle. Effleurer sa joue d'un baiser qui traduisait toute la tendresse du monde.

— Je resterai le temps que tu saches ce que tu comptes faire, où tu veux aller, et quand tu auras pris ta décision, nous partirons chacun de notre côté. Je crois vraiment que c'est mieux pour…

Elle le gifla à toute volée.

Hébété, il porta la main à sa joue et la regarda, interdit. Puis la colère le saisit.

— Bonté divine, mais qu'est-ce qui te prend ?

— Ce qui me prend ? Tu oses me demander ça ? C'est une plaisanterie ? Tu te moques de moi, Sebastian ?

Il cligna des yeux, encore sous le choc, puis secoua la tête en silence.

— Tu viens de remuer ciel et terre pour me sauver la vie et, maintenant, tu m'annonces que tu m'abandonnes ? continua-t-elle d'une voix outragée. Tu veux que je te dise ? Si tu crois que je vais te laisser tranquillement tourner les talons et t'en aller comme ça, tu te mets le doigt dans l'œil jusqu'au coude ! Espèce de pauvre nul !

Il ouvrit la bouche, mais aucun son n'en sortit. Peut-être la gifle qu'elle lui avait assenée l'avait-elle provisoirement privé de la parole. Quoi qu'il en soit, il resta assis à la contempler, interloqué, tandis qu'elle enchaînait, le semonçant plus sévèrement que ne l'avait jamais fait sa mère :

— Ce n'est pas possible d'être aveugle à ce point ! Tu ne vois donc pas que tu es exactement l'homme qu'il me faut ? Tu me traites en égale, tu respectes ma carrière, tu comprends ce qui me pousse à travailler à l'étranger… Tu es même prêt à voyager avec moi ! Tu m'excites mentalement, sexuellement, émotionnellement… Et je n'ai pas peur de lâcher prise avec toi ! Alors, si tu crois que je vais te laisser tout gâcher et renoncer à notre relation, tu es complètement à côté de la plaque !

Involontairement, les lèvres de Sebastian s'étirèrent.

— Et tu sais quoi ? Tes craintes sont totalement infondées.

Ce n'est pas ta faute si l'aide de Brent a essayé de te tuer et ce n'est pas ta faute non plus si tu as perdu ton frère, ton meilleur ami et ta petite amie. Le destin est cruel, parfois. Des choses terribles, des accidents, des drames se produisent… C'est la vie. Mais elle a aussi ses bons côtés. Et ce qui se passe entre nous… C'est un *très* bon côté. Non, c'est beaucoup plus que ça. C'est une chance *inouïe* ! Alors, tu peux remballer tes arguments, tu ne te débarrasseras pas de moi. Je ne te laisserai pas faire.

Sa tirade terminée, elle se tut, hors d'haleine, sa poitrine se soulevant et s'abaissant rapidement. Il fixa son visage empourpré par la colère et cela lui rappela toutes les raisons pour lesquelles il l'aimait. Sa témérité, son attitude responsable, la façon qu'elle avait d'envoyer au diable les argumentations invalides… Particulièrement les siennes.

Lorsqu'il vit l'obstination qui luisait dans ses yeux noisette, il comprit que jamais il ne pourrait se séparer d'elle. Si elle considérait qu'il était fait pour elle, cela tombait bien, parce qu'elle aussi était faite pour lui. Son courage avait vaincu ses peurs. Sa force l'apaisait.

Quant à son amour… Eh bien, il l'avait tout bonnement guéri.

— Waouh ! fit-il finalement. J'ai failli commettre une énorme bêtise, on dirait ?

Elle arqua les sourcils.

— En partant du principe que la meilleure chose à faire était de me quitter ? Il me semble, oui…

— Je suis désolé. Je crois que j'ai… paniqué.

Le remords l'envahit et Julia dut le voir sur son visage parce qu'elle se rapprocha de lui et enroula les bras autour de son cou. Le tube de la perfusion s'accrocha à son épaule et il l'écarta précautionneusement.

— Je sais que tu as peur, Seb. Moi aussi. Depuis que j'ai perdu Mia et mon père, je concentre toute mon énergie à aider les autres, mais je ne pense guère à moi. Au point que j'en oublie presque de me nourrir, parfois.

— J'ai remarqué.

— Alors, oui, ce sera dur pour moi d'avoir un compagnon, mais je suis prête à tout mettre en œuvre pour que ça marche.

Elle se pencha en avant et lui effleura les lèvres.

— Il faut que tu sois prêt, toi aussi, à te libérer de tes angoisses pour nous donner une chance. Tu penses pouvoir y arriver ?

Il plongea son regard dans ses yeux qui brillaient de confiance, de chaleur, d'encouragement, et ce fut comme s'il se réveillait d'une longue nuit. Seigneur, mais pourquoi hésitait-il ?

Il avait succombé à un moment de faiblesse, mais ce moment était passé désormais. Il se sentait fort, tout à coup. Aussi fort que la femme qui était assise devant lui, sur ce lit d'hôpital.

— Oui, répondit-il d'une voix rauque.

Elle eut un sourire radieux.

— C'est vrai ?

— Oui.

Il promena doucement son pouce sur sa lèvre inférieure.

— Je t'aime, docteur.

— Et tu vas rester avec moi ?

— Oui. Je ne te quitterai plus, c'est promis.

— Plus jamais ?

— Plus jamais. Je resterai avec toi aussi longtemps que tu voudras de moi.

Les yeux de Julia scintillèrent.

— Alors, sache que c'est pour toujours.

# Épilogue

— Sebastian et le docteur prennent un vol avec Ricardo.

Tate sortit sur la terrasse, à l'arrière de la maison de la plage, et y trouva Nick debout devant la balustrade, contemplant l'immensité calme de l'océan.

Nick se retourna à demi.

— Quand ?

— Ils atterriront tôt demain matin.

Nick hocha la tête.

— J'irai les chercher.

Tate inclina la tête à son tour.

— Merci. J'y serais bien allé moi-même, mais tu sais que je n'aime pas savoir Eva et Rafe seuls ici.

— Ils ne sont pas seuls… Je suis là, moi aussi, non ? souligna Nick, une note d'humour dans la voix.

Haussant les épaules d'un air un peu contrit, Tate s'approcha de la balustrade.

— C'est vrai. Je rectifie : je n'aime pas laisser Eva et Rafe, tout court.

Qui aurait cru que ces paroles sortiraient un jour de sa bouche ? songea Tate. Le capitaine Robert Tate… L'ex-loup solitaire, désormais fou amoureux d'Eva et figure paternelle d'un gamin de trois ans. C'était bien la preuve que, dans la vie, tout pouvait changer en un clin d'œil. Il suspectait que la situation de Stone aussi avait évolué, à en croire la vénération qui s'entendait dans sa voix, lorsqu'il faisait référence à Julia Davenport.

— Il y a quelque chose qui m'échappe encore, reprit Nick d'un ton troublé. Pourquoi cet aide du département de la Défense a-t-il essayé de tuer Seb ? L'existence de ce virus était déjà connue à ce moment-là. Et c'était bien la raison pour laquelle ils voulaient voir tous les membres de notre unité morts, non ? Pour que nous ne puissions pas découvrir que la mort des habitants de Corazón était due à un virus et non aux rebelles, n'est-ce pas ?

— Oui.

— La personne qui a validé le projet Bélier tenait à ce que personne ne soit au courant, continua Nick, mais puisque *tout le monde* est au courant, maintenant, quel intérêt d'éliminer Seb ? Ce ne pouvait pas être pour le faire taire… Il ne représentait plus une menace de ce point de vue là : le voile était déjà levé !

Tate appuya ses avant-bras sur la rambarde de bois et contempla les vagues qui venaient lécher le rivage, méditant les propos de Nick.

— Détrompe-toi, dit-il au bout d'un moment. Sebastian constitue toujours une menace. Et nous aussi. Vois-tu, tous ces gens qui connaissent désormais l'existence de ce virus viennent juste de le découvrir. Ils n'ont pas été traqués pendant des mois, n'ont pas été obligés de se cacher pour échapper à la mort… Bref, ils ne l'ont pas « vécu de l'intérieur ». Ils se déclarent horrifiés, crient à l'injustice, jurent leurs grands dieux qu'ils vont démasquer celui ou ceux qui ont commandité le test du Méridien sur la population de San Marquez mais, au bout du compte, leur détermination finira par s'essouffler et ils cesseront de chercher.

— Alors que nous, non, acheva lentement Nick.

— Voilà. Et je pense que celui qui tire les ficelles sait pertinemment que nous ne renoncerons pas.

Il serra les mâchoires.

— Parce que… Je ne sais pas ce qu'il en est pour toi, mais,

en ce qui me concerne, j'ai bien l'intention d'aller jusqu'au bout. Je confondrai le salaud qui a autorisé la réalisation de ces tests à San Marquez. Le salopard qui a estimé que ces villageois étaient tout juste bons à servir de cobayes et qui a donné l'ordre de me faire sauter la cervelle, au moment où je sortais de chez moi.

— Crois-moi, je suis aussi impatient que toi de faire sa connaissance !

— Et il le sait. Il sait que nous voudrons nous venger et le seul moyen, pour lui, de garder son identité secrète, c'est de se débarrasser de nous avant que nous ne l'ayons retrouvé.

Un mauvais sourire lui tordit la bouche.

— Malheureusement, les choses ne vont pas se passer comme il l'espère. Dommage pour lui !

— Est-ce que tu es vraiment en train de dire ce que je pense que tu es en train de dire, capitaine ?

— Absolument. On va se mettre en chasse, Nicky.

Un sourire carnassier illumina le visage juvénile de Nick.

— Je piaffe déjà d'impatience !

ELLE KENNEDY

# En dépit du risque

INTÉGRALE

AU CŒUR DU DANGER

*Traduction française de*
JULIETTE BOUCHERY

SAGAS

HARLEQUIN

*Titre original :*
SPECIAL OPS EXCLUSIVE

*Ce roman a déjà été publié en 2017*

# 1

*Mala, capitale du Cortega*

L'ambiance sur la grande place devenait houleuse, des cris de colère fusaient dans la chaleur écrasante de l'après-midi. Devant le Parlement, des centaines de manifestants levaient le poing en scandant leur fureur. Posté sous la colonnade qui abritait les terrasses des cafés, Nick Prescott contemplait la scène en silence. L'hostilité devenait palpable, la violence éclaterait bientôt.

Il réprima un juron. C'était bien sa chance ! Après deux semaines de recherches, il tenait enfin une piste… Et il se retrouvait piégé par une manifestation autour d'une élection qui ne le concernait en rien !

C'était foutu pour aujourd'hui, son informateur ne viendrait plus. Salazar faisait partie de la garde rapprochée du président du Cortega ; la population se soulevait, des hordes de journalistes couvraient l'événement ; il ne pourrait sûrement pas se libérer pour un rendez-vous clandestin.

Effectivement, moins de dix minutes plus tard, son portable bourdonna. Il lut le message, jura entre ses dents et composa un numéro. Quand le capitaine Robert Tate décrocha, il annonça de but en blanc :

— Salazar se décommande. Il dit qu'il essaiera de me voir demain. Il faut espérer que, d'ici là, les manifestants se seront dispersés.

D'un autre côté, il comprenait très bien leur colère. Ils s'étaient rendus aux urnes en toute bonne foi, leurs votes avaient porté au pouvoir un parti plus progressiste, et voilà qu'au lieu de voir leur quotidien s'améliorer, on leur annonçait une erreur de comptage des votes. En fait, le régime répressif qu'ils enduraient depuis cinq ans avait remporté l'élection. La manœuvre était transparente et Nick éprouvait beaucoup de sympathie pour ceux qui exprimaient leur colère ; il aurait juste voulu que leur ras-le-bol n'explose pas précisément le jour où il espérait enfin obtenir quelques réponses.

Voilà près d'un an maintenant qu'il était en cavale. Un an passé à se planquer, à passer les frontières en catimini, à chercher à comprendre qui voulait sa mort sans se faire repérer. Il en avait sa claque, et mourait d'envie de rentrer dans le tas pour exiger des réponses... Mais s'il n'était plus un soldat en service actif, il restait sous les ordres de son ancien officier, et Tate entendait gérer la situation de façon un peu plus subtile.

— Ton programme, en attendant ? demanda ce dernier.

— Parler aux gens d'ici, et voir si je peux glaner des informations sur le faussaire. Ce serait plus simple si je connaissais son nom ! La ville est bourrée de gens louches et la plupart d'entre eux sont sur le marché des faux papiers.

— Voilà qui explique pourquoi Waverly est passé par Mala.

— Il y a une autre possibilité, objecta Nick. Waverly n'est peut-être jamais venu au Cortega : on a pu nous faire croire que sa carte bancaire avait servi à louer l'avion, pour nous piéger.

— Pour nous pousser à avancer en terrain découvert, compléta Tate, pensif.

Nick fit oui de la tête, le visage tendu. Puis, conscient que Tate ne pouvait pas le voir, il confirma à voix haute :

— Exactement.

Il y eut un silence, puis Tate reprit :

— Tu es à Mala depuis deux jours. Est-ce que tu as l'impression d'être suivi ? Tu as entendu quelqu'un poser des questions sur nous ?

— Non. Et crois-moi, j'ai ouvert les deux oreilles !

— Bon, de deux choses l'une, alors : soit ton instinct est en panne, soit les fumiers qui veulent notre peau ne savent pas que tu es là-bas.

— Mon instinct n'est pas en panne.

Il faisait confiance à son intuition, le meilleur atout du soldat. Et son radar lui disait qu'il n'était pas repéré. Il sentit son optimisme remonter en flèche. Paul Waverly, l'homme qu'ils recherchaient, était bien passé par ici ; dès qu'il saurait sous quel nom il voyageait, ce serait facile de mettre la main sur lui.

— Bon, je me mets en chasse, dit-il à Tate. Pas de nouvelles du copain de Sebastian à la Défense ?

— Rien. Davidson cherche aussi à repérer Waverly, mais RAS pour l'instant.

Tate s'interrompit : des clameurs assourdissantes s'élevaient de la foule. Plusieurs manifestants cherchaient à escalader la haute grille de fer forgé qui séparait le Parlement de la rue. Des huées, maintenant : les policiers se lançaient à l'assaut à leur tour, cherchant à faire retomber les assaillants à coups de matraque. D'autres policiers s'efforçaient de repousser les manifestants de l'artère principale pour laisser le passage aux voitures bloquées. Les klaxons déchaînés décuplaient le vacarme.

— Il se passe quoi, là, Prescott ? reprit-il.

— Une émeute. Les gens d'ici viennent de se faire avoir par leur gouvernement.

— Je connais cette sensation, marmotta Tate.

Nick serra les dents. Leur pays les avait effectivement trahis.

Il y avait cru, pourtant ! Cru à l'honneur et aux valeurs républicaines, cru que son gouvernement n'opprimait personne, qu'il protégeait ses citoyens et préservait le pays des menaces extérieures. Un point de vue un peu naïf peut-être, mais il avait été élevé dans le respect du système. La corruption, ça existait, bien sûr ; il y aurait toujours des profiteurs sans scrupule, mais la structure tenait la route. Pour lui, c'était un article de foi inculqué par un père qu'il admirait profondément : une société ne pouvait pas fonctionner sans le soutien d'un gouvernement fort.

La situation actuelle, son unité décimée dans des circonstances plus que louches, Sebastian, Tate et lui pourchassés, en danger de mort… Il y avait de quoi remettre en cause quelques certitudes. Surtout quand l'opération entière devait permettre au mystérieux personnage qui tirait les ficelles de tester des armes biologiques sur une population civile !

En découvrant cette atroce vérité, il était tout d'abord resté paralysé. Il avait bien senti, lors de la dernière mission de son unité, que quelque chose ne collait pas. Puis ses collègues s'étaient mis à tomber comme des mouches. Agression de rue, cancer, conduite en état d'ivresse… Ça faisait beaucoup de coïncidences, et les explications servies par le commandant Hahn ne l'avaient pas convaincu. Non, sa conviction était faite : on éliminait systématiquement leur commando. Le jour où il avait échappé d'un cheveu au même destin, il avait compris que s'il tenait à la vie, il ne pouvait plus rester à Washington.

Il s'était donc allié à Robert Tate et Sebastian Stone. Leur objectif : se mettre en chasse ensemble pour identifier le cerveau de l'opération. Après dix mois d'enquête, ils tenaient une piste, et Nick avait perdu ses dernières illusions sur l'intégrité de son gouvernement.

— Nous tenons la parade, poursuivait Tate, Davidson a aussi dit à Seb que le CDC développe un antidote au Virus Méridien. Si jamais il était de nouveau lâché dans la nature, on pourrait faire parvenir le traitement aux malades.

Enfin une bonne nouvelle ! Dix jours plus tôt, l'Amérique entière avait été plongée dans l'horreur quand plus de mille personnes étaient mortes contaminées par un virus inconnu, diffusé par un groupe terroriste dans une petite ville de l'État de New York. Cette cellule était à présent neutralisée, mais Sebastian avait failli perdre la femme de sa vie dans l'aventure. Par chance, Julia avait été sauvée de justesse et, maintenant, la jeune et jolie doctoresse se trouvait en Équateur avec le reste de leur petite équipe clandestine, à essayer de découvrir qui avait pu autoriser la création du virus.

Tous leurs espoirs reposaient sur Paul Waverly, le sous-fifre du Département la Défense qui avait tenté de contaminer Sebastian avec le virus avant de prendre la fuite. Personne ne savait où il se trouvait aujourd'hui, mais ses liens avec le Pentagone confirmaient qu'il avait agi sous les ordres d'un membre du gouvernement. C'est ce responsable qu'ils cherchaient à identifier : l'homme qui avait fait créer cette redoutable arme biologique et ordonné qu'on la teste sur la population d'une petite île d'Amérique latine ; l'homme par la faute de qui elle était tombée entre les mains de terroristes.

— Tu me contactes après ton entrevue avec Salazar.

— D'accord.

Le bruit de l'émeute s'enflait, fait du grondement d'une foule hostile, de klaxons, de sifflets stridents. Nick s'écartait prudemment du pilier qui l'abritait quand une voix féminine, une voix américaine, s'éleva tout près de lui.

— M… trois petits points, je ne vois rien du tout !

Stupéfait, il tourna la tête. Une jolie rousse s'approchait à grands pas. Petite et très menue, en jean et T-shirt noir, elle marchait avec une détermination remarquable. Détermination qui semblait beaucoup amuser le cameraman trapu et chauve qui trottait dans son sillage.

— Arrête, lui conseilla ce dernier. Tu ne verras pas mieux dans la mêlée. On va faire ça debout sur le camion.

Oui, des Américains, d'après leur accent. Sans doute l'équipe attachée à l'un des camions de télévision alignés à l'entrée de la place.

La journaliste pivota sur elle-même, les poings sur les hanches.

— Et je fais quoi, là-haut ? Des interviews ? Je hurle mes questions du toit de ce p… trois petits points de camion ?

« Trois petits points » ? Nick plissa le front, perplexe.

— Non, oublie les interviews, on va faire un reportage global !

Quand la journaliste lui tourna le dos, l'homme sembla perdre toute envie de rire.

— Je parle sérieusement, Becks ! C'est en train de tourner au vinaigre. Ces gens commencent sérieusement à s'énerver, et je te parie que…

Il n'acheva pas sa phrase : un grand fracas de verre brisé retentit, suivi d'un nouveau rugissement de la foule. Alerté, Nick chercha des yeux… Plus loin, une douzaine de manifestants s'en prenaient à l'une des voitures qui tentaient de se frayer un chemin parmi eux. Un homme en débardeur taché de sueur venait d'enfoncer une barre à mine dans le pare-brise. Il sauta à terre et s'acharna sur le capot ; en même temps, ses acolytes balançaient la voiture, cherchaient à la retourner, tambourinaient du poing sur les vitres. Les hurlements des passagers ne faisaient que les exciter davantage. Oui, ça se gâtait sérieusement. Un camion blindé apparut au carrefour, et des soldats en noir en descendirent… Face à cette tentative de répression, l'émeute se déchaîna pour de bon.

— On décroche, décida le cameraman. Il ne va pas tarder à pleuvoir des balles en caoutchouc. Et les balles en caoutchouc, ça fait mal ! Tu te souviens, l'année dernière, à Johannesburg ?

La journaliste se mit à rire, un rire joyeux, incroyablement déplacé aux yeux de Nick… Mais qui fit naître un spasme bizarre dans sa poitrine.

— On s'en est sortis, à Johannesburg, répliqua-t-elle. Ce sera pareil ici.

Et, à sa stupéfaction absolue, elle se lança tout droit dans le cœur de l'émeute.

Saisi, il tendit le cou pour la suivre des yeux. Elle fonçait droit devant elle et, loin de s'écarter comme la mer Rouge, la foule hurlante l'avalait toute crue. Il la repérait pourtant, par éclairs, grâce à sa fabuleuse chevelure qui brillait au soleil comme du cuivre dans cet océan de peaux mates et de cheveux noirs.

Becks. Le cameraman l'avait appelée « Becks ». Le déclic se fit alors et Nick inspira brusquement, estomaqué. Cette petite furie n'était pas n'importe quelle journaliste, mais Rebecca Parker, la star des correspondants d'ABN, la première chaîne d'information américaine. Leur correspondante de guerre la plus célèbre, celle qui couvrait les conflits les plus dangereux. Parker était une héroïne de l'info, la Christiane Amanpour de sa génération ; c'était pour elle que les téléspectateurs américains choisissaient ABN, surtout les hommes de 21 à 49 ans. En fait non, se reprit Nick, *tous* les hommes, quel que soit leur âge. Elle était absolument sublime avec ses yeux verts et son éternel sourire mi-moqueur mi-sensuel. Oui, Rebecca Parker était littéralement irrésistible.

— Tout le monde à terre ! tonna un haut-parleur en espagnol. Je répète, à terre. Ne bougez plus !

L'ordre, lancé par l'officier qui commandait le détachement de l'armée, s'adressait aux vandales qui entouraient la voiture défoncée. Aucun d'eux n'obéit et la tension ambiante monta d'un cran. Nick la sentait se masser sur leurs têtes comme un orage prêt à éclater… Cette fois encore, son instinct ne le trompa pas : quand tout se déchaîna, il avait beau s'y attendre, il fut surpris par la rage des manifestants.

Les projectiles jaillirent, bouteilles, ordures diverses. L'émeute vira à la bataille rangée. La foule attaqua les véhicules, la police, les soldats ; on entendit du verre éclater sur les pavés ; les sifflets redoublèrent, les fumées lacrymogènes se déployèrent. Une douzaine d'hommes se ruèrent dans un café tout proche et entreprirent d'en démolir la vitrine.

Nick s'écarta vivement. Le fracas était si extrême qu'il ne s'entendait plus penser. La situation était subitement devenue critique… Et Rebecca Parker se trouvait quelque part dans ce tourbillon féroce.

Sans réfléchir, il entra dans la foule à son tour. Il avait très conscience, tout à coup, du 9 millimètres qu'il portait sous son T-shirt, glissé dans la ceinture de son pantalon de toile. En dernier recours, si c'était pour sauver sa peau, il s'ouvrirait un chemin avec son arme.

Il fouilla du regard l'océan humain qui l'entourait à la

recherche d'une crinière rousse. Où était-elle ? À terre, piétinée ? Se mettre délibérément en danger, c'était insensé ; quel genre de femme était-elle ? Là ! Un soupir de soulagement lui gonfla la poitrine lorsqu'il la repéra à dix mètres à peine, ballottée par les remous de la foule. Autour d'eux, un mouvement s'amorçait pour charger les barrières qui protégeaient le Parlement. Elle luttait pour se dégager et se frayer un chemin hors de la foule ; il n'y avait plus trace de son cameraman.

Il se jeta de nouveau en avant. Des odeurs de sueur et de haine lui sautèrent aux narines, la chaleur des corps pressés les uns contre les autres l'étouffa. Le regard braqué sur sa cible, luttant contre la pression contraire de la foule, il avança lentement vers la journaliste.

Il gagnait du terrain. Maintenant, il était assez près pour lire de l'inquiétude dans son regard vert. Juste de l'inquiétude, pas la panique attendue d'une femme bousculée, écrasée par une horde déchaînée. Elle tenait bon, jouait des coudes, avançait insensiblement vers la lisière de l'émeute.

Pendant un instant, il se demanda même s'il avait bien fait de se porter à son secours. Elle semblait tout à fait capable de s'en sortir toute seule. Au moment précis où il se posait la question, une bouteille lancée par un inconnu la heurta à la tête.

Il se raidit, horrifié, en la voyant trébucher. Elle perdit pied et fut aussitôt engloutie par le moutonnement des corps. Inanimée sans doute, en position idéale pour mourir piétinée.

# 2

Une douleur à la tête. Violente… Le haut, le bas… Tout basculait. Un second choc… Son crâne sur le sol… Des points noirs devant ses yeux…

Rebecca inspira à fond en battant des paupières ; la douleur à sa tempe ne se calma pas pour autant, mais sa vision s'éclaircit… Juste assez pour lui montrer le danger qu'elle courait.

Très loin au-dessus d'elle, des visages furieux grimaçaient, des corps crispés bondissaient. Elle plaqua les mains sur le pavé brûlant et se propulsa vers le haut ; un genou lui heurta l'épaule si violemment qu'elle retomba en arrière. On lui marchait sur les pieds, sur les mains. Surtout, ne pas paniquer. Se relever. Elle fit son possible, mais chaque tentative la renvoyait au tapis et, à force de prendre des coups, elle recommençait à voir des étoiles. Tout se brouillait…

Cette fois, la terreur la prit à la gorge, lui coupant le souffle, lui broyant le cœur. Une douleur fulgurante… On la piétinait, elle allait crever écrasée sous les pieds de la foule ! La panique lui rendit des forces. Dans un élan désespéré, elle se souleva… Et, cette fois, réussit à s'arracher au sol. Elle n'était plus à terre, elle flottait au-dessus de la foule. Hein ? Comment ça, *au-dessus* ? Elle serra très fort les paupières, puis rouvrit les yeux, et découvrit la raison de cette sensation bizarre. Elle flottait effectivement, dans les bras d'un homme qui l'emportait hors de la foule à la façon de Kevin Costner dans *Bodyguard*.

— Qui… ? murmura-t-elle.

Sa question se perdit dans le mugissement des insurgés et les claquements pressés des balles de caoutchouc. Jesse ? Où était Jesse ? Elle se redressa un peu pour essayer de repérer son cher crâne chauve — rien à faire, elle voyait tout en flou. Pourvu qu'il n'ait rien, pourvu qu'il ait trouvé son propre sauveur pour le tirer de là !

Bizarre… Dans cette mêlée de fin du monde, une fragrance captait son attention. La fragrance la plus enivrante qu'elle ait jamais humée. Elle inspira à fond pour se remplir tout entière de cet arôme un peu épicé et comprit qu'il provenait de l'homme qui la portait. Ce qu'il sentait bon ! Serrée comme elle l'était contre son poitrail, elle ne voyait de lui qu'une mâchoire solide, des lèvres sensuelles, un nez droit. Elle aurait bien aimé voir ses yeux ; à défaut, elle pressa sa joue sur sa chemise. Ce type devait faire de la gym au quotidien, son torse était sculpté dans le roc ! Elle sentait jouer sa musculature, tandis qu'il fendait la foule en colère.

Une nouvelle bousculade… Elle ferma les yeux, un peu étourdie. Vivement qu'elle puisse interroger son sauveur, savoir qui il était, ce qu'il faisait là. Pour changer, elle allait se faire incendier par Jesse. Il lui avait bien dit de ne pas s'aventurer dans la foule ! À ce stade, elle se demandait pourquoi il se donnait encore la peine d'essayer de la modérer. Depuis le temps, il devrait pourtant savoir qu'elle faisait ce qu'elle voulait, quand elle voulait !

Au diable la prudence ! Elle n'était pas arrivée au sommet de la profession en restant sagement sur la touche. Sa réputation reposait sur sa capacité à se lancer au cœur de l'action. À vingt-sept ans, elle avait déjà couvert une foule de conflits, fait des reportages sur tous les sujets possibles, des scandales politiques aux génocides. Une fois qu'elle tenait un sujet, elle ne le lâchait pas. Elle était Rebecca Parker, *b… trois petits points !* Elle n'allait pas se laisser impressionner par une émeute minable !

*Une émeute dans laquelle tu as tout de même failli te faire aplatir sur le pavé...*

Elle choisit d'ignorer la petite voix moqueuse dans sa tête. Encore une série de secousses... Instinctivement, elle se cramponna aux épaules de son sauveur. Et quelles épaules ! Il était grand, très grand ; elle se sentait toute menue, fragile dans ses bras. Bon d'accord, concéda-t-elle *in petto*, elle avait effectivement eu besoin d'un coup de main cette fois-ci, mais, le plus souvent, elle s'en sortait grâce à ses réflexes, sa détermination...

— Ça va ?

Une voix masculine, une voix inquiète... Une voix américaine. Elle leva les yeux vers l'homme qui la portait et découvrit enfin ses yeux. Mmm ! Si on les regardait bien, ils étaient couleur de miel fondu avec des paillettes d'ambre. Des yeux magnétiques ! Elle se sentait déjà hypnotisée.

— Mademoiselle Parker ?

Elle cligna des yeux et redescendit sur terre.

— Oh ! Je... Je vais bien, oui. Un peu cabossée, mais rien de grave. Vous pouvez m'appeler Rebecca. C'est la moindre des choses, vous venez tout de même de me sauver la vie.

Les lèvres délectables de l'inconnu se retroussèrent.

— Si vous le dites.

Elle nota qu'il ne s'était pas présenté. Elle ouvrait la bouche pour lui demander son nom quand des porte-voix mugirent, tout proches. Les policiers prévenaient les manifestants que s'ils ne se dispersaient pas, ils prendraient des mesures extrêmes. En réponse, des insultes fusèrent, des mouvements brusques convergèrent sur les forces de l'ordre. Rebecca réprima un soupir. Elle avait assisté à suffisamment d'émeutes pour savoir que ces gens ne rentreraient pas chez eux. Les choses étaient allées trop loin, l'escalade était inévitable. À elle de tenter de raconter leur histoire de son mieux.

— C'est bon, marmotta-t-elle. Vous pouvez me poser, maintenant.

Sans l'écouter, son sauveur continua sur sa lancée. Elle

se tortilla pour se dégager ; il resserra son emprise. Il était beaucoup plus fort qu'elle, ça ne servirait à rien de se débattre. Contrariée, elle serra les dents et attendit qu'il se décide à la poser.

Quelques minutes plus tard et à plusieurs centaines de mètres de l'émeute, son garde du corps personnel consentit enfin à la lâcher. Elle eut à peine le temps de s'assurer sur ses jambes qu'il lui saisissait le menton et tâtait délicatement sa tempe gauche. La douleur, brutale, la fit sursauter.

— Vous ne saignez plus, dit-il d'une voix grave qu'elle trouva incroyablement sexy, mais vous avez une sacrée bosse. Votre vision est bien nette ? Vous n'avez pas la nausée ? Suivez mon doigt.

Il promenait son index de droite à gauche devant elle. Un peu agacée, elle détourna la tête.

— Je vais bien !

— Suivez mon foutu doigt !

Ah, il était comme ça ? Le style grand mâle dominant ? Bon, si ça pouvait lui faire plaisir… Elle suivit le mouvement des yeux, une fois, deux fois, avant d'écarter sa main, agacée. Elle le savait, qu'elle n'avait pas de traumatisme crânien ! Ça lui était déjà arrivé, et elle connaissait la sensation. Là, elle voyait clair, se sentait lucide ; elle souffrait juste légèrement. Elle avait pris un coup sur la tête, elle se sentait mieux, fin de l'histoire. L'homme dut arriver à la même conclusion car ses grandes mains retombèrent le long de ses cuisses.

— Vous auriez pu vous faire tuer, dit-il sèchement. C'était complètement irresponsable de votre part d'aller vous jeter au milieu de l'émeute.

Ah ! Monsieur se permettait de la juger !

— Le danger fait partie du job, lâcha-t-elle. Franchement, je ne m'attendais pas à ce que ce reportage soit aussi intéressant. Habituellement, les élections sont ennuyeuses au possible.

Plusieurs voitures de police virèrent devant eux dans des crissements de pneus, sirènes hurlantes. Son sauveur lui happa le bras et la tira en arrière dans une rue pavée. Ici, à l'écart de la mêlée, il n'y avait plus que quelques groupes de curieux qui contemplaient de loin la bataille rangée sur la place. Des policiers en uniforme formaient un cordon pour empêcher l'insurrection de s'étendre.

Rebecca se laissa haler sur quelques mètres avant de se dégager. Elle scruta les camions des équipes télé… et laissa échapper un petit soupir de soulagement en reconnaissant la silhouette de Jesse. Toujours fidèle au poste ! Ce fichu je-sais-tout s'était planté sur le toit du camion ABN, à la place qu'il lui avait proposé d'occuper peu avant, et faisait ce qu'il savait si bien faire : il filmait l'événement. Avec un petit sourire, elle sortit son portable et pressa la touche du numéro préenregistré.

— Je préviens juste mon collègue que tout va bien, lança-t-elle à son sauveur par-dessus son épaule.

Il la couvait d'un regard perçant. Ces yeux d'ambre… Elle eut une hésitation. Cette sensation de déjà-vu… Elle le connaissait ? Elle l'avait déjà vu quelque part ? Elle n'eut pas le temps de chercher, la voix de Jesse éclatait déjà à son oreille.

— Becks ! Putain, tu es où ?

— Au bout de la rue qui monte, juste derrière toi. Ne t'en fais pas, je vais bien. Je m'en suis sortie en un seul morceau.

— Enfin, presque, commenta son sauveur.

Elle ne releva pas, se haussa sur la pointe des pieds, et fit de grands moulinets de son bras libre.

— Tu me vois ?

— Oui, soupira Jesse. Ne bouge plus, Dave et moi, on vient te rejoindre.

— Non, non, restez où vous êtes, engrangez des images. J'arrive. Je veux faire un reportage en direct.

— Tu as perdu la…

— Du haut du camion, se hâta-t-elle de préciser. Le bain de foule, j'ai donné !

— Bon. D'accord. Fais attention à toi, Becks, ces gens ont complètement pété les plombs.

Ils raccrochèrent. Rebecca se retourna vers l'homme qui venait de lui sauver la vie.

— Vous ne m'avez toujours pas dit votre nom.

— Nick. Nick Prescott.

Il se passa machinalement la main dans les cheveux qu'il avait sombres et un peu ondulés ; elle perçut de nouveau ce parfum si séduisant, un composé subtil d'après-rasage, de savon et d'une essence très virile et très personnelle. Elle parcourut du regard ce fabuleux spécimen de masculinité, passa en revue son beau visage, les pectoraux qui étiraient son T-shirt bleu sombre, les longues jambes sous son pantalon de toile… et fronça les sourcils. Quelque chose ne collait pas. Il avait les gestes, le comportement d'un soldat mais une aura, comment dire… Aristocratique ! Ce garçon était issu d'une famille de la haute, elle en mettrait sa main au feu. Elle serait même prête à parier son bien le plus précieux : le certificat la citant comme finaliste du prix Pulitzer épinglé au-dessus de son bureau. Depuis qu'elle travaillait à Washington, elle repérait les puissants au premier coup d'œil. Ce garçon faisait partie de la caste des dirigeants.

*Nick…* Mais bien sûr !

— Quoi ? fit-il, manifestement troublé par le regard aigu qu'elle braquait sur lui.

— Nick Prescott, répéta-t-elle. Et que faites-vous dans la vie, Nick ?

— Je suis journaliste, comme vous, répondit-il en haussant les épaules.

Journaliste, lui ? Jamais de la vie !

— Presse papier ou télévision ?

— Papier. En free-lance.

Son trouble s'était dissipé, il lui répondait maintenant avec aisance. Un instant plus tard, il précisa :

— Mon CV n'est pas aussi impressionnant que le vôtre. La plupart de mes articles passent dans des publications plutôt modestes.

Il lui lança un sourire absolument charmant ; elle ne s'y laissa pas prendre une seconde. Croyait-il vraiment qu'il suffisait de la flatter pour détourner son attention ? Elle était un requin, et les requins ne se laissent jamais détourner de leur cible. Pas s'ils ont capté l'odeur du sang.

Son visage lui disait quelque chose. Elle l'avait déjà croisé, elle en était certaine, mais où ? C'était frustrant de ne pas s'en souvenir. Rapidement, elle passa en revue ses bases de données mentales, ses sources, les conflits qu'elle avait couverts, les personnalités politiques, les… Stop ! Elle rembobina sa liste et plissa les yeux, de plus en plus concentrée. Les personnalités politiques. Ce garçon serait dans la politique ? Trop jeune pour avoir déjà fait parler de lui. Membre d'une des familles influentes qui gravitent autour de la Maison-Blanche ? Elle ne voyait aucun Prescott influent à Washington. Mentalement, elle se répéta le nom plusieurs fois, Nick Prescott, Prescott, Nick Pres… Elle ravala de justesse un hoquet de saisissement. Incroyable ! Elle ne connaissait aucun Nick Prescott, mais Nick *Barrett*, en revanche…

Elle maîtrisa son expression. Tant qu'elle ne saurait pas pourquoi il se présentait sous un faux nom, il ne devait pas se rendre compte qu'elle l'avait reconnu. S'il se donnait la peine de cacher son identité, ça signifiait… Eh bien, elle ne savait pas ce que ça signifiait, mais il y avait forcément un scoop à la clé !

Que faisait Nick Barrett, le fils du secrétaire à la Défense des États-Unis d'Amérique, au Cortega ?

# 3

Cette femme était irrésistible. Sa bouche, par exemple. Oui, sa bouche commençait sérieusement à le déconcentrer. Une bouche rose avec une lèvre inférieure moelleuse à souhait qui lui donnait une envie furieuse de l'embrasser. Sans être vraiment serrés, son jean et son T-shirt laissaient deviner des seins bien ronds, haut perchés, et des jambes fantastiques. Il en avait des fourmis dans les mains. Ces jambes, il les sentait presque se nouer autour de sa taille pendant qu'il… Stop ! Respire…

Le fantasme érotique venait de lui sauter au visage sans prévenir. La puissance de son désir ne le surprenait pas, ça faisait une éternité qu'il n'avait pas touché une femme — mais, habituellement, ses pulsions choisissaient mieux leurs cibles. Il rengaina bien vite sa libido en espérant que Rebecca Parker, journaliste mondialement connue, n'aurait rien remarqué.

Ce petit sourire… Bon, d'accord, elle avait remarqué.

— Nick…

Dans sa bouche, son prénom se chargeait d'une sensualité insoutenable.

— Dites-moi comment je peux vous remercier.

Une douzaine de suggestions salaces lui vinrent aussitôt à l'esprit, mais sa nature de gentleman fut la plus forte. Il s'inclina légèrement et répondit avec le sourire :

— Tout le plaisir était pour moi.

La jolie bouche de Rebecca se crispa. Il comprit qu'elle se retenait de rire.

— Mon père m'a appris à payer mes dettes. Si je vous offrais un verre, ce soir ?

Une intonation très différente de celle des élites de Washington venait de poindre dans sa voix. Il lui sourit encore en demandant :

— C'est la Géorgie, que j'entends, ou vous imitez très bien les accents ?

— Atlanta, confirma-t-elle. J'y suis née et j'y ai grandi.

— Je ne m'en serais jamais douté. J'avais toujours supposé que vous étiez de Washington.

— Quand ABN m'a recrutée, on m'a imposé des cours d'élocution. Il fallait gommer mon accent trop populaire.

Un éclair d'humour dans ses yeux verts, elle conclut :

— Il y a une foule d'autres choses intéressantes que vous ne savez pas de moi !

Sûrement ! Cette femme l'intriguait, le titillait même. Il avait déjà compris qu'elle était beaucoup plus complexe que son image télévisuelle. Face à face avec elle, on prenait conscience de son intelligence, de son humour, de la séduction qui émanait de son corps menu. Et même s'il détestait les stéréotypes, il était prêt à parier que ses cheveux de flamme accompagnaient une nature entière, emportée... Et, pour le dire en clair, butée comme une mule !

— Nous ferons connaissance en buvant un verre, décida-t-elle. Ne cherchez même pas à refuser.

Butée, oui. Il ne put s'empêcher de rire.

— Je devrais me vexer. Vous sautez à la conclusion que je n'ai rien prévu ce soir.

Elle haussa un sourcil et demanda :

— Vous avez quelque chose de prévu, ce soir ?

— Non, avoua-t-il avec un large sourire.

— Et vous ne portez pas d'alliance. J'en déduis que vous n'êtes pas marié.

Elle inclina la tête sur le côté et reprit, pensive :

— À moins que vous ne soyez le genre de *trois petits points* qui retire son alliance en voyage ?

— Je peux vous assurer que je ne suis pas ce genre de trois petits points.

Il fut récompensé par un éclat de rire absolument délicieux. Son pouls s'emballa.

L'expression de Rebecca se fit sagace.

— Vous êtes un garçon bien, pas vrai, Nick ? Un garçon sérieux ?

Cette chaleur dans ses veines, cette pulsation dans son entrejambe… Si elle avait pu lire ses pensées à cet instant, elle l'aurait immédiatement rayé de cette catégorie.

— Vous avez quelque chose contre les garçons sérieux ? demanda-t-il d'un ton léger.

— Je ne sais pas, murmura-t-elle. Je suis toujours sortie avec des voyous.

Puis elle haussa les épaules et ajouta :

— Bref, je me ferai une opinion ce soir. Où êtes-vous descendu ?

— Au Liberty.

Ses lèvres pulpeuses se recourbèrent en un délicieux sourire.

— Moi aussi ! Nous n'avons qu'à nous retrouver au bar de l'hôtel. Je vous inviterais bien à dîner, mais je prends toujours mes repas avec mon équipe, c'est une tradition. Rendez-vous à 9 heures ?

Il devait refuser. Il était ici pour retrouver ce fumier de Waverly, pas pour sortir avec une rousse superbe qui, il le devinait déjà, ne lui créerait que des ennuis. Il plongea dans son regard vert… Et découvrit qu'il n'avait pas assez de volonté pour lui dire non.

— 9 heures, confirma-t-il.

Le joli visage levé vers le sien s'épanouit.

— À tout à l'heure !

Elle s'était déjà éloignée de quelques pas quand elle se ravisa, se retourna vers lui avec un sourire éblouissant et lui lança :

— Encore merci de m'avoir tirée d'affaire !

Puis elle s'éloigna en courant. Médusé, il la suivit des yeux un instant avant d'éclater de rire. « Tirée d'affaire » ? Elle avait failli mourir piétinée par la foule ! De toute sa vie, il n'avait jamais croisé une femme aussi intrépide. Et, pour lui, les deux mots « femme » et « intrépide », ne s'accordaient pas du tout ! Ce mépris du danger, c'était même un sacré mauvais point pour elle… Ou plutôt ce le serait s'il envisageait de l'épouser. Pour coucher avec elle, en revanche, il voyait très bien les avantages d'accueillir une femme pareille dans son lit.

Le temps sembla très long à Nick. Retranché dans sa chambre d'hôtel, il attendit l'heure du rendez-vous en contemplant l'horloge et en se demandant pourquoi les aiguilles n'avançaient pas.

Sa journée ? Un échec sur toute la ligne. Les faussaires qu'il avait pu rencontrer niaient tous avoir croisé Paul Waverly ou lui avoir procuré de faux papiers d'identité. Il s'y attendait un peu, mais s'était senti obligé de faire la démarche. Les hommes à qui il parlait n'étaient que des petits joueurs ; Waverly était sûrement allé trouver le caïd, le mystérieux personnage uniquement connu sous le nom d'El Nuevo Diablo. Le nouveau diable.

Il leva les yeux au ciel. Ces surnoms mélodramatiques ! D'après la rumeur, si on voulait des résultats, on s'adressait à El Nuevo Diablo. Puisque Enrique Salazar, son contact dans la garde présidentielle, affirmait pouvoir organiser une rencontre, il n'avait pas le choix. Il devait attendre que le fonctionnaire corrompu parvienne à se libérer. Demain peut-être ? D'ici là, rien ne l'empêchait de s'amuser un peu.

9 heures, *enfin* ! Il sauta sur ses pieds. Bon, il se montrait sûrement trop optimiste, brûlait les étapes : son rendez-vous de ce soir se solderait probablement par une conversation agréable devant un verre ou deux, pas par une échappée vers sa chambre. Mais si, par le plus grand des hasards, ils

se retrouvaient nus tous les deux dans le même lit, il n'irait pas se plaindre !

Ce qui était pour le moins étonnant, parce que ce n'était pas du tout dans ses habitudes. Il ne pratiquait pas les coucheries sans lendemain, ce n'était pas son truc. Du temps où ils étaient encore tous ensemble, les gars de son unité se moquaient de ses manières de gentleman. Chaque fois qu'ils rentraient aux États-Unis, Diaz et Berkowski sortaient chercher des filles et ils essayaient toujours de l'entraîner avec eux. Il les accompagnait souvent, mais rentrait généralement seul.

À vingt-huit ans, il était toujours resté très sage. Il n'avait jamais eu envie, au fond, de coucher avec beaucoup de femmes ; il en voulait *une*. Une femme capable de lui donner le bonheur que sa mère avait donné à son père.

Mais, cette fois, il se satisferait sans problème d'une simple coucherie. Voilà bien trop longtemps qu'il n'avait pas fait l'amour.

Il dévala les marches sans attendre l'ascenseur et se dirigea vers le bar de l'hôtel. Le Liberty était l'un des meilleurs hôtels du Cortega. Avec ses sols de marbre, son mobilier élégant et son personnel chevronné, il pouvait rivaliser avec les meilleurs établissements des pays développés. Nick n'avait pas encore eu l'occasion de mettre les pieds dans le bar, mais lorsqu'il y entra, l'endroit lui plut tout de suite. La lumière tamisée et les remparts de fougères qui séparaient les groupes de fauteuils vous donnaient l'illusion de vous détendre en toute intimité.

Il repéra tout de suite Rebecca ; elle n'était pas femme à passer inaperçue, surtout avec cette crinière rouge qui flambait sur ses épaules.

Dès qu'il fit un pas vers elle, elle tourna la tête, leurs regards se heurtèrent, et une poussée stupéfiante de désir éclata en lui. C'était bien la première fois qu'une femme le mettait dans un état pareil d'un simple regard !

Quand elle se leva pour l'accueillir, le tourbillon léger de sa robe émeraude, son décolleté — pourtant assez sage —, sa présence tout entière le frappèrent en plein ventre.

Les yeux levés vers lui, elle le toisa un instant d'un air amusé avant de demander :

— Tout va bien, Nick ?

Sa bouche était si sèche qu'il dut avaler deux fois sa salive avant de retrouver la voix.

— Très bien, oui.

Du fond du cœur, il ajouta :

— Vous êtes superbe.

— Merci ! dit-elle en rosissant de plaisir. Vous n'êtes pas mal non plus quand vous vous arrangez un peu.

Il portait les vêtements les plus présentables qu'il ait emportés à Mala, un T-shirt blanc sur un pantalon de toile kaki.

— Si vous le dites…

Leurs regards se croisèrent de nouveau, et une tension bien particulière crépita entre eux. Nick s'éclaircit la voix et lui proposa de s'asseoir. Ils s'installèrent. Rebecca croisa sagement les jambes, et son ourlet remonta sur son genou, révélant quelques centimètres de cuisse d'un blanc crémeux. Sa peau avait l'air si douce qu'il dut crisper les doigts sur les accoudoirs pour se retenir de la toucher.

Il eut de la chance : l'arrivée du serveur le sauva d'un faux pas spectaculaire, de quoi gâcher le premier rendez-vous qu'il ait décroché en près d'un an. Il commanda un whisky et ne fut pas du tout surpris quand elle demanda la même chose. Une femme comme elle, affirmée et flamboyante, avait forcément des goûts en phase avec sa personnalité.

— Pas de cocktail à la pomme verte pour vous ? demanda-t-il avec un sourire.

— J'ai l'air d'une petite étudiante ?

— Pas du tout !

— Je préfère !

Un éclair de défi dans le regard, elle reprit :

— Comment s'est passé le reste de votre journée ? Vous êtes resté sur la place pour couvrir l'émeute ?

— Non, je suis rentré à l'hôtel rédiger mon papier. J'ai vu

la fin de votre reportage sur ABN. Très bien, l'interview du commandant du détachement de l'armée.

— Merci.

La tête penchée sur le côté, elle enroula machinalement une mèche rousse autour de son index en demandant :

— Et vous, quelle sera votre approche ? Grand méchant gouvernement ou casseurs irresponsables ?

Il haussa les sourcils, très pince-sans-rire.

— Voyons, mademoiselle Parker, vous savez bien que nous ne sommes pas censés orienter l'information ! C'est ce qu'on m'a répété tout au long de l'école de journalisme, pas vous ?

Elle eut un reniflement méprisant.

— *P... trois petits points !* C'est n'importe quoi et vous le savez aussi bien que moi.

Il se surprit en éclatant de rire.

— Avant de débattre de la question, il faut que vous m'expliquiez vos formules bizarres. Je crois bien que je ne vous ai pas entendue jurer une seule fois.

— Je ne jure pas, non.

Elle hésita, laissa échapper un petit soupir et avoua :

— Je jurais comme un charretier à une époque, mais j'ai été obligée d'arrêter net le jour où j'ai lâché un « fuck » bien senti à l'antenne. J'ai failli prendre la porte. Je ne pouvais pas me permettre de recommencer, il fallait trouver une solution, alors, maintenant, je jure avec des points de suspension. Ou des initiales !

Comme il haussait les sourcils d'un air interrogateur, elle lui glissa :

— P. de m. pour... Enfin, vous devinez. Mais ne dites à personne que je vous ai révélé ça.

Il se remit à rire. Il s'amusait ! Une sensation très insolite. Il en oubliait presque qu'il était un homme traqué. Depuis combien de temps ne s'était-il pas amusé en prenant un verre avec une femme ? Rebecca Parker était très différente de l'idée qu'il s' était faite. À l'écran, elle semblait très sûre d'elle, se cantonnait à un registre très factuel et jouait rarement de sa séduction. En tête-à-tête, elle était nettement plus impudente, plus séduisante, et en même temps drôle, intelligente…

— Nous pouvons sauter le débat sur l'orientation, dit-elle en écartant la question d'un geste. Parce que nous savons tous deux que tous les journalistes ont leur opinion. D'où venez-vous, Nick ?

À son grand soulagement, le serveur repassa devant leur table. Il l'appela d'un geste et lui glissa un billet de 20 dollars en commandant une deuxième tournée. Cet instant de répit lui permit de passer en revue son CV fictif. Eva, la fiancée de Tate, s'était servie de son talent de hackeuse pour créer de toutes pièces le personnage de Nick Prescott journaliste, son parcours et sa carrière. Ses papiers étaient même accessibles en ligne. Il avait parcouru la plupart des articles pendant le trajet en avion, mais il espérait de tout son cœur que Rebecca ne lui poserait pas de questions trop ciblées. Il l'espérait… mais sentait déjà qu'il n'y couperait pas. Cette femme était redoutable.

— Je suis du Vermont…, commença-t-il d'un ton léger.

Il goûta son deuxième whisky. L'alcool lui réchauffa le ventre et lui donna de l'assurance.

— Mais ma famille a beaucoup déménagé quand j'étais petit. Je suis un gosse de militaire.

Il se tut un instant et demanda courtoisement :

— Et vous ?

Elle prit son verre, en avala la moitié, et se mit à parler d'elle. Elle dévida quelques anecdotes de son enfance à Atlanta, lui apprit qu'elle avait décidé de devenir journaliste alors qu'elle était encore toute petite, puis ramena la conversation sur lui. Il serra les dents. Face à n'importe quelle autre femme, il aurait menti sans hésiter, mais c'était Rebecca Parker ! Chaque fois qu'il répondait à l'une de ses questions, ses yeux verts se plissaient légèrement, comme si elle analysait ses paroles.

— Et vous ? demanda-t-il après lui avoir indiqué qu'il avait fait ses études de journalisme à Columbia. Où étiez-vous ?

— À Northwestern.

Et aussitôt, elle lança une nouvelle question :

— Vous avez aimé New York ?

Il réprima une protestation. La conversation virait à l'interrogatoire ! L'échange dura encore vingt minutes, question-réponse, question-réponse, comme un match de ping-pong… Elle avait clairement une idée derrière la tête. Elle cherchait à lui faire dire quelque chose ; elle soupçonnait une embrouille ! Il se retrouvait dans un sacré pétrin… Si sa réputation n'était pas surfaite, elle ne lâcherait rien. Méfiant, il nota son expression sagace.

— Tout va bien, Nick ?

La petite vipère avait compris qu'il lisait dans son jeu.

— Tout va formidablement bien, articula-t-il.

Il termina son verre mais, cette fois, il ne rappela pas le serveur. Mieux valait garder les idées claires. Quant à son fol espoir d'attirer la journaliste dans son lit, il pouvait tirer un trait dessus. Cette soirée si prometteuse s'était transformée en une joute sans merci. Rebecca Parker savait-elle à qui elle avait affaire ? Pire, avait-elle partie liée avec ceux qui cherchaient à lui faire la peau ? À moins qu'elle ne le prenne pour un journaliste concurrent et qu'elle cherche à lui faire perdre ses moyens pour des raisons spécifiques ?

— Nous parlions de quoi ? demanda-elle négligemment. Ah, oui, trouver des éléments pour un reportage. Vous savez où on trouve les meilleurs scoops ? À Washington. C'est vrai ! On ne peut pas faire dix pas dans la rue sans buter sur un scandale.

Avec un regard un peu trop inquisiteur, elle enchaîna :

— Vous êtes déjà allé à Washington ?

— Bien sûr. Pour un journaliste free-lance, c'est absolument indispensable.

Elle se pencha en avant.

— Et que pensez-vous de l'administration actuelle ? Un peu trop concentrée sur la question militaire, vous ne trouvez pas ?

— La défense, c'est important, répondit-il en haussant les épaules.

— Bien sûr. Mais faut-il vraiment dépenser autant de milliards pour l'assurer ?

S'il en croyait Barrett Père, c'était un oui sans concessions. Ce dernier avait même influencé les orientations du président sur la question. Bien entendu, il garda l'information pour lui et se contenta de renvoyer la balle.

— Et vous, où mettriez-vous les financements ?

— Dans l'éducation, les soins, la réforme sociale.

Elle parlait d'une voix distraite, le regard ailleurs. Un pli lui barrait le front, comme si elle cherchait comment reprendre l'avantage.

Il réprima un sourire en lui glissant, perfide :

— Tout va bien, Rebecca ?

Il lui renvoyait sa propre question, avec la même ironie. Un éclair de colère s'alluma dans les yeux verts braqués sur lui — et s'éteignit aussitôt. D'un geste déterminé, elle posa son verre sur la table et le regarda dans les yeux.

— Bon, on arrête de jouer, maintenant. Vous pouvez remballer vos histoires : je sais exactement qui vous êtes. Je veux que vous me disiez pourquoi vous m'avez donné un faux nom et ce que vous pouvez bien fiche en Amérique du Sud.

# 4

L'espace d'un instant, Nick envisagea de jouer les imbéciles. Rebecca dut lire dans ses pensées car son expression se fit menaçante.

— N'insultez pas mon intelligence en niant votre identité… monsieur Barrett.

Elle souriait d'un petit air supérieur. Il réprima un soupir. Il avait bien mesuré, pourtant, le risque qu'il courait à se montrer à visage découvert dans une ville grouillant de journalistes américains venus pour l'élection. Mais comment faire autrement ? L'alternative aurait été de laisser Tate ou Sebastian monter au créneau, et ils avaient tous deux trop à perdre aujourd'hui. Ils avaient rencontré l'amour de leur vie, Tate avait même un petit garçon de trois ans à protéger. Lui n'avait ni femme ni enfant pour le pleurer, s'il restait sur le carreau, juste son père et sa grande sœur Vivian.

S'il affrontait ce soir cette journaliste un peu trop futée, c'était justement à cause de son père, parce qu'il occupait un poste important. Et aussi parce que cette fichue bonne femme avait manqué se faire tuer. Il n'aurait pas dû jouer les héros.

— Vous ne répondez pas ?

Il se contenta de hausser les épaules.

— Que voulez-vous que je vous dise ? Vous m'avez reconnu. Bravo. Vous avez gagné une image.

— Vous confirmez que vous êtes bien Nick Barrett ?

Elle avait baissé la voix pour poser sa question. Il apprécia.

D'un coup d'œil à la ronde, il s'assura que personne ne s'intéressait à eux et baissa également la voix pour lui répondre.

— Je confirme. Et je vous serais reconnaissant de ne mentionner à personne que vous m'avez vu ici.

Le petit sourire impudent refit son apparition.

— Il faudra me réserver l'exclusivité sur la mission qui vous amène ici.

Il réprima une exclamation excédée.

— Je ne vous réserverai pas d'exclusivité, parce qu'il n'y a rien à dire ! Pas de mission, pas de reportage.

— Ah ? Que faites-vous au Cortega, alors ?

— Raison personnelle.

— Pourquoi m'avez-vous donné un faux nom, alors ?

— Je voyage toujours sous un faux nom.

— Et vous mentez toujours sur votre profession ?

Son regard aigu le scrutait, plus soupçonneux que jamais.

— C'est au sujet de l'élection ? insista-t-elle. Votre père vous a envoyé ici pour le représenter ? Pour parler au président Garza ou au général Alves de…

Elle plissa le front, perplexe.

— De *quoi* ? J'ai beau réfléchir, je ne vois pas du tout ce que votre présence ici pourrait apporter !

— Rien du tout, justement ! triompha Nick. Ma présence ici n'a strictement rien à voir avec cette prétendue élection.

Elle ne répondit pas, garda ce regard aux rayons X braqué sur lui ; il entendait presque les rouages tourner dans sa tête, passant des hypothèses en revue, les écartant l'une après l'autre. Son joli visage exprimait une intense curiosité, beaucoup de méfiance également, et plus elle se taisait, plus la méfiance prenait le dessus.

— C'est forcément politique, dit-elle enfin.

— Non !

Butée, elle releva le menton.

— Je ne vous crois pas.

Elle était impossible ! Il sourit malgré lui, puis se rembrunit aussitôt. Elle ne renoncerait pas. Elle croyait tenir un scoop et rien ne lui ferait lâcher prise. Il faudrait l'abattre sur place, et encore ! Non, il n'avait plus qu'une chance : l'endormir. Détourner ses pensées de leur pente dangereuse.

— Bon, reprit-il sans élever la voix. D'accord, vous savez qui je suis, mais pouvez-vous me dire ce que je fais, depuis neuf ans ?

Pour la première fois, elle eut l'air un peu incertaine.

— Non, je…

— Précisément. Je ne suis plus sur le radar du monde politique. Et pourquoi ? Parce que je ne fais pas de politique. De loin en loin, je me montre dans une soirée aux côtés de mon père, mais je n'ai aucune affinité avec ce milieu et je n'apprécie pas particulièrement les mondanités. Voilà bien cinq ans qu'on n'a pas parlé de moi dans les médias.

— Pourquoi ?

— Parce que ça ne cadrait pas avec le travail de l'unité dans laquelle je servais.

— Vous étiez dans l'armée ?

Quand il fit oui de la tête, le regard de Rebecca se fit plus perçant.

— Les Forces Spéciales ?

Sa formation, son instinct lui interdisaient de répondre à une question de ce genre, mais il sentit que s'il voulait la convaincre de le laisser tranquille, il serait obligé de lui fournir quelques détails supplémentaires.

— Quand je me suis engagé, nous avons décidé, mon père et moi, que je donnerais un autre nom. Ça me gêne de l'admettre, mais quand on est le fils d'une personnalité politique, toutes les difficultés ont tendance à s'aplanir devant vous, dans l'armée comme dans le monde des affaires.

Il haussa les épaules et poursuivit :

— Je ne voulais pas que les officiers me chouchoutent, je voulais être à égalité avec les autres recrues. J'espérais surtout entrer dans les Forces Spéciales et là, mon nom m'aurait carrément fermé la porte.

— Laissez-moi deviner : nos adversaires auraient adoré capturer le fils du secrétaire à la Défense américaine ?

— Voilà… Je me suis donc engagé sous le nom de Prescott. C'était le nom de jeune fille de ma mère.

Elle semblait absolument fascinée par son histoire.

— Et personne n'a jamais su la vérité ?

— Si, quelques personnes, bien sûr. Quelques officiers haut placés, y compris le commandant de mon unité, mais aucun de ceux avec qui je servais au quotidien.

— Alors, c'est quoi, la réponse ? Vous êtes ici pour une mission ultrasecrète ? Le reste de votre unité aussi ?

Le soupçon renaissait dans ses yeux.

— Non aux deux questions, dit-il fermement.

Il s'interrompit un instant. C'était le moment le plus difficile, il devait choisir ses mots avec soin.

— Je ne peux rien vous dire de plus. Ce n'est pas pour vous contrarier ou pour me faire mousser. C'est une question de vie ou de mort.

— Les questions de vie ou de mort sont ma spécialité !

Elle souriait ! De plus en plus inquiet, il insista :

— Il n'y aura pas de reportage. Je parle sérieusement, Rebecca. Vous ne direz à personne que vous m'avez rencontré. Vous ne m'avez jamais croisé Nous sommes d'accord ?

— Pourquoi ? Il se passe quoi, Nick ?

Elle souriait toujours. Une flambée d'irritation le prit à la gorge.

— Ce n'est pas une plaisanterie. Si vous tenez à la vie, laissez tomber cette histoire.

Elle se cabra, outrée.

— C'est une menace ?

— Ce n'est pas moi qui vous menace, chérie. Croyez-moi sur parole quand je vous dis que si les personnes concernées découvrent que vous avez été en contact avec moi, votre vie ne vaudra plus un clou !

Pour la première fois, elle sembla inquiète.

— Dans quoi êtes-vous allé tremper ?

Il se leva sans répondre.

— Bonne nuit, Rebecca.

En un éclair, elle fut sur pied et sa petite main se referma sur son biceps. Pour un poids plume, elle avait une sacrée poigne !

— Vous ne pouvez pas partir comme ça ! Laissez-moi vous aider. Je ne sais pas dans quelle situation vous vous êtes fourré, mais je peux sûrement faire quelque chose. J'ai mes sources, mes contacts, et…

— Vous pouvez m'aider en oubliant que vous m'avez vu.

Il retira fermement sa main de son bras et recula d'un pas.

— Je ne joue pas, Rebecca. Vous devez absolument lâcher l'affaire.

— Mais…

Elle protestait toujours quand il s'éloigna.

Bouche bée, Rebecca regarda Nick Barrett s'éloigner sans se retourner. Elle faillit se précipiter à sa suite pour insister et se ravisa *in extremis*. Ça ne mènerait à rien. Il ne se confierait pas ce soir.

« Si vous tenez à la vie… » Un frisson la secoua, sans éteindre l'excitation qui bouillonnait en elle. Son radar à scoops était en alerte rouge, son cerveau disséquait déjà les quelques détails qu'il lui avait livrés. Le fils du secrétaire à la Défense était mêlé à quelque chose d'énorme, une question de vie et de mort. Il y avait là un reportage en or, le scoop de la décennie. Un scoop à lui décrocher le Pulitzer.

« Si vous tenez à la vie, laissez tomber l'affaire. » L'avertissement revint bourdonner à ses oreilles ; elle l'écarta. Comment laisser passer une opportunité pareille ?

Elle saisit son sac, quitta le bar à son tour et prit l'ascenseur pour regagner sa chambre. Jesse et Dave partageaient la suite voisine. Un instant, elle hésita devant leur porte. Non, elle n'avait pas encore suffisamment d'éléments pour les mettre au courant.

Elle s'engouffra dans son propre salon et sortit son portable.

— Quoi encore, Becks ? aboya Harry Drexler d'une voix outrée.

Sa façon de prendre un appel était célèbre dans le métier. Rédacteur en chef, producteur, détenteur des plus prestigieuses récompenses du journalisme, Harry était son mentor depuis sa première année d'études. À la fin d'une conférence, elle avait pris son courage à deux mains pour aller le remercier et lui demander quels conseils il donnerait à une journaliste de télévision en herbe. Ils avaient déjeuné ensemble la semaine suivante, puis de nouveau un mois plus tard. Au fil de ces rencontres, Harry avait décidé de la prendre sous son aile. Son premier stage chez ABN, si difficile à obtenir, elle l'avait décroché grâce à lui. Il était bourru, impatient et susceptible, et elle l'adorait.

— Je tiens le sujet de l'année.

Elle hésita un instant et tempéra :

— Enfin, peut-être.

— On ne passe pas de peut-être à l'antenne !

— Je suis au courant. C'est pour ça que je t'appelle. J'aurais besoin que tu creuses un peu pour moi.

— Explique…

Elle se laissa tomber sur son petit canapé, cala l'appareil au creux de son épaule, et ouvrit la housse de son ordinateur.

— Je voudrais savoir ce que le fils du secrétaire à la Défense fait à Mala.

Il y eut un silence, puis Harry laissa échapper un juron stupéfait.

— Nick Barrett est à Mala ? Tu es sûre ?

— Absolument. Je viens de boire un verre avec lui.

— Tu as bu un verre avec le fils du secrétaire à la Défense ?

— Ouais.

— Qu'est-ce qu'il fiche au Cortega ?

Elle ne put s'empêcher de rire.

— C'est bien ce que je te demande ! D'après lui, voilà neuf ans qu'il est dans l'armée, et même dans les Forces Spéciales, sous le nom de Nick Prescott. Ma première question concerne son statut actuel. Il est toujours militaire ? Tes contacts dans l'armée pourraient me le dire ?

— Tu te demandes s'il est toujours en service actif ? En mission ? Il serait là pour l'élection ou pour autre chose ?

— Je ne sais pas à quoi je pense, Harry. Il me faut des informations. Mais il se passe quelque chose, c'est évident. Il était à cran et m'a ordonné d'oublier que je l'avais vu. Il est à coup sûr mêlé à une affaire dangereuse.

— Dangereuse comment ?

— Je ne sais pas !

Survoltée, elle se leva d'un bond en ouvrant grands les bras.

— Je me rends bien compte que je t'appelle avec un canevas plein de trous ! Je n'ai rien de plus qu'une intuition basée sur quelques phrases lâchées à contrecœur ; Barrett, alias Prescott, n'a pas voulu s'expliquer. Tu veux bien te renseigner un peu ?

— Bien sûr. Je fais une recherche rapide et je te rappelle.

Rebecca ouvrit son ordinateur portable et tapa son mot de passe. Harry creuserait de son côté, elle du sien ; à eux deux, ils trouveraient forcément quelque chose. Le mot-clé « Barrett » la mena à une foule d'articles de presse, mais il n'était question que de Kirk Barrett, le père de Nick. Les papiers ne mentionnaient les enfants du secrétaire à la Défense qu'en passant. Ils étaient deux : Vivian, mère au foyer à Arlington, et Nick, militaire.

Ce n'était donc pas un mensonge.

Elle lança une nouvelle recherche, sur Nick cette fois. Là encore, il avait dit vrai en affirmant qu'il n'offrait aucune prise aux médias ; tout au plus son nom figurait-il dans la liste des invités de quelques galas de charité. Aucun détail sur sa carrière militaire… Ce qui était assez logique, s'il servait sous un nom d'emprunt.

La recherche « images » fut plus fructueuse, mais uniquement parce qu'elle lui permit de se pâmer devant son portrait. Waouh ! Elle fit défiler les visuels et tomba en arrêt devant une photo du père et du fils à une soirée de levée de fonds à

Washington. Nick en habit de soirée, un vrai régal ! Et ces yeux ! Son pouls s'accélérait rien qu'en les regardant.

Bon… Il était temps de sortir ses idées du caniveau. Ce n'était pas le style de sujet qui ferait les gros titres. *Il devrait, pourtant !* Elle ignora la petite voix coquine et se replongea dans ses recherches. Il lui fallait des faits, mais aucune des données qu'elle put glaner ne l'aida à résoudre l'énigme. Nick Barrett avait vingt-huit ans. Il avait grandi dans l'État de New York, fait ses études à Princeton, était en service actif dans l'armée. Ces informations étaient-elles à jour ? Impossible de le savoir, mais Nick avait semblé suggérer qu'il n'était plus soldat. Alors, ancien militaire ou toujours militaire ? Elle eut sa réponse moins de vingt minutes plus tard quand Harry la rappela.

— Tu as déjà quelque chose ? s'écria-t-elle en guise d'entrée en matière.

— Je me suis surtout cogné à une série de barrières.

Elle reconnut le ton qu'il prenait quand il reniflait un complot. Il ajouta d'ailleurs aussitôt :

— Je renifle un complot.

Elle sourit avec tendresse en entendant la phrase familière.

— Explique.

— Je viens de parler à un vieux copain de l'armée. Il s'est renseigné sur Nick Prescott ; d'après lui, ce garçon est effectivement passé par la case militaire, mais il n'y a rien dans son dossier pour les cinq dernières années. Ce qui semble confirmer qu'il a bien pris le chemin des Forces Spéciales.

— D'accord. Quoi d'autre ?

— D'après son dossier, il a été libéré il y a un an avec les honneurs, mais je ne trouve aucune trace de lui depuis cette date. Enfin, aucune trace de Nick *Prescott*.

— Et Nick Barrett ?

— C'est là que l'histoire devient louche. D'après ma source au Département de la Défense, Nick Barrett a également été libéré l'an dernier. Encore une fois, c'est assez logique s'il a vraiment servi sous le nom de Prescott, mais depuis qu'il a quitté l'armée, il mène soi-disant la grande vie aux Caraïbes. Il est censé être à St. Bart' en ce moment.

Troublée, Rebecca fronça les sourcils.

— Ta source est fiable ?

— Mon ami travaille pour l'adjoint du secrétaire à la Défense, et son information se base sur une conversation qu'il a eue hier avec le secrétaire en personne, donc Barrett Père…

— Autrement dit, le secrétaire à la Défense affirmait hier que son fils se trouvait à St. Bart'.

— C'est ça.

— Mais nous savons que Nick n'est pas à St. Bart' mais ici, au Cortega.

Elle se mordilla la lèvre.

— À ton avis, Harry ?

— Nous allons devoir creuser davantage, ma grande. De ton côté, essaie de le revoir.

— S'il n'a pas déjà quitté la ville.

— Fais de ton mieux. Oh ! Et pendant que j'y pense : les patrons de la chaîne veulent davantage d'images des émeutes. Si possible avec toi au cœur de l'action.

— Ce soir ? se récria-t-elle.

— Non, demain matin. Et uniquement si la foule est toujours déchaînée.

Elle réprima un soupir. Formidable ! Elle n'avait plus qu'à retourner se faire piétiner par des émeutiers.

— Je marche. Rappelle-moi si tu en apprends davantage sur Barrett, d'accord ?

— Bien sûr ! Bonne nuit, Becks. Tu as fait du bon boulot, aujourd'hui.

Elle raccrocha et se remit à contempler la photo de Nick affichée sur son écran. Cet homme était dé-lec-table. Elle regrettait presque de n'avoir pas couché avec lui avant de lui jouer la scène du « je-sais-qui-vous-êtes ». Hum… La seule idée d'une nuit dans ses bras la faisait frémir. Comment serait-il ? Il paraissait très gentleman à première vue, mais elle avait capté un éclair de passion dans son regard d'ambre quand il l'avait vue en robe. Alors, doux et tendre sous les draps ou complètement déchaîné ? C'était affreux de réaliser qu'elle ne le saurait jamais.

*Qu'est-ce qui compte le plus, Becks ? Le sexe ou le Pulitzer ?*

Vu comme ça, évidemment… Elle se concentrerait donc sur la seconde option. Nick Barrett était séduisant, mais son corps n'était pas la récompense ultime. Ce qu'elle voulait, c'était son secret.

L'appel arriva sur l'un de ses portables. Pas celui qu'il réservait aux affaires courantes, ni celui sur lequel il prenait ses appels personnels, mais l'appareil spécial pour les… affaires personnelles. Le genre d'affaires dans lesquelles trempaient tous les joueurs de l'arène politique de Washington, celles qu'ils nieraient pratiquer jusqu'à leur dernier souffle.

— Quoi ? demanda-t-il d'une voix contenue, le regard braqué sur la porte close de son bureau.

La nuit était bien avancée, mais il n'était probablement pas seul dans les locaux du ministère. Il traînait toujours un aide de camp trop zélé dans le voisinage, le genre d'adjoint qui met un point d'honneur à rester plus tard que le patron.

— Nous les avons peut-être trouvés.

Il n'eut pas besoin de demander qui était à l'appareil ou de qui on lui parlait. Voilà près d'un an que la traque de ces foutus soldats lui donnait de l'urticaire.

— Lequel a fait un faux pas ? demanda-t-il.

— Si notre info est juste, c'est Barrett.

Un véritable spasme de fureur lui broya le ventre. Nom de Dieu ! Barrett était bien le dernier qu'il veuille tuer. D'ailleurs, si on lui avait laissé le choix, il aurait préféré ne tuer personne !

— Où est-il ?

— Au Cortega. Il a rencontré là-bas une journaliste qui couvre la crise électorale. Rebecca Parker.

Une journaliste ? Et pas n'importe quelle journaliste.

*Rebecca Parker !* Foutrement intelligente, ambitieuse. De quoi Barrett lui avait-il parlé ? Jusqu'où l'avait-il mise au courant ?

Nerveux, il changea brusquement de position dans son fauteuil. Les trois soldats avaient-ils trouvé un élément le liant au virus Méridien ? Non, impossible !

— Le producteur de Parker s'est mis à passer des coups de fil, reprit son interlocuteur. Beaucoup de coups de fil. Il a déclenché plusieurs alertes en cherchant à se renseigner sur Barrett.

Il y eut un silence, puis la question tomba :

— Que voulez-vous faire ?

Il réfléchit en silence, retournant la situation sous tous ses angles, et finit par dire à contrecœur :

— Envoyez une équipe. Réglez le problème, mais pas avant qu'il vous ait donné de quoi retrouver les deux autres.

— Monsieur, si je peux me permettre…

Il laissa échapper une exclamation exaspérée.

— Permettez-vous, Carraway !

— Notre souci, à l'origine, était de cacher aux soldats que les habitants de Corazon avaient été tués par un virus plutôt que par les rebelles ULF. L'objectif était de réduire l'unité au silence avant qu'ils ne se posent trop de questions sur ce qui s'était passé dans ce village.

Il y eut un nouveau silence avant que son interlocuteur se risque à ajouter :

— Maintenant, le pays tout entier sait qu'un virus a été testé au San Marquez.

L'amertume le prit à la gorge. Oui, le pays tout entier le savait et ça le rendait fou de rage. Quel gâchis ! Le Projet Bélier ne pouvait aboutir que dans le plus grand secret, personne ne devait jamais savoir qu'une arme biologique avait été créée par l'Amérique, puis testée sur un sol étranger. Pas avant que la nécessité de ce type d'arsenal saute aux yeux de la nation entière, le jour où il serait utilisé pour la préserver d'un ennemi ! Et sans ce chercheur trop avide, personne n'aurait rien su. Il avait fallu que ce fumier de Stephen Langley trahisse, qu'il vende le virus à un groupe terroriste. Des terroristes qui ne s'étaient pas privés, bien entendu, de faire savoir au monde entier que le virus avait été fabriqué par l'Amérique et autorisé par son gouvernement ! Et maintenant, le Département de la Défense venait de former une foutue commission d'enquête pour découvrir qui était à l'origine du projet.

Personnellement, il ne risquait rien, bien sûr. Il avait couvert ses arrières, mis en place des verrous de sécurité et des boucs émissaires. Mais quel gâchis, quel immonde gâchis d'un projet remarquable…

— Maintenant que la vérité est sortie au grand jour, les soldats ne sont plus une menace pour nous, poursuivit Carraway. Ce n'est pas comme s'ils pouvaient nous exposer.

— Pas une menace ? répéta-t-il avec un rire dur. Vous ne les connaissez pas, Carraway ! Les soldats des Forces Spéciales ne sont pas des hommes comme les autres. Ils ne reculent devant rien, ils sont intelligents, rancuniers ; ils ne lâcheront pas avant d'avoir découvert qui a ordonné l'élimination de leur unité.

— Une unité qui n'aurait jamais dû être envoyée à Corazon ! Notre équipe de nettoyage était déjà en chemin. On aurait massacré les rebelles de Hector Cruz et mis sur leur dos la mort de l'équipe médicale et des villageois. Mais non, la communication a vrillé, et c'est une unité des Forces Spéciales qui a répondu au SOS du Dr Harrison.

— Inutile de revenir sur ce fiasco, nous n'y pouvons plus rien. Il y a eu des erreurs mais, maintenant, il ne nous reste plus que trois éléments à neutraliser. Alors envoyez une équipe au Cortega et qu'on en finisse.

— Et Parker ?

Bonne question. Il réfléchit encore. Cette boule dans son estomac, faite de rage et tension… Nom de Dieu, pourquoi avait-il fallu qu'elle vienne se jeter en travers de sa route ?

Il secoua la tête et répondit enfin :

— Occupez-vous d'elle aussi.

Il y eut un bref silence, puis Carraway observa :

— Ce sera difficile de l'isoler de son équipe. Et si on l'interroge, il faudra s'y prendre avec beaucoup de doigté. Elle ne doit pas savoir pourquoi on la questionne.

— Alors ne la questionnez pas. Elle est trop intelligente pour se laisser jeter de la poudre aux yeux ; si vous cherchez à l'interroger sans en avoir l'air, elle le comprendra tout de suite et continuera son enquête. Surtout si on lui ordonne de laisser tomber !

— Où voulez-vous en venir, monsieur ?

— Je crois comprendre que les émeutes continuent à Mala ?

— Aux dernières nouvelles, oui.

— Et Parker se trouve au cœur du conflit.

Une dernière fois, il pesa le pour et le contre, et laissa échapper un soupir de lassitude :

— Voilà. Retirez-la de l'équation. Que ça passe pour un accident. Des violences aveugles au milieu de la foule. Toute l'équipe, si possible.

Il s'interrompit un instant et ajouta :

— Le producteur aussi.

— C'est risqué. Il pourrait y avoir un retour de bâton.

Il décida tout à coup qu'il n'en pouvait plus. C'était trop de stress, trop de fatigue, la situation lui échappait. À bout, il aboya :

— Faites ce qu'on vous dit ! Barrett, Parker, leur entourage… Débarrassez-moi du lot, et qu'on en finisse !

# 5

Nick referma sèchement son portable. Le jour se levait et il venait de recevoir un nouveau texto de Salazar. Leur rencontre était reportée une fois de plus. Saloperie ! La population de Mala tenait toujours la rue, et la garde présidentielle avait fort à faire pour protéger le président Garza du peuple qui refusait de plier devant lui. Aujourd'hui encore, son contact ne pourrait pas se libérer.

La police, et même l'armée du pays n'étaient pas équipées pour gérer une insurrection de cette amplitude. Les émeutiers renversaient les barricades, enfonçaient les cordons de sécurité ; ils arrivaient toujours plus nombreux, des provinces et même du monde entier, car des militants étrangers se rassemblaient pour manifester leur soutien aux citoyens du pays.

À midi, il déclara forfait. Il venait de passer la matinée dans l'un des quartiers les plus dangereux et les plus insalubres de la ville, à chercher le fameux El Nuevo Diablo. Il aurait juré que chaque homme, chaque femme et chaque enfant avait refusé de lui parler. La plupart lui tournaient le dos sans répondre. Ceux qui consentaient à lui adresser la parole exigeaient d'être payés. Cependant, dès qu'il prononçait le nom du mystérieux personnage, ils lui rendaient son argent en clamant haut et fort qu'ils ne savaient rien. El Nuevo Diablo les terrorisait au point qu'ils refusaient une somme qui leur aurait permis de nourrir leur famille pendant plusieurs mois.

Dans l'ascenseur qui l'emportait vers sa chambre d'hôtel, il décida qu'il ne pouvait rien faire de plus. Il ne lui restait plus qu'à attendre que Salazar lui fasse signe. À moins qu'Eva ne lui trouve le nom du voyou qui vendait, paraît-il, de fausses pièces d'identité dans le quartier du port. Il doutait que Paul Waverly soit allé le trouver, il se serait sûrement adressé au meilleur, mais il ne devait négliger aucune piste.

La cabine s'immobilisa, la porte s'ouvrit avec un tintement feutré ; d'un pas lourd, il s'engagea dans le couloir qui menait à sa chambre. Il était encore à dix pas de la porte quand son alarme interne se déclencha. Ses nerfs bourdonnèrent, les cheveux de sa nuque se hérissèrent…

Sans ralentir, sans rien changer à sa démarche, il continua son approche. Ces égratignures presque invisibles autour de la serrure… Forcée. Les gars devaient être à l'intérieur. Il continua son chemin, dépassa sa porte, atteignit l'escalier de service au bout du couloir.

D'une main, il poussa la porte, l'autre glissa sous son T-shirt et se referma sur la crosse de son Sig Sauer. Derrière lui, une autre porte s'ouvrit à la volée ; il risqua un regard rapide par-dessus son épaule et vit une silhouette massive jaillir de sa chambre. Leurs regards se croisèrent ; une lueur de triomphe éclaira le visage de l'inconnu. Il était armé ; Nick reconnut le profil d'un 45, un silencieux vissé au canon.

— Je l'ai ! brailla l'homme.

Nick plongea aussitôt dans l'escalier. L'adrénaline lui donnait des ailes, les marches de béton claquaient sèchement sous ses semelles. Il était déjà au troisième étage quand il entendit la porte du cinquième s'écraser contre la paroi. L'homme était rapide, presque autant que lui. Il accéléra encore. Son souffle n'avait pas changé, son cœur battait toujours aussi régulièrement, ses gestes s'enchaînaient, rapides et efficaces. Pas le temps d'avoir peur, encore moins de paniquer. Pas le temps de s'attarder sur le claquement feutré qui sonna creux dans la caisse de résonance de l'escalier, ou sur la balle qui se logea dans la paroi au-dessus de sa tête.

Il atteignit le rez-de-chaussée, franchit la porte du hall

d'entrée qui heurta le mur avec fracas, ignora le regard stupéfait des employés de l'accueil et se rua hors de l'hôtel sans se retourner, sans regarder si on le suivait.

— Il dévisse !

La voix masculine avait jailli d'une camionnette noire garée contre le trottoir. Un instant plus tard, un homme bondit de la portière côté passager et se lança à sa poursuite. Derrière lui, la camionnette se mit en route.

Deux hommes à pied, un véhicule. Nick sprinta en feintant d'un côté, puis de l'autre. Dès les dernières marches, à l'hôtel, il avait remisé son arme à feu sous son T-shirt ; il s'interdisait de la sortir en pleine rue, mais ceux qui le poursuivaient n'avaient pas les mêmes scrupules. Plusieurs passants blêmirent en voyant les armes qu'ils brandissaient ; une femme hurla, d'autres cris lui répondirent.

Nick n'osait plus se retourner ; ses poursuivants étaient trop près. Tant qu'il resterait dans la rue, la camionnette serait plus rapide que lui. Heureusement, le Liberty n'était qu'à deux rues du grand marché d'antiquaires de la ville, c'était même pour cette raison qu'il l'avait choisi. Le marché formait un énorme labyrinthe de stands, de tables et de portants ; certains marchands entouraient leur étalage de rideaux, de gros meubles bouchaient les lignes de vue. S'il parvenait à l'atteindre, il y disparaîtrait sans difficulté.

Voilà, il y était ! Un soulagement fabuleux lui libéra la poitrine. En quelques secondes, il changea deux fois de travée, à demi courbé pour se perdre dans la foule ; un regard en arrière lui indiqua que l'un de ses poursuivants se frayait un chemin à grands coups de coude dans la mauvaise direction. Sa tenue, sa tête rasée, la précision brutale de ses mouvements… Tout proclamait son statut de mercenaire.

Où était l'autre ? Il ne le voyait pas. Un peu plus loin, des centaines de tapis jetés sur des cordes formaient un tunnel poussiéreux. Il s'y glissa et progressa rapidement, visant la sortie la plus éloignée. Il était probablement tiré d'affaire, mais il ne ralentit pas, ne se retourna plus : on ne s'arrête pas tant qu'on n'est pas absolument certain d'avoir égaré son poursuivant.

Un quart d'heure plus tard, il poussa la porte d'un bar qui formait l'angle d'une rue, bien loin du marché des antiquaires. Sa nuque ne picotait plus, les mercenaires n'avaient pas reparu, la camionnette non plus.

Le bar était presque désert : le patron derrière son zinc et un buveur solitaire tout au bout du comptoir. Tous deux braquèrent un regard méfiant sur lui.

— Qu'est-ce que je vous sers ? demanda le patron en espagnol.

— Une pinte, répondit Nick dans la même langue. Ce que vous avez à la pression.

L'homme se détourna pour le servir ; Nick se positionna sur un tabouret, pas trop près de la vitrine, mais de façon à voir le trottoir. Le petit téléviseur suspendu au-dessus du bar était réglé sur les infos locales ; à l'écran, un journaliste décrivait l'émeute du centre-ville. Le pillage avait commencé avant l'aube ; le pays allait peut-être faire appel à l'armée brésilienne pour contenir les enragés.

— Ils ont perdu la tête, marmonna le patron en levant un regard désabusé vers l'appareil.

Il posa un grand verre couronné de mousse devant Nick qui remercia, paya, sortit son portable et appela Tate.

— Ils m'ont repéré, annonça-t-il.

Dehors, tout était tranquille. Les rares passants avançaient sans hâte ; il avait beau surveiller attentivement les allées et venues, il ne voyait rien d'inquiétant.

— Qui ? demanda vivement Tate.

— Des mercenaires. Ils m'attendaient dans ma chambre d'hôtel, ils m'ont coursé jusque dans la rue.

— Des mercenaires, tu es sûr ? Pas des militaires US ?

— Ils ne se comportaient pas comme des militaires. Dans la rue, le type qui me talonnait brandissait son arme devant des civils. S'ils obéissaient à l'Oncle Sam, ils l'auraient joué furtif.

— Tu les as semés ?

— Ouais. Je vais trouver un autre hôtel et je n'en bougerai plus tant que Salazar ne m'aura pas contacté.

Une voix familière détourna son attention. Surpris, il leva les yeux vers le téléviseur. Rebecca Parker faisait un reportage en live devant le Parlement. Le rugissement de la foule l'obligeait à crier ses commentaires. Il haussa les épaules avec une grimace, traversé d'une vague inquiétude. Pourtant, cette fois, elle avait eu assez de bon sens pour rester près des camions des chaînes télévisées. La camera la quitta quelques instants pour se promener sur la foule en colère, puis se braqua sur une voiture qui brûlait furieusement à quelques mètres de là. Quand Rebecca reparut à l'écran, son front luisait. Elle devait mourir de chaud, plantée si près de l'incendie, mais elle s'adressait toujours aux téléspectateurs d'une façon calme et objective.

« Au lendemain de la manifestation initiale, la violence ne semble pas devoir s'apaiser. Deux membres de la Gardia, un corps armé, ont failli être battus à mort par cinq jeunes. Les agresseurs sont actuellement en garde à vue. Plusieurs véhicules sont en flammes, des cocktails Molotov sont lancés contre le Parlement et… »

— … encore à y voir clair, mais Harrison est le seul membre de l'équipe à avoir parlé à Waverly.

Nick s'arracha brusquement à la contemplation de l'écran.

— Pardon ? Qu'est-ce que tu viens de dire ?

— Que la commission d'enquête US et la justice interrogent les chercheurs de D&M Initiative, le labo qui a créé le virus. Ils jurent tous qu'ils ne savent pas qui a commandité le Projet Bélier. Richard Harrison était leur chef de projet, mais ne leur a livré aucune information. L'équipe savait juste qu'elle travaillait sur un projet gouvernemental top-secret.

— Ils n'ont pu donner aucun nom ?

— Aucun, mais les appels téléphoniques de Harrison prouvent qu'il était en contact avec Paul Waverly.

Nick sentit sa poitrine se comprimer brutalement.

— Ce qui voudrait dire… Que quelqu'un au Département de la Défense aurait pu autoriser le projet. C'est possible, ça ?

— C'est même probable.

Tate s'interrompit un instant pour réfléchir, et reprit :

— Le secrétaire à la Défense, Barrett, a toujours été un inconditionnel des armes dissuasives. Je le verrais bien donner le feu vert à un projet comme celui-ci.

Nick ravala de justesse la réponse indignée qui lui montait aux lèvres. Impossible ! La seule idée le révulsait. Jamais son père ne permettrait qu'on teste un virus mortel sur des innocents ! C'était l'homme le plus droit qu'il connaisse, un homme qui ne se préoccupait pas uniquement du peuple américain mais de *tous* les peuples. Un homme qui estimait de son devoir d'aider tous ceux qui en avaient besoin, quel que soit le prix à payer. Il avait une éthique, des valeurs inébranlables, un sens aigu du bien et du mal. Il en avait suffisamment fait l'expérience quand il était gamin : à chaque bêtise sa punition, même s'il avait compris la leçon.

Non, il savait, sans l'ombre d'un doute, que son père ne pouvait être lié à un projet aussi immonde — mais il ne pouvait pas le dire à Tate. Pas sans lui avouer qu'il lui mentait sur son identité depuis cinq ans.

— Dis à Salazar de se magner le cul, reprit Tate. Plus il te fait attendre, moins nous avons de chances de retrouver Waverly.

— Je suis au courant.

À l'écran, Rebecca haussait encore le ton en annonçant qu'un cocktail Molotov venait de frapper un membre des forces de l'ordre.

« Nous avons un homme en feu. Attention, ces images sont très crues. Si vous avez de jeunes enfants, je vous demande de les écarter de votre téléviseur. »

La caméra pivota et ce fut le spectacle insoutenable d'un homme gainé de flammes qui hurlait en se roulant sur le pavé.

Deux de ses collègues cherchaient désespérément à étouffer le feu qui le dévorait. Nick blêmit. Ils étaient vraiment devenus fous !

— Bref, disait Tate.

L'écran vira au blanc et se remplit de flammes. Il y eut une explosion assourdissante, un hurlement terrifié… Et, tout près, un fracas de verre brisé. Le patron venait de laisser choir le pichet qu'il était en train d'essuyer.

— Sainte mère, chuchota-t-il en espagnol.

— Oh ! Non ! fit Nick en écho.

Le regard rivé à l'écran, il bondit sur ses pieds en manquant de laisser choir son portable.

— Tate, je te rappelle.

Des flammes. Une boule de flammes orangées. Son cœur battait à lui éclater la poitrine. La caméra n'était plus braquée sur Rebecca, l'appareil gisait sur le pavé. Impossible de comprendre ce qui se passait, on entendait juste une voix de femme hurler :

« Jesse ! *Jesse !* »

La voix de Rebecca ? Les mains tremblantes, Nick cria au patron :

— Montez le son !

L'homme sursauta et se hâta d'obéir. Oui, c'était bien la voix de Rebecca et, cette fois, elle paniquait. Glacé, Nick eut une pensée fugitive pour les téléspectateurs du monde entier, suspendus à ses paroles.

« Le camion est touché ! Il brûle ! Jesse est à terre ! Oh ! Non, Jesse ! »

Un mouvement confus devant l'objectif, une seconde explosion ; projetée par le souffle, la caméra virevolta. Ces objets clairs, un peu flous… Des baskets de femme. Une main couverte de suie traversa vivement l'image.

« Jesse, ouvre les yeux ! Regarde-moi ! »

Puis l'écran vira au noir.

— Essayez une autre chaîne, lança Nick. Vite !

Cette fois encore, le patron se précipita. La nouvelle chaîne d'info couvrait déjà la catastrophe. Ils captèrent le reporter au milieu d'une phrase :

« Plusieurs bombes artisanales incendiaires lancées contre le camion de American Broadcast News… »

L'émission était tournée en studio, le journaliste assis derrière un bureau, une photo de Rebecca projetée sur l'écran près de lui. Nick retrouva les yeux verts si familiers, les cheveux roux en désordre…

« Nous en recevons confirmation à l'instant : le chauffeur du camion de nos confrères d'ABN a bien été tué dans l'explosion. Le cameraman de Rebecca Parker est grièvement blessé ; on le transporte en ce moment même à l'hôpital ; il souffre de brûlures au troisième degré. Quant à Rebecca Parker elle-même, nous n'avons pas encore de certitude. Nous ne savons tout simplement pas si elle… »

L'homme s'interrompit en portant la main à son oreillette.

« Attendez, je reçois une information… Rebecca Parker, la correspondante star d'ABN, n'a pas été blessée par les explosions. Elle quitte à l'instant la scène du drame à bord de l'ambulance qui emporte aux urgences Jesse Williams, son cameraman blessé. »

Le soulagement laissa Nick sonné, les jambes molles. Rebecca n'avait rien, mais son chauffeur était mort, et son cameraman gravement brûlé ! Des manifestants auraient jeté des cocktails Molotov à l'équipe d'ABN ? Pourquoi ? Il sentit soudain son sang se figer dans ses veines et la question éclata de nouveau dans sa tête avec une intensité très différente.

*Pourquoi* les manifestants attaqueraient-ils ceux qui donnaient de la visibilité à leur combat ?

À la télévision, le commentateur cherchait également à comprendre.

« Interrogés, les policiers qui se trouvent sur place font l'hypothèse d'une erreur : les projectiles incendiaires auraient en fait visé une unité des forces de l'ordre qui venait de se rassembler à quelques mètres du camion d'ABN. Les trois cocktails Molotov auraient donc raté leur cible. »

*Trois* cocktails Molotov ? Trois *ratés* ? Soit ces manifestants visaient comme des pieds, soit ils ne s'en prenaient pas réellement la police. À qui, alors ?

À Rebecca. L'hypothèse se transforma aussitôt en certitude.

Il leva la tête vers le patron.

— Il y a moyen de sortir par-derrière ?

L'homme fit oui de la tête ; son regard effaré toujours braqué sur l'écran, il montra le couloir menant aux toilettes.

— La sortie de secours est par là.

Nick le remercia d'un signe de tête et se précipita dehors. Oubliés, les mercenaires lancés à ses trousses, il ne pensait plus qu'à Rebecca. Son cri d'horreur, sa voix tremblante qui suppliait son équipier de lui répondre…

L'hôpital ! Il devait rejoindre l'hôpital sans perdre une seconde. Rebecca était en danger, tous ses instincts le poussaient à la rejoindre. Il ne savait pas exactement ce qui venait de se passer, mais ce n'était pas un accident. Quelqu'un avait délibérément cherché à les éliminer, son équipe et elle. Il en avait la certitude. Et c'était sa faute.

Engourdie. Impossible de penser. De respirer librement. Bouger… trop difficile. Chaque fois qu'elle cherchait à s'arracher à cette hébétude, elle revoyait Jesse et la nausée montait en elle. L'odeur atroce de la chair brûlée imprégnait ses vêtements, ses cheveux. La terreur, la souffrance dans le regard de son ami…

Des voix. On lui criait quelque chose. Elle percevait les sons de très loin, comme au bout d'un long tunnel. Ce fut uniquement quand elle ressentit une douleur au bras qu'elle comprit que les infirmières des urgences l'écartaient de force du brancard de Jesse.

— Vous ne pouvez pas entrer avec lui, *señora*, lui dit sèchement l'une d'elles. Je vous en prie, laissez-nous faire notre travail.

Elle hocha machinalement la tête et recula, le regard rivé au visage de Jesse. Ce qui avait été son visage. Elle fit un effort convulsif pour ravaler sa nausée. Elle avait déjà vu des choses affreuses au cours de sa carrière, mais cette chair noircie, brûlée… Chagrin, horreur, pitié. Jesse n'allait pas s'en tirer. Personne ne pouvait survivre à des brûlures pareilles.

— Brûlures au quatrième degré, aboya une voix.

Elle se retourna brusquement. Un médecin en tenue de bloc opératoire arrivait au pas de course, tandis qu'on poussait le brancard au grand trot vers des portes doubles barrées d'une interdiction au public. L'équipe qui entourait Jesse s'y engouffra ; elle entendit les mots « choc hypovolémique » flotter dans leur sillage.

Choc comment ? Ce mot inconnu lui faisait peur. Elle n'arrivait pas à reprendre pied, tout avait basculé trop vite. Comme dans un cauchemar : une seconde, elle adressait son reportage à la caméra de Jesse dans des conditions un peu limites, sans plus ; l'instant d'après, son ami vacillait, englouti par les flammes. Il y avait eu une seconde explosion, celle qui avait secoué tout le camion, puis les hurlements de Dave. Ses hurlements de douleur pendant qu'il brûlait à son tour. Et Dave était mort.

Elle s'étrangla sur un sanglot, un goût horrible de bile dans la bouche. Un peu plus loin, un écriteau indiquait des toilettes. Elle s'y précipita, se jeta dans la première cabine, s'écroula sur les genoux et vomit, les yeux ruisselants, la gorge en feu.

Longtemps après, ou quelques minutes après seulement, elle se releva péniblement, le ventre douloureux, la tête vide. D'un pas incertain, elle atteignit les lavabos, se rinça la bouche et étudia son reflet dans le miroir.

Un visage hanté, de la suie plein la peau, une coupure sur la joue gauche. Elle avait dû se la faire en tombant, soufflée par l'explosion. Son T-shirt blanc était roussi, strié de noir, de gris… Et de rouge. Du sang. Le sien ? Non. Elle était indemne, à part une éraflure à la hanche. Elle prit une inspiration tremblante et se lava longuement le visage. L'odeur de la fumée restait toujours aussi prégnante.

Elle sortit des toilettes avec l'impression de flotter et des difficultés à formuler une pensée cohérente. Elle savait pourtant qu'elle devait agir. Trouver un médecin, demander des nouvelles de Jesse, appeler la chaîne, contacter Harry. Les néons du couloir… Dans un éblouissement, elle s'affaissa contre le mur blanc, les bras noués autour des genoux, et ne bougea plus. Elle resta ainsi prostrée cinq minutes… Ou cinq heures. Repliée sur elle-même, sans rien ressentir. Ailleurs.

— Mademoiselle Parker ?

Une voix masculine, un peu étouffée. Elle leva la tête. Au bout d'un long instant, elle reconnut le médecin de Jesse. À son expression, elle comprit tout de suite et s'entendit gémir, de très loin.

— Oh ! Non…

— Je suis désolé, dit-il avec douceur. Les brûlures de M. Williams étaient trop graves. Elles affectaient plus de vingt-cinq pour cent de sa masse corporelle, et il n'y avait vraiment…

Elle cessa de l'entendre. À quoi bon écouter la suite ? Jesse, mort. Dave aussi. Quand on passe en moyenne dix mois de l'année en reportage, les liens ordinaires du quotidien se relâchent, ceux de l'équipe se resserrent. Depuis cinq ans, Jesse et Dave étaient ses amis les plus proches. Quadragénaires tous les deux, ils l'avaient prise sous leur aile et traitée comme la petite sœur qu'ils n'avaient jamais eue.

Ensemble, ils avaient vécu des moments inoubliables et… Et maintenant, ils étaient morts.

— Mademoiselle Parker ?

Hein, qu… ? Ah, le médecin.

— Pardon, vous disiez ?

— Seulement que vous pourrez réclamer le corps, il suffit d'en faire la demande…

Pour la première fois, les larmes lui piquèrent les yeux.

— Très bien. D'accord.

Avec un regard de compassion, le médecin murmura un mot d'excuse et la laissa.

Lentement, elle se remit sur pied et s'essuya les yeux. Le chagrin, ce serait pour plus tard.

— Rebecca Parker ?

Surprise, elle se retourna. Deux inconnus en complet noir s'approchaient. Le plus grand des deux exhiba un insigne.

— Détective Raul Florès, se présenta-t-il avec un sourire un peu gêné. Voici mon équipier, Dante Valleti. Police de Mala.

Valleti, un type carré au crâne rasé, braqua sur elle un regard grave.

— Nous sommes désolés de vous déranger dans un moment pareil, mais nous avons absolument besoin de votre témoignage. Nous enquêtons sur ce crime…

Elle réprima un soupir.

— Oui, bien sûr… Maintenant ?

— Je regrette, oui, répondit Flores. Il est vital de pouvoir vous poser nos questions pendant que les détails sont encore bien nets dans votre esprit.

Bien nets dans son… Elle faillit partir d'un éclat de rire hystérique. Comme si elle risquait d'oublier la vision hideuse de Jesse dévoré par les flammes !

— Nous comptons beaucoup sur les informations que vous pourrez nous donner pour identifier le coupable.

— Nous pouvons parler ici, à la cafétéria, plutôt que de vous faire venir au poste, suggéra Valleti avec gentillesse. Ce sera moins dur pour vous.

Elle céda. Autant se débarrasser tout de suite de cette corvée.

— Très bien, mais faisons vite. Je dois contacter la famille de Jesse et…

Sa gorge se bloqua. Les larmes aux yeux, elle coassa :

— Je dois m'occuper de…

— Nous comprenons.

Son regard sombre était chaleureux… Impatient aussi. Elle y capta, très clairement, une étincelle d'irritation. Crispée, elle se mit en marche vers l'ascenseur, encadrée par les deux hommes. Ces policiers étaient des crétins sans cœur. La dernière chose qu'elle avait envie de faire en ce moment était bien de boire un café en décrivant comment elle avait vu ses amis mourir sous ses yeux ! Si elle acceptait de revivre l'horreur, c'était uniquement parce qu'elle voulait qu'on arrête et qu'on punisse ceux qui avaient fait ça à Jesse et Dave.

Les portes de l'ascenseur s'ouvrirent ; ils entrèrent dans la cabine et Valleti pressa le bouton du rez-de-chaussée. Interdite, Rebecca fronça les sourcils.

— La cafétéria est au deuxième étage…

Le policier ne sembla pas l'entendre. Irritée, elle tendit la main vers le bon bouton… et se figea, abasourdie, en sentant un objet dur s'enfoncer dans ses reins. Le canon d'une arme ! Un éclair de frayeur l'éblouit, puis une voix sourde gronda :

— Un geste de plus et je te loge une balle dans la colonne vertébrale.

# 6

Nick s'arrêta dans un crissement de pneus, sans un regard pour les panneaux d'interdiction de stationner ou pour les expressions outrées du personnel en blouse blanche qui prenait sa pause dans le jardinet aménagé pour les fumeurs. Il avait allumé la radio pendant le trajet ; on n'annonçait rien de nouveau au sujet de Rebecca ou de son cameraman, mais le sentiment d'urgence le tenaillait toujours.

Rebecca avait failli mourir le lendemain de leur rencontre. La coïncidence était trop énorme. Si on ajoutait l'équipe de tueurs qui venait de lui tendre une embuscade à l'hôtel, il devenait évident que les deux événements étaient liés.

Il coupa le contact et ouvrit sa portière à la volée ; il n'avait pas fait trois pas qu'il vit Rebecca émerger des portes automatiques de l'hôpital, flanquée de deux hommes en complets sombres… Et l'un des deux était celui qui l'avait poursuivi dans les rues de la ville en brandissant un flingue.

Rebecca le vit, ses yeux verts s'arrondirent.

— Nick !

Elle avait peur, très peur même. Les mercenaires qui l'encadraient le repérèrent aussitôt, planté de l'autre côté de la rue ; un instant plus tard, deux armes se braquaient sur lui. Une fois de plus, l'incroyable arrogance de ces types le stupéfia. Ils ne reculaient devant rien, prêts à ouvrir le feu sur la voie publique, à faucher des innocents… Une fraction de seconde, il resta paralysé, puis il plongea derrière sa voiture. Les premiers impacts martelèrent la carrosserie.

Des exclamations, des cris… Il ignora le brouhaha et dégaina sa propre arme. Assis sur le macadam, le dos pressé à la portière, il inspira à fond et pivota d'un coup pour risquer un coup d'œil à ses adversaires. Une rafale d'impacts sourds sur la carrosserie : ces fumiers se servaient de silencieux. Eh bien, il en avait un, lui aussi ; il visa rapidement et sa balle frappa l'un des hommes en pleine poitrine. Un éclair de satisfaction féroce le transperça en le voyant s'écrouler.

Encore des hurlements d'horreur. Cette matinée était bien trop belle pour une bataille rangée, surtout à la porte d'un hôpital ! Un regard rapide sous le pare-chocs ; le mercenaire survivant entraînait Rebecca vers une voiture de police garée près des urgences. Comment des mercenaires avaient-ils mis la main sur un véhicule officiel ? Mystère. En tout cas, ce n'étaient sûrement pas de vrais policiers.

— Rebecca ! cria-t-il de son abri. À terre !

Au lieu d'obéir, elle fit exactement le contraire : elle se jeta brusquement contre son ravisseur et le désarma d'une très jolie manœuvre de kickboxing. Si jolie que Nick aurait approuvé de tout son cœur… s'il n'avait pas été aussi furieux !

Rebecca et le mercenaire plongèrent vers l'arme au même instant ; elle fut la plus rapide. Elle rafla le pistolet et le braqua sur son agresseur, lui jetant un regard affolé par-dessus son épaule. À voir son expression, elle envisageait sérieusement d'abattre son homme.

Nick se hâta de poser son veto.

— Montez dans la voiture ! Je vous couvre !

Elle hésita un instant… puis pivota et fonça vers la voiture. Lui braquait à présent sa propre arme entre les yeux du mercenaire qui se releva maladroitement, son regard brûlant de rage fixé sur la proie qui lui échappait. Nick aurait adoré lui loger une balle dans la tête, mais il y avait eu assez de coups de feu. Ce n'était pas le moment de faire des bêtises ; il entendait déjà des sirènes. La police, la vraie, arrivait.

Un mercenaire mort sur le pavé, l'autre en fuite.

Il entendit claquer la portière de Rebecca, monta en voltige dans le véhicule et démarra brutalement. Il n'y avait pas de caméras devant l'hôpital, pas de journalistes ; personne n'avait filmé la scène. C'était bien le seul aspect positif de cette catastrophe. Il se raccrocha à cette idée en tournant et virant dans les venelles de la vieille ville. Au moins, il n'aurait pas à redouter de voir son portrait à la télévision.

Pas de reportage, mais beaucoup de témoins. Tous ces gens massés sur le trottoir l'avaient vu, et n'importe lequel d'entre eux pourrait le reconnaître. L'un d'eux ferait peut-être le lien avec Nick Barrett. Il jeta un regard rapide à la femme assise près de lui, muette, livide. Des deux, Rebecca était de loin la plus reconnaissable. Si les témoins nommaient quelqu'un, ce serait elle.

— Ça va ? demanda-t-il en reportant les yeux sur la rue devant lui.

Elle ne répondit pas. Du coin de l'œil, il vit qu'elle serrait toujours le .45 HK du mercenaire entre ses mains… Et que ses mains ne tremblaient pas. Cette femme avait des nerfs d'acier ! Elle ne flanchait pas, son souffle était régulier, son regard alerte ; seul son visage blême trahissait son émotion.

— Rebecca, dit-il plus sèchement, est-ce que ça va ?

Elle battit des paupières, secoua la tête deux fois et se tourna enfin vers lui. Un instant, elle plongea les yeux dans son regard inquiet, puis s'écria :

— Il se passe quoi, là ? Ces types… C'était qui ? Qu'est-ce qu'ils attendaient de moi ?

— Ce sont des mercenaires. Des assassins.

Il n'aurait pas cru possible qu'elle pâlisse davantage.

— Des « assassins » ? On les a envoyés pour me tuer ?

— Vraisemblablement.

Il parlait un peu distraitement, se concentrant sur la conduite. Les beaux yeux verts de Rebecca lancèrent un éclair.

— Pourquoi ! Qui pourrait vouloir m'assassiner ?

— Vous m'avez parlé.

Elle eut un hoquet de saisissement. Il franchit un carrefour, vira à gauche, et s'enfonça toujours plus profondément dans le dédale des vieux quartiers.

D'une voix plus dure qu'il ne l'aurait voulu, il reprit :

— Je vous avais prévenue. Vous avez parlé de moi à quelqu'un, je me trompe ?

— Oui. Enfin, non, vous ne vous trompez pas.

Aucune culpabilité, dans sa voix ou dans son expression, mais la nouvelle sembla tout de même la secouer sérieusement.

— À qui ?

— Mon producteur, Harry Drexler. Je... Je lui ai demandé de creuser un peu, d'essayer de savoir ce que le fils du secrétaire à la Défense pouvait faire au Cortega.

Il jura tout bas.

— Il a dû déclencher des alertes.

Et, incidemment, il avait diffusé à qui de droit l'information cruciale : le lieu où il se trouvait en ce moment même. Fabuleux ! Il devait voir Salazar maintenant plus que jamais, et foutre le camp de ce pays.

— Je suis désolée, dit Rebecca d'une voix contenue. Vous m'avez dit d'oublier que je vous avais vu et je ne vous ai pas écouté. Comprenez-moi, c'est mon métier.

— Et c'est votre vie qui est en jeu, maintenant ! Je vous ai prévenue que vous risquiez votre peau, mais vous n'avez pas pu lâcher le morceau.

— Si vous m'aviez donné un peu plus de détails, hier soir, j'aurais peut-être fait ce que vous demandiez. Enfin, pas ce que vous demandiez, ce que vous *exigiez*. À la place, vous m'avez agité la *p... trois petits points* de carotte sous le nez sans rien expliquer... Comment croyiez-vous que je réagirais ? Je suis journaliste ! Je ne laisse pas tomber, je n'arrête pas de creuser tant que je n'ai pas toute l'info. Je refuse de m'excuser de bien faire mon métier !

Il franchit un nouveau carrefour et se tourna vers elle pour la foudroyer du regard.

— Vous pouvez me dire comment j'aurais pu être plus clair ? Je vous ai mise en garde.

— Je prends des risques en permanence, riposta-t-elle. Je risquais ma peau quand les rebelles m'ont tiré dessus à Johannesburg, quand j'ai couvert la guerre civile au Congo, quand j'ai visité la prison du chef de guerre au Nigeria, quand…

— D'accord, message reçu.

— Vraiment ? Parce que je ne crois pas que vous compreniez ce que je fais dans la vie.

Avec rancune, elle conclut :

— Je ne lâche jamais une information. Point.

Elle s'était tue, mais son corps menu vibrait toujours de colère. Elle lui en voulait à *lui* ! Alors qu'il venait de lui sauver la vie ! Bon, elle s'était un peu sauvée aussi. Elle avait même manifesté une aisance assez spectaculaire en désarmant son kidnappeur d'un coup de pied. Reste que si lui-même n'avait pas éliminé l'autre mercenaire, elle n'aurait eu aucune chance d'agir. Elle pourrait manifester un peu de reconnaissance au lieu de faire comme s'il l'avait insultée.

Il traversa une petite place, s'engagea dans une venelle et se gara à côté d'un 4x4 noir.

— On s'arrête ? demanda-t-elle, méfiante.

— On laisse cette voiture ici.

— Vous allez abandonner votre voiture dans une ruelle ? demanda-t-elle, décontenancée.

— Ce n'est pas ma voiture.

— À qui est-elle, alors ? Vous l'avez volée ?

— Vous posez toujours autant de questions ? rétorqua-t-il, à bout.

— Je suis *journaliste*. C'est si dur à comprendre ?

Il ouvrit sa portière en ordonnant :

— Descendez, Rebecca !

Elle obéit avec un regard de rancune. Il l'entraîna vivement vers le 4x4 et lui ouvrit la portière. Elle traînait les pieds, de plus en plus soupçonneuse.

— Vous l'avez volée, celle-ci aussi ?

— Non, fit-il en soupirant, elle est à moi. Je l'ai planquée ici avant de foncer à l'hôpital. Maintenant, montez ou je vous prends par la peau du cou pour vous jeter sur le siège !

Il fut très agacé de la voir sourire.

— Autoritaire ? J'aime assez. Enfin, par moments.

Il décida de ne pas relever. En fait, il ne comprenait rien à ce qu'elle disait, rien à ce qu'elle faisait. Elle semblait ignorer la peur. Elle aurait dû être affolée, brisée, mais rien ne semblait l'abattre.

C'est du moins ce qu'il crut… Jusqu'au moment où la façade stoïque de sa passagère se fissura. Ils roulaient de nouveau, sagement pour ne pas attirer l'attention, quand elle souffla tout à coup :

— J'ai besoin de comprendre ce qui est en jeu. Jesse… mon cameraman… Il est mort !

Le chagrin tremblait dans sa voix.

— Ah, Rebecca, je suis désolé, murmura-t-il, le cœur serré.

— Des brûlures au quatrième degré !

La colère reprenait déjà le pas sur la peine.

— Il est mort. Ils sont morts tous les deux, Jesse et Dave ! J'ai failli mourir aussi, et je ne crois pas du tout que ce soit à cause de l'émeute. Je ne crois pas que c'était un accident.

— Moi non plus.

Il s'engagea sur la bretelle d'accès de l'unique quatre-voies de Mala ; une surface inégale semée de nids-de-poule et couturée de réparations de fortune, mais leur meilleure voie d'évasion.

— Où allons-nous ?

— Au nord d'ici. Un endroit sûr où nous pourrons nous poser le temps de décider ce que nous allons faire. C'est à une heure de route environ.

— Une heure ?

Il sentit son regard aigu peser sur lui. Avec un soupir de lassitude, il lui jeta un regard en coin en demandant :

— Oui, et alors ?

— Une heure de route… Vous avez largement le temps

de tout m'expliquer, *m... trois petits points !* Mettez-vous à table, Nick. Dites-moi enfin ce qui se passe !

Elle ne se souvenait pas d'avoir jamais éprouvé une rage aussi intense. Ce fichu type était plus mutique qu'un parrain de la mafia ! Ça le tuerait de lui donner quelques éléments, de quoi cerner la catastrophe, comprendre pourquoi on la ciblait ? On avait failli l'enlever en plein jour devant une foule de témoins ! On avait même cherché à l'assassiner ! Dans ses veines, l'adrénaline se dissipait, elle se sentait vidée, essorée, elle avait un peu le vertige. Elle s'aperçut subitement qu'elle tenait toujours le flingue du mercenaire ; d'un geste vif, elle ouvrit la boîte à gants et le jeta à l'intérieur. Nick n'avait toujours pas dit un mot.

— Racontez, articula-t-elle entre ses dents serrées.

— C'est une longue histoire.

— Ça tombe bien, on a une heure devant nous. Cette fois, dites-moi tout. Qui sont ces gens et pourquoi veulent-ils vous tuer ?

Il réfléchit un instant, puis demanda à brûle-pourpoint :

— Vous avez entendu parler du virus Méridien ? Dites-moi ce que vous savez de cette affaire.

Elle qui croyait s'attendre à tout, il avait tout de même réussi à la surprendre.

— Attendez, cette histoire est liée au virus Méridien ?

Quand il fit oui de la tête, elle se carra dans son siège, le front plissé.

— D'accord. Il y a quinze jours, un groupe terroriste, un groupe dissident de l'ULF, d'après leur communiqué, a contaminé avec ce virus la réserve d'eau de Dixie, dans l'État de New York. Il y a eu plus de mille de morts. Le groupe menace de recommencer l'opération dans une grande métropole si les États-Unis ne retirent pas tous leurs agents d'influence du San Marquez.

Il approuva ce résumé d'un coup de menton.

— Quoi d'autre ? demanda-t-il.

Elle était allée faire un reportage sur place, elle connaissait donc les détails sur le bout des doigts.

— La cellule ULF affirme que le virus a été créé aux États-Unis et que le gouvernement a autorisé un test au San Marquez sur la population locale. Ils nous accusent d'avoir tué des centaines de villageois.

— C'est exact. C'est ce que nous avons fait.

Il parlait sans la moindre emphase. Elle mit un instant à retrouver la voix.

— Vous parlez sérieusement ?

Impassible, il tourna la tête vers elle, croisa son regard stupéfait et se concentra de nouveau sur la route.

— Le virus a été testé à Corazón, un village isolé dans l'ouest du San Marquez. J'y suis arrivé avec mon unité. Nous devions exfiltrer un médecin américain, soi-disant retenu en otage par les rebelles de l'ULF. Quand nous sommes arrivés, le médecin était déjà mort. Les habitants du village aussi.

— Tués par le virus ?

— Oui. Sur le moment, bien sûr, nous n'avons rien soupçonné. Quand nous avons débarqué, Hector Cruz et ses rebelles étaient occupés à brûler les corps.

Elle sentit tout son sang refluer de son visage. Le souvenir atroce de Jesse dévoré par le feu jaillit de nouveau devant ses yeux. Cruellement, son cerveau lui restituait tous les détails, le grondement et les cris de la foule, le froissement des flammes, l'odeur âcre de la fumée et de la chair brûlée.

Elle inspira à fond et réussit à se maîtriser. Ce n'était pas d'elle qu'il s'agissait. Elle devait se concentrer sur le récit de Nick.

— Ensuite ? demanda-t-elle.

— Cruz nous a échappé. Quand on nous a rappelés aux États-Unis pour le débriefing, nous pensions toujours que Cruz et ses hommes avaient assassiné les habitants de Corazón.

Elle vit son profil se durcir.

— Seulement, ensuite, les hommes de mon unité se sont

mis à mourir les uns après les autres. Accident, maladie… Il est devenu évident que quelqu'un nous éliminait, et nous ne savions pas pourquoi. Quand nous n'avons plus été que trois, nous avons décidé de disparaître. Une fois sortis des radars, nous aurions peut-être une chance de comprendre pourquoi on nous ciblait.

Elle secoua la tête, un peu dépassée par ce qu'elle entendait.

— Et vous avez fait le lien avec le virus Méridien ?

Un nouveau coup de menton.

— Les villageois de Corazón sont morts du virus. Nous pensons qu'un personnage haut placé du gouvernement a voulu nous faire taire. Il a préféré se débarrasser de nous, au cas où nous commencerions à trop réfléchir à ce que nous avions vu dans ce village.

— « Nous », c'est qui ?

— Tate, le capitaine de mon unité, Sebastian, un autre soldat, et moi. Depuis près d'un an maintenant, nous nous cachons, en restant mobiles, et nous suivons toutes les pistes possibles. Il y a deux mois environ, le virus a été employé pour un nouveau test à Valero, un autre village du San Marquez. Peu après, l'un des chercheurs qui l'a créé en a vendu une éprouvette à une cellule ULF. Invraisemblable mais vrai : Sebastian faisait partie de l'équipe d'assaut qui a nettoyé le repaire des terroristes.

Il eut un petit rire dépourvu de tout humour et lâcha en guise de conclusion :

— Après quoi, quelqu'un, au Département de la Défense, a décidé de le remercier en le contaminant avec le virus.

Elle sentit ses yeux s'arrondir.

— Votre équipier est mort ?

— Non. Non, il est en vie, mais son amie a failli y passer. C'est elle qui a bu l'eau contaminée ; par chance, on a pu lui donner l'antidote juste à temps. L'épisode nous a démontré que l'homme qui a autorisé la création du virus nous traque toujours.

— Pourquoi ? Tout le monde est au courant, maintenant !

— Oui, mais personne ne sait qui a donné le feu vert à ce projet. Le mystère reste entier et ce fumier sait que mes hommes et moi, nous ne lâcherons rien. Nous finirons par le retrouver.

Le ton qu'il employa la fit frissonner. Elle étudia son profil fermé, intriguée par le contraste entre ses traits réguliers de garçon bien né et son expression meurtrière. Quand on plongeait dans son regard chaleureux, quand on admirait sa beauté classique, on oubliait facilement un fait très important : Nick Barrett était un guerrier.

Son frisson de malaise se mua en un frémissement d'un autre genre. Plus elle le regardait, plus elle se sentait fondre. Son T-shirt blanc soulignait une musculature spectaculaire ; elle mourait d'envie de promener les doigts sur ce poitrail splendide, de les plonger dans ses cheveux fouettés par le vent. Ils avaient l'air si doux ! C'était invraisemblable d'éprouver du désir dans un moment pareil, et pourtant elle avait si envie de lui que ses cuisses se pressèrent convulsivement l'une contre l'autre.

Nick conduisait, le regard au loin, sans rien percevoir de son trouble.

— Voilà, conclut-il. Quelqu'un au gouvernement, probablement un personnage haut placé à la Maison-Blanche, veut ma mort.

Elle se mordit la lèvre et tira tout haut la conclusion qui s'imposait :

— Et en téléphonant à Harry, j'ai appris à… appelons-le « X »… Je lui ai appris où vous vous trouviez.

— Je vous avais pourtant dit…

— OK, je n'ai pas tenu compte de l'avertissement et maintenant, je suis ciblée aussi, le coupa-t-elle d'une voix calme. Alors passons à l'étape suivante, et réfléchissons à un plan.

Il secoua la tête, l'air stupéfait, et la surprit à son tour en éclatant de rire.

— Rien ne vous arrête jamais ?

— Jamais !

Elle avala convulsivement sa salive : les hurlements de Jesse résonnaient de nouveau dans sa tête. Délibérément, elle en écarta le souvenir et se força à se concentrer. Plus tard, elle pleurerait, elle ferait son deuil, mais aujourd'hui, il fallait survivre.

— Vous ne m'avez toujours pas dit pourquoi vous êtes venu au Cortega.

— Je vous ai parlé de l'homme du Département de la Défense qui a tenté de tuer Sebastian. Il est aide de camp. Il s'appelle Paul Waverly et il s'est enfui de Washington tout de suite après la tentative de meurtre. Nous l'avons pisté jusqu'ici. Tout indique qu'il est venu rencontrer le patron du milieu local, El…

— El Nuevo Diablo, j'ai entendu parler de lui. M. le Nouveau Diable chapeaute le trafic de drogue et celui des armes, avec des échappées du côté de la prostitution et des faux papiers. C'est ce que cherche Waverly ? Une nouvelle identité ?

— Je le pense, mais je n'en aurai la confirmation que si j'arrive à rencontrer le Nouveau Diable en personne. Je n'ai pas encore réussi. Mon contact a été… déconcentré par les émeutes.

Elle se tut quelques instants pour réfléchir.

— Bon, décida-t-elle. Nous n'avons plus qu'à nous tenir à carreau, sans prendre de risques, jusqu'à ce que votre contact soit prêt à nous rencontrer. Ensuite…

— Il n'y a pas de « nous » ! protesta Nick. Vous ne faites pas partie de l'équation.

Elle en resta bouche bée.

— Pardon ?

— Vous m'avez très bien entendu. Vous ne vous impliquerez plus dans cette histoire. Je ferai le nécessaire. Je gère.

— Ah bon ? Et vous pouvez me dire ce que je suis censée faire pendant que vous « gérez » ? Du tricot ?

— Je vous planquerai dans un endroit sûr.

— Vous me « planquerez » ? répéta-t-elle, incrédule et furieuse. C'est une *p… trois petits points* de plaisanterie ?

— Deux hommes vous ont traînée hors de l'hôpital en vous mettant en joue. Votre cameraman et votre chauffeur sont morts brûlés.

Ce rappel la tassa sur elle-même. Il poussa aussitôt l'avantage.

— Vous êtes en danger de mort, Rebecca ! Celui qui me traque a forcément deviné que je vous ai tout raconté. Vous aussi, vous représentez une menace pour lui, maintenant.

— Nous ne savons même pas qui c'est.

— Mais lui, est-ce qu'il sait que nous ne savons pas ? Il peut très bien croire que nous l'avons identifié, et que je suis venu au Cortega pour raconter mon histoire à la plus célèbre des correspondantes de guerre !

Il abattit son clignotant et doubla rapidement un gros camion qui exhalait des nuages de gaz d'échappement dans l'air frais du matin. Le matin ? pensa Rebecca, médusée. Comment pouvait-on être encore en début de journée ? Elle n'était debout que depuis quatre heures, et elle se sentait prête à s'effondrer d'épuisement.

En quatre petites heures, elle avait perdu ses amis les plus chers, failli se faire kidnapper et assassiner par deux mercenaires et, maintenant, elle était en fuite aux côtés d'un soldat beau à tomber qui semblait déterminé à la laisser sur la touche. Eh bien, tant pis pour lui ! Elle ne s'était encore jamais laissé écarter du cœur de l'action. À partir de cet instant, que ça lui plaise ou non, ils étaient associés dans cette affaire.

# 7

Rebecca Parker était bien la femme la plus odieuse que Nick ait jamais rencontrée. Quoi qu'il dise, elle semblait déterminée à le contredire. Et ça commençait sérieusement à l'énerver.

— Attendez-moi là, lâcha-t-il.

Il se gara devant le vieux corps de ferme, long bâtiment délabré que Rebecca regardait d'un air dégoûté depuis qu'ils s'étaient engagés sur le chemin d'accès.

— C'est ça, votre lieu sûr ? Il n'a pas l'air très sécurisé. C'est ici que vous comptez me planquer ?

Il ferma les yeux et compta jusqu'à trois. *Tu ne peux pas l'étrangler,* se sermonna-t-il. Il respira à fond et arracha plus qu'il n'ôta les clés du contact.

— C'est un endroit sûr, dit-il en ouvrant sa portière.

Bien entendu, elle ne resta pas dans la voiture comme il le lui avait demandé. Elle marcha juste derrière lui vers la grande porte de bois à la peinture écaillée. La maison ne payait pas de mine, effectivement, avec son toit affaissé par endroits, les planches clouées en travers des fenêtres et les herbes folles qui envahissaient la cour.

— À qui appartient cette ferme ?

Impressionnée, elle baissait la voix malgré elle.

— Depuis cinq jours, à moi. Nous l'avons achetée en ligne la veille de mon arrivée à Mala. Nous avons appris à couvrir nos arrières, depuis un an. Nous prévoyons toujours un lieu de repli avant de sortir à visage découvert.

Il plongea la main dans sa poche et en sortit la clé qu'il était passé prendre chez le notaire, le matin même de son arrivée au Cortega.

— Vous l'avez vraiment achetée ? demanda-t-elle, stupéfaite. Au cas où vous auriez besoin de vous planquer ?

— Croyez-moi, elle n'a pas coûté grand-chose !

Comme pour le confirmer, la porte grinça comme un accessoire de maison hantée, et une odeur de poussière et de moisi leur sauta au visage. L'intérieur était aussi désolé que l'extérieur. Un carrelage encrassé, une cheminée noire de suie, un affreux canapé défoncé avec des coussins à carreaux, une table et des chaises datant des années cinquante… Une épaisse couche de poussière harmonisait cet ensemble disparate, et il flottait dans l'air de vagues relents de lait tourné.

— Priorité numéro 1, ouvrir les *p… trois petits points* de fenêtres ! s'exclama Rebecca.

Nick sourit malgré lui. Ces jurons bizarres le charmaient.

— Ne vous en faites pas, nous ne resterons pas ici bien longtemps.

Il alla tout de même ouvrir la fenêtre de la cuisine. Il dut forcer ; il crut même qu'elle allait lui rester dans la main. Une brise tiède s'engouffra enfin entre les planches qui barraient l'ouverture, laissant passer les rayons obliques du soleil. Satisfait, il posa son sac sur le sol inégal et sortit son portable de sa poche. Il tapa un texto, tout en sentant le regard de Rebecca peser sur lui.

— À qui envoyez-vous ce message ?

— À Salazar, mon contact, pour lui dire que j'ai besoin de le voir très vite. Je ne peux plus me permettre de remettre le rendez-vous.

— Vous voulez dire que *nous* ne pouvons plus nous le permettre, corrigea-t-elle avec un sourire angélique.

Un grondement roula dans sa poitrine. Cette femme ! Tenace, ce n'était pas le mot. Elle refusait d'admettre l'évidence. Il n'était pas question de l'impliquer dans la traque de Waverly. Dès qu'il le pourrait, il l'expédierait à leur camp de base en Équateur. Là, au moins, elle serait en sécurité. Tate et les autres la surveilleraient… Et il pourrait agir librement. Il avait déjà abordé la question dans la voiture, mais elle s'était rebiffée si vivement qu'il avait préféré laisser tomber. Pour l'instant !

Même s'il l'avait pu, il refusait de faire équipe avec elle. Elle était trop butée, imprévisible, ingérable… Pour une raison inexplicable, depuis il l'avait vue plonger dans la foule, aux premières minutes de l'émeute, il se sentait des envies de la protéger. Il ne voulait lui faire courir aucun risque. C'était plus ou moins lui qui l'avait entraînée dans une affaire qui ne la concernait en rien.

Il braqua sur elle son regard le plus implacable.

— Ce n'est pas votre problème, Rebecca, pas votre combat. Avec tout le respect que je vous dois, si vous me collez aux basques, vous ne ferez que me gêner. J'opère mieux en solo.

Il vit son menton se relever d'un air de défi ; bizarrement, cela lui inspira une envie furieuse de plaquer un baiser sur ses lèvres rose vif. Telle qu'elle était là, les cheveux emmêlés, vêtue d'un T-shirt maculé de suie et de sang, il la trouvait toujours aussi irrésistible. Ce n'était pas seulement son corps qui réagissait à sa présence, elle éveillait en lui des émotions bizarres — largement dominées par l'irritation. Résolument, il se détourna d'elle pour se concentrer sur son texto.

Voilà, c'était bon. Il envoya le message et tendit le portable à Rebecca.

— Appelez votre producteur. Dites-lui de partir de chez lui de toute urgence et de se planquer en lieu sûr.

Elle leva vers lui un regard effrayé.

— Vous croyez que Harry est en danger ?

Le visage fermé, il fit oui de la tête. Fébrile, elle saisit l'appareil et composa un numéro. Puis sa main resta en suspens et elle s'écria :

— Mais si X vous a mis sur écoute ?

— C'est une ligne sécurisée, impossible à détecter.

Elle acheva de composer le numéro, plaqua l'appareil à son oreille et patienta. Longtemps. Plus on tardait à lui répondre, plus le mauvais pressentiment de Nick se confirmait.

— J'ai sa boîte vocale…

Elle raccrocha, les mains tremblantes, composa un autre numéro et se remit à attendre, son joli visage crispé par l'angoisse.

— Sa ligne de bureau passe sur répondeur aussi.

Elle se mordillait nerveusement la lèvre inférieure.

— Harry est toujours à son bureau dès l'aube. Il devrait être au studio ! Pourquoi est-ce qu'il ne répond pas ?

Il soutint son regard et dit tout bas :

— Vous savez pourquoi, Rebecca.

— N'importe quoi ! protesta-t-elle d'une voix qui se fêla. Il doit être chez lui. Je vais appeler…

Elle appela le domicile du producteur — toujours rien. Son souffle se précipita. Quand elle se mit à enfoncer une nouvelle série de touches, il réprima un soupir.

— Qui appelez-vous, maintenant ?

— Le standard d'ABN.

Sa main tremblait, elle serrait le portable à s'en faire blanchir les jointures.

— Marlène ! s'écria-t-elle. C'est Rebecca. J'essaie de joindre Harry, mais il ne répond à aucun numéro. Tu sais où il est ?

Il y eut un long silence. Le cœur serré, Nick se détourna. Quand il entendit son hoquet d'horreur, il ferma les yeux un bref instant.

— C'est arrivé quand ? souffla-t-elle.

Il tourna la tête malgré lui. Elle était si pâle, si effondrée, que ce fut plus fort que lui : il revint près d'elle et posa la main sur son bras pour la réconforter. Tout naturellement, elle s'appuya contre lui ; tout aussi naturellement, il passa le bras autour de ses épaules.

Dans l'écouteur, une voix féminine parlait, parlait sans fin ; il en captait la vibration sans comprendre les paroles.

— Non, moi, ça va, murmurait Rebecca. Oui… Bien sûr… Jesse…

Sa voix vacilla, s'éteignit. Courageusement, elle reprit :

— Je ne sais pas encore. Les obsèques sont prévues quand ?

Elle eut un frisson brutal ; gentiment, il la berça contre lui.

— Je ne sais pas, répéta-t-elle. Je rentrerai bientôt à Washington. Tu veux bien prévenir Stan et Bernie que je vais bien et que je prends quelques jours pour me remettre ? Merci, Marlène.

Elle raccrocha, resta immobile quelques instants, le regard dans le vague puis, frissonnant de nouveau, elle lui rendit le téléphone sans le regarder. Pour la première fois depuis qu'il la connaissait, elle semblait réellement affectée par les événements tragiques des deux derniers jours.

— Harry a fait une crise cardiaque tard dans la nuit, souffla-t-elle. Sa femme de ménage l'a trouvé ce matin…

— Je suis désolé.

Une inspiration rauque… Elle ravala un sanglot et déclara brusquement :

— Il n'avait pas de problèmes cardiaques ! Il était solide comme un roc. Ce n'était pas une crise cardiaque, c'est impossible.

— Rebecca…

— C'est impossible, répéta-t-elle.

Les larmes noyaient ses yeux verts, roulaient sur ses joues. Elle se mit à trembler, si fort qu'il ne réfléchit pas : il la happa dans ses bras et la serra très fort, caressant ses cheveux emmêlés. Le visage pressé contre lui, elle éclata en sanglots.

— Ça va aller, ma belle. Ça va aller.

Il murmurait sans trop savoir ce qu'il disait ; d'ailleurs, elle ne semblait pas l'entendre. Il la serra plus fort et lui offrit ce qu'il pouvait : sa force, un appui solide. En retrouvant l'odeur de fumée et de mort dans ses cheveux, il sentit son cœur se serrer douloureusement. La pauvre avait vu deux amis mourir aujourd'hui dans d'atroces souffrances, et elle venait d'apprendre un autre décès…

— C'était quelqu'un de bien... Un homme adorable...

Cette souffrance, dans sa voix ! Elle releva la tête, les joues striées de larmes.

— Nick ! C'est ma faute.

— Ce n'est pas ta faute.

Il la tutoya instinctivement, cueillit son menton au vol, et posa sur elle un regard sévère.

— Non. Ne te flagelle pas. Si quelqu'un est responsable, c'est moi. Je n'aurais jamais dû prendre un verre avec toi. Tu allais forcément comprendre qu'il se passait quelque chose de louche.

— Mais c'est moi qui ai demandé à Harry de se renseigner, gémit-elle.

Des pouces, il essuya ses joues mouillées. Même les yeux et la peau rougie, elle était stupéfiante.

— X l'a tué.

La dureté de sa voix, sa colère le surprirent. Alarmé, il vit une lueur résolue s'allumer dans ses yeux. Ses mains délicates se crispèrent, devinrent des poings. Elle s'écarta de lui ; il laissa retomber les bras.

— C'est un meurtre, et celui qui a assassiné les membres de ton unité est responsable, dit-elle avec colère. Il a tué mes équipiers et envoyé quelqu'un assassiner Harry.

— Je t'avais dit...

— Ne t'avise pas de me répéter que tu m'avais prévenue ! s'exclama-t-elle. J'ai compris, d'accord ? Je n'aurais jamais dû me mêler de cette histoire, très bien, mais je ne peux pas réécrire le passé ! Ce qu'il faut, maintenant, c'est agir au présent. Et au présent, qu'est-ce qu'on peut faire ?

Il sentit sa mâchoire s'affaisser. Debout devant lui, très droite, les yeux étincelants, elle était réellement éblouissante ! Elle répondit aussitôt à sa propre question.

— Nous avons la piste de ton aide de camp...

Ce fut l'instant que choisit son portable pour bourdonner. Un texto. Salazar ! Il lut le message et la boule qui lui serrait le ventre se dénoua..

— C'est fait, dit-il à Rebecca. Salazar a organisé la rencontre.

— Avec El Nuevo Diablo ? Quand ?

— Ce soir. Salazar y sera aussi.

Elle fronça les sourcils d'un air de doute.

— Un membre de la garde personnelle du président qui fait copain copain avec l'ennemi public n° 1 de Mala ? Tu trouves ça vraisemblable ?

— Je n'ai tout de même pas besoin de t'expliquer les mécanismes de la corruption ?

Elle leva les yeux au ciel, l'air excédé. Elle avait déjà retrouvé son visage habituel. Il en fut un peu déçu. Déçu mais impressionné, aussi, par son courage… Et assez inquiet de lui voir une expression aussi déterminée. Cette femme ne reculait devant rien. C'était une vraie guerrière, tout comme Eva et Julia, les femmes de Tate et Sebastian. Des femmes époustouflantes. Il n'aurait jamais cru qu'il en existait d'autres de ce calibre, mais voilà qu'un troisième exemplaire se tenait devant lui.

— Tu as bien compris que je viendrai avec toi à ce rendez-vous ? demanda-t-elle.

— Non, soupira-t-il. Tu ne viendras pas.

Elle ouvrit la bouche pour protester ; il leva la main pour la faire taire.

— Pas parce que c'est trop dangereux. Tu crois sérieusement que Salazar acceptera de me parler, si je me pointe avec une journaliste ? C'est un fonctionnaire corrompu, toi, une correspondante intègre et très reconnaissable. Il ne mettra pas en jeu sa carrière et ses à-côtés lucratifs en parlant devant toi. Si je dois t'attacher à ce tuyau, je le ferai, mais tu ne m'accompagneras pas ce soir.

— M'attacher ? répéta-t-elle avec un sourire. Gardons ça pour la chambre à coucher, chéri. Et puis, détends-toi. Tu n'as pas tort. Je renonce.

Il en resta bouche bée.

— Sérieux ?

— Je ne suis pas arrivée où je suis aujourd'hui en faisant

n'importe quoi. Je pense aussi que Salazar ne dira rien, si je suis là. Or, nous ne pouvons pas compromettre cette piste.

Nick choisit de ne pas relever le « nous » : le sage choisit sur quel terrain il souhaite se battre. S'il la laissait croire qu'ils menaient la lutte ensemble, elle se montrerait peut-être plus raisonnable le jour où il lui annoncerait qu'elle partait en Équateur. Enfin, raisonnable n'était peut-être pas le mot. Jamais, au grand jamais, Rebecca Parker ne serait *raisonnable* !

Salazar lui avait donné rendez-vous dans un petit bar sur la route de Mala. S'il appréciait son choix d'un lieu à l'écart de la capitale, il se demanda s'il n'aurait pas dû exiger une rencontre dans un endroit un peu plus fréquenté quand il découvrit la *cantina* rurale, isolée et délabrée. Un homme disparaîtrait facilement sans laisser de traces dans un trou pareil.

Situé un peu en retrait de la route, le bar n'était qu'une maison de plain-pied, anonyme et sans enseigne. La lune se reflétait sur son toit de tôle. Aucune fenêtre visible de la route ; le seul éclairage provenait de la porte ouverte. Salazar lui avait dit qu'il reconnaîtrait l'endroit à la meute de chiens couchée sur l'aire. Effectivement, une bonne dizaine de ces animaux étaient vautrés dans la poussière rouge près de l'entrée.

Il se gara près d'un pick-up cabossé. Seuls quelques véhicules se trouvaient sur le parking de terre battue, et aucun ne payait de mine. Quand il mit pied à terre, deux chiens levèrent la tête d'un air méfiant. Il les toisa en retour, notant au passage leur maigreur, les côtes saillantes sous leurs pelages collés. Pourvu qu'il n'ait pas besoin de se faire faire une piqûre contre la rage ! Il s'avança, et fut assez soulagé de constater qu'aucun des chiens ne se levait à son approche. Ils restèrent couchés à leurs places, leurs yeux brillant dans la nuit.

Il franchit la porte en regrettant de n'avoir apporté que son Sig Sauer. Il aurait pu prendre quelques armes supplémentaires. Il y en avait tout un stock dans le coffre de sa voiture, mais il ne voulait pas faire fuir Salazar en se présentant armé jusqu'aux dents.

À l'intérieur, une douzaine de buveurs. Quelques individus isolés alignés devant le bar sale, un petit groupe qui jouait aux dominos à une table d'angle, un autre, au fond, qui se concentrait sur une partie de cartes.

Quand il entra, toutes les têtes pivotèrent, tous les regards se braquèrent sur lui. Sans tenir compte de l'hostilité ambiante, il s'approcha tranquillement du bar.

— José est là ? demanda-t-il en espagnol.

L'effet fut immédiat. Tous les buveurs piquèrent du nez, le regard trouble du barman s'affola ; sans un mot, il lui indiqua le couloir qui s'ouvrait à quelques pas de lui.

— Par là ? demanda Nick.

Pour toute réponse, il eut droit à un coup de menton affirmatif. Il remercia de même et se dirigea vers la porte, très conscient des regards qui le suivaient. Des regards plus inquiets qu'hostiles, maintenant. Ces hommes devaient avoir une foule de choses à redouter, de la part d'indicateurs, de la police, et surtout des sbires d'El Nuevo Diablo.

Quatre portes donnaient sur le couloir. Deux d'entre elles étaient ouvertes, l'une sur des toilettes qui exhalaient une puanteur immonde, l'autre sur un bureau encombré de meubles de classement. La troisième portait l'écriteau « REMISE » ; il s'arrêta devant la quatrième et frappa un coup sec. On remua à l'intérieur, le battant s'ouvrit, et il se retrouva nez à nez avec Enrique Salazar.

— Prescott ? demanda ce dernier.

Nick confirma d'un signe de tête. De son côté, il n'avait pas besoin de vérifier l'identité de son interlocuteur, il reconnaissait Salazar grâce aux photos trouvées par Eva. Il savait déjà que le malfrat était beau ; il découvrait à présent son charisme. Avec son visage régulier et très viril, son long corps musclé vêtu d'un jean et d'un blouson de cuir noir, son épaisse chevelure noire et bouclée, il semblait destiné à une carrière à Hollywood plutôt qu'aux services secrets d'un petit pays d'Amérique latine. Son regard perçant, sa présence imposaient une forme de respect.

Salazar lui fit signe d'entrer. Au centre de la petite pièce, sous l'ampoule jaune du plafonnier, se dressait une table de poker entourée d'une demi-douzaine de chaises. L'air sentait le tabac et le renfermé.

Salazar referma la porte et, sans la moindre gêne, entreprit de le fouiller. Quand il lui confisqua son arme, la mâchoire de Nick se crispa, mais il ne fit pas un geste pour la reprendre. L'autre haussa les épaules, commentant avec beaucoup de naturel :

— Une simple précaution, monsieur Prescott. Je vous la rendrai quand nous aurons terminé notre affaire.

Il parlait un anglais parfait, presque sans accent.

— Je marche, murmura Nick.

— Asseyons-nous.

Ils prirent place face à face, Salazar parfaitement détendu, bien carré sur son siège. Profondément déconcerté, Nick luttait pour ne pas perdre pied. Cet homme respirait le charme et l'intelligence, et semblait parfaitement serein ; une attitude assez stupéfiante pour un homme qui trahissait son président et son pays en traitant avec un roi de la pègre comme El Nuevo Diablo !

— Qui est José ? demanda-t-il enfin.

Une entrée en matière qui en valait bien une autre. Salazar leva négligemment la main.

— Ce n'est personne, juste un code un peu ridicule. Dans ma position, mieux vaut ne pas ébruiter sa présence ou son identité.

Il haussa un sourcil et demanda d'un ton dégagé :

— Vous avez apporté la somme prévue ?

— Vous voulez dire que vous n'avez pas senti la grosse enveloppe dans ma poche, quand vous m'avez fouillé ?

Il fut récompensé par un éclat de rire sincère et chaleureux.

— J'ai seulement cru que vous étiez… Quelle est la formule américaine… Content de me voir !

Ce fut plus fort que lui : Nick se mit à rire, lui aussi. Il sortit l'enveloppe et la fit glisser vers son interlocuteur sur le tapis vert de la table. Salazar la prit sans un mot et en vérifia le contenu.

— La somme y est, assura Nick.

Salazar continua de compter sans relever.

— Vingt mille dollars, soupira Nick. Beaucoup plus que je ne devrais payer pour organiser une simple rencontre.

Salazar acheva posément sa tâche et glissa l'enveloppe dans la poche intérieure de son blouson.

— Alors ? l'encouragea Nick.

— Alors quoi ?

Nick se redressa sur son siège dans une flambée d'agacement. Ce type se fichait de lui ?

— Que faut-il faire pour joindre El Nuevo Diablo ? demanda-t-il sèchement.

Un éclair s'alluma dans les yeux sombres de Salazar.

— Il est devant vous.

# 8

Le choc passé, Nick convint à part soi que l'aveu de Salazar n'était pas si ahurissant, en fin de compte. La garde personnelle du président jouissait d'une grande influence à Mala, son prestige était plus grand, son autorité supérieure à celle de la police. Salazar avait accès à toutes sortes d'informations confidentielles ; il connaissait les mouvements du président et sans doute aussi ses intentions, il devait avoir un carnet d'adresses extrêmement bien rempli… Il exhala un soupir fataliste.

— Ça ne me surprend même pas.

Le bel homme installé en face de lui eut un petit rire.

— Je suis tout à fait diabolique, non ?

D'où tirait-il son charme ? Tous ceux que Nick avait interrogés blêmissaient de terreur à la seule évocation de son nom de guerre, El Nuevo Diablo. Drogue, armes, prostitution, il chapeautait les trafics les plus immondes. Ceux qui se mettaient en travers de sa route payaient le prix fort, ceux qui faisaient des affaires avec lui étaient pris dans ses filets… C'était surréaliste de rencontrer enfin ce grand criminel et de trouver un homme aussi sympathique !

— Vous n'êtes donc pas un intermédiaire, murmura Nick.

— Manifestement non. Maintenant, dites-moi pourquoi vous cherchez Waverly.

Nick se redressa brusquement.

— Il est donc bien venu vous voir ?

— Bien entendu. Je fournis le meilleur service.

— Vous lui avez procuré une nouvelle identité ?

Il en eut tout à coup sa claque des ronds de jambe.

— Vous pouvez me dire sous quel nom il voyage maintenant ? s'enquit-il d'une voix âpre. Quelle était sa destination en partant d'ici ?

Salazar leva la main pour l'interrompre.

— Tout d'abord, laissez-moi vous expliquer ma façon d'opérer, monsieur Prescott. Vous en avez probablement déjà une petite idée, vu que vous avez interrogé la moitié de la ville à mon sujet…

Nick ne se donna pas la peine de lui demander comment il le savait. De sa voix détendue, agréable, Salazar reprit :

— Ceux avec qui je travaille ne parlent pas de moi. En retour, je suis muet, moi aussi. La discrétion, c'est la clé des affaires, mais c'est aussi une marque de respect. Les transactions privées restent privées, mes clients me font confiance sur ce point. En retour, j'attends qu'ils en fassent autant pour moi.

— Et s'ils ne le font pas ?

— Ils en assument les conséquences, répondit Salazar sans se troubler. Peu de gens essaient de me trahir aujourd'hui, monsieur Prescott.

— Je m'en doute. Vous êtes donc en train de me dire que vous ne me donnerez aucune information sur Waverly ? Qu'il est protégé par votre… protocole de confidentialité ?

— Pas précisément, non.

Salazar plongea la main dans sa poche et en sortit deux papiers : une photo et une feuille blanche pliée en quatre. Il les posa devant lui sur la table, face contre le tapis vert. Nick dut lutter contre une envie folle de tendre la main pour les retourner.

— Je photographie tous mes clients.

— Une précaution de plus ? ironisa Nick.

— Bien entendu. C'est un excellent moyen de garder la main, au cas où l'idée viendrait à l'un d'eux de révéler mon identité, même longtemps après notre rencontre. Ils protestent tous, sur le moment. « Non, impossible, vous ne pouvez pas me tirer le portrait ! » Je réussis généralement à leur faire entendre raison. Comprenez-vous, je ne trahis pas couramment l'identité de mes clients. Ce serait mauvais pour les affaires, et je suis avant tout un homme d'affaires.

Nick réussit à ne pas lever les yeux au ciel.

— Évidemment, murmura-t-il d'un ton neutre.

— Mais celui que vous cherchez, ce Waverly, reprit Salazar avec mépris, je n'éprouve pas le besoin de lui manifester la courtoisie que je réserve à mes autres clients.

— Il a cherché à vous avoir, crut deviner Nick.

— Il a voulu *négocier*.

Salazar semblait outré, comme si Waverly avait manqué à toutes les lois de la décence, en cherchant à obtenir un prix plus avantageux. Manifestement, El Nuevo Diablo n'admettait pas qu'on marchande.

— Mes honoraires sont fixes, assena-t-il. Ce petit crétin a cru pouvoir m'impressionner. Il se croyait tout permis. J'ai été content de m'en débarrasser.

— Vous lui avez donc procuré de nouveaux papiers.

— Oui.

Salazar fit glisser le Polaroïd vers lui.

— C'est bien l'homme que vous recherchez ?

Nick retourna la photo et découvrit le visage livide de Paul Waverly, l'ancien aide de camp basé au Pentagone, l'homme qui avait tendu à Sebastian une bouteille d'eau contaminée par le virus Méridien. Ses cheveux blond pâle et son teint pâle lui donnaient une dégaine bizarre, assez malsaine. Mais Sebastian l'avait prévenu de ne pas se fier à son air éteint, maladif : Waverly était bâti comme un rugbyman.

— C'est lui, confirma-t-il d'une voix brusque.

— Mon faussaire me remet toujours une copie des papiers qu'il crée pour moi, reprit Salazar en indiquant le papier plié. Voici le passeport qu'il lui a procuré.

Le cœur de Nick se dilata. Il prit le papier, le déplia… Et

découvrit la photocopie d'un passeport britannique au nom de William Neville. Cette fois, ils tenaient leur homme !

La qualité du faux document était remarquable, on distinguait nettement le filigrane et les codes de sécurité.

— Je peux les garder ? demanda-t-il.

— La photocopie, oui, la photographie, non.

D'un geste vif, Salazar reprit le Polaroïd qui disparut dans sa poche.

— Merci, dit Nick. Vous m'avez beaucoup aidé.

L'homme lui lança son sourire chaleureux et canaille.

— Qui vous dit que nous en avons terminé ?

Tous les sens en alerte, Nick se contenta de hausser un sourcil.

— Je suppose que pour vous, enchaîna Salazar, la prochaine étape est de retrouver la trace de notre ami William Neville ?

Nick confirma d'un signe de tête. Le sourire de Salazar s'élargit.

— Vous avez de la chance, confia-t-il avec gourmandise. Ce petit crétin m'a demandé davantage qu'une identité. J'ai aussi eu la bonté de lui trouver l'avion dans lequel il a quitté le pays.

— Vous savez où il est allé ? demanda Nick, le souffle court.

— Mais oui.

La tête inclinée sur le côté, Salazar s'enquit :

— Juste par curiosité, que comptez-vous faire de lui, quand vous l'aurez trouvé ?

— Tout ce qu'il faudra pour qu'il parle.

La mâchoire de Nick s'était crispée. Un éclair approbateur s'alluma dans les yeux sombres de son interlocuteur.

— Intéressant. J'ai l'impression qu'on vous sous-estime assez fréquemment, n'est-ce pas, monsieur Prescott ?

Surpris, Nick se troubla.

— Pardon ?

— Vous êtes très civilisé en apparence, mais je devine la présence d'un animal sauvage sous cette façade policée. Vous êtes capable d'aller très loin pour redresser un tort.

— Et si vous arrêtiez de m'analyser ? protesta Nick, de plus en plus mal à l'aise. Dites-moi juste où est allé Waverly.

Très content de lui, Salazar eut un petit rire.

— Ah ! vous n'aimez pas qu'on vous scrute ! Vous êtes tous les mêmes, vous, les Américains. Très bien, je n'insisterai pas.

Il se tut un instant. Encore un effet de mise en scène. Nick s'interdit de réagir. Enfin, l'autre se lassa du jeu et lui donna ce qu'il voulait.

— Pista Olvidada. C'est un petit bourg sur la côte du Costa Rica.

Barrett Père avait tenu à ce que ses enfants parlent couramment plusieurs langues. Nick traduisit donc aussitôt :

— La piste oubliée…

— C'est poétique, non ? jubila Salazar. Mais Waverly, lui, n'a pas été oublié.

— Effectivement.

Nick se mit sur pied en glissant la photocopie dans sa poche et tendit la main à Salazar.

— Merci encore.

Le Diable s'était levé en même temps que lui, mais au lieu d'empoigner sa main tendue, il se détourna, attrapa prestement un petit sac de Nylon posé sur le lino sale et en sortit un appareil Polaroïd. Une angoisse subite prit Nick à la gorge.

— Vous ne plaisantiez pas, pour les photos.

— Il faut en passer par là, mon ami, soupira Salazar en haussant les épaules. Je peux vous garantir que les photos seront en sécurité dans mon coffre. Elles ne verront jamais la lumière du jour.

— Sauf si je ne cherche un jour à vous nuire, ironisa Nick. Dans ce cas, vous brandiriez mon portrait comme vous avez fait avec celui de Waverly.

Les yeux de Salazar pétillèrent.

— Soyez juste heureux de n'avoir pas tenté de négocier et souriez, *amigo* !

Rebecca passa la soirée allongée sur l'affreux canapé. Elle aurait voulu dormir un peu, pour reprendre des forces, mais l'angoisse était trop forte. Seule, enfermée dans cette ferme isolée, elle ne parvenait plus à tenir le chagrin à distance.

Jesse, Dave, Harry, tous morts par sa faute. Elle savait bien, pourtant, que si l'un des trois pouvait la voir en ce moment, il lui reprocherait de flancher. Le jour où on se laissait dominer par ses sentiments, on n'était plus opérationnel, on ne servait plus aucune cause. Tous trois s'étaient mis au service de la vérité, Harry, surtout — et cette vérité-ci, le fait qu'un membre du gouvernement américain ait fait tester les effets d'une arme biologique sur des civils innocents… Ses collègues comme son mentor auraient volontiers risqué leur peau pour exposer un complot aussi méprisable.

Ses pensées se tournèrent de nouveau vers Nick. Voilà deux heures qu'il était parti. Elle n'avait pas réussi à le faire changer d'avis ; il restait déterminé à l'écarter de son enquête. À son retour, il refuserait encore aussi catégoriquement son aide.

Incapable de tenir en place, elle bondit du canapé et se mit à arpenter le sol poussiéreux. Un refuge, ça ? C'était à peine habitable, il n'y avait aucun confort, pas même l'électricité. Nick avait déchargé deux grosses bonbonnes d'eau de son 4x4, ainsi que des rations de l'armée pour tout ravitaillement ; elle avait si faim qu'elle avait fini par y goûter, mais c'était répugnant, immangeable. Elle ne pouvait pas se doucher ou se changer, il n'y avait pas de salle de bains et elle n'avait que son T-shirt sale et son jean délavé orné, elle venait de le remarquer, d'un trou au genou. D'où venait-il, celui-là ?

*Peut-être du moment où tu as été soufflée par l'explosion, ou du moment où tu as arraché son arme à un tueur ?* insinua une voix aigre dans sa tête. À ce rappel, elle serra les dents. Comment Nick pouvait-il lui demander de rester sur la touche après ça ? Un ennemi inconnu avait cherché à la tuer pendant l'émeute, puis il était venu la cueillir à l'hôpital. L'hôpital où l'un de ses amis les plus chers venait de mourir de ses brûlures. Et maintenant, Harry n'était plus là non plus.

Les larmes aux yeux, elle se représenta le visage buriné de son vieil ami, ses cheveux blancs comme neige. Elle l'avait aimé comme un père et, pour un coup de fil stupide de sa part, il était mort assassiné ! Elle laissa échapper un sanglot… et plaqua aussitôt la main sur sa bouche. Un bruit de moteur ! Qui… La frayeur balaya sa culpabilité, elle se précipita vers la fenêtre. La pièce était sombre, on ne pouvait pas la voir de l'extérieur, mais les vitres étaient si sales entre les planches qui les barraient qu'elle ne voyait rien non plus. Elle distingua tout de même dans la nuit l'éclair argenté des jantes du 4x4, puis un mouvement. Une silhouette se découpa sur le ciel nocturne. Nick !

Un instant plus tard, il poussa la porte et entra à grands pas. Elle se rua vers lui avec la ferveur d'un paparazzi qui vient de reconnaître une célébrité.

— Alors ? cria-t-elle.

Sa véhémence le fit sourire.

— Bonsoir à toi aussi, chérie.

Ce fut plus fort qu'elle : le terme lui fit battre le cœur. Habituellement, elle détestait les mots un peu niais du vocabulaire amoureux, mais dans la bouche de Nick, celui-ci n'avait rien de condescendant. Il le disait d'une façon si gentille !

Bon, stop ! On se reprend. Ce type la déconcentrait et l'heure était trop grave.

— Raconte ce qui s'est passé avec Salazar.

Nick retira son blouson d'aviateur, et le jeta sur le canapé ; un nuage de poussière se leva sous l'impact.

— Je sais où Waverly est parti, répondit-il avec satisfaction. Ce fumier se cache dans une petite ville côtière du Costa Rica.

Perplexe, elle plissa le front.

— Salazar savait où trouver Waverly ? Je croyais qu'il devait juste organiser une rencontre avec M. Nouveau Diable !

Les yeux d'ambre de Nick s'assombrirent.

— C'est entre nous ? Complètement confidentiel ?

— Tu m'insultes !

— Rebecca, c'est en off ?

— Oui !

— Salazar *est* El Nuevo Diablo.

Elle le fixa, sous le choc.

— Tu parles sérieusement ?

Il fit oui de la tête, passa devant elle, dévissa le bouchon de l'une des bonbonnes, la souleva comme une plume et but longuement.

— El Nuevo Diablo fait partie de la garde personnelle du président, dit-elle, pensive. Voilà qui est intéressant.

— Il m'a semblé aussi.

— Bon. D'accord. Salazar a fourni une nouvelle identité à Waverly. Et il est tout à fait sûr que Waverly est allé au Costa Rica ?

— Il lui a fourni l'avion et le pilote.

Rebecca eut un coup de menton approbateur.

— Très bien ! Donc, nous partons là-bas. Je suppose que tu as des contacts dans un aérodrome privé ?

Il laissa échapper un petit rire, posa la bonbonne et vint se planter nez à nez avec elle. Enfin, plus ou moins : du fait de leur différence de taille, ils étaient plutôt nez à clavicule. Voilà pourquoi elle évitait généralement de sortir avec des hommes trop grands : face à eux, elle se faisait l'effet d'une naine. En même temps, la taille de Nick lui plaisait assez. Elle se voyait volontiers blottie dans ces bras solides, ou cramponnée à ces larges épaules tandis qu'il la portait vers un lit.

Stop ! On reprend tout au début. L'heure n'était pas aux fantasmes !

— Tu ne viens pas avec moi, lui dit Nick d'une voix résolue. Je ne sais pas comment te le dire pour que tu le comprennes. Ça n'arrivera pas.

Ce petit discours eut le don de la hérisser.

— Si tu ne m'emmènes pas, j'irai sans toi. Je traquerai Waverly toute seule.

— Tu n'iras nulle part ou plutôt si, tu iras en Équateur. Nous avons une base là-bas ; tu pourras y rester jusqu'à ce que nous soyons sûrs que tu ne risques plus rien en rentrant à Washington.

— Non.

— Rebecca…

— Non ! répéta-t-elle.

Elle était si furieuse qu'elle dut se retenir de lui lancer un coup de pied. Elle inspira à fond et reprit plus calmement :

— Je comprends que tu cherches à me protéger, mais ça n'a aucun sens. Je n'ai pas besoin de protection, j'ai besoin de retrouver celui qui a tué mes collègues. Et quoi que tu en penses, je peux contribuer à l'enquête par une foule de choses. J'ai des sources dans beaucoup de pays…

Elle se redressa fièrement pour préciser :

— Y compris au Costa Rica ! Et n'oublie pas Washington, *chéri* : je connais absolument tout le monde en ville.

— Tu es toujours aussi impossible ?

— Je ne cherche pas à être impossible, je t'explique juste que je suis déjà impliquée. J'ai été impliquée dès l'instant où nous sommes allés boire un verre au Liberty. Je refuse de me planquer en Équateur. Que ça te plaise ou non, c'est mon combat aussi, maintenant.

Elle vit ses épaules se relâcher, une expression résignée se peindre sur son visage.

— Ça ne me plaît pas, dit-il. Tu es trop reconnaissable.

Elle éclata d'un rire stupéfait.

— Et toi pas ? Tu es le fils du secrétaire à la Défense !

— On ne me voit pas à la télé au journal du soir ! Enfin…

Il soupira. Elle avait gagné !

— Écoute, tu peux continuer à protester, ou tu peux te simplifier la vie en acceptant que nous travaillions en tandem, maintenant.

Il n'était de toute évidence toujours pas convaincu, mais après un long silence, il finit par capituler.

— Très bien. Tu peux venir avec moi…

— Merci ! Je savais bien que tu verrais…

— À deux conditions.

Méfiante, elle attendit la suite.

— La première : tu dois obéir à mes ordres. Si je te dis de sauter, tu sautes. Si je te demande de rester en arrière comme aujourd'hui, tu considères que j'ai une bonne raison de le faire et tu ne discutes pas.

Elle qui détestait rendre des comptes céda cette fois.

— D'accord, grogna-t-elle avec un regard hostile. J'obéirai.

Elle s'interrompit un instant et précisa :

— Dans la limite du raisonnable.

— Et voilà, tu recommences à être impossible !

Elle le gratifia d'un grand sourire.

— Je te préviens, voilà tout ! Tu ne peux tout de même pas t'attendre à ce que je te suive aveuglément ! Si je ne suis pas d'accord, nous discuterons, je te le garantis !

— Tu aimes ça, discuter !

Il semblait partagé entre l'envie de rire et celle de l'étrangler.

— Oui, admit-elle. Maintenant, ta deuxième condition ?

— Tout ce que nous trouverons, les pistes, les détails sanglants… Tout sera confidentiel.

Cette fois, son expression était intransigeante.

— Quand tout sera terminé, nous prendrons le temps de discuter — oui, de discuter — de la meilleure façon de faire éclater le scandale. Une publication prématurée pourrait tout compromettre. Avant le jour J, tu n'écris rien, tu ne filmes rien, tu ne discutes pas avec ta chaîne. Nous sommes bien d'accord ?

C'était correct, elle devait l'admettre. Il ne lui demandait pas de tout balayer sous le tapis en faisant comme s'il n'y avait pas de scandale ; elle devait juste s'engager à attendre et se concerter avec lui avant de révéler quoi que ce soit.

En même temps, qu'il le lui demande la hérissait un peu : il la prenait pour quoi, une débutante ? Elle ne faisait *jamais* de grandes révélations avant que l'enquête soit bouclée. Jamais avant d'avoir mis tous les points sur les i !

— D'accord, dit-elle sobrement, en lui tendant la main pour sceller le contrat.

Quand leurs paumes se touchèrent, une secousse électrique

la secoua, des étincelles dansèrent littéralement sur sa peau. Il dut les sentir aussi parce qu'il retira brusquement la main avec une exclamation étouffée. Elle lui lança un regard sagace. Mmm, cet éclair de désir qui venait de jaillir dans ses yeux…

— Alors ? On part quand ? demanda-t-elle gaiement.

À partir de ce moment, Nick manifesta une efficacité impressionnante. Rebecca ne savait pas à quoi elle s'attendait, mais certainement pas à décoller aussi vite. Trois heures à peine après le retour du beau guerrier à la vieille ferme, ils montaient à bord d'un bimoteur Cessna garé dans le hangar le plus délabré qu'elle ait jamais vu.

La petite cabine puait le kérosène et le caoutchouc, le vinyle bleu des sièges était déchiré ; leur pilote, un homme inexpressif aux longs cheveux gras, ne les salua pas mais descendit sans un mot faire les vérifications de routine. Rebecca se glissa plus près de Nick et approcha ses lèvres de son oreille pour chuchoter :

— Tu le connais comment, ce type ? Tu es sûr qu'il ne va pas nous assassiner avant même de décoller ?

— Détends-toi, Red ! répondit-il en riant. Manuel est l'homme le plus doux de l'univers. C'est un ancien prêtre !

— Est-ce que tu viens vraiment de m'appeler *Red* ?

Elle fut enchantée de voir une légère rougeur assombrir ses pommettes.

— Je… Ouais. Tu n'as pas semblé apprécier « chérie ».

— D'où tu tiens ça ?

— De la façon moqueuse dont tu me l'as renvoyé.

Il haussa les épaules d'une manière qu'elle trouva irrésistible et boucla sa ceinture en ajoutant :

— Alors c'est Red.

— J'aimais bien « chérie ».

L'aveu lui échappa ; elle fut très contrariée de se sentir rougir à son tour. Elle régressait ou quoi ? Elle avait l'impression de retrouver ses treize ans et son premier béguin au collège.

Il était temps de réagir et, surtout, de maîtriser les réactions bizarres que cet homme suscitait en elle.

— Je note, murmura-t-il.

Leurs regards se cherchèrent, se capturèrent ; le cœur de Rebecca se dilata… Et elle se hâta de ramener la conversation sur un terrain moins dangereux.

— Je… Notre pilote est un prêtre défroqué ? Il a perdu la foi ?

— Je suppose. En tout cas, tu n'as aucun souci à te faire, c'est un excellent pilote et un gars très fiable. Nous avons déjà fait appel à lui plusieurs fois.

Ce fut l'instant que choisit leur prêtre pilote pour remonter à bord. Il se laissa tomber sur son siège et se mit aussitôt à actionner des interrupteurs et à tourner des boutons ; le tableau de bord s'illumina comme un sapin de Noël.

Satisfait, il se tourna à demi pour leur lancer en espagnol :

— La météo annonce un ciel très nuageux. Ça va peut-être secouer un peu.

À cette seule pensée, Rebecca sentit son estomac se retourner.

— Oh non ! Je déteste les turbulences.

— Tu parles espagnol ? demanda Nick avec un brin d'ironie.

— Ouais. Et français, russe, hébreu… Mon italien est passable, mon farsi aussi. Mon chinois, pas vraiment.

Il laissa échapper un petit sifflement.

— Nous avons une vraie linguiste dans l'équipe !

— Je voyage beaucoup. J'aime les langues. Je glane.

Un sifflement métallique s'éleva, les hélices se mirent en mouvement ; le temps que les moteurs chauffent, le petit avion avança en cahotant, ses phares trouèrent la nuit, et ils roulèrent jusqu'au bout de la piste. Là, l'appareil pivota sur lui-même, resta un instant immobile, puis se lança, accéléra… Quelques instants plus tard, ils quittaient souplement le plancher des vaches.

Le Cessna s'élevait de plus en plus haut dans le ciel nocturne. Assez impressionnée par l'aisance du décollage, Rebecca jeta un regard appuyé à leur pilote et glissa à Nick :

— Comment as-tu fait pour le convaincre de sortir de son lit à une heure du matin pour nous emmener au Costa Rica ?

— Je lui ai proposé de l'argent. Beaucoup d'argent.

— C'est commode d'être riche ! Je parie que tu as financé toute votre cavale.

— C'est ça.

— Et tes collègues ne t'ont jamais demandé d'où venait cet argent ? S'ils ne savent pas qui tu es, comment expliques-tu les dollars ?

— Je n'explique rien. Je leur ai dit que ma famille avait de l'argent et ça leur a suffi, ils n'ont jamais cherché à en savoir davantage. Nous ne parlons pas beaucoup de nous. Enfin, pas du passé.

Il réfléchit un instant et secoua la tête :

— Enfin, Eva et Julia commencent à se poser des questions...

*Eva et Julia ?* Rebecca plissa les yeux, soupçonneuse. Nick serait parvenu à sortir avec non pas une, mais deux femmes pendant sa cavale ? Et il aurait suffisamment gardé le contact pour que ces dames « se posent des questions » ? Remarquable ! Puis elle mesura l'absurdité de sa réaction. Elle était prête à se hérisser à la seule idée de Nick avec une petite amie ? En quel honneur ?

— Eva et Julia ? répéta-t-elle.

— Eva est la fiancée de Tate ; Julia, la petite amie de Sebastian.

Sa jalousie, si c'en était bien, s'évapora aussitôt. Jalousie, vraiment ? Sûrement pas ! Et pourtant, d'où lui était venue cette réaction viscérale ? La réponse fusa, instantanée : *Tu veux le garder pour toi.*

Eh bien, oui, absolument. Elle avouait tout. Comment aurait-elle pu faire autrement ? Nick était beau à tomber, elle trouvait son corps irrésistible, mourait d'envie de promener les mains sur chaque centimètre carré de sa peau, de palper ses muscles, de presser le nez dans le creux de son cou et de s'imprégner de son parfum viril, un peu boisé. Et aussi de sentir ses lèvres sensuelles pressées sur les siennes, ses mains dans ses cheveux. À cette seule évocation, un long frisson la parcourut de la nuque aux orteils.

— Tu as froid ?

Il retirait déjà son blouson et le posait sur elle, l'en enveloppant avec soin. Elle se laissa faire en le contemplant, stupéfaite.

— Tu es vraiment le dernier des gentlemen !

— On me l'a déjà dit.

— Ta petite amie aux States doit te regretter !

Il interrompit son geste.

— C'est ta façon incroyablement peu subtile de me demander si je sors avec quelqu'un ?

— Oui.

Il se mit à rire, un rire grave et sexy qui la fit frémir de nouveau, malgré la chaleur du blouson.

— Je ne sors avec personne.

Comme il ne disait rien de plus, elle lui lança un regard appuyé. Il fronça les sourcils.

— Quoi ?

— Tu ne vas pas me demander si je suis seule, moi ?

— Pas la peine, je sais que tu es seule.

Il l'avait énoncé sur le ton de l'évidence.

— Pardon ? lança-t-elle, vexée.

— Tu es ambitieuse. Tu as toujours fait passer ta carrière avant tes relations amoureuses.

Comme elle ne répondait rien, il inclina la tête sur le côté, l'air railleur.

— Je me trompe ?

— Non, avoua-t-elle. Ma carrière compte beaucoup pour moi. Je n'ai jamais été le genre de petite fille qui chante « un jour mon prince viendra », ou qui fantasme sur une existence passée à tenir la maison pendant que son petit mari rapporte de quoi faire vivre la famille. Je fantasmais sur le prix Pulitzer et la célébrité, je me voyais faire éclater au grand jour les injustices et la corruption.

Elle s'interrompit un instant et nuança :

— Pas forcément dans cet ordre, bien sûr.

Il rit tout bas.

— Tu as atteint deux des trois objectifs, le Pulitzer suivra. Tes parents doivent être très fiers de toi.

— Oui. Ma mère ne comprend pas très bien, c'est une beauté sudiste typique, gâtée pourrie, mais avec un cœur grand comme ça.

— Et ton père ?

— Il est plus branché que maman, il a une conscience politique. Il est avocat criminaliste à Atlanta ; il espérait que je ferais des études de droit et que j'entrerais dans son cabinet pour que nous puissions travailler ensemble. Il y tenait beaucoup.

Elle précisa avec un grand sourire :

— Je lui ai juré que si un jour j'avais de vrais ennuis, je le chargerais de ma défense. Si jamais on me jette en prison pour avoir protégé une source, par exemple.

— Tu veux dire qu'on ne t'a pas encore jetée en prison ? Je suis choqué ! Vu les ravages que tu laisses sur ton passage…

— Jusque-là, je m'en suis toujours sortie. Et toi ? Pourquoi es-tu entré dans l'armée ?

— Je voulais servir et protéger mon pays. Pourquoi cet air étonné ?

Elle le dévisagea. Non, il ne plaisantait pas, il semblait sincèrement perplexe.

— Parce que tu es le fils de Kirk Barrett ! L'un des hommes les plus puissants du pays ! Barrett, c'est aussi un grand nom du pétrole.

— Et alors ?

— Par ailleurs, ta mère était une Prescott, de l'empire hôtelier Prescott.

— Et alors ? répéta-t-il.

— Alors ? Tu pourrais passer ta vie à boire des piña coladas sur un yacht et à compter tes piles de dollars, mais non, tu choisis d'être militaire. Et dans les Forces Spéciales, avec un risque statistique astronomique d'y laisser ta peau !

— On ne m'a pas élevé à ne rien faire. Même si je n'avais

pas opté pour l'armée, je ne me serais pas contenté de me faire bronzer sur un yacht. Mon père nous a appris la valeur du travail, à Viv et moi.

— Viv ? Ah oui, ta sœur Vivian.

Elle passa les informations dont elle disposait devant son scanner mental et ne trouva aucun détail sur la sœur aînée de Nick.

— Elle fait quoi dans la vie ?

— Elle a été enseignante. Maintenant, elle est mère au foyer. Son mari est ingénieur dans l'aéronautique.

Tristement, il ajouta :

— Voilà près d'un an que je n'ai pas vu mes nièces et mon neveu. Je ne vais même plus les reconnaître. Les gosses grandissent trop vite, non ?

Spontanément, elle posa la main sur la sienne.

— C'est dur pour toi d'être loin de ta famille ?

— Oui.

Il répondit, le regard posé sur leurs mains jointes. Elle les contempla, elle aussi ; presque malgré elle, elle palpa sa main, suivit le contour de ses jointures un peu rêches. De grandes mains, des doigts longs et harmonieux. C'était si étrange de penser qu'au lieu s'en servir pour signer des contrats mirobolants, il avait choisi d'en faire des armes. Depuis le temps qu'elle couvrait les événements de la Maison-Blanche, elle ne s'était jamais particulièrement intéressée aux Barrett. Selon la logique de son milieu, Nick Barrett, ce trop beau gosse, aurait dû être un garçon superficiel, un enfant gâté qui se promenait dans l'existence sans rien accomplir de particulier, surfant sur la richesse de sa famille et le prestige de son père. C'était troublant de découvrir en lui un homme aussi… réel. Aussi solide et authentique. Un tel *gentleman*.

Dès qu'elle pensait à lui, ce mot s'imposait. Ça en devenait même presque irritant ! Elle avait croisé si peu de gentlemen dans son existence ; Washington était surtout peuplé de beaufs misogynes, et le personnel d'ABN n'échappait pas à la règle. De son côté, pour une raison qu'elle ne s'expliquait pas, elle avait toujours été attirée par les mauvais garçons. Elle s'en voudrait de faire partie de ces femmes qui rêvent d'apprivoiser les voyous, ce serait déprimant à force de banalité, mais de fait, elle avait bien souvent craqué pour des rebelles, lesquels s'étaient comportés comme de vrais crétins. Et maintenant qu'elle la rencontrait, elle trouvait la courtoisie chevaleresque plutôt sexy.

Il lui prit la main, doucement, fermement… Mais ce fut pour la retirer de la sienne. Un silence subit s'abattit sur la cabine ; un silence tout relatif, meublé par le ronronnement du moteur et le sifflement de l'air sur les vitres. Leurs regards se croisèrent de nouveau et il lui offrit un demi-sourire.

— Ça n'arrivera pas, chérie.

— Quoi donc ? s'enquit-elle froidement.

— Toi et moi.

Il se troubla un peu, regarda le dos du pilote tout proche, et baissa la voix pour préciser :

— Dans le même lit.

Malgré elle, elle laissa échapper un rire surpris. C'était une grande première ! Jamais encore un homme ne s'était donné la peine de lui annoncer qu'il ne coucherait pas avec elle. Habituellement, c'était plutôt le contraire, on lui faisait des avances en insistant lourdement. Beaucoup d'imbéciles voulaient pouvoir se vanter d'avoir couché avec Rebecca Parker, la journaliste choc d'ABN. Le manque d'intérêt que manifestait Nick était rafraîchissant… Et elle n'y croyait pas un seul instant !

— Vraiment ? lâcha-t-elle de sa voix la plus traînante. Tu cherches à me dire que tu n'as pas envie de moi ?

Il exhala un soupir explosif.

— Non. Il faudrait être un moine pour n'avoir pas envie de toi. Je te dis juste que je ne coucherai pas avec toi.

— Je vois.

— Ce n'est pas personnel, ajouta-t-il avec une maladresse assez craquante. J'ai… Coucher avec toi serait stupéfiant, j'en suis persuadé, mais vu la situation, je ne peux pas me permettre de me déconcentrer. Et je ne suis pas le genre… Enfin, je ne fais pas dans les passades sans lendemain, alors…

Sa voix s'éteignit, il eut un petit geste de la main.

— Je comprends très bien ton point de vue, dit-elle avec une moue approbatrice. Il y a juste un problème.

— Ah ? Lequel ?

— Moi. Si on me refuse quelque chose, je le veux.

Elle mima un gros soupir théâtral.

— C'est mon plus grand défaut !

— J'aurais dû m'en douter.

Il eut un petit sourire, puis son regard ambré se fit méfiant.

— Où veux-tu en venir exactement ?

Ce fut à son tour de hausser les épaules.

— Je ne le sais pas moi-même. Je te propose juste de jouer cartes sur table. Je vais essayer de te séduire, et je pense avoir toutes les chances de réussir.

Il eut un rire un peu enroué ; elle réprima un frisson discret.

— Très bien, dit-il. À moi de résister.

— Tout simplement ?

— Tout simplement, confirma-t-il avec un petit sourire supérieur.

— Si tu le dis, *chéri*.

Elle lui renvoya son sourire à l'identique et se blottit sous son blouson.

— Je vais dormir un peu.

— Bonne idée. Je compte en faire autant.

— Tu me réveilles à l'atterrissage ?

— Bien sûr.

— Merci. Et, Nick…

— Oui ?

— Je commencerai à formuler ma stratégie de séduction dès demain.

— Je me ferai un plaisir d'y résister, répondit-il gravement.

Elle rit tout bas, ferma les yeux, et sombra aussitôt dans un sommeil sans rêves.

# 9

— Nous ne les avons pas trouvés.

Sa gorge se noua. Il ne verrait donc jamais la fin de ce foutoir ? D'un bond, il se leva et se mit à arpenter le tapis luxueux de son bureau. Quelle façon de commencer sa journée !

— Mais où sont-ils, bon sang ? Comment se peut-il que vous ne les ayez pas encore repérés ! Elle a l'un des visages les plus reconnaissables de la planète et…

— Et lui est l'un des soldats les mieux entraînés de la planète, répliqua sèchement son interlocuteur. Ils n'ont plus refait surface à Mala depuis l'échange de coups de feu devant l'hôpital.

Il serra les dents. Inutile qu'on lui rappelle ce fiasco. Par chance, les médias n'avaient rien compris. Il n'y en avait que pour l'insurrection à Mala. Personne n'avait fait le lien avec la mort des deux employés d'ABN, personne ne semblait savoir que Rebecca Parker avait été mêlée à la fusillade. Et grâce au coup de fil de la journaliste à sa chaîne pour prévenir qu'elle prenait quelques jours de congé pour faire son deuil, la hiérarchie d'ABN n'avait pas déclaré sa disparition. Enfin, pas encore. Il se raccrocha à ce fait, l'unique point positif de cette débâcle.

— Elle a dit à la réceptionniste qu'elle reviendrait bientôt à Washington.

Un peu rasséréné, il cessa de marcher de long en large.

— Je veux des gars à son appartement, son bureau, les

lieux qu'elle fréquente. Si elle débarque à Washington, je veux être mis au courant dans l'heure.

— Vous le serez.

— Il y a du nouveau pour Waverly ?

— Non, lâcha Carraway avec amertume. Il s'est volatilisé. Mes hommes le cherchent.

Il ferma les yeux un bref instant. Ce n'était pas assez d'avoir trois super-soldats en train de renifler sa piste ? Il fallait aussi qu'il gère la disparition d'un aide de camp ? Jamais Paul Waverly n'aurait dû être autorisé à quitter le Pentagone après avoir donné cette eau contaminée à Sebastian Stone ! Maintenant, il était en fuite, lui aussi. Parce qu'il était assez intelligent pour saisir que, vu le rôle qu'il venait de jouer, il devrait être éliminé, comme les autres.

— Trouvez-le ! gronda-t-il. Appelez-moi ce soir pour me donner les dernières nouvelles.

Il raccrocha, se laissa tomber sur son siège, et inspira à fond. Du calme. Le moment était venu de mettre ses soucis de côté pour se concentrer sur sa tâche officielle.

Il se pencha en avant et pressa le bouton de l'Interphone qui le reliait à sa secrétaire.

— Bernice, aboya-t-il. Mon premier rendez-vous.

Ils atterrirent au Costa Rica peu après 7 heures du matin. Nick avait dormi plusieurs heures, mais il ne se sentait pas du tout reposé ; de son côté, Rebecca était manifestement en pleine forme. Elle bondit hors de l'avion, renversa la tête en arrière pour admirer le ciel bleu vif, et serra la main de Manuel en le remerciant joyeusement. Nick se demanda sombrement si elle serait d'aussi bonne humeur si elle avait dû, comme lui, endurer une succession de rêves classés X. Elle, nue, se tordant sous lui en gémissant…

Il s'ébroua pour chasser ce souvenir. Les images générées par son cerveau étaient si précises qu'il avait la sensation d'avoir vraiment couché avec elle. Résolument, il écarta ces pensées déstabilisantes, hissa son sac sur son épaule, chaussa ses lunettes de soleil et saisit le bras de Rebecca pour l'entraîner vers le hangar qui flanquait la piste.

Pista Olvidada se trouvait encore à deux bonnes heures de route. Priorité absolue, trouver un moyen de transport. Le hangar, grande caverne encore fraîche à cette heure matinale, sentait l'huile, le kérosène et les oranges. Nick ne voyait personne. Si : deux hommes en salopette grise, tout au fond.

Il leva la main dans un salut décontracté et s'approcha en lançant :

— *Holà !*

Les deux hommes répondirent de même. Rebecca, qui trottait dans son sillage, se rapprocha pour chuchoter :

— Il faut leur montrer nos passeports ?

— Regarde autour de toi, répondit-il, amusé. Tu vois des douaniers ? Nous ne sommes pas dans un vrai aéroport, Red. Personne ici ne s'intéresse à la légalité.

— Ah. D'accord.

Ils rejoignirent les deux hommes. Le plus petit des deux se présenta — Javier, le propriétaire de l'établissement. Il avait une apparence patibulaire avec son corps trapu, son épaisse moustache noire et une peau olivâtre grêlée, mais il se montra très accueillant.

— Qu'est-ce qui vous amène dans ce coin perdu ?

Il leur fit signe de le suivre vers les grandes portes ouvertes.

— Nous nous promenons, répondit cordialement Nick. Nous faisons une virée en Amérique centrale, puis en Amérique latine. Nous avons voulu nous arrêter ici pour voir un vieux copain.

— Je vois.

Il parlait tout à fait sérieusement, mais ses yeux sombres pétillaient, comme s'il trouvait l'explication assez comique.

— Et vous voyagez toujours par des chemins aussi… détournés ? Peu de touristes passent par mon aérodrome, mes amis.

Nick haussa négligemment les épaules.

— Nous aimons sortir des sentiers battus.

Près de lui, Rebecca poussa un soupir explosif.

— Ne l'écoutez pas, Javier. Il cherche juste à me protéger.

Le propriétaire des lieux haussa un sourcil touffu.

— Je suis sur la liste noire, expliqua-t-elle avec une grimace. Il y a eu un… incident, il y a quelques années. Disons que je me suis mise en colère et maintenant, je le paie. Je suis bannie des lignes aériennes normales.

L'homme éclata d'un grand rire chaleureux.

— Disons que ça ne me surprend pas !

— Pourquoi pas ? s'enquit-elle d'un petit air froid.

Sans cesser de rire, il tendit la main et tira gentiment sa longue queue-de-cheval.

— Les cheveux roux ! Les femmes aux cheveux roux piquent des colères terribles, c'est bien connu.

— Je suis au courant, soupira Nick.

Dès qu'ils émergèrent à l'air libre, un parfum de feuillage dense, de pluie et d'humus les assaillit. Il faisait encore frais, mais l'atmosphère était saturée d'humidité. Nick retira le blouson que Rebecca lui avait rendu au moment de l'atterrissage et le prit sous son bras.

— Nous savons que notre ami était dans le secteur il y a une semaine. Nous n'avons malheureusement aucun moyen de le contacter.

— Pas de portable, renchérit Rebecca en secouant la tête, réprobatrice. Qui n'a pas de portable, de nos jours ?

— Il nous a téléphoné en PCV d'une petite ville, Pista Olvido… Olvida…

— Olvidada, dit Javier.

— Voilà, c'est ça. Il nous a donc appelés en nous proposant de venir le voir si nous passions dans le secteur, mais nous ne savons pas du tout où il est descendu, ni même s'il est toujours là.

— Il est passé par votre aérodrome, précisa Rebecca. C'est lui qui nous a mis en rapport avec Manuel.

Pensif, Javier caressait sa moustache fournie.

— Et il était là la semaine dernière ?

Nick fit oui de la tête.

— C'est un anglais, mais il vit aux États-Unis depuis si longtemps que son accent britannique ne s'entend presque plus. Il s'appelle William Neville.

Le regard de Javier changea, juste assez pour lui apprendre qu'il reconnaissait le nom. Waverly, alias Neville, était bien passé par ici.

— Je me souviens de lui. Un blond aux yeux bleus…

— Avec une peau blanche de vampire, compléta Rebecca avec un large sourire. C'est bien Willie !

Cette fois encore, Nick fut bluffé par son talent d'actrice. Chacune de ses interventions sonnait juste, elle réagissait au quart de seconde, prenait Javier exactement comme il le fallait. À la place de ce dernier, il l'aurait crue sans hésitation.

— Bien, je ne sais pas où habite votre ami ou s'il est toujours en ville, mais il y a sept jours, il était à Pista Olvidada, confirma l'affable petit moustachu.

— Formidable ! s'écria Nick avec un sourire ravi. Vous en êtes sûr ?

— Certain. Je l'ai conduit là-bas moi-même.

Le visage ouvert de Javier se rembrunit.

— Pas très cordial, le bonhomme. Assez désagréable, même.

Rebecca soupira de nouveau, affichant un air ennuyé.

— Willie a tendance à s'énerver en voyage. Il n'aime pas l'avion. Et puis c'est un Anglais. Les Anglais prennent tout le monde de haut, c'est bien connu !

Le sourire de Javier s'épanouit de nouveau.

— Vous avez bien raison. Fichus Anglais !

— Donc, vous l'avez conduit à Pista Olvidada…, l'encouragea Nick. Il a dit s'il comptait y rester un petit moment ?

— Il n'a pas dit grand-chose, et je ne l'ai pas revu. S'il a quitté le secteur, ce n'est pas en avion. À moins qu'il n'ait pris une ligne régulière, ou roulé jusqu'à une autre piste privée. La plus proche est à dix heures de route vers le sud.

Parfait, pensa Nick avec satisfaction. Waverly était vraisemblablement toujours au Costa Rica. Il jeta un coup d'œil à la ronde, nota les trois véhicules garés sur l'aire de terre battue et demanda, jouant le brave touriste ignorant :

— Pista Olvidada est assez près pour y aller à pied ?

— Oh ! Mon ami, la promenade serait longue. Deux heures en voiture, beaucoup plus longtemps à pied !

Nick et Rebecca échangèrent un regard atterré.

— Mais vous avez de la chance, reprit Javier, parce que je loue aussi des voitures.

Il souriait comme un Père Noël aux dents noircies en montrant une vieille Jeep d'un revers de pouce.

— Deux cents dollars la journée.

Le prix était un peu raide, mais les affaires devaient être rares dans ce coin reculé. Nick réfléchit un instant et accepta d'un signe de tête. Il plongea la main dans sa poche arrière, en sortit un rouleau de billets, détacha deux coupures de cent dollars et les tendit à Javier en déclarant :

— Disons un jour pour commencer. Si nous restons plus longtemps, je vous verserai le solde en rapportant la voiture.

Javier accepta l'argent en hochant la tête, visiblement satisfait.

— Et si vous pouviez aussi nous organiser un vol pour repartir, demanda Rebecca avec gentillesse. Nous ne resterons pas longtemps chez Willie, nous avons hâte de descendre vers le sud. La prochaine étape, c'est le Venezuela !

— Je vais voir ce que je peux faire, promit Javier en tendant à Nick un trousseau de clés. Le réservoir est plein. Il reviendra plein, d'accord ?

— Bien sûr, lui assura Nick.

Les deux hommes échangèrent une poignée de main, puis Javier s'inclina sur celle de Rebecca en y déposant un baiser un peu mouillé. Nick applaudit intérieurement quand elle se laissa faire sans se raidir ou manifester le moindre dégoût.

— À très bientôt ! lança Javier.

Il rentra tranquillement dans son hangar. Tous deux le suivirent des yeux, puis se tournèrent l'un vers l'autre avec un grand sourire.

— Il est assez charmant, pour le patron d'une piste d'atterrissage clandestine. Je parie que le trafic de drogue transite par ici, lâcha Rebecca.

Nick se mit à rire en pensant à Enrique Salazar, si séduisant, si charismatique. Tous les malfrats qu'il croisait en ce moment jouaient à contre-emploi !

— Viens, dit-il en se dirigeant vers la Jeep. Plus vite nous arriverons, plus vite nous trouverons Waverly.

— En route, Watson ! s'écria-t-elle avec enthousiasme.

— Mais comment donc, mon cher Watson !

— Mais non, Nicky ! Sherlock, c'est moi. Toi, tu es le faire-valoir, l'assistant toujours un peu dépassé par les événements.

— Si ça t'aide à mieux dormir la nuit, chérie...

Pendant tout le trajet vers la côte, Nick fut intensément conscient de la présence de Rebecca à ses côtés. Il roula en endurant l'érection du siècle ; il avait envie d'elle à en hurler. Comme par un fait exprès, elle ne cessait de soulever sa queue-de-cheval pour se rafraîchir, geste qui révélait l'arc délicieux de sa nuque et les petites mèches folles qui y bouclaient. Par cette chaleur moite, sa peau luisait un peu au soleil. Et la brise qui les baignait dans cette Jeep ouverte ne faisait rien pour apaiser l'incendie qui le brûlait.

Pourquoi, pourquoi fallait-il qu'elle soit aussi sexy ? C'était à se demander ce qui l'excitait le plus : sa beauté physique ou ses opinions tranchées. Il avait toujours craqué pour des femmes intelligentes, et celle-ci savait tant de choses, analysait ce qu'elle voyait avec tant de finesse qu'elle en devenait irrésistible.

— En fait, ils volent les œufs, expliquait-elle, furibonde.

Son éclat de voix arracha Nick à ses pensées. De quoi parlaient-ils ? Ah, oui, des tortues de mer.

— Ensuite, ces *s... trois petits points* les vendent, ce qui garantit, incidemment, la fin de leur petit commerce, parce que l'espèce n'y résistera pas !

Elle secoua la tête avec tant de véhémence que son large chapeau de paille faillit s'envoler. Un peu plus tôt, ils étaient tombés, à un carrefour au milieu de nulle part, sur un marché ouvert assez animé. Un marché insolite, hors de toute agglomération, qui leur avait permis de se ravitailler. Grâce à l'argent liquide que Nick emportait toujours, il avait pu lui acheter quelques vêtements de rechange et de meilleures chaussures. Ils avaient maintenant de l'eau et des fruits.

Ils seraient à Pista Olvidada dans une vingtaine de minutes. Désir indéboulonnable à part, il appréciait la compagnie de Rebecca, même si elle avait tendance à partir dans de longs discours sur les injustices du monde.

— Et pour compléter le tableau, il y a l'érection de nouveaux complexes hôteliers…

Il réprima un mouvement involontaire. Il avait fallu qu'elle choisisse justement ce mot !

— … qui détruisent les sites sur lesquels ces tortues pondent depuis des siècles. Tu sais quoi, Nick ? Je déteste les gens. Je t'assure, les humains sont des minables !

Malgré l'inconfort de sa situation, il trouva l'affirmation assez comique.

— Tous les humains ne sont pas des voleurs d'œufs ou des bâtisseurs d'hôtels !

— C'est vrai, convint-elle plus calmement. Il y avait des gens formidables dans l'association de sauvegarde. J'ai rejoint les bénévoles pendant quelques semaines, l'an dernier. Nous avons passé des journées entières à déterrer des œufs de tortue et à les relocaliser dans des sites protégés. Comme ça, au moins, ces fichus voleurs ne peuvent plus mettre la main dessus.

Il lui jeta un regard en coin, sincèrement impressionné. Elle n'était pas simplement un joli visage à la télévision, elle ne se contentait pas de couvrir les événements en excellente professionnelle, elle s'y jetait à corps perdu, les vivait, les respirait, y contribuait. Il en ressentit un élan d'admiration… aussitôt suivi d'un pincement d'angoisse. Jamais une femme pareille n'accepterait de partir sagement en Équateur quand il le lui demanderait.

Devant eux, la route gravit une pente raide et déboucha sur l'océan. La vue était spectaculaire. Ils suivirent la courbe d'une falaise cent mètres au-dessus des vagues. Côté terre, c'était toujours la jungle et sa touffeur d'humus et de chlorophylle, de fleurs sauvages et de pourriture. Nick respira profondément en se souvenant de certaines missions sous les ordres de Tate…

La route se fit bientôt plus étroite ; quelques kilomètres plus loin, elle plongea vers la grève.

— Tout est tellement beau ! dit Rebecca en contemplant l'océan turquoise. J'adorerais vivre dans un endroit pareil. Un jour…

— Je te vois mal renoncer à la vie trépidante des centres du pouvoir.

— Ah ?

— Oui, confirma-t-il. Je pense que ça te manquerait.

Le regard vert de Rebecca se mit à pétiller.

— Je n'ai pas besoin de grands centres urbains pour avoir une vie excitante. Je peux trouver de l'excitation partout.

En quelques mots, elle venait de faire naître une onde électrique brûlante, qui crépitait entre eux comme un courant palpable. Au prix d'un effort, Nick détourna son regard du sien et le reporta sur la route. Cette femme allait le tuer ! Il était plus dur qu'une barre à mine, le désir vrombissait dans ses veines ; si par malheur elle remarquait son état, elle se moquerait de lui sans merci.

Les premiers groupes de maisons parurent ; quelques minutes plus tard, ils entraient dans la petite ville côtière de Pista Olvidada. De nouveaux arômes flottaient dans l'air, parfums de fleurs et d'épices, café odorant et, partout, le souffle salé de l'océan. La bourgade offrait une rue commerçante avec une poignée de magasins et une longue rangée de restaurants et de bars, ainsi qu'une marina pittoresque dans laquelle se pressaient des embarcations de toutes sortes, de vedettes à moteur cabossées à de longs longs voiliers blancs.

Nick trouva une place pour se garer et ils descendirent de la Jeep, impatients de passer à l'offensive.

— On s'y prend comment ? demanda Rebecca. Même scénario ? Nous cherchons notre copain Willie ?

— Ça a fonctionné pour Javier, autant rester sur le même registre.

— Donc, je suis toujours ta petite amie ?

— Ouais.

— D'accord.

D'autorité, elle lui prit la main. Quand elle mêla ses doigts aux siens, la chaleur de sa paume pénétra sa chair.

— Les couples marchent la main dans la main.

Elle parlait d'un ton léger, mais en voyant la lueur qui dansait dans ses yeux verts, il comprit qu'elle attaquait une nouvelle phase de sa stratégie de séduction. Il décida de jouer le jeu. Tenir la main de Rebecca était… agréable. Depuis combien de temps ne s'était-il plus promené comme ça, en serrant une main de femme ?

Ils traversèrent la rue et se dirigèrent vers le bar qui faisait l'angle et qui s'appelait tout simplement : Le Bar.

Une petite brise poussait vers eux la fumée des cigarettes des consommateurs installés en terrasse. Ils n'étaient pas nombreux et leurs regards se braquèrent sur eux avec méfiance.

— Les indigènes sont hostiles…, murmura Rebecca.

— Mais non, objecta-t-il sur le même ton. Ils se dérideront dès que tu dégaineras ton charme de rouquine.

Il avait vu juste. Ils allèrent de terrasse en terrasse, interrogèrent beaucoup de monde : deux minutes après avoir rencontré Rebecca, chaque homme, chaque femme et chaque enfant tombait en adoration devant elle. Malheureusement, aucun de ses admirateurs ne connaissait William Neville.

Ils firent le tour de tous les commerces, sans plus de résultat. Sans se décourager, ils reprirent la voiture, roulèrent jusqu'au port de plaisance et là, dans un fish & chips au bord de l'eau, ils touchèrent enfin au but. Le capitaine d'un bateau de pêche attablé dans un angle de la salle connaissait très bien leur proie et, par chance, il était bavard.

— Neville ! *Si, si !* s'écria-t-il en hochant la tête avec enthousiasme. Il a acheté la maison de Rudy près de la décharge. C'est moi qui l'ai emmené là-bas, la première fois, pour la visite.

L'estomac de Nick se contracta brutalement. Leur homme était là, à portée de main !

Il réussit à sourire en demandant d'un ton léger :

— Il est toujours dans le coin ?

— Mais bien sûr ! Je ne l'ai pas vu en ville, mais il était sur l'eau très tôt, ce matin. Il pêchait dans la crique.

— Il possède un bateau ? demanda Rebecca.

Le vieux capitaine partit d'un grand rire.

— Cette petite barque vermoulue ! Oui, si on veut, il a un bateau. Il l'a acheté avec la maison et la voiture : quand le vieux Rudy est mort, son gosse a tout vendu en un seul lot.

— Rudy, c'était quelqu'un d'ici ? demanda cordialement Nick.

— Non, un Américain. Il a échoué ici il y a une trentaine d'années et il n'en est jamais reparti. Un type hargneux, radin, mais un sacré pêcheur. Il avait l'instinct, il reniflait le poisson comme un chien renifle le gibier. Chaque fois que ça marchait mal pour moi, je le prenais à bord et je rapportais une prise fabuleuse.

Il poussa un soupir de regret et conclut, en guise d'oraison funèbre :

— Il va me manquer, ce vieux crétin.

Ils bavardèrent encore quelques minutes sans plus évoquer Waverly : ils avaient eu l'information qu'ils cherchaient, y compris les explications nécessaires pour trouver sa maison sur la grève. Le capitaine semblait apprécier leur compagnie, et ce fut presque à regret que Nick finit par interrompre ses réminiscences pour annoncer qu'ils devaient partir.

Le regard de Rebecca brillait d'excitation tandis qu'ils remontaient la jetée pour rejoindre le parking.

— Et maintenant ? Nous filons droit chez le vieux Rudy ou nous attendons la nuit ? Vous autres, les soldats, vous partez toujours en reconnaissance de nuit, non ? Histoire de vous fondre dans les ténèbres ?

— Je veux déjà repérer l'endroit.

Comme elle ouvrait la bouche, il lui lança un regard sévère et assena :

— Juste moi. Tout seul.

— C'est nul ! Il se trouve que je suis très douée pour les repérages.

— Sûrement, mais là, il ne s'agit pas d'un reportage. Tu ne ferais que me ralentir.

— Je t'ai ralenti jusqu'ici ? demanda-t-elle aussitôt.

— Non, admit-il à contrecœur, mais ce n'est pas un repérage, c'est une reconnaissance. Les reconnaissances, je les fais en solo.

Rebecca s'arrêta net devant la Jeep. Quand elle croisait les bras de cette manière, le menton levé d'un air de défi, ses seins se pressaient l'un contre l'autre sous son débardeur blanc. La bouche de Nick se dessécha d'un coup ; il dut se retenir de plonger, ne serait-ce que des yeux, dans le vallon délicieux entre les bombements de chair crémeuse.

— Et je suis censée faire quoi en t'attendant ? lança-t-elle d'un ton rogue.

— La sieste, suggéra-t-il en se glissant derrière le volant. Ou lire un livre. Je suis sûr que tu trouveras à t'occuper.

— Je ne suis pas fatiguée, je n'ai pas de livre et, au cas où tu ne l'aurais pas remarqué, nous n'avons pas vu un seul motel en ville. Où proposes-tu que je m'installe pour m'« occuper » ?

Elle n'avait pas tort. Elle ne se trompait pas non plus sur les reconnaissances nocturnes : il aurait largement préféré aborder le repaire de Waverly de nuit. Une reconnaissance au grand jour, c'était plus que risqué, mais il n'avait pas le choix ! À tout moment, leur homme pouvait apprendre que des inconnus posaient des questions sur son compte. À la première alerte, il disparaîtrait et ils devraient reprendre la traque de zéro. Il n'était que 10 heures du matin, ils ne pouvaient pas se permettre de patienter neuf heures en se tournant les pouces.

Il lança le moteur, attendit que Rebecca monte à bord et concéda :

— Très bien. Nous y allons ensemble, mais tu restes dans la voiture.

Elle eut une grimace de contrariété, mais ne protesta plus. Il la dévisagea, abasourdi.

— Quoi ? fit-elle.

— Je rêve ou tu viens d'accepter ce que je te demande sans discuter ?

Il réprima un sourire et se mit à rouler dans la direction que le capitaine leur avait indiquée.

— Tu ne demandes jamais, Nick, tu ordonnes.

— Je ne suis pas comme ça, habituellement, soupira-t-il. Avec toi, je ne sais pas pourquoi, tout sort autrement.

— Vraiment ? Habituellement, tu n'es pas si autoritaire avec les femmes ?

Il fut surpris de voir qu'elle ne plaisantait pas. Elle semblait réellement s'intéresser à la réponse.

— Non. N'oublie pas que je suis un gentleman poli et respectueux.

— Autrement dit, c'est moi qui fais ressortir ton *p... trois petits points* de côté brusque et irrespectueux ?

— Je suppose, oui.

Ils sortaient déjà du petit bourg. Il enfonça l'accélérateur en riant. D'après le capitaine, le repaire de Waverly était tout proche, à moins de dix minutes, sur une route poussiéreuse qui plongeait droit dans la jungle.

Bientôt, une puanteur leur fit froncer le nez.

— Et voilà la décharge, annonça Rebecca en montrant le panneau de bois qui balisait le chemin d'accès. Qui choisirait de vivre près d'une décharge publique ?

— Le vieux Rudy aimait vivre dangereusement.

La formule la fit rire.

— Oui ! Dis donc, tu n'as pas trouvé que le capitaine en savait long sur Rudy ? C'était un peu flippant, non ?

— Pas vraiment, non. Rudy, c'était l'homme qui chuchotait à l'oreille des poissons. Une célébrité locale, avec ses fans et ses groupies !

Un nouveau rire mélodieux lui caressa l'oreille.

— Sûrement, dit-elle. J'aurais aimé le rencontrer. Il devait être intéressant, comme personna… Attends, tu as raté le chemin ! Le capitaine a dit de tourner à la clôture rouge.

Ce fut au tour de Nick d'éclater de rire.

— Parce que tu crois qu'on va prendre l'allée principale et sonner à la porte ? Mauvaise pioche, Red ! On n'arrive pas chez une cible en fanfare et avec une banderole !

Il rit encore et conclut :

— Je savais bien que tu serais nulle en reconnaissance.

Elle lui tira la langue.

— Quelle maturité, Red ! pouffa-t-il.

Cette fois, elle brandit son majeur.

— Encore plus mature !

Aïe, stop, alerte ! Il s'amusait beaucoup trop, il ferait mieux de se concentrer. Pas question de tout gâcher alors qu'ils touchaient au but. Il roula encore cinquante mètres et ralentit à un endroit où la végétation était particulièrement dense.

— Accroche-toi, dit-il. Ça risque de secouer un peu.

Elle n'eut pas le temps de répondre : il donna un coup de volant, la Jeep piqua droit sur le mur de verdure, le creva et déboucha dans le sous-bois, en bondissant à grands cahots sur le fouillis de lianes et de branches pourries qui couvrait le sol. La trouée se referma derrière eux, le soleil disparut dans l'épaisseur des feuillages ; ils se retrouvèrent au cœur d'un univers de verdure d'une vitalité stupéfiante.

Quelques instants plus tard, la Jeep s'arrêta en dérapant un peu dans une petite clairière. L'ombre, la verdure, les lianes fleuries… L'endroit semblait assez plaisant au premier abord, mais à l'instant même où Nick coupa le contact, un essaim de moustiques s'abattit sur le véhicule. Rebecca se mit aussitôt à se démener, s'appliquant des claques à tour de bras et maudissant les bestioles à sa façon bien particulière. Posément, il sauta à terre, saisit son sac à l'arrière, en sortit un spray puissant et une moustiquaire qu'il lui lança. Puis il entreprit de s'armer. Le Sig Sauer à sa ceinture, ainsi qu'un poignard dans son fourreau. Une deuxième arme à feu dans sa chaussure droite, un poignard Ka-Bar dans la gauche. Une fois prêt, il s'approcha de la portière et tendit à Rebecca un Beretta 9 millimètres.

— Tu sais t'en servir, non ?

Pour une fois, elle ne chercha pas à plaisanter.

— Je m'exerce au champ de tir tous les deux mois. J'ai un permis de port d'arme.

— Parfait. La sécurité est mise, ne la retire pas. Mets-toi au volant. Ne descends pas de la voiture quoi qu'il arrive. Si je ne suis pas de retour dans une heure…

Il vit ses yeux s'arrondir.

— Pourquoi est-ce que tu ne serais pas…

— Tu fileras d'ici. Retourne à l'aérodrome et appelle Tate. Il organisera ton voyage en Équateur. C'est compris ?

Elle hésita un instant, mais finit par hocher la tête.

— Cela dit, je reviendrai bientôt, lui assura-t-il.

— Tu as intérêt ! Je ne peux pas faire ça toute seule, Nick. N'oublie pas que tu es mon Watson.

Il se remit à rire et dut même lutter contre l'envie absurde de se pencher pour l'embrasser. Juste pour se porter chance ! La seule idée de ses lèvres pulpeuses cédant sous les siennes le transperça de désir. Il recula d'un pas.

— Ne bouge pas d'ici, répéta-t-il de sa voix la plus sévère.

— Oui, chef !

Il la laissa assise au volant, très droite et le regard inquiet, et s'enfonça entre les arbres.

Malgré l'épaisseur du sous-bois, il progressait rapidement ; d'instinct, il posait les pieds là où ses bottes ne feraient aucun bruit sur le sol spongieux. Sa formation, ses années d'expérience lui permettaient de se déplacer comme un fantôme.

Quelques centaines de mètres plus loin, la maison de Waverly parut entre les arbres. Une cahute bâtie d'un mélange hétéroclite de briques, de parpaings et de bois, avec un toit de tuiles rousses. L'aire devant la porte était nue, sablonneuse. Il ne voyait pas l'océan, mais sentait son souffle frais, chargé de sel et du parfum des algues.

Adossé à un arbre, il sortit son arme et examina longuement la maison. À travers les frondaisons, il distinguait une voiture à la carrosserie mangée de rouille. Le maître des lieux était donc chez lui… À moins qu'il ne soit sorti en barque. Il se glissa plus près en repérant soigneusement les lieux, les issues. De ce côté, une porte d'entrée, une fenêtre. Satisfait, il contourna la maison à distance, son 9 millimètres à la main. À l'arrière, une terrasse branlante, entourée d'une balustrade tout aussi branlante, prolongeait la cahute. Son regard se braqua sur une cannette de bière posée sur un poteau. Une cannette que l'on venait juste d'ouvrir : la condensation roulait encore sur l'aluminium.

Des pas ! Parfaitement immobile, camouflé sous les arbres, il vit clairement, de face, l'homme qui venait d'émerger sur la terrasse. Jackpot ! C'était bien Waverly. L'homme qui détenait la clé de l'énigme était devant lui, à portée de main.

Grand, très blond, vêtu d'un short kaki et d'un polo blanc, son exil volontaire ne semblait pas l'avoir abattu ; il paraissait en pleine forme. Le soleil du Costa Rica avait même donné un peu de couleur à son visage livide. Il tapotait furieusement sur le clavier d'un portable, l'air contrarié. Nick nota la grande baie vitrée derrière lui, la porte à la moustiquaire déchirée, puis il se fondit de nouveau sous les arbres. Un nouvel arc de cercle l'amena sur l'autre flanc de la maison, celui qu'il n'avait pas encore examiné.

D'ici, il voyait la mer. La petite maison se dressait à cent mètres, pas plus, de la grève rocailleuse. Il y avait d'abord une plage de sable noir volcanique, puis des roches, et une petite jetée de bois à laquelle était amarrée la barque à moteur du vieux Rudy.

Satisfait, il revint vers l'arrière de la maison. Waverly n'était plus sur la terrasse ; l'éclair d'un mouvement, derrière la vitre, lui confirma que l'homme était rentré chez lui. Pensif, il contempla la porte moustiquaire. Pourquoi repousser le moment d'agir ? La maison était isolée, les voisins les plus proches se trouvaient à des kilomètres. C'était risqué d'agir en plein jour, mais il comptait bien cueillir Waverly chez lui, à l'abri des regards. À moins que l'ancien aide de camp n'ait dix gardes de corps avec lui, armés de fusils d'assaut, il parviendrait facilement à le maîtriser. Et il ne croyait pas du tout à la présence de gardes du corps.

Il vérifia sa montre. Il ne s'était écoulé qu'un quart d'heure, l'opération ne prendrait pas longtemps ; si Waverly refusait de parler, il pourrait toujours l'attacher et retourner à la Jeep avant la fin du délai pour rassurer Rebecca.

Sa décision prise, il cala la crosse de son arme dans sa paume et émergea du sous-bois.

# 10

Les bras de Rebecca commençaient à s'engourdir à force de lancer des claques aux moustiques. C'était aussi usant qu'une séance de musculation. Ces fichues bestioles ne lui laissaient aucun répit ! Heureusement, la moustiquaire les empêchait d'atteindre son visage, et le spray dont elle était enduite semblait efficace : l'essaim vrombissait autour d'elle à lui donner envie de hurler, mais elle n'était quasiment plus piquée.

Voilà un quart d'heure que Nick l'avait laissée ici. Elle vérifiait l'heure toutes les dix secondes à l'écran du téléphone sécurisé, celui qui contenait les numéros de ses amis. Il avait beau dire, elle ne les appellerait pas. Pas question d'abandonner Nick ici ! S'il n'était pas de retour dans une heure, elle partirait à sa recherche. Elle le retrouverait, et elle le tirerait d'affaire.

La présence du Beretta sur ses genoux la rassurait un peu. Pour une fois, elle remerciait son père pour les leçons de tir qu'il l'avait obligée à prendre, tout au long de son adolescence. Il aurait tellement aimé avoir un garçon ! Il voulait emmener son fils à la chasse ou à la pêche et le voir lui succéder à la tête du cabinet d'avocats. Le pauvre avait dû se contenter d'une fille qui n'aimait pas la pêche et refusait de faire du droit. Une déception pour lui, et plus encore pour sa mère, car elle ne ressemblait pas non plus à une douce jeune fille sudiste. Elle était casse-cou, impertinente, osait tout et n'avait peur de rien.

*Bzzzzzzzz…*

Mais à quoi servaient ces moustiques ? Pour une fois,

l'évolution s'était trompée. Personne ne les regretterait s'ils cessaient d'exister du jour au lendemain, et tant pis s'ils faisaient partie de l'écosystème ou de la chaîne alimentaire ! Leurs prédateurs, s'ils en avaient, trouveraient facilement une autre solution !

*Bzzzzzzzz...*

Avec une exclamation excédée, elle aplatit le nouvel intrus d'une claque — un coup de feu lui répondit. Figée, le cœur battant, elle tendit l'oreille. Les secondes s'égrenèrent mais elle n'entendit plus rien. Elle avait beau fixer l'endroit où Nick s'était engouffré dans le sous-bois, il ne reparaissait pas. La panique la prit, lui enserrant la poitrine, menaçant de l'étouffer. Il y avait bien eu un coup de feu ? Elle n'avait pas rêvé ? Elle inspira à fond, gonfla ses poumons d'oxygène comme une femme au bord de la noyade, et s'ordonna de se détendre. Et, surtout, de réfléchir.

Bon, d'accord, elle avait entendu un coup de feu. Mais ça ne signifiait pas forcément que Nick était en difficulté. Il voulait peut-être...

*Peut-être quoi ? Il était seulement censé partir en reconnaissance ! Si tout allait bien, personne ne tirerait de coup de feu !*

Son cœur battait un rythme frénétique. Beretta en main, elle sortit de la Jeep. Le filet moustiquaire la gênait ; elle l'arracha, braqua son arme vers les arbres et écouta encore, aux aguets... Toujours aucun mouvement. Était-elle seule dans cette jungle avec ces horribles moustiques et les créatures invisibles qui froissaient parfois le sous-bois ?

Elle fit un pas en avant... et se souvint des instructions de Nick. « Quoi qu'il arrive »... Elle se figea en se mordant la lèvre. Un coup de feu, est-ce que ça comptait dans la catégorie des quoi qu'il arrive ? Probablement, mais elle ne pouvait pas rester sans agir. Et s'il était en danger ?

Voilà ce qu'elle allait faire : elle irait jeter un coup d'œil. Un simple coup d'œil sans conséquence. Elle s'approcherait discrètement de la maison, uniquement pour s'assurer qu'il allait bien. Si tout était normal, elle reviendrait à la Jeep et Nick ne saurait jamais qu'elle était partie.

Elle hocha résolument la tête et se mit en marche vers la maison de Waverly. Chaque fois qu'une brindille craquait sous ses Pataugas achetés au marché, elle sursautait, terrifiée. C'était si difficile de marcher sans bruit, alors que le sol était couvert de lianes, de branches, de feuilles de palmier séchées ! Tout ça faisait tant de froissements, de craquements, de grincements qu'elle avait l'impression de se déplacer avec sa bande-son personnelle.

Enfin, elle aperçut un éclair rougeâtre entre les feuillages : les tuiles d'un toit. Redoublant de prudence, elle s'approcha encore, se plaqua derrière un arbre et avança lentement la tête. De sa place, elle découvrait l'arrière d'une baraque délabrée, une terrasse, une porte ouverte, une baie sans rideaux. Rien ne bougeait, elle n'entendait pas le moindre son, ne voyait aucun signe de Nick.

C'était une bonne ou une mauvaise nouvelle ? S'il était toujours en train de repérer les lieux, il était normal qu'elle ne le voie pas. Mais alors, ce coup de feu ? Waverly se distrayait-il en faisant du tir à la cible de l'autre côté de la maison ?

Elle se mordit de nouveau la lèvre. Que faire, maintenant ? Entamer un circuit autour de la maison ou retourner à la voiture ? Elle n'avait pas encore décidé quand un second coup de feu retentit, tout proche. Nick ! Sans réfléchir, elle fonça vers la porte ouverte. Portée par l'adrénaline qui fusait dans ses veines, sans une seule pensée pour sa propre sécurité, elle s'engouffra dans la maison et remonta en trébuchant un couloir étroit en clignant des yeux, aveuglée par la pénombre après le grand soleil. Nick ! Où était Nick ? Avait-il reçu une balle ?

Elle paniquait de nouveau, mais continua sur sa lancée. Là, des coups sourds, des grognements masculins ! Le soulagement s'abattit sur elle, si violent qu'elle eut l'impression d'avoir été heurtée par un dix-huit tonnes. On se battait quelque part dans la maison… Donc Nick était toujours en vie.

Elle suivit les bruits et déboucha dans un petit living.

Nick, au sol, luttait furieusement avec un grand gars solide, très blond… Paul Waverly ! Ils haletaient, lançaient parfois un juron ; un claquement sourd souligna le choc d'un poing sur une mâchoire.

Affolée, dansant d'un pied sur l'autre, elle leva son arme, visa… mais n'osa pas tirer de peur de toucher Nick.

Quelques secondes plus tard, la question était réglée. Sans qu'elle comprenne comment il s'y était pris, Nick se dégagea, plaqua Waverly sur le ventre et l'enfourcha en pesant sur lui de tout son poids.

— Ne bouge pas ! gronda-t-il, menaçant.

Waverly cracha une insulte ; Nick lui enfonça le canon de son arme dans la nuque. Au même instant, les épaules de Nick se raidirent et il tourna brusquement la tête vers elle.

— Je t'avais dit de ne pas bouger ! clama-t-il avec un juron sonore.

— J'ai entendu un coup de feu et…

Sa voix s'éteignit. Clairement, l'heure n'était pas aux explications. En même temps, elle refusait de s'excuser de n'avoir pas suivi ses ordres ! Et s'il avait réellement eu besoin d'un coup de main ?

Il la foudroya du regard, mâcha un nouveau juron, puis haussa les épaules, résigné.

— Puisque tu es là, trouve-moi quelque chose pour attacher ce fumier.

Dix minutes plus tard, Waverly était sur une chaise, étroitement ligoté au gros adhésif. Rebecca en avait trouvé un rouleau dans la cuisine et il s'en était donné à cœur joie, emmaillotant son adversaire des épaules aux genoux. Intérieurement, il fulminait. Une fois de plus, Rebecca n'en avait fait qu'à sa tête et, maintenant, sa présence le gênait pour une raison très différente. Qui sait ce qu'il allait devoir faire pour forcer Waverly à parler ? L'idée d'appliquer des méthodes de persuasion, disons, *appuyées* devant elle le dérangeait beaucoup. Il était peut-être rétrograde, mais il estimait qu'il fallait protéger les femmes, les tenir à l'écart des situations risquées ou pénibles. Comme une éventuelle séance de torture par exemple !

Bien entendu, quand il se tourna vers elle pour lui demander de quitter la pièce, elle se contenta de croiser les bras en assenant :

— Même pas dans tes rêves ! Je n'irai nulle part.

L'homme lié sur sa chaise eut soudain un hoquet de saisissement. Il la regardait fixement depuis son arrivée et venait seulement de la reconnaître.

— C'est… Vous êtes Rebecca Parker, postillonna-t-il en écarquillant ses yeux bleus de glace. Qu'est-ce que…

— La ferme ! lança sèchement Nick. C'est moi qui pose les questions.

— Va te faire foutre !

Nick posa sur lui un regard de haine. Ce connard avait failli lui exploser la tête avec son premier coup de feu. Il était tout de même obligé de lui accorder un bon point : Waverly avait réussi à le prendre par surprise.

Il n'avait pas trahi par un seul geste, un seul regard, qu'il se savait surveillé. Et pourtant, à la seconde même où Nick entrait, il avait jailli d'une porte, une arme à la main. Une chance qu'il ne sache pas viser ! Il n'avait eu droit qu'à une seule tentative, car Nick l'avait aussitôt désarmé, mais il était bâti comme un rugbyman, prêt à se battre ; il lui avait donné du fil à retordre. Et maintenant, au moment de le faire passer aux aveux, la présence de Rebecca se révélait importune.

— Vous êtes qui ? demanda Waverly, hostile.

— Devine, suggéra Nick avec un mauvais sourire.

Le visage de l'homme vira au rouge brique.

— Si je le savais, je ne demanderais pas ! Ils t'ont envoyé pour me descendre, c'est ça ?

— « Ils » ?

— Tu sais très bien de qui je parle !

Le regard de Waverly revint sur Rebecca et son assurance vacilla.

— Mais elle, qu'est-ce qu'elle fait là ? Tu ne peux pas me descendre devant une journaliste.

— Personne ne va tuer personne…

Nick s'interrompit un instant, puis reprit :

— Enfin, pas pour l'instant. Tu vas commencer par me dire tout ce que tu sais. Ensuite, je déciderai si je te laisse vivre.

— Tu es qui ? répéta Waverly, plaintif.

— Un collègue de Sebastian Stone.

L'autre blêmit sous son coup de soleil.

— Stone ?

— Oui. Tu sais bien, le type que tu as cherché à contaminer avec un virus mortel !

Nick avait repris son sourire effrayant. Il y eut un long silence, puis Waverly reprit son souffle et son regard se ternit.

— Tu es l'un des trois soldats qui ont disparu dans la nature.

— Il a gagné un cigare !

Nick s'appuya contre l'affreux canapé fleuri en passant et repassant distraitement le canon de son arme sur sa cuisse.

— Bon, tu sais qui je suis, c'est un bon début. Maintenant, dis-moi qui a fait éliminer mon unité.

Waverly le contempla sans répondre.

— Allez, l'encouragea Nick. Un petit effort, Paul, ou William, ou tous les noms que tu voudras te donner. On ne joue plus. Qui a décidé de notre mort ?

Toujours un silence buté.

— Qui a décidé que ce serait une bonne idée de créer le virus Méridien et de le tester au San Marquez ?

— Je ne dirai rien, s'obstina son prisonnier. Vas-y, tue-moi. De toute façon, je suis mort.

— Ah ? Explique.

— Si je parle, ils le sauront. Ils me traqueront et me tueront, mais ils feront durer, ils me feront mal…

Sa pomme d'Adam montait et redescendait convulsivement.

— Alors vas-y. Tire. Au moins, avec toi, ce sera rapide.

— Tu crois ça ? demanda Nick tout bas.

De sa place, près de la porte, Rebecca laissa échapper un hoquet de saisissement. Sans un regard pour elle, Nick leva son arme et braqua un regard de loup sur l'homme lié à sa chaise.

— Tu me sous-estimes, Paul. Vois-tu, je ne suis plus l'homme que j'étais il y a un an. Un homme armé s'est introduit chez moi sous couvert d'un cambriolage et, depuis, je suis en fuite. Une cavale aussi longue, ça vous change en profondeur.

Lentement, il s'approcha de lui.

— Crois-moi, je ferai tout ce qu'il faudra pour obtenir des réponses.

— Sûrement pas. Tu es un soldat ! bredouilla faiblement Waverly. Un homme d'honneur ! Tu n'irais pas jusqu'à me torturer !

— Tu n'as plus l'air si sûr de ton fait.

— Je... Mais si !

Les yeux bleu pâle, affolés, se tournèrent vers Rebecca.

— Tu ne feras pas ça devant elle. Tu ne pourras pas.

— Là, tu n'as pas tort, convint Nick.

Avec un sourire cordial, il se tourna vers Rebecca.

— Chérie, tu veux bien nous laisser seuls un petit moment ? Va donc te promener sur la plage.

Elle ouvrit de grands yeux blessés, mais n'objecta pas, ne recula pas non plus. Jamais il n'aurait imaginé qu'il puisse exister une femme comme elle !

— Je peux rester, si tu veux, dit-elle très bas.

— Non, Red, crois-moi, tu ne veux pas voir ce qui va se passer.

Quand elle se détourna, Waverly hurla :

— Attendez !

Elle s'immobilisa ; Nick s'interdit de sourire.

— Dis-lui de rester, supplia Waverly. Je... Je te dirai tout, tout ce que tu voudras. Demande-lui juste de rester.

Tiens tiens ! La présence de Rebecca avait donc ses avantages ?

— Tu entends, Red ? Ce monsieur apprécie ta compagnie, lança-t-il, moqueur.

— On le dirait, convint-elle avec un pâle sourire.

Elle le rejoignit près du canapé. Il percevait clairement son malaise, mais elle jouait le jeu, son expression ne trahissait rien. Ils se tournèrent tous deux vers Waverly, qui avait repris quelques couleurs.

— Que voulez-vous savoir ? demanda-t-il, vaincu.

— Je te l'ai déjà dit, articula froidement Nick. Je veux un nom.

Un éclair indécis s'alluma dans les yeux du prisonnier. Il hésitait encore.

— Un nom, Paul ! gronda Nick. Dis-moi qui a ordonné mon assassinat et celui de mes équipiers. Qui a fait créer ce virus. Qui…

— Barrett ! Voilà, tu es content, maintenant ? Le nom que tu veux, c'est Kirk Barrett. Le secrétaire à la Défense.

# 11

Un frisson glacé lui courut dans le dos. Paralysé, il fixa son prisonnier, le visage impassible. Il ne pouvait pas assimiler ce qu'il venait d'entendre. C'était inconcevable.

— Non, articula-t-il enfin. Je ne te crois pas.

— C'est la vérité ! C'est le secrétaire qui a tout organisé. Sur la vie de ma mère !

Non. Ce n'était pas possible, il mentait. Son père ne pouvait pas… Il n'avait rien à voir dans cette histoire. Et si c'était vrai, pourtant ? À cette seule idée, son corps se couvrit d'une sueur glacée. Le Sig Sauer faillit glisser de sa main.

— Dis-moi tout, ordonna-t-il. Depuis le début.

Waverly avala bruyamment sa salive.

— Le Projet Bélier a démarré il y a deux ans. J'étais détaché dans deux services à l'époque, aide de camp de Brent Davidson et de Fred Mc Avoy, le…

— L'adjoint du secrétaire à la Défense, compléta Rebecca avec impatience.

— Mc Avoy est impliqué aussi ?

— C'est lui qui m'a contacté ! Il m'a dit qu'avec le secrétaire, ils n'admettaient plus l'attitude du président Howard sur la question du terrorisme. Qu'ils le trouvaient trop mou, qu'il ne prenait pas assez de précautions pour préserver le pays d'une nouvelle attaque. Mc Avoy m'a alors parlé d'une initiative top-secret, une mesure extrême pour empêcher une nouvelle attaque terroriste sur le sol américain. Le Département unissait ses forces pour nous doter de toutes les armes nécessaires pour mener la guerre contre le terrorisme.

— Autrement dit, des armes biologiques, soupira Rebecca.

Waverly fit oui de la tête.

— Il ne m'a pas donné de détails, les premiers temps, mais m'a chargé des communications avec Richard Harrison, le chercheur de D&M Initiative. Le labo avait décroché le contrat, ils devaient expérimenter divers agents biologiques et développer une arme à action rapide, facile à diffuser parmi les populations.

Nick sentit son visage se figer.

— C'était ça, votre protection contre le terrorisme ? Le virus Méridien ? Vous nous attaquez, on éradique la population de votre pays ? Vous avez déjà vu des terroristes se préoccuper du sort des populations ?

Fébrile, Waverly faisait à la fois oui et non de la tête.

— C'était imparable ! Harrison y a travaillé plus d'un an. Puis le moment est venu de tester le produit... Barrett et McAvoy savaient qu'on ne pourrait pas le faire sur le territoire US...

Chaque fois qu'il prononçait le nom de son père, Nick accusait le coup. C'était comme prendre une balle en pleine poitrine. Au regard de compassion que lui lança Rebecca, il sut qu'il ne parvenait pas à masquer sa réaction.

— Alors ils ont passé un accord avec le gouvernement du San Marquez, conclut Waverly. Nos troupes devaient contenir les rebelles ULF et aider le pays à retrouver la prospérité ; en échange, ils sacrifieraient quelques villages isolés au nom de la sécurité nationale. Votre unité n'aurait jamais dû être envoyée dans ce village, c'était un raté. Harrison a réussi à lancer un SOS avant que les rebelles ne mettent la main sur lui, il y a eu un cafouillage au niveau des communications de l'armée. Ce n'était pas vous qui deviez aller là-bas.

— Mais puisqu'on nous y avait envoyés, il fallait nous faire taire, c'est ça ? demanda amèrement Nick.

Waverly laissa échapper un gros soupir de lassitude.

— Le secrétaire a estimé que c'était indispensable.

Nick serra les dents pour ne pas l'agonir d'insultes. Son père, ordonner l'assassinat de son propre fils ? Impensable ! Kirk Barrett les aimait, Viv et lui, il avait toujours fait son possible pour les protéger. Il se mettrait à croire aux licornes avant d'admettre un seul instant que son père ait pu charger quelqu'un de le tuer.

Au prix d'un effort qui gonfla les veines de son cou, il se maîtrisa et se contenta de demander :

— Et quand Sebastian Stone était au Pentagone, on t'a chargé de lui donner la bouteille d'eau contaminée ?

— Oui…

Le remords voilait les yeux clairs de leur prisonnier.

— Je ne voulais pas le faire. Quand ils… Quand ils m'ont donné la bouteille, j'en étais malade. Je ne suis pas un assassin, il faut me croire, mais la sécurité du pays était en jeu ! Ils m'ont dit que Stone, enfin que tous les trois, vous vouliez vous venger. Que vous alliez révéler le rôle du Ministère dans la crise du virus. Nous ne pouvions pas laisser faire ça ! Le gouvernement ne se serait jamais relevé du scandale !

— Oui, surtout pas de scandale, glissa Rebecca, lourdement ironique. C'est beaucoup plus raisonnable d'assassiner tous ceux qui sont au courant !

Nick secoua la tête et demanda d'une voix ferme :

— Je veux être sûr de bien comprendre… Tu es en train de me dire que le secrétaire à la Défense *en personne* t'a remis un échantillon du virus, en t'ordonnant de contaminer le sergent Stone ?

Waverly hésita.

— Non, c'est Mc Avoy qui m'a donné la bouteille, mais il suivait les ordres de Barrett. Il me l'a dit.

Nick releva la tête, soudain alerté. Les pièces du puzzle commençaient à s'assembler.

— Tu as traité avec Mc Avoy depuis le début ? Tu n'as jamais parlé du projet avec qui que ce soit d'autre ?

— En effet, parce que Barrett ne pouvait pas se compromettre. Son lien avec le projet devait rester secret, Mc Avoy m'a ordonné de ne jamais communiquer directement avec lui.

Comme c'était commode ! Nick respira plus librement. Celui qui donnait les ordres, remettait l'eau contaminée à Waverly, lui ordonnait de ne pas communiquer avec son père… Ce serait donc Fred Mc Avoy ? Lui seul aurait mené le Projet Bélier ? Nick ne le connaissait pas très bien, mais il avait souvent entendu son père chanter ses louanges, en le décrivant comme un homme totalement dévoué à son pays. Comme Barrett Père, Mc Avoy attachait une grande importance à la défense de la nation ; s'il pensait œuvrer pour celle-ci, il était concevable qu'il ait ordonné le développement d'une arme biologique.

— Voilà, c'est tout, soupira Waverly.

Il semblait épuisé, sa tête s'inclinait comme s'il n'avait plus la force de la tenir droite. Nick jeta un coup d'œil à Rebecca ; son regard vert était braqué sur lui, attentif, un peu méfiant.

— Et maintenant ? demanda-t-elle. Qu'est-ce qu'on fait de lui ?

Il réfléchit un instant.

— Je suppose qu'on appelle le département de la Défense. On les prévient qu'on a retrouvé leur aide de camp.

— Non ! s'écria Waverly en se redressant convulsivement. S'ils découvrent où je suis, je suis mort !

— S'ils voulaient ta mort, ils ne t'auraient pas exfiltré de Washington, répliqua froidement Nick.

— Personne ne m'a exfiltré ! Un homme de main m'attendait chez moi, quand j'ai quitté le Pentagone ce jour-là.

La voix de Waverly chevrotait, il semblait anéanti par cette trahison.

— Je ne savais plus quoi faire. Jusque-là, je n'étais que la petite main qui passait les coups de fil au Dr Harrison, mais après avoir reçu l'ordre d'éliminer Stone, j'étais mouillé à fond, un assassin. Du coup, je devenais compromettant à mon tour et ce fumier de Barrett ne voulait plus aucun contact avec moi. Avec eux, c'est la politique de la terre brûlée !

En menant des interrogatoires pour les Forces Spéciales, Nick avait développé une sorte de radar. Si on lui mentait, il le sentait généralement très vite. Or, Waverly lui semblait tout à fait sincère, il croyait dur comme fer à ce qu'il disait. À ses yeux, son père était bien responsable de toute l'affaire.

Parce que Mc Avoy avait tout orchestré pour donner cette impression, ou parce que son père était réellement coupable de ce crime odieux ? L'étau se resserra autour de sa poitrine. Non, bien sûr que non ! Son père ordonnant la création d'un virus mortel, puis autorisant un test sur une population innocente… ça ne collait déjà pas. Mais son père ordonnant qu'on l'élimine, lui, c'était franchement grotesque ! Maintenant… il ne restait plus qu'à le prouver.

— Donne-moi une seconde, murmura-t-il à Rebecca en prenant son portable.

Il sortit dans le couloir et composa le numéro de Tate. Quand celui-ci décrocha, il ne perdit pas de temps en préliminaires.

— J'ai Waverly. Il est ligoté sur une chaise dans la pièce à côté.

Le rire bourru de Tate éclata à son oreille.

— Bon boulot, Nicky !

— J'ai terminé son interrogatoire. Maintenant, il faut décider ce qu'on fait de lui. Il jure que le rôle qu'il a joué l'a transformé en cible à son tour, et il crève de trouille de se faire descendre par ses commanditaires.

Il plongea les doigts dans ses cheveux avec un soupir excédé.

— On peut peut-être en faire un témoin protégé. Si la Justice passe un marché avec lui, une réduction de peine en échange d'un témoignage, il marchera sûrement. Il est prêt à tout pour rester en vie.

— Il t'a donné un nom ?

— Oui.

Nick hésita une fraction de seconde, et lança :

— Le secrétaire à la Défense. Kirk Barrett.

Tate reprit bruyamment son souffle.

— Tu sais quoi ? Ça ne m'étonne même pas. Barrett est limite obsédé par la défense du pays, et c'est…

— Mon père.

Un lourd silence s'étira sur la ligne. Enfin, Tate articula :

— Quoi ?

— Kirk Barrett est mon père, Tate.

Cette fois, le silence fut plus bref.

— Tu ferais bien de t'expliquer, Nicky.

Rebecca s'approcha de la porte moustiquaire. Il y avait trois heures maintenant que Nick était sur la terrasse, plongé dans de sombres pensées. Il n'avait quasiment plus dit un mot depuis que Waverly avait lâché sa bombe ; l'idée que leur adversaire mystérieux puisse être son propre père le démolissait de l'intérieur.

— Il y a du nouveau ?

La question, lancée d'une voix sèche, la fit sursauter. Planté comme une sentinelle, le dos tourné, il avait détecté sa présence avant qu'elle puisse s'annoncer. Elle poussa la porte et s'approcha de lui.

— Et toi, tu as des nouvelles de Davidson ?

— Pas depuis qu'il a rappelé en demandant un itinéraire pour les agents fédéraux qu'il nous envoie.

Elle ravala un frisson. Ils ne pouvaient pas quitter la maison avant que les agents aient pris Waverly en charge, et elle avait peur, tout simplement. Nick avait beau lui assurer que Brent Davidson, leur contact au Département de la Défense, était digne de confiance, elle ne voyait pas comment ils pouvaient se fier à lui. Davidson travaillait sous les ordres de Mac Avoy et du père de Nick ; comment savoir s'il ne trempait pas jusqu'au cou dans l'affaire, lui aussi ? Comment savoir si les hommes qu'il leur enverrait n'auraient pas pour mission de les faire taire ?

— Waverly continue à se lamenter ? demanda Nick.

— Oui. Maintenant, il veut manger. Je suis venue te demander ce que tu voulais pour le déjeuner.

— Parce que tu sais faire la cuisine ?

— Si les sandwichs comptent comme de la cuisine, la réponse est oui.

Il ne sourit même pas. Il était encore plus bouleversé qu'elle l'avait cru. Le cœur serré, elle couvrit sa main de la sienne.

— Tu vas devenir fou, si tu continues à te torturer. Tu ne peux tirer aucune conclusion de ce que dit un type pareil. Attends qu'on ait parlé à ton père, d'accord ?

Frappée par une idée subite, elle demanda :

— C'est bien le plan, non ? On file droit à Washington pour lui parler ?

Nick approuva d'un signe de tête, ajoutant d'une voix préoccupée :

— Je n'ai pas vu mon père depuis plus d'un an. Je ne sais même pas ce qu'on a pu lui dire sur moi.

Elle ouvrit la bouche pour répondre… et se ravisa. Bien entendu, ce revirement ne passa pas inaperçu.

— Quoi ? demanda-t-il aussitôt. Tu sais quelque chose. Explique.

— Ce n'est rien, protesta-t-elle en se maudissant intérieurement. Juste… Non, ça n'a aucune importance.

— Dis-moi ce que tu sais, Rebecca !

— Je… Bon. Tu sais que j'avais demandé à Harry de se renseigner sur toi. Il a alors contacté un ami dans l'armée pour lui demander de jeter un coup d'œil à ton dossier militaire. Officiellement, tu as été libéré l'année dernière.

Un pli profond creusa le front de Nick. Elle enchaîna :

— Une autre source affirme que, depuis cette date, tu fais de la voile aux Caraïbes.

Nick laissa échapper un rire dur.

— C'est la version officielle ?

— Ouais.

— Sans être venu voir ma famille, sans leur avoir donné de nouvelles ? Mon père ne gobera jamais ça. Il… Il a sûrement compris qu'il m'est arrivé quelque chose, il cherche à retrouver ma trace…

Ennuyée, Rebecca dut se résoudre à l'interrompre.

— C'est lui qui a donné la version Caraïbes à la source de Harry. Ton père en personne.

— Quoi ?

— La source de Harry travaille au Pentagone. Il a demandé de tes nouvelles à ton père, et voilà la réponse qu'il a obtenue.

Le visage de Nick se ferma, il ne répondit rien. Rebecca en eut mal pour lui. Elle devinait bien ce qu'il pensait : Barrett Père se comportait comme s'il ne se passait rien de particulier, comme s'il savait où était son fils… Pourquoi mentait-il ?

— Il croit peut-être vraiment que tu es en voyage, suggéra-t-elle sans conviction. Si c'est ce qu'on lui a dit.

— Il sait très bien que je ne resterais pas près d'un an sans le contacter. Il a forcément compris que j'étais en difficulté.

Il s'interrompit un instant et reprit :

— Il fait peut-être semblant d'accepter cette version, tout en menant discrètement ses propres recherches ?

Rebecca réprima un soupir. Elle n'avait pas le cœur de le contredire, il avait trop besoin de croire que son père était du côté des justes. Quant à elle, elle fréquentait les milieux politiques depuis trop longtemps. À ses yeux, personne à Washington n'était réellement innocent.

— Nous en saurons plus quand nous lui parlerons, dit-elle avec douceur. Et puisqu'on en parle, comment allons-nous nous y prendre pour le rencontrer ? Il doit être très difficile à approcher, et les assassins sont toujours à nos trousses.

Des assassins qui pouvaient avoir été lancés sur leur piste par le secrétaire à la Défense… Elle ne le précisa pas, se contentant d'ajouter :

— Nous ne pourrons pas rentrer à Washington comme des fleurs, sans prendre de précautions. Tu as parlé à Davidson de nos projets ?

— Oui, mais on peut lui faire confiance. Personne ne sera au courant de notre retour.

— Davidson est sous les ordres de Mc Avoy et de ton…

Elle s'interrompit net et corrigea aussitôt :

— Il travaille pour le Département de la Défense, il peut très bien être de mèche avec X. Et même s'il est innocent, comment va-t-il s'y prendre pour cacher notre présence ?

— Il fait partie de la commission d'enquête mise en place pour enquêter sur le virus Méridien. Identifier X est devenu une question de sécurité nationale, et Davidson prend son rôle très au sérieux. Il tient autant que nous à mettre la main sur le responsable. Il ne va pas saborder nos recherches en prévenant qui que ce soit de notre présence !

C'était bien beau, mais ça ne suffisait pas à la convaincre. Si Mc Avoy avait pu jouer double jeu, pourquoi pas Davidson ?

— Je serais tout de même plus rassurée de mener une enquête indépendante. Je refuse de me plier à je ne sais quelles consignes au nom de la défense nationale ; on vous explique au bout d'un moment, très gravement, qu'il faut enterrer l'affaire pour le bien du pays. Je ne veux répondre de mes actes à personne, ni à ton pote Davidson ni aux agents qui vont venir ici. Allons à Washington par nos propres moyens, sans l'assistance des Fédéraux !

Comme il semblait réfléchir à sa proposition, elle insista :

— Je t'en prie, Nick ! Je me sentirai beaucoup mieux si nous continuons en solo.

— Moi aussi. Nous n'allons pas rentrer avec les hommes de Davidson. Manuel nous rapatriera à Miami et nous trouverons un autre vol pour Washington.

Elle se hérissa, outrée.

— Tu ne pouvais pas le dire tout de suite ? Il fallait que je te supplie ?

Les lèvres de Nick se retroussèrent. C'était son premier vrai sourire depuis leur arrivée chez Waverly. Soulagée, elle se détendit.

— Oui ! J'aime bien t'entendre argumenter. C'est aussi bien que tes émissions.

Ce fut plus fort qu'elle : elle éclata de rire. Un instant plus tard, le sourire de Nick s'éteignit et elle vit le chagrin renaître dans ses yeux couleur de miel brun.

— Nick, nous allons découvrir la vérité, dit-elle avec force. Et si ton père est mêlé à cette histoire…

— Il ne l'est pas !

— S'il l'est, nous gérerons la situation.

Spontanément, elle lui caressa la joue. Tendrement. Elle ne songeait qu'à le réconforter, mais l'attirance électrique, mise en veilleuse par les derniers événements, jaillit de nouveau, incandescente. Une vague de désir se dilata dans son ventre ; délicatement, elle promena les doigts sur la barbe rugueuse qui lui ombrait les joues, caressa du pouce sa lèvre inférieure, si douce, si délicieusement sensuelle. Quand elle bascula dans son regard, la chaleur qui l'illuminait s'engouffra dans son cœur.

Cette fois, il ne s'écartait pas, ne repoussait pas sa main : il acceptait sa caresse. Encouragée, elle se haussa sur la pointe des pieds et pressa ses lèvres sur les siennes dans le plus doux, le plus tendre des baisers. Stratégie de séduction, mais aussi réconfort et gage d'amitié. Elle comptait reculer sans insister, mais elle n'avait pas prévu la réaction de Nick.

Avec un grondement sourd, il la happa dans ses bras et se mit à lui dévorer la bouche. Il l'embrassa à lui faire perdre la raison ! Étourdie, elle sentit ses genoux se dérober sous elle. Comme elle vacillait, il la serra plus étroitement contre lui. Offerte, sans forces, elle eut alors la sensation de se liquéfier contre la paroi indestructible de sa poitrine.

Cet homme savait embrasser comme personne !

Il inclina la tête sur le côté pour mieux s'emparer de sa bouche ; un son étouffé lui échappa, ses mains glissèrent le long de ses flancs, la saisirent aux hanches. Il la plaqua contre lui en pressant son sexe gonflé dans le berceau de ses cuisses.

De très loin, elle s'entendit gémir. Jamais elle n'aurait imaginé… Il était si réservé, si courtois qu'elle avait supposé que s'ils cédaient au désir, ce serait forcément elle qui mènerait la danse. Pas du tout ! Il contrôlait tout et elle ne pouvait que suivre, étourdie, consumée par une stupéfiante envie de lui.

Quand enfin il mit fin à leur baiser, elle gémit de nouveau — de déception.

Ils haletaient tous deux, et elle voyait battre le pouls au creux de la gorge bronzée de Nick. Elle avala péniblement sa salive, encore abasourdie par la violence délicieuse de ce baiser et par la façon dont il l'avait dominée.

— Ça n'entrait pas dans ma stratégie de séduction, chevrota-t-elle. Je cherchais juste à te réconforter.

— Je sais, dit-il d'une voix enrouée.

Les battements de son cœur ne s'apaisaient pas. Elle s'entendit lancer :

— Je…

*Je quoi ? Je veux recommencer ?* Elle était incapable de cette franchise. Dans les yeux magnifiques de Nick, la passion se ternissait déjà, emportée par un nouvel assaut de tristesse.

— Rebecca…

Elle devina qu'il allait lui faire ses excuses, lui promettre qu'ils ne s'embrasseraient plus. Elle refusait de l'entendre ! Elle lui coupa donc la parole en lançant, avec un large sourire :

— Viens. Il faut nourrir notre prisonnier.

Les Fédéraux envoyés par Brent Davidson arrivèrent en milieu d'après-midi. Polis, pressés, ils semblaient exclusivement préoccupés par la logistique du transport de leur témoin. Ils ne leur mirent aucunement la pression pour les inciter à rentrer aux States à bord du jet du ministère. Rassurée, Rebecca se montra très cordiale. Les agents ne firent aucun commentaire sur sa présence ; l'un d'entre eux lui avoua juste qu'il était un fan de ses émissions.

Le temps de rallier l'aérodrome de Javier dans leur Jeep louée, l'après-midi tirait à sa fin. Heureusement, Manuel et son Cessna patientaient déjà dans le hangar et ils purent décoller presque aussitôt.

Nick fut très silencieux pendant le trajet du retour, un vol de deux heures pendant lequel Rebecca dut se distraire toute seule. Le souvenir (ou plutôt l'onde de choc) de leur baiser tournait en boucle dans sa tête. Chaque fois qu'elle glissait un regard vers le profil stoïque de son voisin, elle devait lutter contre l'envie de se jucher sur ses genoux pour l'embrasser de nouveau.

Une réaction un peu excessive ! Depuis quand un simple baiser lui faisait-il un tel effet ? Et puis, entre son côté gentleman et ses efforts pour l'écarter de la part la plus active de leur enquête, Nick n'était pas du tout son genre ! Toute jeune, elle était sortie avec des hommes comme lui à Atlanta : des garçons très traditionnels, pour qui la place des femmes était à la cuisine, enceinte de préférence. Non, si elle voulait être juste, Nick ne semblait pas vraiment misogyne, mais elle sentait très clairement qu'il détestait sa façon d'aller au-devant du danger.

Or, le danger faisait partie de son métier. Elle n'y pouvait rien, c'était le job. Le seul moyen de cesser de courir des risques serait de démissionner, et elle ne renoncerait pas à sa carrière. D'ailleurs… Elle se posait là des questions fichtrement prématurées !

Renoncer à sa carrière… Pour lui ? Ils ne sortaient même pas ensemble ! Ils s'étaient embrassés une seule fois, et si Nick avait son mot à dire, ça n'irait pas plus loin. À quoi bon recenser leurs incompatibilités ?

Ils atterrirent à Miami peu après 18 heures. Nick passa plusieurs coups de fil et ils se rendirent à un autre aérodrome privé où il négocia l'étape suivante avec le pilote d'un avion de fret. En le regardant tendre à l'homme une liasse de billets, elle ne put s'empêcher de se demander combien il avait dépensé depuis qu'il était en cavale. Ces avions, ces armes, ces maisons devaient lui coûter une fortune ! Enfin… Pour l'héritier de la compagnie pétrolière Barrett et des hôtels Prescott, le mot « fortune » avait certainement un sens un peu différent que pour elle.

Le second vol fut plus rapide que le premier, mais il faisait tout de même nuit noire quand ils entamèrent leur approche.

Ils devaient atterrir sur la piste d'un club d'aviation à la périphérie de Washington.

Penchée vers son hublot, Rebecca contempla les lumières étincelantes de la ville, le Washington Monument, et le halo argenté du Capitole.

— Ô doux foyer, ironisa Nick.

Lui aussi, il avait une relation amour-haine avec la capitale ? D'un côté, ce nid à scandales était le rêve de toute journaliste ; de l'autre, face à tant de corruption, il était parfois difficile de préserver sa foi en l'humanité. Son propre optimisme n'y avait pas résisté ; par moments, elle se souvenait avec tristesse de ses anciennes certitudes. Quelle naïveté d'avoir cru si longtemps que la vérité finissait toujours par s'imposer !

— Je prends ton sac, murmura Nick quand l'avion s'immobilisa.

Elle lui passa le gros sac trouvé sur le marché au Costa Rica, passa la lanière de son sac à main de toile à son épaule et accepta la main qu'il lui tendait pour descendre de l'appareil. À sa grande surprise, un taxi les attendait.

— Quand as-tu commandé un taxi ? s'écria-t-elle.

— Pendant que tu faisais ta conférence sur les tortues de mer à Javier.

L'ombre d'un sourire passa sur ses lèvres. Parce qu'il avait si peu souri aujourd'hui, elle sentit une chaleur fugitive s'épanouir dans sa poitrine.

— Baisse la tête, ajouta-t-il. Je ne veux pas que le chauffeur te reconnaisse.

— J'en ai autant pour toi.

Ils rejoignirent la voiture, saluèrent leur chauffeur ; elle fit un effort pour détourner la tête, le regard rivé au sol comme un moine trappiste… Ou comme une femme fascinée par ses Pataugas.

— Monsieur et Madame Jones ? s'enquit le chauffeur asiatique.

— C'est ça, répondit Nick d'un ton léger.

Rebecca se glissa sur la banquette arrière avec un énorme

bâillement. Au fond, elle n'avait pas cessé un seul instant de voyager depuis sa rencontre avec Nick au Cortega, trois jours plutôt. Seulement trois jours ? Oh ! Dormir douze heures d'affilée dans un vrai lit ! Prendre une douche…

— Fatiguée ? murmura Nick.

— Je n'en peux plus.

— Tu peux t'appuyer contre moi pour te reposer un peu, proposa-t-il avec gentillesse.

Elle sentit son cœur trébucher. Depuis combien de temps ne s'était-elle pas blottie contre un corps masculin ? Presque deux ans ! À l'époque, elle sortait avec Jonas, le dernier de sa liste de mauvais garçons, un type détestable, finalement. Depuis, plus une seule relation sérieuse, même si elle s'était offert une semaine de bon temps avec un expert du lobbying. Un vrai crétin, encore une fois. Pourquoi gravitait-elle systématiquement vers le même genre d'homme ?

Pas cette fois. Cette fois, elle craquait pour un homme si absurdement gentil que c'en était presque louche. Nick était probablement trop beau pour être vrai. Elle posa la tête sur son épaule solide et s'endormit en pensant que c'était ridicule d'analyser ce qu'elle éprouvait pour lui. Juste avant de s'assoupir, elle crut sentir les lèvres de Nick lui effleurer les cheveux.

L'arrêt de la voiture la réveilla en sursaut. Les paupières battantes, la bouche sèche, elle se tourna vers la vitre et vit qu'ils étaient garés devant un petit hôtel dans le quartier du Capitole. Nick paya le chauffeur et la poussa à l'intérieur, sans lui laisser le temps de s'éveiller vraiment. Elle comprit sa hâte : ils risquaient gros à se montrer dans un lieu public. Ils étaient tous deux trop faciles à identifier.

À la réception, elle découvrit que Nick avait déjà réservé par téléphone — pendant qu'elle discourait sur le sort des tortues de mer, probablement. Son talent d'organisateur ne la surprenait plus, mais quand on leur confia la carte magnétique qui ouvrirait leur porte, elle réalisa que le préposé de l'accueil parlait au singulier. Une seule porte, une seule chambre… Pour eux deux.

Logique. Il fallait maintenir la fiction « M. et Mme Jones », et la situation offrait des avantages inattendus. Tandis que l'ascenseur les emportait au deuxième étage, la petite voix, dans sa tête, ne cessait de scander *Une chambre, Un lit*. Pour Nick et elle. Ses projets de séduction, mis de côté depuis que Waverly avait accusé le père de Nick, revenaient sur le devant de la scène. Entre-temps, il y avait eu ce baiser explosif… Le moment était peut-être venu de s'intéresser de nouveau à la question.

— Alors, on s'y prend comment ? demanda-t-elle quand Nick laissa choir leurs sacs sur la moquette blanche de la chambre. Tu as un moyen de transmettre un message à ton père ? Tu peux contacter quelqu'un qui a ses entrées au Pentagone ?

Nick s'assit sur le bord du grand lit et sortit son portable.

— Je peux l'appeler, tout simplement.

— Attends, non ! Et si sa ligne est sur écoute ?

— Cette ligne ne l'est pas.

Horrifiée, elle le regarda composer un numéro. *P… trois points de suspension*, il ne savait donc pas qu'à Washington tout le monde, absolument tout le monde, était sur écoute ?

— Comment sais-tu que la ligne est sûre !

— Parce que personne d'autre ne connaît ce numéro, répondit-il d'un petit air patient qu'elle trouva très vexant. Chérie, mon père est le secrétaire à la Défense ! Les précautions, il connaît.

Muette, elle le regarda enfoncer une série de touches… puis raccrocher.

— C'est tout ? demanda-t-elle sans comprendre.

— C'est tout.

— Et maintenant ?

— Maintenant, il faut attendre.

Son calme la mettait hors d'elle. Elle cria presque :

— Combien de temps ?

— Tout dépend de ce qu'il est en train de faire. À mon avis, pas très longtemps. Il est 22 h 30. À cette heure, il n'est généralement plus à son bureau, à moins que le président n'ait convoqué une réunion ultrasecrète à la Maison-Blanche. Il doit être rentré, ou en route pour la maison.

Un peu calmée, elle réfléchit un instant et demanda :

— Puisqu'on est obligés d'attendre, tu ne crois pas que je devrais rappeler la chaîne ? Je ne leur ai donné aucune nouvelle depuis l'autre jour, quand ils m'ont dit pour Harry.

Le nom se coinça dans sa gorge. Elle faisait de tels efforts, depuis deux jours, pour ne pas penser à lui ! Harry, Jesse, Dave, leurs visages défilèrent dans sa tête, et le poids du chagrin se fit écrasant. Elle eut besoin de toute sa volonté pour contenir ses émotions derrière le rempart du professionnalisme.

— Tu n'appelles personne, lui rappela Nick d'une voix sévère. Tous tes contacts sont forcément sur écoute.

— Si seulement j'avais un ordinateur, soupira-t-elle, je pourrais creuser un peu. Même un papier et un stylo, ce serait bien ! Je prendrais quelques notes, j'organiserais mes idées.

Le regard de Nick se fit plus perçant ; elle leva alors les mains comme un soldat qui se rend.

— Confidentiel ! lui assura-t-elle. Je ne publierai rien, je ne diffuserai rien avant que tout soit terminé. Je te l'ai promis, n'oublie pas.

— Je n'ai pas oublié. Je suis content de voir que toi non plus.

Il se détendit… et sursauta violemment quand le téléphone qu'il tenait à la main se mit à bourdonner. Rapidement, il regarda l'écran.

— C'est lui, murmura-t-il, le visage tendu.

L'appareil bourdonnait toujours. À bout de nerfs, elle s'exclama :

— Alors décroche !

Il hésita encore un instant, enfonça une touche et porta l'appareil à son oreille.

— Papa ?

Cette voix enrouée… Elle sentit un sourire involontaire s'épanouir sur ses lèvres. Un homme capable d'éprouver une telle émotion au moment de parler à son père, c'était craquant ! Elle adorait ses propres parents et n'avait jamais compris qu'on puisse n'attacher aucune importance à la famille. En même temps, Nick semblait si ému qu'elle se sentit de trop.

— Je vais prendre une douche, chuchota-t-elle en reculant discrètement vers la salle de bains.

Il hocha la tête sans la regarder. D'une voix un peu brusque, il disait :

— Oui, c'est moi. Je... Nom de Dieu, ça fait longtemps !

Elle n'entendit rien de plus. Sans bruit, elle referma la porte de la salle de bains, surprise de sentir ses yeux se mouiller. Pourvu, pourvu que Kirk Barrett ne soit pas X ! Pourvu qu'il soit à la hauteur de l'amour de son fils ! Nick était un homme bien, un homme honorable ; il ne méritait pas de découvrir que son propre père était un traître capable de faire assassiner son propre enfant !

Vite, elle arracha ses vêtements sales et se précipita dans la cabine de douche. L'eau chaude jaillit et ruissela sur son corps nu ; la tête rejetée en arrière, elle ronronna de plaisir.

Longuement, elle se savonna (le savon fourni par l'hôtel sentait bon), se lava les cheveux, se rasa les jambes et les aisselles avec le rasoir fourni lui aussi. Le temps d'émerger de la douche, elle se sentait remise à neuf. Enfin prête, enroulée dans un grand drap de bain, elle hésita. Elle n'avait pas emporté de vêtements de rechange dans la salle de bains. Elle allait donc devoir ressortir, se montrer à Nick dans ce paréo improvisée...

Quand elle passa la tête par la porte entrebâillée, elle constata qu'il n'était plus au téléphone. Assis sur le lit, il regardait dans le vide, perdu dans ses pensées.

— Salut, dit-elle à mi-voix.

Surpris, il releva brusquement la tête. Un manque de vigilance qui en disait long sur son état d'esprit !

— Salut, murmura-t-il en retour.

— Alors ? Il a dit quoi ?

— Beaucoup de choses.

— Tu veux bien développer ? dit-elle avec un brin d'irritation en avançant dans la chambre.

Il laissa échapper un gros soupir.

— Il dit qu'il me cherche depuis que j'ai disparu des radars, et qu'il n'a pas cru une seconde que je pourrais partir me promener sans un mot après ma libération de l'armée. Il soupçonnait bien un complot, mais n'avait aucun élément pour orienter ses recherches. Quand il a entendu parler du virus Méridien, il a commencé à se poser des questions.

— Donc, il n'était pas au courant, pour le virus ?

— Il me jure que non. Il n'avait pas du tout fait le lien, il me croyait disparu dans le cadre d'une opération. Ou emprisonné quelque part et l'armée étouffait l'affaire.

Il hésita une seconde et ajouta :

— Nous nous retrouvons dans une heure. Il doit boucler un dossier, puis il quittera le Pentagone et il viendra au rendez-vous que je lui ai donné.

— Laisse-moi deviner, lâcha Rebecca, ironique. Moi, je suis censée rester ici.

— Non.

Il s'éclaircit la voix et reprit :

— Non. Je veux que tu viennes avec moi.

# 12

Stupéfaite, Rebecca le dévisagea. Nick eut un sourire un peu fatigué. Il comprenait parfaitement sa réaction : depuis le jour de leur rencontre, il exigeait qu'elle reste en arrière, en sécurité, qu'elle ne s'expose jamais en première ligne… Et voilà qu'il lui demandait de l'accompagner à un rendez-vous potentiellement risqué.

— Sérieusement ? lança-t-elle, soupçonneuse.

Il fit oui de la tête, mais son regard vert ne s'éclaira pas pour autant. Que croyait-elle, qu'il allait s'écrier : « Non, je rigole ! » ? Ne sachant comment la convaincre, il attendit la question suivante.

— Euh… Pourquoi ?

L'étau trop familier se referma sur sa poitrine et la serra à l'étouffer. Il fit un effort sur lui-même et répondit :

— Tu te souviens de notre discussion à Mala sur le regard biaisé de l'observateur ?

— Oui…

— Eh bien mon regard est totalement biaisé. C'est de mon père qu'il s'agit ! Je le crois innocent, de tout mon cœur, mais… Si je me trompais ? Si je voulais tellement qu'il soit innocent que j'en devenais incapable de voir les signes indiquant le contraire, ou de peser objectivement les preuves ?

Sa voix lui avait échappé ; pendant un instant, elle avait trahi sa souffrance. Il se maîtrisa et s'interdit de dire un mot, de faire un geste tant qu'elle n'aurait pas répondu.

Elle s'approcha de lui avec un regard très doux. Nue sous sa serviette. Malgré le chagrin qui le prenait à la gorge, son corps le trahit ; il sentit son pouls s'accélérer, sa bouche se dessécher… Sa verge tressaillir.

— Je saurai être objective, assura-t-elle avec gravité. Je sais juger les gens. Je devine généralement quand on me ment.

— C'est pour ça que je veux que tu sois là.

Elle sembla contente… Puis son expression changea. Cet éclair dans ses yeux, cette façon de relever le menton, l'air déterminé…

— Quoi ? demanda-t-il, soupçonneux.

— Quand le retrouve-t-on ?

— À minuit.

Elle tourna la tête vers le réveil posé au chevet du lit. Il l'imita et vit l'affichage numérique basculer de 11 h 32 à 11 h 33.

— Il nous faudra combien de temps pour aller au rendez-vous ?

— Cinq ou dix minutes…

— Alors, nous avons le temps.

De plus en plus inquiet, il plissa les yeux en demandant :

— Le temps de *quoi*, chérie ?

— De t'aider à oublier.

Ses paroles n'avaient rien d'ambigu, il sut tout de suite ce qu'elle lui offrait. Une onde de chaleur courut dans ses veines ; son érection se fit presque douloureuse. Malheureusement, ses réticences étaient aussi puissantes que son désir.

Le sexe sans lendemain, ce n'était pas pour lui. Il voulait un minimum d'émotion, de tendresse, quand il faisait l'amour. *Mais l'émotion est là*, insinua une voix dans sa tête. *Tu ressens quelque chose pour elle*. Il voulut la faire taire mais c'était trop tard, l'idée s'enracinait, il ne pouvait plus la renier.

Oui, il éprouvait de la tendresse pour Rebecca. Beaucoup. Sans doute trop.

— Arrête de réfléchir !

Cet ordre le ramena brutalement à l'instant présent et à la rousse fabuleusement belle qui se tenait devant lui, uniquement vêtue d'une serviette de bain blanche.

Elle fit un pas de plus vers lui.

— Arrête, répéta-t-elle. Je vois tourner les rouages, ton cerveau générer toutes sortes de raisons de ne pas faire l'amour. Laisse-moi te simplifier la vie, d'accord ?

Avait-il cru que sa bouche était sèche ? Quand, posément, elle saisit le rabat qui fixait le drap de bain autour de son corps, le phénomène atteignit un niveau inconcevable.

— Nous allons le faire, dit-elle. Assume.

La serviette tomba. Le corps en feu, il promena un regard avide sur son corps nu, ses seins impudents aux mamelons rose vif, la courbe douce de ses hanches, ses jambes si lisses et bien tournées. Le regard scrutateur qu'il posait sur elle fit affleurer le sang sous sa peau très blanche ; quand il se focalisa sur les boucles entre ses cuisses, ses yeux verts se mirent à rire.

— Une vraie rousse, plaisanta-t-elle.

Le commentaire lui arracha un petit rire.

— Je n'en ai jamais douté. Tu en as tous les attributs classiques. Tu es butée comme…

Alerte, alerte… Malgré les avertisseurs qui cornaient en lui, il tendit la main, effleura sa hanche du bout des doigts. Elle frémit ; il se hâta de retirer sa main.

— Ce n'est pas une bonne idée.

— Mais si.

— Il… ne faut pas.

— Oh ! Pour l'amour du ciel, Nick ! Arrête d'inventer des problèmes et laisse-moi te consoler, juste un petit moment !

D'un mouvement souple, elle grimpa sur ses genoux, noua les bras autour de son cou et l'embrassa à lui faire perdre l'esprit. Sa langue se darda dans sa bouche, ses doigts se crispèrent sur sa nuque… Il rendit alors les armes et l'embrassa en retour, profondément, désespérément. Le temps n'existait plus, il ne savait plus où il était ; il n'y avait plus que Rebecca, le goût de sa bouche, son parfum, sa peau sous ses mains.

Ils basculèrent sur le matelas, son corps nu délectable plaqué contre lui. Son désir si résolument réprimé explosait, ils se dévoraient mutuellement, ne parvenaient plus à reprendre leur souffle. Avec une sorte de sanglot, Rebecca manqua déchirer sa chemise en cherchant à la remonter.

Dans sa hâte, il s'en débarrassa maladroitement, s'attaqua à sa fermeture Éclair, abaissa en vrac pantalon et caleçon. Enfin, ils étaient peau contre peau ! Ils gémirent tout bas et leurs mains, animées d'une vie indépendante, partirent à l'aventure.

Passionnément, il explora chaque courbe douce, chaque secret féminin. Le cœur battant à ses oreilles, il pétrit les seins de Rebecca, les embrassa. Que c'était bon, ces petites plaintes qu'elle laissait échapper ! Cette façon qu'elle avait de se presser contre ses paumes pour réclamer ses caresses ! Quand il glissa la main entre ses jambes, il trouva un puits de miel liquide. Il allait éclater, il avait absolument besoin de se plonger en elle, c'était plus urgent encore que de respirer ; il dut faire appel à toute sa volonté pour s'arracher du lit et retourner son sac à la recherche d'un préservatif. Il revint très vite, se protégea et couvrit son corps du sien.

Plus de préliminaires, plus de précautions. Elle s'ouvrit pour l'accueillir dans sa chaleur ; il gronda tout bas en la sentant se refermer sur lui comme un gant.

— Oh ! *Nick*…

Son chuchotement torturé, ses yeux voilés de plaisir le propulsèrent à un nouveau stade de sensation. Désir n'était même plus le mot.

— Tu es incroyable…, murmura-t-il, les yeux plongés dans les siens.

Pour toute réponse, elle noua les jambes autour de ses hanches pour l'accueillir plus profondément en elle. Le plaisir était stupéfiant, insupportable… Impossible à contenir. Il n'avait jamais été un amant égoïste, mais le plaisir roulait en lui comme un train emballé, il ne pouvait plus rien retenir. Il avait trop besoin, il la désirait trop…

Son corps échappa à son contrôle, ses hanches la martelèrent furieusement ; malgré la tornade qui se levait en lui, il réussit tout de même à penser à elle. Les lèvres rivées aux siennes, il glissa la main entre leurs corps pour caresser son point le plus sensible. Ce fut uniquement quand il la sentit se cambrer, soulevée par l'orgasme, qu'il lâcha tout, ferma les yeux, laissa l'extase s'engouffrer en lui et le désagréger, toute pensée explosée. Quand les vagues du plaisir retombèrent enfin, il s'effondra sur elle, vidé. Repu.

Il lui fallut plusieurs minutes pour reprendre son souffle puis, enfin, il roula sur le flanc en l'attirant contre lui. Dans le mouvement, ses boucles lui chatouillèrent les pectoraux, son corps tiède, souple et parfaitement détendu se blottit contre le sien. Elle laissa échapper un petit soupir de contentement… et la culpabilité s'engouffra en lui.

Il l'avait prise comme un homme des cavernes. Sans même la préparer, lui donner envie…

— Tu penses encore trop, Nick ! grommela-t-elle, exaspérée.

Il referma la bouche, ravala ses excuses. Avec un nouveau soupir, elle se dégagea de son étreinte et se redressa.

— Je t'interdis de t'excuser. Je voulais te faire l'amour. C'est moi qui ai commencé !

Il ne fut même pas surpris qu'elle ait lu dans ses pensées et su exactement ce qu'il allait dire.

— D'accord, répondit-il. J'avais oublié ta stratégie de séduction.

Elle eut un sourire un peu gêné.

— Pour dire le vrai, ce qui vient de se passer n'en faisait pas partie. Je… Je voulais t'aider. Tu avais l'air tellement triste et à bout…

Elle haussa les épaules et conclut d'un ton léger :

— Je voulais te donner un peu de bien-être. Même si je savais que ce serait très temporaire.

« Temporaire. » Le mot se logea en lui, il le sentit résonner. Quoi qu'il arrive entre eux, ce serait *temporaire*. Tôt ou tard, ils devraient se dire adieu. Il n'y avait pas d'autre solution.

— Mais, crois-moi, le jour où je déciderai vraiment de te séduire, enchaîna-t-elle en allant fouiller, toujours nue, dans son sac de voyage, ce sera autre chose qu'un coup rapide avant d'aller retrouver ton père !

Elle lui sourit par-dessus son épaule. Une nouvelle vague de culpabilité le saisit à la gorge mais, cette fois encore, elle réagit avant qu'il puisse ouvrir la bouche.

— Pas d'excuses ! répéta-t-elle. Un coup rapide, c'est ce que je voulais. Maintenant, par pitié, habillons-nous et finissons-en avec ce rendez-vous ! Il ne faut pas faire attendre ton père.

Il n'arrivait pas à juger si son petit air dégagé n'était qu'une bravade, mais le moment était singulièrement mal choisi pour tirer la question au clair. Il n'avait pas le temps de l'interroger. Elle avait raison, il devait se concentrer sur la rencontre avec son père. Pour le reste, il y reviendrait plus tard.

Ils avaient convenu de se retrouver dans un petit parc. Quand Nick et Rebecca émergèrent du ravin très boisé qui le bordait, son père était déjà là. Avant qu'ils se montrent, Nick avait passé un bon quart d'heure à explorer les alentours, histoire de s'assurer qu'aucune équipe de mercenaires ou de snipers n'était stationnée dans les environs. Il n'avait repéré personne.

C'était terrible de devoir prendre de telles précautions face à son propre père, terrible de devoir se demander si celui-ci lui mentait, s'il avait organisé une embuscade — mais voilà, s'il était toujours en vie, c'était justement parce qu'il ne sautait jamais à aucune conclusion. Il se comporta donc comme si l'homme qu'il aimait et respectait le plus au monde était impliqué dans le complot et fit son possible pour rester lucide, malgré le soulagement qui se glissa en lui quand il établit que son père était venu seul.

— Prêt ? souffla Rebecca.

— Pas vraiment.

Ce parc de quartier comprenait une petite aire de jeux, quelques arbres, une fontaine ronde. Côte à côte, ils s'avancèrent vers la silhouette solitaire qui patientait sur un banc. Un an qu'il n'avait pas vu son père ! Il lui avait manqué.

Celui-ci leva la tête, les vit, se leva d'une détente ; il y avait de l'émotion dans son regard, et Nick fut choqué d'entendre un sanglot étranglé lui échapper.

— Nicky !

Son père l'étreignait de toutes ses forces. Déconcerté, un peu étourdi, il l'étreignit en retour. C'était tout à fait nouveau. Jamais il n'avait manifesté son affection de cette façon mais, cette fois, il le serra à l'étouffer puis s'écarta, les mains sur ses épaules, pour scruter son visage avec inquiétude.

— Tu vas bien, fils ?

Très ému, Nick fit oui de la tête.

— Merci d'être venu, papa.

— Bien sûr que je suis venu ! Et toi, où étais-tu passé ? Qu'est-ce que tu foutais, p…

Il s'interrompit au milieu du juron et murmura avec un regard pour Rebecca :

— Veuillez m'excuser. Je suis un peu secoué, au cas où vous n'auriez pas remarqué.

— Pas de problème, répondit-elle avec un sourire poli. Rebecca Parker.

— Je vous ai reconnue, dit-il en serrant la main qu'elle lui tendait. Kirk Barrett.

— Je vous ai reconnu également, monsieur Barrett.

Un peu en retrait, Nick s'efforçait de jauger la réaction de Rebecca face à son père. Son regard ne trahissait rien d'autre qu'un intérêt cordial mais prudent ; il aurait donné n'importe quoi pour savoir ce qu'elle pensait. Le visage de son père, en revanche, était très facile à déchiffrer, car il n'exprimait rien d'autre qu'une immense inquiétude.

D'un geste, il les invita à s'asseoir près de lui.

— J'ai cru que tu étais mort, Nick. Je ne savais rien, tu ne donnais aucune nouvelle… Nom de Dieu, aucun signe de vie depuis un an ! Pourquoi ?

— Je ne pouvais pas prendre le risque, soupira Nick. Je ne savais pas jusqu'où le complot s'étendait dans la hiérarchie du ministère et je ne voulais pas te faire courir le moindre risque. Je cherchais à te protéger.

— Me protéger ? Je suis ton père, Nicholas ! C'est à moi de te protéger.

Nick ouvrit la bouche pour objecter ; son père leva la main pour le faire taire et conclut d'une voix coupante :

— Tu aurais dû me contacter. Fin de l'histoire.

Ce fut plus fort que lui : Nick sourit. La voix grave et autoritaire de son père, ses jugements tranchés… Comme tout ça lui avait manqué !

— Mais bon, c'est du passé et nous n'avons plus rien à faire du passé, reprit son père d'une voix brusque. Maintenant, raconte. Je veux tous les détails.

— Ça risque de prendre un certain temps.

Effectivement, il lui fallut près de trente minutes pour décrire leurs investigations et leur vie d'hommes traqués. La mission à Corazón, les aveux d'Hector Cruz sur la responsabilité du Dr Harrison dans la mort des villageois, la façon dont Sebastian et Julia avaient échappé de justesse au virus à Washington, les tueurs qui l'attendaient dans sa propre chambre d'hôtel à Mala…

Son père écouta son récit sans un mot, sans un geste, avec cette expression sagace que Nick connaissait depuis son enfance.

Quand il en arriva à l'agression contre Rebecca et son équipe, son père s'anima enfin.

— J'ai vu ça à la télévision, murmura-t-il avec un regard de compassion. C'était des images horribles.

— Horribles, oui, murmura tristement Rebecca.

— Je suis heureux de vous voir saine et sauve. Le pays entier était fou d'inquiétude, quand l'écran a viré au noir. Je suppose que Mlle Parker et toi, vous avez retrouvé notre aide de camp disparu ? poursuivit-il en se tournant vers Nick.

Il confirma en hochant la tête. Comme il n'ajoutait rien, son père l'encouragea :

— Et… ?

Nick changea de position sur le banc. C'était la partie de la conversation qu'il redoutait le plus.

— Dis-moi, fils.

Il inspira profondément et révéla tout, absolument tout ce que Paul Waverly leur avait dit. Quand il eut terminé, un gouffre de silence s'ouvrit entre eux. Face au regard blessé de son père, il se sentit affreusement coupable, mais s'interdit de reculer ou de s'excuser d'avoir répété les accusations de leur prisonnier. Cette question devait être abordée de front. Il devait connaître la vérité.

Quand le silence se fut prolongé au-delà du supportable, il relança la conversation d'un :

— Alors ?

Son père haussa un sourcil blanchi.

— Tu es en train de me demander si j'ai ordonné à une unité de choc d'aller te tuer, Nicholas ?

Il fit oui de la tête.

— Et si j'ai permis qu'un agent biologique mortel créé dans un laboratoire américain soit testé sur des cobayes humains ?

Encore un coup de menton affirmatif.

— Et si j'ai ordonné à Waverly d'empoisonner le sergent Stone ? Sans parler d'une tentative d'assassinat sur trois membres de l'équipe télévision d'ABN ?

Nick avala avec difficulté la boule dans sa gorge. D'une voix enrouée, il demanda :

— As-tu fait tout ça ?

— Non.

Une seule syllabe, un soupir las, c'était tout ce dont il avait besoin pour emporter sa conviction. Comment avait-il pu douter ? Bien sûr que son père n'était pas coupable ! Instinctivement, il se tourna vers Rebecca… et vit que son attitude n'avait pas changé.

Elle se pencha pour que tous deux puissent la voir et braqua un regard distant sur son père.

— Alors *qui*, monsieur Barrett ?

Il soutint son regard. Un sourire très doux éclaira son visage, puis s'effaça.

— Je crois que nous savons tous qui est responsable.

Elle hésita un instant et poursuivit :

— Fred Mc Avoy ?

— C'est le plus vraisemblable.

Son père secoua la tête. Il semblait maintenant furieux et déçu.

— Mac Avoy a donné à Waverly la bouteille d'eau contaminée. Or, il n'a jamais eu accès aux flacons confisqués lors de la capture du groupe terroriste. Il s'est donc procuré son échantillon ailleurs.

— Directement au labo D&M ? suggéra Nick.

— Mc Avoy n'obéissait à aucun ordre de ma part. Il faut me croire. J'ai besoin que tu me croies, fils.

— Je te crois.

Son père le remercia d'un signe de tête et se tourna vers Rebecca.

— Mais je devine que c'est vous que je dois convaincre.

D'un signe, elle confirma qu'il avait vu juste.

— Très bien. Que faut-il faire pour vous persuader ?

Il braquait sur elle son regard le plus perçant, et elle le soutenait sans le moindre trouble. Malgré lui, Nick en fut impressionné : peu de gens avaient le cran de tenir bon quand son père les regardait de cette façon. Encore moins de lui poser la question qu'elle lança avec assurance.

— Vous seriez capable de tuer pour votre pays ?

— Vous voulez dire tuer quelqu'un qui menace mon pays, un terroriste, un agent double, quelqu'un qui mettrait en jeu la sécurité nationale ? fit-il en frottant sa mâchoire bien rasée. Oui, j'en serais capable — du moins si la justice échouait à résoudre le problème, comme c'est malheureusement souvent le cas.

Il se tut un instant puis, sans détourner les yeux du regard inquisiteur de Rebecca, il poursuivit avec une force de conviction irrésistible :

— Mais un innocent ? Un village entier d'innocents qui n'avaient strictement rien fait contre notre pays ? Jamais.

Nick crut voir passer un éclair approbateur dans le regard de Rebecca.

— Et jamais mon fils, reprit-il avec passion. Quand ma

Jeannie était encore là, je lui ai juré que je prendrai soin de nos gosses. Nicholas et Vivian sont ce que j'ai de plus précieux.

— Je vous crois, dit Rebecca à voix basse.

Un fabuleux soulagement éclata dans la poitrine de Nick. Voilà pourquoi il lui avait demandé de l'accompagner : pour cette validation. C'était même assez stupéfiant de mesurer quelle importance il attachait à ses opinions et à ses conseils. Il la connaissait depuis si peu de temps !

— Et maintenant ? demanda-t-elle en les regardant tour à tour. Comment s'y prend-on pour faire tomber Mc Avoy ?

— Je m'occupe de lui, lâchèrent Nick et son père avec un ensemble parfait.

Ils se mirent à rire en échangeant un regard affectueux, puis le visage de son père durcit.

— Pas toi, fils. Tu quittes la zone des combats et tu te replies à l'arrière. C'est un ordre. Laisse-moi prendre le relais.

Nick se contenta de rire.

— Papa, je t'aime de tout mon cœur, mais nous savons tous deux que ça n'arrivera pas. J'interrogerai ton adjoint, comme j'ai interrogé votre aide de camp en cavale.

Le visage de son père semblait gravé dans la pierre.

— Je peux arracher la vérité à Fred.

— Moi aussi, et ma façon sera plus rapide.

Il ne se donna même pas la peine d'enrober le propos. Son père était passé par les Forces Spéciales, il connaissait les méthodes qu'un soldat doit parfois employer.

— Mc Avoy est marié, il a des gosses ? demanda Nick sans lui laisser le temps de discuter.

— Non, célibataire. Il vit seul dans le Comté de Fairfax, mais il est en déplacement diplomatique en ce moment. Une question délicate à régler à Pékin. Il sera de retour dans deux jours.

— Envoie-moi son adresse par texto.

Dire qu'ils devaient passer par des téléphones indétectables pour communiquer ! C'en était presque comique… Ou plutôt non, c'était grotesque.

— Ne prends pas de risques inutiles, Nicky. Fais-moi signe toutes les trois heures, sans faute. Il est exclu que tu disparaisses de nouveau.

— Ne te fais aucun souci, je n'en ai pas l'intention. Une fois que j'aurai tiré la vérité de Mc Avoy, nous gérerons les retombées très officiellement, dans les règles et au grand jour. Toi, ne fais rien tant que n'avons pas la confirmation qu'il est impliqué. S'il devine que tu le soupçonnes, il filera se mettre à l'abri et il sera beaucoup plus difficile à retrouver que Waverly. Promets-moi qu'il n'y aura pas un geste, pas un regard de travers tant que nous n'aurons pas tous les éléments.

Son père ne semblait pas enchanté ; il approuva cependant d'un signe de tête.

— Très bien. Nous ferons ça à ta façon, fils.

Puis l'éclair impérieux se ralluma dans ses yeux sombres et il nuança d'un :

— Pour l'instant.

# 13

— Alors ?

Ils roulaient vers leur hôtel dans le 4x4 de location que leur avait procuré le concierge de l'hôtel. Rebecca laissa échapper un petit soupir.

— Je n'ai pas menti, Nick, je crois ton père. Rien, chez lui, ne m'a donné le sentiment qu'il mentait.

Elle lut le soulagement dans ses yeux, vit ses larges épaules se détendre.

— Alors ce n'était pas juste moi.

— Non, je suis certaine qu'il dit la vérité.

— Moi aussi.

— Alors on fait quoi, maintenant ?

Cette question, elle l'avait déjà posée un certain nombre de fois depuis le début de leur association. Elle se surprenait elle-même en le consultant de cette façon, en le laissant décider de la marche à suivre. Et ce n'était pas parce qu'il avait posé ses conditions dans ce sens : en temps normal, elle ne se montrait jamais aussi docile. Ses parents pouvaient le confirmer !

— Maintenant, nous nous faisons discrets pendant deux jours, en attendant que Mc Avoy rentre de Pékin. Et là, je lui rendrai une petite visite.

— « Je » ? répéta-t-elle en levant les yeux au ciel. Nous sommes de retour au « j'agis seul » ? Tu recommences à vouloir me mettre à l'abri ?

— J'essaie juste de te protéger, où est le problème ?

— Il n'y a pas de problème, ton attitude est juste complètement dépassée ! Nous sommes au XXI^e siècle, Nick, les femmes ne sont pas des créatures fragiles et sans ressources, incapables de s'en sortir sans la protection d'un homme. En fait, nous ne l'avons jamais été, même si vous, les héros virils, vous aimeriez croire le contraire.

Exaspérée, elle secoua sèchement la tête.

— Les femmes peuvent parfaitement mener à bien des tâches difficiles et dangereuses. Nous pouvons servir dans l'armée, dans la police, gérer une entreprise, faire de la politique…

— Est-ce que, par hasard, tu serais en train de me faire un cours sur l'émancipation des femmes ?

Il semblait assez amusé. Vexée, elle croisa les bras et répondit :

— Pourquoi pas ? Tu as tendance à oublier les bases.

Il émergea des petites rues résidentielles, s'engagea sur une artère plus importante. On était loin, ici, des quartiers noctambules et Washington endormie semblait déserte. Après un bref silence, il reprit :

— Chérie, je n'ai pas le moindre doute sur la capacité des femmes à faire autant et aussi bien que les hommes. Crois-moi, j'ai croisé de vraies dures à cuire, je me suis même fait latter par l'une d'elles pendant ma formation de commando.

— J'aurais adoré voir ça !

Une pensée subite effaça d'un coup son sourire. Blessée, elle s'exclama :

— Attends, ça veut dire que c'est juste moi ? Tu crois que *moi*, je suis faible ?

— Quoi ? Pas du tout ! Tu es probablement la femme la plus solide et la plus courageuse que j'aie jamais rencontrée !

Dans le regard qu'il lui jeta, elle lut la confusion et même un peu d'affolement.

— Tu veux une réponse franche ? En fait, je ne sais pas pourquoi j'ai à ce point envie de te protéger.

*Parce que je te plais.*

Elle ravala ces mots de justesse. Pour une raison qu'elle

ne s'expliquait pas, l'attirance que Nick éprouvait pour elle le mettait très mal à l'aise. Pourquoi ? C'en était même un peu vexant, parce que, franchement, où était le mal ? Elle était intelligente, jolie, elle avait de l'humour, réussissait spectaculairement bien dans son métier… L'homme à qui elle dirait oui serait un sacré veinard !

Et pourtant, quelque chose le bloquait. Son métier peut-être ? Il lui déplaisait de craquer pour une femme si différente des filles de son milieu ? Différence qui n'avait pas semblé le déranger, deux heures plus tôt, quand il lui faisait voir des étoiles…

Ce seul souvenir la transperça de désir. Cela avait été si… excitant, stupéfiant, inattendu. Nick s'était montré plus rude qu'elle ne s'y attendait, plus intense, plus passionné. Elle avait adoré.

— Dis-moi à quoi tu penses.

Une douce chaleur éclata en elle. « Dis-moi à quoi tu penses. » C'était adorable ! Pourquoi fallait-il qu'il soit aussi craquant ?

— Désolée, j'étais complètement ailleurs. Bref, je comprends que tu cherches à me protéger, mais je continue à penser que je dois être avec toi quand tu iras cueillir Mc Avoy.

Nick mit son clignotant et quitta la grande artère pour s'engager dans la rue où se trouvait leur hôtel.

— Ce n'est pas une bonne idée, objecta-t-il en lui jetant un regard de biais.

— C'en est une excellente, au contraire. Ma présence a plutôt bien fonctionné avec Waverly, non ? Nous pourrions refaire le coup du « tu veux bien quitter la pièce ? ». Comme quand tu lui as fait croire que tu allais le torturer, mais que tu ne pouvais pas te lâcher devant moi.

— Je ne faisais pas semblant.

Elle crut tout d'abord qu'il plaisantait ; un instant plus tard, il tourna la tête vers elle, une lueur féroce dans les yeux. Ce n'était pas une blague, il était tout à fait sérieux.

— Tu l'aurais vraiment fait, Nick ?

— Oui.

Oui. Pas un mot de plus. Impressionnée, elle se tut. Cet homme était… difficile à cerner ! Adorable, courtois, prévenant, il pouvait se métamorphoser en un instant en tueur glacé… Ou en amant torride. Elle ne devait jamais oublier que ce doux chevalier était aussi un guerrier redoutable. Elle déglutit, écarta résolument cette idée, et revint à la question qui les occupait.

— Je peux me rendre utile, Nick, j'en suis certaine. Mc Avoy parlera peut-être plus facilement si…

Il ne l'écoutait plus. Les épaules crispées, le profil tendu, il accélérait souplement.

— Attends, tu as dépassé l'hôtel ! Il y a un problème ?

Il tourna vers elle un visage de pierre.

— Nous avons de la visite.

Un éblouissement de frayeur… Un instant plus tard, elle s'était déjà ressaisie.

— Tu es sûr ? demanda-t-elle en se retournant sur son siège.

Elle ne voyait rien de particulier, mais percevait très clairement la tension de Nick.

— Certain. La camionnette noire garée dans la rue est du même modèle que celle qui m'attendait devant le Liberty à Mala. Le mercenaire à la tête rasée est au volant. Le type qui lit son journal sous l'abri bus, de l'autre côté de la rue, est aussi un mercenaire.

— Ils ont réussi à nous retrouver ? Comment ?

— Je ne sais pas. La réceptionniste de l'hôtel a pu reconnaître l'un d'entre nous. Toi, vraisemblablement. Elle a pu alerter la presse. Ou alors X a payé tous les réceptionnistes de la ville pour qu'ils le préviennent si un couple correspondant à notre description demandait une chambre.

Elle lui jeta un regard dubitatif.

— Un peu onéreux, comme plan.

— Je cherche une explication.

Elle s'en voulut de poser la question suivante, mais comment faire autrement ?

— Tu as dit à ton père où nous sommes descendus ?

— Non.

L'hôtel, l'arrêt de bus, la camionnette n'étaient plus en vue. Il appuya sur l'accélérateur, et le 4x4 bondit en avant. Rebecca se tut — mieux valait le laisser se concentrer sur la conduite —, sans cesser de se creuser la tête pour cerner ce nouveau rebondissement. Oui, la femme à l'accueil avait pu la reconnaître, appeler une rédaction et annoncer que Rebecca Parker était descendue dans son hôtel avec un inconnu. Ce genre de tuyau se monnayait et tout le monde, à Washington, cherchait à arrondir ses fins de mois.

L'autre option était beaucoup plus redoutable : Kirk Barrett aurait prévenu les tueurs que son fils était de retour à Washington. Pourtant, elle avait réellement cru à son innocence et à sa sincérité. *C'est un politicien, Becks*, grinça la petite voix dans sa tête. *Les politiciens sont de fabuleux acteurs.*

Mais le secrétaire à la Défense n'était pas un politicien ordinaire, il était avant tout un soldat. Un père aussi, et même un bon père. Elle avait vu la tendresse et la fierté briller dans ses yeux quand il regardait son fils.

Quand Nick ralentit enfin, elle releva la tête. Le 4x4 s'engageait sur le parking d'un motel à l'enseigne bleue clignotante, le Capitol Hill Motel, un nom assez déplacé vu qu'ils étaient à la sortie de la ville, loin du Capitole, dans un paysage plat comme une crêpe.

— Reste dans la voiture, dit Nick en freinant devant l'accueil.

Il sauta à terre et s'engouffra dans l'établissement. Des stores à lamelles masquaient la porte vitrée et la fenêtre, Rebecca ne voyait pas l'intérieur. À cran, elle serra les poings en s'armant de patience. Ce fut uniquement quand Nick reparut, cinq minutes plus tard, qu'elle parvint à respirer librement.

— Le réceptionniste t'a bien regardé ? demanda-t-elle.

— Il ne m'a pas regardé du tout. C'est un petit jeune. Son regard est resté rivé à sa télé tout au long de la transaction. Il ne devrait pas y avoir de problème.

Il redémarra et alla ranger la voiture devant la dernière chambre, tout au bout du bâtiment.

— Ne bouge pas, je jette un coup d'œil.

Elle ouvrit la bouche… Il était déjà descendu de la voiture et s'approchait sans bruit de la porte rouge écaillée de la chambre 14. À travers le pare-brise, elle le regarda sortir son arme, la plaquer à plat sur sa cuisse. Cet éclair argenté dans la pénombre ? La clé qu'il glissait dans la serrure. La porte s'ouvrit sur des ténèbres intégrales. Il s'y fondit comme une ombre. Elle se redressa brusquement, faillit le rappeler… Moins de deux minutes plus tard, il reparut sur le seuil pour lui lancer un petit signe de tête rassurant.

Elle défit sa ceinture et mit pied à terre. À sa manière toujours aussi silencieuse, il vint prendre leurs sacs sur le siège arrière. Elle se souvint de l'avoir taquiné au sujet de leurs bagages en partant, soutenant que ça n'avait aucun sens de les traîner partout avec eux. Elle voulait bien manger son chapeau, car s'ils avaient tout laissé à l'hôtel…

Nick referma la porte derrière eux, s'assura que les rideaux étaient bien tirés et alluma. À la lumière jaune du plafonnier, elle découvrit une chambre miteuse avec des lits jumeaux couverts de courtepointes à fleurs, une moquette brune usée, une vague odeur d'humidité… Le mini-frigo vrombissait comme un avion.

— C'est douillet, lâcha-t-elle d'un ton léger.

Sans répondre, Nick verrouilla la porte, mit la chaîne et laissa choir son sac sur le lit le plus proche.

Troublée par son silence, elle demanda :

— On fait quoi, maintenant ?

Il ouvrit son sac sans se retourner vers elle.

— On envoie un message.

Un message ? Le ton sur lequel il lui répondit lui arracha un frisson.

— C'est-à-dire ?

— C'est-à-dire que ces mercenaires ne vont pas se décourager. Mais X me sous-estime. Il croit qu'il n'a qu'à envoyer une équipe pour nous éliminer. Il s'imagine se débarrasser de nous d'un claquement de doigts, et balayer ensuite toute l'histoire sous le tapis. Le moment est venu de lui prouver le contraire.

La lueur dans son regard commençait sérieusement à inquiéter Rebecca.

— Ton idée ne va pas me plaire, je me trompe ?

— Probablement pas.

Il retirait des armes de son sac. Des armes en quantité assez stupéfiante ! Ils s'étaient tous deux vêtus de noir pour leur rendez-vous avec le secrétaire Barrett, mais le look de tueur seyait bien mieux à Nick qu'à elle. Surtout maintenant qu'il bouclait ce holster à son épaule et cachait tout un arsenal sur sa personne. Elle le regarda faire sans savoir si elle devait paniquer ou se pâmer de désir. À sa grande surprise, elle découvrait qu'elle appréciait plutôt son côté *badass* ; en même temps, la seule idée du danger qu'il allait courir lui broyait le cœur.

Elle le regarda mettre un genou à terre pour fixer le fourreau d'un long poignard à son mollet. D'une voix dont la fermeté la surprit, elle demanda :

— Tu envisages sérieusement de faire la peau à ces mercenaires ?

— Ouais.

— Alors je viens avec toi.

— Non.

— Nick, arrête ! Tu ne peux pas éliminer un commando de mercenaires à toi tout seul !

— Si.

Une telle assurance, c'était si… sexy. Elle apaisait un peu sa terreur — enfin, plus ou moins. En le regardant, tout de noir vêtu et armé jusqu'aux dents, elle comprit qu'il pourrait effectivement affronter tout un commando et remporter la partie.

Il marcha droit vers la porte, puis s'arrêta brusquement, comme s'il venait seulement de se souvenir qu'il n'était pas tout seul.

— Verrouille derrière moi, dit-il d'une voix contenue. Et

n'envisage même pas de quitter cette chambre ! Pas même pour aller prendre quelque chose aux distributeurs. Si tu as faim, serre les dents et avale une ration MRE.

— Il y a quelque chose que je peux dire pour te faire changer d'avis ?

— Rien. Red, si ça se passe mal... Si pour une raison quelconque je ne reviens pas, je veux que tu appelles Tate. Même procédure que la dernière fois, d'accord ? Tu files en Équateur.

Surprise, elle se redressa.

— Pas chez ton père ?

Il secoua la tête avec conviction.

— On s'en tient au plan d'origine. Tate et Sebastian sauront te protéger, et ils se lanceront sur la piste Mc Avoy. C'est d'accord ?

— C'est d'accord.

Il tendait la main vers la poignée. Sans réfléchir, elle se précipita vers lui.

— Attends !

— Quoi ?

Elle l'étreignit de toutes ses forces ; au bout d'un instant, elle sentit ses bras se refermer sur elle.

— Fais bien attention à toi, chuchota-t-elle, la joue pressée contre sa poitrine.

Elle sentit sa grande main tiède lui caresser le dos.

— Je ferai attention.

— Tu me le promets ?

— Je te le promets, dit-il d'une voix enrouée.

Il la surprit encore une fois en baissant la tête pour poser un baiser rapide sur ses lèvres. Un instant plus tard, la porte se refermait derrière lui.

Nick se faufila d'ombre en ombre. À 3 heures du matin, le quartier dormait ; il ne voyait pas une seule lumière dans la rue résidentielle de l'hôtel. Prédateur invisible et silencieux, il se glissa dans un passage étroit entre deux immeubles. Sa première reconnaissance n'avait localisé qu'un seul sniper, posté sur le toit d'un bâtiment couvert de lierre, de l'autre côté de la rue. Il y avait même une échelle d'incendie pour lui faciliter la tâche. Quelques instants plus tard, il franchit le rebord de ciment et prit pied sur le toit.

En face, contre le parapet, le mercenaire était couché sur le ventre comme un serpent, l'œil rivé à la lunette de visée de son arme. Nick reconnut un M40, l'arme préférée des snipers et des Marines. L'homme était sans doute un ancien soldat.

Il s'avança, silencieux comme une fumée. Sa cible ne se doutait encore de rien. Il ne se trouvait plus qu'à un pas de lui quand l'autre perçut enfin sa présence, se retourna d'un coup de reins, les yeux arrondis de stupéfaction. Il voulut faire pivoter le fusil d'assaut, mais fut trop lent. Les mains de Nick se refermèrent sur sa gorge ; il lui brisa la nuque d'un seul geste.

Un de moins. Pas de remords.

Ce type avait reçu l'ordre de lui loger une balle dans la tête, une autre dans celle de Rebecca. Il ne pouvait donc pas prendre le risque de le laisser en vie. Et puis, ça faisait partie de son « message ».

Son pouls ne s'était même pas accéléré. Il allongea le mort sur le toit, le disposa de son mieux dans sa posture initiale, le visage pressé à sa lunette, au cas où l'un de ses collègues regarderait de ce côté avec des lunettes de vision nocturne. Puis il redescendit, déjà concentré sur sa prochaine cible.

Une cible double : deux hommes postés derrière l'hôtel, l'un accroupi derrière une rangée de poubelles, l'autre un peu plus haut, camouflé dans une rangée d'arbustes.

Il glissa dans l'ombre jusqu'à la cible la plus éloignée.

— Bordel, qu'…

Ce fut tout ce que le mercenaire à la peau sombre réussit à articuler avant qu'il ne le happe dans une prise paralysante et le traîne plus loin dans les buissons. L'homme se débattait trop frénétiquement pour que Nick puisse le saisir au cou ; il attrapa donc le poignard à sa hanche et enfonça la lame dans la poitrine de son adversaire, en remontant pour pénétrer le cœur.

Deux de moins.

Il laissa le corps au pied d'un arbre, dégagea son coutelas, essuya la lame sur son pantalon et redescendit vers les poubelles. Quelques minutes plus tard, il y avait trois ennemis de moins.

C'était presque trop facile ; aucun des hommes ne l'avait senti venir, ils n'avaient aucun instinct. Il tirait le troisième corps derrière les grosses bennes quand il entendit un crépitement tout proche. Aïe ! Le type avait une radio.

— Charlie, au rapport.

Nouvelle explosion de parasites. Avec un soupir, Nick enfonça la main dans la poche de l'homme et en sortit le petit émetteur compact. Il hésita un instant, puis pressa le bouton de transmission, couvrant le micro de la main pour mieux déguiser sa voix.

— Ici Charlie, dit-il à voix basse. Rien à signaler.

Il retint son souffle, attendant la réaction. Il y eut de nouveaux crépitements, puis la voix lâcha simplement :

— Bien reçu.

Il se détendit, coupa la radio et la laissa choir sur le sol. Il avait un peu de temps devant lui, maintenant, mais pas tant que ça. Charlie ne répondrait pas à l'appel suivant, deux autres radios étaient déjà muettes ; quelqu'un allait forcément venir aux nouvelles.

Il suivit le mur de brique qui longeait l'hôtel ; de la vapeur se déversait d'une bouche de ventilation, et il captait un murmure de voix du côté de la porte de service. Il accéléra le pas. La suite allait être beaucoup plus délicate : la camionnette était garée à quarante mètres environ de l'abri bus et du mercenaire qui couvrait l'entrée principale de l'hôtel. Un dispositif assez peu discret mais plutôt efficace. Si les hommes de la camionnette faisaient le moindre bruit, s'ils réussissaient à tirer un seul coup de feu, l'homme à l'arrêt de bus serait sur lui en un instant. Il aurait perdu l'effet de surprise. Il fallait faire très vite.

Il inspira longuement, régulièrement, rengaina son poignard, sortit son Sig Sauer et passa à l'attaque. De toute sa vitesse, il fonça sur l'arrière de la camionnette et en ouvrit la portière à la volée. Les trois hommes lourdement armés assis à l'intérieur se retournèrent, s'attendant probablement à voir l'un de leurs collègues ; l'un d'eux laissa échapper un juron stupéfait. Ils n'eurent pas le temps de lever leurs armes. Nick tira trois fois, trois balles qui ne produisirent que trois claquements légers, grâce à son silencieux.

Pas le temps de souffler, pas une seconde à perdre, et aucun moyen d'approcher sans être vu de l'arrêt de bus brillamment éclairé. Cette fois, ce serait une attaque frontale. Il inspira de nouveau, jaillit de l'abri du véhicule et se mit à courir.

Le mercenaire le repéra instantanément. En une fraction de seconde, il laissa choir son journal, bondit sur ses pieds et sortit un Glock noir de sous son coupe-vent. Puis il tira, tira encore... Nick se baissa, zigzagua, fonça comme un fou. Il était à moins de deux mètres de l'abri quand une brûlure éclata dans son épaule gauche, sans toutefois ralentir son élan. D'un coup de pied furieux, il fit tomber le Glock ; un instant plus tard, il pressait le canon de son arme contre la tempe de l'homme.

— Ne fais pas un geste, siffla-t-il à son oreille.

L'homme se figea. Le temps jouait contre Nick, il le savait. Malgré l'heure tardive, l'abri était illuminé comme la vitrine d'un magasin ; à tout moment, un insomniaque pouvait se mettre à sa fenêtre et le voir, un bus de nuit pouvait tourner à l'angle de la rue... Un bras rivé autour de la poitrine de l'homme, il pressa le Sig plus brutalement contre son crâne.

— Je suppose que tu as des collègues postés dans ma chambre ? Ils ont de la chance, je ne compte plus tuer personne ce soir.

Avec un juron furieux, le mercenaire tenta de se dégager. Nick assura mieux sa prise.

— Ce que tu as besoin de savoir, c'est que si je le voulais, je pourrais vous éliminer tous. C'est le message que tu transmettras à ton patron.

L'homme jura de nouveau, mais il ne luttait plus.

— Vas-y, fanfaronna-t-il. Carraway enverra une autre équipe.

Carraway. Nick rangea le nom dans sa mémoire, riant tout bas à l'oreille de son captif.

— Parfait ! Je me ferai un plaisir de les accueillir. Je me débarrasserai d'eux comme je me suis débarrassé ce soir de tes collègues. Et si ton patron envoie une autre unité, je leur ferai la peau aussi. Et les suivants, puis les suivants… Tu m'as compris ? Je commence à me lasser de ces petits jeux. C'est commode de rester planqué en envoyant des hommes en première ligne. S'il me veut, il n'a qu'à venir me chercher lui-même.

D'un geste vif, il empoigna le cou épais et chercha le point de pression.

— Alors quand tu te réveilleras, tu lui passeras le message.

— Va te faire…

Il pressa le nerf et l'homme s'affaissa entre ses bras. Vite, il allongea son corps abandonné sur le banc de métal, rengaina son arme, et s'éloigna d'un pas tranquille de promeneur.

*À toi de jouer, X.*

# 14

Nick n'eut pas le temps de refermer la porte derrière lui que Rebecca se jetait dans ses bras. Leurs poitrines se heurtèrent, elle l'étreignit de toutes ses forces, entendit un rire enroué et un froissement de papier. Il était parti depuis deux heures à peine, et elle avait l'impression de patienter depuis un siècle.

Elle s'écarta un peu pour scruter son visage. Son expression ne révélait rien.

— Alors ? Qu'est-ce qui s'est passé ? Tu vas bien ? Tu as vu les mercenaires ? Tu les as…

— Une question à la fois, tu veux ? demanda-t-il avec un sourire.

— Désolée, mais je me faisais un sang d'encre.

— Il ne fallait pas, Red. Tout va bien.

— Et les mercenaires ?

— C'est réglé.

Réglé ? Réglé comme… tués ?

— Je vois, murmura-t-elle, prudente.

— Ne me regarde pas comme ça. Je t'ai dit exactement ce que je comptais faire. C'était nécessaire.

— Je sais bien, soupira-t-elle. Tuer ou être tué, c'est ça ?

Il la regarda, surpris.

— Et tu acceptes ?

— Je suis bien obligée. Ces types ont tué Jesse et Dave. L'un d'entre eux a dû faire prendre à Harry un produit qui a stoppé son cœur.

Les sourcils froncés, elle regarda un instant dans le vide et s'écria :

— Oh ! Il faut absolument que je mette la main sur les analyses de Harry ! Attends, je parie que l'hôpital n'en a même pas fait. En tout cas, pas si X a eu le bras assez long…

Nick lui tendit le sachet de papier brun qu'il tenait à la main et entreprit de déboucler son holster.

Méfiante, elle demanda :

— Qu'est-ce que c'est ? La tête d'un des mercenaires ?

Il partit d'un grand rire.

— Nous ne sommes plus au Moyen Âge ! Je me suis juste arrêté à une délicatessen ouverte toute la nuit pour acheter des sandwichs. Tu détestes mes rations, et je ne voulais pas que tu meures de faim.

Cette douce chaleur qui se déployait dans sa poitrine… Elle commençait à bien connaître la sensation. À 4 h 30 du matin, alors qu'il venait de risquer sa peau, il s'était arrêté pour lui acheter à manger. Cet homme… Cet homme était unique.

Le grondement de son estomac coupa net ce moment d'émotion. Entre angoisse et dégoût, elle n'avait pas pu se résoudre à avaler une ration, mais maintenant que Nick était de retour, elle se sentait une faim de loup.

Il leva les yeux au ciel, lui reprit le sachet et l'ouvrit en lui demandant :

— Jambon, dinde ou thon ?

— Dinde !

Il plaqua un long cylindre enrobé de papier d'aluminium dans sa main tendue. Elle se laissa tomber sur le bord du second lit, déballa en hâte le sandwich et en prit une énorme bouchée. Les saveurs inondèrent aussitôt ses papilles : laitue, tomate, moutarde au miel, mayonnaise… Un régal ! Son premier vrai repas depuis une éternité.

Assis en face d'elle, Nick termina son propre sandwich en cinq ou six bouchées. Elle ne put s'empêcher de sourire, sans cesser pour autant de dévorer. Il se leva, sortit deux bouteilles d'eau du sac, but d'un trait la moitié de l'une d'elles et lui tendit l'autre. Elle la prit avec reconnaissance et avala une longue gorgée.

— Je me douche, dit-il en se détournant.

— Fonce !

Il fouilla dans son sac, en sortit une chemise, un caleçon et un pantalon ; il avait presque réussi à s'esquiver dans la salle de bains quand elle repéra la boîte blanche de premiers secours, mal cachée sous les vêtements.

— Stop ! Plus un geste, Nicholas !

Il se retourna à demi, très amusé.

— Comment est-ce que tu viens de m'appeler ?

Elle alla se planter devant lui, l'air menaçant.

— Tu croyais pouvoir me cacher que tu es blessé ?

— Je ne suis pas blessé, protesta-t-il.

— Mais oui, c'est ça !

Elle le parcourut du regard, verticalement, latéralement... Et inspira brusquement, horrifiée, en repérant la petite déchirure de l'étoffe, à son épaule, et dessous sa peau rougie.

— Pour l'amour du ciel ! Retire ta chemise.

Elle crut qu'il allait refuser et braqua sur lui son regard le plus impérieux. Il se mit alors torse nu sans protester. Elle blêmit en découvrant la vilaine plaie.

— Il m'a à peine touché, bougonna-t-il. Ce n'est pas la peine d'en faire toute une histoire.

— Pourquoi les hommes se sentent-ils toujours obligés de jouer les héros ! Assois-toi et laisse-moi nettoyer ça.

— J'aimerais prendre une douche d'abord.

— Non ! Une fois dans la salle de bains, tu verrouillerais la porte et essayerais de te soigner tout seul.

Il fit la grimace — elle avait vu juste.

— Tu tiens tant à prendre une douche d'abord ? Très bien, j'attendrai que tu aies terminé, mais j'entre avec toi.

— Sérieux ?

— Sérieux.

Sans façons, elle passa devant lui et entra dans la salle de bains. Il la suivit, et son grand corps musclé remplit tout le petit espace ; elle faillit rire en découvrant leurs reflets dans le miroir. David et Goliath ! Elle prit place sur le couvercle rabattu des toilettes et l'encouragea :

— Eh bien, vas-y, qu'est-ce que tu attends ?

Une flamme jaillit dans le regard de miel de Nick.

— Tu comptes rester là à me regarder ?

— Mais oui, fit-elle en haussant les sourcils d'un air de défi. Ça te pose un problème ?

— Non.

Il défit sa braguette et laissa choir son pantalon sur le carrelage, puis son caleçon le suivit. Malgré elle, ses yeux s'arrondirent, quand elle vit jaillir son érection. Oh… Il était stupéfiant ! Si dur, si mâle… Il devenait difficile de garder un air blasé.

Il se détourna pour ouvrir le robinet, lui offrant alors en spectacle un fessier absolument délectable. Le court-circuit la guettait, elle ne parvenait plus à se concentrer sur un seul détail, peau dorée, muscles saillants, torse massif, jambes déliées…

Nick Barrett était l'homme le plus sexy de la planète, et elle avait envie de lui ! Tellement envie… Elle voulait sentir sa bouche brûlante sur la sienne, ses mains rudes sur ses seins ; sentir sa virilité la remplir tout entière.

— Tu attends quelque chose ? lança-t-il en lui jetant un regard moqueur par-dessus son épaule.

Il entra dans la cabine de douche sans refermer le rideau de plastique rose. Planté face à elle, le regard rivé au sien, il laissa l'eau ruisseler sur son corps nu. Un peu étourdie, elle fouilla dans sa mémoire. Qu'était-elle venue faire ici, au fait ? Elle avait une tâche importante à accomplir… Ah oui, lui panser l'épaule ! Mais alors, pourquoi déboutonnait-elle son jean ?

Tandis que son regard restait rivé au corps mouillé de Nick, ses mains, elles, vivaient leur vie, faisaient passer son T-shirt par-dessus sa tête, défaisaient son soutien-gorge, retiraient sa culotte. Nick la regardait, immobile, mais à chaque vêtement ôté, la flamme au fond de ses yeux s'intensifiait.

— Viens, gronda-t-il.

Inutile de le lui demander deux fois ! Elle entra dans la cabine et dans ses bras, en lui offrant sa bouche. La vapeur se déposa sur leurs paupières et sur leurs langues, l'eau chaude se déversa sur eux, assourdissante, leurs corps nus glissèrent l'un contre l'autre. Quand il lui empoigna les fesses pour mieux la plaquer contre lui, la sensation de son érection pressée sur son sexe lui arracha un gémissement.

Tout, chez lui, la rendait folle de désir ! Pas un de ses anciens amants ne lui arrivait à la cheville. Elle les avait crus passionnés ? Elle découvrait la passion véritable. Les paupières alourdies de Nick, son visage tendu, ses doigts agiles, sa langue…

— Oh ! C'est bon…, gémit-elle.

Le plaisir était si intense que ses jambes ne la portaient plus. Ses seins avaient toujours été très sensibles, et Nick se concentrait justement sur eux.

— Tu aimes ?

Sa voix enrouée, son souffle tiède sur sa bouche quand il se pencha pour l'embrasser de nouveau, ses mains lui pétrissant les seins, ses pouces passant et repassant sur leurs boutons dressés…

Elle gémit de nouveau, d'impatience cette fois.

— Quoi ? Dis-moi ce que tu veux.

— Ta bouche, souffla-t-elle.

Il la lui donna aussitôt, ployant sa haute taille pour capturer entre ses lèvres la pointe de son sein. Un éclair de plaisir la transperça. Il insista, lécha son mamelon dressé, le suça doucement, le taquina de la langue. Une plainte grave roula dans la gorge de Rebecca, son corps s'anima malgré elle. Il lui en fallait davantage, et tout de suite !

Elle glissa la main entre leurs corps, ses doigts se refermèrent sur la verge de son beau soldat et remontèrent, lascifs. La voix de Nick vibra contre sa poitrine.

— Oui… Continue…

Tandis qu'elle le caressait, sensuelle, il insinua la main entre ses cuisses. Son corps entier ronronnait déjà de plaisir et voilà que ses doigts exploraient ses replis les plus intimes, trouvaient le bouton gonflé de son désir ! Quand ils se glissèrent en elle, elle haleta son nom. D'elles-mêmes, ses hanches ondulèrent, d'elle-même, sa main accéléra ses caresses.

— Je te veux, souffla-t-il en la faisant reculer contre le mur.

Elle noua les bras autour de son cou, les jambes autour de sa taille ; offerte, elle attendit qu'il plonge en elle, mais il s'était immobilisé. Éperdue, elle l'interrogea du regard.

— Pas de préservatif, dit-il d'une voix torturée.

— Je prends la pilule, et j'ai fait le test, bredouilla-t-elle en rougissant.

Cette question générait toujours une certaine gêne, mais dans un moment pareil, c'était comme de tomber du haut du ciel. Elle souffla pourtant :

— Et toi ?

— J'ai fait le test aussi, je suis clean. Tu crois… Tu es sûre que je peux…

Il rougissait aussi, confus ; pour une raison inexplicable, sa gêne raviva son désir. Il était si gentil, si prévenant ; ça rendait les moments où il perdait le contrôle de lui-même encore plus excitants.

Elle vit son regard changer. D'un élan, il s'enfonça en elle, la remplit jusqu'à la garde, puis ses hanches commencèrent un va-et-vient intense. Soulevée de désir, incapable de reprendre son souffle, elle laissa sa tête retomber en arrière. Le visage figé de Nick lui apparut à travers la vapeur, ses yeux d'ambre plissés de passion, les tendons saillants de son cou ; il gronda son nom, s'empara de nouveau de sa bouche. Elle se cambra dans ses bras, ferma les yeux… et la nova du plaisir l'écartela. Elle perçut la convulsion du corps de Nick, entendit son râle, et sut qu'il avait atteint le même sommet.

Un long moment, ils restèrent immobiles, comme suspendus, puis il se retira d'elle avec un énorme soupir. Appuyé de la main à la paroi carrelée, il s'écarta un peu pour qu'elle puisse se placer sous la pomme de douche. L'eau n'était plus très chaude ; rapidement, les mains tremblantes, ils se rincèrent et coupèrent le jet. Elle sortit la première et se retourna vers lui, les jambes flageolantes.

— Je tiens à ce que tu saches que cette fois non plus, ça n'entrait pas dans ma stratégie de séduction. Je voulais vraiment te soigner.

— Mais bien sûr, je vais te croire ! À mon avis, Red, tu es en mode séduction vingt-quatre heures sur vingt-quatre et sept jours sur sept.

— Ce serait plus facile de passer sur un autre mode, si tu n'étais pas aussi irrésistible, répliqua-t-elle.

— C'est toi qui me dis ça ? Toi, la femme la plus irrésistible de la planète ?

— Pardon ?

Elle riait ; il répondit avec beaucoup de gravité :

— Ne t'excuse jamais d'être une bombe. Jamais.

Cette fois, elle éclata de rire, saisit deux serviettes et lui en tendit une. Ils se séchèrent en silence et, peu à peu, la connivence détendue qui les rapprochait s'effaça, puis la gêne s'installa entre eux, oppressante. Des questions muettes planaient dans la petite pièce, des questions qu'ils ne savaient pas comment formuler.

Elle aurait voulu lui demander ce qu'ils étaient en train de faire, où cela allait les mener. Il ne lui résistait plus. Il venait quasiment de lui ordonner d'entrer dans la douche avec lui. S'il ne cherchait plus à la tenir à distance, comment voyait-il les choses ? Elle aurait aimé qu'il exprime ce qu'il ressentait, ce qu'il espérait même, mais Nick Barrett, le dernier des gentlemen, ne discutait pas de ses sentiments.

Peut-être valait-il mieux, d'ailleurs, qu'il ne dise rien. Son intuition lui soufflait que si elle l'interrogeait sur leur avenir, sa réponse risquait de ne pas lui plaire. Elle renonça donc à entamer une discussion sérieuse à 5 heures du matin et se haussa sur la pointe des pieds pour effleurer ses lèvres d'un petit baiser dégagé.

— Allez, Watson, on va soigner ton égratignure et dormir un peu. Nous en avons besoin.

— Nous avons un problème. Un sérieux problème.

La routine, en somme… Il s'arracha à son fauteuil avec un soupir, et s'approcha de la cheminée, le téléphone plaqué à l'oreille. Il était 6 heures du matin ; il ne s'était pas couché. Cette nuit encore, après des heures d'insomnie, il s'était installé dans son bureau avec un verre de whisky et un paquet de cigarettes. Sa pauvre chère femme en aurait été horrifiée. Elle l'avait obligé à tout arrêter en répétant qu'elle voulait le voir vivre très vieux et très heureux ; résultat, lui qui fumait comme un pompier était toujours droit dans ses bottes, et l'amour de sa vie reposait six pieds sous terre dans un cimetière de New York.

Et maintenant, au bout du fil, Carraway lui détaillait encore un nouveau problème. Encore un désastre à gérer.

— Qu'est-ce qui se passe, encore ?

Il était trop fatigué, et il était beaucoup trop tôt pour se replonger dans ce casse-tête que personne ne contrôlait plus.

— Six de mes hommes sont morts. Barrett les a éliminés.

Sous le choc, il sentit sa mâchoire s'affaisser.

— Vous êtes sûr que c'était lui ?

— Certain. Il nous a fait parvenir un message par l'un de ceux qu'il a laissés en vie. À savoir qu'il liquiderait de la même façon tout autre commando envoyé contre lui.

Carraway s'interrompit un instant.

— Il y avait aussi un message spécifique à votre intention.

— Dites toujours, fit-il d'une voix lasse.

— Il vous fait dire que vous vous comportez comme un lâche, lui apprit son interlocuteur avec une gêne palpable. Si vous voulez le prendre, cessez d'envoyer des hommes de main et venez le chercher vous-même.

Ces paroles eurent le don de le galvaniser. Pour qui ce

petit crétin se prenait-il ? Un lâche, lui ? Un lâche, alors qu'il risquait tout pour son pays ?

— Quels sont les ordres, monsieur ? s'impatienta Carraway. Je forme une autre équipe ?

Il réfléchit un instant.

— Pourquoi pas. Les suivants auront peut-être plus de chance.

— Ou alors ils mourront aussi, répondit amèrement Carraway.

— Trouvez des hommes plus doués.

— Ce commando était le meilleur.

Cette fois, il perdit patience.

— Ce commando ne valait rien ! hurla-t-il. Des incapables ! Autrement, ils auraient réglé notre problème. Recrutez des gars plus habiles et bouclez cette mission !

Il coupa la connexion et jeta violemment l'appareil loin de lui. Il inspira profondément plusieurs fois, immobile. Enfin, lentement, posément, il alla le ramasser. Du calme… Son meilleur atout était encore le visage serein qu'il savait afficher en toutes circonstances. S'il le perdait, il perdait la partie.

Il revint à son bureau et se pencha sur son agenda ; une note griffonnée sur le jeudi de la semaine en cours attira son regard ; satisfait, il approuva de la tête. Mac Avoy rentrait de Pékin. Parfait ! Son regard passa au lendemain :

*Gala des Vétérans.*

Un événement public, médiatisé ? La dernière chose dont il ait besoin en ce moment ! Il fit un nouvel effort pour se calmer et se concentra sur Mc Avoy.

Le moment était peut-être venu. Il aurait préféré l'éviter, mais la situation devenait critique. Il devenait urgent de prendre ses distances avec ce fiasco en plaçant clairement la responsabilité pour le virus Méridien sur d'autres épaules que les siennes. En langage clair, il était temps de sauver ses fesses.

Nick ouvrit les yeux sous le choc d'une sensation fabuleuse : une bouche tiède se refermait sur sa verge. Son corps fit un bond convulsif et il entendit un rire absolument délicieux.

— Rebecca, qu'est-ce que tu fais !

Malgré lui, ses hanches se soulevaient, son érection cherchait cette bouche merveilleuse.

— Je te séduis. Cette fois, c'est officiel.

Un nouveau rire chatouilla sa verge distendue. Puis elle l'engloutit tout entier. Une plainte lui échappa. Elle allait le tuer !

*Et alors ?* glissa la petite voix familière dans sa tête. *Quelle mort fabuleuse ! Tais-toi et profite.*

Bon conseil. Il s'abandonna, les yeux clos, les mains dans les mèches soyeuses de Rebecca. C'était si doux de les sentir glisser entre ses doigts ! Quant à l'enthousiasme qu'elle mettait à la tâche… Il n'avait jamais connu une sensation aussi excitante. Elle prenait le temps de découvrir ce qui lui plaisait (franchement, qu'est-ce qui aurait pu ne pas lui plaire !), sa main se joignit à la fête, encerclant la base de sa verge et la caressant fermement. Bientôt, elle trouva un tempo régulier qui le fit griffer les draps.

Son corps crépitait, il ne résisterait plus très longtemps. Doucement, il prit sa tête entre ses mains et l'immobilisa. Surprise, elle leva les yeux.

— Ce n'est pas comme tu aimes ?

— Si. Oh si ! Mais c'est mon tour.

Il la retourna comme une crêpe ; le mouvement lui arracha un petit cri de saisissement qu'il avala d'un baiser. Tendu au-dessus d'elle, il interrompit son mouvement pour plonger dans ses yeux voilés de désir.

— Tu permets que je te séduise un peu, moi aussi ?

— Je permets.

— Parfait.

Il lui fit alors tout ce qu'il rêvait de lui faire depuis le premier jour, embrassa chaque centimètre carré de sa peau soyeuse, pressa son nez dans son cou, suça son oreille. Jusqu'ici, ils n'avaient fait l'amour que dans la fièvre et l'urgence. Cette fois, il prit tout son temps et ses soupirs, les plaintes qui roulaient dans sa gorge lui apprirent exactement ce qu'elle aimait. Il s'intéressa à tout ce que lui disait son corps : la façon dont ses mamelons durcissaient quand il les balayait brusquement de la langue, le frisson qui se coulait en elle quand il embrassait un point sensible juste au-dessus de sa hanche, son frémissement profond quand il effleurait son intimité.

Il descendit progressivement, toujours plus bas ; quand sa bouche trouva le cœur de son désir, elle laissa échapper un cri rauque. Avec une satisfaction bien masculine, il fit alors tout son possible pour lui donner du plaisir. Il la lécha lentement, tendrement ; quand ses hanches se mirent à onduler, il suivit son rythme, l'emportant plus près du gouffre, toujours plus près… Jusqu'à l'explosion.

— Nick ! J'en veux davantage. Je te veux, toi.

Il se coucha bien vite sur son corps menu. Il n'avait plus peur de l'écraser : chaque fois qu'il cherchait à la soulager de son poids, elle le ramenait contre elle. Il adorait la façon dont elle écrasait les seins sur sa poitrine pour être plus près de lui, adorait la sensation de plénitude, quand il entrait dans sa chaleur accueillante. Cette fois encore, le besoin de la prendre vite et sauvagement était puissant, mais il voulait savourer chaque instant. Faire durer.

— Oh ! C'est bien, chuchota-t-elle.

— C'est bien, oui, confirma-t-il d'une voix rauque.

Ils ondulaient ensemble, paisibles, sans se précipiter vers le plaisir. Il lui tenait la tête entre ses paumes et l'embrassait profondément, sa langue suivant le même rythme que sa verge. Quand l'orgasme le saisit, ce ne fut pas une explosion mais un épanouissement. Des étincelles dansèrent le long de ses terminaisons nerveuses. La tête renversée en arrière, les yeux clos, Rebecca se cambrait avec une plainte très douce, saisie de la même extase.

Un silence paisible envahit la chambre. Nick roula sur le dos, envahi d'un contentement délicieux.

— Tu veux te rendormir ? murmura-t-il en tournant la tête vers elle.

— J'ai envie, oui.

Elle rit tout bas.

— Pas toi ?

— Mc Avoy ne rentrera pas avant demain. Qu'est-ce qu'on peut faire d'autre, en attendant ?

Elle remua les sourcils avec une grimace si salace qu'il se mit à rire à son tour.

— On recommence ce qu'on vient de faire ? suggéra-t-elle.

— On recommencera, c'est sûr.

— Souvent ?

— Souvent, confirma-t-il. Mais pas tout de suite. Maintenant, il faut se rendormir ; comme ça, je pourrai te faire la petite surprise du réveil.

— Je marche.

Elle se redressa d'un élan.

— Toilettes. Je reviens tout de suite.

Elle s'engouffrait déjà dans la salle de bains. Il s'étira en riant un peu. Il craquait complètement pour elle ! Elle était si pleine de vie, si drôle, si impudente… Et en même temps si intelligente, avec une incroyable capacité de concentration et d'analyse. Elle avait *tout* !

Il apprécia un peu moins de sentir son cœur trébucher quand elle reparut, et son pouls s'accélérer quand elle se faufila dans le lit et se blottit contre lui, tout naturellement, comme si elle le faisait depuis des années. Se câliner, se faire l'amour, rire ensemble… Ça n'avait rien de répréhensible, il adorait faire tout ça avec elle, mais…

*Mais quoi ?* se moqua la petite voix dans sa tête.

Il ne trouva strictement rien à lui répondre ; au bout d'un instant, il renonça à achever sa pensée. Il était beaucoup trop tôt pour se poser des questions aussi difficiles. Il se plaqua contre le dos de Rebecca et se rendormit.

Nick ne plaisantait pas : trois heures plus tard, Rebecca fut délicatement arrachée d'un sommeil profond par la sensation d'une langue entre ses cuisses. Ce fut l'ouverture d'un nouveau round de sexe stupéfiant qui les laissa tous deux sur le flanc. Ensuite, ils dévorèrent les deux sandwichs restants que Nick avait rangés dans le frigo la veille au soir... Puis se remirent au lit.

— Je crois bien que je n'ai jamais traîné autant de ma vie, avoua-t-elle en promenant un index distrait sur la poitrine nue de Nick.

— Moi aussi, dit-il, très détendu. Et je crois que j'aime ça.

— Moi, pas sûr. C'est bizarre de ne rien faire. J'ai tout le temps l'impression d'avoir raté quelque chose, une piste, un indice. Je suis obligée de me répéter que nous ne pouvons rien faire d'autre qu'attendre. Tu vois ce que je veux dire ?

— Oui, bien sûr. Je ne suis pas très doué non plus pour traîner, mais notre unique piste est encore en Chine.

— Si Mc Avoy est bien notre X ! Tu ne vas pas repasser en mode Rambo, dis ?

La poitrine tiède sous sa joue vibra : Nick riait.

— Je ne vais plus faire mon Rambo, non. J'ai promis à mon père qu'on agirait dans les règles. Mac Avoy ira en prison, pas dans la tombe.

— Parfait, parce que c'est beaucoup plus avantageux pour ma carrière s'il est vivant, le taquina-t-elle. Je pourrai décrocher l'interview exclusive de l'adjoint félon du secrétaire à la Défense.

Elle crut sentir le ventre de Nick se crisper, mais quand elle promena les doigts sur lui, ses muscles s'étaient détendus.

— Je ne sais pas comment tu supportes d'interviewer des fumiers dans son genre, avoua-t-il. Ils me dégoûtent. Je me souviens d'une séquence que tu as faite, l'an dernier, sur les prédateurs d'enfants. J'avais envie de vomir en regardant ces malades.

— Moi aussi, reconnut-elle. Crois-moi, les heures que j'ai passées dans des parloirs à les écouter se justifier ont été une torture. Une fois, Jesse a dû me décrocher de l'un d'eux, j'étais à deux secondes de l'étrangler. Il avait fait un commentaire horrible sur les rousses.

Cette fois, Nick se crispa vraiment.

— Je l'aurais probablement descendu.

Il hésita, puis reprit :

— Et pourtant, tu continues. Pourquoi ?

— Cette fois-là, c'était parce que les gens doivent savoir que ces prédateurs existent. D'autres reportages m'ont permis de dénoncer une injustice ou un scandale de corruption. Il m'arrive aussi de parler de gens extraordinaires pour inciter le téléspectateur à agir, à changer, à contribuer aussi, à sa façon.

Elle haussa les épaules comme pour minimiser la portée de ses actions.

— Quand je cherche à mettre mes concitoyens en garde contre les grands malades, les grands malades ne comprennent pas forcément mon propos. Certains de ceux à qui j'ai parlé ont cru saisir une occasion de défendre leurs actes, et je n'y peux rien, mais ce n'est certainement pas pour ça que je les ai fait passer à la télé. Je voulais avertir les parents que les prédateurs peuvent rôder partout, autour d'un terrain de jeu, à l'école, au supermarché. Je voulais qu'ils prennent leurs précautions.

Nick lui effleura le dos de sa paume dans une caresse légère.

— Tu veux des enfants ? demanda-t-il.

— Oui ! Un garçon et une fille.

— Tu as tout prévu, nota-t-il en souriant.

— Carrément. J'adore les gosses et je crois que je serai une maman rigolote.

— Mais tu arrêteras ton travail, quand tu les auras ?

Surprise, elle plissa le front.

— Non, pourquoi ?

— Tu partirais en reportage en laissant tes gosses à la maison avec ton mari ou une nounou ?

Elle se mit à rire.

— Ce n'est pas comme si je partais des années ! Beaucoup

de parents voyagent davantage que moi pour leur boulot. Le plus souvent, je ne m'absente que quelques jours. Quelques semaines, c'est déjà arrivé, mais seulement sur zone de guerre ou sur un sujet vraiment énorme. Crois-moi, j'ai l'intention d'être là pour mes enfants.

Il ne répondit pas. Elle scruta son visage troublé et lui glissa dans un sourire :

— Puisqu'on en parle, je pense que tu ferais un bon père.

Son regard d'ambre perdit sa gravité.

— Un « bon père », pas un papa rigolo ?

— Tu seras rigolo aussi, quand tu ne seras pas en mode papa poule.

Il surprotégerait sûrement ses gosses, mais cette qualité avait aussi des avantages. Elle commençait même à apprécier qu'il soit aux petits soins pour elle, qu'il devine tous ses besoins. Un homme qui vous rapporte des sandwichs en rentrant de l'enfer, simplement parce qu'il sait que vous détestez ses rations ! En piquant de surcroît un stylo et un bloc-notes sur le comptoir de la delicatessen, parce que vous aviez dit que vous regrettiez de ne pas pouvoir prendre de notes ! Nick Barrett, le fils du secrétaire à la Défense des États-Unis, chapardait pour lui être agréable ! Elle n'avait jamais connu un homme comme lui. Ces quelques jours en sa compagnie la comblaient davantage que toutes ses anciennes histoires d'amour combinées.

Subitement, elle eut envie d'en savoir plus sur lui.

— Ton père était comment, quand tu étais petit ? Rigolo ?

— Pas vraiment, non. Sévère. Très à cheval sur le règlement et sur le fait de prendre ses responsabilités. On faisait une bêtise, on en assumait les conséquences. C'est dans son ADN ; il est né militaire, il descend d'une longue lignée de généraux.

— Et ta mère ?

— Elle s'en remettait à lui pour tout ce qui touchait à la discipline, répondit-il en lui caressant distraitement les cheveux.

— Elle avait un métier ?

— Non. Elle s'occupait de Viv et moi. Son truc, c'était les arts ménagers, la cuisine, le jardin et l'artisanat. Elle avait une façon imparable de me demander de l'aider. Mes copains étaient dehors à faire du vélo et moi, je restais près d'elle à peindre une mangeoire pour les oiseaux ou à faire un collage avec des débris trouvés dans le bois derrière chez nous.

— Je parie que tu adorais ça, pouffa-t-elle.

Il se tut un instant et soupira :

— Tu as raison. J'adorais ça. C'était si facile d'être avec elle, tu comprends ? Mon père était plutôt froid, mais elle… Elle était le rayon de soleil qui éclairait notre maison.

Cette tristesse dans sa voix ! Elle posa une main apaisante sur sa poitrine.

— Elle est morte il y a longtemps ?

— J'avais quinze ans, ma sœur dix-sept. Mon père ne s'en est jamais remis, et je ne crois pas qu'il soit jamais sorti avec une autre femme. Tu te rends compte, personne en treize ans ? Chaque fois que, Viv ou moi, nous le poussons à rencontrer quelqu'un, il répond qu'il n'est pas encore prêt. Je me demande s'il le sera jamais !

— Il devait vraiment l'aimer.

— Il l'aimait, oui. Ils étaient comme les couples des séries télévisées ringardes des années 1950, amoureux comme au premier jour, après trente ans de mariage.

C'était ce qu'il voulait, lui aussi ! La conviction s'imposa subitement à elle : Nick aspirait à revivre ce qu'avaient vécu ses parents. Il voulait trouver l'amour éternel et la femme au foyer lumineuse qui passerait son temps à la maison avec les enfants, pendant qu'il subviendrait à leurs besoins.

Le corollaire lui apparut aussitôt : elle ne pourrait jamais être cette femme. L'aventure, les expériences nouvelles… Comment avait-il dit ? C'était dans son ADN. Oui, elle voulait faire l'expérience du monde, pas le regarder par la fenêtre de sa cuisine, en sortant une plaque de cookies du four. Elle n'avait jamais été tentée par cette vie alors que, pour Nick, elle représentait un idéal. Conclusion pour eux ?

Mieux encore, quelle conclusion voulait-elle en tirer, elle ? Désirait-elle vivre auprès de cet homme ? *Oui.* La réponse jaillit si vite qu'elle se sentit un peu choquée. Oui, elle le voulait. Au fond d'elle, elle avait déjà dit adieu aux mauvais garçons du passé et se tournait vers le garçon *bien* de l'avenir. Il ne lui restait plus qu'à le convaincre qu'ils pourraient être heureux ensemble.

# 15

Jeudi, enfin ! Nick ne se plaignait pas — certainement pas ! — du marathon sexuel des deux dernières journées, mais il était temps que ça se termine.

Le sexe n'était pas le problème. Pas du tout. Juste, il commençait à trop apprécier… eh bien, la compagnie de Rebecca. Il aimait traîner au lit avec elle. Il aimait écouter ses souvenirs d'enfance, ses anecdotes de boulot et ses tirades passionnées sur toutes sortes de sujets. Il aimait la façon dont elle le taquinait sans merci, quand il se montrait « trop gentleman », même s'il avait du mal à saisir en quoi le fait de rabattre le siège des toilettes était « trop gentleman ». Il avait une grande sœur, voilà tout.

Hélas ! même s'il l'appréciait, et le mot était faible, Rebecca n'avait aucune place dans son avenir. On ne pouvait pas vivre en se faisant un sang d'encre pour la femme que l'on aime. Chaque fois qu'elle partirait en reportage, il se rongerait les sangs, grimperait aux rideaux, paniquerait. Oh ! il était prêt à reconnaître l'hypocrisie de son attitude : lui qui s'était mis en danger au quotidien tout au long de sa carrière militaire, il ne voulait pas que sa femme en fasse autant.

Mais sa carrière militaire, c'était du passé. Une fois que cette affaire serait terminée, il chercherait un job dans le civil. Peut-être un poste au Département de la Défense, auprès de son père. Dans ce cas, il travaillerait comme un fou pour garantir que la situation qu'il vivait depuis un an ne se reproduirait jamais.

Bref, s'il s'engageait auprès de Rebecca, il se retrouverait vieux avant l'âge. Une femme aussi butée, aussi imprudente, aussi sûre d'elle ; une femme qui se fichait de sa sécurité, qui ne pensait qu'à l'aventure, au scoop. À Mala, devant l'hôpital, quand il lui avait crié de se jeter à terre, elle s'était empressée de désarmer le mercenaire. Et au Costa Rica, quand il lui avait ordonné de rester dans la voiture, qui était arrivée sur ses talons dans la maison de Waverly ? Comment pourrait-il vivre avec une femme qui le contredirait en permanence ? Une femme qui remettrait en cause chacune de ses décisions, chacune de ses suggestions ?

— À quoi tu penses ?

Il se détourna de la fenêtre et vit qu'elle lui souriait d'un air entendu. Elle s'amusait beaucoup à lui renvoyer ce qu'elle appelait ses « formules de garçon sage ». Effectivement, maintenant qu'il entendait la phrase dans sa bouche, il devait reconnaître qu'elle était assez nulle.

— Je regardais le couchant…, éluda-t-il.

— Un vrai romantique !

— Parce que j'ai hâte qu'il fasse nuit pour qu'on puisse sortir d'ici.

— Comme si tu n'avais pas adoré chaque seconde que nous avons passée dans cette chambre !

C'était une femme nue, adorablement belle, qui lui disait ça. Malgré lui, son corps frémit. Même s'il l'avait voulu, il n'aurait pu renier ces deux journées.

— Bien sûr, concéda-t-il, mais j'ai aussi très envie d'en venir à la confrontation avec Mc Avoy.

— Ton père t'a envoyé d'autres messages ?

— Pas depuis qu'il nous a prévenus que Mc Avoy venait d'atterrir, il y a trois heures.

— Ils étaient censés se retrouver au Pentagone, non ?

Un pli entre les sourcils, elle réfléchit un instant et murmura :

— J'espère que ton père ne s'est pas trahi. Il suffirait d'un rien pour alerter Mc Avoy.

— Mon père sait jouer le jeu. Les secrets et les mensonges, c'est son élément.

— Nous sommes à Washington. Les secrets et les mensonges sont une sorte de religion.

Elle s'étira, les bras au-dessus de la tête ; le regard de Nick se riva aussitôt à ses seins nus. Il en avait l'eau à la bouche, sa langue vibrait d'envie de goûter ces mamelons rosés. Ce regard avide la fit sourire.

— Mmm, je ferais bien de m'habiller avant que tu ne me ravisses de nouveau.

— C'est plus sûr, admit-il.

Elle disparut dans la salle de bains. Il se leva à son tour, enfila une chemise bleu marine et glissa son Sig Sauer dans la ceinture de son jean. Cette fois encore, Rebecca l'accompagnait. Il aurait préféré y aller seul, mais à un moment donné, entre deux rounds de sexe déchaîné, elle avait élaboré un plan qui se tenait. N'ayant rien de mieux à proposer, il avait dû s'incliner.

Elle revint très vite, en jean, chemise à carreaux ouverte sur un T-shirt bleu, et ses fidèles Pataugas. Ses cheveux roux défaits flottaient sur ses épaules. Elle était si jolie que son cœur se serra.

— Quoi ? dit-elle avec méfiance.

Elle lisait trop facilement ses expressions !

— Rien, assura-t-il d'une voix enrouée.

Pressé d'en finir avec l'émotion insolite qui venait de s'emparer de lui, il demanda :

— Tu es prête à dénoncer la corruption d'un fonctionnaire, Sherlock ?

Son joli visage se détendit dans un sourire.

— C'est parti !

Ils prirent la quatre-voies, franchirent le pont menant en Virginie et pénétrèrent dans un quartier résidentiel de

Fairfax County. Une haute grille de fer forgé protégeait la demeure de style Tudor de Mc Avoy.

— Tu crois qu'on devrait sonner ? murmura Rebecca.

— Non.

Elle attendit une explication — rien ne vint. Elle cherchait encore à comprendre quand il se gara contre le trottoir à quelques mètres de la grille, coupa le contact et défit sa ceinture.

— Donne-moi une minute.

Une minute pour quoi faire ? Et que contenait le petit étui de cuir qu'il tirait de son sac ? Elle n'eut pas le temps de lui demander des explications, il avait déjà bondi du 4x4 et se dirigeait à grands pas vers la maison. Il disparut bientôt derrière le pilier de la grille. Elle ne put voir ce qu'il manigançait, mais il reparut effectivement moins d'une minute plus tard et lui fit signe de descendre.

Elle le rejoignit en pressant discrètement ses paumes moites sur son jean. Ce trac monstre ne lui ressemblait pas du tout. Était-ce parce qu'ils suivaient son plan ? En cas d'échec, elle se sentirait responsable. Elle n'en revenait toujours pas qu'il ait accepté son idée. Elle s'attendait à ce qu'il remue ciel et terre pour l'empêcher de l'accompagner mais non, il acceptait de la laisser risquer sa vie. Cela signifiait-il qu'il commençait à accepter l'idée de la laisser *partager* sa vie ?

Pendant ces deux jours au motel avec lui, elle avait appris à le connaître, découvert ce qu'il avait dans la tête et dans le cœur. Elle cernait très bien, maintenant, sa version de la femme idéale. Il fallait juste espérer qu'il aurait l'esprit assez ouvert pour comprendre que, parfois, on pouvait faire beaucoup mieux que vivre son idéal. Elle en était le meilleur exemple. Elle qui avait toujours cru qu'elle finirait avec un casse-cou dans son genre, elle n'aspirait plus qu'à vivre auprès d'un homme gentil, droit et intègre comme lui.

*Concentre-toi, Becks !*

Les généralités sur les rapports amoureux, ce serait pour plus tard. Elle se vida l'esprit et regarda autour d'elle. La grille était grande ouverte. Le capot du boîtier électronique fixé au pilier pendait, arraché, les fils à nu.

— Tu as saboté sa grille ? murmura-t-elle.

— Ouais.

Une approche efficace ! Ils remontèrent l'allée en direction de la belle demeure du haut fonctionnaire. La propriété était magnifique. Une brise tiède faisait ondoyer les feuillages et les fleurs des plates-bandes, des rosiers odorants bordaient la véranda ; Mc Avoy s'était offert un jardinier du tonnerre. La nuit tombait mais dès qu'ils s'approchèrent, une lumière vive s'alluma sous l'avancée du toit.

— Détecteur de mouvement, lâcha Nick.

Elle nota la position de sa main droite, près de sa hanche. À la première alerte, il dégainerait. Que devaient-ils faire, maintenant ? Frapper ? Sonner ? Le maître des lieux leur épargna cette décision : la lourde porte de chêne s'ouvrit à la volée et une silhouette parut sur le seuil. Leur arrivée avait dû déclencher une alarme.

— Vous pouvez me dire comment vous avez franchi la grille ? lança une voix furieuse.

Mc Avoy les dévisagea, puis ses yeux s'écarquillèrent.

— Rebecca Parker ? Qu'est-ce que vous foutez ici ?

— Contente de vous revoir, monsieur Mc Avoy, dit-elle calmement. Nous nous sommes rencontrés il y a deux ans, je crois, à une convention du parti.

Avec ses yeux bleus un peu trop rapprochés et son long nez mince, Fred McAvoy ressemblait à un oiseau. Sa petite taille ne l'avantageait pas : il ne dépassait Rebecca que de dix ou douze centimètres.

— Qu'est-ce que vous foutez ici à une heure pareille ? répéta-t-il d'un ton rogue.

Son regard méfiant se posa alors sur Nick, qui n'avait pas encore dit un mot.

— Et lui, qui est-ce ? Pourquoi est-ce que vous…

Il s'interrompit. Nouveau choc, nouvelle identification. Il blêmit brutalement.

— Barrett…

La voix de Nick s'éleva, très cordiale, mais son sourire resta féroce.

— Oui, Fred ! Nous aussi, nous nous connaissons ! Je devrais peut-être me vexer que vous n'ayez pas reconnu tout de suite le fils de votre patron ?

— Mon patron, c'est le président des États-Unis, répliqua Mc Avoy. Je me fiche de savoir de qui vous êtes le fils, il est 10 heures du soir, on ne se présente pas chez les gens à une heure pareille !

— Nous sommes absolument désolés de vous envahir, reprit Rebecca avec la plus parfaite mauvaise foi, mais nous tenions à ce que vous puissiez donner votre version des faits, avant que je ne boucle mon reportage.

L'assurance de Mc Avoy vacilla.

— Hein ? Quel reportage ?

— Bon, le texte n'est pas encore écrit, mais… Allez, je vous en donne une avant-première.

Elle se campa devant lui comme si elle se tenait face à la caméra et lança :

— Chers téléspectateurs, l'info du jour est renversante. Tout semble indiquer que Frederick Mc Avoy, l'adjoint de notre secrétaire à la Défense, est impliqué dans la fabrication, le test et la diffusion du virus Méridien qui, comme vous le savez, a fait plus de mille victimes dans la petite ville de Dixie.

C'était étrange de voir un visage se décomposer en direct. Mc Avoy se ressaisit néanmoins très vite et afficha une mine impassible. D'un ton enlevé, Rebecca enchaîna :

— Nous avons reçu la confirmation que Mc Avoy était le cerveau derrière…

— Je ne suis le cerveau de rien du tout !

Il jeta un coup d'œil inquiet vers la grille, comme s'il redoutait qu'un jogger nocturne surprenne leurs propos.

— Vous n'avez aucune preuve, poursuivit-il un ton plus bas. Allez-y, déballez vos allégations au journal du soir. Le Ministère vous collera un procès en diffamation !

— Ce ne sont pas des allégations. Ce sont des faits.

— Paul Waverly est entre les mains du FBI, Fred ! l'informa Nick. Il ne demande pas mieux que de témoigner contre vous. Il a déjà reconnu que vous lui avez remis un échantillon du virus pour éliminer le sergent Stone.

Le masque impassible de Mc Avoy glissa un instant. Pendant une fraction de seconde, il sembla incertain et très, très inquiet.

— Paul Waverly a quitté Washington, personne ne sait où il est.

— Je l'ai retrouvé, lui apprit Nick avec un petit sourire froid. Invitez-nous donc à entrer, Fred, nous pourrons parler de tout ça en privé.

Les lèvres de Mc Avoy se crispèrent.

— Pourquoi en privé ? Vous voulez quoi, au juste ?

— Je veux que vous racontiez votre version à Mlle Parker. Quoi qu'elle dise à la télévision, vous irez en prison, Fred. Mon père sait ce que vous avez fait…

Le souffle de Mc Avoy se bloqua, ses yeux se dilatèrent de frayeur.

— Et il ne vous couvrira pas. Alors, si vous voulez donner la raison de vos actes, c'est votre unique chance avant de plonger. Ce n'est pas dans une prison fédérale qu'on vous tendra un micro.

Mc Avoy baissa la tête. Son visage n'exprimait plus rien, mais tout, dans son attitude, annonçait la défaite. Il se savait perdu. Avec un soupir, il ouvrit largement la porte et tourna les talons.

— J'ai besoin de boire un verre.

Il s'éloigna sans se retourner. Rebecca et Nick échangèrent un regard et lui emboîtèrent le pas. Voûté comme un vieil homme, il les précéda dans une pièce lambrissée, douillettement meublée de canapés de cuir. Il se dirigea vers le bar d'acajou installé dans un angle. Sans rien leur proposer, il se versa une dose généreuse de whisky et se laissa tomber dans un siège comme si ses jambes ne le portaient plus.

Rebecca s'assit sur le canapé en face de lui ; Nick resta debout derrière elle, surveillant le moindre geste de leur prisonnier.

— Je n'essaierai pas de filer, dit alors Mc Avoy d'une voix amère. Je ne tiens pas à me faire abattre. Vous avez posté une unité SWAT dans la rue, je suppose ? Ils attendent votre signal pour entrer ?

Ils ne le détrompèrent pas. Tant qu'il croirait qu'une horde de fédéraux cernait la maison, il ne leur poserait aucun problème. Affalé dans son siège, il regardait dans le vide en serrant son verre entre ses mains.

— Je suis surpris que Kirk vous ait permis de me parler d'abord, observa-t-il, lugubre. Habituellement, il fait les choses dans les règles.

Il but une grande lampée d'alcool.

Rebecca préféra répondre à la place de Nick.

— Je sais être très persuasive, et M. Barrett me devait une faveur. Je l'ai aidé à retrouver son fils.

Elle se pencha en avant, les coudes sur les genoux.

— Ne perdons plus de temps, Fred. Expliquez-moi pourquoi vous avez décidé de tester ce virus sur une population civile.

— Ce n'était pas ma décision ! protesta-t-il en blêmissant. Pour tout ce qui touchait aux tests de l'agent biologique, je n'avais pas mon mot à dire. Je n'ai fait que suivre les ordres, tirer les ficelles, organiser la logistique.

Elle leva un sourcil sceptique.

— Les ordres ? Les ordres de qui ?

Il haussa les épaules et but une autre lampée.

— Allez, Fred ! Ce n'est pas le moment de fermer les vannes. Vous savez comme moi que votre seul espoir, c'est de livrer le véritable responsable du Projet Bélier. Qui a donné l'ordre de créer le virus ?

Lentement, comme en proie à une immense lassitude, Mc Avoy posa son verre vide sur la table basse.

— Qui voulez-vous que ce soit ? fit-il en soupirant. Ferguson, bien sûr.

Rebecca encaissa le choc sans broncher.

— Le vice-président ? murmura-t-elle quand elle fut sûre que sa voix ne vacillerait pas.

— Vous en connaissez un autre ? répliqua sèchement Mc Avoy.

— Est-ce qu'il a agi avec l'aval du président Howard ?

Angoissée, elle retint son souffle. La réponse lui sembla mettre très longtemps à venir, mais quand elle tomba, elle exhala lentement, soulagée.

— Non. Howard n'avait aucune idée de ce qu'il fabriquait.

Sa voix était de plus en plus amère. Pour la seconde fois, Nick intervint dans la discussion.

— Je veux être sûr de comprendre. Vous dites que le vice-président a autorisé le développement d'une arme biologique dans le dos du président ?

— C'est exactement ce que je suis en train de dire.

Rebecca secoua la tête. Non. Ça ne collait pas.

— Ferguson était à fond pour le social, objecta-t-elle. Son discours est resté cohérent tout au long des deux mandats. Howard et lui étaient d'accord sur le besoin de réduire les dépenses militaires.

— C'est ce qu'il voulait faire croire à Howard, dit sombrement Mc Avoy. Ferguson briguait le poste, c'était une obsession pour lui, et il a menti comme un arracheur de dents pour le décrocher. Mais enfin, ouvrez les yeux ! Son père était amiral ! Il est à fond pour les dépenses militaires.

Ma foi… Ça tenait la route. Elle se souvenait de s'être fait la même réflexion à l'entrée du premier mandat : comment le fils d'un amiral copieusement médaillé pouvait-il se montrer à ce point déterminé à réduire les dépenses militaires ?

— Ferguson abomine le président, poursuivit Mc Avoy. Il le trouve trop mou, trop tolérant, le voudrait bien plus autoritaire. Après l'attaque terroriste dans l'hôpital en Californie, il y a deux ans, il en a eu sa claque. Il est persuadé que dans dix ans, les armes de guerre seront biologiques. Il a donc décidé de nous donner une longueur d'avance en créant la plus mortelle de toutes.

— Et il a passé un accord avec le gouvernement du San Marquez pour la tester dans leur pays, continua Rebecca avec un profond dégoût.

— À époque désespérée, mesures désespérées, protesta Mc Avoy. La mort de quelques villageois garantissait la vie sauve à des millions d'Américains du futur !

— Si ça peut vous aider à dormir la nuit de le croire…, commenta Nick.

— Je ne dors pas la nuit ! Et pourquoi ? Parce qu'à tout instant, un avion peut piquer sur ma maison, ou une bombe nucléaire sur ma ville. La guerre que nous livrent les terroristes continue, et personne ne lève le petit doigt pour la gagner. Des innocents meurent tous les jours pour je ne sais quelle cause démente, et personne…

— Mais vous faites la même chose ! l'interrompit Rebecca, incrédule. Vous tuez des innocents ! Votre cause, c'est la défense du pays, mais à part ça, je ne vois aucune différence. Ces villageois du San Marquez ne nous avaient rien fait, et vous les avez assassinés, Ferguson et vous. Tout comme vous avez assassiné les hommes de l'unité de Nick. Et maintenant que j'y pense, ceux-là étaient pourtant bien américains. Ils faisaient bien partie du peuple que vous affirmez vouloir protéger.

— Certains sacrifices sont parfois nécessaires.

Elle vit rouge et se retint de justesse de le gifler de toutes ses forces. Muette de fureur, elle se tourna vers Nick et se heurta à la flamme sombre qui brûlait dans ses yeux.

— Alors ? On fait quoi, maintenant ? lança Mc Avoy, son regard méfiant passant de l'un à l'autre. Je veux téléphoner à mon avocat !

— Désolé, Fred, pas de téléphone, répondit Nick. Pas d'avocat.

Il contourna le canapé. En le voyant s'approcher de lui, Mc Avoy écarquilla des yeux affolés.

— Hein ? Mais… Qu'est-ce que vous faites ?

— Vous rentrez d'un très long voyage, lui dit Nick avec

un sourire froid. C'est dur, le décalage horaire. Vous avez besoin d'une petite sieste.

Aussi rapide qu'une attaque de cobra, le coup tomba sur la nuque de Mc Avoy qui s'affaissa, inconscient.

— Mais pourquoi ? cria Rebecca.

— Nous ne pouvons pas le laisser là, il pourrait contacter Ferguson. Nous ne pouvons pas non plus le faire arrêter, Ferguson serait tout de suite au courant.

— Alors qu'est-ce qu'on fait de lui ?

Nick se pencha et hissa l'homme sur son épaule.

— On l'emmène.

# 16

Une heure plus tard, on frappa quatre coups rapides à la porte de leur chambre de motel. Nick alla ouvrir et fit entrer son père.

— On ne t'a pas suivi ?

Ce dernier se mit à rire.

— Tu me prends pour un amateur, fils ? Tu n'étais pas encore né que je semais déjà les poursuivants.

— Mais oui, soupira Nick, j'oublie toujours que tu remontes au temps des dinosaures.

— Je ne suis pas vieux. Je suis plein d'expérience.

Son regard perçant parcourut la chambre.

— Où est notre homme ?

Nick ouvrit la porte de la penderie et exhiba Mc Avoy, recroquevillé sur lui-même, bâillonné, les pieds et poings liés.

— Tu m'as beaucoup déçu.

Nick sursauta… puis comprit que son père ne s'adressait pas à lui mais à son adjoint.

— Il est inconscient depuis longtemps ?

— Une petite heure, répondit Nick en refermant négligemment le placard. Il devrait bientôt refaire surface.

Rebecca se leva à son tour pour accueillir leur visiteur.

— Il nous a donné le nom de celui qui a autorisé le Projet Bélier, annonça-t-elle.

— J'ai presque peur de demander.

Voyant qu'elle hésitait, Nick prit sur lui de faire la grande révélation.

— C'est Ferguson.

Son père le dévisagea, stupéfait.

— Troy ? Impossible. Ridicule. Fred a dû vous mentir. Je lui ferai cracher la vérité à son réveil.

— Je crois qu'il disait la vérité, murmura Nick.

— Mais non ! Ça ne tient pas debout, Troy n'a jamais soutenu la faction militaire. Crois-moi, je suis bien placé pour le savoir : voilà six ans que je m'oppose à lui sur toutes les décisions importantes ! Tu as oublié son attitude tout au long du débat sur la défense nationale, au moment de la réélection ?

— Il affirme qu'il cache son jeu, expliqua Rebecca. En un sens, c'est assez logique. Howard était à fond pour le social. Si Ferguson s'était déclaré fervent supporter des dépenses militaires, Howard aurait choisi un autre vice-président. Si j'étais Ferguson, et si je voulais absolument le poste, je dirais exactement comme le président.

— Ce n'est pas faux, mais… Mais tout de même…, reprit le père de Nick, le visage décomposé. Prendre une population civile comme cobaye ? Non, je ne peux pas croire que Troy ait fait ça.

Il se tourna résolument vers la porte du placard… et son assurance s'effondra.

— En même temps, je n'aurais jamais imaginé que Fred puisse être impliqué dans une horreur pareille, et pourtant…

Nick coupa court à ses ruminations.

— Bon, quelle est la phase suivante ?

— Le rôle de Ferguson doit éclater au grand jour, lança Rebecca avec beaucoup de fermeté.

Le regard de Kirk Barrett se fit plus perçant.

— Vous n'envisagez tout de même pas d'annoncer ça aux infos du soir ? Il ne faut pas accuser publiquement Ferguson sans lui laisser la possibilité de se défendre. Vous devez au moins lui parler face à face.

— C'est bien ce que je compte faire. Mais avec tout le

respect que j'ai pour vous, monsieur, si le vice-président est coupable, je refuse d'étouffer l'affaire.

— Nous brûlons les étapes. Il faut déjà déterminer s'il y a quelque chose à étouffer.

— Je parlerai à Ferguson, décida Nick.

— Non, répliqua aussitôt son père. Cette fois, c'est à mon tour d'agir.

— Papa…

— Ne me refuse pas ça, fils. Il faut avancer avec beaucoup de prudence. Je ne peux pas accuser publiquement le vice-président d'avoir fait créer le virus qui a tué mille Américains quand il est tombé entre les mains de terroristes. Troy doit donner sa version des faits avant que nous ne sautions à je ne sais quelles conclusions.

— Tu tiens vraiment à te charger de la confrontation ? demanda Nick.

Comme son père hochait la tête avec conviction, il reprit :

— Alors tu ne le feras pas seul. Je viens avec toi.

— Uniquement si tu acceptes de me laisser mener la discussion.

— D'accord. Il faudra le rencontrer dans un lieu public, poursuivit Nick de la voix sévère qu'il tenait de son père. S'il est coupable, il pourrait paniquer et t'abattre sur place. Je ne veux pas que tu deviennes la énième victime de cette débâcle, papa.

— Et comment comptez-vous réussir à le rencontrer en public ? s'enquit Rebecca. Il est entouré en permanence de ses gardes du corps. Chaque fois qu'il quitte sa résidence privée, un plan de sécurité est mis en place. Il ne pourra pas vous donner rendez-vous dans un parc ou faire un tour avec vous dans la rue.

Il y eut un silence, puis son père s'écria :

— Le gala des Vétérans !

— Pardon ?

— Mais oui ! J'ai répondu présent à leur invitation.

Rebecca faisait oui de la tête, le regard brillant, mais Nick attendait toujours de comprendre.

— Demain soir, un grand dîner est donné à la Maison-Blanche en l'honneur de nos vétérans du Vietnam, expliqua son père. Le président Howard n'y sera pas, à moins qu'il ait changé son planning, mais Ferguson doit être présent. Et moi aussi.

Nick réfléchit quelques instants.

— La Maison-Blanche, ce serait parfait. Il n'osera pas faire une scène. Tu sais quoi ? Tout à coup, je me sens beaucoup plus à l'aise à l'idée de me montrer au grand jour.

Il réfléchit encore, puis hocha la tête avec satisfaction.

— J'aime. Nous irons au gala ensemble, et nous trouverons moyen de parler à Ferguson sans être entendus.

— Et Fred ? Lui aussi devait y être.

— Il faudra dire à tes collègues qu'il est malade. Nous n'aurons qu'à le laisser ici avec Rebecca.

— Comment ?

Elle s'était redressée, outrée, les yeux flamboyants.

*Oh non !* pensa-t-il avec lassitude. *Pas* encore *une discussion* !

Il réprima un soupir et s'arma de patience pour lui faire entendre raison.

— Mon père et moi pouvons gérer la rencontre. J'ai besoin que tu restes monter la garde auprès de Mc Avoy.

— Je vous envoie un de mes gardes du corps. Ce sera plus sûr. Je vais le faire tout de suite. Vous verrez, Connor est absolument fiable. Je ne veux pas que vous restiez là tous les deux sans protection.

— Tu entends ? lança Rebecca d'un ton coupant. Connor surveillera Mc Avoy.

— Il n'y a aucune raison que tu viennes, Red.

— Tu veux dire, en dehors du fait que je suis invitée à ce gala et que j'ai répondu que j'irai ?

— Tu peux téléphoner pour te décommander. Nous ne savons pas ce qui nous attend là-bas. Nous pourrions être accueillis par un nouveau commando.

Elle ouvrit la bouche pour discuter ; il lui coupa de nouveau la parole.

— Ce n'est pas négociable, Rebecca. Je ne peux pas me concentrer sur deux choses à la fois, d'accord ? Si tu es là, je me ferai trop de souci pour toi.

En voyant son expression, il fit un effort pour adoucir sa voix et lui glissa avec un sourire :

— Tu avais promis de suivre mes ordres.

Elle pinça la bouche.

— Très bien.

Soulagé, il se tourna de nouveau vers son père.

— Tu devrais rentrer, maintenant. Ton personnel va commencer à se poser des questions sur tes excursions nocturnes.

— D'accord. Je vous envoie Connor. Le plus simple serait de louer la chambre à côté et…

— C'est déjà fait, répliqua Nick. Tu me prends pour un débutant ?

Les yeux de son père pétillèrent ; il se tourna vers la porte en souriant.

— Tu m'accompagnes, fils ? Bonne nuit, mademoiselle Parker.

— Bonne nuit.

Sa voix était morne, ses yeux verts exprimaient une énorme rancune. Il aurait probablement droit à une scène en revenant songea Nick. Avec un brin de lassitude, il suivit son père jusqu'à la Lincoln aux vitres teintées garée sur le parking du motel.

— Une femme qui a du répondant, remarqua ce dernier avec un petit rire.

— Ouais. Et par la même occasion butée, toujours prête à prendre la mouche, et franchement insupportable.

— Alors ? s'enquit son père d'un ton léger, en brandissant la télécommande qui déverrouillait sa voiture. C'est sérieux, entre vous ?

— Non, marmonna Nick, mal à l'aise.

— Tu en es si sûr ?

Le regard perçant de son père était trop sagace ; Nick préféra détourner les yeux.

— Tu sais comment ça se passe, dans les situations extrêmes. On plane à l'adrénaline, on est à trois cents pour cent. On se fait balader par toutes sortes d'émotions intenses.

Il haussa les épaules et conclut maladroitement :

— Tu connais ça.

— Eh bien, non, en fait. Nous étions très routiniers, ta mère et moi. Ennuyeux au possible.

— Si c'est ça l'ennui, je suis preneur ! répartit Nick avec un sourire. La synchronisation était parfaite.

— Oui. Ta mère était une femme formidable.

Nick fut surpris de sentir une boule se former dans sa gorge. Encore aujourd'hui, après tout ce temps ?

— Elle me manque toujours, avoua-t-il. Et à toi ?

— Tous les jours.

Son père esquissa un geste pour ouvrir sa portière… et laissa retomber sa main.

— Fils… J'ai la nette impression que Mlle Parker aussi est une femme formidable.

Nick se redressa, un peu affolé.

— Bien sûr qu'elle est formidable, mais…

Il ne trouvait pas les mots. Vaincu, il haussa les épaules et lâcha :

— Elle n'est simplement pas la femme pour moi.

Était-ce un éclair de déception dans les yeux de son père ? Il ne put en être sûr. Déjà, celui-ci haussait les épaules à son tour et ouvrait sa portière.

— Si tu le dis, Nicky…

Rebecca se coucha tôt. Quand Nick vint s'allonger contre elle, quand elle sentit sa grande main se poser sur sa hanche, elle trouva la force de lui dire non. Et pourtant, son corps la suppliait de céder !

Mais c'était impossible, elle avait trop de chagrin. Elle qui affrontait toujours les difficultés bille en tête, elle n'avait tout simplement pas le courage de lui parler de ce qu'elle venait d'entendre.

« Elle n'est simplement pas la femme pour moi. »

Il ne s'était pas rendu compte qu'elle se tenait à la fenêtre. Il n'avait pas pensé qu'un battant restait ouvert en permanence, pour chasser la légère odeur de moisi qui flottait dans la chambre. Elle se trouvait donc aux premières loges pour entendre son bref échange avec son père. Cette phrase lui avait fait l'effet d'un coup de poignard en plein cœur : une douleur physique. Elle passa une nuit horrible à se retourner sans cesse, et la douleur était toujours là au réveil.

Nick ne sembla rien remarquer de son trouble. Trop pris par l'aboutissement de leur affaire ? Il ne cessait de filer dans la chambre voisine où, dès l'arrivée de Connor, ils avaient transféré Mc Avoy, cherchant à obtenir le plus de détails possible sur Ferguson et les autres. Chaque fois qu'elle le voyait franchir la porte, elle s'imaginait que c'était la dernière fois.

Il ne voulait pas d'elle. Il la trouvait butée, toujours prête à prendre la mouche et… Quoi encore ? Ah, oui, insupportable. « On se fait balader par toutes sortes d'émotions intenses… » Cette phrase lui faisait un mal de chien chaque fois qu'elle y repensait. Pour lui, c'était donc tout ce qui s'était passé entre eux ? Dopée à l'adrénaline, stressée par le danger, elle aurait sauté dans son lit sans réfléchir ?

Plongée dans ses questionnements douloureux, elle n'avait pas réalisé que Nick était revenu du dernier interrogatoire. Elle sursauta violemment quand il l'enlaça.

— Je ne t'avais pas entendu rentrer.

Il posa un baiser sur son épaule, nue sous la bretelle mince de son débardeur. Ses lèvres tièdes, fermes… Ce petit baiser suffit à la faire frémir.

— Ça va, toi ? demanda-t-il gentiment.

— Ça va, merci.

Le souffle de Nick lui chatouilla l'oreille.

— Non, ça ne va pas. Tu es toujours en colère contre moi.

Elle tourna la tête, plongea dans son regard d'ambre et vit qu'il se sentait coupable.

— Je ne suis pas en colère, soupira-t-elle. Juste… Fatiguée, je crois.

— Fatiguée de quoi ?

— D'essayer de te convaincre que je sais me débrouiller dans la vie.

— J'en suis convaincu, Rebecca. Je suis peut-être un peu rétrograde, bon, d'accord, très rétrograde, néandertalien même, mais prendre soin des autres, c'est dans ma nature. Je…

Un drôle d'éclair, mêlant vulnérabilité et chagrin, passa dans ses yeux.

— Je ne supporte pas l'idée qu'il puisse t'arriver quelque chose.

Ce fut plus fort qu'elle : son cœur se dilata. Il tenait donc à elle ? Oui, *b… trois petits points*, il tenait à elle, c'était évident ! Mais alors pourquoi la repoussait-il ?

*Ça ne peut pas marcher, Becks. Assume.*

Son espoir momentané retomba brutalement. La petite voix disait vrai, ça ne marcherait jamais entre eux. Le côté protecteur de Nick était craquant, il l'attendrissait par moments, mais elle ne serait jamais une femme au foyer, ce n'était pas un rôle pour elle. Elle ne pourrait jamais lui donner ce qu'il cherchait.

C'était l'histoire de sa vie ! Ses parents aussi avaient tenté de la faire entrer dans une case, entrer dans le moule. Elle ne changerait de personnalité pour personne, ni pour ses parents ni pour Nick. Mieux valait en finir.

Il lui caressait la joue de ses doigts un peu rêches en la regardant d'un air contrit. Il était si charmant, si penaud qu'elle n'eut pas le courage de prononcer les mots qui mettraient fin à leur histoire. Allez, une dernière fois ! Tant pis si c'était égoïste de sa part, elle s'offrirait une étreinte d'adieu.

Elle glissa les doigts dans ses cheveux et, battant vivement des paupières pour retenir les larmes qui lui piquaient les yeux, elle l'attira à elle pour l'embrasser.

La bouche de Rebecca avait un goût de désespoir. Quelque chose l'avait bouleversée, mais elle refusait d'en parler. Elle dévorait ses lèvres. Comme il n'avait pas assez de volonté pour s'en empêcher, il l'embrassa en retour ; sans qu'il l'ait décidé, ses mains partirent explorer son corps délectable. Il effleura ses bras nus, descendit le long de ses flancs, caressa ses seins, la courbe de ses hanches, la rondeur parfaite de ses fesses.

— Je te veux, murmura-t-elle.

Elle l'entraîna vers le lit sans cesser de l'embrasser avec une fébrilité bizarre, excitante… Addictive ! Ils basculèrent sur le matelas et Rebecca l'enfourcha, courbée vers lui pour l'embrasser encore. Ses longs cheveux encadraient leurs visages comme un rideau, lui chatouillaient le cou, se collaient à leurs bouches. Avec une exclamation d'impatience, elle écarta sa crinière pour le mordre au cou. Galvanisé, il souleva les hanches pour se presser contre elle en grondant.

Haletante, elle se redressa et, le regard rivé au sien, retira lentement son débardeur, défit son soutien-gorge. Ses seins jaillirent, les pointes déjà durcies, deux bourgeons de désir tendus vers ses mains. Le cœur battant follement dans sa poitrine, il se redressa à demi pour s'emparer d'eux. Elle aimait tant ça ! Cette fois encore, comme il l'espérait, elle se pressa contre ses paumes en gémissant.

— Viens là, souffla-t-il.

Il captura un mamelon entre ses lèvres. Cette peau de soie… Elle laissa échapper un petit ronronnement sexy qui se répercuta droit dans sa verge. Il embrassa, goûta, mordilla ; sa barbe naissante laissait des plaques rouges sur sa peau parfaite. Au lieu de le déranger, ces traces lui procurèrent une satisfaction très masculine, comme s'il marquait son territoire — encore une réaction fruste dont il aurait dû avoir honte. Il n'avait jamais été aussi dur de sa vie.

Elle défit sa chemise, la lui arracha, pressa passionnément sa bouche contre son torse nu. Dans un frisson brutal, il sentit sa bouche glisser vers l'un de ses mamelons, sa langue se darder pour le goûter.

— Tu aimes ? souffla-t-elle.

— Chérie, j'aime tout ce que tu me fais.

— C'est bien.

Elle se mit alors en devoir de le rendre fou et y réussit sans le moindre effort. Chaque baiser, chaque coup de langue déclenchait en lui une nouvelle explosion de chaleur, un nouvel élan d'impatience. Il allait perdre la tête ! L'impatience se massait en lui, et sa bouche si sexy descendait plus bas, toujours plus bas.

— Retire ça ! ordonna-t-elle quand elle se heurta à la barrière de sa ceinture.

Il obéit comme le bon petit soldat qu'il était, avec une hâte maladroite qui la fit rire. Puis elle se tortilla pour se débarrasser de son propre jean et le jeta au loin avec sa culotte. Comme toujours, la vue de son corps nu lui coupa le souffle. Il l'attira dans ses bras, elle se plaqua sur sa poitrine ; ils se caressèrent mutuellement, visage, poitrine, corps. Le contact de ses mains le rendait fou, tout chez elle le rendait fou ! Il lui faisait le même effet car, quand il glissa la main entre ses jambes, il la trouva inondée de désir.

— Tu es toujours si prête pour moi !

— Je pourrais te dire la même chose, souffla-t-elle en enroulant sa main autour de sa verge.

Puis elle le positionna au seuil du paradis et l'engloutit tout entier. Oh ! Il était à deux doigts de jouir !

Au prix d'un effort héroïque, il repoussa l'orgasme prêt à fondre sur lui et l'empoigna à la taille.

— Vas-y, ma chérie, emmène-nous au ciel.

Une expression fugitive, tendre et vulnérable, transforma son visage… Puis elle hocha la tête et se mit à le chevaucher. Il ne quitta pas son visage des yeux un seul instant, savoura la beauté de ses paupières alourdies, ses joues roses, ses lèvres entrouvertes, ses soupirs de plaisir. Ses mouvements aussi, de plus en plus rapides et désordonnés. Il glissa sa main à l'endroit où leurs corps se joignaient, la caressa. Bientôt, elle cria et s'allongea sur lui en tremblant.

Son propre orgasme le laissa pantelant, le cerveau engourdi, le corps paralysé.

Quand, enfin, il retomba sur terre, il prit conscience d'une humidité sur son épaule. Il saisit la tête de Rebecca entre ses mains, la renversa en arrière… Ses yeux brillaient de larmes, ses joues étaient mouillées.

— Je t'ai fait mal ? demanda-t-il, affolé.

— Non. Bien sûr que non.

Elle s'écarta de lui, tendit la main vers la boîte de mouchoirs en papier posée sur la table de chevet et se tamponna les joues. De plus en plus inquiet, il attendit de comprendre.

— Mais… Tu pleures !

Elle ne répondit pas.

— Parle-moi, Rebecca. Ça ne va pas ?

— Pas vraiment, non, convint-elle d'une toute petite voix.

Il bondit du lit, reprit son visage entre ses mains et sécha ses larmes de ses pouces.

— Qu'est-ce que je peux faire ? Dis-moi ce qui t'arrive, nom de Dieu !

Elle laissa échapper un gros soupir tremblant.

— C'est fini, Nick. Voilà. On arrête là.

# 17

*Comment ?* Non, c'était forcément une plaisanterie ! Abasourdi, il scruta son regard vert sans y trouver la moindre étincelle d'humour. C'était inconcevable, et pourtant elle parlait tout à fait sérieusement.

— Rebecca…

Il voulut lui caresser la joue, vit trembler sa main. Elle qui avait toujours fondu sous ses caresses se dégagea, glissa hors d'atteinte et rassembla ses vêtements épars. Il se dépêcha de l'imiter. Cette discussion, il se voyait mal l'entreprendre tout nu.

Une fois rhabillé, il voulut s'approcher d'elle pour la prendre dans ses bras ; cette fois encore, elle s'écarta, déterminée à garder ses distances. Plantée devant la fenêtre, elle contemplait l'extérieur.

— Rebecca, répéta-t-il. Qu'est-ce que ça veut dire, ça : « On arrête là » ?

Quand elle tourna la tête vers lui, la tristesse de son expression lui broya le cœur.

— C'est évident, non ? Je veux dire que toi et moi, c'est terminé.

Il éprouva une frousse si intense qu'il ne chercha même pas à l'interpréter.

— Je peux te demander pourquoi ?

La dureté de sa voix l'étonna lui-même.

— Parce que je ne veux pas tomber amoureuse de toi.

Cet aveu, prononcé d'une voix terriblement douce, sembla flotter longuement dans l'air immobile de la chambre.

— Je vois, dit-il enfin.

— Je ne crois pas, non, répondit-elle d'une voix douloureuse. Plus je reste auprès de toi, plus le risque grandit. Alors, il faut arrêter tout de suite, avant que je ne m'attache vraiment. Parce que nous savons tous deux que notre histoire ne peut pas durer.

Il sentit sa gorge se nouer.

— Qu'est-ce qui te fait dire ça ?

— Toi, répondit-elle avec une simplicité bouleversante. Tu as déjà décidé à quoi devait ressembler ta vie, et je n'ai pas ma place dans le tableau. Je ne renoncerai pas à mon travail, je ne serai pas une petite femme docile, je continuerai à faire des reportages dans des zones à risques. C'est ma vie, mon métier. Je le fais superbement bien et je l'adore.

— Je sais.

Il ne pouvait rien nier de tout ça, elle avait un talent fou, la passion du reportage. Elle n'était pas comme ces correspondants blasés qui renoncent à servir la vérité et la justice. Sa place était à l'écran d'une grande chaîne d'infos, à dénoncer les horreurs du monde.

— Je ne suis simplement pas la femme pour toi.

Il se raidit. Les mots exacts qu'il avait dits à son père ! Quand il plongea son regard dans le sien, il y lut une lassitude infinie.

— Tu m'as entendu parler avec mon père, hier soir, dit-il d'une voix blanche.

Elle fit oui de la tête.

— Oh ! Non…

Atterré, il se passa la main dans les cheveux et secoua la tête.

— Je donnerais n'importe quoi pour que tu n'aies pas entendu ça, mais… Je ne sais pas comment te répondre. Moi aussi, j'adore être avec toi mais tu as raison, je sais quelle vie je veux mener. Je veux ce qu'avaient mes parents.

— Je le sais, dit-elle en soupirant.

— Je n'ai jamais voulu autre chose. Quand les autres garçons tournaient autour des filles qui voulaient bien coucher avec eux, je cherchais déjà la femme de ma vie. C'est peut-être idiot de ma part, mais je veux vivre la vie parfaite de mes parents.

Elle lui sourit, un sourire d'une douceur terrible.

— La perfection n'existe pas.

— C'est à nous de la fabriquer.

— Et toi et moi, nous n'entrons pas dans le cadre de ton couple idéal.

La souffrance dans sa voix le déchirait. Il mourait d'envie de la supplier de changer d'avis, de lui jurer qu'ils pourraient y arriver, qu'ils seraient bien ensemble… Mais chaque fois qu'il cherchait à se représenter sa vie avec elle, il la voyait s'envoler à l'autre bout du monde et se faire tuer, parce que quelqu'un aurait jeté un cocktail Molotov au milieu d'une émeute. Il se hâta d'écarter cette vision insoutenable.

— Je chercherais à te changer, reconnut-il. Je ne pourrais pas m'en empêcher. Or, je ne veux pas être l'homme qui éteindra l'étincelle dans tes yeux, ma chérie. Je ne peux pas.

Dans son regard, le chagrin laissa la place à la fureur.

— Merci ! Ma personnalité est donc détestable à ce point ? Tu voudrais forcément la changer ?

— Ce n'est pas ce que je voulais dire ! s'écria-t-il, hors de lui. C'est ton métier ! Je ferais pression pour que tu refuses les missions dans les zones à risques. Chaque fois que tu partirais en reportage, je serais une loque. Je ne veux pas te forcer à choisir entre ta carrière et moi !

— Et moi ? Si tu décidais de reprendre du service, ce serait moi qui me rongerais pour toi.

— L'armée, c'est fini pour moi, dit-il avec un calme subit. Quand cette histoire sera terminée, je reviendrai à la vie civile. Je chercherai probablement un job ici, à Washington, pour être près de mon père et de ma sœur.

Après un moment de silence, elle reprit :

— Ça n'a aucun sens de discuter. Nous savons tous les deux que ça ne marchera pas.

Ses entrailles le brûlaient. Pourquoi ces paroles lui faisaient-elles aussi mal ? Il savait depuis le début que leur histoire ne durerait pas, alors d'où lui venait cette sensation de fin du monde ?

— Je…

Il se tut. Il ne savait pas lui-même ce qu'il voulait dire… ou même s'il restait quelque chose à dire.

— Tu as probablement raison. Ça ne changera rien de discuter.

Son visage, si distant tout à coup…

— Tu devrais appeler ton père pour savoir si tout est organisé pour ce soir.

— Oui. Je devrais.

Il y eut un énorme silence puis, le cœur serré, il se détourna en sortant son téléphone.

La voiture du secrétaire à la Défense passa le prendre à 20 h 30. Cette fois, son père serait en déplacement officiel, donc entouré de ses gardes du corps. Ceux-ci ne devant même pas entrevoir Rebecca ou Mc Avoy, il avait préféré lui donner rendez-vous à plusieurs rues du motel.

Lorsqu'ils arriveraient, le banquet en l'honneur des vétérans tirerait à sa fin. La présence de son père n'étant pas requise au dîner, ils s'étaient mis d'accord pour assister à la seconde partie du gala seulement. Ils espéraient voir Ferguson avant son discours.

Quand Nick se fut installé sur la banquette arrière de la voiture, son père lui tapa cordialement l'épaule et lui tendit une housse de vêtements.

— Je t'ai apporté l'habit de soirée qui était dans ta penderie.

— Bien vu !

Il ouvrit la housse et, avec un sourire un peu troublé, il contempla le costume bien coupé, la chemise éclatante de blancheur. Autant d'accessoires qui appartenaient à un autre monde ! Il avait bien fait de se raser de près. C'était la première fois depuis Mala, mais Rebecca l'avait convaincu de le faire, soulignant que l'homme qui se présenterait au gala ce soir serait Nick Barrett, le héros, pas Nick Prescott, le badass avec qui elle voyageait depuis le début de la semaine.

*Ne pense pas à elle !*

Il se l'était juré et il tiendrait bon. Rien ne devait le déconcentrer, ce soir. Se quitter, c'était le bon choix, le choix évident ! Ces émotions qui bouillonnaient en lui et le troublaient n'étaient pas pertinentes. Hélas ! son père, qui avait raté le dernier épisode, revint à la charge.

— Notre fougueuse Mlle Parker est toujours aussi vexée de ne pas être en première ligne ?

— Elle s'en remettra.

Il avait répondu un peu brusquement, en détournant les yeux. Pour bien signifier que la question était close, il entreprit de se changer. Il retira son pantalon de toile, enfila celui du costume, glissa les bras dans les manches de la chemise, la boutonna en hâte, très conscient du regard de son père. Celui-ci avait toujours su lire dans ses pensées. N'y tenant plus, il finit par lui lancer un coup d'œil hargneux.

— Quoi ?

Que signifiait cette lueur dans ses yeux. Il semblait presque… déçu.

— Qu'est-ce que tu fais, Nicky ? demanda-t-il à mi-voix.

— Je… Comment ?

— Avec Rebecca Parker.

— Rien du tout ! Justement !

Il hésita et, conscient d'un nouveau pincement de chagrin, ajouta :

— Nous nous sommes quittés, tout à l'heure.

Son père eut l'air stupéfait.

— Hein ? Qu'est-ce qui vous a pris ?

— Je t'ai déjà expliqué le problème.

Très mal à l'aise, jamais son père et lui n'avaient discuté de sa vie amoureuse, il tâtonna au fond de la housse et trouva la petite boîte cubique où il rangeait ses boutons de manchettes. C'étaient les plus beaux, constata-t-il en ouvrant l'écrin, ornés de ses initiales en lettres dorées. Son père avait dû les sortir du coffre familial.

Comme celui-ci ne disait plus rien, il ajouta, avec une certaine impatience :

— Nous ne nous correspondons pas.

Toujours rien. Avec un soupir, il ajusta les boutons de manchettes, enfila la veste et, avec une maladresse qui ne lui ressemblait guère, s'attaqua à son nœud papillon. Son père le dévisageait toujours et cette contemplation silencieuse lui ôtait tous ses moyens.

— Oh ! et puis lâche-toi, papa ! s'exclama-t-il. Qu'est-ce que tu veux me dire ?

— Tu te comportes comme un imbécile.

La franchise du diagnostic lui fit hausser les sourcils.

— Tu y vas un peu fort !

— Tu m'as demandé ce que je voulais te dire. Je te l'ai dit.

Son père secoua tristement la tête et, un instant plus tard, son fatalisme vola en éclats.

— Pour l'amour du ciel, fils ! Cette femme te correspond si parfaitement que je pourrais te secouer comme un prunier pour te remettre les yeux en face des trous !

— Comment ? ! fit Nick, abasourdi.

— Tu m'as très bien entendu. C'est la femme de ta vie et toi, tu la laisserais partir ? Je sais bien que ça fait un an qu'on ne s'est pas vus, mais depuis quand es-tu un tel crétin, Nicholas ?

C'était à ne plus rien y comprendre !

— Ce n'est pas la femme de ma vie, bredouilla-t-il. Impossible. Ça ne peut pas être elle. Elle n'arrête pas de me contredire et de discuter. Je deviens fou à la voir prendre des risques insensés. La moitié du temps, j'ai envie de l'étrangler, l'autre moitié, je voudrais la jeter sur mon épaule pour l'emporter dans mon lit…

Il se tut brusquement ; son père était en train de rire. Bruyamment. Longuement. Si longuement qu'il finit par demander froidement :

— Tu peux m'expliquer ce qui est si drôle ?

— Tu n'as pas encore mesuré ta chance, fils.

Hilare, il s'essuyait les yeux.

— Tu sais ce que tu es en train de décrire ? La passion ! Seigneur ! J'aurais donné n'importe quoi pour en avoir le dixième dans mon propre mariage !

— Quoi ?

— Ne me fais pas dire ce que je n'ai pas dit. J'aimais ta mère, je l'aimais de chaque fibre de mon être, mais je ne me voile pas la face : Jeannie n'avait aucune volonté, aucune opinion personnelle. Chaque fois que je disais un mot, elle était d'accord, chaque fois que je prenais une décision, c'était la meilleure. Si je faisais une suggestion, elle l'interprétait comme un ordre.

Son regard se voila. Tout à coup, il eut l'air mal à l'aise, coupable même.

— Franchement, fils, il m'est arrivé d'avoir des exigences invraisemblables, simplement pour la pousser à bout. J'espérais toujours qu'elle protesterait. La plupart du temps, elle ne discutait même pas, elle acceptait la proposition la plus stupide, simplement parce qu'elle était comme ça. Pour elle, le plus important était de me donner ce que je voulais.

Nick secoua la tête pour tenter de remettre son monde à l'endroit. Jamais, de toute sa vie, il n'avait entendu son père dire un mot négatif sur sa mère.

— Tu es en train de me dire que tu n'étais pas heureux avec elle ?

— Bien sûr que non ! Je te dis juste que notre mariage n'était pas aussi parfait que tu as pu le croire. Et ta mère, même si je l'ai aimée de tout mon cœur, n'était pas parfaite non plus. Elle était trop fichtrement passive ! Le plus souvent, j'adorais ça, parce que j'ai tendance à être un peu autoritaire…

— Je confirme, dit Nick avec un sourire un peu amer.

— Mais j'aurais voulu qu'elle me tienne tête plus souvent, enchaîna son père sans relever. J'aurais aimé qu'elle me résiste, qu'elle mette un peu de piment dans notre vie conjugale. Tu as une sacrée chance, oui ! Tu ne le sais pas encore mais, franchement, dans un mariage, on s'ennuie souvent. Tu crois savoir exactement ce que tu veux, pourtant, ce que tu viens de me décrire, tu ne pourrais pas t'en passer ! J'ai vu comment tu regardais Rebecca, j'ai vu comment elle te regardait, alors crois-moi quand je te dis que si tu la quittes, ce sera l'erreur la plus monumentale de toute ta vie !

La seconde partie du gala des Vétérans se déroulait dans la salle de bal de la Maison-Blanche. La foule des invités se pressait sous les chandeliers de cristal, évoluait sur le parquet luisant, admirait les tentures de soie dorée. Une foule assez diversifiée : soldats médaillés avec leurs épouses ou leurs petites amies, personnel de la Maison-Blanche, politiciens, décideurs en tous genres… Ces derniers surtout bavardaient de bon cœur, en sirotant leur champagne, et gardaient un œil braqué sur le coin de la pièce où Troy Ferguson, le vice-président des États-Unis, s'entretenait avec deux sénateurs, un général et un juge de la Cour suprême.

Nick entra sur les talons de son père en regrettant de tout son cœur que celui-ci ait entamé une discussion aussi dérangeante avec lui juste avant la confrontation décisive. Ses idées comme ses émotions partaient dans tous les sens et il avait le plus grand mal à se concentrer sur la tâche qui l'attendait.

Il accepta la coupe de champagne que lui offrait un serveur et se mit à étudier Ferguson. L'Amérique tout entière connaissait ce beau visage encore jeune sous une crinière de cheveux grisonnants, cet homme très respecté, même par ses adversaires politiques. C'était une sensation très étrange de le dévisager ce soir à la lumière de ce qu'ils soupçonnaient. Comme tant de politiciens de sa génération, il avait été soldat et il arborait ses médailles. Nick nota le manège du personnel de la Maison-Blanche qui dirigeait discrètement vers lui quelques vétérans en uniforme. Ferguson les accueillait chaleureusement et trouvait un mot aimable pour chacun d'entre eux.

— Il n'a pas l'air stressé, fit-il remarquer à son père.

— Non, mais ça ne prouve rien. Comploter à ce niveau, ça demande des nerfs d'acier. Personnellement, je serai soulagé si nous découvrons qu'il n'a pas trempé dans cette affaire.

Sans se consulter, ils se mirent en marche vers leur objectif... et se heurtèrent tout de suite au premier obstacle. Un membre du Congrès intercepta son père pour lui exposer une obscure revendication.

Quand ils parvinrent à lui échapper, ce fut pour tomber dans les filets d'une sénatrice qui écarquilla les yeux avec coquetterie en voyant Nick.

— C'est votre fils ? Où le cachiez-vous, Kirk ?

— Je viens seulement de rentrer d'un tour du monde à la voile, répondit Nick avec aisance.

— Oui, je vois bien que vous faites du bateau, vous êtes vraiment très bronzé.

Si elle le disait...

— Et quels sont vos projets, maintenant ? demanda-t-elle avec un regard taquin.

— Je n'ai pas encore décidé.

— Nicholas, intervint son père en lui prenant le bras, je vois quelqu'un que je veux absolument te présenter. Excusez-nous, Susan.

Ils mirent vingt bonnes minutes à traverser la salle. Nick bouillait d'impatience. Ferguson allait leur échapper en montant sur le podium pour faire son discours, après quoi il s'en irait sans qu'ils aient pu l'entreprendre... Au risque de vexer quelques collègues, son père fendit les derniers groupes et franchit l'espace dégagé qui entourait le grand homme.

Le périmètre immédiat était très sécurisé. Deux gardes du corps impassibles se tenaient à quelques pas, leurs regards vigilants balayant sans relâche les groupes mouvants des invités. D'autres agents, tous services confondus, sillonnaient la salle. On les reconnaissait à leur attitude alerte et leur regard aigu. Nick songea que ce dispositif les protégeait, eux, autant que leur cible.

À leur approche, Ferguson leva brusquement la tête, l'air

absolument stupéfait. Ses yeux gris se posèrent sur Nick qui, pris dans leur faisceau, dut faire un effort pour rester impassible. Ils échangèrent un long regard. Encore une fois, l'attitude du vice-président était un peu insolite, mais elle ne prouvait rien. Ferguson était-il surpris de le voir parce qu'il avait ordonné sa mort, ou simplement parce qu'il ne s'attendait pas à ce que le secrétaire à la Défense se présente à cette soirée avec son fils ?

— Kirk ! s'écria-t-il chaleureusement en serrant la main de son père.

— Bonsoir, Troy. Vous vous souvenez de mon fils ?

— Bien sûr. Content de vous revoir !

Nick lui serra la main à son tour. Diagnostic ? Poignée de main ferme, paume sèche, aucun tremblement. Si Ferguson était nerveux, il ne se trahissait pas.

— Je vous croyais à l'étranger, dit le grand homme avec courtoisie.

C'était une façon de le dire ! Nick ravala la riposte qui lui montait aux lèvres ; il ne devait sauter à aucune conclusion, la culpabilité de Ferguson n'était pas démontrée, mais il se tenait trop droit, le regard qu'il braquait sur lui était trop opaque. Ses alarmes internes se déclenchaient les unes après les autres.

— Je l'étais, répondit-il. Je suis rentré hier soir seulement.

— Je vois. Et vous avez apprécié votre voyage ?

Nick pensa à l'année qu'il venait de passer, à la traque incessante, au danger, au sentiment d'être trahi, abandonné...

— Plus ou moins, répliqua-t-il tout en soutenant son regard.

Son père s'approcha.

— Nous espérions vous parler en particulier pendant quelques instants, dit-il d'une voix basse mais ferme.

Ferguson eut un petit claquement de langue contrarié.

— Ça ne peut pas attendre ? Je fais un discours dans moins d'une heure? et je dois parler à beaucoup de gens.

— Ce ne sera pas long.

Le regard de leur cible se chargea de méfiance.

— De quoi s'agit-il, Kirk ?

— D'une question dont il vaut mieux discuter en privé. Mon fils est venu me trouver avec une information très troublante.

Là ! Dans le regard du vice-président, un éclair d'inquiétude, tout de suite réprimé. De quoi s'inquiétait-il ? D'un problème de sécurité nationale… ou du risque de voir ses crimes éclater au grand jour ?

— Je n'insisterais pas si ce n'était pas de la plus haute importance, murmura son père.

Enfin, Ferguson céda. Il inclina la tête et lâcha avec une impatience un peu trop marquée :

— Très bien. Je peux vous accorder quelques minutes.

D'un regard, il rassembla ses gardes du corps qui se déployèrent autour d'eux et les escortèrent vers la sortie la plus proche. La porte capitonnée se referma derrière eux, coupant net le brouhaha de la salle. Ils suivirent un dédale de couloirs déserts et s'arrêtèrent devant la porte du bureau dont se servait Ferguson quand il travaillait à la Maison-Blanche. Les agents entrèrent les premiers pour s'assurer que la pièce était sûre.

— Attendez-moi dans le couloir, Bob, indiqua Ferguson au chef du détachement.

Le grand garçon taciturne approuva d'un signe et quitta la pièce en refermant soigneusement la porte derrière lui. Ferguson ne les invita pas à s'asseoir. Planté au centre de la pièce, il braqua sur eux son regard gris acier.

— Alors ? De quoi s'agit-il ?

— Une information préoccupante a été portée à mon attention, commença le père de Nick. Une information que je refuse d'admettre sans vous avoir parlé. Il s'agit du virus Méridien.

Ferguson ne battit même pas des paupières.

— Il va falloir être plus précis, Kirk.

— J'espère que vous me trouverez assez précis quand je vous dirai que Fred Mc Avoy, mon adjoint, a avoué être impliqué dans le développement du virus. Il vous désigne comme le commanditaire du projet.

Nick, qui observait attentivement l'expression du vice-président, ne perçut pas le moindre changement. L'homme maîtrisait ses réactions à un point phénoménal, mais son impassibilité elle-même le trahissait. Quel honnête homme aurait gardé ce visage de marbre face à une telle accusation ? Puis le masque tomba et une résignation inattendue assombrit son regard. Avec un gros soupir, Ferguson contourna son splendide bureau d'acajou et se laissa tomber sur son siège. Puis il croisa les mains devant lui.

— C'est à peu près ce que je redoutais, dit-il.

# 18

Le portable posé sur le lit bourdonna. Enfin ! Rebecca bondit sur l'appareil. Depuis une heure qu'elle patientait, seule, dans la chambre du motel, elle commençait à craquer.

Le numéro qui s'affichait était bien celui de Nick.

— Alors ! s'écria-t-elle en guise de salut. Il a avoué ?

— Pas exactement, non.

Sa voix… Elle avait mal de l'entendre. Résolument, elle écarta la douleur pour se concentrer sur la colère froide qu'elle captait dans son intonation.

— Comment ça, « pas exactement » ?

— Le vice-président nie catégoriquement toute implication dans cette histoire.

— Quelle surprise ! Où es-tu ?

— Dans l'aile ouest, dans un couloir. Mon père est toujours dans le bureau, il n'a pas encore renoncé, mais Ferguson s'accroche à sa version des faits.

— Qui est…

— Que Mc Avoy est à l'origine de toute l'opération. Il affirme que l'adjoint de mon père est venu le trouver il y a deux ans avec ce projet de créer une nouvelle arme biologique, plus facile à manipuler et à administrer à toute une population. D'après lui, Mc Avoy répétait que ses contacts à D&M étaient tout à fait sûrs de parvenir à créer un bio-agent d'armement qui se propagerait en milieu aqueux plutôt que dans l'air ambiant comme les formes les plus courantes. Il voulait « innover ».

Elle haussa les sourcils. Puis, comprenant qu'il ne pouvait pas la voir, elle murmura :

— C'est un peu léger, comme explication.

— Je suis bien d'accord avec toi. Bref, Ferguson affirme qu'il a aussitôt mis son veto et ordonné tout net à Mc Avoy de laisser tomber. Officiellement, celui-ci aurait obtempéré, mais il aurait continué en douce.

Rebecca serra les dents.

— Et nous ne pouvons pas démonter sa version ! Nous n'avons aucune preuve, c'est la parole de Mc Avoy contre la sienne.

— Voilà.

— Et toi, qu'en penses-tu ? Ferguson est coupable ?

— Oui.

— Tu sembles très sûr de toi.

— Je le suis !

Il semblait prêt à éclater.

— Je ne peux pas expliquer ce qui cloche chez lui, mais je suis sûr qu'il ment. Je n'ai rien de concret, son langage corporel, ses expressions, ses paroles, tout semble sincère, mais mon instinct, Red, est en alerte rouge.

Une douleur brutale la frappa en pleine poitrine. Il venait de lui donner ce petit nom avec tant de naturel ! Surtout, qu'il n'aille pas jusqu'à « ma chérie » ou elle fondrait en larmes. Lamentable, elle était *lamentable* ! Depuis quand un homme avait-il le pouvoir de la faire pleurer ?

— Je file voir Mc Avoy, dit-elle. Je le préviens que le vice-président cherche à tout lui mettre sur le dos. Ça le poussera peut-être à me donner davantage de détails.

— Tiens-moi au courant. Nous restons ici pour l'instant.

Il raccrocha. Résolue, elle alla frapper à la porte voisine. Au bout de quelques instants, la serrure cliqueta et le garde du corps de Barrett Père, un homme trapu d'une quarantaine d'années, parut dans l'entrebâillement.

— Bonsoir, Connor. Je dois parler à Mc Avoy.

L'homme s'écarta sans commentaire. Menotté au montant du lit, McAvoy braqua sur elle son regard d'oiseau furieux.

— Vous ne pouvez pas me retenir ici ! fulmina-t-il. J'ai des droits !

Rebecca leva les yeux vers Connor.

— Vous voulez bien nous laisser seuls une minute ?

L'homme approuva de la tête en murmurant :

— Je serai devant la porte.

Dès qu'il fut sorti, elle se tourna vers leur prisonnier.

— Si j'étais vous, je m'inquiéterais davantage de mes fesses que de mes droits.

Les yeux trop rapprochés de Mc Avoy se plissèrent, hostiles.

— Hein ? Pourquoi ?

— Parce que le vice-président Ferguson a décidé de vous faire porter le chapeau.

— N'importe quoi !

— J'énonce les faits.

Elle brandit son portable en précisant :

— Je viens de recevoir un appel de Nick. Ferguson affirme que vous lui avez proposé le projet et qu'il l'a refusé. D'après lui, vous auriez continué malgré un ordre direct de sa part, et sans qu'il n'en ait rien su. Il rejette toute la responsabilité sur vous.

Avec une grimace désolée, elle ajouta dans un soupir :

— Vous allez passer le reste de votre vie en prison. Je me demande même s'il y aura un procès.

Il avait peur, maintenant, ça se lisait dans ses yeux. Tout comme elle, il n'ignorait pas que les scandales énormes qu'on tente d'étouffer par des moyens aussi extrêmes n'aboutissent jamais devant un tribunal. Le cours normal de la justice est beaucoup trop médiatisé ; les affaires de ce genre, on les balaye sous le tapis. On retrouve éventuellement un ou deux cadavres, et un bouc émissaire paie pour tous les autres.

— Il vous a lâché, dit-elle à mi-voix. Je crois qu'il va ordonner à Barrett de vous livrer à la Homeland Security.

Entre panique et rage, le visage de Mc Avoy passait par toutes les couleurs.

— Ce fumier ! Il ne peut pas faire ça ! C'était *lui* !

— C'est votre parole contre la sienne, Fred. Sans une preuve solide reliant Ferguson au virus, qui pensez-vous que le président croira ?

— Dans ce cas, j'ai des preuves, annonça-t-il avec une satisfaction mauvaise.

— Ah ? fit-elle en haussant un sourcil. Intéressant. Vous n'en aviez pas encore parlé.

— Je les gardais pour mon avocat.

— Plutôt habile de votre part… Sauf qu'en les gardant pour vous, vous avez laissé les Barrett monter au créneau sans armes. Maintenant, Ferguson est prévenu, et nous avons perdu l'effet de surprise. Si ça se trouve, la partie est perdue.

Il eut un sursaut.

— Non ! Vous êtes Rebecca Parker ! Vous pouvez m'aider !

— De quelle façon ?

— En exposant ce salopard de Ferguson ! En révélant toute l'histoire en direct !

— Si je révèle le rôle qu'il a joué, je révèle le vôtre aussi.

Le visage de son prisonnier se crispa, amer.

— Je vais tomber de toute façon. Mais si je dois payer, je veux que Ferguson paie aussi. Je ne jouerai pas les boucs émissaires !

Elle réfléchit un instant.

— À quoi ressemblent vos preuves ?

— Ce sont les enregistrements et les transcriptions de presque toutes les conversations que j'ai eues avec lui sur le Projet Bélier. Les mails, les coups de fil, les mémos… J'ai tout gardé.

Elle ouvrit de grands yeux, assez époustouflée.

— C'était risqué !

— C'était nécessaire.

— Et où sont ces preuves, maintenant ?

— Chez moi, dans le coffre de mon bureau.

— Vous avez gardé un truc aussi explosif chez vous ? En termes de sécurité, c'est du niveau maternelle !

— Je travaille pour le Département de la Défense, mademoiselle Parker. Croyez-moi, il en existe des copies dans des coffres de banque et chez mon avocat. L'exemplaire qui se trouve dans mon coffre est le seul que nous puissions récupérer à 10 heures du soir. Alors ? Vous allez m'aider ?

Bonne question… Nick et son père étaient toujours à la Maison-Blanche et Ferguson ne lâchait rien. Or, on ne traite pas le vice-président des États-Unis comme un Waverly en cavale ; cette fois, Nick ne pourrait pas lui arracher la vérité de force. Si Mc Avoy détenait réellement des preuves, si elle les apportait aux Barrett, ils pourraient s'en servir pour obtenir des aveux. Ils pourraient même se contenter de les remettre au président Howard en le laissant gérer le désastre.

*Mais Nick t'a dit de rester ici.*

Elle hésita, mais pas longtemps. Au diable les ordres de Nick ! Elle était la seule à pouvoir agir. Elle ne courrait aucun risque, puisque Connor serait du voyage. Il suffisait de monter dans la voiture, de se rendre chez Mc Avoy et de prendre les enregistrements dans le coffre. Ensuite, Connor la déposerait à la Maison-Blanche et rentrerait au motel avec leur prisonnier. Ce serait facile et sans danger.

Elle croisa le regard fébrile de Mc Avoy et se décida.

— D'accord, je vais vous aider.

— Je regrette, je dois me préparer à faire mon discours.

Dans sa voix, la légère note de regret était parfaitement dosée ; intérieurement, il était fou de rage. Il n'aurait jamais dû venir à ce foutu gala, mais s'il s'écartait du planning prévu, son entourage se poserait des questions. Il n'en fallait pas davantage pour faire naître des soupçons. Il avait perdu des heures à serrer la main d'une foule de crétins qui ne l'intéressaient en rien, et voilà que Kirk Barrett osait le prendre à partie, osait lui sortir ses accusations ici, à la Maison-Blanche !

Rien que pour ça, il perdrait son poste. D'une façon ou d'une autre, il lui ferait payer son insolence. Ils paieraient tous les deux, pensa-t-il en posant son regard le plus indéchiffrable sur le plus jeune des deux hommes.

Tout au long de cette année, Nick Barrett avait hanté ses cauchemars. De toutes les unités qu'on pouvait dispatcher à ce village perdu, il avait fallu que ce soit la sienne ! Il avait fallu que le fils de l'un des conseillers les plus proches du président Howard se mette en travers de sa route ! Personne ne pouvait l'accuser de cruauté, il ne tenait pas du tout à éliminer le jeune Barrett ! Il ne souhaitait aucunement démolir Kirk, qu'il avait toujours respecté et considéré comme un allié. Ils œuvraient tous deux pour la sécurité nationale, et il avait beaucoup souffert de ne pas pouvoir lui manifester ouvertement son soutien. Non, il ne tenait pas du tout à tuer le fils, mais il commençait à craindre d'être aussi obligé d'organiser la mort du père.

— Nous parlerons mieux après le gala, dit-il chaleureusement. J'aimerais proposer au président à se joindre à nous, si ça ne vous ennuie pas.

Avec une jubilation mauvaise, il vit l'éclair surpris dans le regard des deux Barrett.

*Eh oui, espèces de fumiers ! Vous ne vous attendiez pas à ça !*

En même temps, leur réaction décuplait sa colère, car elle signifiait que ses explications ne les avaient pas convaincus. Ils refusaient d'accepter le coupable qu'il leur jetait dans les pattes ? Tant pis pour eux ! Il avait toujours couvert ses arrières, personne ne pourrait rien prouver. Mc Avoy tomberait seul. Quant à lui, il n'avait qu'à tenir bon, laisser passer la tempête médiatique ; le pays oublierait cette affaire comme il en avait oublié tant d'autres.

— Sage décision, approuva Kirk en hochant la tête. Il faut mettre le président au courant.

Ferguson se dirigea vers la porte et y frappa un coup sec. Une seconde plus tard, le fidèle Bob parut sur le seuil.

— Oui, monsieur.

— Faites raccompagner M. le secrétaire à la Défense et son fils à la salle de bal.

Il sortit un jeu de bristols de sa poche en murmurant :

— J'ai besoin de quelques minutes pour revoir mon discours.

Le secrétaire quitta le bureau, mais son fils s'attarda un instant, son regard pensif braqué sur lui. Il soutint ce regard avec une sensation de malaise.

— Bonsoir, monsieur, murmura Nick Barrett.

Il quitta la pièce à son tour. Dès que la porte se referma derrière lui, Ferguson sortit son téléphone sécurisé et appela Carraway.

— Nous avons un problème.

Carraway, un ami de son frère, avait quitté l'armée plusieurs années auparavant pour monter une entreprise très rentable de location de mercenaires. Il avait déjà fait appel à lui à plusieurs reprises mais, cette fois, il n'était pas du tout satisfait du calibre des hommes qu'il lui envoyait. Leurs performances laissaient beaucoup à désirer.

— Vous deviez poster un garde chez Mc Avoy et le surveiller à son retour de Chine !

— Je l'ai fait, mais les Barrett ont dû réussir à le joindre avant que vous ne donniez vos ordres. D'après mon homme, il n'y a eu aucune activité chez Mc Avoy au cours des dernières vingt-quatre heures.

— Barrett et son foutu fils ont dû le planquer quelque part. Retrouvez-le ! Il ne doit parler à personne. Postez quelques hommes supplémentaires chez lui. De mon côté, j'envoie des agents fédéraux au Pentagone le chercher, en prétextant un débriefing après son voyage en Chine. S'il est sous les verrous quelque part dans une prison fédérale, je le saurai ; s'il se présente chez lui, vous le dégommez. Compris ?

— Compris, riposta Carraway.

Il raccrocha sèchement. Nom de nom de bordel de… ! La situation devenait très, très précaire, il allait devoir faire très attention où il mettait les pieds. Apaiser Barrett et son fils, jouer la stupéfaction horrifiée quand ils parleraient à

Howard... Et surtout, surtout, s'assurer que Mc Avoy ne ferait plus de dégâts.

— Nous ne sommes pas seuls en piste, annonça Connor dès qu'ils s'approchèrent du portail de la maison de Mc Avoy.

Rebecca jeta un coup d'œil par la vitre, sans rien remarquer d'inquiétant.

— Vous êtes sûr ?

Connor fit oui de la tête. Il dépassa la maison sans ralentir et se gara cent mètres plus loin — quasiment à la même place que Nick lors de leur dernière visite.

— Attendez ici, jeta-t-il avec brusquerie. Je veux voir à qui nous avons affaire.

Il avait dégainé son arme avant même de défaire sa ceinture de sécurité. Avec une horrible sensation de déjà-vu, Rebecca le regarda se fondre dans l'ombre des haies. La dernière fois, Nick s'était éloigné dans les ténèbres pour saboter la grille, puis ils étaient entrés tous les deux pour interroger Mc Avoy. Cette fois, Mc Avoy était assis à l'arrière du véhicule, menotté, et Nick n'était plus auprès d'elle. Il ne serait jamais plus là pour elle.

Elle ignora la douleur dans sa poitrine et pressa son visage contre la vitre. Que faisait Connor ? Elle venait d'apprendre en bavardant avec lui que non seulement il travaillait au Département de la Défense depuis dix ans, mais qu'il avait également fait un passage par la Delta Force et mené une carrière de boxeur poids lourd. Un garçon impressionnant !

Quand il reparut, cinq minutes plus tard, il n'était ni essoufflé ni en nage, mais quelque chose dans son expression l'alerta.

— Qu'est-ce qui s'est passé ?

— J'ai réglé notre problème, répondit-il, impassible.

— Qui était-ce ?

— Un mercenaire.

— Vous êtes sûr ?

Il fit oui de la tête.

— Pas un militaire, pas un agent du gouvernement. Forcément un mercenaire.

Posément, il reprit le volant. Elle s'abstint de lui demander de quelle façon il avait « réglé » le problème ; elle le devinait trop bien. La voix angoissée de Mc Avoy s'éleva derrière eux.

— Il faut faire vite ! S'ils ont envoyé un homme, il peut en arriver d'autres.

Il n'avait pas tort. Rebecca ravala sa propre anxiété et se cramponna au tableau de bord : Connor lançait la voiture en marche arrière vers la grille, toujours béante depuis que Nick s'était occupé des circuits. Ils s'y engouffrèrent, remontèrent l'allée et s'arrêtèrent net devant la véranda, le capot pointé vers la rue. Dès que le véhicule se fut immobilisé, ils descendirent. Mc Avoy, de nouveau menotté, trébucha et faillit tomber ; instinctivement, Rebecca lui prit le bras pour le soutenir. Son geste lui valut un regard étrange, entre reconnaissance et rancune.

— Merci, fit-il en grimpant au trot les marches du porche.

Connor entra le premier ; il parcourut rapidement le rez-de-chaussée et revint les chercher. Ensemble, ils passèrent dans le bureau. Dans la pénombre, les tableaux accrochés aux murs découpaient des trous d'ombre dans le lambris. Mc Avoy se dirigea droit vers la tête de cerf accrochée au-dessus de la cheminée.

— J'ai besoin d'avoir les mains libres, grogna-t-il en leur jetant un regard hostile.

Impassible, Connor s'approcha en sortant des clés de sa poche. Dès qu'il fut démenotté, Mc Avoy fit glisser ses doigts le long du bord inférieur du cadre qui soutenait la tête empaillée. Un panneau de bois s'ouvrit brusquement ; à l'intérieur de la cavité, Rebecca vit briller l'acier d'un coffre et, juste à côté, un clavier et un petit panneau électronique. Stupéfaite, elle vit Mc Avoy se hausser sur la pointe des pieds pour placer son œil gauche devant le panneau.

— On se croirait dans un film de James Bond ! chuchota-t-elle.

L'appareil émit un signal électronique feutré, un rayon de lumière balaya le globe oculaire du maître des lieux. Un scan oculaire sur un coffre personnel ! Ces gens vivaient vraiment sur une autre planète ! Trois «bips» retentirent, un voyant vert s'alluma ; Mc Avoy entra alors une longue séquence de chiffres sur le clavier et le coffre s'ouvrit. D'un geste preste, sans tâtonner, il saisit un objet à l'intérieur, un petit étui noir de la taille d'un paquet de cigarettes. Il l'ouvrit et hocha la tête, satisfait. Curieuse, Rebecca s'approcha. L'étui contenait deux clés USB calées dans des alvéoles jumelles.

— Les deux contiennent les mêmes données, dit Mc Avoy en levant les yeux vers elle.

À sa grande surprise, il en prit une, la lui tendit, et glissa le petit étui dans sa poche.

— Gardez celle-ci sur vous, je me charge de l'autre.

Derrière eux, Connor s'impatientait.

— On file ! lança-t-il.

Son regard vigilant n'avait cessé de balayer les accès de la pièce. Il avait raison, ils ne devaient pas s'attarder ici. Rebecca glissa la clé dans la poche de son jean et fit signe à Mc Avoy de la suivre. Un instant plus tard, ils débouchaient sous le porche, Connor en tête, Mc Avoy près d'elle.

Le coup de feu claqua, si proche de Rebecca que ses oreilles tintèrent. Connor plongea en avant. Tétanisée, elle se figea en voyant l'homme qui se tenait devant elle un instant plus tôt, effondré, face contre terre. Connor, *non*… Il n'était plus qu'une forme anonyme sur le gravier de l'allée, et une mare sombre s'élargissait lentement autour de sa tête. Un vent de panique se leva en elle, elle allait hurler, vomir, elle allait…

Un second coup de feu résonna dans l'air immobile de la nuit, et Mc Avoy ne fut plus près d'elle. Elle ne le voyait plus, mais l'entendait crier. Instinctivement, elle se jeta à terre et rampa vivement vers le corps de Connor, le regard braqué sur la clé argentée qu'il serrait encore dans la main. La clé de la voiture.

Un troisième coup de feu stoppa net les cris de Mc Avoy.

Il y eut encore une détonation, puis le silence. Non, pas le silence, des pas précipités : quelqu'un courait vers elle. Elle rafla la clé, se remit sur pied et fonça en avant. Un objet brûlant vrombit près de son oreille, mais elle ne s'arrêta pas, ne se retourna pas. La portière. Le siège. La clé dans le contact. Ce mouvement confus dans son rétroviseur : deux hommes couraient vers le 4x4 en brandissant des armes qui luisaient sourdement dans la nuit.

*Démarre !!!*

Le cœur battant violemment, elle enfonça brutalement l'accélérateur ; le 4x4 fit un bond en avant et décolla comme une fusée.

Elle franchit la grille, vira trop sèchement, et redressa si brutalement que sa tête faillit percuter le montant de la portière. La rue se ruait à sa rencontre. Quand elle sentit ses mains la picoter, ses poumons la brûler, elle réalisa qu'elle retenait son souffle. Connor, Mc Avoy, morts tous les deux ? Elle inspira à fond ; le vertige fut si violent qu'elle fit une embardée.

*Tiens bon, Becks. Il faut rejoindre Nick. Exposer Ferguson.*

Elle se répéta la formule en boucle, s'y raccrocha pour ne pas craquer. Ses pieds tremblaient sur les pédales. Elle parvint cependant à rouler droit, à sortir du quartier sans s'évanouir, et à rejoindre la route de Washington sans être poursuivie par d'inquiétantes camionnettes noires.

Peu à peu, sa panique se calma. Rejoindre Nick. Exposer Ferguson. Mais d'abord, par sécurité, elle ferait une escale.

# 19

— Mc Avoy est mort et Parker s'est échappée.

Ferguson était descendu de l'estrade depuis moins de cinq minutes quand le rapport lui parvint. Il dut s'excuser auprès du groupe qui le félicitait pour son discours et s'esquiver dans le couloir pour prendre l'appel. Là, le regard dans le vide, il s'efforça d'encaisser ce nouveau choc.

— Comment ça, elle s'est échappée ? siffla-t-il. Qu'est-ce qu'elle foutait là ?

— Je ne sais pas. Je vous relaie le rapport de mon homme. En arrivant, ils ont trouvé une voiture devant la porte et toutes les lumières éteintes. Quelques instants plus tard, Mc Avoy est sorti de chez lui accompagné de Parker et d'un agent attaché au Département de la Défense. Mes hommes ont engagé l'opération et éliminé deux des cibles. Parker a réussi à s'enfuir.

La panique explosa en lui.

— Elle a vu Mc Avoy et un agent fédéral se faire descendre ?

Il y eut un bref silence, puis son interlocuteur répondit :

— Oui.

C'était… C'était un désastre ! Il ne risquait plus rien du côté de Mc Avoy mais, maintenant, une menace autrement redoutable se levait devant lui. La correspondante de la première chaîne d'infos du pays avait assisté à l'assassinat de deux fonctionnaires de la Défense.

— Il faut la retrouver. Tout de suite !

— J'ai déjà des hommes sur sa piste, mais préparez-vous

de votre côté. Si elle est en contact avec les Barrett, si elle se tourne vers eux pour leur demander de l'aide, c'est vers vous qu'elle fonce en ce moment.

Il inspira longuement, profondément, et se sentit mieux.

— Je préviens mes gars, dit-il d'une voix plus ferme. Si elle se présente ici, elle sera interceptée. Vos hommes ont tout nettoyé chez Mc Avoy ?

— Oui. La mise en scène suggère un cambriolage qui aurait mal tourné. On pourra expliquer la présence de l'agent fédéral en annonçant que Mc Avoy avait reçu des menaces et demandé une protection.

Pour la première fois, la voix de Carraway trahissait une réelle inquiétude.

— Une dernière chose, dit-il. Mes hommes ont trouvé un étui avec une clé USB sur le corps de Mc Avoy.

Il sentit un étau se refermer sur sa poitrine. Instantanément, il eut la certitude que Mc Avoy avait réussi à réunir des preuves contre lui. Ce petit fumier ! Quelle chance que Carraway soit arrivé à temps. La clé était entre ses mains maintenant. Enfin une bonne nouvelle !

— L'étui était fait pour contenir deux clés, enchaîna Carraway. Ça ne prouve rien, mais il faut envisager la possibilité qu'il existe un duplicata. Et que le duplicata soit entre les mains de Parker.

En fait de bonne nouvelle…

— Trouvez-la ! gronda-t-il.

— Oui, monsieur.

Il raccrocha sans un mot de plus. Seul dans le couloir désert, il se redressa, rassembla ses forces, assura son masque, et retourna dans la salle de bal.

Tout au long du discours émouvant du vice-président sur le patriotisme, l'héroïsme, et tous les autres « ismes » associés aux forces armées, Nick s'était appliqué à scruter ses gestes et à analyser ses intonations. Ferguson savait manipuler un auditoire à la perfection, il maîtrisait tous les registres, le rire comme l'émotion. Il emportait l'adhésion et même l'affection de son public.

— Il nous a menti, dit-il à son père sous couvert de l'ovation qui saluait la fin de son intervention. Il a été très convaincant, mais je ne le sens pas. À mon avis, il porte le Projet Bélier depuis le début.

— Je le crois aussi, Nick. Mais je ne vois pas ce que nous pouvons faire de plus ce soir.

— Tu crois qu'il mettra vraiment le président au courant ?

— Il ne peut plus faire autrement. Il doit être absolument certain qu'on ne pourra jamais l'impliquer dans le scandale.

Alerté, Nick se redressa. Ferguson, qui recevait les félicitations d'un groupe d'invités, venait de les quitter subitement et se dirigeait vers la porte la plus proche. Encadré comme il l'était par ses gardes du corps, Nick ne le voyait pas très bien. Il lui sembla néanmoins qu'il sortait un téléphone ultraplat de sa poche. Il fit un pas en avant. Son père posa vivement la main sur son bras.

— Pas de bêtise, fils.

La petite phrase coupa net son élan. Son père avait raison, il ne pouvait pas se précipiter sur les talons du vice-président de son pays pour tenter de l'espionner au cœur de la Maison-Blanche. Il mit à profit l'absence de Ferguson pour vérifier son propre portable. Pas de message, pas d'appel manqué de Rebecca. Elle était donc toujours au motel, bien à l'abri auprès de Mc Avoy.

— Quelqu'un n'est pas dans son assiette, murmura son père.

Nick releva vivement les yeux. Effectivement. Ferguson était de retour, il souriait toujours, mais son visage s'était figé et une lueur bizarre dansait dans ses yeux.

— Il s'est passé quelque chose, dit-il à mi-voix.

Au même instant, un aide de camp s'approcha en hâte du vice-président et lui glissa quelques mots à l'oreille. La réaction fut spectaculaire : les épaules de Ferguson se redressèrent, son regard flamboya. Il venait de recevoir une nouvelle importante — très importante même, songea Nick en voyant leur homme faire volte-face et se diriger à grands pas vers une porte voisine.

Cette fois, il n'hésita pas. Au diable la prudence ! Il ne devait plus quitter Ferguson d'une semelle. Il laissa son père sans un mot et se faufila à travers la foule, s'efforçant d'avancer d'un air dégagé. Surtout, ne pas courir, on l'arrêterait tout de suite. Il franchit les portes d'un élan et déboucha dans un large couloir, au moment où Ferguson et son entourage disparaissaient à l'autre extrémité.

Deux agents montaient la garde derrière la porte. Il tenta de passer sans les regarder, mais l'un des deux lui barra le passage.

— Vous cherchez quelque chose, monsieur ?

— Repos ! aboya-t-il en accélérant le pas.

L'intonation était celle d'un officier, et les hommes étaient très disciplinés ; leur hésitation momentanée lui fit gagner quelques mètres. Malheureusement, l'un d'entre eux se ressaisit et s'écria :

— Monsieur, veuillez vous arrêter !

Il continua son chemin au pas de charge — surtout ne pas courir — et attendit la sommation. Il ne manquerait plus que ces plantons l'abattent d'une balle dans le dos avant qu'il n'atteigne le bout de ce foutu couloir ! Non, l'un des deux parlait dans sa radio ; il alertait sûrement sa hiérarchie. Parfait, qu'il alerte ! Si on l'interpellait, il pourrait toujours s'abriter derrière le prestige de son père. En attendant, il atteignit enfin le coude du couloir où avait disparu le vice-président.

— Bon, ça suffit ! On me lâche et plus vite que ça !

Une voix de femme, un véritable cri de guerre ! Saisi, il s'arrêta net en essayant de comprendre le tableau confus devant lui. Un groupe d'hommes des services de sécurité était massé dans un couloir secondaire ; au milieu, un éclair de cheveux rouges. Rebecca ! Il se jeta en avant et s'arrêta aussitôt, en dérapant un peu, quand le groupe se hérissa d'armes, toutes braquées sur lui.

— Nick ! cria Rebecca.

Le tableau se figea. Elle était cernée par sept agents, trois d'entre eux la couvraient, les quatre autres le tenaient en joue. Elle était vêtue comme au motel, quand il l'y avait laissée, mais ses longs cheveux étaient tout emmêlés et elle avait une tache noire sur la joue.

— Arrêtez-la ! aboya Ferguson qui se tenait un peu en retrait, à l'abri derrière ses hommes. Lui aussi !

Il recula encore un peu et lui lança :

— J'ai pris le temps d'écouter vos accusations, alors qu'elles étaient très insultantes, et même franchement humiliantes...

Son regard gris flambait de colère.

— Mais ça suffit, maintenant ! Je refuse de vous laisser répandre vos mensonges, je vous interdis de me diffamer. Vous attentez à la sécurité du pays !

— Allez-y, arrêtez-moi, fit Rebecca d'une voix tranchante. Ça ne changera rien.

Le visage de Ferguson se crispa, mais il ne lui demanda pas de s'expliquer. Avec un geste à l'intention des agents qui l'entouraient, il répéta :

— Arrêtez-les. Qu'ils ne communiquent avec personne de l'extérieur.

Horrifié, Nick vit Rebecca s'avancer. Sans se soucier de la réaction des agents, sans même sembler voir les armes braquées sur elle, elle se planta devant le vice-président des États-Unis d'Amérique et croisa les bras sur sa poitrine. L'air de le mettre au défi de la contredire, elle lui lança en plein visage :

— La vérité éclate en ce moment même.

Le cœur de Nick se dilata. Elle était magnifique ! Il était si fier d'elle ! Le menton bravement levé, elle affrontait huit hommes qui faisaient deux fois sa taille... Et il adorait ça. Il adorait son enthousiasme, sa détermination, son courage, son feu... Ça alors ! Serait-il tombé amoureux d'elle ? La question, inattendue, fondit sur lui en piqué. Il la repoussa d'instinct. Le moment était vraiment, mais *vraiment* mal choisi pour tenter d'y voir clair dans ses émotions !

— Vous pouvez nous arrêter si vous voulez, répétait-elle avec satisfaction, ça ne changera rien du tout. Pas d'un *p... trois points de suspension* de iota !

Malgré le danger, Nick sentit son visage s'épanouir dans un large sourire.

— Le monde entier saura la vérité dans...

Ostensiblement, elle fit mine de consulter sa montre.

— Deux minutes, au journal du soir ! Et une fois qu'on saura...

— Quelle vérité ? l'interrompit froidement Ferguson.

Il était vraiment très fort ! Tout s'effondrait autour de lui, et il parvenait encore à faire semblant de ne pas comprendre. Pour parler comme elle le faisait, Rebecca était forcément parvenue à obtenir des preuves.

— La vérité sur le fait que vous êtes à l'origine du Virus Méridien, assena-t-elle. À l'origine de la fabrication d'une arme que des terroristes ont utilisée contre vos concitoyens.

— Mensonges ! C'était Mc Avoy.

— Ah oui ? répliqua-t-elle aussitôt. L'homme que vous venez de faire abattre chez lui ?

Nick se ramassa sur lui-même. Personne ne le regardait en ce moment, personne n'avait conscience de la métamorphose, mais il venait de passer en mode attaque et il était subitement très, très dangereux. Mc Avoy, mort ? L'expression de Rebecca ne laissait aucun doute sur ce point. Si Mc Avoy avait été abattu chez lui, ça signifiait qu'une fois de plus, elle avait ignoré ses ordres.

— J'en ai assez de ces bêtises, marmotta Ferguson.

Il se tourna vers ses agents, sans doute pour leur lancer un nouvel ordre. Cette fois encore, Rebecca l'interrompit.

— Il y a une télé dans le secteur ? demanda-t-elle gaiement. Il y en a forcément une, non ? Quand on voit la taille de la baraque...

Nick se redressa lentement, ses mains se détendirent. Il souriait de nouveau. Toujours avec la même impudence — ou inconscience ? — elle insistait :

— Parce que vous devriez vraiment vous intéresser au programme, monsieur le vice-président. Vous ne tiendrez plus tout à fait le même discours après les infos de 23 heures sur ABN.

Le beau visage aristocratique de Ferguson rougit, son regard jeta un nouvel éclair. Il tourna les talons et, sans un mot, s'éloigna vers une porte qu'il ouvrit à la volée. Deux des agents l'accompagnèrent, les autres gardèrent leur position, groupés autour d'eux.

— Qu'est-ce que tu as encore fait, Red ?

— Pas grand-chose, répondit-elle, ses yeux verts brillant d'excitation. J'ai juste exploité les preuves contre Ferguson. Mc Avoy les avait stockées sur une clé USB. Il me l'a donnée avant de mourir.

L'éclat de ses yeux se ternit et elle ajouta :

— Connor est mort aussi. J'ai réussi à m'enfuir de justesse.

L'angoisse et le soulagement brassaient une potion amère dans les entrailles de Nick. La seule idée de Rebecca au milieu d'un règlement de comptes le terrifiait ; en même temps, le fait qu'elle en ait réchappé ne le surprenait presque pas. Rebecca, c'était l'intelligence, la ressource, la force et le courage personnifiés. C'était la survie incarnée. Bien sûr qu'elle s'en était sortie ! Une chaleur brusque, presque douloureuse, éclata dans sa poitrine. Il dut faire un effort pour se concentrer sur ce qu'elle lui expliquait.

— Je me suis arrêtée dans un café Internet et j'ai mailé à la chaîne tous les fichiers de la clé.

Il fit un pas vers elle, s'arrêta de nouveau quand deux agents le mirent en joue.

— Du calme, les gars, soupira-t-il. Ce n'est pas nous, le danger public. Vous ne tarderez pas à avoir confirmation de tout ce que vous venez d'entendre.

Les hommes restèrent impavides. Il leva les yeux au ciel et s'adressa de nouveau à Rebecca.

— Donc, tu as envoyé les preuves à ABN ? Bien vu.

— Pas juste à ABN ! Tous les groupes de presse du pays,

et même quelques médias étrangers, ont reçu une copie de chaque mail, chaque coup de fil entre Ferguson et Mc Avoy.

— Joli coup ! fit-il, admiratif.

Rebecca jeta un regard en coin aux agents. Elle s'adressait aussi à eux quand elle résuma :

— Le monde entier sait maintenant que le virus Méridien a été téléguidé par Ferguson. Si des terroristes ont pu le diffuser à Dixie, c'est à cause de lui. Et au fait, Nick ! Je ne compte pas m'excuser.

— T'excuser de quoi ?

— De ne pas être restée sagement au motel. Je sais bien que j'ai pris un risque en ramenant Mc Avoy chez lui, mais il fallait absolument mettre la main sur cette clé.

Son menton impudent se haussa de nouveau.

— En ne tenant pas compte de tes ordres, j'ai fait éclater la culpabilité de Ferguson. Je ne le regrette pas, Nick, et je ne m'excuserai pas. Tant pis si tu en ressors plus convaincu que jamais que nous ne sommes pas compatibles.

Elle avait parlé de plus en plus vite. Quand elle se tut, il lui demanda avec courtoisie :

— Tu as terminé ?

Elle lui jeta un regard hostile.

— Oui.

— Parfait. À moi, maintenant. Je ne m'attendais pas à des excuses, et je n'en veux surtout pas !

Les yeux verts levés vers lui s'écarquillèrent. D'une voix de petite fille, elle s'écria :

— *Sérieux ?*

Ce fut plus fort que lui : il se mit à rire. Il adorait cette femme ! Mieux encore, il *l'aimait* de tout son être.

— Sérieux, confirma-t-il. Tu as obtenu la preuve qu'il nous fallait, ma chérie, et tu l'as jetée à la face du monde. Il n'y a plus rien à étouffer, Ferguson ne peut plus nous abattre et faire croire à un accident ou à une agression. Il ne peut strictement plus rien nous faire.

— Putain, rien ! exulta Rebecca.

Puis elle plaqua la main sur sa bouche en soufflant :

— Merde ! J'ai juré !

— Je ne le dirai à personne.

Il jeta un regard au petit contingent qui les entourait, armes toujours braquées sur eux, et murmura :

— Et je suis sûr que ces gars se tairont aussi.

Ça alors ! Il aurait juré que l'un des agents venait de réprimer un sourire. Quand il le regarda mieux, l'homme était redevenu impassible.

Ferguson n'était toujours pas revenu. Derrière la porte close, Nick percevait un murmure lointain qui devait provenir d'un téléviseur. Le téléviseur réglé sur ABN qui exposait en ce moment même les méfaits du vice-président dans tous les foyers du pays. Le moment était incroyablement mal choisi pour une discussion à cœur ouvert, mais il fut incapable de se retenir. Cette affaire avait été si insolite depuis le premier jour qu'il pouvait bien s'épancher sous la menace de cinq gros calibres !

— Je suis un crétin, déclara-t-il.

Elle le regarda sans comprendre.

— Pourquoi ?

Il fut surpris de sentir sa gorge se serrer, sa voix s'enrouer d'émotion.

— Parce que j'étais tellement occupé à décréter à quoi devait ressembler la femme de ma vie que je n'ai même pas compris qu'elle était là, devant moi.

Elle inspira brusquement, le regard lumineux… Puis l'ombre du doute voila un instant ses traits.

— C'est moi, là ? C'est bien de moi que tu parles ?

Cette fois, impossible de s'y tromper : le deuxième agent en partant de la gauche venait de pouffer. Ils se retournèrent pour lui jeter un regard accusateur. L'homme se concentra, regarda un instant ses chaussures ; quand il releva la tête, il avait repris son expression de robot.

— Bien sûr que c'est toi ! répondit Nick, hilare.

Un coup au cœur brutal le fit cesser de rire. Quel imbécile il avait été !

— Tu es exactement la femme pour moi. Seulement, j'étais trop aveugle pour m'en apercevoir.

— Mais…

Elle se mordit la lèvre et reprit :

— Et mon travail ? Rien n'a changé. Je continuerai mes reportages, et certains seront dangereux.

— Je t'invite à regarder autour de nous, Red, dit-il gravement en esquissant un geste vers les canons luisants qui les visaient. Nous sommes en danger et tu le gères parfaitement. Tu as même un comportement exemplaire.

— Comme d'habitude, fit-elle remarquer avec douceur.

— Je le sais. Maintenant, j'ai compris. J'ai trop voulu te protéger et je me suis trompé, parce que tu sais quoi ? Si tu avais suivi mes ordres, ce soir, Ferguson serait peut-être parvenu à s'en tirer. Il s'en est fallu d'un cheveu pour qu'il arrive à étouffer le scandale. Et tu sais quoi encore ? J'adore que tu n'aies peur de rien. Même si j'ai mis un certain temps à m'en apercevoir, j'aime aussi que tu me contredises tout le temps.

Il reprit sa respiration… et, tout à coup, se sentit mort de honte. Il venait de mettre son cœur à nu devant cinq hommes armés et hostiles — enfin, hostiles… plus ou moins ! En même temps, les yeux verts de Rebecca rayonnaient d'une telle joie qu'il comprit qu'il ne pouvait pas s'arrêter en chemin. Il ne pouvait pas la laisser dans l'expectative.

— Je ne veux pas te changer. Je crois même que si tu étais différente, je finirais par m'ennuyer.

Elle scrutait son visage avec un reste de méfiance.

— Tu penses vraiment ce que tu dis ou tu te laisses emporter par la situation ?

— La seule chose qui m'emporte, c'est toi !

Oh ! Pitié… Comment avait-il pu prononcer une formule aussi plate ? Il était parfaitement sincère, mais il venait encore de se ridiculiser devant cinq piliers des services fédéraux !

Il croisa le regard de celui qui avait ri tout à l'heure et crut y lire de l'approbation.

— Joli, lança Rebecca en hochant la tête. Je crois bien que mon cœur vient de faire un saut périlleux. Note la phrase, Nicky. Tu pourras me la redire tous les soirs au moment de s'endormir.

Il éclata de rire.

— D'accord !

Elle ouvrait la bouche, sans doute pour lui lancer une nouvelle pique, quand ils entendirent des pas précipités. Les hommes en noir tournèrent la tête avec un ensemble parfait… Et son père parut à l'angle du couloir.

— Déposez vos armes ! ordonna-t-il, manifestement outré par la scène qu'il venait de découvrir.

Aucun des hommes ne fit un geste pour lui obéir.

— Désolé, monsieur. Nous suivons les ordres du vice-président, l'informa le chef du détachement.

Quelque chose dans sa voix semblait suggérer qu'il le regrettait sincèrement. D'une voix blanche de colère, son père s'enquit :

— Vous voulez dire que le vice-président vous a ordonné de tenir en joue deux civils, dans un lieu public, là où n'importe quel invité qui quitterait le gala pourrait vous voir ? Où est-il, d'ailleurs ?

Nick désigna la porte close d'un coup de menton.

— Il regarde les informations, précisa Rebecca. C'est fou, de nos jours, ce qu'on peut entendre au journal du soir. Il n'y en a que pour les scandales, trahisons et compagnie…

Nick vit un éclair de triomphe s'allumer dans le regard de son père.

— C'est triste, convint ce dernier. Je dois comprendre qu'il y a du nouveau ? Je ne suis pas très fan des nouvelles technologies, mais pour une fois…

Il sortit son portable de sa poche. Nick faillit éclater de rire de nouveau en voyant le logo du site web d'ABN affiché à l'écran.

— L'info est reprise en boucle sur toutes les chaînes, ajouta son père. Le président Howard est prévenu. Il monte à bord d'Air Force 1 en ce moment même.

Puis il quitta le ton de la plaisanterie, très inhabituel chez lui, pour lancer du haut de sa fonction à l'agent qui lui avait adressé la parole :

— Vous devriez recevoir rapidement de nouvelles instructions de la part de la Homeland Security.

Au même instant, le chef du détachement porta la main à son oreillette. Le front plissé, il écouta de longs instants et déclara :

— À vos ordres.

Enfin, il fit signe à ses hommes de reculer. Nick laissa échapper un discret soupir de soulagement en voyant les armes s'abaisser, les agents s'écarter de Rebecca et lui. Elle se jeta aussitôt dans ses bras. Il l'étreignit de toutes ses forces en la berçant doucement, les yeux fermés pour mieux s'imprégner du parfum de ses cheveux.

— Ça va ? lui demanda-t-il tout bas. Dire que chez Mc Avoy, tu aurais pu…

Elle se haussa sur la pointe des pieds pour poser un baiser sur sa joue.

— Je vais bien, Nick. Mmm, j'aime quand tu te rases. Et tu es assez stupéfiant en habit de soirée !

Il rit tout bas, nettoya doucement du bout du pouce la tache sur la joue de son amour.

— Il y a une chose que j'ai oublié de te dire.

— Quoi donc ?

Il se pencha pour lui souffler à l'oreille :

— Je t'aime.

Rebecca ne put même pas savourer tranquillement cette déclaration d'amour. Elle allait lui ordonner de la répéter, dix fois au moins, quand la porte s'ouvrit et que le vice-président parut sur le seuil. Cette fois encore, il était encadré par deux agents, mais leur attitude avait changé du tout au tout. Ils avaient manifestement reçu l'ordre de ne pas le quitter des yeux.

Elle fut très impressionnée par son attitude. Il se tenait toujours très droit, son visage était toujours aussi serein, mais il se savait battu. Et même fichu, carbonisé, dégringolé en quelques secondes du sommet du pouvoir. Plus question de s'arroger un droit de vie ou de mort, d'envoyer ses tueurs contre ceux qui se mettraient en travers de son chemin. En pressant la touche « ENVOI » du message groupé contenant les fichiers de la clé USB, elle avait signé sa condamnation.

Il passa sans un mot devant eux, mais s'arrêta un instant devant le secrétaire à la Défense.

— Toi, Kirk, tu sais que j'ai eu raison de le faire. Howard ne cherchait même pas à les mater. Nous ne pouvions pas continuer à nous laisser faire.

— Il y avait d'autres moyens de nous faire entendre, Troy, soupira Kirk Barrett d'une voix lasse. Si seulement tu étais venu me trouver, si tu avais discuté avec moi, nous aurions pu, à nous deux, imaginer un vrai plan de défense et convaincre Howard de le valider.

— C'est facile à dire, maintenant.

Atterré, Barrett Père secoua la tête. Il aurait peut-être ajouté quelque chose, mais un ordre dut retentir dans les oreillettes des agents car ils entraînèrent leur ancien chef. Rebecca se retrouva seule avec les deux Barrett.

— Bon travail, mademoiselle Parker, murmura l'aîné avec un sourire approbateur. Sans vos preuves, il aurait sans doute réussi à faire porter le chapeau à Mc Avoy.

Puis il se tourna vers son fils.

— Préviens Tate et Stone, Nicholas, dis-leur de rentrer au bercail.

— Tout de suite !

Son père lui sourit et recula discrètement en ajoutant :

— Je vous laisse entre vous quelques instants, Rebecca. Mon fils ne souhaite sûrement pas avoir de public quand il vous fera une scène parce que vous avez quitté le motel, et vous préférez sans doute vous défendre en privé. Je vous fais confiance pour trouver les arguments qui feront mouche.

— Oh ! La scène, c'est déjà du passé, lui assura-t-elle avec un geste désinvolte. Nous en sommes au baiser de la réconciliation !

Il se mit à rire en lui jetant un regard affectueux sous ses sourcils touffus.

— Raison de plus pour que je vous laisse !

Dès qu'il s'éloigna, elle se planta devant Nick avec un sourire impudent.

— Pour en revenir à ce que tu disais…

— Tu me rappelles où nous en étions ?

— Ne fais pas l'imbécile. Tu sais très bien ce que tu venais de dire.

— Ah, tu fais allusion à « je t'aime » ?

— Oui. Redis-le.

— Quelle femme autoritaire ! Corrige-moi si je me trompe, mais toi, tu ne m'as encore rien dit.

— Parce que je ne suis pas encore sûre que tu le penses vraiment.

Elle voulait seulement le taquiner, mais la réaction de Nick la prit de court : son expression changea du tout au tout, il la fixa d'un air anxieux, blessé même.

— Bien sûr que je le pense vraiment !

— Tu m'aimes ? insista-t-elle avec un regard aigu. Même si je prends des risques ?

Il fit oui de la tête.

— Même si je n'ai pas l'intention de renoncer à mon métier ? Y compris quand j'aurai des enfants ?

Un autre coup de menton.

— Même si je te contredis dix fois par jour ?

Encore un signe affirmatif, accompagné cette fois d'un sourire.

— Même si…

Il la fit taire d'un baiser, et elle ne fut pas particulièrement contrariée qu'il se permette de l'interrompre. Au lieu de protester comme elle aurait sans doute dû le faire, elle se laissa aller contre sa poitrine et l'embrassa en retour.

— Je t'aime, dit-il à voix basse en lui mordillant les lèvres. Je te veux exactement telle que tu es.

Une chaleur fabuleuse envahit sa poitrine et se massa autour de son cœur. L'émotion fut si forte qu'elle en eut les larmes aux yeux.

— Moi aussi, je t'aime !

— Enfin, elle se décide à le dire ! Tu y as mis le temps.

— Tu méritais d'attendre un peu, après ton tu-n'es-pas-la-femme-pour-moi.

Le beau visage de Nick s'assombrit.

— Si tu savais ce que je regrette ! Quel crétin !

— C'est vrai, mais je te pardonne.

Elle souriait, et il lui semblait qu'elle ne pourrait plus jamais s'arrêter de sourire. Elle devait même être ridicule, avec ces étoiles plein les yeux, mais le bonheur éclatait en elle comme un feu d'artifice.

— Alors, on fonce ? demanda-t-elle, émerveillée. On s'embarque et on voit où cette histoire nous emmène ?

— Non.

Médusée, elle leva les yeux vers lui.

— Comment, non ?

— Ma chérie, ce n'est pas parce que j'accepte de revoir ma définition de la femme idéale que je ne suis plus un gentleman.

Il sourit avec une certaine gêne et expliqua :

— Je suis trop sage, tu me l'as déjà fait remarquer, mais on ne se refait pas. Et en tant que garçon sage et sérieux, je veux davantage qu'une histoire d'amour. Je veux te mettre la bague au doigt.

— Tu es en train de me demander de *t'épouser* ?

— Si je le faisais, tu me dirais non ?

Elle réfléchit un instant. L'idée de se fiancer aurait dû la faire sauter au plafond mais, bizarrement, elle envisageait sérieusement de sauter le pas.

— Ne t'inquiète pas, nos fiançailles risquent de durer un certain temps, lui assura-t-il. Je dois me refaire une place dans la société. Voilà un an que je vis dans des forteresses en ruine et des baraques sur la plage.

Il était si craquant qu'elle faillit fondre à ses pieds. Oh ! Oui, elle l'aimait ! Jamais elle n'aurait imaginé qu'elle tomberait raide dingue d'un garçon aussi gentil, aussi sérieux... Un gentleman à l'ancienne. Et pourtant, elle était amoureuse folle et quoi qu'il lui demande, même cette lubie de mariage, elle ne le laisserait pas s'échapper.

— Bon, très bien, mais seulement si je peux choisir ma bague de fiançailles, lâcha-t-elle d'un air désinvolte.

— Je te demande en mariage, et tout ce que tu trouves à me répondre, c'est : « Bon, très bien » ?

Atterré, il secouait la tête.

— Qu'est-ce que je vais faire de toi, Red ?

— Beaucoup de choses ! Fais-moi confiance, nous allons nous éclater, tous les deux.

— Je n'en doute pas un seul instant, Sherlock.

Émue tout à coup, elle plongea dans son regard de miel tendre.

— Tu veux dire que tu acceptes officiellement d'être mon faire-valoir ?

— Je pensais qu'on pourrait être Sherlock à tour de rôle. En se relayant, en partenaires égaux. Ça te va ?

Heureuse, *heureuse* ! Elle se haussa de nouveau sur la pointe des pieds pour l'embrasser.

— *B... trois petits points*, oui, ça me va !

# Épilogue

*Un mois plus tard*

— Tu parles sérieusement ? s'indigna Sebastian. Après un an de cavale, au moment où nous pouvons enfin retrouver la civilisation, tu choisis de t'installer dans un trou paumé ? La pire de nos planques n'était pas aussi isolée !

Tate lui opposa le célèbre haussement d'épaules qui signifiait qu'il se fichait de tout ce qu'on pourrait lui objecter.

— Eva et moi, nous aimons vivre à la campagne.

Il ouvrit la glacière, en sortit deux bières et en tendit une à Nick. Avec un soupir de contentement, celui-ci la décapsula et but une longue gorgée.

— Merci, capitaine. Il fait chaud ! Il ne faisait pas si lourd à Washington.

— En parlant de Washington, Rebecca va couvrir la destitution de Ferguson ou ABN enverra quelqu'un d'autre ? demanda Sebastian avec curiosité.

— À ton avis ? Non, ce sera elle, répondit Nick avec un petit rire. Quand son nouveau producteur a osé suggérer que son lien avec l'affaire pouvait affecter son objectivité, elle a failli le mordre.

Les deux autres hochèrent la tête avec satisfaction. Rebecca couvrait le scandale depuis qu'il avait éclaté au gala des Vétérans. C'était son scoop, son exclusivité, et ils comprenaient très bien qu'elle s'y cramponne de toutes ses forces. Elle l'avait payé assez cher, la gloire lui revenait de droit !

Nick se carra confortablement dans son siège en contemplant le jardin. Enfin, si on pouvait appeler « jardin » ce terrain sauvage et vallonné, planté d'arbres en fleurs et traversé par un ruisseau. Un paysage admirable, surtout quand on le dominait de l'immense terrasse de teck à l'arrière de la maison de Tate et Eva, en Caroline du Nord.

Là-bas, assise sur le talus herbeux près du ruisseau, Rebecca et Julia Davenport bavardaient et riaient, leurs pieds nus plongés dans l'eau claire. Ces deux-là s'étaient tout de suite comprises et appréciées ; elles avaient le même franc-parler, le même humour caustique…

Eva Dolce les rejoignit, son petit garçon de trois ans trottant sur ses talons. Bien entendu, Rafe se précipita aussitôt vers l'eau, mais Rebecca le cueillit au vol avant qu'il ne puisse piquer une tête dans le ruisseau. Le tableau qu'ils formaient tous les deux, le gosse qui se débattait en riant, Rebecca qui l'embrassait en le chatouillant, fit naître une chaleur subite dans sa poitrine. Il devenait fichtrement sentimental si la seule vue d'un mouflet dans les bras de Rebecca le faisait craquer !

Les enfants, ce n'était pas du tout d'actualité. Ils viendraient plus tard, et tant pis pour son père qui leur mettait déjà la pression, en réclamant un second lot de petits-enfants. Les retombées de l'affaire Ferguson généraient beaucoup de travail, mais ça ne l'empêchait pas de le harceler pour qu'il régularise son union avec Rebecca. Il adorait sa presque belle-fille ! Nick comprenait tout à fait son point de vue puisque, lui aussi, il était fou de Rebecca.

Après la tempête médiatique qu'ils venaient de traverser, les témoignages devant la Commission d'enquête, le débriefing par le FBI, ça lui faisait un bien fou de retrouver ses compagnons de cavale pour une journée tranquille au soleil, à échanger les dernières nouvelles.

— Et vous deux, vous comptez toujours rester à Washington ?

reprit Sebastian. Nick, tu as accepté le poste au Département de la Défense ?

— Non, je réfléchis encore.

En fait, il savait déjà qu'il prendrait ce job. L'armée, c'était terminé pour lui, et il ne voyait pas ce qu'il pourrait faire d'autre. Paresseusement, il tourna la tête vers Tate.

— Et toi, que vas-tu faire pour occuper tes journées ? Eva et toi, vous comptez toujours devenir charpentiers ?

Tate, qui savait très bien qu'il le faisait marcher, leva les yeux au ciel d'un air excédé.

— Fais un effort pour comprendre, Nicky ! Eva compte se spécialiser dans la création de logiciels de sécurité. Moi, je me verrais bien faire un peu de menuiserie, pour le plaisir. Tiens, demain matin, je commence une chaise.

Sebastian pouffa, Nick réprima avec difficulté un éclat de rire, et leur ancien officier brandit le majeur avec un regard las.

— Allez vous faire…

— Attends, toi aussi, tu censures tes jurons ? s'enquit Nick, hilare.

— Quand on vit avec un gosse de trois ans…, soupira son ami, fataliste.

— Mais moi, je vis avec une femme de vingt-sept ans ! Je ne devrais pas avoir à me censurer.

— Vous vivez déjà ensemble ? demanda Sebastian, surpris.

— Oui, je me suis installé chez elle, à Arlington. Ne me regarde pas comme ça, Seb ! Julia et toi, voilà des mois que vous êtes rivés l'un à l'autre comme des siamois.

Ce fut au tour de Tate d'interroger leur ami.

— Vous partez toujours en Afrique à la fin du mois ?

Les yeux gris de Sebastian s'adoucirent en se tournant vers Julia.

— Le docteur a un nouveau poste, dit-il avec tendresse. Une mission de six mois en Somalie du nord. Je pars avec elle.

Nick hocha la tête. Depuis le temps qu'ils se demandaient chaque jour s'ils seraient encore en vie le lendemain, c'était assez stupéfiant de se retrouver assis au soleil à faire des projets.

Un an à vivre au jour le jour, en essayant de comprendre le sort qui s'acharnait sur eux ! Par moments, il avait peine à croire que l'épreuve soit vraiment finie. Et le plus incroyable, c'était encore qu'ils aient, tous trois, au cours de cette année de cavale, trouvé des femmes à aimer.

Instinctivement, il chercha Rebecca des yeux. Au même instant, elle tourna la tête vers lui et un sourire s'épanouit sur son visage ; un sourire si fabuleux, si rayonnant de joie et d'impudence qu'il crut que son cœur allait éclater. Heureux jusqu'au tréfonds de lui-même, il lui sourit en retour et regarda tour à tour les deux hommes qui l'encadraient, ses meilleurs amis — non, ses frères.

— À nous ! lança Sebastian en brandissant sa bière. À notre retour dans la vraie vie !

Les trois cannettes tintèrent.

— On s'en sort plutôt bien, hein ? murmura Tate qui souriait en regardant la jolie brune assise près du ruisseau.

— Ouais, convint Sebastian, concentré sur la longue natte sombre qui dansait dans le dos de Julia.

Quant à Nick, il n'avait d'yeux que pour la rousse minuscule qui était entrée dans sa vie comme un bulldozer.

— On s'en sort très bien, confirma-t-il.

Retrouvez prochainement,
dans votre collection

# SAGAS

**Tétralogie Intégrale : HÉRITIERS RUSSES, de Carole Marinelli - N°162**

**Fascinée par un milliardaire**

Plus Libby approche du bureau du milliardaire russe Daniil Zverev, plus elle se sen en danger. Une intuition qui se confirme lorsqu'elle croise le regard de Daniil. Pour l première fois de sa vie, Libby comprend qu'elle pourrait bien perdre le contrôle de l situation…

**Dans les bras de son patron**

Alors que Naomi annonce à son patron Sevastyan Derzhavin qu'elle a l'intention d démissionner, ce dernier lui fait une proposition inattendue : il souhaite, avant so départ, laisser libre cours au désir qui les consume tous les deux…

**Une seule nuit avec toi**

Nikolaï Eristov. L'homme le plus séduisant, mais surtout le plus ténébreux que Rachel ai jamais rencontré… et auquel elle devrait à tout prix résister. Car elle en est persuadée si elle cède au désir, elle voudra davantage. Et il la rejettera…

**La brûlure d'un souvenir**

Roman Zverev ! Anya n'aurait jamais imaginé que le milliardaire russe lui ferait l cour ! Une scène qui aurait pu sembler tirée d'un conte de fées, si Roman ne lui ava pas brisé le cœur quatre ans plus tôt. Hors de question de succomber une seconde foi pour son ex…

**Tétralogie intégrale : LES MIRACLES DE NOËL - N°163**

**Un espoir en cadeau, de Tina Beckett**

Annabelle est furieuse. Que lui a-t-il pris de s'abandonner une nouvelle fois entre le bras de Max ? Car même si elle l'aime toujours, les choses n'ont pas changé : ell ne pourra jamais lui offrir la famille dont il rêve tant…

**Une fabuleuse surprise, de Kate Hardy**

Plus jamais il ne se laissera manipuler par une femme : telle est la promess que s'est faite Oliver. Aussi voit-il rouge le jour où il apprend qu'Ella porte so enfant. Résolu à assumer son rôle de père mais incapable de côtoyer Ella, il n' plus le choix : il la fera transférer dans un autre service…

**Une famille pour Charlie, de Susan Hampton**

En plus d'être compétente, Juliet, la nouvelle assistante, est belle à couper le souffle Il a beau sentir son cœur s'emballer à chaque fois qu'il la voit, il s'est promis de n plus jamais avoir de relation avec une femme, lui qui est responsable de la perte d la sienne…

**Mariage sous la neige, de Scarlet Wilson**

À l'instant où Sebastian Montanari lui demande sa main, Sienna panique. Elle sa que cette proposition ne fait écho qu'à ce qu'elle vient de lui révéler : elle porte leu enfant. Dès lors, elle décide de refuser, de crainte de s'enfermer dans un mariag sans amour…

Retrouvez prochainement,
dans votre collection

# SAGAS

**Tétralogie intégrale : SURPRISES SOUS LA NEIGE, de Jules Bennett - N°164**

**Entre les bras de son patron**

Bloquée dans un chalet perdu au milieu de nulle part... avec son patron pour seule compagnie. Alors qu'au-dehors une tempête de neige fait rage, Zara ne sait que penser de la situation. Car Braden se comporte parfois de façon étrange, comme s'il éprouvait du désir pour elle...

**Un week-end au paradis**

Quand Jenna, sa plus proche amie, lui demande de se faire passer pour son fiancé lors d'un mariage, Mac n'en revient pas. Lui qui souhaite depuis toujours la serrer dans ses bras et l'embrasser va voir son vœu se réaliser. Un vœu hélas éphémère, au grand dam de Mac...

**Un désir impossible**

Lorsque Ryker lui annonce qu'il la quitte, Laney a l'impression que le monde s'écroule autour d'elle. Car, depuis qu'elle a partagé une nuit torride avec cet homme, elle n'imagine plus faire sa vie sans lui. Et plus important encore, il est le père de l'enfant qu'elle porte...

**Une délicieuse trahison**

Vivianna lui a menti ? Jack ne décolère pas. Meurtri, il prend alors la décision de quitter Vivianna, bien qu'elle soit la femme de ses rêves. Car, après cette trahison, jamais plus il ne pourra ôter de son esprit ce doute terrible – elle agit peut-être pour le compte de son ennemi...

**Trilogie intégrale : LE FEU SOUS LA GLACE, de Debbi Rawlins - N°165**

**Un défi très sexy**

Cole McAllister : l'homme le plus parfait sur lequel Jamie ait jamais posé les yeux... Et même s'il ne fait rien pour dissimuler son irritation quand son ranch se voit envahi par de jeunes citadines en quête d'aventure, Jamie n'en est pas moins décidée à le convaincre de s'abandonner au désir entre ses bras.

**Brûlant Montana**

Noah ne décolère pas. Quelle idée a-t-il eue d'inviter cette femme à s'installer chez lui ? Car depuis qu'Alana est entrée dans sa vie, il brûle de désir pour elle. Entre eux, il ne peut s'agir que d'une histoire sans lendemain. Mais, s'il doit s'en contenter, il fera tout pour être son plus inoubliable souvenir...

**L'amant du Montana**

Lorsqu'elle s'est réfugiée dans le Montana pour échapper à l'effervescence des fêtes de Noël, Shea n'imaginait pas que ce séjour inclurait une nuit dans une cabane glaciale avec le très sexy Jesse McAllister. Une nuit qui promet d'être une véritable torture car Jesse ne cache pas le désir qu'elle lui inspire.

# OFFRE DÉCOUVERTE !

Vous souhaitez découvrir nos collections ? Recevez **votre 1er colis gratuit* avec 1 cadeau surprise !** Une fois votre colis de bienvenue reçu, si vous souhaitez continuer à recevoir nos livres, cela se fera automatiquement. Vous recevrez alors vos livres inédits** en avant-première.

Vous n'avez aucune obligation d'achat et cette offre est sans engagement de durée !

*1 livre offert + 1 cadeau / 2 livres offerts pour la collection Azur + 1 cadeau.
Pour la collection Intrigues : 1er colis à 17,25€ avec 2 livres + 1 cadeau.
**Les livres Ispahan, Sagas, Gentlemen et Hors-Série sont des réédités.

**☛ COCHEZ la collection choisie et renvoyez cette page au**
**Service Lectrices Harlequin – CS 20008 – 59718 Lille Cedex 9 – France**

| Collections | Références | Prix colis |
|---|---|---|
| ❏ **AZUR** | Z1ZFA6 | 6 livres par mois 29,99€ |
| ❏ **BLANCHE** | B1ZFA3 | 3 livres par mois 24,45€ |
| ❏ **LES HISTORIQUES** | H1ZFA2 | 2 livres par mois 17,09€ |
| ❏ **ISPAHAN** | Y1ZFA3 | 3 livres tous les 2 mois 23,85€ |
| ❏ **PASSIONS** | R1ZFA3 | 3 livres par mois 25,89€ |
| ❏ **SAGAS** | N1ZFA3 | 3 livres tous les 2 mois 28,86€ |
| ❏ **BLACK ROSE** | I1ZFA3 | 3 livres par mois 26,19€ |
| ❏ **VICTORIA** | V1ZFA3 | 3 livres tous les 2 mois 26,19€ |
| ❏ **GENTLEMEN** | G1ZFA2 | 2 livres tous les 2 mois 17,35€ |
| ❏ **HARMONY** | O1DFA3 | 3 livres tous les mois 20,16€ |
| ❏ **ALIÉNOR** | A1ZFA2 | 2 livres tous les 2 mois 17,75€ |
| ❏ **HORS-SÉRIE** | C1ZFA2 | 2 livres tous les 2 mois 18,25€ |
| ❏ **INTRIGUES** | T1ZFA2 | 2 livres tous les 2 mois 17,25€ |

N° d'abonnée Harlequin (si vous en avez un) |_|_|_|_|_|_|_|_|_|

Mme ❏ Mlle ❏ Nom : ____________________

Prénom : ____________________ Adresse : ____________________

____________________

Code Postal : |_|_|_|_|_| Ville : ____________________

Pays : ____________________ Tél. : |_|_|_|_|_|_|_|_|_|_|

E-mail : ____________________

Date de naissance : ____________________

**Date limite : 31 décembre 2021.** Vous recevrez votre colis environ 20 jours après réception de ce bon. Offre soumise à acceptation et réservée aux personnes majeures, résidant en France métropolitaine, dans la limite des stocks disponibles. Prix susceptibles de modification en cours d'année. Vous pouvez demander à accéder à vos données personnelles, à les rectifier ou à les effacer. Il vous suffit de nous écrire en nous indiquant vos nom, prénom et adresse à : Service Lectrices Harlequin CS 20008 59718 LILLE Cedex 9. Service Lectrices disponible du lundi au vendredi de 9h à 17h : 01 45 82 47 47.